蜀山剑俠传

还珠楼主◎著

民国武侠小说典藏文库·还珠楼主卷

（第二卷）

中国文史出版社

目　录

1

3

第六十四回

妖法肆凶淫　郭云璞无心擒侠女
深情逢薄怒　戴湘英立志学神枪

　　玄极、心源见他二人说话一样,知是实情,也不难为他们,只将他二人捆上,问明吕村路径,撕了一块棉衣将口堵上。同了许钺,直向洞外走去。这时天已微明,因是大年初一早上,吕村居民接财神放爆竹的响声,远远随风吹到。这洞口位置在一座悬崖底下,出洞之后,对面数十丈山崖陡立,从上到下,俱有人工凿成的石级,形势非常险峻。三人越过了这一条干谷,飞上对面悬崖,立在上面一看,一片大山原现在前面,左有溪流,右有高山,颇具形胜。三人知道许超既然在夜间被擒,吕村必然加紧防备,不敢造次。因许钺不会剑术,决定留他在此守望接应。黄、赵二人却乘敌白日无备之际,飞进村去,救了许超回来,再作计较。

　　商议定后,三人正要分手,忽听一阵破空的声音。黄、赵二人料是敌人,因不知来人虚实,连忙伏身在一块山石的下面观看动静。一转眼工夫,声音越近。许钺眼光最好,早看见两条黑影直投谷底洞口落下,等到现身出来一看,不由大为惊异,忙拉黄、赵二人来看。原来落在洞口的二人,一个正是他们三人准备冒险去救的许超,还同着一个青衣女子。二人刚一落地,便由那女子在前,许超在后,正要拔脚进洞,许超无意中猛一回头,看见黄、赵等三人站在山崖上面,连忙唤住女子,朝着三人招手。黄、赵、许三人见许超业已脱险,打算问明了许超被擒经过再说,便都飞身下到谷底。许超便请那女子与三人相见,说道:"这位女侠便是衡山金姥姥的得意弟子女飞熊何玫。小弟昨晚被擒,适才蒙她相救,才得脱身。昨晚被擒时,听妖道说此洞业已堵死,并且派人防守,本打算翻山回去。是何侠女说,鱼神洞口还有一块大石可以移动,虽有防守,俱是无能之人,所以仍由此路回去。不想遇见三位。那妖道妖法厉害,我们先回去再说吧。"许钺见女飞熊何玫骨秀神清,英姿飒爽,好生敬佩,便上前道谢解救许超之德。

1

大家见礼已毕，不便久延，一同走进了鱼神洞。女飞熊何玫见壁倒坍，业已出现了一人多高的大洞。那两个守洞的长工倒捆二臂，面贴着地，还在不住地挣扎。问起原因，知是黄、赵、许三人所为。便把众人叫过一边，悄悄说道："山洞故道既已打开，小女子无须再去戴家场了。前日尚有一个同伴，因被妖道污了双剑，不能施为，现在前山相候。小女子此刻便要回转衡山，去禀明家师，来报妖道之仇。诸位请先回去，改日再见吧。"许超便请她到庄中，与白、戴二人相见再走。何玫道："小女子暂不同去，尚有别情。此间石壁打开，如不设法善后，难免妖道不由此处到贵村骚扰。诸位且请回去，小女子准在两村正式交手前，到戴家场相见便了。"众人不便坚留，只得由石洞中往回路走来。才走不多远，忽听两声巨响。众人疑是吕村追兵赶来，恐怕何玫双拳难敌四手，一齐回转看时，适才被黄、赵二人用剑光斩断倒在地下的那面石壁，业已被何玫扶了起来，恢复原状，只剩下一个尺许方圆缺口。何玫在洞那边见众人回转，在缺口处观望，笑道："我把这块山石依旧填塞，再用言语警告防守的人，叫他们说我们全未打此经过，以免又生枝节。这两个防守的人如敢走漏消息，定用飞剑取他们首级。诸位回去，只需谨守此洞，诸事忍耐，到时自有人前来相助。妖道妖法厉害，不可轻敌，要紧要紧！"说罢，将那守夜的人绑绳解开，用剑光逼他们搬运几块大石，连那缺口也一齐堵上。众人见何玫机警敏捷，益加佩服。直听到石壁那面毫无声息，才行回去。

刚刚走出鱼神洞不远，白、戴二人因众人去了一夜不见回转，业已发出紧急号令，将合村埋伏安置妥帖，迎上前来。见四人俱能安然回转，心中大喜，留下戴衡玉在洞外防守，一同回庄。回到凌操房中，谈起经过。原来昨晚白琦发现许钺走后，正要派人去寻，忽然广场前面山峰上总守望台来人飞报，说看见许超发出的救命信号。这救命信号也是白琦发明的一种火箭，里面装有火药机关。用时只消取出，朝山石上一撞，无须点燃，便能发火，升起一二百丈高下，发出五色流星，不到最紧要关头，轻易不许施放。白琦接着报告，知道如果鱼神洞发现敌人，必定有号灯传信。如今许超发了救命信号，定是在偏僻地方遇见了什么厉害敌人，身受重伤。当下忙问救命信号升空地点。总守望台报信人道，看那信号，好似在从前通吕村的故道那一方面发出来的。白琦闻信，猜是鱼神洞故道已通，许超涉险遭难，便同大家商议救援之策。玄极、心源齐声答应愿往。白琦知他二人俱会剑术，此去必能胜任，连忙点头称谢。一面下令全村准备，亲送二人出来。玄极、心源循路到了鱼神洞，问明防守的人，知道许氏弟兄先后进去，急忙跟踪而入。到了里面，遇见许钺已将石壁下面石头移开，探头向外张望。黄、赵二人因知许超危急，忙用剑光将石壁斩开，同了许钺出洞，许超已被何玫救转。

再说许超昨晚奉命到了鱼神洞，见一些响动俱无。无意中同看守的人闲谈，听了戴满官说起前夜洞中出了妖怪，心中犯疑，决意往洞内去观察虚实。进洞不远，隐约看见亮光，蹑足潜踪，走上前去一看，原来鱼神洞故道已被吕村的人打通，有许多吕村的人在那里防守。便打算在暗中冷不防擒一个回来，审问吕村虚实。谁想这些人当中有一个名叫金头狸子吕四的，手底下着实了得，发觉许超从黑暗中掩来，招呼众人一拥齐上。这些人到底不是许超对手，被许超伤了好几个。正要趁空捞他一个回来，偏偏遇见吕村的庄主火蝙蝠吕宪明同罗九来察看洞路。那罗九是万里飞虹佟元奇的徒弟，剑术并未全成，就被佟元奇看出他心术不正，赶下山来。虽然算不得剑仙，内外功均到了上乘，已足够许超对付。何况那火蝙蝠吕宪明是华山烈火祖师徒弟，飞剑、法术都有点根底，许超如何能是对手。幸而吕、罗二人要擒活口，没有伤他性命。许超人甚机警，见吕宪明放出飞剑，急中生智，忙说："你们不必相逼，自愿束手就擒。"从鱼神洞出去时节，吕、罗二人先行纵上对面山崖。许超在后，趁众上山忙乱之际，暗用气功挣断绳索，故意装出要逃的神气，三拳二脚将身旁的人打倒。抽空掏出怀中救命信号，觑准山崖转角的山石上面掷去。等到吕、罗二人回身，众人二次将他擒住时，他的信号业已发出。吕宪明倒还光棍，并没有凌辱许超，将他押进村中。

长工所说的那个郭真人，名唤云璞，自幼随宦，在云南深山中，学了一身妖法；又在烈火祖师门下学会了剑术。性情刚愎古怪，与吕宪明有同门之谊。此次在云南听说各异派联合与峨眉派在成都斗法，打算前去加入。走到半途，碰见吕宪明从华山回来。师父烈火祖师知道峨眉派已得嵩山二老加入，叫吕宪明传谕门下弟子秦朗等人，千万不要加入而自讨苦吃。吕宪明同郭云璞最好，便把师父的话对他说明。还要去寻秦朗时，郭云璞因同秦朗有仇，拦住吕宪明不准前去通信。吕宪明哪敢惹他，只好答应，便邀他去吕村盘桓些日。郭云璞最爱喝酒，听吕宪明说家藏数十年的好酒，正合脾胃，答应先去赴一个好友的约会，准年底到吕村去。二人约定之后，吕宪明也不去寻秦朗，径自回家。听说吕村自从他到华山投师后，年年发水，吕村都搬到高原上去，耕田的人来往很不方便。吕宪明本来学得几手妖法同舆地之学，便亲自去相地形。相看结果，也说是山崩以后，旺象被戴家场占去。除非将鱼神洞外山沟填满，阻止戴家场地下龙脉，才能复旧如初。因是残冬，大家都忙着过年，只得等过了年再说。后来陈、罗二人前去拜望，请他相助与戴家场为难。吕宪明初次下山，巴不得在本乡显些本领，争点面子，当下一口应允。陈、罗二人回城后，郭云璞来到吕村，陈、罗二人重新赶回，知道鱼神洞故道已通，便想利用它去偷袭戴家场。吕宪明知道郭云璞脾气乖僻，最不赞成别人鬼鬼祟祟；又不好意思驳陈、罗二人的面子。只得悄悄命人去将故道打通，修理待用；一面相机和郭云璞商量。

谁知郭云璞是素来好色之人，来的那一天，在吕村遇见两个美貌的青衣女子，忽然大动色心，便用妖法将二人擒住。问起姓名，才知这两个女子是连他师父烈火祖师都不敢招惹的金姥姥罗紫烟的女弟子。知道闯了大祸，杀又不敢，放又不舍，便将这两个女子暂且监禁在鱼神洞内，洞外还用符咒封锁。谁知这两个女子竟会凿通故道，驾剑光逃走。郭云璞又急又悔又可惜，正在难受。忽听吕宪明擒来戴家场奸细，才知陈、罗二人偷袭戴家场的打算，好生不以为然，把吕宪明和陈、罗二人当面数说了几句，立逼着吕宪明将鱼神洞堵死。只要戴家场不来侵犯，不到二月初三不准交手。吕、陈、罗三人正在求他之际，怎敢违抗，只得照他的话去办。因是大年三十晚上，转眼天明便是元旦，不好杀人，把擒来的奸细拘禁起来，且等过了破五再说。那被擒逃去的两个女子，一个名叫女飞熊何玫，一个名叫女大鹏崔绮。从鱼神洞逃出之后，在山谷中待了两日，想设法取回崔绮失去的一柄宝剑。除夕晚上，许超进洞时，便隐身在他的后面，先抽空飞进吕村，在吕宪明房内将宝剑盗回。然后跑到许超被囚之所，用点穴法点倒看守的人，许超才得逃出龙潭虎穴。

大家说完经过，白琦便问众人有何意见。黄玄极道："据贫道观察，郭云璞既然这般逞强，决不把贵村放在心上。不过许庄主这次涉险，他已知我们得到吕村虚实，或者要来生事，也未可知。我们只需昼夜小心，加紧防备。如果三日之内没有动静，那就不到二月初三，不敢再来挑衅了。"白琦道："话虽如此说，二月初三转眼就到。陈、罗二人无关紧要，吕宪明与那姓郭的妖道俱会妖法、剑术。白某弟兄三人虽会许多平常武艺，剑术尚未入门。本村生命财产，全仗赵、黄二位保全了。"玄极道："贫道与赵道友虽会剑术，功行尚浅，恐非吕、郭二人敌手。幸郭、吕二人无端开罪金姥姥门下弟子，那两位侠女决不肯与他们甘休。何玫姑娘曾说在二月初三以前赶到，想必回山去请金姥姥前来报仇，也未可知。"白琦道："何侠女是否去请金姥姥，到底不能

4

预定。我想先加紧防备几天，过了几天，他们不来骚扰，本村之事，意欲烦黄道长与赵兄代为主持。小弟趁这一月空闲，去到善化，将我表兄罗新请来，顺便请他代求金姥姥下山，或者另约几位能人相助。诸位以为如何？"黄、赵二人齐声答道："本村之事，自然仍由二庄主代理，我等从旁赞助就是。"白琦道："二弟人极鲁莽，恐怕误事。二位不必太谦，且等行时再作计较。"心源猛想起谷王峰铁蓑道人不知回来没有，便对众人说知，打算在白琦动身以前，回到长沙谷王峰去看一下，如果铁蓑道人回来，岂不又多一个有力帮手？大家自然赞同。一会工夫，用罢午席，又着许钺去替戴衡玉回来。商量了一阵，直到了夜宴之后，三更过去，俱无什么动静，众人才分别回房安歇。鱼神洞方面，就由许氏兄弟同白、戴二人轮流看守。

一晃过了五天，吕村并无举动。凌氏翁婿也逐渐痊愈。心源去请铁蓑道人，还是没有回来，却在岳麓山下遇见陆地金龙魏青。心源与他互谈别后状况，分手时节，便约他到戴家场去助一臂之力。魏青推说另有要约，不能前去，答词很是含糊。心源知道魏青素来为人耿直，见他言词闪烁，好生可疑。他同魏青，昔日本是同门师兄弟，后来心源学了剑术，魏青执意要拜他为师学习剑术。心源因自己剑术尚未学成，又不知侠僧轶凡能否允许，禁不起魏青纠缠不已，只口头上敷衍答应，魏青却认真行了拜师之礼，虽有师生之名，并无师生之实。不好意思强他，见他执意不去，只得互道珍重而别。白琦见心源没有访着铁蓑道人，决意到善化去请罗新。恰好这日正是破五，戴衡玉摆下酒宴与白琦饯行。白琦便将指挥全村之事交与黄玄极主持，发号施令。赵心源与戴衡玉从旁赞助。白琦去后多日，全村安靖，并无一事发生。

凌操之女凌云凤和戴衡玉的妹子戴湘英，竟相处得比自己手足还亲热，行止坐卧俱在一起。戴衡玉原有心将妹子湘英嫁与许超为妻，因为村中多事之秋，总未向二人正式提起。许超在众人当中，年纪最轻，与湘英原说得来，只是二人都爱逞强，有些小孩子脾气。许超起初原和湘英常在一起，耳鬓厮磨，不知怎的会看出衡玉要将湘英许配于他，得妻如此，心中虽然十二分愿意，表面上却因此避起嫌疑来。有时湘英约他到山中去追飞逐走，许超总推说强敌密迩，大哥既不在家，一旦有事，需人时节，岂不误事？湘英在正月里约了许超几次，都被他推托过去，心中未免不快。幸而凌操病好，每日同凌云凤玩在一起，非常莫逆，才算没有同许超计较。

这日因听凌操对大家谈起许家独门梨花枪如何出神入化，里面有二十四招反败为胜,尤为海内独步。湘英素来火爆脾气,听见什么马上就要学,当着众人,悄悄向许超使了个眼色,抽身出来。许超只得也借故出来,问她何事。湘英道:"刚才凌老前辈说,你们家的独门梨花枪那样神妙,趁这新年无事,你就教给我吧。"许超笑道:"贤妹说哪里话来。我家梨花枪诚然有名,不过我从小就离了家乡,没有得着真传,学个皮毛,还不如不学呢。贤妹要学,我请家兄教你,比我强得多,贤妹意下如何?"许超所说原是实话好意,谁知湘英因这几日许超同她疏远,也不似初来时常常陪她出去打猎玩耍,本已一肚皮不痛快;今日见猎心喜,顿忘前嫌,才使眼色唤他出来,以为自己同许超这样深的交情,他岂肯吝而不教? 一听许超推在许钺身上,疑他看不起自己,故意推托,新恨旧怨一齐上来,不由心头火起,动了素来小性。心想:"我看得起你,才朝你请教呢。你明知我不爱求人,你不教倒也罢了,反教我去求你哥哥。你打量我非学不可吗?"想到这里,越想越有气,也不同许超再说什么,把脚一顿道:"好! 你既然不会,我不稀罕学了!"说罢,满脸怒容,回身便走。许超知道戴衡玉父母双亡,只有这一个妹子,平时非常娇惯。见她生气,知她误会了,自己本想追上前去解释几句。偏偏凌云凤因见湘英出外一会没有回去,出来寻她,远远看见湘英和许超在那里说话。云凤人本细心,平日从湘英口中已听她和许超感情甚厚,怕他们二人有什么避人言语,不便上前。正要转身退回,忽见湘英拔脚往后便走,许超又回了回头,正和自己打了个照面。觉着退回又是不便,只得迎上前来,反问许超看见湘英没有。许超见有人来,自是不便再追向湘英说话,只得答道:"适才我正和她谈话,现在到后面去了。"云凤道:"那我同你去寻她吧。"许超推说尚同众人有话说,让云凤自去。因为无意中得罪了湘英,好生闷闷不乐,径自回转厅房去了。

云凤别了许超,走向湘英房中。见湘英独个儿坐在梳妆台前,手里拿着一面镜子,面带怒容,望着镜中出神。直到云凤走向身前,方始觉察,急忙强作笑容,起身让座。云凤知道湘英生气,必与许超有关,怕羞了湘英,不便明说,故意搭讪道:"大家都在前厅说话,谈笑风生,多么热闹。你怎么一声不响,就跑回房来闷坐呢? 明天就是十五,白大哥也许要回来了吧?"湘英道:"真是气人! 你哪里知道。我常对你提起那个许三哥,刚同我哥哥和白大哥结拜时,一向对我很好。我平时喜欢到前面山谷中去打猎,因为那山里没有虎豹一类的猛兽,还打算同他过了年一同到南岳去打虎,谁想陈、罗二贼无端开衅。过年前来了他一个堂房哥哥,来了不多几日,他对我就爱理不理。

不用说同他上南岳，连约他到山谷中去猎个鸟儿，打个兔儿，他都是推三阻四。今天我听老伯讲起他家独门梨花枪的妙处，特意叫他出来，想跟他学，我们这样交情，还不是极容易的事？谁想他真不知好歹，不肯教我还不算，还教我去求他哥哥许钺。漫说我素不爱向外人请教，谁不知他哥哥过了十五就要回去？分明看我是女流，没有出息，岂不叫人生气！"云凤知道她犯了小性。不过照自己这些日观察，许超对湘英正是诚于中形于外，非常愿意，何以连一个枪法都吝不肯教？也觉诧异。便对湘英道："许三哥少年英俊，正直聪明，又同贤兄妹情逾骨肉，岂有一个顺水人情都不肯做的道理？你莫非错怪了他吧？"湘英闻言，急得跳起身来，说道："哪一个错怪了他？不信，我就同你当面去问。"云凤虽然来得日浅，知道湘英素来越劝越僵，便不再劝，随意用言语岔开。见湘英仍是闷闷不乐，便劝她仍回厅房，去听众人谈话。湘英先是不去，后来低头寻思了一会，反自动说要到前面去。及至二人来到厅房，众人都在，只不见了许超。湘英悄对云凤咬牙道："你看他是躲我不是？他打量我非学不可呢！"云凤见湘英这种天真烂漫，毫无城府神气，非常好笑。因为她说的话，都叫人无从答复，随口敷衍了两句。

湘英还待要说气话，忽听云凤的未婚女婿俞允中对许钺道："听岳父说，许兄的家传枪法如此神妙，承许兄不弃，一一指示出来，小弟业已知其大概。许兄明后日便要长行，此别不知何时聚首。适才令弟所说的第七十三招，名叫跌翻九绝的招数，可肯赐教与我等一观么？"许钺道："小弟所学梨花枪，虽是家传微艺，并无过分出奇之处，当着凌老英雄及黄、赵二位前辈，怎敢班门弄斧？俞兄定要看，若不献丑，倒显小弟拘泥。小弟一两日内便要长行，索性恭敬不如从命，将枪法从头练习一回，请诸位指教吧。"众人闻言，俱都赞同。湘英、云凤更是巴不得要看个究竟。

于是大家一齐走到后面花园白、戴、许诸人平日练武的一块空地上，场中原设有许多大小木桩。许钺结束停当，在兵器架上取了一支长枪，笑道："我当初用的一支枪，乃是蛟筋拧成，能刚能柔，平时可以束在身上。不想少年时节任性，误伤了一位老太太。后来她的小姐拜在罗浮山香雪洞元元大师门下，学成剑术，寻我报仇，被她将我那一支枪削去一尺五六寸光景，不够尺寸。后来虽然经我改造，已不似先前可以随便带在身旁。这次没有带来，我就使这支枪练习一回吧。"说罢，又向大家谦逊了几句。脚微点处，一个蜻蜓点水势纵身入场。脚尖才行着地，单手持枪舞起一个大圆圈。倏地身子往左微偏，左足前伸，右足微蹲。右手持着枪柄，左手前三指圈住枪杆，右手往后一拖,突然一个长蛇入洞,一支长枪平伸出去,枪头尺许红缨一根根裹紧枪身,与枪尖一般平直,向前面一个原有的木桩刺去。就在枪尖似点到未点到之际,倏地收将回来。只见他微颤处,抖起斗大的枪花,第二招斜柳穿鱼式重又刺向木桩。这回更不收转枪头,形势好似略一勾拨,倒转枪柄,迎头向木桩打去。眼见只离木桩分许不到,倏地将脚一顿,纵起有两丈高下。枪柄朝上,枪尖朝下,护住下路,跳过木桩。离地还有四五尺光景,将右脚搭在左脚上面,燕子三抄水式,身子借劲,又往上起有二三尺。倏地在空中一个怪蟒翻身,更不落地,连人带枪斜飞回来。枪尖略一拨弄,银龙入海势,重又向那木桩刺去。众人都以为许钺这一招把全身功力全聚枪尖,定要将这木桩刺一个对穿。谁知许钺枪尖才微微沾了木桩一下,好似避开前面什么兵刃似的,电也似疾地掣回枪尖,倒转枪柄往下一拨。紧接着一个风卷残花式,身子往旁一个大转侧,仍是右脚踏在左脚,借劲横纵出去。脚才落地,倏地将头往左一偏,猛回身将枪杆往上一撩。接着顺势将枪一裹,重又抖起大枪花,闪电奔雷似的刺到木桩上面。仍是微微一沾,倒转枪柄往上一架,倏地身子往后平仰下去,脚跟着地,一用力,斜着身子,一个鱼跃龙门式,往后倒纵出去有三五丈远近。倏地又是身子往右一偏,右手握紧枪把,左手扶着枪身,右脚往前,猛一上步,斜身反臂刺向前去。枪尖才到木桩,倏地松开左手,枪尖着地,并未看出右手怎么用力,那枪竟然抽了回来。枪近头处到了左手,左手更不怠慢,攥紧枪尖,向前面木桩迎头打去。看看打到木桩上面,又用悬崖勒马的凝力收住前劲,脚一使劲,倒拖着枪柄纵退出去有三五丈远近,做出正在危机一发、手忙脚乱的形状。猛地将枪尖交往右手,左手反拿枪柄,右手反拿枪杆,一个骇鹿反顾的架势回转身子。右脚在前,左脚在后,脚不沾尘似的,快如奔马,反身连上三步。连同手中枪,凤凰三点头,倏地往上一点,往下一点,然后当中刺到。这一招乃是许家独门夺命七招当中的回身三步追魂夺命连环枪法。不遇到劲敌当前,轻易不施展这一手绝招;一经使上,躲得了上路,躲不了下路,多少总得让敌人带点伤。原本枪为百兵之祖,许家梨花枪又从齐眉棍中变化出来,兼有枪棍之长,所以名驰天下,独步当时。

许钺把夺命七招练过之后,又将一百零八招梨花枪法连同跌翻九绝次第施展出来。只见挑刺勾拨,架隔剔打,蹿高纵远,得心应手。有时态度安详,发招沉稳;有时骇鹿奔犀,疾若飘风。使到妙处,简直与身合而为一,周身都是解数。在场诸人都是行家,漫说俞允中,就连凌操与黄、赵两个剑侠,也都佩服不置。只看得湘英两手抓紧云凤,张着樱桃小口,睁着一双秀目,连大气也不敢出。直到许钺将枪法使完,收了解数,立到当场,道声"献丑,请诸位前辈指教"时,这才大家围上前来,欢声四起,个个叫好不置。

第六十五回

两番负气　陈圩下书
无限关情　吕村涉险

　　凌操对俞允中道："你只知许兄枪法神妙，还不知他天生神力，内功已臻绝顶呢！"说罢，拉了俞允中，走到许铖用作目标的那一根木桩旁边，指给俞允中道："这根木桩，许兄曾把它当作假想的敌人。你看那上面枪刺过的痕迹，可是一般深浅么？"这时众人也都跟着围了过来，往这木桩上一看，果然许铖刺过的地方俱只有二分多深，枪孔的大小也都一样。原来武功到了上乘的人，哪怕有千斤万斤的力量，发出去并不难，最难的是发出去还能收将回来。比如自己只有一百斤力量，都聚在一只手上，或一件兵器上，打将出去，如果打不着人，这周身力量业已发出去，收不回来，只剩了一个空身体，岂不是任凭别人处置么？再遇见本领绝大的人，他不来打你，只用身法让你的力量打到空处，随意将你一拨，你便自行跌倒；心狠一点，再借你自己的力打你，让你受那内伤。又好似用兵一样，如同臂之使手，手之使指一般，鸣鼓则进，鸣金则退，胜则全胜，败亦全败。所以武学名家常说无论多大的力，要能发能收，才算是自己的力；又说四两可以拨千斤。就是这个道理。像许铖他这样把千斤神力运用得出神入化，拿一支长枪，连同全身重量，蹿高纵矮，使得和拿着一根绣花针似的指挥如意，经凌操再一点出，无怪众人都非常惊服了。

　　至于云凤、湘英二人，一个是志比天高，心同发细，无论什么惊人绝艺，除非是不知则已，一知便要学，一学便精；一个是刚同许超怄了气，难得许铖不用求教，自己就表演出来，正好从旁偷学了去堵许超的嘴。这两人都是不约而同地聚精会神，从头到尾默记于心。等到众人要回到前面休息，湘英留住云凤，等大家走尽，径自跑到场中，拿起许铖使的那支长枪，照着他的解数，一招一式施展起来。云凤明白她的用意，见她初次学来，虽然手脚较生，有时还不免思索一下，竟然大致不差，不由连声夸赞起来。湘英也得意非凡,十分起劲。看看舞到剩三十多招,忽然忘了两个解数,收了招,怎么想也想不起来。自己本是负气学的,又不好到前面去问,急得两脚在地下直跳。云凤见她那样性急,暗暗好笑。知她又任性,又多疑,不便明说。笑对湘英道:"适才许君使枪的时节,我也在旁留神暗记几着,只是没有你记性好,记得没有你那么全。不过这后半截的跌翻九绝,我仿佛记得还清楚。我看一人练习难免有忘了的时候,不如我们两个人按他枪法对打。你练时,我算作敌人;我练时,你算作敌人。我记不得的你教,你记不得的我教,想必也差不多了。再还记不全时,我找我爹爹求问许君去。你看好么?"湘英正在为难,一听云凤也用了心,不禁又高兴起来,恐怕隔的时候多了,更记不全,当下拖了云凤试验。彼此校正了一番,觉着大致不差。

云凤知许钺一二日便走,又到前面悄悄请来父亲凌操,二人同时又演了一回。这次当然比较熟悉。凌操见她二人天资如此颖异,有这般强记能力,着实夸奖了她二人几句。又对云凤道:"你们姊妹这般聪明,可惜生不逢时。如果你曾祖姑在时,漫说这些兵刃绝艺,就学那飞行绝迹的剑术,又有何难呢?"云凤道:"日前因为大家都在忙乱之中,爹爹病体未愈,有几句话想对爹爹说,总没有提起。女儿因听说黄道爷与赵世兄都会剑术,黄道爷的剑术更好,打算求爹爹托赵世兄与黄道爷说,着我们姊妹两个拜在他的门下学习剑术,岂不是好?"

凌操道:"谈何容易。他二人虽会剑术,听赵世兄说,他也才只入门,学得不精,反而不如不学。黄道爷是东海三仙之一玄真子的门人,剑术果然高明,但是他已被玄真子逐出门墙,带罪修行,正托人设法向玄真子疏通,不奉师命,怎敢收徒?况且峨眉门下,除了飞升的祖师爷和现在掌教祖师乾坤正气妙一真人外,都是男的传男,女的传女,从来无人破例。再说练习飞剑,须在深山穷谷之中,炼气凝神,先修内功,日子多的往往十年至数十年不等。昔日五台派太乙混元祖师,就为收了几个弟子道心不净,闹出许多笑话,身败名裂。漫说黄、赵二人,谁也不能如此随便收徒。除非有天赐良机,遇见峨眉、昆仑、黄山这三个派中的女剑仙,看中你们天资过人,生具仙骨,那也无须你求,自会前来度你。当你曾祖姑在日,我年纪才十来岁,你祖父说,曾再三求她老人家将我带到嵩山,去求你曾祖姑父学习剑术。你曾祖姑说我不是此道中人,起初不肯。后来你祖父因要报五台派中脱脱大师十年前断臂之仇,再三央告你曾祖姑,方始有些允意。当下把我带到嵩山,去见你曾祖姑父,就是那近百年间前辈剑仙中数一数二的嵩山二老之一追云叟白谷

11

逸。到了那里，你曾祖姑父说，我天资太差，并不曾教我什么剑术。起初三年中，只教我晚间面壁，白日从山下十里以外汲水上山洗洞。那挑水的桶儿，由小而大，到第四年上，我已能挑满三百斤的水，登山越岭如履平地了。又教我白天面壁，晚间挑水。我越来越厌烦，尤其是面壁枯坐，心总静不下来。耐不住山中清苦，偷偷跑下山来，打算偷跑回家。谁知才走到山脚下面，你曾祖姑父母已坐在那里等候，也不似先前严厉，和颜悦色喊着我的小名，对我说道：'我们早知你不是此道中人，你父亲偏要叫你上山，白白让你在山中苦了几年。不过剑术虽无缘再学，有这三四年的根基，传你一点内外功，也尽够你在人间纵横一世。'说罢，也不问我愿不愿，二次将我带回山上，每日传我内外功同各种兵刃暗器，只学了三个月，便说够了。仍由你曾祖姑将我送回家去，对你祖父说：'脱脱大师气数未完，不可强求，徒自惹下杀身之祸。此子剑术无缘，武艺已成。'又说她老人家不久也要火解等语。说罢，径自走去。到我回家二年上，你曾祖姑果然在开元寺坐化。要论你两姊妹的天资，都在我以上。不过这种机缘可遇而不可求，要说请黄、赵二位教你们剑术，那是绝对不能行的。"

云凤起初听说黄、赵二人剑术入神，飞行绝迹，原抱着满腔热望。今日听了父亲凌操这一席话，不亚当头浇了一大盆冷水，来了个透骨冰凉。其实凌操所说虽系实情，却也别有私心。他因凌氏世代单传，自己这一辈上只生一女，原想招一个好女婿，将来多生一男二女，承继凌氏香烟。漫说黄、赵二人决不能收云凤为徒，即或能收，他还不定愿不愿呢。这且不言。

湘英、云凤俟凌操走后，又练习了一会，直累得香汗淋漓，才行停止。由此二人天天要背人练习梨花枪。自来精诚所至，金石为开。二人武功俱有很深的根底，哪消几日，居然练得一般地出神入化。

练枪的第二天，白琦回转，说罗新也不在善化，候了多天不见回来，才留下一封书信说明相请原因，求他务必前来相助。许钺执意要走，白、戴等因有约在先，不便强留。许钺原知在这用人之际，自己却丢下走开，有些不对。但是记着矮叟朱梅临行之言，不敢大意错过这千载良机。向白、戴等说明了苦衷，又嘱咐兄弟许超几句，叫他事完，回去归省，以免老亲悬念等语，告辞而去。

许超见湘英一见面便把头一低，连看都不看，几番同她说话，还未等许超开言，径自走开，心中好生不快。也是该当出事。这日湘英与云凤二人又在后园空场上练习许家梨花枪，本来神妙，再加上二人天资聪明，连下十多天的苦功，又加上凌操不时从旁指点，不但练得非常纯熟，因为二人同时对打，无意中又变化出许多绝招来。二人正舞到吃紧处，前面白琦因转眼月底，离交手的日期没有几天，所希望帮忙的人一个也没有来，虽说戴家场防备森严，因为敌人会使妖法，究竟没有胜算的把握，想召集众人商议商议，分配一下临敌的职务。举目往座中一看，除戴衡玉该班把守鱼神洞外，惟有湘英、云凤二人不在眼前，便要着人去请。凌操道："小女同戴姑娘大概在后园练武，我去叫她们来吧。"许超连日正愁没和湘英说话的机会，闻言连忙接口道："如何好劳动老前辈，待我去请她们二位吧。"说罢，不俟还言，便离座走去。刚到后园，便听有兵刃相触之声，等到身临切近，忽听湘英笑道："这些日的苦练，那跌翻九绝倒没有什么，最难还是他这七步回身追魂夺命连环枪。单是他这临危变招，招中化招，悬崖勒马，收千钧于一发的那个劲儿就不好拿。现在我快要使这一招啦，你变个法儿接招试试看。"

许超在幼时也曾偷学梨花枪法，因在幼年，又是暗中偷看，才回去练习，不是许钺明传。彼时许钺又不似现在心理，认为家传秘诀，轻易不肯将枪法当众使全。所以许超不过学了六七成，便已离家逃走。投了颠僧马宏为师，学的又是长剑和暗器。这次许钺来到，本想求教，又因防守事忙，大家都在忙乱之中，无暇及此。等到湘英向他求教，才向许钺转学。许钺以为他已经学会，不过问问几手绝招，虽然有问必答，仍是不曾学全。今日一偷听湘英说话，暗暗纳闷，便不去惊动她们，偷偷闪身在旁一看，不由大吃一惊。只见她二人枪法舞到妙处，简直是身与枪合，捷如飞鸟，兔起鹘落，圆转自如。哪里分出哪是人，哪是枪，只剩两团红影在广场上滚来滚去。完全与当年初看许钺舞枪是一样灵巧，大大自愧弗如。出神忘形，不由喊出一声好来。

湘英、云凤听见有人叫好，各自收招。见是许超，湘英更不答话，把手中枪往兵器架上一掷，回身便要走去。云凤怕许超不好意思，正要向许超敷衍两句，许超更不怠慢，急忙上前拦住湘英去路道："大哥在前厅召集大家，分配同敌人交手时的职务，叫我来请大妹同凌姑娘前去赴会哩。"湘英冷笑道："不相干的事，打发一个长工来就得啦，还要劳你的大驾？我们知道了，随后就到，你先请吧。"许超见她还是不喜欢神气，自己却装不知道，拿脸冲着云凤，眼睛却看着湘英道："二位女英雄练得好梨花枪法呀！"云凤未及还言，湘英抢着答道："我们姊妹多呆，哪配学你们家独传的梨花枪法？无非猴耍棍，舞来解闷罢了。"许超急忙答话道："大妹不要太谦，这梨花枪法变化甚多，学起来很难，我学的还不过二位所会的一半。那天大妹还要我教，幸而我有自知之明,不敢答应;不然,老师所学还没有徒弟一半,那才是笑话呢。不过我还有一桩事要向二位请教:这枪法海内会者甚少,如学不全,等于没用。二位是从哪位老师学来? 可肯告诉给我,让我也知道知道?"湘英急答道:"这普天之下,难道只许你会梨花枪,就不许别人会吗? 真是笑话! 你要问老师,凌姊姊就是我的老师,我也是她的老师,我们两个替换着学的。你瞧我们会,你不服气吧?"许超道:"大妹如此说法,真屈杀我了。前日听了大妹之言,我因自己学不全,还背着人问家兄几手绝招,满想转传大妹,一向没有机会。如今知道大妹本来就会,以前说要学的话是戏弄着我玩的,我喜欢还来不及,岂有不服之理? 大妹太多心了。"

湘英还要还言,云凤见湘英连顶许超几次,有些过意不去,便抢答道:"湘妹不说原因,无怪许兄不知。只因那日湘妹听令兄谈起梨花枪,知道许兄也会,因令兄初来面生,不好向他求教,转问许兄,许兄又推在令兄身上。后来许兄到鱼神洞防守,令兄经大众相求,一时高兴,便在这空场上将枪要了出来。也是湘妹聪明,一看便会。我也从旁记下几招,天天来此练习。许兄既是此中能手,又是家传,令兄已走,我们正愁无处请教,如有错误之处,还望许兄改正才是。"许超道:"二位如此天资,真是令人万分佩服。不过我还没学全,漫说二位已尽得此中奥妙,即使稍有不到之处,我又如何能改正过来呢?"

湘英平日本同许超感情很好,自从那日学枪赌了十多天气,虽然抱定宗旨不理许超,谁知许超连受白眼,依旧殷勤,未免教湘英有些过意不去。想再理他,又因在云凤面前说了满话,怕云凤笑她。直至今日许超来请她到前面去,不住地用言挖苦,许超还是丝毫不动火,和颜悦色,任她讪谤,渐渐也有些气消心转。后来云凤看不下去,说了实情,又同许超客气了几句。湘英人虽性傲,学武艺却极虚心,生怕学不完全。本来就疑心许钺演时藏了几手,正苦于无从求教,满拟许超是学全了的,只不过不好意思问他。一听云凤向许超求教,许超又和前日一样推三阻四,不禁勾起旧恨,心头火起,冷笑道:"姊姊也是多事,你问他,他还肯说实话? 人家是家传,肯传外姓吗? 我们那天也无非见猎心喜,学来解解闷罢了。要说真学的话,不学还好,学会了也无非被人家绑了起来做俘虏,还有什么别的好处?"

许超见湘英出口就是别扭,自己尽自赔小心,反招出她挖苦自己过鱼神洞被擒之事。年轻人大半好胜,觉得当着云凤没了面子,不由把脸色一沉,答道:"人外有人,天外有天,胜负乃兵家常事。我平日又未说过什么自负的话,夜探鱼神洞中了妖法,被人擒住,并非我学艺不精之过。恐怕除了真正有名的剑仙高人,无论谁遇见妖法也躲不了吧?大妹既然以为我那日不教是藏奸,我再三赔话,都不理我,今日又屡次挖苦,我也无颜在此。且等破了吕村,同陈、罗二贼交手之后,告辞就是。"说罢,回身就走。

许超自那年逃出,便流落在戴家场,为戴衡玉的父亲戴昆收留,传他武艺,同湘英青梅竹马,厮守了好几年。后来戴昆临终,把许超介绍给颠僧马宏门下。学艺五年回来,原想见了衡玉兄妹,回家省亲,不想又因吕村之事耽搁。当时湘英业已长大,郎英女美,故侣重逢,虽不似小孩时节随便,内心情感反倒更密。许超见她性傲,又是义妹,总让着她几分,二人从未红过脸。今日双方言语不合,决裂起来。许超走后,湘英不怪自己说话太过,反而越想越生气,连前面都不想去。还是云凤苦劝,才一同往前面走来。走到厅堂,见许超尚在门口徘徊,回头看见她二人走来,才走了进去。云凤知道许超拿不准湘英来不来,进去没有话说,所以在门口等候。见湘英气得粉面通红,一时不好再劝,只得一同走了进去。远远听见许超对白琦道:"大妹同凌姑娘在后园练得好枪法,现在后面就到。"云凤听了暗暗好笑。说时二人已到跟前,除凌操外,大家俱都起身让座。

白琦招呼众人就座之后,便当场道:"再过不多几日,便到与陈、罗二贼相约日期。这次忽然中间又加上吕村中人与我们为难,事情很是棘手。现在为期已近,因为有吕村加入的缘故,我们除了加紧防备外,还得在期前请一位到陈圩去下书与陈、罗二人,就说二月初三,我们到陈圩赴约;他们如果不要我们去,要自己来,也随他们的便。就此探看一些动静,好做交手准备。否则我们去打陈圩,吕村却从鱼神洞捷径来潜袭我们的后路,我们人单势孤,岂不难于应付?索性与他们叫开倒好。如果要我们去赴约时,除留下两位守庄外,大家都一同去,自是不消说的。假如他们两处联合而来,我们这个村庄虽然不少会武艺的人,但是这次交手不比往年流寇容易对付,来者很有几个能手。本村壮勇,只能从旁呐喊助威,加紧料理埋伏,不可轻易上前,以免误伤人命。最好是用打擂台的方式,在前面广场上盛设酒宴,搭起一座高台,等他们到来,便请他们先行入席,就在席前上台,一对一地交手,以多杀为勇。起初以为只要对付陈、罗二人,所以宁愿到陈圩去赴约。如今加入了吕村,还有两个会剑术的人,所以如能办到此层,最为妥当。不过当初原说我们前去拜庄赴约,改作请他们赴会打擂,他们必定以为我们倚着戴家场山谷险要,有些怕他。去的人必须胆大心细,还要能言善辩才行。并且我们

15

明知陈、罗二人俱在吕村,而吕村呢,上次是我们去探他们的动静,后来并未前来寻衅,总算没有破脸。在他们未明白现身以前,惟有装作不知,径往陈圩下书,问出主人不在陈圩,然后托陈圩的人引到吕村投信,就便带一张柬帖拜庄。不知哪位愿意辛苦一次?"

白琦说话的意思,原以为黄、赵二人久闯江湖,又都会剑术,此去最为合宜,二人当中无论是谁均可。因是远来嘉客,相交不久,不好意思径自奉请。谁知许超和湘英口角,错疑湘英当着外人笑他无能,忍了一肚子闷气;又在听话中间用眼看湘英时,湘英又不住朝他冷笑,更以为是看他不起。暗想:"怪不得自从我从鱼神洞回来就不理我哩,原来是看准我没有出息。那我倒要做两件惊人的事给你们看看。"想到这里,雄心陡起,白琦话未说完,忙不迭地站起身来,对众说道:"小弟无能,日前失机,蒙大哥同众位不加谴责,万分惭愧。情愿前去下书,用言激陈、罗二贼前来赴会打擂。不知大哥看小弟可能胜任么?"说时用眼瞧着湘英微笑。白琦见许超自告奋勇,知他本领聪明倒还去得,不过已经在吕村被擒逃出,又不会剑术,总觉不如黄、赵二人妥当。但是许超既已把话说出,如再另烦黄、赵二人,似乎适才之言有些掺假,不是对朋友的道理。黄、赵二人一听白琦适才那一番话,便知用意,本要接口,不想许超自告奋勇,就不好意思争揽,倒显出逞能,藐视许超似的,只好住口不言。心源这几日非常爱惜许超,知他此去危险,心中不住地盘算。这里白琦见无人答话,许超又在那里催要书信,只得将信写好,又再三叮嘱见机行事。许超接信在手,又望湘英笑了笑,向众人道声再见,取了随身兵刃,回身便走。

许超走后,云凤见湘英闷闷不乐,便邀她到后园游散。湘英忽然冷笑道:"你看他多藐视人!随便下封书信,又不是出去冲锋打仗,有什么了不得?偏朝我冷笑。碍着大哥和远客在座,不然,我倒要问问他,为什么单对我笑?"云凤这时再也忍不住道:"湘妹你未免太多心了。许君和你既是从小在一处相聚了好几年,老伯爱如亲生,二哥又待他如同手足,纵有不周到和言语失检之处,也还要念在平日彼此交情不错。今天人家被你抢白了一顿,还是和颜悦色向你赔话。你却始终用语讪谤,末后索性揭了人家的短处。我们年轻人谁不好胜?举动沉不住气也是有的。想必疑心你看轻了他,所以才当众讨这种危险的差使。你没见白大哥那一番话,是绕着弯,想转请黄、赵二位前去?后来许君自告奋勇,白大哥不是迟疑了一会才答应的么?"湘英道:"那他去就去好了,笑人做什么呀?"云凤道:"人家对你笑,并无恶意,无非适才得罪了你,无法转弯,又觉着你看他不起,想在人前显耀,单身去蹈虎穴,亮一手给你看看。不然,人家也够聪明的,还不懂白大哥并不愿他前去么?你别以为下书信不当紧要,须知他曾被吕村的人用妖法擒获,后来逃转回来,这回明到那里,敌人方面言语之间稍微一讥讽,许君一个沉不住气,就许动起手来。好汉打不过人多,何况敌人方面又有好几个会妖法、剑术的,吃个眼前亏还是小事,说不定还有性命之忧呢!临走的时候,白大哥再三叮嘱他,到了那里莫要任性使气,你没有听见么?"

湘英起初听云凤相劝,因为心中有许超存心和她怄气的主见,虽不好意思当面抢白云凤,却好生不以为然。及至听到许超将有性命之忧,仔细一想情理,觉得云凤之言不是无理。不管许超是不是看自己不起,但是这下书,明明白琦是想黄、赵二位内中有一人前去。要不是自己挖苦得他太厉害,如何会去冒这种可以不冒的险?倘再出了差错,岂非我虽不杀伯仁,伯仁因我而死?想到这里,不禁惊出一身冷汗。可是表面上仍不露出,反向云凤强辩道:"两国交锋,不斩来使。我就不信有这许多危险。你不信,我就单身去探一回吕村你看。"云凤知她脾气,说得出就做得出,闻言大惊,生怕引她犯了小孩脾气,果然前去涉险,不敢再劝,只得用言岔开道:"要说险呢,本来不一定就有,我无非想借此劝劝你,消消气,和好如初罢了。"湘英知她用意,反倒好笑。两人各有心事,俱不提适才之事。

吃罢晚饭之后,湘英说有些头痛,想早早安歇。她与云凤亲如手足,平时总是同榻夜话,不到深更不睡的。云凤摸了摸她头上,果然有些发热。因她适才有前去涉险之言,不大放心,又不便公然劝阻,反勾起了她必去之想,只得和衣陪她睡下。初更刚过,猛想起父亲同俞允中伤势虽痊,还要服那调补的药,每夜都是自己料理好了,端到他翁婿房中;并且听父亲说,这药一共要吃七七四十九天,一天也不能间断。好在药同瓦铫、无根水等都预备好在房中,不用费事,便起身下床来。摸了摸湘英,睡得很香,额际汗涔涔的,还有余热未退,鼾声微微,呼吸极为调匀。移过灯檠,往脸上一照,脸色红润,娇艳欲活。见她一只欺霜压雪的玉腕放在被外,轻轻替她顺在被内,给她将被掩好。见她没有怎么觉察,也不去惊醒她,轻轻放好灯檠。将药配就煎好,正待将药送到凌操房中,心想今晚还是不要离开的好,便打算叫湘英用的丫鬟送去。走到后房去一看,那丫鬟睡得和死人一般,再也推拉不醒,只得重又回房。忽听湘英在床上说梦话道:"这回身七步追魂夺命枪真妙呀!"接着又含含糊糊说了几句,听不清楚。云凤见她用功学艺,形于梦寐,颇觉

17

好笑。看她睡得愈发沉稳，才放了心。当下轻脚轻手把床帐放下，将煎好的两罐药端在手中，悄悄走到扶梯跟前，轻轻揭起楼门盖板，三步当作一步，脚尖着地，就在黑暗中走了下去。一直到了平地石砖上，侧耳细听，楼上并没有什么声音响动，才放开脚步往前面厢房走去。抬头见天上黑沉沉的，一点星月之光全没有。远看凌操房中烛光很亮，仿佛听见有棋子的声响，知他翁婿二人又在那里下棋。云凤本是此中国手，不觉技痒起来。正走之间，忽见一条黑影往路旁房上一蹿，定神一看，原来是一只猫，正从后面东房上往南房房顶上去呢。那猫好似禁不住那冬天的寒风，到了屋顶，回头咪咪两声，抖了抖身上的毛，慢慢往房后跳下去了。

第六十六回

观社戏　巨眼识真人
窥幽林　惊心闻噩耗

云凤也没有在意，走到凌操窗下，棋子落枰的声音，在这静夜里越加显得清脆可听，便迈步走了进去。只见凌操同俞允中翁婿二人，果然在那里下围棋，两家棋子围在一角，正杀得聚精会神，难解难分，连云凤进来也好似不曾看见。云凤便将药罐放下，喊了一声："爹爹请用药。"凌操也没有朝云凤看，随口答道："你叫你大哥先吃吧。"允中的棋势被围了一大片，连云凤进来都没有看见，只顾苦想出神，还以为凌操对他说棋呢，随口答道："毕竟岳父名手不凡，就让我吃这一角，我还是得输二三十子呢。"云凤看他神气好笑，说道："也没有见你这种屁棋，偏高兴和我爹爹下。几曾见棋一输就是二三十子？"允中闻言抬头，才看见云凤站在身旁，急忙起身让座。起身时一慌，袖子带过去，把棋乱了一大片。凌操推开棋盘，笑道："贤婿认输，我们说一会话吧。"

允中平时少年老成，同云凤患难共处了这些日，爱根种得越深。因是未过门的妻子，当着人前，彼此都有些拘泥。只有晚间送药来吃这一会，室内不常有外人，反倒随便一些。见云凤三不知走了进来，巴不得凌操提议停战，好同云凤说会话儿。便起身答道："小婿再下，无非也是献丑。还是请大妹同岳父重摆一盘，小婿从旁学着些吧。"说罢，便将黑白棋子分出，在四角各下上一子，请云凤上场。云凤道："你先不用忙，把药吃完了再说。"这时凌操已将药饮下。今晚的药，因为云凤煎得过了火候，允中端起呷了一口，似乎嫌苦。还要再喝时，云凤从袋中取出七八个大干枣儿递了过去。允中正要伸手去接，云凤已然放在桌子上面，将手缩了回去。允中用药碗遮了面孔，从旁偷偷看了云凤一眼。云凤抿嘴一笑，装作不理会似的将头偏开，朝着凌操道："爹爹要没有事，女儿回房去了。"

允中见她刚来就要走，急忙放下药碗，抢着答道："天还不甚晚，大妹何必这早就安歇呢？陪岳父下上一盘，再去睡吧。"云凤微嗔道："偏你那么有闲心爱下棋，我还有事呢。"凌操见这一双佳儿佳婿情感俱从面上流露，也不去管他二人拌嘴，在旁抚髯微笑，不发一言。后来看出允中的意思是十分不愿意云凤就走，便帮着留道："你大哥既要下棋，我已下过一盘了，你陪他下一盘何妨？"允中见丈人也帮他留爱妻，越发得意，现于神色。云凤道："你少得意，不要以为我爹爹叫我陪你下，我就得下。说真了，你这种屎棋漫说一盘，就是十盘，还不把你杀个落花流水么？"允中道："我诚然下得不高，须知诗从胡说来，棋也不是从乱下来么？凡事如果以为自己不会，就老不学，以后还有会的日子么？"云凤见他猴急眼巴巴的，也不好意思再公然拒绝，便正色对他说道："我不是真不和你下棋，是因为我日间言语不留神，闯了一个大祸，不能不留点神，省得闹出事来，对不起这里的主人。我急于要回去，就是这个原因。"

凌操知道爱女聪明持重，轻易不说戏言，料事也极为透彻，闻言大惊，连忙问故。云凤便把日里许超和湘英拌嘴斗气，自己从旁解劝，湘英任性使气，老早就推说要睡，自己如何留心，从旁守着不离，等她睡熟才送药来，前后情形说了一遍。凌操闻言，忙说道："既然如此，果然这不是可以大意的，惟愿她不是装睡骗你才好。你急速回去吧。"云凤见父亲也和自己一样疑心，越加心慌，也不还言，拔脚便走。出了房门，只两三纵已到湘英楼下，匆匆上楼一看，绣帐低垂，床前湘英绣鞋仍和刚才一样，端端正正放在地下。刚要好笑自己多疑，谁知走近床前一看，床上只剩一堆绣被，哪还有个人影。立刻头上金星直冒，急出了一身冷汗。忙往后房一看，那丫头睡得正香。湘英平日所用的一把宝剑连同七星连珠弩俱已不在墙上。再反摸被头，温香尚未散尽，尚疑她不曾去远。便开了楼窗，纵到高处一看，四外寒风飒飒，哪里看得见丝毫踪迹。当下低头略一寻思，也不去喊那丫头，径从楼顶纵下地来，去寻凌操商量去了。这且不言。

话说许超持了书信，问明道路，带了几件轻便的兵刃暗器，出了山口，绕着山径小道，直往陈圩走去。到将近黄昏时分，见前面有一个大村寨，打听行人，果是地头蛇追魂太岁陈长泰的庄子。及至走到临近一看，这座村寨前临湘水，后倚崇山，寨前掘有丈多宽的护庄河，将湘水引进去把寨子四面围绕，越显得气象威武。许超正在四外观看，那守护庄桥的豪奴见天色不早，刚要把吊桥扯起，忽见许超走来，远远喝问道："你是做什么的，跑到本寨探头探脑？再不说明，我们就要放箭了。"说罢，便有几个人拿着弓箭，远远瞄着许超，做出要放的神气。许超见这些豪奴狐假虎威，做张做智，十分好笑。情知陈、罗二人不在寨中，此来无非打个招呼而已，乐得拿这些小人膔膔脾。见吊桥已经被那些人扯起，便高声喝道："你们把吊桥放下，过来一个，我的来意自然会说与你们听的。"那些豪奴见许超神气傲慢，不禁大怒，齐喝道："我们庄主有令，这几日闲杂人等不许进庄，我们也没有工夫伺候你。你要是好的，你就泅水过来说吧。"许超闻言，哈哈一笑，脚微点处，已经纵过河来。那些豪奴见许超身手如此矫捷，不禁有些胆怯。为首的一个便凑上前来问道："你这人到底是做什么的？问你又不肯明说。你要想在这里卖弄，须知我家庄主同罗九太爷不是好惹的。"许超笑道："我正要寻陈长泰同罗九两人答话，你快领我去会他们吧。"那些豪奴听许超喊陈、罗二人的姓名，骂道："这厮好大胆，竟敢喊我们庄主的名字，叫你吃不了兜着走！"说罢，便有一个豪奴拿起手中一条枣木短棍掩到许超身后，打算趁一个冷不防将他打倒。许超早已留神，装作看不见，等到那人将棍举起快要打到自己头顶，也不转身，也不躲闪，只微微将身往左一偏。接着倒退一步，右手肘往后轻轻倒撞过去，在他胸前撞个正着。那人"哎呀"一声，身子晃了一晃。许超哪容得他缓气立足，肘到那人胸前，顺势往上一翻，手背正打在那人面部。跟着反臂回身，右拳起处，那人腮帮子上又着了一下。一个站立不稳，往许超左手正要倒下。许超就势一扁腿，像踢毽子似的，将那人踢了两个溜滚。那些豪奴见许超还手打人，各持器械，一齐上前。许超刚把先前那人踢倒，见众豪奴又从后面打来，更不怠慢，将身往下一蹲，一个躺地连环腿，朝众人下半部扫将过去。众豪奴哪禁受得起这一下，被许超打倒了七八个。余人均不敢上前，面面相觑。

正没办法，忽见庄门开处，远远跑来一少年。许超正待等那少年近前动手，那人远远高叫道："壮士休要生气，待我责罚他们。"说罢，已到面前。众豪奴抢说道："二庄主来了。这东西渡过河来，不问青红皂白，就动手打人，将我们打伤了好几个。快将他捉住，等大庄主回来发落吧。"那少年冷笑道："平白无故还会有人欺负你们的？"说罢也不再理他们，走到许超面前，深深施一礼道："壮士因何至此与他们生气？请看在下薄面，休与他们计较吧。"许超见那人虽然年轻，面目英爽，彬彬有礼，不禁化怒为礼道："我名许超，奉了戴家场白、戴二位兄长之命来此下书。不想他们从后暗下毒手，以致动起手来。我也有些莽撞之处，请阁下宽容吧。"那人闻言，微微叹了口气，答道："家兄同那姓罗的日前从吕村回来，原说在庄中候白、戴二位驾到。不料昨日庄外来了一位红脸道长，口称要会那姓罗的，那姓罗的却不敢出去见他，由家兄将那道长敷衍走了。今日一早起来，家兄同姓罗的便变了主意，不在庄中等候，如今到吕村去了。壮士的书信如愿留下，我自会着人送去的。"许超道："这倒不敢劳驾，令兄既不在庄中，我还是到吕村投信便了。"说罢，道了一声："得罪，告辞。"脚微顿处，纵身过河。那少年也将身一纵，跟踪纵将过去。许超见那少年身法不在自己以下，暗暗惊异，重又请问姓名。才知他便是陈长泰同父异母兄弟，名唤陈长谷，本领也颇了得。许超便请他留步，长谷执意要送，又送了有一里许路，才将吕村路途指明，同许超分手而去。

　　许超见天色已晚，离吕村还须绕着山路走好几十里地。来的时节，白琦曾再三叮嘱，说是无论如何不可黑夜拜庄，以免误会；如果天晚赶不上道，尽可在附近地方住上一宵，明早再去。许超便打算先赶到离吕村不远的一个清水坝镇集上先住上一宵，明早再行前去拜庄。主意打定，脚下使劲一赶路，一口气走了有六七十里山路，绕过了一处山麓，前面便到了清水坝。这时业已是初更时分，远远听见锣鼓喧天。走到近前一看，一片广场上，正搭着草台，在那里演得好热闹的武戏。台前两支粗如人臂的大火炬，还有许多亮子油松，照耀如同白昼。台底下看戏的乡民，扶老携幼，拥挤得水泄不通。余外还有许多卖零食年糕的摊子，大家都争着来买。端的是丰年气象，热闹非凡。许超本来腹中有些饥饿，见有卖食物的摊子，便不打开干粮口袋，径自跑到一个卖烧鸡的摊子上，买了一只肥鸡、四个馒头，又买了一碗粉条汤，加了一勺辣子，就在摊旁胡乱吃了一餐。吃完之后，正打算去寻宿头，见台上戏正到好处，顺眼一望。猛回头看见东首站着一个高身量的道人，正同人打听一个人的姓名，耳朵边忽然听到有"罗九"二字，不由注了点意。假装着往台上看，身子却一步一步凑了过去。同道人问答的人，本是一个老年乡农，等到许超挨近身旁，业已将话答完走去。那道人也自走开。许超见那道人身高七尺以外，年约四十左右，生得虎背熊腰，一张红脸，映着火光，分外显出红中透亮，不由心中一动。许超不敢冒昧，见那乡农走往西北角人堆里，仰头正往台上看呢。便也挨上前去，在他身后立定。正要想法同那人说话，恰好那乡农看戏看出了神，不知怎的一用力，用手往后一摆，正打在许超胸前。等到觉出打了人回头看时，见打的是一个穿着整齐的少年相公，知道惹了祸，急忙赔礼不迭。许超因想借机同他说话，存心让他打的，乐得就此攀谈。那乡农见许超谈吐谦和，愈觉不安，有问必答。二人一路看戏，一路说话，越来越对劲。

22

不多一会，台上散戏，台底下的人像潮水一般挤散开来。那乡农上了几岁年纪，又全仗许超扶持，没有让别人挤跌在地，非常感激。知道许超是路过此间，要往镇上去寻旅店，便邀许超在他家过宿。许超心中虽然愿意，口中不免客气几句。那乡农道："此处僻在山坳，并无客店，官人总是要往人家投宿，我敬重客官年轻性情好，何必客气呢?"许超见其意甚诚，便也不坚却，随那乡农走有一箭多地，便到他家。当下揖客入门，便有长工过来招呼。问起那乡农姓名，原来姓向，是个小康之家。许超坐定后，慢慢朝他打听吕村诸人动静。那老者道："吕村自从吕宪明回家，郭云璞来到，昔日手底下的爪牙渐渐又都回来，架弄起吕宪明的三兄弟，名唤吕马的，无恶不作。前天晚上，我们这里酬神演戏，知道吕村这些人倚势凶横，一毛不拔，并没有摊他们公份。谁知开戏时节，吕三带了一伙打手前来问罪，硬说不摊公份是瞧他们不起，硬要拆台，给大家今年来个大不吉利。后来经多少人说合，按照演戏的钱，再出一倍给他，会首还给他赔了大礼，才算完事。你说可恶不可恶?听说下月初三，要和隔山戴家场打群架。山里头还修了几座天牢水牢，准备捉住戴家场的人关在里头。昨日听说又请了陈圩的太岁同罗九疙疸来助拳。好好的太平年岁不过，无缘无故要欺负人，打死架，这是何苦呢!听说戴家场的庄主也很了得，人也正派，不知怎的会得罪这几个凶神，这乱子才不小呢!"

许超又问，戏台旁边同他说话的那个红脸道人是不是本村中人，怎么生得那般高大身量。向老者闻言，连忙摇手道："客官年纪轻，出言有些不检点。适才我看戏正看得有趣，无意中一回头，便见那道爷站在我的身后，见我回头，便笑着同我说话。我起初还不甚在意，后来见他生得异样，又是一张红脸。本村同吕村相隔只有三五里山路，我们这里又是上湘潭必由之路，两村的人我差不多全认得，从未见过这样的一位道爷。他那一双眼睛尤其怕人，老是往下搭着眼皮。我不是身量矮吗，我无意中往上一抬头，恰正对着他那眼缝，也不知他那眼中发的是什么光亮，眼光一对，射得我两眼都睁不开来。他那身量、红脸，连那双眼睛，根根见肉的长胡子，我越看他越像庙里头的龙王爷。偏偏今天又是给龙王爷演戏还愿，我上了几岁年纪，知道今天龙王爷既然现身出来听戏，今年年景一定比去年还好。但是说穿不得，要一说穿，不但没有福，说不定龙王爷一生气，就许像前些年吕村一样，得罪了龙神，一场大水，差点没把全村淹死，那还了得! 所以我恭恭敬敬回了两句，也不给他说破，我就告辞躲到旁边，去让他老人家静心听戏。果然我走开了

23

两步，再一回头，就看不见他了。凡人走得哪有这般快法？明明使隐身法，不叫凡人见他老人家的真身。不是龙王爷显灵，还有什么？幸而客官没说别的，不然你明天上路准出乱子。"

许超猜他是个能人，因为不知他是吕村邀来的同党，所以才向老农打听，不想附会到龙王身上去。知道这些乡下人性情固执，不便同他辩难，便又问道："据你老人家说来，明明是龙王显灵了。我仿佛听他同你打听一个姓罗的，这又是什么意思呢？"向老者闻言想了一想，答道："那姓罗的就是罗九疙疸。要是别人提他的小名，我决不敢答言；因是龙王爷问他，闯出祸来，自有龙王爷保我。不过我见他问时，对罗九神气还不错，好似非常关心。莫非罗九本来生有仙骨，后来迷了本性，龙王爷和他有缘，想去点化他改邪归正吗？"许超闻言，心中益发好笑。

这时天已不早，二人谈了一会，早有长工将床铺好，端进灰笼，招呼许超安歇。许超睡在床上，再也猜不透那道人来历，想了一会，径自睡去。到了天明，向老者亲自来招呼茶水点心。许超洗漱之后，用了点心，才与向老者道谢作别。因为昨日说是到湘潭去，不好意思改口，只得先不进村，等到向老者转身，才抄山麓捷径翻到山腰，再由山半取径进吕村去。才入吕村不远，看见路上的人对他很注目。许超知道自己面生招人猜疑，也不去管他，径往前面走去。转进一个山沟，便远远望见吕村的旧寨。正待往前走去，忽见山坡树林内走出二人，各持兵刃，高声大喊道："来人是哪里来的？"许超不俟那人再发话，便将白、戴二人同自己的名帖递了上去，一面说明来意。那二人听说是戴家场的三庄主前来拜庄，便着人飞跑往寨中送信。一会工夫，去人回报，请来客入庄。许超随了那二人走到寨前，早有一个獐头鼠目的人迎了出来，请他入内相见。许超随那人进寨，吕宪明早在阶前迎接，说道："许庄主，我们一别将近一个月了。"说罢，揖客入座。许超知吕宪明是挖苦他在鱼神洞被擒之事，心中不免有气，只好装听不见。

坐定以后，许超照白琦嘱咐的话说道："我们彼此近邻，自从鱼神洞旧道湮塞，多年不曾来往。去年年底，听说庄主从华山回来，本要前来拜庄，白、戴两位长兄曾令在下去察看鱼神洞旧道，不想与贵庄守洞的人发生误会。在下回去后，白、戴两位兄长深怪在下办事不周，诸多冒犯，因为忙于度岁，不曾早来请罪。过年以后，敝村事忙，陈圩之约不久到期，着在下前去下书安驾，就便请问陈圩庄主，到了二月初三，是否容我们弟兄三人前去登门求教？到了陈圩，才知陈、罗二位业已驾临贵庄。白、戴二位兄长闻知，又着在下前来,一来向贵村负荆,二来请问陈、罗二位,能否到了二月初三,光降鄙村?如能移尊就教,愚弟兄是日略备水酒粗肴,请陈、罗二位与贵村诸位前去赴宴,就在酒席筵前负荆,以全多年乡邻和气。"说罢,便将书信取出,托吕宪明转交。吕宪明接过书信,说道:"陈、罗二位原打算二月初三,在陈圩候三位大驾光临,不想陈庄主的母亲染病在床,受不得惊吓,特来吕村商议。正想派人到贵村去说,请三位另约地方,或者登门请教。许兄来得正好,就烦许兄回去,说我等二月初三,准到贵村叨扰就是。"许超口头道了声谢,便起身告辞。吕宪明倒很讲面子,直送到大门外边,才行进去。

许超满以为此来不定要闹出什么乱子,没想到事情如此顺手。离了吕村旧寨,往回路便走,刚刚走过适才入口的山坡上,忽听有两个人在树林之中说话。许超人本精细,忙将身隐伏在崖旁僻静之处侧耳去听。只听一个人说道:"你说得也太邪了,一个年轻小姑娘,会有那么大本领?我不信。"另一人说道:"你哪里知道,世界上奇怪事多啦。你是才回来不多日子,不知细情。你以为我们庄主还是从前一般,尽仗教师、打手助威吗?告诉你说,他自从那年受了那个游方和尚欺负,一赌气跑到华山,寻着一位会吐火的神仙,练会了许多法术。去年才辞别下山,打算重兴旧日基业,扬名天下。又加上新来的那位郭真人,更是本领了得。有人看见他嘴一张,便吐出一道火光,将人活活烧死。去年大年三十晚上,那个戴家场的奸细武功何等了得,不是伤了我们好多人,后来被我庄主和罗九爷亲自动手,才将他捉住的吗?昨晚擒住的那个女子,不过会跳高,会打暗器,武艺也还不错,庄主不该小看了她,才被她打了一弩箭。后来将她擒住,问她来历,她执意不说。庄主本来要将她活埋,以报一箭之仇。偏偏郭真人见她生得美貌,打算收她做一个老婆。这小姑娘倒也烈性,起初被擒,简直是杀剐听便,不发一言;及至听说要她归降成亲,更破口大骂起来。郭真人生了气,才把她下在螺丝湾石牢之内。你以为她本事大,还不知在她以前来的那两个女子本事更大呢。"以下谈的便是上文金姥姥门下何玫、崔绮被擒之事。

许超从这两个人口中听说又有一个女子被擒,不由激动义侠之心。暗想:"何、崔二位侠女原说回山去请她们师父金姥姥,并寻几个帮手,准在二月初三以前赶到戴家场。如今相隔已有多日,尚不见来到。莫非何、崔二侠女请不来金姥姥同别的帮手,不好意思来见众人,故此单身去寻吕、郭二人拼命?但是既知能力不敌,何以又来犯这种无谓的危险?"又觉不对。依了自己脾气,便打算跑进树林将那两人擒住,问个明白。因是来时白琦再三嘱咐谨慎小心,不要多事,自己也知吕、郭、罗三人厉害,又在白天,不敢轻举妄动。仔细盘算,估量自己能力同吕、郭、罗三人动手,虽然一个都不是对手,要是趁他不防,偷偷前去救人,或者不至于就遇危险。自己既以英雄侠士自命,明明见着一个义侠女子陷身虎穴,贞操性命全在危险万分,岂容坐视不救?主意拿定,雄心陡起。

他所伏的地方,正是入吕村的口子。这时正是辰末巳初,湖南人吃早饭的时候。许超往四外一望,见没有人过来,正要站起身,忽觉林内好半天没有声响,悄悄探头一望,不由大吃一惊。原来那树林内适才说话的两个防守的人,俱已捆绑在地。急忙进林一看,这两个防守的人都被人点了哑穴,不能转动。许超拍醒转来一个,问他被何人捆倒。那人见许超救他,疑是本寨派来的接应,便对许超说道:"我二人正在谈天,忽从边崖上蹿上来一条黑影,正要打锣,人还没有看清,便被她点倒,才看出是一个穿青的小姑娘。她拿宝剑架在我的颈上,问了问螺丝湾的路径,将我二人捆上走了。我这两只手麻得要死,你快替我解开,再去追奸细吧。"许超正要盘问他的路径同那被擒女子的详情,忽听崖下又有人说话的声音。那人便高叫道:"四哥快来,这里有奸细了。"许超疑他看出自己行径,闻言大惊,急忙将那人重新点了哑穴,将身伏在一旁。见那崖旁上来的两人,手中各拿着家伙,口中说道:"你两个又大惊小怪做什么?"走到近前,见他先来的伙伴被人捆倒,不由失惊道:"你两个怎么会失风了?"说罢,双双过去就解二人身上捆的带子。许超更不怠慢,一个寒鸦掠地势,蹿到二人跟前,把这后来两个接班的也点了哑穴。重又解开先前那人,用手中宝剑逼着问那女子被擒经过。

许超听那人说的相貌身材颇似湘英,不由吓了一大跳。心想:"湘英武功虽然了得,但是鱼神洞既过不来,那人又说是在寨中擒住的,当然还是从别的路径来。要不打鱼神洞来,由戴家场到吕村,须要绕十几处险峻山峰,有一百多里的山路。自己走时已在下午,况且云凤和她形影不离,除了半夜偷走,白、戴同凌氏父女决不会让她一人来此涉险。半夜动身赶到此地,无论如何,她没有那么快的脚程。可惜那适才捆人的女子没有被他们看清面目,不知是否云凤,如果是云凤,当然被擒的是湘英无疑了。且不去管她是与不是,先去救出那女子再说。"当下解开那后来两个防守人的束身布带,像先前两个一样,如法炮制捆好,分放在四个岩角僻静之处。把心一横,便往螺丝湾走去。

这时村中人早饭已过,山中渐有行人。许超不敢在明处,翻山爬崖,拣那僻静之处鹭伏鹤行，悄悄偷身过去。到了螺丝湾侧一看，原来三面俱是高崖绝壁，一面是一个无底深潭，西石崖上有一个三尺方圆的小洞。许超见洞旁大石上坐着两个防守的人，各拿兵刃铜锣。由上至下，高有十丈。只好绕道下去，再由潭侧蹿上去。便远远抓着古藤，坠到谷底。屏着气，一步一步伏行到离那洞口约有丈许远近停住。那二人也正谈得有劲，并没有防着有人从后暗算。许超到那二人身后不远，把气运足，正要作势朝那二人扑去。忽见那二人坐的大石旁边蹿起一条黑影来，接着当啷一声铜锣掉地的声音，把许超吓了一大跳。

第六十七回

失掌珠　凌翁拼老命
援弱女　飞剑化长虹

许超定睛看时，来者正是凌云凤，不由又惊又喜。再看二人业已被云凤点倒，急忙上前相见。云凤也不顾和许超说话，先把地下铜锣拾起，仍挂在那人手上。好在这两人均已闭了哑穴，不能动转说话，仍照适才说话神气将他们摆布坐好，也不去捆绑。许超忙问湘英可曾同来。云凤只说："湘妹被困洞内，事不宜迟，我们快去救她。"二人都知道，先前林中被擒的人若被村中人发现，便难脱身，急忙入洞先救湘英。谁知走到洞中一看，通道已被一块大石堵塞。二人合力推了两下也推不动，急得许超满身是汗。云凤又回身出来，将那两个防守的人拖了一个进洞，解了哑穴，逼问究竟。那人道："这洞外面虽小，里面却大。被郭真人用神力搬了一块几千斤重的大石堵死，只留一个三寸大小的洞，准备早晚送饭与那小姑娘吃。等那小姑娘应允同郭真人成亲，只消她在洞中一喊，我们便去送信，郭真人便亲来放她。除了郭真人，别人休想弄得动这块大石。"许超闻言，便就着他说的送饭小洞，连喊了几声大妹，都不见答应。疑心湘英性烈，已寻自尽，不由悲苦起来。又问那人："湘英手脚可曾捆绑？"那人道："不但捆绑，还是用的蛟筋绳呢。"许超喝问道："那她手脚俱被捆绑，你们与她送饭，叫她如何拿法？"说罢气不过，便踢了那人两脚。那人负痛说道："我们送东西进去，原是拿竹竿捅到她坐的地方，由她伏在地下，用口就着吃的。"云凤见问不出办法来，仍把那人哑穴闭住，扶他坐上石头。二人重又回身，替换着朝那个洞口喊了湘英几声，还是没有应声。那石头用尽全身之力，休想动得分毫。漫说许超伤心肠断，就连云凤也泪流不止。

二人正没办法，忽听来路上一阵锣声，接着到处锣声四起，响成一片，震动山谷。二人知道事已危急，越发使劲推动那块大石，好容易觉着有一些活动，心中大喜，恨不得连吃奶的力气都使出来。眼看锣声越响越近，忽见一道青光穿进洞来。二人知道敌人来到，危险万分，还不及迎敌，那人收住剑光，急说道："二位危在顷刻，还不快随我先逃活命，等待何时？"二人定睛一看，见是心源，略放宽心。心源也不及同二人细说，忙催二人快走。刚刚走出洞外，忽地从山上跳下一个大汉，手执一把钢叉，大喝："奸细往哪里走！"心源一面拔剑迎敌，一面口中连催云凤、许超快走。心源同那大汉交手只一回合，便回身同了二人逃走。转过两个山坳，逃到一座石洞跟前，见四外无人，忙喊许超、云凤立定。那大汉恰也追到。许超见那大汉穷追，正要将暗器放出，那汉子忽然哈哈大笑道："三位还不进去！"心源便叫许超、云凤："现在来不及说话，追我们的是自己人。"说罢，三人一同进洞。那大汉却不进来，又往来路而去。心源、许超、云凤才进那洞，便有一个年轻妇女出来，请三人走进后洞，转了好几个弯，搬开一个大石臼，从那石壁旁边一个小洞钻了进去，原来里头还有很大的地方。那少妇说道："三位先委屈一会，我去取茶水来。"说罢自去。

一会那大汉回来，原来是陆地金龙魏青。相见之后，问起原因，才知心源昨日见许超自告奋勇前去涉险下书，生怕出了差错，等他走后，便对白琦说明，悄悄跟了他来，一直并未露面。后来见许超伏在崖下听树林中防守的人说话，便知许超要管闲事，没有料到昨晚被擒的却是湘英。虽然觉得许超不自量力，却佩服他的勇敢侠气。正要招呼他同时去救那女子，猛见对面崖下蹿上一人，将林中二人点倒，细一看却是云凤，才有些疑心那被擒的女子是湘英。本想和二人相见，又想："凭自己的能力，也未必是吕、郭等对手，莫如跟在他二人后面，万一他二人失事，还可做一个接应。"便不同他们见面，只远远在后面跟着。走不多远，忽见迎头走来一个大汉，躲在路旁一看，却是魏青，好生诧异。暗想："日前去寻铁蓑道人，曾同他相遇，当时邀他到戴家场去，他推说有事，如今却在此地相遇，莫非他也入了吕、郭一党？"正在寻思，魏青业已走到近前，心源只得上前相见。魏青见是心源，大吃一惊，忙拉他到林中僻静之处，问他怎会来此。心源知他人甚忠直，便也说明来意，只不提起还有别人同来。魏青道："我自在成都遇见追云叟，他因我妻子与吕宪明是同族，吕宪明小时人极无赖，被他父母逐出，多亏我岳父照应，虽然多年不见，关系很深。不知怎的，追云叟会算出他一个姓凌的亲戚要受姓吕的害，他老人家恐到时有事不得分身，教我夫妻一套说辞，前来投奔吕宪明，以便日后如有姓凌的父女二人来此被陷，着我暗中救他，不许泄露。所以那日你要我到戴家场去，我因为已答应了他老人家，不能同你前去，就是为此。

我到此以后，因为吕宪明受过我岳父的好处，对我夫妻倒还不错。本来我就住在他家，日前他们要把螺丝湾的石洞修成地牢，着我监工。被我发现左近还有一座石洞，里面很大，有十几间天生石室，不用生火，自然温暖。我讨厌吕家一些狐群狗党常在一起，便和吕宪明说，想搬到那石洞居住。吕、郭二人修好地牢之后，本打算日后派人看守，说我为人忠直，顺便派这件事再好不过。我立时答应下来。那地牢本来空着，要等捉了戴家场的人才排用场。谁知过了二十来天也没人来。我知道他们不但会剑术，而且妖法也很厉害，常替你们担心。果然昨晚快天亮的时候，不知从什么地方跑来一个女子，想偷郭云璞妖道的硫黄迷魂砂。那砂原带在妖道的道袍上面，昨晚妖道用饭时另换了一件道袍，没有带在身上，连那道袍挂在屋内，他自己却到前厅同大家谈话。谈话时提起这砂的厉害，被这女子偷听了去，想到妖道屋中盗走。已经快偷到手，偏偏吕宪明要入内有事，走过妖道窗下，被他无心看见，动起手来，见那女子十分美貌。因为当初妖道还擒过两个女子，起了邪念，本想收为妻妾，不料被她逃走，好生不快。吕宪明为讨好妖道，便想将她生擒，不肯放剑伤她。谁知那女子本领非常了得，吕宪明脸上还中了她一下七星连珠弩。后来还是妖道赶来，大家合力将她生擒。问她来历，她只笑说杀剐听便。后来听说妖道要收她为妻，才破口大骂起来。妖道无法，将她关在石牢之内，打算磨磨她的火气，逼她应允。还派了几个人受我指挥，在洞前防守。我怕那女子便是追云叟的凌姓亲戚，想要救她，偏偏那洞虽归我管，除了妖道亲来，谁也无法弄开，我还正在发愁呢。"

心源闻言，才把湘英失陷，有一姓许的好友连一个姓凌的女子，正设法去救，告诉魏青。魏青闻言，大惊道："这如何能行？漫说白天人家防守周密，本领高强，就是晚间，先是那塞洞的大石，是妖道用法术运来的，除了他就没有办法。我先去将这两人请到我家藏躲，到晚间再行设法去救，还稍妥当一点。不然，万一惊动妖道，再要把这救人的二位擒住，便更糟了。"心源闻言，忙催魏青赶到了螺丝湾。许、凌二人已经将防守的人点倒，因为无法开洞，正在为难。心源和魏青在对面崖上看得真切，正想下去唤他们，忽听锣声四起，知道业已被人发现，事在危急。心源忙问明了魏青住的所在，教了他一套言词同如何应付，自己急忙飞身入洞，将许、凌二人唤出。

魏青却装作知道有了奸细，故意拦住迎敌，容他三人逃出洞去，自己再装作往前追赶，寻找奸细的神气，口中直嚷。果然追了不远，吕、郭二人已经得信追来，见了魏青，忙问究竟。魏青道："我因为今天头一天捉住奸细，怕她逃掉，适才回洞匆匆忙忙吃了一顿早饭，急忙到洞中去看。刚到崖前，便听锣声，我遵你们嘱咐，见有动静，只管紧守那洞。我见洞旁防守的人好端端地坐在那里，刚放一点心，忽见洞内跑出二男一女，我便上前迎敌。谁知这三人全会剑术，想是怕诸位法术厉害，也不同我交手，各驾剑光逃往东南方去了。"郭云璞闻言，生怕这女子又行逃走，急忙下崖，领了众人走到了洞前，才知防守的人已被人点了哑穴。解开一问，同魏青所说的前半截并无差异。再看那封闭的石头，并未移动，知道人未救走。还觉不大放心，仍用法术移开大石，点了火炬进洞一看，忽然洞中一亮，一道长虹急如闪电，出洞破空而去。再看地下，散堆着一段段的长短蛟筋索子，被擒女子却踪迹不见。任你郭、吕二人妖法、剑术厉害，也闹个措手不及。急得郭云璞直跳脚道："我上了这人的当了！我用法术移来这块大石，还有符咒镇压，重如泰山，任你天生神力也无法移动。我不该给那小贱人留下送饭的小洞，被救她的人运用剑光进去。救她的人知我法术厉害，那女子不会剑术，不能似他身剑合一，趁我移石的当儿，带那女子逃走了。"魏青闻言，不由心中大快。吕、郭二人见到手活羊又被逃走，好生不快，只得率领众人回寨去了。

这里心源等互说经过，听见湘英被人救走，知道戴家场诸人俱无这种本领，又是高兴，又是疑虑。尤其许超更是放心不下。云凤本是昨晚湘英走后，和凌操商量，要追湘英回来。说事情本是因她多口而起，豁出性命不要，也要前去救援。凌操知道爱女脾气外和内刚，怕她说得出做得出，只得答应她，如果湘英天亮不回，大家都一起去。云凤也知再若坚执，父亲更不让走，当下满口应允。心中虽然急如流火，面上一丝也不显出，故意很自然地坐了一会才回房去。凌操等云凤回房，去寻白琦等商议时，云凤业已带了宝剑，连夜照白日所闻路径，赶往吕村去了。云凤不认得山路，只凭着一盏号灯走出山口，将号灯交与防守的村壮，又问了一次吕村道路。赶到吕村业已天明，愈发焦急起来，知道湘英不出事便罢，如要出事，这时已赶不及救援了。奔走了一夜，未免劳乏过度，只得寻了一个僻静山崖底下，稍为歇了歇脚。正要设法擒一个村人打听消息，忽见许超从一条小道上走来。还未及招呼，忽见林中蹿出两个防守的人，将许超唤住，问明来意，请往庄中去了。云凤见许超昨日白天动身，今早才行赶到，不由心中起了希冀。暗忖："路那般长法，湘英脚程素来赶不上自己，莫非自己倒跑在湘英前头？"不由高兴起来。反正这里既是入口地方，索性等许超回来，总可打听出一点动静。万一湘英还没有走到，两下错过，岂不大糟？便决定在此等候湘英一会,如果过些时不到,再作计较。等了一会,湘英既未到来,许超又不见回来,疑心还是自己来迟了一步,说不定二人俱遭毒手,又在白天,诸多不便。越等心越焦急。正在无法可施,忽听崖上有人说话。云凤忙悄悄将身移近一听,果然湘英已在昨晚被擒,因入螺丝湾石室之内。不由又急又怒,将银牙一错,也无暇考虑利害,纵身上崖,将那两个防守的人擒住,问明螺丝湾路径,鹤行鹭伏,赶到洞口。恰好许超也得信赶来,才与心源等相见。这时湘英虽然遇救,却不知下落,打算回戴家场一看动静。

话未说出口,忽听一棒锣声远远传来,许超疑是湘英又遭毒手,拔步往外要跑。魏青一把拉住说道:"诸位这时千万出去不得。待我出去看一看动静,回来再作计较。"心源也觉应该如此,一面拦住许超、云凤,忙着魏青快去打听。魏青知道众人还未用早饭,忙嘱咐他妻子吕氏急速备饭,说罢匆匆自去。这位吕氏人甚贤能,众人进洞时,早已着手准备,一会端上饭来。众人也不客套,各自饱餐一顿。等了一会,魏青尚未回来。许超从闲谈中得知,湘英负气探庄失陷,是因自己而起,又急又悔。虽说被人救去,是否平安回家,也无从得知。适才村中忽然又响了一阵锣声,不知是何吉凶。久等魏青不见回来,越想越担心难过。几次要跑出洞去探看,俱被心源拦住。

云凤坐在一旁,口中虽与女主人不时周旋,心里头却是来回地盘算。忽然失声道:"糟了!"急匆匆起身往外就走。刚走到石壁面前,忽见壁外石臼移开,钻进一人,险些与云凤撞了个满怀。定睛一看,见是魏青。云凤、许超双双抢问,外面锣声是否湘英二次遇险,或是戴家场有人来此涉险。魏青道:"戴姑娘倒未遇险,倒是凌姑娘的老太爷,还有一个年轻相公,差点失手。若不是从空降下一个红脸道士,怕不被罗九那厮活活累死。如今他老人家已被那红脸道士救走,并且那红脸道士走的时候,还说戴姑娘也被他救走了。那个意思,好似说与我听似的。如今戴姑娘既已出险,我看诸位不可在此久待,今晚一同走他娘吧。"云凤本来急的是临来时,自己老父本不知道,等到发现,一定追来。自己只顾急于来寻湘英,没有顾到衰年老父的利害,适才村中锣响,方才想到。不由心急如焚,当下就疑心是父亲赶来,不顾生死,要出洞探看。如今听了魏青之言,果然自己料得不差,并且又知湘英真个出险,一块石头才行落地。许超关心湘英,自不待言,听魏青说湘英遇救,急于要知详情,只管催问魏青。魏青性直气粗,经云凤、许超这一追问,应接不暇,也不知从哪里说才好。心源知道魏青性情,便拦住许超、云凤,对魏青道:"如今凌老英雄与戴姑娘出险,事已过去,无须再为着急。你只把适才去到前面的事，从头慢慢说来便了。"

魏青道："这事是这样的。适才我到前面，见寨前有两个人，一老一少，和罗九、陈长泰在场中打得正起劲。那老少二人本领俱都不弱，那老的更是出色。陈长泰本敌那青年不过，眼看就要吃亏。罗九倒是狡猾眼尖，我只看他一面和年老的动手，暗中不知放了什么暗器，打在那青年的肩膀上，那年轻的一个支持不住，跌倒在地，被陈长泰趁势擒住。那年老的见同伴被擒，越发气恼，只管用尽平生之力施展绝手。罗九却是坏到极点，他只笑嘻嘻地封闭躲闪，抽冷便来一个毒手。累得那年老的浑身是汗，气喘吁吁。我才知道罗九那厮打算把年老的活活累死。我在旁边气愤不过，正打算拼着命不要，去助那年老的一臂之力。还未容我张嘴，忽然又是一道长虹从天而下，场中现出一个红脸道人。那罗九好似见了什么克星，吓得跪倒在地，叩头不止。那道人也不朝罗九说话，就在场中将那老少二人一把抓起，破空而去。临走时我听他大声说：'你回去说与他们知道，你们要救的人，业已被我救回去了。'说时脸朝着我。我怕他们看出破绽，吓得急忙闪过一旁。后来问起旁人，才知那老少二人进村的时节，原本说是前来拜庄，要会罗九。防守的人与他们通报时，他二人路遇吕三在一家门外调戏一个妇女，想是他二人上前解劝，不知怎的争斗起来，被那年轻的将吕三打倒，惊动别人鸣起号锣。恰好罗九也迎将出来，那年老的一见面，便要罗九还他的女儿和戴姑娘，不然就要和罗九拼命。罗九也不说凌姑娘不在此地，戴姑娘业已被人救走。反说：'久闻你凌操是有名人物，要还你女儿不难，须要赢得了我这一双手。'凌老先生这才和他约定单打独斗，他输了便自己碰死，赢了须将女儿还他。两人才动上手，陈长泰新从罗九学了几手毛拳，便用言语激那年轻的，四个打作两对。吕、郭二人倒还懂江湖规矩，并不上前相助。末后凌老先生被红脸道人救走，才放出剑去追时，那道人业已去远了。我来时还听吕宪明同郭云璞说，那来的是峨眉派的剑仙，罗九的师父。既将凌某救走，必助戴家场无疑。两人商量，要去约几个帮手助拳。听到这里，我怕你们着急，就回来了。"

云凤听见老父为她受了罗九许多侮辱，好不伤心。又猜那年轻的定是她未婚夫婿俞允中，难为他自知不敌，为了自己，竟舍死忘生，也跟了前来，可见檀郎多情，老父的眼力不差。不过他们被红脸道人救回戴家场，不见自己回去，岂不还是担心？不禁着急起来，恨不能立刻飞了回去才好。但是魏青出去打听几次，回来总说自从昨晚起，村中连连出事，防守愈加严密，连晚上都不易逃走。众人虽然心焦,也是无法,只得推心源悄悄从后山驾剑光回去送信,好叫众人放心。

心源剑术不能带人,分行又怕许超、云凤着急,总未提走字。现见二人如此说法,便由魏青先去看看动静,见左右无人,才出洞去。越过了两处山崖,站在高处一望,见出口上防守严密,已不似早上初来光景,决计绕道飞行回去。刚升起半空,走了没有多远,忽听背后有破空的声音。回头一看,见有一道青光,风驰电掣般由后面追来。心源见来人所驾剑光好像是峨眉派门下,不知因何追赶自己。说时迟,那时快,只在这一转念间,那道剑光已经追到。心源人本持重,知道自己剑术能力有限,又看不出来人用意,急忙把剑光往下一顿,打算避开,让那人过去。脚刚着地,那人也随着下来,向心源看了一看,忽然一阵狞笑道:"我当是个什么有能为的人,三番两次来我吕村扰闹,原来是你!"心源降落时节,已认出那人是罗九,知道来意不善,自己也准不是对手,仍装不知,说道:"朋友,我同你素不相识,我不过闲游由此经过,你说的话叫我无从索解。我看朋友所驾剑光好似峨眉门下,你我素无冤仇,追我何故?"罗九狞笑骂道:"你还以为我不知道你的行径吗?那日在长沙城内酒楼上,就看出你不是个东西。彼时因为我有事,也没和你计较,不想你果然跟来寻我的晦气。今日要放你过去,情理难容!"说罢,也不俟心源答话,就将剑光放将出来。心源知道无法再说,想走也走不了,只得也将飞剑放出,拼命支持。

34

第六十八回

玉清师　托借神火针
追云叟　初试桃花瘴

那罗九颇得佟元奇真传,因为佟元奇发现他心术不正,要将他飞剑追去,逐出门墙。当时罗九非常愧悔,再三苦求,又发下许多重誓,才未将他飞剑追去。罗九回到长沙以后,渐渐故态复萌。自寻卫武师报仇,附和陈、吕、郭三人之后,益加自高自大,无恶不作。今天凌操因为爱女失陷,凭着昔日周济罗九之德,拼着老命,涉险来和罗九讲情理,要还他的女儿。谁知罗九丧尽天良,反想把凌操累死,以博同党一笑。正在吃紧的当儿,偏偏来了他师父万里飞虹佟元奇。罗九满以为性命难保,不料佟元奇只对他冷笑一声,将凌操翁婿救走,并没有怎么难为他。佟元奇走后,罗九知道佟元奇既助戴家场,决难讨得便宜。吕、郭二人虽不如他害怕,也觉棘手。偏偏这时忽然来了几个帮手,一个便是在成都与峨眉派斗剑的金身罗汉法元,吕村诸人自然高兴,倚若长城。法元以恶遇恶,与罗九一见投缘,问起刚才之事,便答应收罗九为徒。罗九有了这样厉害师父,立时又胆壮起来,把佟元奇置诸脑后了。法元见大家推他为首,便给众人分派执事。说戴家场既有会剑术之人相助,单靠村壮防守,多严密也无济于事。便派罗九与吕宪明二人从当日起,分班在寨旁高峰上瞭望,遇有戴家场会剑术之人到来,抵敌得过的急速擒住,抵敌不过的便来报信,好歹不放来人逃走。法元来的时节,魏青因为急于回洞报信,所以不曾遇见,差点误了心源的性命。这且不言。

话说心源如何是罗九的敌手,才招架不多一会,便被罗九将他剑光压迫得光焰顿消,气喘汗流。罗九见心源狼狈,哈哈大笑,不住用言语刻薄取笑。正待施用毒手伤心源性命,忽然两道红光、两道青光破空而至。心源只听得耳旁有一女子声音,只说得"便是此贼"四字,立刻便见一道红光直奔罗九。罗九见来人势众,剑光厉害,知道难以讨好,便驾剑光逃回去了。心源喘息初定,和来的这四个女子相见,内中一个便是那女飞熊何玫。同心源见面后,那四个女子便约了要去追赶罗九。正待起身,忽见匹练般一道长虹从空降下,现出一个红面无须的道人来。除心源外,那四个女子倒有两个认得,来的是本门前辈万里飞虹佟元奇,急忙上前相见。佟元奇忙道:"吕村现在又添了金身罗汉法元同好几个厉害帮手,你们不可轻敌涉险,先回戴家场,等人到齐了再说吧。"便催众人急速回转。那两个女子正待唤同伴拜见时,佟元奇已破空走了。何玫还想到吕村一探动静,经不住那几个同来的女子苦拦,这才一同回转戴家场。玄极、白琦同凌操、允中、湘英已在门前迎候。

大家见面之后,才知来人除女飞熊何玫、女大鹏崔绮外,便是成都辟邪村玉清观居住的女空空吴文琪和黄山餐霞大师新收得意弟子女侠周轻云。原来何、崔两侠女回到衡山,金姥姥罗紫烟已不在洞中,出外访友去了。再往善化去寻师兄罗新时,罗新也不在家。何玫着了急,只得回山先把师父的丹药取出,将崔绮被污的宝剑淬砺一番,嘱咐师妹向芳淑,等师父回山,便将经过代为陈述,请她驾临戴家场。自己便同了崔绮驾起剑光赶往黄山,去寻她好友女空空吴文琪相助报仇。到了黄山,才知女空空吴文琪与周轻云、朱文三位侠女正在成都,参与各异派斗剑。二人又赶到成都玉清观寻着吴文琪,说明来意。吴、周二位侠女正在成都闲得没有事做,又加上吴文琪同何玫是至好结盟姊妹,当下一口应允。四人打算赶到吕村,先给吕、郭二人吃一点小苦头,再到戴家场同众人相见。刚到吕村,便遇见心源同罗九拼命相持。何玫认得心源同罗九,便约众人上前相助。要不是佟元奇说法元到了吕村,叫她四人回去,早就同吕、郭二人拼命去了。

众人引见之后,心源也将云凤、许超现在魏青家中,晚间才能回来,对凌操、湘英、允中等说知。凌操、湘英、允中虽然还不大放心,也就无可如何。白琦便对众人说:"如果到了夜间,云凤、许超不见回转,再请人去接应便了。"黄玄极道:"贫道此来未效寸劳,吕村既然连空中都着人防守,凌姑娘与许三弟俱都不会剑术,夜晚逃回不一定就容易的。贫道愿在这时赶去接应他二位回来,以防迟则生变,还连累魏青夫妇都有不利。"众人见玄极如此热心,俱都非常钦佩。当下何玫、轻云等也要跟去。玄极不愿人多,便用目向白琦示意。白琦道:"四位侠女远来辛苦,盛意极为可感。请暂歇息,由黄道长一人前去。如到晚间不回,再请四位侠女前去接应吧。"吴文琪也觉人多反而误事,又知黄玄极是玄真子弟子,必有真实本领,倒不如由他一人前去妥当,也帮白琦劝阻。何玫、轻云俱听吴文琪的言语,这才打消原意。

玄极走后,湘英便请四位侠女到内室更衣洗漱。戴家场凭空添了四位侠女相助，佟元奇又在暗中帮忙，自然声势顿盛。惟独湘英见四位侠女都和她年岁不相上下，俱有飞行绝迹的本领，好生歆羡，便打算等云凤回来，商量请四位侠女介绍学习剑术。这且不言。

话说玄极赶到魏青住的山洞之内，对魏青说明来意，见了云凤、许超。仍候至天晚，由魏青先出外探路，知道空中防守仍是罗九值班，比较本领稍差。这才由一条僻径引到村口，绕着山路，护送二人回戴家场。到时业已交二鼓，众人正等得心焦，预备请人前去接应，见他们回来，好不欣喜。湘英见了许超仍是淡淡的，招呼两句便自走开。云凤问起湘英脚程如何那样快法，才知湘英是因以前打猎，发现过一条捷径直通吕村的中心，久已忘却，那晚才得想起，近了数十里路，不想差点送了性命。在石牢之时，因为气晕过去，直到醒来，忽见眼前一亮，便被人带了出来。直到回了戴家场，才问出那人是剑仙佟元奇。二人本是好姊妹，经了这一番患难，益发亲热。一面说，一面又把四位侠女一一介绍，俱各互相敬爱，谈笑风生。只苦了俞允中和许超，眼巴巴盼着爱人相见，却都不大理自己。俞允中有时还得着云凤一丝青睐。许超却连湘英正眼都不能得到，不由叹了口气，走开一边去了。湘英见许超走开，见云凤望她一眼，只抿嘴一笑，众人也俱未在意。大家直谈到更深夜静，又派许超去换回衡玉与众人相见后，才各自分别安歇。

时光易过，一转眼便是二月初一。白琦便命人在前面广场上用木板搭起三座露台：一座是宾位，一座是主位，当中一座充作打擂之用。在戴家场门前地上，用三尖两刃的短刀及极细的黄沙和黄豆，各排成十丈长的两条道路，直通广场露台之前。又将客厅收拾整齐，准备了上好酒筵，到日应用。然后请黄玄极持着十来封大红柬帖，去到吕村投递，请吕村主要人等初三早上来饮春酒，就便替陈、俞两家排解。玄极到了吕村，见着吕、郭二人，说明来意。吕、郭二人面上一丝也不露出恶意，反殷勤款待玄极，说是到日准去赴约。吕、郭二人同玄极谈话中间，才知道玄极是东海三仙之一玄真子的门人，便猜此次戴家场又有峨眉派中人帮助，暗中好不着急。等到送玄极走后，便请出金身罗汉法元来商议。

法元自在成都吃了峨眉派苦头，原想亲身去寻万妙仙姑许飞娘商议报仇之计，在路上听人说起吕、郭二人业已从华山回到吕村，因为华山烈火祖师这次不来成都相助，必有原因，想问一问吕、郭二人详情，以便异日好约烈火祖师帮忙。及至到了吕村，会见吕、郭二人，才知烈火祖师本想帮忙，因为他修炼多年的烈火雷音剑还没炼好，同时又接了神尼优昙的警告，所以不敢造次。法元问明原因，本想告辞，到黄山去寻许飞娘商量，经不住吕、郭二人再四挽留破了戴家场再走。法元本想利用他二人去约烈火祖师异日帮忙，又听说戴家场不过是几个武艺高强的常人，虽说有佟元奇等几个会剑术的，均不在自己心上。见吕、郭二人发愁，哈哈笑道："峨眉派有什么打紧！只不过白矮子这个老贼所居近在咫尺，有些讨厌。好在日期已近，他们倚仗佟元奇，不曾知道我在这里。我们正好到日见机行事，最后我才露面，杀他个措手不及。倘若约出白矮子来干涉我们，索性回转华山，矮子决不会和这些乡民为难，又奈何我们不得。等到令师烈火剑炼成，我们再去寻他晦气好了。"吕、郭二人听法元如此说法，也觉有理。商量了一阵，照样派了一人到戴家场去下书，道谢答礼。只说几方都是乡邻世好，谁也不愿轻动干戈，诚恐像往年各村大械斗，误伤多少人命，所以才约同陈、罗二位，届时到贵村赴宴，就在席前排解，为陈圩、戴家场两方讲和。下书人到了戴家场，见着白琦、凌操诸人，自有一番客套交代。

等到下书人去后，心源对白琦道："吕村币重言甘，若不是知道我们这里有能人相助，便是藏有毒计，我们不可不留一点神呢！"白琦道："此言极是。他既先礼后兵，到了后日，我们表面也同他们特别恭敬，还是暗中留神要紧。"白琦深知道这几位侠女都是艺高性傲，便托凌操转托云凤与四位女侠关照，届时稍为持重一点，既有法元在场，千万不可轻敌。众侠女一一首肯。

到了晚间，忽然门上长工进来回话：庄外来了一位年轻尼姑同着一位少年公子和姑娘，说是从成都来的，要见吴、周两位侠女。这时众侠女俱在后园与云凤、湘英谈天，白琦一面着人去请来相见，一面便亲自迎接进来。里面这些女侠听说来客，也追了出来。文琪、轻云见是玉清大师同张琪兄妹，心中大喜，忙同众人引见。坐定之后，轻云问大师，如何有此清暇前来相助？玉清大师笑道："我日前从大狮王峰回来，他兄妹二人说你们二位被何、崔两位道友约往戴家场，去同两个异派中人交手。他俩本想跟来看个热闹，因为我不在观中，无人看守门户，不带他们来。见我回来，便磨着我带他们到此地开开眼界。我被磨不过，又想起郭云璞这厮颇会一些妖法，是烈火祖师得意弟子，也想来见识见识。刚答应带他兄妹前来，我恩师忽然驾到，见他兄妹二人资禀不差，又怜我苦修多年，尚无承继衣钵的人，着瑶青拜在我的门下。她哥哥见妹妹拜我为师，他自己没有着落，恩师门下向没收过男弟子，求了一阵不允，便哭了起来。后来还是恩师说，长沙戴家场和吕村二月初三械斗，有金身罗汉法元到场。曾从卦象上看出，这虽是一种普通乡民械斗，暗中乃有正邪各派之人在内中参与。吕村方面,法元并不要紧,最可怕的是这后一天上,有一个从云南深山中赶来的苗人姚开江,妖法着实厉害,不是普通剑仙所能抵敌,叫我带了他兄妹二人前来。一者观光,遇机小效微劳;二则就代张琪寻一个有缘的师父。"众人见玉清大师自来相助,个个兴高采烈,忙命大摆筵席,与新来三位嘉客接风。

入座之后,周轻云问玉清大师道:"我记得追云叟白师伯近在衡山,如何坐视眼皮底下许多异派中人猖獗,也不过问呢?"大师道:"你哪里知道。一则割鸡不用牛刀;二则还是因为那个苗人姚开江的祖师与他有些渊源,其恶未著时,不好意思参与。还说他老人家欺凌小辈,日后又多出枝节。就拿何、崔二位的令师金姥姥罗紫烟来说,也并不是不在洞中,也为的是有姚开江在内,不愿开罪他的祖师的缘故;又加上受了追云叟之托,在后洞将护顽石大师,不能远离。这次何、崔两位性急,只在前洞看了一看,不曾到后洞去,又听了她师妹的话,以为令师真个不在洞府。请想令师如果真个不在,那令师费尽半生心血,炼就淬砺剑仙飞剑的丹药,何等珍贵,岂能随便搁在明处,由何、崔两位取用呢?"何玫、崔绮听了玉清大师之言,恍然大悟,怪不得师父的丹药素来藏守严密,这回却那么容易寻到。暗怪向芳淑这个丫头,师父既因特别原因不能下山,也该明言,为何诳说云游未归?险些误事丢脸。也怪自己粗心,只到前洞,一听师父下山未回,便即走出。如若不然,好歹苦求,也要将师父请来,给自己报仇除害。二人一算日期,知道回山还来得及,便同众人商议,要二次回衡山去请金姥姥。玉清大师道:"令师暂时决不会来,要来也无须二位去请,何必徒劳往返呢?"何、崔二人总觉颜面无光,执意要去。玉清大师道:"不是令师不来,实在因是和白老前辈一样,都和那苗人的祖师有许多的瓜葛,比不得家师和佟师叔,俱与对方素无瓜葛。二位执意一定要去,万一令师不来,我知道她老人家手下有一件镇山之宝,名为五行神火针,专破各种毒物妖术,如能借来,大是有益。"何、崔二人闻言,应允默记下来,与众人作别去讫。

轻云便问:"那苗人姚开江的祖师叫什么名字,这样厉害?他和追云叟、金姥姥有何渊源,致有顾忌?"玉清大师道:"当日白老前辈原是夫妻二人一同学习剑术,最初曾在苗疆中去采药,在烂桃山遇见千年毒瘴,师伯母凌雪鸿中了瘴毒,性命难保。白师伯道力较深,见机较早,忙用剑光护体,将师伯母救离毒瘴的氛围。此时师伯母真是危险万分。知道姚开江的祖师红发老祖藏有千年襄荷,专治蛊毒瘴气,除此别无救法。因为他是异派邪教,不好径去求他。正在无法可施,偏偏来了救星。原来这种千年毒瘴名为五云瘴。这烂桃山的得名,由于遍山皆是桃树,结实如盘,可惜远隔苗疆,山峻涧深,人迹罕到,无人采摘,由它自生自长。年深日久,高处落的桃子,随着风雨山泉滚到低处,越积越多,日久腐烂成为泥浆,把山中心的大平原变成一片沼泽。每到三四月至八九月,沼泽中的桃泥受了太阳蒸发,幻成一片五彩云雾,大风吹都不散。它因为是桃花桃实所化,所以又名桃花瘴,真是厉害非凡。这烂桃山附近有一座火山,一年准喷一两次火,时间却说不定。只要邻山喷火,毒瘴受了地底的震动,千百年所敛聚的五云毒瘴,便蓬蓬勃勃从地底下直冒上来,占地约百十亩大小。远望好似一根五色玲珑彩柱,耀眼生光,比雨后长虹还要好看十倍,却不知其毒简直无与伦比。幸而这瘴出现时间不久,顶多个把时辰,便自行收入沼泽之中。这种天地戾气所凝之处,偏在沼泽中间产生了好几种各样灵药。白师伯也知沼泽中有毒瘴厉害,因为那种灵药是天材地宝,修道人得了,可抵过数百年功行,仗着口中衔的百草丹能御瘴毒,冒险前去采取。不料才采到一样名叫紫苏梅的,不知怎的,邻山火发,冲动地下蕴藏着的千年毒瘴,冲霄而起。师伯母站的地方正当瘴的出口,还算白师伯冒着百险将她救了出来,业已浑身青紫,命在旦夕。

　　"幸而红发老祖那日瘴起时也在远处山顶上。他久已想到炼一个葫芦,用法术把那千年毒瘴收去,一则替世间除一大害,二来还可利用它炼成一种宝贝。偏偏那沼泽中,瘴虽是经年常有,地下蕴藏着的千年毒瘴却是出没不常。并且还像有点灵性似的,自从红发老祖起意收它,从此轻易不再出现;有时出现,俱值红发老祖不在山中,等到红发老祖得信赶来,业已收回泽内。红发老祖想收了多年,也未到手。这日偶在山顶闲眺,见有一男一女走向沼泽中去,大为惊异,便要看个究竟。忽听地下微微震动,五云毒瘴同时冲霄而起,便知泽中二人必无幸理。急忙追下去收那瘴时,忽又见一道金光从五云瘴中闪电一般冲出五色氛围,落往前山去了。等到红发老祖拿了应用法宝走进沼泽,那瘴凝幻而成的五色彩柱眼看好似通灵一般,哧溜一声吸入泽内,又白喜欢一场,好生失望。便跟踪适才那道金光寻往前山,想看看来的是什么高人,就便看看受伤没有。走到近前,师伯母业已奄奄一息了。白师伯一见红发老祖,两下虽是道各不同,却谈得很投机。承红发老祖慨赠千年蘘荷,师伯母命才保住。双方因为这点因缘,成为朋友。白师伯知毒瘴害人,师伯母病愈以后,便同红发老祖商量,合力将它除去。同时又遇见金姥姥来采紫苏梅炼淬砺飞剑丹药,四人合力试验了多少次,俱未如愿。后来会见长眉真人，才知那沼泽中的五云瘴，被一个怪物名叫象龙的操纵，不遇见大有仙缘的人不能除去。那怪物凭着沼泽的天险同毒瘴的保护，无论仙凡俱奈何它不得。白师伯、金姥姥无法，只得罢休。听说红发老祖至今仍未死心哩。那姚开江便是红发老祖得意徒孙，又系奉他师祖之命，初次下山到中土游历。不过受了各异派人的引诱，前来助纣为虐，其本人尚无大恶。所以他两位老人家看在他祖师面上，不能不留一点香火之情。"

轻云道："据这里人所得的消息，吕村现在并无这样一个姓姚的苗人，大师却这般知根知底，真有前知之明了。"大师道："我虽略能前知，也不能知得这般仔细。都是来时，恩师他老人家对我说起，在四川灌县二郎庙前遇见矮叟朱老前辈。朱老前辈说他破完慈云寺，去访一个方外老友。那人说起日前姚开江同了法元的徒弟多臂熊毛太在一起，毛太不知从什么地方得来消息，知道法元已到吕村，由吕村去黄山再寻许飞娘。毛太便邀着姚开江，一同去寻他师父金身罗汉法元。恩师才从卦象算出二人到了吕村，姚开江定要被他利用来与戴家场为仇；并说毛太在路上约请的人很多。所以这一次虽是两村械斗，却非同儿戏。"

大家正听得出神之际，门外长工又进来报说，外面来了两位道长，要见黄、赵二位。心源、玄极暗想自己在此并无人知道，猜不出来人是谁。迎将出来一看，却是峨眉派中剑仙万里飞虹佟元奇与谷王峰的铁蓑道人，不禁喜从天降，急忙接了进去与众人相见。佟元奇见了玉清大师，笑道："成都一别，不想又在此地相遇。我此次为了罗九这个孽徒，累我费了许多精神。如今见他们那边添了许多妖人，正愁没法摆布，难得大师也来此地，真是幸遇了。"玉清大师躬身答道："邻村妖人盘踞，为害闾阎，弟子奉了恩师之命来此效劳。二位老前辈驾到，戴家场人民不致受害了。"佟元奇道："大师休要小觑他们。我起初因罗九随我多年，原想设法点化他改邪归正，不忍就下毒手。后来一打听，才知这厮行为已罪不容诛。及至到了吕村，又值凌老英雄与凌、戴二位姑娘被困，救人要紧，不及将他除去清理门户。谁知他见我出面寻他，知无幸理，便拜在法元门下倚作护符。所以我还想借初三他们来戴家场赴约，就便除他。适才凭空又由法元的孽徒毛太约来许多异派帮手，这都不关紧要。惟独内中有一个姓姚的苗人，是拜在红发老祖门下，妖法非常厉害。还有华山派孔灵子、曹飞、郁次谷，都着实了得。我人单势孤，又知这里的人能力有限，想到衡山去寻追云叟。走不多远，便遇见铁蓑道友从谷王峰往这里来，说是应黄、赵两人的约请。并说他已见过追云叟，说是他因顽石大师病势危险不能离开,另外还有一个特殊原因不能前来;还说吕村虽然异派人多,到时自有能人相助。只叫事完以后,好歹不要伤那苗人姚开江的性命,这却不知何故。没想到大师会从成都赶来,真出我意料之外。"众人谈了一会,凌操父女、允中、湘英等又分别拜谢相救之德。

第六十九回

一心向道　软语劝檀郎
拔地移山　驱神通古洞

白、戴两人忙吩咐收拾洁净房子，与远来诸位道长安歇。湘英、云凤便在私下求文琪、轻云两位侠女转求玉清大师收在门下。大师笑道："她二人资质倒是不差。我收了一个张瑶青，怕恩师见怪，担了好久的心，并没有正式地承认。幸蒙恩师允准，收了下来。我不比别位，不会端出老师的架子，只这一个还不知如何教法，又叫我收第二个，我实实不敢从命。我看我师姊素因同师妹齐霞儿俱没收徒弟，我一个人倒僭了先，于心不安。我意欲等事完以后，将戴姑娘介绍到大师姊门下，收与不收，那是她的缘分。如蒙收下，岂不是比我又强多了？至于凌姑娘，本是仙人的血统，追云叟白老前辈的曾外孙女，她又那么好的资质，我想白老前辈看在仙去师伯母分上，总不能不给她想法吧？"文琪、轻云代求了几次，玉清大师执意不收，只得照实复了湘英、云凤。湘英见玉清大师肯给她转介到素因大师门下，知道仙人不会说诳话，只恐与素因大师无缘，又是愁，又是喜。背地又私自亲求玉清大师，事完之后务必将她带走。她的意思，是赖定了玉清大师，不管是谁也罢，倘若素因大师一定不收，仍可死跟定玉清大师不走开，无论如何艰难辛苦，好歹死活也要将剑术学成。玉清大师人本和善，被她苦求，也就答应。湘英自是心安理泰。惟独云凤为人外和内刚，性极孤傲，见大师那等似拒绝不拒绝的说法，疑心自己资质不够，没有仙缘，十分气苦。也背地去求了几次，被大师婉言拒绝，只说她目前尘缘未断，日后所遇仙缘，成就在湘英之上。云凤不得要领，不由暗怪爹爹不该早早给她配亲。如果自己早知尘世上还有剑仙，嫁人则甚？越想越悔，对允中也淡漠起来。到了夜深人静，便去焚香，对曾祖姑凌雪鸿祝告，求她默佑早遇仙缘。

到了初二晚半天，云凤从后园走出，路遇俞允中，便将他唤住道："你同我到僻静处，我有要紧话和你说。"允中对这位未过门的爱妻真是爱敬而忘死,时常想到初三一过,好歹择日订婚,早成美眷。忽听云凤却背人和他说体己话,乐得心花怒放,便跟她走到一座山石后面无人之处。云凤寻了一块石头坐下。允中站在旁边,正待用耳恭听,云凤忽然脸上一红,朝他笑道:"你也坐下。"说时似有意似无意地朝自己坐的石头上一指。允中闻言,受宠若惊地挨着坐了下来。云凤微微将身往旁一偏。允中初近香泽,虽在平时老成,也不禁心旌摇摇,趁势拉过云凤一只纤手。云凤由他抚弄,毫没有一丝扭捏。允中从夕阳返照下,看见身旁坐着的玉人真是容光照人,娇艳欲滴。不禁神醉心飞,两只眼睛注在云凤脸上,握住她的玉手,只管轻轻握拢,不发一言。半晌,云凤笑道:"你看我好看不?"允中道:"妹妹,你真好极了。"云凤又道:"你爱我不爱?"允中道:"我爱极了。"云凤忽然正色道:"我老了呢?"允中道:"你老,我不是也老了吗?以我两人情好,恨不能生生世世永为夫妇,彼此情感自然与日俱增,老而弥笃。人谁不老?老又何妨?"云凤冷笑道:"假使真能如你所说,你我到老非常恩爱,诚然是不错的了。可是万一中道出了阻力,或者遇着什么外来的灾祸,要将我两人拆散,你便怎样?"允中道:"我与妹妹生同室,死同穴。譬如遇着天灾,寿限已尽,非人力所能挽回,自不必说。要是无端遇见外人的欺侮,凭我二人这一身本领,还怕他来?"

云凤道:"哼!漫说你的那一点本领,连我也不行。就拿这一次同陈圩结怨说,如不是白、戴诸位相助,我们还不知能否保全性命。如今又加上吕村助纣为虐,两下胜负还难判定。就算这一次得了各位前辈剑仙相助,占得上风,但冤仇一结,彼此循环报复,再照样来一回。各位剑仙前辈不能永远跟着保护我们,一旦狭路相逢,敌又敌不过,跑又跑不脱,那时求生不得,求死不能,如何是好?"允中道:"万一日后再遇此事,妹妹要吃了人家的亏苦,我拼着性命不要,也要同他们分个死活,不济则以死继之。"云凤道:"拼死有什么用?如此说法,不要说生生世世永为夫妇,连今生都难白头偕老了。"允中道:"依你说该怎么样?"云凤道:"我从前何尝不自负本领高强,说也可怜,直到日前见新来的几位侠女,才知人外有人,天外有天,原来剑仙也是人做的。你真没志气,眼前有许多剑仙侠客在此,不去设法求教,一心只图眼前的安逸快乐。等到良机错过,再遇仇人报复,那时后悔就来不及了。我今日找你来做密谈,就为湘英妹子已得玉清大师允许介绍到素因大师门下,我也求了几回,大师只用言语支吾。我想事在人为,心坚石也穿,大师那人又极好说话。我打算趁此良机,不管大师愿意不愿意,等事完以后,死活跟定大师,求她携带携带。虽然说不得同你暂时分别,却是去谋那百年长久之计。

你也去苦求佟老剑仙收归门下。万一不成,你替我奉养老父,我学成以后,再来传授给你。不但日后不怕人欺负,说不定还许遇着仙缘,长生不老,岂不胜如人世的暂时欢娱么?你是个明白人,你也知道我的脾气,主意已定,可不许你事前告诉爹爹。如若走漏消息,这辈子休想我再理你。"一路说着,站起身来就走。允中忙喊:"妹妹慢走,还有话说。"云凤已走远了。

其实允中何尝没有上进之心,当佟元奇来时,便托黄、赵二人代他恳求收入门下。佟元奇只笑说:"他自有他的安排,何须找我?"允中家道殷富,眼前又守着一个美丽英武的娇妻就要过门,起初原有点见猎心喜。及至求了两次不得要领,也就愿学鸳鸯不羡仙了。后来听凌操说云凤、湘英要拜玉清大师,吓了一跳,忙托凌操劝阻,自己时时刻刻都在留神打听。幸而玉清大师不肯替云凤设法,才得放心。知道云凤性傲,怕羞了她,见面时装作不知,从不谈起。今日见云凤约他到无人之处密谈,满拟是一半天事情解决,和他商量新婚布置,说几句体己话儿。不想云凤说了一大篇道理,还是书归正传,要和他暂时分别个三年五载,去从玉清大师学道。好似兜头一盆冷水,直凉到脚底心。知道云凤主意已定,决难挽回,又不敢径去告诉凌操,惹翻了她更不好办。眼看本月佳期又成空想,如何不急?越想越烦,垂头丧气回到前厅。因为明晨便是初三,除有一二人在外巡守外,余人俱在厅中叙谈。

允中坐定后只管沉思,几番看见云凤和湘英以及四位侠女谈谈说说,十分热闹,连正眼也不看他,越加心中难受。允中离玉清大师坐得最近,忽见玉清大师对他微笑点了点头,允中心中一动。暗想:"我的心事莫非已被她看出?何不将计就计,明日示求她不要将云凤带走?剑仙来去无踪,她如决心不带,云凤想走也是不行。"正要心中商量明日如何措辞,忽听玉清大师笑对佟元奇道:"想是贵派当兴,这两年晚辈所遇见的青年男女,大部宿根甚厚。有的虽不免暂时为世情牵累,结果仍是不久归还本来,真是奇事。"佟元奇道:"一两日内此地事了,听说大师还带一两位同行,可有此事?"大师道:"晚辈道浅德薄,蒙家恩师不加忿罪,收了一个张瑶青,已觉过分,何敢多收弟子?因见戴、凌两位姑娘根基甚厚,凌姑娘是白老前辈的内侄曾孙女,自有她的仙缘,不容晚辈越俎;戴姑娘向道真诚,志行高洁,托了晚辈多次,素因大师姊皈依恩师座下多年,道行胜出晚辈十倍,尚无弟子,意欲等事完之后,将她带到大师姊那里,求她收归门下。前辈以为然否?"佟元奇道:"我误收了一个罗九,累我费了若干手脚,贻羞门户,异日掌教师兄难免见罪。本不想再收弟子,一则张琪心地根基大致还非不可造就,二则又是优昙大师的介绍,不容不收。我此后抱定宁缺毋滥,不敢随便收徒了。"

允中听了,知道玉清大师言中之意并没有答应将云凤带走,稍放宽心。不过玉清大师说她别有仙缘,想必是推托之言,即有也在日后。且不去管它,只等事情一完,立刻催促老岳父办喜事,那时夫妻恩爱,再要生男育女,她就想走也不行了。想到这里,不禁愁怀顿解,喜形于色。云凤何等聪明,听玉清大师之言,好似指出她心事,表示拒绝,又愁又急。适才偷见允中发愁,这会又见他转愁为喜,暗恨他幸灾乐祸,不由心头火起。暗想:"你不愿我走,我偏走给你看!"生怕玉清大师不允,剑仙飞行绝迹,跟踪不上,那时白丢人,还是学不成剑。还想等到夜深人静,再向玉清大师苦求,以死相要。心虽如此,脸上却毫不露出丝毫痕迹,仍和诸侠女谈笑自如。这且不言。

白琦见明日便是双方生死关头,布置一切非常严整。亲自跑到广场上巡看数次,觉着满意。晚饭后,才请佟元奇、玉清大师、铁蓑道人主持一切。佟元奇辈分最高,也不再客气了,居中坐下。玉清大师与铁蓑道人分坐两旁。其余各人也都依次就座。佟元奇道:"此番吕村既请有能人到来,定要变更其原来计划,明张旗鼓而来。他既如此,我们也无须藏头露尾。届时仍由白、戴二位庄主为首迎接,我等随后,请他们入席,以尽地主之谊。以后由贫道向法元答话,与你们两下排解。倘若言语失和,我便提议:凡是双方约请来的人俱至广场,分坐两旁席棚。陈圩、戴家场两方主体人先行登台,一个对一个,用打擂的方式解决两家曲直。如果各方请来旁观的人不服,再行各按本领深浅交手。另外派下数十名村壮预备藤萝等物,抬护受伤的人。我们须要认清敌人。除那苗人姚开江由玉清大师对付外,我专对付法元,铁蓑道友专对付那郭云璞。除这三个比较高明的异派,其余便由小一辈弟兄对付足矣。"

分配既定,佟元奇请铁蓑道人去至吕村探看虚实。铁蓑道人去了约有个把时辰,业已会见魏青,探看清楚,回来报道:"姚开江同多臂熊毛太业已到了吕村,还请来了许多党羽,内中有成都慈云寺漏网的三眼红蜺薛蟒、九尾天狐柳燕娘、霹雳手尉迟元等。其余尽是吕宪明、罗九旧日江湖上的党羽,虽有几个武功甚高之人,俱都不会剑术。现在有好些人俱要拜在法元门下学习剑术,听说法元是一律收容,来者不拒。他们准备明日破了此地,便举行拜师之礼,由毛太送回五台山去。法元再到黄山五云步寻许飞娘,会商报仇之计。"佟元奇哈哈笑道:"在成都比剑之后,掌教师兄传谕说,门下弟子此后俱应分途勤修外功。那一伙为害人间的淫贼巨盗，正没处去细搜他们，难得就此机会他们自投罗网，再妙不过。不过明日交手，一定死人甚多。胡奴手下的官府平日不会化民劝善，遇到两村械斗，事前装聋作哑，决不先为晓谕排解，化干戈为祥和；一旦闹出事来，死伤多人，两家兴讼，牵累上百十家人破产打官司。我们如果事先没有准主意，明日虽然大获全胜，戴家场仍是脱不了干系。最好请大家注意，如遇吕村、陈圩带来的本乡本土人氏，除主恶外只可生擒，不可伤害，以免日后涉讼。事完以后，再留一两位同道在此暂住些时，倘若兴讼，便去警告官府，省得牵累良善。事前再双方约定，自事自了，决不动官。好在这里僻处深山，如果当事人不去控告，官府不易知道，纵有耳闻，无人出头也就罢了。"这一番话，大家都非常佩服佟元奇深谋远虑。

到了三更向尽，忽然前面望楼上号灯招展，锣声大震。白琦大吃一惊，疑是吕村不守信义，黑夜偷袭戴家场。但是敌人有好些俱会剑术，为何公然由正面谷口进入？一面下令准备，自己约了玄极、心源，飞身出去观看动静。等到会见来人，才知俱是自己的好友和同门师兄弟等，连忙接了进来，与众人相见。原来日前白琦到了善化去寻罗新不在，只见着罗新的弟子楚鸣球。等了几日，不见罗新回转，便托楚鸣球等罗新回来转告，自己仍回戴家场等候。白琦走后，楚鸣球非常替他担心，自己因奉师命不能走开。正在为难，忽然日前来了罗、白二人的好友、湘江五侠中的虞舜农，楚鸣球便把白琦之事相告。虞舜农闻言动了义愤，赶回湘潭，把湘江五侠中的黄人瑜、黄人龙、木鸡、林秋水约齐，还约了善化关帝庙岳大鹏，俱是有名的侠士，连夜赶到戴家场。谷口防守的人见来人步履如飞，形迹可疑，展起号灯，才引起这场误会。戴家场凭空又添了几位侠士，越加安心静等明日交手。不提。

第七十回

断蛇移山　穷神出世
春厄盛馔　一友延宾

到了初三早起，大家一齐聚集前厅。各人按照佟元奇分配的职守位置，自去依言行事。只剩下白琦、戴衡玉、许超、心源、玄极以及玉清大师、铁蓑道人、万里飞虹佟元奇三位剑仙在前厅静候。湘江五侠把守谷口。直到辰牌时分，不见敌人踪影。众人正在奇怪，忽听轰隆一声大震过去，外面好似地裂山崩，人声嘈杂，响成一片。厅中八位剑侠急忙出看，只见鱼神洞那边尘土飞扬，起有数十丈高下。村民惶惶，以为大祸将至。白琦连忙下令传谕众人：此乃妖法，不能伤人，大家务要镇定，不许自己惊惶。这些村民平昔都受过训练，又早听人说三位庄主请来了不少剑仙侠客为他们帮忙。适才以为地震，才个个惊惶。现在见庄主同了几位剑仙出来，只震了一声立刻停止，以为定是剑仙法力，又见白琦传令，也都安心，不敢妄动了。玉清大师知是吕村来的妖人弄的玄虚，正待迎上前，忽见两道剑光，文琪、轻云两侠女双双飞至，说道："弟子等四人奉令空中巡守，适才走至鱼神洞那边，忽见山崩地裂，一声大震，压在鱼神洞上面的山峰凭空自起，把鱼神洞顶揭去，将吕村故道打通，却不见有人过来。现在何、崔两位姊姊在彼防守，特来请示。"交代已毕，仍回原处防守去了。顷刻何玫又御剑飞报："鱼神洞旧道被吕村用妖法打通后，现由吕村那边出现十二个披头散发奇形怪状之人，各持长铲扫帚，打扫洞中沙石，看上去蛮力很大。这边的人同他答话，他们都好似目瞪口呆，只顾慢慢平整洞路，不发一言。弟子等因遵法谕，未敢妄动，特来请示。"佟元奇道："知道了。尔等仍守原地，我们随后就到。"何玫奉命去讫。佟元奇道："敌人嫌正面路远，故意用六丁开山之法打通鱼神洞旧道，以为先声夺人之计。大师有何高见？"玉清大师道："据晚辈观察，那十二个人必是吕村乡民，受妖法支配，力大无穷。他们先用妖法将山路打通，却故意驱使六丁附体，修平洞路。等到洞路修平，他们再好整以暇走将过来。这无非是

48

妖人妖术,存心炫人耳目。我们只需装作不知,迎上前去。待等他们走过那洞时,晚辈当略施当年小术,使其知所警戒。"佟元奇道:"大师昔年妙法通神,又从优昙大师寻求正道,佛力无边,我们今日可得开眼界了。"玉清大师道:"旁门左道,为了戴家场生灵,不得不重施故技,前辈太夸奖了。"

大家正在说话,轻云又来飞报道:"那十二个怪人业已将山路修平,修离这边洞口不远,忽然隐形不见。对面尚无动静,只鱼神洞旁山坡之下,有一穿得极破烂的花子在阳光底下捉虱子。我们因见山崩洞裂沙石翻飞,他神态自如,有些奇怪。后来再去寻他,却不见了。"佟元奇仍命轻云回守原地。对玉清大师道:"看这情形,明明是敌人故弄玄虚来惊动我们,好迎上前去。他却慢慢动身,让我们久等,以便遂他轻视之心罢了。"玉清大师道:"这倒不消虑得。"说罢,掐指一算,然后说道:"今日乃是未日,妖人按方向日干生克,要午时才得动身。鱼神洞有四位侠女在彼防守,相隔甚近,又曾再三叮嘱小心应付,决无差错。我们迎接太快,反招他轻视,疑我们慌了手脚。最好不去理他,算准时刻,连四侠女俱都召回。到了巳末午初,由白庄主一人前去迎接他们,晚辈在暗中跟随,只需如此如此便了。"于是将计谋略述一遍。

商量定后,白琦又陪着这几位剑侠步至广场看了一看。这广场正对着戴家场大门,背后是一座大山峰,山峰两旁又突出两个小山峰,恰好将这一片广场包围。两座芦棚便搭在那两座小山峰的半腰上,斜对着当中的擂台。自从佟元奇、玉清大师先后到来,以前的布置好些变更。改由两座席棚下起步,在每个席棚前面二丈远近,先埋下一根莲花桩。这莲花桩用薄木块做成,形似莲花,木板底下却用一根细竹竿顶牢,插在土内。桩前四五尺远近,用极细的黄沙堆成三四丈长、尖顶的沙堤。沙堤两尽头相对处相隔丈许,又有两个莲花桩分插在两方沙堤之内。再由此折向擂台方面,尽是锋利无比的三尖两刃刀,刃头朝上,长短不一,排成各种式样的道路,直达台口。又有两个莲花桩,比先前两个却来得大些,竹竿也要细些。两边席棚相隔原不过十多丈,遥遥相对。离正面擂台更近,才只六七丈远。白琦成心要显露他湘江派的绝顶武功,才用这各种的布置。双方比武的人,各由擂台纵到那随风摇摆的莲花桩上站定,遥向对面道一声"请"。再由莲花桩上纵到那平整如削的沙堤上面。先不奔擂台,各用登萍渡水草上飞的功夫,顺着沙堤直奔两棚相对的中心点,纵到两个莲花桩上。这时双方相离不过丈许,可以在此各说几句江湖上的交代。然后举手再道一声"请",就在桩上站定,随意使一个架式。转回身纵到那数丈长的刀堤上面,顺着刀堤直奔擂台,纵到第三个莲花桩上,跳上离地四五丈的擂台上交手。这三个莲花桩一个比一个不同:头一个插在土内,还稍结实;第二个插在沙内,跑在沙堤上面,原不准有脚印,再由沙堤上纵到莲花桩上,岂不更难?末后刀堤倒还不大紧要,最难是由第三个莲花桩上往台上纵,非有绝顶轻身功夫,如何能办得到?白琦同众剑侠巡视一遍,觉着满意。再看时光已交巳末,白琦这才同了玉清大师,一明一暗往鱼神洞口而去。

话说白琦别了诸位剑侠,整了整衣带,独自往鱼神洞走去。刚离洞口不远,便见轻云、文琪两侠女从空中飞至,见了白琦报道:"我四人因见鱼神洞方面无甚动静,遵了佟师叔法旨,暂时不曾在洞口露面,只在空中来往巡守,直到这时仍无动静。适才玉清大师隐身先到,看了看形势同起立的那座孤峰,叫我等对白庄主说知:少时如见敌人由洞中走来,上前迎接,须要故作不经意的神气。等来人出了鱼神洞约有半里之遥,然后再按照玉清大师所说做去便了。"白琦闻言,默记心头。文琪、轻云交代已毕,自去依照适才佟元奇所说准备。不提。

第七十一回

打擂试登萍　有意藏奸无心出丑
轻身行白刃　淫人丧命荡女挥拳

白琦赶到鱼神洞口，天光业已交午。心想寻一个隐身之处藏躲，等敌人到来再行出现。刚走到一个岩石后面，忽见上面睡着一个相貌奇丑的花子，将身伏在石上睡得正香，先还没有注意。刚想另寻一块山石坐下，忽听那花子口中喃喃说出梦话道："好大胆的东西，真敢一个人往这里来。我把你一把抓死。"白琦闻言，心中一动。暗思："适才轻云回报，也说这里发现过一个花子。这几年全湘年景甚佳，人民都安居乐业，深山之中哪里来的花子？这人形迹可疑，倒不可对他轻视呢。"想到这里，只见这花子一边说着梦话，倏地翻身坐起，右手起处，抓起　个粗如儿臂的大蛇，头大身长，二目通红，精光四射，七八寸长的信子火一般地吐出，朝着那花子直喷毒雾，大有欲得而甘心的神气。怎耐蛇的七寸子已被那花子一把抓紧，不得动转。那蛇想是愤怒非常，倏地上半身一动，猛从那花子所坐的一块大石之后伸起两三丈的蛇身，遍体五色斑斓，红翠交错。刚伸出来时，身子笔一般直，身上彩纹映日生光，恰似一根彩柱。说时迟，那时快，就在白琦骇然转瞬之间，那蛇倒竖着下半身，风也似疾，直往那花子身上卷去，将那花子围了数匝，掉转长尾往花子脸上便刺。白琦见势不佳，刚要拔剑上前，那花子喊一声："好家伙！"他那一双被蛇束紧的手臂，不知怎的竟会脱了出来，左手依然持着蛇头，右手已经抓住蛇尾。那蛇虽然将花子身躯束住，却是头尾俱已失了效用。一面使劲去束那花子，一面冲着花子直喷毒雾。那花子和那蛇四目对视，一瞬也不瞬。白琦已觉这花子决非常人，正要移步近前。那花子瞪着双目，好似与蛇拼命，不能说话。见白琦近前，一面摇着持蛇尾的右手，两只眼睛冒出火来一般，倏地大喝一声，双臂振处，蛇身已经断成好几半截，掉在地下。那花子好似有点疲倦神气，站起身来，弹了弹身上的土。身上所穿的那件百结鹑衣，被那条怪蛇一绞，业已绞成片片，东挂一片，西搭一片，露出漆黑的胸背，如铁一般又黑又亮。那花子满不作理会,连正眼也不看白琦一眼,懒洋洋地往岩侧走去。

白琦正要追上前去请教,遥闻鞭炮之声从鱼神洞那方传来。刚一迟疑之际,忽然何玫如飞而至,见面说道:"敌人业已从吕村起身,玉清大师叫我请白爷快去洞前等候。"说罢自去。就在白琦和何玫说话的顷刻之间,回头再看花子,业已踪迹不见。白琦也无暇及此,只得飞步往鱼神洞便跑,好在相隔不远,一会便到。及至到了洞口,因为洞顶已经揭去,前看十分明显。先还只听鞭炮之声,没有什么动静。一会工夫,看见有二十多人,装束不一,僧道俗家均有。为首四人:一个和尚,一个道士,一个穿着极华丽的衣服,还有一个穿十分特别。渐渐走近前来,才看清第四人身高七尺,发披两肩。额上束一个金箍。上半身披着一张鹿皮做半臂,露出一只右膀,上面刺着五毒花纹。腰际挂着一串铜圈,一把带鞘的缅刀。背上背着长弩匣子。腰间也围了一张兽皮,看不出是什么野兽。赤裸裸露出一双紫色的双腿,上面积着许多松脂沙砾,并刺有不少奇怪花纹。面如金纸,长面尖头。两眼又圆又大,绿黝黝发出凶光。鼻孔朝天,凹将下去。两颧高耸,两耳尖而又偏,一张阔嘴宽有三寸,灰发长颈,耳颈两处俱挂着一些金圈。相貌狰狞,非常威武。白琦便知此人定是那苗人姚开江了。见他身后还跟着两个与他装束得差不多的,只是没有他高大威武。

这一伙人走离白琦约有两三丈远近,白琦未即迎上前去,忽见从那一群人当中抢先走出一个高大汉子,手中执着一封束帖,跑到白琦面前,高声说道:"俺陆地金龙魏青,奉了吕村村主同各位罗汉真人、英雄侠士之命,前来投帖,报庄赴宴,现有束帖在此。"白琦一面接过束帖,笑答道:"在下戴家场庄主白琦,蒙贵村村主不弃,同了各位光临,特在此地恭候,烦劳魏爷代为先容,以便恭迎。"魏青见来人便是白琦,使了一个眼色。回转身去,将白琦的话说与那几个为首的人。白琦也就跟着迎上前去,说道:"哪位是吕庄主?请来相见。"那个穿着华丽的人上前答话道:"在下吕宪明。来者就是戴家场大庄主白爷么?"白琦答道:"正是在下。敝村与贵村相隔邻近,自那年发水山崩,鱼神洞道路湮塞,在下又常出门,很少登门拜会。今日略备水酒,请诸位到此,为的久仰阁下英雄,借此识荆领教。蒙庄主同各位惠然光降,真是幸会得很! 不过在下虽在江湖上奔走,只因年轻学浅,入世不深,对于同来诸位大半不曾见过,尚祈庄主代为引见,不知可否?"吕宪明闻言,冷笑道:"与我同来诸位,大半都是久已享名的剑侠真人、英雄豪杰。白庄主既都不曾见过,待在下引见就是。"说罢,便指着那和尚道:"此位是五台派剑仙金身罗汉法元老师。"又指那山人道:"这位便是苗疆第一位法术高强的剑仙姚开江老师。"白琦连说"幸会",少不得敷衍两句。法元、姚开江却大模大样地不发一言。白琦只顾装作不知,除陈、罗三人外,又将其余诸人请教。果然内中有好几个江洋大盗、采花淫贼,白琦一一默记心头。随意周旋几句,并自请前面引路,和吕宪明比肩而行。

一路往前走,估量走出约有半里多路,故意用言语逗吕宪明道:"我们两村相隔邻近,偏偏有鱼神洞天险阻碍。自从日前庄主赏脸答应光降,满拟庄主绕道从前村谷口进来,却不料鱼神洞无故自开。在下兄弟三人因通知也来不及,所以分成两路迎接,不想庄主果然抄了近路前来。旧道既已打通,此后来往便利,倒可时常请教了。"吕宪明哈哈大笑道:"好教白庄主见笑。我等因为占在客位,从空中飞行去到贵村,大失敬意,旧道又堵死多年,幸得这位姚法师用六丁开山之法将旧道打通,便宜我们少走了许多路了。"白琦笑道:"原来是姚法师之法力,真是神妙得很! 不过今日之事,一半是请庄主过来与敝村和陈圩庄主讲和赔罪,诚恐一般村民不明真相,万一在宴会未终之际由鱼神洞故道出入,两下言语不和发生误会,叫愚弟兄面子如何下得去? 依在下之见,莫如将鱼神洞旧道暂时堵死,容待会散再行打通,恭送诸位回去如何?"说罢,不俟吕宪明还言,将手往后一指,只听一阵殷殷雷声。众人都立足回望,眼看早半天被姚开江用妖法扶起的山峰,竟缓缓往鱼神洞旧道压下。姚开江所使那六丁开山之法却并不到家,无非用妖法将山峰竖起,再用邪神从旁扶持,只能暂时惑乱人心,不能持久。这时玉清大师同白琦按照约定办法,白琦将手往后一指,玉清大师便用正法将邪神驱走,破了妖法,再用法术禁制,使那百十丈孤峰缓缓倒下。吕村诸人见白琦破了姚开江妖法,心中大惊。

尤其是姚开江,自出世以来,从未遇见敌手,满想这个戴家场还有什么大了得的人物在内? 谁知今早起来打开鱼神洞故道之后,不多一会,便觉神思恍惚。先还以为连日忙于酬应,不曾用功,急忙寻了一个静室,先用一回功夫。不知怎的,一颗心神总是按捺不住,连平日推算都不灵了。虽然觉着有好些不祥之兆,仍旧自信法术高强,没把敌人放在心上。勉强算了算日干生克,知道午时比较最好,到了午时,这才动身。及至过了鱼神洞旧道,见戴家场迎来的只有一人,见白琦生得并不威武,越加心中小看。这回见他也不掐诀念咒,只将手一指,便破了这个法术,当着众人又羞又怒。当下也不作声,暗中仍使妖法指挥妖神上前,想把山峰扶起。他的妖法煞是惊人,居然将山峰顶在半空,不上不下,似要倒下来又不倒下来的神气。吕宪明知是姚开江施为,才转忧为喜,笑向白琦道:"白庄主法术果然神通。不过山峰悬在半空,却止住不往下落,万一两村的人打此经过,言语失和倒是小事,倘或那山峰忽然倒下,必定死伤多人,岂不有失白庄主爱护村民的本心了?"白琦见山峰悬在中途,好似被什么东西托住,相持不下,也不知玉清大师是否是姚开江的敌手,正在暗暗惊疑。偶一回头,忽见旁边树林内石头后面,站着适才所见那个擒蛇的花子,正远远朝着山峰用手比划,口中喃喃微动,好似念咒一般。白琦也不知那花子是仇是友,什么来历。正可惜适才没有机会同他谈上一谈,忽听吕宪明语带讥讽,越加着急。正在为难之际,忽然面前一道光亮一闪,玉清大师现身飞来,说道:"诸位快些前走,留神山峰倒下,受了误伤。"言还未了,那花子忽从林中如飞穿出,口喊:"来不及了!"众人惶骇转顾之际,只见那花子将手一挥,立刻便有震天价一个大雷发将出来,接着便听山崩地震之声。众人再看所立的地方,已经移出里许地来,相隔戴家场已不远了。回望鱼神洞那边,沙石飞扬,红尘蔽天,日光都暗,隐隐看见许多奇形怪状的牛鬼蛇神随风吹散。再寻适才那个花子,踪迹不见。姚开江锐气大减。法元看见玉清大师也来此地,又恨又急,正不知峨眉派还有何人在场。事已至此,只得硬着头皮上前,到时再说了。

这时广场已近,衡玉、许超迎上前来,少不得说了一套客气话,将众人迎进去。佟元奇率领众人已在大厅中等候,在外诸剑侠也都一起入内。法元见峨眉派并无多少主要人物在内,不禁心花大开,反倒笑容满面,上前与佟元奇、玉清大师招呼。双方有不认得的,都由白琦、戴衡玉、吕宪明、郭云璞代为引见,然后分宾主落座。主席第一桌是万里飞虹佟元奇、铁蓑道人、玉清大师、赵心源、黄玄极、白琦、凌操七人;第二桌是湘江五侠中的虞舜农、黄人瑜、木鸡及戴衡玉、俞允中、许超、张琪七人;第三桌是何玫、崔绮、吴文琪、周轻云、张瑶青、凌云凤、戴湘英七位侠女。除岳大鹏、黄人龙、林秋水三人是在外面料理未回外,戴家场主要人物俱都在场。由三位地主分别敬酒。宾席上面第一桌是金身罗汉法元、苗人姚开江、陈长泰、罗九、吕宪明、郭云璞同华山派的哑道人孔灵子,也是七人。第二桌是华山派火狮子曹飞、白虎星君郁次谷、多臂熊毛太、霹雳手尉迟元、九尾天狐柳燕娘、小方朔神偷吴霄、三眼红蜺薛蟒七人。第三、四桌是柳燕娘的远房兄弟粉牡丹穿云燕子柳雄飞、五花蜂崔天绶、威镇乾坤一枝花王玉儿,这三人是福建武夷山的有名淫贼海盗;还有西川三寇五花豹许龙、花花道人姚素修、假头陀姚元,风箱峡恶长年魏七、水蛇魏八、独霸川东李镇川、混元石张玉、八手箭严梦生、回头追命萧武、长江水虎司马寿。这十三人分坐两桌,俱是江湖上的江洋大盗,杀人不眨眼的魔君。白、戴诸人也有见过一两面的,也有闻名尚未见过的。

戴家这间广厅约有七大开间,因早探得吕村来的人数,将厅上所有的陈设全部移开,摆了八桌,分成两行,主宾对向,各据一面。此时坐满了七桌,尚余一桌。白琦正要命人撤去,忽见岳大鹏、黄人龙、林秋水陪着二人从外面走了进来,后面跟着适才擒蛇那个花子,朝上一揖,自就主位。那花子也跟着落座,更不客气,也不让岳、黄、林三人,竟自一路大吃大喝起来。法元见过花子现身,以为是白琦请来的助手,倒不怎样稀奇。其余众人,适才凡分配到外面去的,此时见他随了岳、黄、林进来,到主座上去,俱以为是他三人约来的朋友。这一干剑侠当然不以衣冠相貌取人,又在敌我对峙、折冲樽俎之间,各人看了一眼,也就罢了。

玉清大师从异派出身改邪归正,见识甚广。适才在鱼神洞同姚开江斗法,相持不下,忽见一道紫巍巍的光华微微在日光下一闪,将敌人妖法连自己的法术一起破去,便知不好,恐怕山峰倒下伤人,连忙飞身回来,叫白琦暂避。正怕有些来不及,一眼瞥见那个花子纵到众人面前,用移山缩地之法,将众人送出险地,心中一动。刚要寻他答话,已经不见。暗想:"这个人好似那怪花子,已经多年不曾听人谈起,今日却在此地露面。此人向来任性,做事不分邪正,高兴就伸手,厉害非凡。要是吕村请来,今日胜负正不可知呢。"因时间紧迫,只略略通知了一下佟元奇,二人入席以后还在发愁。此时忽见他跟着岳、黄、林三人进来到主座上去,真是请都请不到的人会自己前来。与佟元奇对看了一眼,二人默默会心不言。知道此人性情特别,如果下位去招待他,反而不好,只得装作不理会。何、崔、吴、周四侠女适才在鱼神洞就见过他,此时见他入内落座,虽觉客来不速,回看佟元奇与玉清大师面带喜色,知是请来的好帮手,只不好去问姓名罢了。惟独白琦对他久已留心,先还以为是岳、黄、林三人相识的异人,当着敌人在前,不好意思下位去问。后来想到自己是个主人,初次见面,连姓名都不曾请教,岂非无礼? 正在踌躇之际,忽听耳朵边有人说话道:"快打仗了,不要管我。我不白吃你的,不要心疼害怕。"声细如蝇,非常清楚。回望诸人,都是坐得好端端的。再看那花子时,正对他点头呢。

正在这时,恰好衡玉、许超将主客两边的酒敬罢回席。佟元奇站起身来，朝着法元那一席说道："今日之事，原由白、戴、许三位庄主与陈、凌两位排难解纷而起。他三位本是一番好意，不想言语失检，伤了和气，遂至双方结成仇怨。先约定在今天由白、戴、许三位到陈圩登门请罪，及至白庄主派人下书定日赴约，知陈庄主到了吕村，才改客为主，在此地相见。白、戴、许三位因大家都是土著乡邻，不愿同室操戈，即使到日不能够得到陈庄主原谅，也不愿因三五个主体人引起两村械斗，死伤多人。因见陈庄主约出吕庄主同诸位道友，才约请贫道等参加这场盛会。见贫道痴长几岁，特邀贫道出面，做一个与两造解和之人。请大家依旧和好如初，以免两村居民彼此冤仇愈结愈深。我想陈庄主与三位主人既是本乡本土，邻乡近谊，何苦为些许小事，动起干戈？如果陈庄主肯弃嫌修好，以贫道之言为然，贫道情愿代他三位领罪。如不获命，在座诸君虽然都是江湖上高明之士，但是各人所学不同，本领也有高低，倘若不问学业深浅便行请教，未免失平。现在白庄主在前面广场上搭了一座高台，备有主宾座位。今日之事，既以陈、戴两村为主体，便请他们席散以后，双方登台领教，以定今日曲直。其余双方请来的嘉客，如果见猎心喜，那时或比内外武功，或比剑术，或比道法，各按平生所学，功力深浅，一一领教，贫道也好借此一开眼界。不知诸位以为然否？"

法元闻言，起身笑答道："佟道友也倒言之有理。想昔日凌檀越一女二配，陈庄主不服，同敝徒罗九与他辩理，凌、俞二位动起手来，白、戴、许三位不该倚仗人多上前相助。后来白庄主还口吐大言，说本月初三登门请教，这本是江湖常有的事。吕村与戴家场近邻，相隔只有鱼神洞，两下并无仇怨，白庄主为何又派人前去窥探数次？这才将吕庄主等牵入。今日之事，谁是谁非，也非片言可解。好在贵村业已准备下天罗地网，惧者不来，来者不惧。贫僧原与佟道友一般不是局内人，吕、陈两位因知贵村有佟道友相助，震于峨眉派的威名，见贫僧路过此地，邀留做一个临时领袖。贫僧也觉贵派虽然剑术高强，却往往以大压小，以强凌弱。虽然败军之将，自知不敌，因为心中太觉不平，也就拼着再管一回闲事。现在时光已是不早，多说闲话无益，莫如按照佟道友所说先比武艺，次比剑术，后比道法。也不必分什么主客，凡是与贫僧同来的都是客，贵村方面俱是主。各按自己能力道行，一个对一个上台领教，省得不会剑术道法的人受了暗算。佟道友以为如何？"

佟元奇闻言，笑答道："既然如此，也不用多言，贫道及敝村全体遵命领教就是。"说罢，主席上便全体起立道"请"，法元等也相率起身，分至广场，各按宾主登了芦棚。佟元奇、法元二人心事，一样的怕不会剑术的人吃亏，既经双方同意,彼此都觉安心。不提。

话说双方到了广场,戴家场的人由佟元奇率领,至东芦棚上入座;吕村的人由白琦陪着法元、姚开江前导,送到西芦棚上落座。东西两棚均派得有十名长工招呼茶水。大家表面上都极客气,绝不似顷刻就要拼个你死我活的样儿。

当大众往外走时,那怪叫花首先起立,也不用人招呼,径自往外就走。此时到了芦棚上面,已不知他往哪里去了。白琦安顿好了吕村诸人,回转东芦棚,见怪叫花不在。一眼看见林秋水正和大家介绍适才领到席上的两位远客,才知那两人是苏州太湖金庭山玉柱洞隐居的吴中双侠姜渭渔、潘绣虎。白琦也随着上前相见。原来岳、黄、林三人把守谷口,忽见谷外号旗举处,远远有二人如飞而至。近前相见,认出是昔日旧友吴中双侠,也是到善化去访罗新,听楚鸣球说起戴家场之事,并说湘江五侠也在那里,特地赶来相助一臂之力。彼此寒暄了几句,又见从回路上来了一个叫花,一个大汉。黄、林二人俱认得那大汉是陆地金龙魏青,知他是在吕村卧底。那叫花却不认得。先问魏青到此何事。魏青道:"我妻子在吕村,我恐吕、郭二人见疑,故意随他们前来赴会,却叫我妻子偷偷由戴姑娘所说的那条僻径逃出。适才鱼神洞山峰崩倒时,我止站离峰脚不远,眼看那峰头朝我顶上压下,知道不及逃避,只好闭目等死。却被这位穷爷恩人如飞跑来,将我一把夹起,跳出有百十丈远近,才保住这条小命。后来向这位穷爷道谢救命之恩,才知他是戴家场新请来的帮手,知道我是自己人才肯救我。他又对我说,我妻子走错了路,被一个白猿擒去,叫我快去搭救。他说我要去得晚时,那白猿还准备送我一顶绿帽子呢。谁稀罕猴崽子的帽子,倒是救我妻子要紧。"说罢,便要走去。岳、黄、林、姜、潘五人便商量分两个人陪去相助。那花子道:"用不着你等,那白猿虽然有点道行,却与这莽汉有许多渊源,最好他一人前去,你们去了,反而给他误事。"岳大鹏见花子出言侮慢,好生不服。林秋水在五侠当中最有见识,听魏青说花子救他的那一番话,已知不是常人;再看他那一双奇怪眼睛,又听是本村主人请来,越发不敢怠慢。抢先答道:"兄台既有高见先知,我们不去就是。"魏青本没有意思请他五人帮忙,闻言急匆匆出谷去了。

那花子道:"现在人已到齐,里面还给我们留下一桌好酒席。主人见我腿快,打发我来叫你们前去吃酒。吕村来的这些兔崽子,回头一个也跑不了。少时我那老贤侄章彰还要来呢。这时不去,看人家把席撤了,没有你们的座位。"林、黄二人一听花子称他师父朱砂吼章彰是他的老贤侄,自己立刻矮了两辈,适才称他兄台岂非不对?又想自己师父远隔台湾海岛,业已多年不曾出山,今日哪会来此?见他疯疯癫癫,不知是真是假,只得强忍闷气,问道:"前辈既和家师相熟,适才因和魏兄说话,未及请教前辈名讳,多有冒犯,请前辈见示大名,愚弟兄也好称呼。"花子笑道:"原来小章儿是你们师父么?你要问我名姓,我就叫穷神,别的没有名字了。班辈称呼,我向不计较,你们如看得起我,就叫我穷神,或者叫我的别号怪叫花也好。"黄、林二人闻言,将信将疑,只是怪叫花三字听去耳熟,怎么想也想不出他的来历,估量决非等闲之辈。还待用言试探,吴中双侠素来稳当,倒不怎样,岳大鹏早已不耐,说道:"这位穷爷既说敌人已到,主人候我等人入席,我们就去吧,有什么话回头再说多好。"怪叫花哈哈笑道:"还是他说的话对我心思,我忙了一早晨饿了,赶快吃一顿正好。"岳大鹏想借此看看花子本领,脚下一使劲,飞一般往前面走去。怪叫花冷笑一声,在后面高叫道:"你们慢些走,我上了几岁年纪,追不上,看在你师父分上,等我一等呀!"说罢,拖着一双破草鞋在后面直赶。黄、林等五人只装不听见,仍往前面飞跑,不一会便听不见花子喊声,知已相隔甚远,众人心中又好气,又好笑。林秋水虽然随着四人行动,猛想起:"这人既连轻身之术都不会,主人又请他到来做甚?况且魏青是个不会说诳的人,依他说此人本领更在自己之上,何以又这样不济呢?莫非是故意做作吗?"且行且想,已到戴家门前。忽见怪叫花从里面跑了出来道:"你们腿快,却不敌我路径熟,会抄近路,还比你们先到一步。"岳大鹏等闻言,知道这条路别无捷径,他是故意如此说法,不由大吃一惊,俱各改了轻视之念,不好明白赔话,只得含糊答应。花子又道:"主人请你五人进去,各自归座吃喝,不要多说话。我跟在你五人身后,你们千万不要提起我的来历,留神将那些兔崽子吓跑了,没处去寻他们。"黄、林五人自是唯唯遵命。进去以后,果然照他所言而行。那花子竟自坐在首席,大吃大喝。适才捉蛇,身上惹的那一身腥气同那一双脏手,别人倒还不觉怎样,岳大鹏哪里吞吃得下,只是望着林秋水敢怒而不敢言。林秋水满不在乎,反倒殷勤相劝。怪叫花道:"你这个人倒怪有意思的,也不枉我来此救你们一场。"林秋水虽不明白用意,准知今日这一场恶斗决非寻常,此人必甚关紧要。及至席散出场,林秋水便紧跟他身后,几次用言语试探,都不得要领,一晃眼的工夫,便不见他的踪迹。这会见了白琦,把经过略说了一遍。听说玉清大师对他如此重视,越觉自己目力不差。只是时间太迫,没有工夫问玉清大师,他与师父朱砂吼章彰是何渊源

58

罢了。

白琦与众人略谈了几句，佟元奇便命他头一个登台比武。白琦领命，先从棚前纵到第一个莲花桩上，提气凝神，用了个金鸡独立的架势。这时正是二月初旬天气，春光明丽，山坡上杂花盛开，桃红柳绿，和风徐徐。白琦人本生得英俊，又穿了一身白色壮士衣冠，站在那莲花桩上纹丝不动，拱手向西芦棚指名请陈长泰答话。态度安闲，英姿飒爽，真是不可一世。西席棚上法元见白琦出面，高声向佟元奇大喝道："适才言明先比武艺，而白庄主精通法术，在鱼神洞时已然领教了，陈庄主武功虽然高强，怎是敌手？如果先比法术，待贫僧与白庄主一比短长吧。"佟元奇闻言，这才想起法元因鱼神洞破法之事，错疑白琦也会法术，恐白琦吃亏，不俟法元起身，连忙高声答道："禅师且慢！贫道只知白庄主内外武功俱臻绝顶，却不知他也精通道法。既然禅师多疑，我着他回来，另换别位上前领教就是。"说罢，便着戴衡玉去替白琦回来。这一种登萍渡水、踏沙飞行之法，原是白、戴、许三人练熟了的。

衡玉领命起身，朝着棚下将身一纵，恰好白琦纵回，就在这一上一下之际，二人迎了个对面，只见他二人将身一偏，俱都擦肩而过。白琦到了台上时，衡玉也安安稳稳地站在莲花桩上，使了个鱼鹰倦立的架势，朝西芦棚道声："请！"西芦棚中陈长泰漫说不会这种轻身功夫，连看也未看见过。罗九适才见了佟元奇，虽然仗着自己已拜在法元门下，到底有三分畏惧，不敢公然头一仗就出去。偏偏陈长泰见衡玉叫阵，直拿眼睛朝他使眼色。自己食人之禄，说不过去，只得起身。往台前一看，见这三个莲花桩、一道沙堤和一道刀堤，不是内外功到了绝顶的人休想上去，幸而自己还能对付。当下便对法元道："弟子去会这厮。"说罢，也将身纵到西芦棚下一个莲花桩上。衡玉见来了罗九，不敢怠慢，站在莲花桩上朝对面拱手，道一声："请！"然后将身往沙堤上面纵去。脚尖刚着沙堤，两手倏地分开，收转来到腰间往上一端，稳住下沉之力，使用登萍渡水的功夫，疾走如飞，纵到第二个莲花桩上。罗九虽不会这种草上飞的功夫，到底练过剑术的人，气功极有根底。他见那其细如雪的黄沙，堆成上尖下削的沙堤，漫说是人，就是飞鸟在上面走过，也不能不留脚印。只得运动真气，将身体提住，凭虚在沙上行走，居然到了沙堤尽头的莲花桩上。

佟元奇命白、戴二人先见头阵，无非是因为白、戴、许三人是主体，满拟指名要陈长泰出面，不想却换了罗九。知道衡玉武功虽好，却不会剑术，绝不是罗九的敌手。但是已经临场，说不出不算来，只得暗中留神。罗九不性急放剑便罢,如若情急放剑,再行上去将他结果。正在心中盘算,忽听玉清大师道:"凌老前辈又在台前出现,我们今日必胜无疑。"佟元奇闻言朝前看时,台桩底下倚着适才所见那个怪叫花,所靠的那一根柱子却正挡着西芦棚目光,不禁点头会意。

这时衡玉已与罗九对面,交代了两句江湖上的套语,便往刀堤上纵去。罗九觉刀堤比沙堤易走得多,冷笑一声,也往上便纵。二人俱是行走如飞,一霎时便已走尽。衡玉纵到莲花桩上,刚要对罗九拱手道"请",纵到擂台上去,忽听喀嚓一声,罗九站的那根莲花桩忽然折倒,将罗九跌翻在地。罗九正要逞强行凶,佟元奇、法元各从东西芦棚双双飞到。佟元奇一面招呼衡玉回去,一面大声说道:"头一场胜负已分,请禅师另派别人登台吧。"罗九见佟元奇到来,到底有三分畏惧,不敢多言,只得满面羞惭,飞回西芦棚去了。法元起先见罗九忽然跌下莲花桩来,非常诧异。见佟元奇飞出,急忙也跟着前来。一听佟元奇发言,先不还言,急忙拾起地下折断的莲花桩,又把衡玉上的那一根莲花桩拾起,细细比看。只见这两根莲花桩都是虚飘飘地插在土内,东西一般无二,分明罗九用力稍猛,将它折断。再检看两面刀堤时,也是一般轻重深浅插在浮土之内。只不过罗九走过的依然完好如新;衡玉走过的刀锋尽卷,着土半截,却一丝不歪斜。这种轻身功夫中所暗藏的劲功,真也少有。即使莲花桩不倒,罗九已输了一关。不过罗九既然暗驭剑气,提着身子在上行走,何以会将莲花桩折断?明明中了旁人暗算。但是自己既查看不出一些形迹,倒不如认输,另派能手登场显得光明。便对佟元奇道:"罗九一时不留神,有此失着。待贫僧另叫别人登台领教吧。"

佟元奇道:"今日之事,原说各按自己功行能力交手。适才贫道因见白庄主是主体,故此命他出场。禅师疑他精通法术,贫道才命戴庄主出来。原指明与陈庄主领教,想教双方主体人物先见一胜负,再由双方所请嘉客登场,谁知禅师却教罗九上来。此人本是贫道逐出门外的孽徒,颇知剑术。贫道也知戴庄主不是敌手,只是既已登场,遇强便退,有失江湖体面。只要罗九不倚剑术欺人,一任他强存弱亡。不料罗九昔年在贫道门下以为学习剑术便可无敌,对于武功不屑力求深造。到了沙堤,便用驭气飞行之法,不敢将脚一沾沙面,已经有些暗中取巧。后来上了刀堤,仍用前法,却不知这登萍渡水与行刀折刃的软硬功夫。行沙是要脚不扬尘,不留痕迹;行刀却要身不动,所行之处刀锋全折,才算合格。刀不折刃,已然输了一着;末后又不留神,将莲花桩折断。如非贫道知机赶来,他便要恃强暗用飞剑,岂非无耻之尤！禅师认输，足见高明。不过首场既先比武功，此番登场人务请量才派遣，免犯江湖上规矩。"说罢，不俟法元答言，将手一拱，飞身回棚去了。

法元受了一顿奚落，不由切齿痛恨。心想："你们休要得理不让人，少时便叫你知我们的厉害！"回转芦棚，先唤过罗九来问怎么跌下来的。罗九道："弟子一上去，便用驭剑轻身之法，始终没有沾着堤面。到了刀堤尽处，刚往莲花桩上一纵，原是一个虚式，还未上台，好似被一人拉住弟子双脚一扯，便跌下来了。"法元也知罗九虽不会渡水登萍的功夫，但是无论如何也不会从桩上跌了下来。猜定敌人暗中使坏，存心要他当众丢丑。便问罗九跌时可曾看见什么形迹，罗九回答无有。法元知不能拿揣度的话向人家理论，只好恨在心里。

这回该西芦棚派人登场，法元便问何人先往。当下便有柳燕娘的兄弟粉牡丹穿云燕子柳雄飞起立应声："弟子愿往。"法元知他所练轻功已臻绝顶，因为鉴于罗九受了暗算，再三嘱咐柳雄飞注意。同时自己运用眼睛觑定两堤，准备看出一些动静，再与敌人理论。这时台前莲花桩已被白琦命人换好新的。佟元奇见法元派柳雄飞出场，便对众人道："来者是西川路上有名淫贼，何人愿去会他？"湘江五侠中的黄人瑜应声愿往。黄、柳二人各由东西芦棚走完沙堤，到了莲花桩上。柳雄飞问起对方姓名，知是湘江五侠之一，不敢怠慢，将手一拱，步上刀堤，走到尽头莲花桩上，分外留神，且喜不曾出了差错。双双纵上台去，各人取出兵器，摆开门户交起手来。黄人瑜使的是一根九截量天尺，柳雄飞使的是链子抓。才一交手，黄人瑜一摆量天尺，朝柳雄飞额前点去。柳雄飞见黄人瑜使的是短兵刃，自己链子抓长，觉着有些便宜可占。见黄人瑜量天尺点到，将脚一点，明着往后倒退，暗中却同时将左手链子抓发出。黄人瑜见链子抓当头抓来，不慌不忙，将量天尺对准抓头轻轻一点。刚将抓点荡开去，柳雄飞的右手抓又发将出来。黄人瑜见柳雄飞把这一对链子抓使得笔管一般直，如狂风骤雨一般打来，暗想："这厮本领着实不弱，可惜太不务正，且教他死在我的量天尺下。"湘江五侠的武艺，练的是太极乙字功夫，使的是短兵器，专讲以静制动，敌人使的兵刃越长越吃亏。柳雄飞起初还不觉察，后来见自己双抓发将出去，黄人瑜若无其事一般，单掌护胸，右手横拿着又短又小的量天尺，不管那双抓使什么巧妙解数打去，他只身子不动，将量天尺两头点去，便即荡开。有时使力稍为大一点，柳雄飞便觉虎口震得生疼。知道遇见劲敌，越加小心在意。打了有好一会，见敌人只将双目注定自己，并不转动，静等抓来便即点开，神态自然，毫不费

61

劲使力。心想："这样打到什么时候才完？明明敌人想将自己力量使尽，再行发招。"眼看有输无赢，一着急，不由打出一条主意：故意装出气衰力竭，招数散漫，想诱黄人瑜进招。人瑜久经大敌，岂有看不出的道理。心想："我想让你多活些时，你倒想在我面前卖弄。不如早些打发你回去，好再收拾别的余党。"想到这里，恰好柳雄飞左手抓一举，卖了个虚招，右手抓往下三路扫来；同时左手抓由虚变实，使了个枯树盘根的解数打到。黄人瑜喊一声："来得好！"倏地往后退了一步半，敌人双抓同时落空。提起量天尺，横着往两抓头上分头点去，手法敏捷，疾若闪电一般。柳雄飞见双抓落空，知道不好，刚想掣动抓杆，收回前劲，另换招数，已来不及。只听当当两声，被黄人瑜尺头分别点个正着。立时觉得虎口震开，险些把握不住，暗喊："不好！"急中生智，忙起身一纵，倒退出去有两丈远近。正要使回头望月败中取胜的绝招，不知怎的，腰腿上被黄人瑜点了一下，立刻丢抓跌倒在地。再看黄人瑜正站在前面，仍是若无其事一般。

那台上预备的长工早拥上前来，将柳雄飞搭往西芦棚去了。要说柳雄飞的轻身功夫确已臻绝顶，适才纵退时身手非常敏捷，竟一点声响也不曾听见。但终究被黄人瑜追来点倒，湘江五侠本领于此可见。只气得西芦棚上人个个咬牙痛恨。再看黄人瑜，早已下台，回转东芦棚去了。等到长工将柳雄飞搭上台来一看，先还以为有救，及至细看柳雄飞的伤处，已被黄人瑜在死穴上下了内功重手，七日之内准死无疑。

柳燕娘猛将银牙一错，也不向法元请命，由西芦棚一飞身，便到擂台之上，指名要适才仇人答话。正在张狂，耳中忽听一声娇叱道："贼淫婢休要不守信义，任意猖狂！何玫来了！"言还未了，东芦棚方面纵上个黑衣女子。柳燕娘明知对面有好些克星，只因报仇心切，忘了危险。及至登台说了一番狂话，才想起对面敌人有吴文琪、周轻云等在内，好生踌躇，但是话已发出，说不出不算来。言还未了，便听一个女子答言，不由吓了一跳。及至见面，来的女子并非吴、周二人，略放宽心。暗想："对面能人甚多，除非法元、姚开江能够取胜，余人未必敌得住。莫如将此女打发回去，自己捞一个面子，就回转西芦棚，日后再寻湘江五侠报仇。"主意已定，反不着急，问道："来人休得出口伤人。你可知俺九尾天狐柳燕娘的厉害？"何玫冷笑道："我早知你这贱婢淫贼十恶不赦，特来取你的狗命！"说罢，两手一分，使了个玉女拳中独掌擎天的架势，摆开门户，道一声："请！"随着右掌往柳燕娘脸上一晃，纵身起左掌，力劈华岳，当头打到。柳燕娘见何玫步法轻捷，掌法精奇，更不怠慢，先使了个门户。见何玫掌到，忙用托梁抽柱的招数，单掌往上一架，随着黑虎掏心，当胸一掌打去。何玫喊一声："来得好！"左掌倏地往左一翻，反从下面穿进内圈，往燕娘脉门斫去。同时右掌朝下一翻，拨开燕娘的拳，顺势也往燕娘腕上斫去，将燕娘双手同时隔散，破了招数，门户大开。更不容燕娘还手，往前一进步，就两手一分之际，一个仙鹤舒爪，侧转身一偏腿，往燕娘胸前蹴去。燕娘万没料到何玫掌法如此变化无穷，幸而退身得快，被何玫的脚在腰眼上扫着一点，已觉疼痛非常，暗骂狠心贱婢，知道难以抵敌，也将多年未用的八卦仙人掌使将出来，与何玫打在一起，同挥皓腕，上下翻飞。恰好二人都是一样主意：谁都吃过比剑的亏，不知敌人虚实，谁也不肯放出剑来。不到数十个回合，柳燕娘也不知经了多少险，吃了多少亏，情知非败不可。先见何玫身上不带兵刃，越猜想她必有来历，未敢造次。后来被何玫逼紧，只得咬牙将心一狠，打着打着，倏地飞纵出去，将手往身旁一拍，将飞剑放将出来。何玫早已防备，也将身一摇，放起飞剑。各人运用精神，任那两道剑光绞作一团。燕娘见敌人飞剑不弱，暗自惊心。

正在危急之际，西芦棚上急坏了三眼红蜕薛蟒。原来他在慈云寺之役被朱文刺瞎了一只真眼，只剩了当中一只假眼，与右眼相配一对，好不伤心痛恨，便想回黄山去见师父许飞娘哭诉，请她代自己报仇。半路上遇见柳燕娘，两人勾搭成了临时夫妇，非常恩爱。这时见燕娘危急，不问青红皂白，脑后一拍，便有一道青光飞起。东芦棚上黄玄极见了，也将飞剑放出迎敌。一会工夫，便乱了章法。先是西芦棚上孔灵子、曹飞、郁次谷、吕宪明、郭云璞、毛太六人飞身上前，放出剑光。东芦棚上周轻云、吴文琪、崔绮三位女侠，同铁蓑道人、湘江五侠中的虞舜农，分头飞剑迎住。佟元奇见敌人不照预先约定，乱杀起来，忙叫白琦同凌操翁婿、戴衡玉、岳大鹏、黄人瑜、黄人龙、许超、张琪兄妹、凌云凤、戴湘英，从棚后下去，将广场圈住。因为佟元奇与玉清大师要用全神看住法元与那苗人姚开江，怕对面那一干群贼趁两下比剑忙乱之际，扰害戴家眷属同村民。知道湘江五侠中的木鸡与林秋水俱会剑术，便命他二人驾剑光分头接应白琦等，以防遇见对面群贼中有会剑术的不好应付。白琦等刚绕至广场正面分散开来，果然西芦棚上群盗纷纷蹿了下来，俱都奔往戴家大门前一路冲杀过来。同时法元也放出飞剑，姚开江也放出炼就的飞刀，数十道红丝与三道绿光朝东芦棚飞去。佟元奇、玉清大师不敢怠慢，当下分头飞起剑光迎住。这一场大战好不热闹，满空中俱是飞剑光华，五色缤纷，金光闪耀。

罗九见佟元奇在场，本不敢上前。忽见佟元奇敌住法元，不得分神，便同花花道人姚素修也将剑光飞起，想捡对面剑术低的人便宜。这时双方差不多势均力敌，除何玫在擂台上敌住柳燕娘外，黄玄极敌住三眼红蜺薛蟒，周轻云敌住孔灵子，吴文琪敌住曹飞，崔绮敌住郁次谷，虞舜农敌住吕宪明，铁蓑道人双战郭云璞与毛太。罗九见崔绮迎敌郁次谷，看去好似吃力，悄悄告诉姚素修，想趁一个冷不防放剑出去，先助郁次谷除了崔绮再说。这时崔绮正敌郁次谷不下，忽见敌人阵上又有两道黄光朝自己飞来，大吃一惊。神一散，郁次谷的剑光愈加得势，同时罗九、姚素修的剑光也一起朝崔绮飞到。玉清大师迎敌山人姚开江，忽见崔绮受了敌人夹攻，危险万状，正要设法分剑光去救。忽然法元身后倏地闪出适才那个怪叫花，一现身就打了法元一个大嘴巴，骂道："大家讲好一个对一个，不许两打一，你偏要叫你手下毛贼欺负女娃娃。"打罢，两脚一纵，竟比剑还快，追上罗九与姚素修的剑光，只用手一抓，便抓在手中，一阵揉搓，立刻化成流星四散。又一纵，纵到剑光丛中，先将郭云璞的剑光抓住，说道："不许两打一，你偏要两打一。"见郭云璞的剑光在手中不住闪动，又说道："这口剑倒还不错，可惜有点邪气。"说罢，将郭云璞的飞剑往西北角上一掷，说道："老乞婆，你留着送人吧。"他这一下不要紧，西芦棚上众人见这破烂花子不着地，飞行于剑光丛中，如入无人之境，只凭两手一抓，便收去了三口飞剑，只吓得胆落魂飞，不知如何是好。幸而那花子收了三口飞剑便即住手，落下地来，高声说道："我也不赶尽杀绝，只不许你们两打一！"说罢，一闪身形，便已不见。漫说法元见了心惊，就连玉清大师与佟元奇知他根底的人，也觉得此公本领毕竟不凡。听他口喊老乞婆接剑，暗想："莫非他的老伴也来参加，敌人方面更不用想占胜着了。"自是越加安心迎敌。不提。

64

第七十二回

急怒失元神　毒云蔽日　妖人中计
伤心成惨败　飞剑惊芒　和尚逃生

　　毛太剑光本来低弱，又加以前被周轻云断了一只手臂，重伤新愈，帮助郭云璞双战铁蓑道人，本未占着丝毫便宜。忽见凭空纵起一人，将郭云璞剑光收去，心中一惊，神一分散，被铁蓑道人将他飞剑斩断。情知不好，要逃已来不及，被铁蓑道人飞剑过处，身首异处。铁蓑道人斩了毛太，见崔绮敌不过郁次谷，轻云与孔灵子也只勉强战个平手，便飞近轻云身旁，说道："待我迎敌这厮，你去替崔姑娘下来。"说罢，便将剑光向孔灵子飞去。轻云连忙飞到崔绮那边，正要双战郁次谷，玉清大师知道今天来的这一双怪人脾气，忙喊："崔姑娘暂且休息，我们须要守着前言，一个与一个比斗。"崔绮本已气竭力微，剑光暗淡，巴不得退了下来，等轻云一接上手，便即飞回芦棚。不提。

　　说了半天，那苗人姚开江性如烈火，何以直到最末出场，只用炼就飞刀出战，不施展他的妖法？待作者补叙一番。

　　原来那苗人姚开江昨晚本是兴高采烈，今早起来，忽觉神思不宁，心中无端胆怯起来。后来经法元等一阵鼓励，勉强看好时辰，壮着胆气，到了戴家场之后，总是觉着疲倦欲眠，连话都懒得说，反正法元说什么，他就听什么。后来上了芦棚，法元早知道今日之事不是和平可了，又加罗九等上场连败两人，越发恼羞成怒，把心一横，一任众人上前背约混战。自己却悄悄嘱咐霹雳手尉迟元率领群寇偷下芦棚，去劫杀戴家眷属。分派已定，见姚开江坐在那里垂头不语，昏昏欲睡，好生不解。心想："此人道术通神，何以今日这般狼狈，好似中了别人暗算一般？"便从葫芦内取了三粒丹药，塞在姚开江口中，猛然对他背上一拍，大声喝道："姚道友，该我两人上前去了！"姚开江被他这一拍，神志忽然清楚，才想起自己今日是应约前来助阵。见战场上剑光纷扰，大吼一声，随了法元双双出战。

　　法元见今日之战，不比成都慈云寺那面的敌人势盛，虽然佟元奇与玉清大师俱是能手,自恃与姚开江两人足能对付,好不高兴。正在得意之际,忽见眼前一道黑影一闪,便现出适才席上所见那个破烂花子,未容法元看清,便被他打了一个大嘴巴。接着骂了几句,身子竟比剑光还快,飞纵剑光丛中去了。法元也是剑术极精的有名人物,不知怎么这一下竟打得法元头昏脑涨,几乎跌倒。漫说分出剑光去斩花子,因为挨了一下重打,神一分散,被佟元奇剑光往下一压,将他飞出去的红线连断两根。又气又恨又可惜,顾不得先寻花子,急忙凝神运气,先敌住佟元奇。一面留神再寻那花子踪迹时,正看见他将罗九、姚素修的飞剑破坏,又将郭云璞剑光收去,不由大吃一惊。心想:"要照这样,场上迎敌的人岂不白白送死?"正在着急,花子忽然隐去。心想:"这花子如此本领,看去也觉面熟,怎么会想他不起来?"

这时佟元奇趁法元神散之际,剑光越发逼紧。法元不敢急慢,聚气凝神,倏地朝剑光一指,放在空中的数十道红线倏地加上数倍,朝东芦棚方面各位剑仙身上分落下来。佟元奇、玉清大师见法元拼命,刚要喊声"不好",猛见擂台上站定一个白发老婆子,张口朝着空中一吸,眼看法元放出的百十道红线,纷纷被她收入口中去了。法元因见今日不能取胜,才想杀死一个是一个,使用这狠心毒手,运用五行真气,将剑光分散开来,朝敌人飞去,本想至少也得杀死几个。不曾想到剑光才飞出去,好似擂台方面有什么东西将它吸住。忙用目往擂台一看,见台上柳燕娘已不知去向,台口站定一个白发红颜的老婆子,握着一根拐杖,将他剑光纷纷吸入口中,看去非常面熟。猛想起适才所见花子正是此人的丈夫,不禁吓了一身冷汗,暗骂自己糊涂,适才竟会忘了那花子来历。还算法元见机得早,急忙运用全神收回剑光时,他用五金之精及自己的五行真气所炼一百零八口子母飞剑已损失过半。就在这分神之际,佟元奇也用全力将剑光分作一道长虹,朝法元顶上飞来,法元几乎吃了大亏。见姚开江只用三口飞刀,还在和玉清大师拼命支持,暗恨苗人愚蠢,到这般时候,还不使用法术。

那老婆子刚把法元剑光收去,擂台底下钻出一人,递上一封书信。那老婆子便飞往白琦阵上,抱起一个女子破空而去,并不来赶尽杀绝。法元不由又存了希冀之想,一面和佟元奇拼命支持,一面将身一步一步挪近姚开江身前,说道:"姚道友,还不对敌人施展法术,等待何时?"一句话将姚开江提醒,伸手往胸前一摸,忽然狂吼一声道:"我命休矣!"法元也不知他是什么缘故,只见他脸涨红紫,身上青筋暴露,气喘如牛,好似受了大刺激,急怒攻心,要生吃活人的神气。倏地又见他大吼一声道:"罢了,我和你们拼了吧!"说罢,两肩一摇，便有十二支弩箭冲起空中，离地丈许，便化成绿黝黝的光华，旁边围着许多五色烟雾，腥臭扑鼻，直朝东芦棚各剑仙顶上飞去。这是姚开江师祖所传的镇山之宝，叫百毒烟岚连珠飞弩，乃是用各种毒涎恶草和毒瘴恶虫化合五金之精，百炼千锤制就的弩箭，再用本身五行真气炼成飞箭，与飞剑一般能发能收。一经发出，与敌人飞剑相遇，敌人飞剑被污落地；凡人沾上一点，立刻毒气攻心而亡。真是苗疆中最厉害的法宝，其毒非常。他祖师传他的时节再三敦嘱：不到性命交关之际，即使遇敌败退，但能脱身，也不准轻易妄用；用时也只可一支两支，只伤对头一人便止。姚开江出世以来，今日尚是第一回使用。法元知道厉害，不由又惊又喜。

　　玉清大师原先以为姚开江虽然精通妖法，自忖能力足可应付，至少也可不求有功，但求无过，不曾想到他竟将红发老祖镇山之宝使了出来。知道厉害非常，自己又无法去破，眼睁睁众人要遭惨劫。只得先顾救众人要紧，见箭一发出，便高声叫道："苗人妖法厉害，诸位道友快退！"正在这时，忽见那怪叫花又飞身出现。这回虽和上回一样神气，身上却盘着一条大蛇，五色斑斓，红翠相间，十分好看。远远望着姚开江大叫道："苗狗休得猖狂，你的元神在此！"说罢，脚一顿，往空便起。姚开江一见那花子身上盘着的大蛇，大吼一声，好似连命都不要，将手往空中飞箭一指，箭头立刻纷纷掉转，连人带箭飞起空中，夹着一阵烟云，直向那花子电闪星驰一般追去，眨眨眼俱都不见。且喜双方俱无人受伤。玉清大师见怪叫花三次出现，将姚开江引走，三口飞刀仍在空中和自己飞剑相持，不曾被他收去，只是失了统驭，不似先前有力。忙运元神，将身一纵，身剑合一，飞将上去，将那三口飞刀收了下来。一看，见是三口缅刀，长约七寸，精光射目，心中大喜，急忙收入囊内。不提。

　　这时战场上，除柳燕娘见敌何玫不过，飞身逃走，薛蟒见势不佳，无心恋战，抽空收回剑光逃走外，吕宪明与虞舜农本战个平手，倏地心生一计，暗使妖法，将雷火弹打出。虞舜农躲避不及，打中右臂，受了重伤，眼看危险。恰好周轻云已破了郁次谷的飞剑，将他杀死，赶过来用玉清大师赠的紫金梭先将吕宪明打倒。正要用飞剑将他杀死，猛记起了佟元奇、玉清大师嘱咐，凡是吕村的人都不要杀，不免迟疑起来。那郭云璞虽然失了飞剑，尚有全身妖法。他为人机警，见那花子竟能空手将飞剑抢去，敌人能手甚多，知难取胜。先还希冀姚开江的妖法取胜，后来见那花子擒了一条大蛇出现，姚开江大吼一声，连空中飞刀俱不及收，拼命追去，知道苗人粗鲁，定中那花子诱敌之计。再加上法元飞剑失去一半。自己这边尽是失利之事，便不愿做无谓牺牲，只好忍辱，待将来报仇再说，只不好意思立刻就走罢了。这时见吕宪明被一个女子打倒，忙喊："贱婢休得伤人，看宝！"言还未了，出手就是一溜火光。轻云知道厉害，急忙驾剑光纵起空中，躲过妖火。郭云璞无心恋战，就地上抱起吕宪明败退下去。回望战场，孔灵子、曹飞敌铁蓑道人与吴文琪不过，各驾剑光逃走；法元也好似要抽空退去的神气。郭云璞把牙一错，叹了一口气，扶着吕宪明，双双破空逃走。花花道人姚素修见大事瓦解，正要逃走，恰好轻云因追郭云璞与他碰了个对头，手指处剑光过去，尸横就地。

除群寇与白琦等混战业已死伤遍地外，西芦棚上只剩罗九与陈长泰二人。先是陈长泰见满空飞剑活跃，罗九败了回来，胆寒心战，想要逃走，叫罗九保他回去。罗九一来失了飞剑不能遁去，又见敌人已将广场包围，陈长泰本领有限，无法保他脱身；二则以为法元、姚开江必能取胜，想走又不想走，老是迟疑不决。这时见大势瓦解，姚开江追赶那怪叫花吉凶未卜，法元被佟元奇剑光迫紧十分狼狈。猛想起当初对佟元奇所发的重誓，后来在吕村与佟元奇两次相遇，自己仗着已拜法元为师，有了护符，满没有把他放在心上，万没料到自己这边人如此惨败。倘若法元敌不过佟元奇逃走，自己决难脱身。正待想法溜走，偏偏陈长泰还不知趣，老拿话埋怨罗九，说罗九把他害了，逼着罗九急速保他逃走。罗九本是泥菩萨过江，自身难保，再经陈长泰不住絮絮叨叨，不由发起他那无赖脾气，冷笑道："胜负是兵家常事。常言说：'光棍打光棍，一顿还一顿。'你怎么这般脓包？也算我罗九大爷瞎了眼睛，会交着你这种没骨头的朋友！"陈长泰平素吃人捧惯了的，几曾受过这般抢白？气得浑身乱战。

战场上法元见佟元奇剑法厉害，戴家场方面诸剑侠虽不来打冷拳，想要取胜已是不能；那怪叫花禁住姚开江元神将他引走，更是凶多吉少。不如见机抽身逃走，异日再来报仇，是为上策。主意已定，高声道："佟道友不要苦苦相煎，贫僧失陪了。"说罢，收回剑光，将身合一，破空便起。佟元奇也将剑光合一，随后追去。偏偏不知死活的罗九，见法元败走，大吃一惊，忙喊："师父快携带弟子同去！"说罢，抛开陈长泰，往空便起，想去追上法元同去。却没想到法元剑光何等迅速，他如何追得上。刚把身子纵起空中，忽听一声大喝道："无知孽畜，还不纳命！"罗九闻言，见是佟元奇飞来，吓得心胆皆裂，才喊"师父饶命"时，被佟元奇剑光过处，拦腰断为两截，坠下地来。法元在空中闻得罗九唤他，才想起回身救他时，已来不及了，只得咬一咬牙，逃往黄山去寻许飞娘了。

陈长泰见罗九丢下他逃走，又被一道金光斩为两截，吓得浑身抖战。刚要下台逃走，心源、玄极双双飞身上了芦棚，用点穴法将他点倒，由心源将他夹在胁下，擒回戴家去听候发落。不提。

话说吕村带来这一干贼寇，由霹雳手尉迟元率领，从芦棚后面想绕到广场，去杀戴家眷属。还未走到戴家门前，已被白琦、戴衡玉、许超、张琪兄妹、戴湘英、凌云凤、黄人瑜、黄人龙、岳大鹏等分头迎敌个正着。霹雳手尉迟元迎头遇见白琦，先就吓了一跳。他本是惊弓之鸟，不敢迎敌，故意将身一偏，却让小方朔吴霄上去。吴霄也是疑心白琦精通法术，情知尉迟元故意回避，但是敌人业已迎面，不能再为耽搁，只得将手中镔铁棍一举，向白琦迎头便打。白琦哈哈大笑道："无知淫贼！还敢暗算良民眷属。今日是尔等的死期到了！"说罢，以剑拨开吴霄的棍，倏地使了个丹凤朝阳的架势，左手掐着剑诀，右手朝吴霄分心便刺。吴霄本领煞也了得，无端疑心生暗鬼，情虚怯敌，见白琦剑到，恐怕是口宝剑，削了他的兵刃，不敢用棍接招，将棍头朝上，使了个长蛇摆首的招数，朝剑背隔去。不知白琦剑法神妙，得了真传，三百六十手八卦玄门剑，虚中套实，实中套虚，变化无穷。适才这一剑本是虚招，见敌人用棍横拦过来，倏地将剑一抽，画了一个长圈，纵身跃起丈许高下。吴霄不知是计，掉转棍头，朝白琦下三路扫去，满以为白琦决难闪躲。不曾想到棍到白琦腿旁不远，白琦用燕子飞云纵的轻身功夫，两腿使劲，提着气往上升有两尺。吴霄见打了个空，忙使一个怪蟒翻身，侧转身来，反过棍尖朝上捣去。也没看出白琦身子怎么翻转的，比箭还快，落在他的身后，左手一指，右手往吴霄后颅便刺。吴霄听见脑后生风，知道不好，不敢回身接剑，将足一点，纵出去有两丈远近。脚刚着地，急忙将身旋转过来时，白琦业已剑到人到，神龙三点头，分心刺到。吴霄见不是路，慌了手脚，将棍又横着一隔，顺势拦腰一棍打去。白琦料到他定是此着，更不躲闪，手一顺，把棍头接住。吴霄知道不妙，手中用力一夺，还想夺棍逃走。白琦暗暗好笑，顺着他的夺劲，陆地推舟，往前一进步，剑尖顺棍而下。吴霄想撒手丢棍，已来不及，被白琦剑尖削将过去，吴霄四个手指齐手臂断落下来。白琦更不容他逃走，鱼游顺水，当胸刺将过去，把吴霄刺了个对穿，尸横就地。

五花蜂崔天绶迎面遇着岳大鹏，举刀就砍。岳大鹏哪把他放在心上，左手短把链子丧门棍往上一起，隔开了刀，右手棍拦腰便打。崔天绶忙用叶底偷桃往上撩棍时，不曾想到岳大鹏用的这对奇怪兵刃，尽头处还套着三四尺长链子。右手棍才得撩开，猛听一声大喝道："淫贼回老家去吧！"言还未了，岳大鹏丧门棍笔一般直脱手飞来。崔天绶不及避让,这一棍正捅在小腹上面,"哎呀"一声,翻身栽倒。被岳大鹏右手棍起处,打了一个脑浆进裂,死于非命。正赶上白琦也杀了吴霄过来,二人遵了玉清大师吩咐,也不敢上前助战,分别守在迎面路上,观敌略阵。不提。

张琪迎敌五花豹许龙。许龙本是西川三寇中为首之人,生得高大凶恶,手使一对板斧,重有二百多斤。见对面走来的是一个空着双手,面容秀美,尚未成年的小孩子,并没有料到是敌人,大喝一声道:"娃娃快些闪开! 刀枪无眼,这个热闹有什么好看? 还不走回家去。"其实张琪早就看中了他。心想:"常听师父说:'山大不出材。'这东西长得这么高大,顶多有几斤蛮力,对付他决不费事。"又见他摇着那一对板斧颇有斤两,身子又高,自己还齐不到他的腰际,相差已太悬殊。便想出一条妙计,故意赤手空拳迎了上去。果然许龙小看了他,并不以为他是敌人,反叫他躲开。张琪想:"这家伙把我当作小孩子,一些也没有防备,就此暗算了他,太不光明。莫如先同他逗弄逗弄,再取他的狗命。"想到这里,便大喝一声,答道:"黑贼休要小觑你家张小太爷,快快上前纳命!"说罢,也不拔剑动手,将手上下斜偏着一分,亮了个大鹏展翅的架势。许龙见这小孩子大言不惭,拿他那种又小又文的神气,和自己这般威武身量一比,大有螳臂当车之势,又好气又好笑。便对张琪道:"小娃娃,你这简直是胡闹。再不闪开,我就一脚把你踹死。"张琪闻言,笑着对他扮了个鬼脸道:"黑贼少说不要脸的狂话,我不信你的脚爪子就那么厉害。我告诉你说,小太爷还卖给你个便宜,我要杀你,连宝剑都不用。你就来试试。"话言未了,倏地一个黄鹄冲霄,蹦起来就是一拳,正打在许龙脸上,打得许龙两太阳穴直冒金星。

许龙见大家俱已有了对手,打得热闹,自己却遇见这么一个不知死活的小孩,只顾絮絮叨叨,便不耐烦起来。本想一斧将他劈死,一则可惜他生得乖巧灵秀;二则自己也是成了名的好汉,却去杀死一个不持兵刃的小孩,未免被人耻笑。刚想伸手将他捉住,吓他两句放走,再和别人交手,不曾想倒吃了一个冷拳,若不是闪避得快,险些将左眼打瞎。不由怒发如雷,骂道:"小野种,竟敢无礼! 我若用兵刃擒你,不算英雄。"一面说,一面将双斧重又带在身旁,伸开两只大手就抓。张琪本有一身好武功,又经玉清大师指教,剑术虽未学成,轻身功夫已到上乘。见许龙那般急怒的怪相,十分好笑。哪里会容他抓着,将脚一点,身体倒纵出去有三五丈远近。及至许龙追将过来,他又横纵出来,一路蹿高纵矮,跃前跳后,不时在许龙致命处连打带踢。

哪消一会工夫，打得许龙浑身疼痛，气喘汗流，羞恼之极，重将板斧拔出，泼风一般朝张琪砍来。张琪依然满不在乎，仍是空手迎敌。又打了几个回合，恰好许龙左手斧当头劈到，张琪才得纵开，许龙右手斧又枯树盘根，从张琪脚面下扫来，满以为张琪身子悬空，无法避让。谁知张琪倏地空中一个转侧，风吹落花式，避开许龙右手斧，身子落下来时，脚正落近许龙左手旁边。许龙正想翻转左手斧，叶底偷桃，往张琪裆内撩起。不料张琪脚临许龙左手斧柄，倏地用力往下一坠，未容许龙斧柄朝上翻转，右脚尖已经沾着斧柄，就势在斧柄上使劲往上一起，纵起有数尺高下，直从许龙头上纵过。许龙也是手疾眼快，急忙用右手斧朝上砍去。就在这间不容发的当儿，忽觉眼前一黑，知道不好，想躲已来不及，被张琪从头上飞过时，两脚用力朝许龙双眼踢去；再借许龙额上这点挡劲，小腿在许龙身上一使劲，朝他身后刚刚平穿出去。只听"哇呀"一声狂吼，许龙栽倒在地。急忙纵身回来一看，许龙两眼已被踢瞎，血流满面，身死就地，一动也不动。正觉他死得太快，忽见妹子瑶青纵身飞来，走近许龙身旁，一低身，伸手拔起一支金梭，许龙腹内立刻便有一股血水冒起。

　　原来张瑶青迎敌水蛇魏八，魏八也是欺她年幼，只两个照面，便被瑶青用宝剑削断魏八手使的分水月牙刺。紧接着一反手腕，使了个拨草寻蛇式，当胸刺去，魏八连喊都没喊出一声，立刻了账。瑶青杀了魏八，因为玉清大师吩咐不许上前合战敌人，见敌人纷纷死伤，未死的俱有对手，总觉杀得不称心意。猛见哥哥张琪空着双手，正和一个高大黑汉动手，那黑汉手使一对大板斧，上下翻飞，武功不弱，张琪全凭轻身纵跃取胜。几次看见张琪打在黑汉致命处，那黑汉虽然也有些护痛神气，并不厉害，知他必练就一身硬功。又见张琪遇见多少次大惊奇险，不住替他捏一把汗，暗怪哥哥太是大意，万一被他大斧扫碰一下，如何得了？自己又不便上前相助，只在旁边着急。后来见张琪在黑汉斧柄上跳起，黑汉两把板斧飞一般朝张琪身后砍去，相隔甚近，危险异常。瑶青一着急，随手将玉清大师赐的暗器紫金梭对准黑汉胸前发出。先还以为黑汉纵然受伤，张琪也决无幸理。不想张琪用绝招将黑汉两眼踢瞎，居然避开双斧。再加上自己一紫金梭，竟将黑汉打死，好不高兴。

第七十三回

小完杀劫　群凶授首
齐唱凯歌　巨寇成擒

　　兄妹二人见面,瑶青不住埋怨张琪不该行此险着。张琪笑道:"我起初以为黑汉不过有几斤蛮力,不曾想到这厮还有几手花活呢。"兄妹二人说笑几句,再回看战场时,许超迎敌威镇乾坤一枝花王玉儿,一个使的是长枪,一个使的是双刀。王玉儿本是福建武夷山有名的淫贼,比柳雄飞、崔天绶还来得厉害,会打好几样暗器。许超费尽气力,只战了个平手。十数个照面后,王玉儿倏地卖了个破绽,往后倒纵出去。许超正想跟着纵将过去,忽见王玉儿猛一回身,便有三支铁镖分上中下三路打来。许超见他不败而退,早已料他不怀好意,单手持着枪柄在手中一转,才将上下两只铁镖拨开。就在这一眨眼的当儿,当胸一镖又到,忙将右肩往旁一闪,顺手牵羊接镖在手。刚想回镖打出,王玉儿的拿手暗器飞磺火弹又朝许超打来。这飞磺火弹内藏毒火机簧,一触便燃,被它打上,不烧死也带重伤。许超本不知它的厉害,见敌人又发暗器,来不及掉转手中镖,顺手朝那铁弹打去,镖尾朝前,镖尖朝后,与王玉儿的飞磺铁弹碰个正着。立刻在半途中涣散开来,化成一团火焰,弹里面藏的铁针到处乱飞。幸是许超相隔尚远,一听响声便知不好,急忙纵退出去,没有受伤。就在这疏神一惊之际,王玉儿见许超无心中用自己的铁镖还敬,破了飞磺火弹,越加愤怒。未容许超站稳,更不怠慢,把九粒连珠金丸分上中下打将出来。他这九粒连珠金丸,并不似别人藏在身旁暗器囊内,而是用一个牛皮做就的袋藏在右手袖内。用时非常方便,只消略用力一抖,袋口便开,金丸挨次落在手内,用连珠弹法打出。无论敌人多么手疾眼快,就躲得了他三镖一弹,也躲不了这九粒金丸。王玉儿纵横半世,从未遇见过敌手,成名就在这三镖、一弹、九粒金丸上得来。许超正在危急之际,忽听一声娇叱,接连就是叭叭叭好几响,从左侧也飞来几粒连珠弹,与王玉儿的金丸乱碰乱飞,响成一片。这人弹法虽然神妙,仍有几粒金丸未曾碰着,朝许超打去。幸是头几粒金丸被这人弹子打开失了效用，后几粒均从许超下三路打来，比较容易闪躲。许超神志稍定，一路连纵带让避了开去，一丸并未打着。等到敌人金丸打尽，左侧飞过一个女子，抢上前去和王玉儿厮杀，才看出是戴湘英。不由暗叫一声惭愧，不好意思上前合力迎敌，只得在一旁观战。

原来戴湘英先前原是迎着恶长年魏七交手，她见敌人生得高大，手使一把板刀非常沉重，便知此人是个蠢货。湘英自从学了梨花枪法，正想试一试新。也是魏七该死，见迎面来的是个美貌少女，起了邪心，想生擒回去。刚想说几句便宜话，未及开口，见对面女子倏地脚一点，纵起丈许高下，蹿过来，单手持枪，在空中舞起一个大枪花，一顺枪头，当胸点到。魏七心中好笑，这女子身法虽然灵巧轻便，枪法却不高明，几曾见过使枪这么使的？未曾交手，先现出好几个破绽。想是戴家场无处约人，连耍花枪跑马卖解的婆娘都请了来。见湘英枪到，也不闪躲，满想横着五十七斤重的大板刀一隔，将那女子的枪震开，顺势扑上前去将她擒住，谁知上了大当。魏七刚将板刀向湘英枪上隔去，见湘英并不撤回手中枪，越加得意，"撒手"二字未容喊出，猛觉敌人的枪好似也颇有几十斤力量，只一绕一颤，微微震动之间，便将他的板刀震荡开去。魏七才知不妙，想要回刀迎敌，已来不及，只见尺许长的雪亮枪尖，一点寒光当胸刺到。魏七慌了手脚，同时手中板刀也回了过来。恰好枪尖业已刺进腹内，被板刀往下一压，连衣服带肚腹，划了个尺许长的大口子。登时腹破肠流，狂吼一声，栽倒在地。

湘英见这大汉只一照面便送了性命，见别人都在作对儿厮杀，自己却英雄无用武之地，不由朝地下唾了一口道："该死的脓包，这般不经打！"回身再望广场，只见剑光乱飞。心想："我这次跟了玉清大师前去投师，好歹也将飞剑学成，才不枉虚生一世。"猛然想起许超，觉得脸上无端发起烧来，不由又啐了一声，说道："我又管他做甚？"心虽然如此想，顺眼往右侧看去，见许超和一个浑身穿白的贼人打得正热闹呢。见许超枪法虽然神妙，有一两招竟是不如自己，才觉出当日有些冤枉了他。刚想到这里，忽见敌人回身败走，接着三镖一弹打出来，俱被许超躲过。末后见许超回镖破弹，烈火四散，大吃一惊，便想暗助许超一臂之力。随手在囊内掏出一把弹子，正要发将出去，猛见敌人手扬处，九粒金丸连珠打出，许超危在旦夕。只得先救人要紧，便将手中弹朝敌人金丸打去。湘英弹法虽准，因为在匆忙中，手法稍差，只打掉了敌人六粒金丸。幸而余下三粒俱被许超躲开，没有受伤。不由引起敌忾之心,将身一纵,飞身上去接战。

王玉儿见敌人虽是女子,却连打掉他好几粒弹丸,不敢怠慢,把双刀使了个风雨不透。湘英这才将梨花枪法次第使出,寒星点点,耀日生辉,一条枪将王玉儿圈住,一丝也不放松。王玉儿万没料到湘英如此厉害,自己三样厉害暗器俱已用尽,心中好生着急。这时法元业已出场与佟元奇比剑,各寇也与白琦等打得正酣,杀声四起。王玉儿刚欲用计取胜,忽见敌人好似不耐久战,渐渐枪法散乱起来。立刻转忧为喜,精神一振,双刀一挥,飞舞杀去。眼见敌人越难支持,倏地使了个巧招,纵身便退。王玉儿不知是计,纵身追去,心中提防敌人还有暗器打出。等到身临切近,忽见女子猛一回身,反臂斜身,左手一枪刺来。王玉儿暗笑:"原来想败中取胜,用回身枪刺我,岂非班门弄斧?"喊一声:"来得好!"左手刀朝枪上一撩,撩了个空,被敌人疾若闪电一般将枪收了回去。未容王玉儿上前,敌人枪头不知怎的,又转到了右手,也不知是用的什么枪数,只见一个斗大枪花裹着三点寒星,分上中下三路刺来。闹得王玉儿眼花缭乱,慌了手脚,不知如何破法。一面用刀去隔,还想抽身后退时,只觉手中一震,两臂酸麻,两把刀同时被敌人枪震荡开去,"不好"二字未及出口,扑哧一声,被湘英用追魂七步夺命连环枪刺死。许超忙走过来对湘英说道:"想不到大妹几天的工夫,将枪法练得如此神妙!那厮不但武功甚好,暗器尤为厉害,若不是大妹从旁相助,愚兄几遭不测。这多天的冤枉总算明白,不是我藏私了吧?"湘英闻言,抿嘴一笑,微嗔道:"虽然这么说,我还是恨你。"

许超还要往下问时,湘英忽见凌云凤迎敌假头陀姚元正在危急,不顾和许超说话,连忙纵身上前相助。未及赶到,凌云凤已被假头陀姚元用迷魂葫芦迷倒在地,湘英因救人情急,大吃一惊,一掏兜囊,只剩有三粒弹子,急不暇择,随手打了出去,内中一粒正打在姚元右眼之内。同时湘英业已纵身赶到,提枪就刺。起初姚元手使禅杖迎敌云凤,云凤左手持剑,右手持枪,使了个风雨不透。怎奈姚元比较其余群寇都来得厉害,云凤用了许多绝招,并不占着丝毫便宜。姚元练的是童子功,没有开过色戒,力猛兵器沉重,越战越勇。云凤费尽平生之力,仅仅对付一个平手。姚元身带一个葫芦,内有炼就的迷魂砂,发将出来便有一股黄烟,敌人闻见,立时晕倒在地,不能转动。见云凤虽是女子,却十分勇猛,枪法剑法都非常神妙,急切间难以取胜;又见同来的人纷纷死亡,心中大怒,便想杀一两个出气。叵耐一条禅杖被敌人两件兵器逼住,无法使用暗器。偏偏云凤见不能取胜,想假装败退,用回身枪、绝命三剑赢他,故意卖个破绽,纵身败走。不想反倒合了姚元心意,见云凤败退,一面纵身追赶,左手早将瘟瘟葫芦盖揭开,右手禅杖欲向云凤背后打去。忽见云凤猛一回身,左手剑穿云摘星,右手枪回头望月,同时刺到。姚元万没料到如此神速,知道不及避让,只得将身往后平跌下去,一面将右手葫芦抖动,一股黄烟冒出。云凤见敌人跌倒,正要顺枪就刺,忽见一股黄烟飞起,大吃一惊,想逃也来不及,鼻中嗅着一种腥味,立刻头晕脑昏,翻身栽倒。

姚元更不怠慢,纵起身来,举禅杖正要当头打将下去,忽觉眼前一黑,中了湘英一粒弹子,将右眼打瞎;同时左手臂上也被打中一粒,差点没将左手臂骨打断,疼痛非常。若不是姚元武功超群,就这两粒弹子,纵不丧命,也要立时栽倒。姚元晃了两晃,才得立定,知道危险万分,顾不得再拾葫芦,将牙齿一错,负痛使独眼留神往前看时,忽然有一个女子飞来,一枪当胸刺到。姚元破口大骂:"狠心泼贱!"举禅杖正要往枪上隔时,倏地眼前一闪,现出一个白发老婆子,挂着一根拐杖,就地抓起云凤,身形一晃,踪迹不见。姚元微一疏神之际,差点没被湘英刺了个透穿。不敢怠慢,只得咬牙切齿,负痛迎敌。正在这时,耳旁忽听一声:"贼和尚休要猖狂,老夫凌操来也!"言还未了,一个老者手执一根钩连拐飞纵过来,举拐便打。姚元受了重伤,遇见两个劲敌,不由手忙脚乱起来,才一照面,便被湘英一枪刺伤右臂,又中了凌操一拐。

正在危急之际,忽然两道剑光飞来,凌操、湘英同喊不好,忙即败退下来时,头一道剑光落地,现出一个彪形大汉,就地抓起姚元,破空飞去。第二道剑光落地,现出一个十七八岁的少年,指挥一道青色剑光,往凌操、湘英身后追来。眼看追上,木鸡、林秋水奉命接应,早有防备,先是林秋水将剑光飞起迎住。来的那人年纪虽小,剑光却是厉害。木鸡、林秋水见不能取胜,正要败退,忽听一声娇叱道:"司徒平,你怎么也助纣为虐起来?"言还未了,早有一道剑光飞上前去,将林秋水替换下来。

这少年正是苦孩儿司徒平,因在黄山奉了许飞娘之命,到青城山去盗仙草,归途路上遇见三眼红蜺薛蟒,同了一个彪形大汉、一个女子正在路旁说话。那彪形大汉正是西川三寇姚元等的大师兄独角灵官乐三官的得意弟子王森,与九尾天狐柳燕娘有过交情。也是听人说起,西川三寇往吕村助拳,慕吕宪明之名,想来一见。半路上遇见柳燕娘和一个怪模怪样,瞎了一只眼睛的少年,坐在路旁石头上说话,不由酸气冲天,恶狠狠上前正要发话。柳燕娘已知来意,悄悄拉了薛蟒一把,故意装作不知,抢先把戴家场比擂之事说了一遍。又说："今日若不被薛蟒救出,险些性命不保。你三个师弟,来时已有一个受了重伤,性命难保。现在戴家场有峨眉派佟元奇同玉清妖尼在内,还有能人甚多,务请替他报仇。"说罢,哭泣不止。王森本是一个粗人,与姚元最为莫逆,听说他身陷重围,又急又怒,便要同薛、柳二人同去救应。薛蟒正要还言,柳燕娘趁王森不见,朝他使了个眼色,抢先对王森说道:"我看戴家场能人甚多,不易取胜,莫如我们三人一同回去,由你上去将你两个师弟救出,来日再设法报仇,是为上策。"说罢,朝着王森做了个媚笑。王森色令智昏,哪知戴家场厉害与燕娘诡计,一口答应。正要起身,忽听一阵破空的声音,面前落下一个清秀少年。薛蟒见是司徒平,忙上前唤住。

司徒平本是经过此山,见下面风景甚好,想下来观赏一会,不想遇见薛蟒,好生后悔,想躲也来不及,只得上前一一相见。薛蟒说完前事,便要司徒平一同前去,司徒平好生不愿。怎奈来时师父原说慈云寺比剑未完,半途如遇同道之人与峨眉派交手,须要上前相助;薛蟒又是许飞娘宠徒,恐他回去搬弄是非,不敢得罪,只得勉强应允。当下四人议定,由王森去救人,司徒平迎敌,薛、柳二人接应,一同飞身来到戴家场。王森见吕村诸人纷纷死亡,满空剑光如龙飞电掣,才知自己决非对手,把来时勇气挫了一大半。仔细寻找三寇,只剩姚元一人在场,与一位老者、一个少女交手,只有招架之功,并无还手之力。便招呼一声司徒平,飞身前去救了姚元逃走。原指望将姚元带出交与薛、柳二人,再回身去救那两个师弟,不曾想到带了姚元回到原处,薛、柳二人踪迹不见。纵身往空中看时,只天边隐有两个白点往东北方飞去,才明白柳燕娘又结识了薛蟒,趁自己冒险救人之际,他二人却抽空逃走,自己险些上了她一个大当。情知二人去远,追赶不上。再看姚元,业已身带重伤。问起许龙与姚素修,俱都存亡未卜。只得咬牙切齿,先带了姚元回山,再图报仇之计。

王森去后,司徒平起初以为薛蟒跟在后面,为了遮饰他的耳目,剑光追入,并未往下落。猛见轻云一剑飞来,再看薛蟒、王森、柳燕娘三人均已不见,知道上当,自己决难迎敌,莫如见机早退为是。便对轻云道:"师姊原谅,小弟实非得已,高抬贵手,行再相见。"说罢,收回剑光,将身剑合一,破空而去。

原来轻云胜了敌人,见无甚事做,留神往戴家门前看时,吕村来的群寇,竟被自己这一面的人杀了个落花流水。先是霹雳手尉迟元迎头遇见白琦,便疑心他会法术,闪开一旁。后来去敌岳大鹏,欺岳大鹏不会剑术,正要飞剑伤他,木鸡在旁早有防备,一剑飞去。尉迟元早看出今天没有便宜,惊弓之鸟，不俟交手，便即破空溜走。白琦刺死吴霄，见黄人龙战独霸川东李震川不分胜负，便上前将他替下。黄人龙转战混元石张玉，三四个照面，便被人龙了账。八箭手严梦生迎敌俞允中，战了一会不能取胜，正想用袖箭暗放出来。恰好凌操杀了长江水虎司马寿，赶将过来替下俞允中，交手只三四照面，连接严梦生三支连珠飞弩，同时还敬出去。严梦生正避让，被凌操纵将过来，一钩连拐打死在地。回头追命萧武也同时被黄人瑜杀死。只有白琦与李镇川二人苦战不休。凌操正要过去将白琦替下，眼望见女儿云凤与假头陀姚元对敌，忽然栽倒，大吃一惊，连忙纵身过去救时，姚元已中了湘英一弹，打伤右目。等到凌操赶到，忽然现出一个老婆婆，将云凤抱起，破空而去。凌操正在心痛着急，又见一道剑光飞来将姚元救走，另一道剑光朝自己飞来。正在危急，被轻云放出飞剑，将敌人赶走。轻云也是在远处闲立，看他们打得热闹，忽见凌云凤跌倒在地，未及上来援救，被适才在台口现身老婆婆救走，只一晃，便不见踪迹。及至赶走了司徒平，见凌操失了爱女，老泪纵横，正要出言安慰，忽然赵心源赶了过来说道："老先生休要悲苦，令爱并未失踪，现已被她曾祖舅母白发龙女救往龙爪峰潮音崖习学飞剑法术去了。此中情形，一时也说不尽，且候少时破了敌人，再为细谈吧。"

正说之间，恰值怪叫花再次出现，姚开江放出毒剑拼命，满空烟雾弥漫。玉清大师忽然化成一道金光飞来，口中高叫："烟云有毒，众人快退！"众人闻言，纷纷往后纵退。只白琦与李镇川二人死命相持，不曾听见。忽然一阵顺风吹来，白、李二人同时嗅着一股腥味，翻身栽倒。众人只顾逃走，也未顾及。及至法元逃走，吕村来的人全数死亡逃散，玉清大师用剑光逼散妖气，才将白、李二人抬进屋内，业已口吐白沫，昏迷不省人事。吕村请来的这一干人，除陈长泰被擒、李镇川中毒不醒外，华山派的哑道人孔灵子与吕、郭、尉迟三人知机逃走，余下非死即带重伤。戴家广场上，到处都是敌人尸首，西芦棚上还有一个待死的柳雄飞，也被众长工擒了进来。佟元奇请玉清大师先去将白、李二人救醒。自己带了心源、玄极，每人给了一些消骨散，弹在那些敌人死尸的腔子里，哪消顿饭时候，俱都化成一摊黄水。白、李二人不过嗅着一些毒瘴，并未被毒箭射中，被玉清大师给每人口中塞了两粒丹药，渐渐醒转，只是周身疼痛，胸头有些作恶罢了。

李镇川醒来还要挣扎，见四面围坐站立的尽是戴家场的人，不由长叹一声，便想立起身来寻一个自尽。佟元奇正在旁边，用手一指，将他点倒，说道："我知你盘踞川东，虽然身在绿林，尚不肯多伤一命，从未犯过淫孽，此次不过受了吕、郭愚弄，助纣为虐。本应将你斩首，念你尚无大恶，你手下余党甚多，你死后无人统率，必定四散为害民间。你如肯洗心革面，回山之后，将你手下余党设法劝解，改邪归正，另谋本分生业，便可饶你不死。再不悔改，我仍用飞剑取你首级。有无悔意，从实说来，以定生死。"那李镇川虽是大盗，平日劫富济贫，人尚正直，在川东一带颇有义名。适才与白琦苦战中毒被擒，蒙玉清大师解救，又经佟元奇一番点化，不禁翻然悔悟。勉强起立，朝佟元奇躬身答道："弟子本是好人家子弟，也因受了无数冤抑，无从申诉，这才落草为寇至今。蒙真人不杀之恩，从今以后，自当改行向善。不过弟子回去将众人遣散后，孑然一身，无家可归。如承真人怜念，带回山去，情愿早晚服侍，做真人一名道童，也不敢妄想学道，长执焚香洒扫之役，于愿足矣！"说罢，跪下叩头不止。佟元奇仔细端详，见他根骨甚厚，问他年纪，才二十四岁，尚是童身，默然了半晌，答道："我因一时心软，误收了一个罗九，累我惹了多少麻烦，还不知异日掌教师兄见怪与否。你虽然一时天良发现，尚不知你是否真实觉悟。你既再三苦求，你先回去将众人遣散后，到陕西太白山寻我，先试验你三年两载，如有悔过之决心，到时再定收纳与否。"李镇川闻言大喜，重又叩头，行了拜师之礼。众人也都上来一一相见。白琦早已服他武艺超群，如今变成一家，惺惺惜惜惺惺，两人从此倒结了生死之交了。

凌操经心源说出云凤失踪原因，总觉心中难过。玉清大师见凌操、俞允中俱是满脸愁苦之容，便从容道："老先生休得愁烦，令爱原是追云叟白老前辈的内侄曾孙女。当初白老前辈的元配夫人凌雪鸿有一位兄长，名叫凌浑，剑法道术超群绝伦。彼时兄妹二人在莽苍山隐居，遇见白老前辈经过，与令祖姑比了三日的剑，不分胜负。后来长眉真人打那里经过，给两家和解，联了姻眷。成婚以后，令叔祖凌浑渐渐与白老前辈发生意见，多亏令叔祖母白发龙女崔五姑解劝，兄妹郎舅四人差一点伤了和气。令叔祖性情甚特别，从此不与令祖姑见面，直到令祖姑五十年前在开元寺坐化，令叔祖并未前去，只有白老前辈同令叔祖母崔五姑在侧。令祖姑坐化以前再三嘱托，说凌家仙根最厚，五十年后必有子孙得道飞升，请白老前辈与令叔祖母到时留意。白老前辈与令叔祖母当时答应下来，不知怎的，被白老前辈算出应在令爱身上。因为昔日令祖姑被难受伤，若得令叔祖相救，令祖姑还可不致兵解。白老前辈怪令叔祖太无手足之情，不该暗使狡狯，趁令叔祖元神出游之际，将他躯壳毁掉。令叔祖神游归来，不见了巢穴，万般无奈，将元神伏在一个垂死的破花子身上，把一个丰神俊朗仙风道骨的人，变成一个破烂花子，岂能不恨？白老前辈知他夫妻厉害，一向避道而行，恐他报仇。起初令叔祖也追逼甚紧，后来经许多人化解，才未公然反目。令叔祖由此就用这破烂花子面目游戏人间，隐了真名，自称怪叫花穷神。无论邪正各派，见他夫妻二人，都带三分畏敬之心。令叔祖夫妇从未收过门人，近来忽然到处物色弟子。白老前辈终觉不便和他们相见，才写了一封柬帖交与赵道友，叫他今日拆看，里面附着有一封信，便是请令叔祖母务必克践前言，将令爱带回山去；又令赵道友等她在台前出现，便将书信呈了上去。赵道友拆开柬帖以后，有许多地方不大明白，同我商量。我正愁姚开江厉害，见了这封信，知道他二位一同光降，定然无忧，便请赵道友依言行事。果然她一见书信，便将令爱救走，想是带回山去传授道法。此乃旷世仙缘，应当代她欢喜才是，怎么反倒忧愁起来？"

凌操听玉清大师说了详情，才放了心。只有俞允中见转眼就要完婚的爱妻，无端劳燕分飞，即使异日道成回来，不知能否仍践前盟下嫁，越想心中越烦。忽然把心一横，走到佟元奇面前跪下，说道："此次和吕村、陈圩结仇，全为弟子一人而起，虽说是邪不胜正，到底还是死伤多人。弟子如今业已看破世情，愿将田园家财分散贫苦的人，然后跟随老师出家。明知资质驽钝，难列门墙，还请真人念在与人为善之心，俯赐收录，感恩不尽。"他这一席话把众人提醒，白琦、衡玉、许超、黄人瑜和人龙兄弟、岳大鹏这几个不会剑术的人，都一齐过来朝佟元奇、铁蓑道人、玉清大师等纷纷跪下，请求收为弟子。佟元奇忙唤众人起立，然后说道："诸位虽与我无缘，但是除两三位俱非释道中人外，余者大半各有奇遇。尤其允中因为一时痴情所激，更为不合。我等号称剑仙，除少数生具仙骨者外，俱难超凡入圣，大都还要转劫，难免受一次兵解。允中夫妇五十年之内便要重圆，你们各人亦另有遇合，何故庸人自扰？我给李镇川开向善之门，是因他父母俱是前明殉节忠臣，他本人又颇能自爱，不似别的盗贼昧尽天良。除我以外，别位道友又未必看得中他，所以我才暂时容他改过入门。现值本派收徒承继道统之期，只要向道真诚，心地纯厚，不愁无人指引，大家何必忙在一时呢？"众人闻言，依旧苦求。佟元奇仍用前言解释，执意不允。只对允中指了条明路，说："今年端阳节，心源要去青螺山了结八魔一重公案，那时自有机缘前来就你。"说罢，又吩咐众人道："此间诸事已了，被擒淫贼柳雄飞已受内伤，不妨将他杀死，用消骨散化去。好在这次并未伤着土著。少时可由白庄主将陈长泰劝解一番，放他回去，暂解两村仇怨。此人本无多大能力，全系罗九一人架弄。现罗九伏诛，他知本村势大,必不敢再为生事。如再不悛,除他不晚。至于吕、郭二人,至多逃回华山请他师父报仇,决不致经官兴讼。铁蓑道友可留此数日,一则到了端阳相助心源、玄极一臂之力,二则坐镇此间以防万一。诸位有事者亦可暂行回去,青螺山八魔所约能人甚多,不会剑术的人均不用前去。镇川事完,可至太白山寻我。我要先行一步了。"说罢,便命张琪叩谢玉清大师,与众人作别,然后携了张琪,向众人一举手间,一道长虹,破空而去。

轻云又问玉清大师:"怪叫花穷神凌浑最后拿着一条蛇,为何姚开江一见,便亡命一般追去?"玉清大师道:"凡是苗疆派红发老祖门下,最是厉害狠毒不过。未学成道之前,先收罗了许多毒虫、蛇虺、蜈蚣之类,择定一样做自己的元神,每日用符咒朝它跪诵,再刺破中指血来喂它。经过三年零六个月之后,才将它烧化成灰,吞服肚内。再按道家炼婴儿之法,将它复原,与自己元神合一。炼成以后,便可随意害人,与我们炼的飞剑一般,可分可合。不过我们遇见强敌失了飞剑,还可再炼;他那元神一斩,便如同失了半条性命,虽然不死,一生功行大半付与流水,并且失了就不能再炼。我久闻这种妖法厉害,今日对敌时,我已想起苗人妖法狠毒,恐他情急,用元神显化伤人。不想被凌老前辈早收了去,无怪姚开江一见,连命都不要,飞身追赶,倒便宜我得了三把飞刀。我看凌老前辈拿着他的元神,已无生气,如果已被凌老前辈所斩,姚开江决难活命了。他失了元神,还那样厉害,所以恩师说他是个劲敌了。"

白琦等听玉清大师说完,又把在鱼神洞遇见凌浑摔蛇,及随林秋水入席,自己听见他在自己耳边所说的话,又说了一遍。玉清大师道:"恭喜白庄主,如能得他垂青,真可谓难得奇遇。这位老前辈性情古怪,专一感情用事。他不愿帮忙,无论如何苦求也不行。我早听人说他功行快成,不久要用兵解转劫飞升,想在衡湘一带物色传人,许久不听下文。照如此说来,对白庄主决非无因的了。"白琦道:"弟子行能无似,质地愚鲁,虽有向道之心,恐这位恩师未必就肯垂青吧?"玉清大师道:"我看他决非无意,异日再看吧。现在诸事已毕,陈、柳二人可由白庄主照佟老前辈之言发落。我要同轻云、文琪等回转成都去了。"

说罢,便命湘英收拾同行。湘英闻得云凤是被一位最有名的剑仙收去,好生歆羡。连日早向轻云、文琪、瑶青三侠女恳求携带,还恐玉清大师不带她同行,事完之后,侍立在旁,一步也不敢离开,不住朝轻云等用目示意,心中怦怦跳动。一闻此言,喜出望外,也不顾和哥哥衡玉说话,飞也似奔到里面,将隔夜打就的包裹携了出来,朝玉清大师拜了拜。还是玉清大师命她与兄长、众人作别，才得想起。因为喜欢过度，只是呆笑，连话也说不出来。衡玉先朝玉清大师拜谢援引湘英之恩，才对湘英道："妹子蒙大师指引，遇了仙缘，哥哥福薄，不能同行。但愿妹子学成之后，好歹回来一次，以免哥哥悬念。"湘英别思索怀，只是闻言点首，反倒无话可说。无意中看了许超一眼，见他满脸惜别之容，不由心中一酸，急忙回过头去。又朝众人一一告辞。白、戴、许三人挽留玉清大师多住一两日，玉清大师道："异日仍要相见，何必多此一举？"便从身上取了七八粒丹药交与白琦，吩咐白、李、虞等受伤之人服用。才命轻云携了瑶青，自己携定湘英，步出院中，与众人道别，满院金光，破空飞去。湘江五侠与岳大鹏也要告辞，白、戴、许三人再三苦留，才允再住三五日走。白琦又将玉清大师赠的丹药与受伤之人服用，才去将陈、柳二人发落。

过了数日，湘江五侠与岳大鹏走后，俞允中又求了两次铁蓑道人与玄极，未蒙收录。第二天便推说有事回家，去了十多天未回，众人均未在意。一日忽然打发人送了封书信与凌操，附有二十条黄金。说他因云凤学道，看破世情，回家第二日，便吩咐账房将田园财产半分给族中贫苦之人；又立了几处善堂、谷仓施赈。自己决意往各大名山寻师学道。黄金值银万两，孝敬凌操养老；并向众人道谢道歉，不该不辞而别等语。凌操接信，急忙跑去挽留，才知他一回家，便等不及安排，将一切后事都托与妥当人料理。留下与凌操的那封信，还是临走三日之前写的，吩咐下人到时再送，哪里去寻他的踪迹？凌操见爱女爱婿同时弃家入道，虽知前缘注定，到底难割难舍。尤其是允中，明明因云凤而起，他又是个独子无后，愈觉对他不起。伤感一会，无法，只得仍然回来。

谁知许超见允中一去，触动心事，表面上也未露出，只说回家省亲。走后寄来一信，才知到家以后，正值老父母病危，第二日已行去世，办完丧葬，亦步允中后尘去了。戴家场这一班剑侠纷纷走散，只剩有铁蓑道人、心源、玄极、凌操四人。除凌操已有住室外，衡玉又特为心源等三人备了三间静室，以便日夕请教。铁蓑道人住了些日，见吕村不来生事，又占了一卦，看出不会有什么举动，便要告辞回谷王峰去，衡玉挽留不住。铁蓑道人一走，心源、玄极当然随去。白琦自从胜了吕村之后，到鱼神洞去闲走，几乎是他的日课，也有约人同去的时候，谁也不疑有什么缘故。谁知铁蓑道人去后第二日，白琦又说去鱼神洞闲游，一去就不见回来，也未留下书信。只剩凌操一人与衡玉做伴，好不冷清。这且不言。

第七十四回

忒痴情　穿云寻古洞
临绝险　千里走青螺

话说俞允中自见云凤一走，万念全灰，每日愁积于胸，茶饭都无心下咽，几次恳求心源、玄极、铁蓑道人携带入门。心源因秉承追云叟留柬意旨，不但一味敷衍，不给他关说，反将追云叟的意思转告玄极、铁蓑道人。铁蓑道人先见允中虽然出身膏粱富贵之家，一丝纨绔习气都没有，又加以心地根基均极纯厚，自己本少传人，怜他向道诚切，原有允意，经心源一说，就此打消。允中苦求了多次无效，愈觉愁烦。心想："哪个神仙不是人做的？叵耐这些剑仙都说和自己无缘，玉清大师所说青螺山的遇合也不知真假。云凤现在怪我不肯上进，倘若她学剑回来，见我还是碌碌如旧，岂不越发遭她轻视，怎对得起她？长此耽延下去，如何是好？追云叟是超凡入圣的剑仙，近在衡山，他老人家对内侄曾孙女如此关心，难道对我内侄曾孙婿就一毫都不怜念我的诚意？各位剑仙不允收我为徒，想是我生在富家，割舍不下，又不能耐出家寒苦，故而推托。我何不回转家去，将家业变卖，全做善举，散给贫寒？然后只身一人赶往衡山，去求追云叟他老人家收容，好歹将剑术学成，日后也好同爱妻相见。"主意打定，越想越觉有理。也不通知家人，设词回家，即时喊来家中管账收租之人，将家产全数托他变卖，分办几样善举。留下金条、书信与凌操。带了几十两银子，弃家入山。满心盼望学成剑术，便去寻着云凤，一同回见岳父。如不能实现自己期望，从此厌世出家，不履人世。

早数日便从心源、玄极口中探知追云叟衡山居处，赶到山脚下，忽然山上起了大雾，山中之路崎岖难行。允中心内焦急，好几次冒着百险，想爬上山去。怎奈衡岳的云雾本就常年封锁，很少开朗的时候，这次大雾更是来得浓厚，站在山脚下望去，只见一片冥茫，咫尺莫辨，漫说认清道路，连山的影俱看不见，如何能够上去？允中无法，最后一次决定鼓起勇气，带了干粮，手脚并用，打算爬走一点是一点。衡岳本是湘中名山，三湘七泽间神权本盛，每年朝山的人甚多。惟独追云叟所居,既在衡岳的极高险处,天好时常是烟岚四合,无路可通,又闻其中惯出猛兽毒虫,朝山的人向不打此经过,人迹极为稀少。允中借住在远离山脚的一个贫苦农民家中,那人姓吴,甚是诚恳,见允中是个大户人家子弟,不携随从,独自朝山,走的又不是入山正路,非常替他担忧,劝解多回。允中知他一番好意,只用婉言拒绝。他自己也知此地山径奇险,常被云封,怎耐业已在神仙面前许下心愿,非从此山上去不可。那农夫劝阻无效,这日见他执意冒险上去,便说:"此山常听人说猛兽毒虫甚多,官人身佩宝剑,想必是个会家。不过目前云雾满山,本来就没有山路,这般冒险上去,九死一生。如果真是非去不可,待我给官人将手肘、脚膝、脑背后等处,俱都用厚棉兜上,再备下长索套钩。以备万一失脚滚将下来,只消用两手护着头面,顺着坡道往下滚来,即便带伤,不致送命;万一失脚坠入深谷绝涧,只要不死,也可借着绳钩设法爬将上来。不过这都是万没办法中想出来的法子,最好不去冒险,改道朝山才是上策。"允中哪里肯听他劝阻,只催他速去准备。那农民无法,只得依他,夫妻二人连夜给他赶办了一切应用东西及干粮等件。第二天,允中便照那农民之言,将厚棉兜戴好上山。那老农夫妇送到山脚,指明了上去途径,眼看允中行了丈许远近,便渐渐没入雾气之中,一会便踪影消失,先还互相呼应,后来渐渐听不见声响,才叹了一口气,径自回家。

那农民原未到山的高处去过,只平日云开时上山捡柴,拣那易走之路,上去还不到三四十丈远,便无路可通,走了下来,总共一年还去不上几次。允中照着他指示的途径,从大雾里爬将上去,如何能走得通,上去不到十丈,便连连滑跌了好几次。一则年少气盛,二来学剑心切,以为自己一身武功,只要手脚摸着一点边际,便不难往上爬去。起初听见那农夫在下呼喊,劝他回来,心感他一番好意,先还答应几句。之后连吃了几跌,又加雾气太重,声音不易透出,自己既决定不肯反顾,索性一个劲往上爬走,连答应都不答应了。那农民却以为他走远听不见,便走了去。

允中听不见下面声息,知道农民已走,幸而自己武功眼力俱有根底,虽然山路险滑,大雾弥漫,走出十丈开外,略歇了歇,镇定心神,前面一两丈以内居然看得出,不禁心中大喜,越加奋发前进。没料到此山高寒,大雾凝在石上变化成水,又加此山常无人迹,岩石磊砢,碍足刺手。三四月间草木丛茂,到处荆棘,一双赤手在湿透的石土上扒挠,冷得都发了木,又刺上一手的荆棘。虽然受伤不重,这些刺藤大都含有毒质,不大一会,便肿痛红胀起来,才后悔不该不信农民之言。因嫌攀缘不便,将手上棉套脱去,冷还好受。走还不到十分之一,前途险境尚多,双手肿痛冻木,如何能往上行走?急得几乎哭了起来。勉强拔出手上的刺,又走出三丈多远,实在无法再走。摸着一块较为平坦之处坐下,在暗中将未拔完的小刺细细用指甲拔出。这时手上中了毒,不但不觉冷,反倒火热滚烫起来。抬头看上边,雾气浓厚得什么都看不见;望望下边,连自己身体都看个依稀仿佛,不大完全。越想越伤心,决定拼着死命仍往上走,宁死也不回去。把周身整顿一下,取出棉手套戴上,仍旧一步一步往上爬走。后来实在两手疼得难受,没奈何只得站起身来,冒险用两足朝前试一步,走一步。又走上去有五六丈高下,忽然一脚试在岩壁上面,大吃一惊。急忙用一双痛手往四外一摸,到处都是岩壁,哪里还有路可通?这一急非同小可。就在这大雾之中,东摸摸,西摸摸,经了好一会,不但上的路没有,恰似钻窗纸的冻蝇一般,连来路都寻不见了。允中着急无奈,跪将下来,高喊外岳曾祖救命接引。枉自喊得口干音涩,说了许多虔诚哀告的话,连丝毫回音都没有。

正在伤心之际,忽见眼前不远有两道蓝光闪动,猜是自己诚心感动追云叟,用剑光前来接引,只消跟定这光前去,必能寻到他的洞府。不由心中大喜,也不顾手中疼痛,连爬带跌地朝那两道蓝光赶去。那蓝光只在原处闪动,并不移开,允中以为必有佳遇。等到走近面前,那蓝光还是不走,先还又猜是什么宝物。及至身临切近,还未及用手去摸,已闻鼻息咻咻,非常粗猛。允中心切势猛,知道有些不妙时,手已摸了上去。才一接触,便觉那东西一身长毛,腥味触鼻,知道在黑暗中遇见一种不知名的怪兽,吓了个胆落魂飞。那东西原也是在雾中不能见物,伏在那里假寐,被允中高声一叫,惊醒转来,闻着生人气味,循声朝前冲了过来。允中退下来时,本想拔剑护身,忙中忘了脱去手上棉套,就在这手忙脚乱之际,被那东西一头撞了过来,撞了个正着。允中一个站立不稳,倒栽葱跌滚下来。情知性命难保,猛想起农民临来时嘱咐,急忙拳起双腕,抱紧头颅,护好面部,双脚也往上拳拢,缩成一团,顺着往下滚去。且喜这一撞,正好撞向上山时的来处,不曾跌到深渊绝涧之内,没有丧了性命。

允中一路翻滚,耳旁还不时听见那怪兽在上面吼叫如雷。连滚带吓,好一会才滚到山坡脚下,业已耳鸣目眩,不能动转。又过了好一会,勉强将身坐起,忽觉胸前腰背上酸痛非凡,记起胸前是吃那怪兽撞了一下很重,滚到半山又被石头硌了两下。低头看时,胸前衣服业已刺破了一个大长口子,那怪兽头上想必生有角一类的东西,没有被它刺入肉内,还算万分之幸。允中白受了许多颠连辛苦,差点没把性命送掉,不但没有见着追云叟,达到心中愿望,周身还受了好几处硬伤,两手更是痛得火炙一般,屈伸不便。费了好些事,才勉强将一双破烂的棉手套脱了下来。一阵伤心急痛,哇的一声,吐了一口鲜血,立刻晕倒,不省人事。

等到醒来,身子已不在原来的山脚下,面前站定一个丰神挺秀的少年汉子,见允中醒来,笑对他道:"你的伤处都好了么?"允中想起适才受伤之事,想是被这少年救护到此,便想下床道谢相救之德。忽然觉得身上痛楚若失,两手也疼止肿消。回忆前事,恍如做了一场噩梦一般。再看这间屋子,原来是个山洞,自己卧的是一个石床。洞内陈设,除了丹炉药灶之外,还有几卷道书。便猜这少年模样虽不似黄、赵等人所说的追云叟,一定也是个神仙异人。急忙下床跪倒说道:"弟子俞允中一心向道,从大雾中冒着百死,想爬上衡山珠帘洞,拜见外岳曾祖追云叟,学道练剑。不想受尽千辛万苦,半路途中被一个怪兽撞下山来,受了内伤,吐了口鲜血,晕死过去。多蒙仙长搭救,有生之日,皆戴德之年。弟子业已抛弃世缘,决心寻师学道,望乞仙长俯念愚诚,收归门下。弟子当努力潜修,决不敢丝毫懈怠,以负仙长救命接引之恩的。"那少年不俟允中说完,将他一把拉起。等允中说得差不多了,便对他说道:"救你的并不是我,你莫向我道谢。你知道这里是什么所在吗?"允中只得答称不知。那人道:"这里便是你舍命要上来的衡山后峰珠帘洞,不过此时你还不能在此居住罢了。"允中闻言,又喜又急:喜的是万没料到自己这一跌,居然就容容易易地到了多少日所想望的仙灵窟宅;急的是那少年说他不能在此居住,虽入宝山,仍不免空手回去。忙向那人道:"仙长既说这里是家外岳曾祖的仙府,不知仙长法讳怎么称呼? 家外岳曾祖现在何处,可否容弟子虔诚求见请训?"那少年道:"我名岳雯,令外岳曾祖便是家师。适才你快到洞中时,家师已然带了我师弟周淳移居到九华山乾坤正气妙一真人的别府锁云洞中去了。"允中听说岳雯是追云叟弟子,当然也是个高明剑仙,便不问他所说的追云叟是否真不在洞中,重又向前跪倒,执意要拜岳雯为师,否则便引他去见追云叟,宁死也决不离开此地。

岳雯拉起他笑道:"无怪我师父说你难缠,果然不假。你听我对你说,你未来此时,我师父已知道你的心意,但是同他无缘。他老人家自收了周师弟后,便决意不再收徒弟了。所以才用大雾将山封了,使你知难而退。不想你居然不畏艰险,硬从大雾中往上爬来,却不知此洞居衡山之背,离地千百丈,平时樵径只到山麓数十丈便无路可通,你又从黑暗中爬行,那如何能到得了?我也曾替你说了几句好话,但我师父性情古怪,最恨人有所挟而求,说你这种拼命行为,如无人解救,九死一生。你原是个独子,尚未娶妻,一旦丧命,你家便成绝嗣。你也不是痴子,明明以为我师父同你既有葭莩之谊,你生平又无大恶,我师父无论如何不愿收你,也决不能看着一个向道真诚的人为求见他一面,坐视其死而不救。不过你见别位剑仙不肯收你,想用这条苦肉计来邀他老人家怜悯。你资质心地俱还不错,本有一番遇合。谁知这一来,反招来他老人家不快,执意不管。偏偏你竟得遇奇缘。当你无心中被金雀洞金姥姥守洞神兽碧眼金吼新生的小吼将你一头撞下山去,晕倒之时,我正想用丹药前去救你,我师父一眼看见你岳曾叔祖怪叫花穷神凌真人朝你面前走去。他同我师父两位老人家一向是避面惯了的,我师父不愿同他老人家相见,本来就打算移居九华。今见凌真人出现,知道你不致丧命,乃将此洞留与我修行,带了我师弟周淳到九华去了。我师父走后,凌真人夹着你走来,原想同我师父吵嘴,问他为什么见死不救。不知我师父懒得和他见面,业已走开,凌真人扑了个空。他本也不愿收你为徒,想赖给我师父,又没赖上,便给你吃了两粒丹药,将你救转。临走时,他老人家对我说,你生长富厚之家,虽然根基不错,却染了一身俗气,并不是真心向道。这次冒险寻师,还是为了情欲而起。本不愿收你到门下,因为和我师父赌气,命你先到青螺山去,将六魔厉吼的首级盗来,便可收你为徒。话虽如此说,我想青螺山八魔自从神手比丘魏枫娘死后,他们又从别的异派妖魔那里学会了许多妖法,厉吼又是八魔之一,青螺山窝聚异派甚多,远隔这几千里,你又不会剑术,空身一人深入虎穴,去盗他们为首之人的首级,岂非做梦?不过凌真人性情比我师父还要特别,既叫你去,必有安置你之法。你自己酌量着办吧。至于我师父,虽然对门下十分恩宽,要叫我收你为徒,我却不敢。你如愿冒百险往青螺山去,我念在你多少苦楚,帮你一点小忙,将你送去,省却许多跋涉,这倒使得。”

允中听岳雯说了这一番话,前半截深中他的心病,好生惭愧。后来听怪叫花穷神凌浑居然肯收他为徒,凌浑的本领道法日前业已亲眼目睹,云凤又拜他妻子门下,更可借此见面。只不过久闻八魔厉害,命自己只身空手要去将六魔厉吼首级盗来,谈何容易。不由又喜又惊。猛一转念:“自己此次弃家寻师,原是打算不成则宁死不归;佟元奇与玉清大师俱说自己遇合在青螺山,由凌真人所留的话看来更是不假。不经许多辛苦艰险,如何能把剑术学成？只索性到了青螺山相机行事，譬如适才业已在大雾中惨死。"想到这里，精神一振，平添了一身勇气，便请求岳雯带他到青螺山去。岳雯道："此去青螺山相隔数千里，你也不必忙在一时。那里异才能人甚多，我两三次走过那里，全未下去。你可在这里安歇一日，明日一早，我亲自送你前去，送到离青螺山三十余里的番嘴子，我便回来，那里有镇店，有庙宇，你再问路前去好了。"允中道谢应允，便在洞中住了一夜。

第二日早起，岳雯给他服了几粒丹药，带着他在空中飞行，走了两天，到了第三天早上，才到了番嘴子。这里是川滇间一条捷径，人烟却不甚多。岳雯同允中在僻静处降了下来，允中几次求他相助。岳雯随追云叟多年，行动说话都与追云叟好些相似，并没有答应允中，径自作别回去。

允中无法，只得一人踽踽凉凉，前往镇店中去寻住处。到了镇上，虽然看见有几十家人家，俱都关门闭户，非常清冷。问了几处，无人答应。遥望镇外树林中有一所庙宇，便跑近前去一看，庙门大开，门外有几个凶恶高大和尚在那里闲谈。允中上前招呼，推说是入滇进香拜佛的香客，走迷了路，身上又受了感冒，意欲在庙中住上几天再走。那群和尚对允中上下打量了一阵，互相说了几句土语，便叫允中进庙。允中看他们神态虽然可疑，一则事已至此，二则阅历还浅，未出过门，焉知利害轻重，贸贸然随了进去。身才入门，便见大殿两廊下堆着许多牛马粪秽。有几个和尚鸠形鹄面，赤着双足，在一个井内往起打水，旁边立着一个高大和尚，拿着一根长皮鞭在旁威吓。见允中进来，便朝领路和尚互说了几句土语。

允中也看出情形不妙，仗着自己一身本领，且到了里面见机行事。又随着绕过大殿，走入一个大院落，只听一声佛号，声若枭鸣。举目往前一看，台阶上铺设锦墩，坐着两个和尚：一个生得十分高大，一个却生得矮短肥胖，俱都穿着黄袈裟。旁边立着十来个相貌凶恶的和尚。见允中进来，俱都佯装不睬。先前引路的和尚便喝叫允中跪下。允中见那些和尚不但神态凶横，而且俱都佩着锋利耀目的戒刀，估量不是善地。听见喊他下跪，只装不懂，朝上一揖道："大和尚请了！"还要往下说，旁立的凶僧早喝道："要叫大老爷！"允中方觉好笑，那个矮胖和尚业已起立，指着允中说道："你这蛮子是哪里来的？你有多大胆子，见了本庙大老爷、二老爷还不下跪？"允中听他说的是四川口音，不似土语难懂，忍气答道："我姓俞。许愿到滇西去进香，迷失了路，身上不快，想在贵庙借住一两天。佛门弟子多是谦恭慈悲，为何施主要朝你们下跪？你们不必欺我远来生客，我要走了。"说罢，将身一纵，上了庙墙。正要往下跳时，猛见墙外也是一座院落，下面有百十个凶僧，在当地扭结摔跤角力，看见允中站在墙上，齐声喊捉毛子。允中见他们人多，不敢下去，刚打算回身，忽听得脑后一声怪笑，适才那矮胖凶僧正站身后。允中再往旁看时，四外纵上来有数十个凶僧，各持戒刀禅杖，拥将上来。允中见势不佳，欺那面前站的矮凶僧单人把住一面，又无兵刃，纵身上前，起左手，乌龙探爪，朝凶僧面门一晃，右手便去拔剑迎敌。只见那凶僧嘴中喃喃，只往后退，身体非常灵活轻便。允中剑刚拔出了鞘，猛觉一阵头脑昏眩，一个站立不稳，从墙上倒栽下来。下面凶僧见允中跌下，急忙上前将允中捆了个结结实实。等到允中神思稍为清醒，业已被众凶僧将他捆绑在佛殿明柱之上。允中破口大骂，希冀速死。那些凶僧也不去理他，直捆了一个整天整宿。那捆的黄绳，不知是什么东西造成，不挣扎还好，一挣扎，那绳竟会陷进肉内，非常痛楚。

第七十五回

十年薪胆　二蛮僧炼魔得真传
两辈交期　三剑客中途逢旧雨

　　允中枉自又急又怒，无计可施。幸而来时服了岳雯两粒丹药，还不甚觉饥饿。第二日午后，那矮胖凶僧来看两次，见允中神态硬朗，一丝也不困惫，暗暗惊奇。一会又去请那高大凶僧来看。两人商量了一阵，那矮凶僧便向允中道："看你不出，你居然还是个硬汉子。我们现有一桩事要和你商量，你若应允，便能饶你活命；若是执迷不悟，便将你开膛摘心，与大老爷下酒。你意如何？"允中想了一想，答道："我已被擒，杀剐任便。你如有事求我，也没有绑着逼迫的。有什么事，先将我放了再商量。事若可行，无不应允；如果是那些奸盗邪淫一类，你就把我杀了，皱一皱眉头，不算汉子。"那矮的凶僧对那高的凶僧道："这个人倒真是个汉子，比先前那些人强多了。好在我们也不怕他逃上天去。"说罢，便去解了允中的绑。

　　允中被绑一个整天整夜，周身麻木。知道这些凶僧厉害，又会妖法，决难觑便逃走，莫如暂时应允他的请求，见机行事。便问那两个凶僧道："有什么事相烦，你说吧。"那矮凶僧先不答言，一手拖了允中走到庭中向阳处，仔细朝允中脸上望了又望。然后再拖他一同走进隔院一间禅房落座。说道："我名喀音沙布，是本寺的二老爷。那生得比我高的是本寺大老爷，他的名字叫作梵拿伽音二。我们俱是滇西人，只为得罪了权势，带了手下徒众，到青螺山内盖了一座庙宇参修。十年前忽然来了一个女的，名叫神手比丘魏枫娘，生得十分美貌。我们不该将她留在庙中，被她用法术飞剑伤了我们多人，将我师弟兄二人逼走，占了我们的青螺山。我们无奈，才逃到此地，将这座清远寺的住持赶走，在此暂居。一则因为得罪了权势，滇西不能回去；二则又舍不得青螺山的出产和辛苦经营的庙宇，原打算请了能人仍将青螺山夺回。不想魏枫娘闻得我们仍未远离，前来逼迫我们归顺，做她青螺山的耳目。她有八个徒弟，便是那有名的西川八魔，专一在外奸淫打劫，个个精通法术,本领高强。我们斗又斗不过她,走又无地可走,只得答应下来。

"此地原是川滇间孔道,平日行旅客商及入滇朝佛的人贪走近路,有不少俱都打此经过。我们占据青螺山时,并不时常打家劫舍,只不过入滇的人俱要到我们寺中进香布施,才保得平安。偶尔劫杀一两次,也是他们不知好歹,既要少走十多天近路,又舍不得香资,恼了我们,才惹出杀身之祸。谁知八魔到此,他们手下人又多,不问青红皂白,见人就抢,遇到妇女就奸,不时还往川中去作大案,满载回来。渐渐这路上断了行人。他们又恐风声太大,知道到青螺山,这里是必由之路,所以逼我们给他们做眼线,以防能人剑客到来寻他们晦气时,好做一准备。只苦了我们,平日此庙本无出产,全仗过路香客布施,被他们这么一来,绝了衣食来源,只得也在川滇边界上做些打劫生活。谁知八魔还是不容,只准我们做眼线,每月由他们那里领些羊米奶油。遇有大宗买卖抢到了手,也得往他们那里送。我们忍气吞声已有多年,天幸魏枫娘这个泼贱在成都被一个女剑仙所杀。我们本想去将青螺山夺回,谁知八魔自魏枫娘一死,害了怕,拜到滇西毒龙尊者门下,炼会许多法术,又请了许多能人相助,我们估量不是对手,重又隐忍下来。

"知道他们虽然厉害,但有炼天魔解体的大法能够制他们。我大师兄本会此法,他不该前些年在青螺山被魏枫娘用素女偷元破了元真,失去纯阳,使用不灵了。炼这种大法,需要一个有好根基,元神稳固,心志坚强的童儿,在一个僻静的山顶上,朝着西方炼上两个四九三十六天,才能成就。只是这三十六天当中,预先得学会辟谷打坐,然后坐在那里如法施为,直到大功成就,无论见什么动静和种种妖魔扰乱,动也不动,稍一收不住心神,不但前功尽弃,还有性命之忧。大师兄因见庙中徒众全非童身,不能炼这种大法,便想寻人代替。物色了这多年,偶尔遇见一两个勉强能用,谁知他们的心志不强,结果徒自丧了性命。而且这种法术,须要从未学过别的剑术道法的人才能炼,否则他的元气炼过别的,杂而不纯,仍是无用,所以甚为难得。昨日我们两个徒众见你带有银两,原想照从前一样下你的手。及至引你见了我师兄弟,才看出你是个童身。先还不能肯定你就能行,后来将你捆了一天一夜,才觉出你不但根基禀赋甚厚,尤其是心志坚强,元神凝固,所以才同你商量。你如肯点头答应,不但我们得你帮助,将青螺山夺回,你也就这千载难逢的机会,将我魔教中秘宝学了去,岂非两全其美? 不过学时,须要把生死置于度外,无论眼前有什么恐怖景象,全是一些幻景,只要不去理它,转眼消灭;若一把握不住心神,立刻便有性命之忧。我已将真情对你说明,如果不从，那就莫怪我们对你下毒手了。"

允中见他说时神态有许多可疑之点，知道决没有这么简单，但是自己已成了俎上之肉，不任人摆布也是无法脱身；又加自己想到青螺山盗六魔厉吼的首级，正愁无法进去，倘如他说的是实话，这法术学成，便可制八魔死命，岂不是一举两得？把这利害关系在胸头盘算了一会，还是姑且应允了，再相机行事，便答应了。那喀音沙布闻言大喜，也不命人看守允中，出外去了好一会，会同他师兄梵拿伽音二进来，高兴地对允中说道："你真是个信人，好汉子！我故意出去多时，并没人看守你，你却丝毫不想逃走。相助我们成功，无疑的了。"说罢，又说了一句番语。允中只一转眼间，从壁内走出三个凶僧，捧了许多食物与允中食用。允中庆幸自己没有想逃。等允中果腹之后，又领允中去沐浴更衣，领到一间净室，由大凶僧梵拿伽音二先传了几天辟谷打坐之法。允中人本聪明，资禀极好，一学便会。二凶僧也非常高兴，遂将一切口诀炼法，秘密传与允中，默默记熟。又再三嘱咐，遇见幻景不要害怕。这时正在夜里。到了子正三刻，梵拿伽音二领允中到院落中去，口中念起梵咒。一会工夫，允中便觉天旋地转，面前漆黑。等到清醒过来，已到了一座山顶石上坐下，头上星月一丝也看不见，远望下面一团漆黑。正要将身站起，耳旁忽听一人说道："你不要动，我已派了四个徒弟在你身边保护你，每晚子时我来看你一次。现在你该如法施为了。"允中闻言，见事已至此，自己又不会妖法，他在暗中还派得有人看守，想逃是决不能够，索性照他所说镇静心神，去炼那天魔解体之法。不提。

话说心源、玄极自白、许、俞三人相继失踪，敌人也不来扰乱，见戴家场并无甚事，便同铁蓑道人辞了衡玉、凌操，搬到谷王峰居住，每日练习吐纳剑诀，有时也出山走走。这日心源正在峰头远眺，忽见山脚下走来一个壮汉，迎上前去一看，正是陆地金龙魏青。原来那日大家忙于和吕村交手，直到事完，湘江五侠临走，才把魏青妻子被一个白猿抢去说将出来。心源听说魏青一人赶去援救，并无帮手，好不放心，便想再约一两位剑侠同自己前去，助他一臂之力。玉清大师道："久闻衡山白象崖有一只白猿，行走如风，却从未听说伤过人。既然怪叫花凌老前辈知道此事，他告知魏青前去援救，自己决不袖手，我们去了反不妥当。"心源闻言，又请玉清大师占了一卦，知是逢凶化吉，并无凶险，才放了心。他跟魏青又是师生，又是好友，不见本人总觉悬念，忽然在无心中遇见，自是欣喜，便先问魏青那日经过。

魏青道："我那日因听凌真人来说，我妻子被白猿抢去。他又说白猿住在白象崖，行走如飞，怕我追赶不上，一面指示我抄近路去追，随手在我背上拍了一把，走得便快起来。在谷口遇见湘江五侠，凌真人不要他们相助，只催我就走。我才一出谷口，便觉身子轻飘飘地直往前飞走，眼看前面大河长洞，只一晃眼身已过岸。走了不多一会，就看见前面一团白影如飞投向东北。渐渐追近，闻得我妻子哭喊之声。追来追去，追到一座石崖，便钻进洞去。近前一看，那洞已被那厮用石头封堵。我便用腰中钢抓前去推那洞门，好容易才将那石头推开。那白猿跳出，使用一根木棍，不知是什么木头所做，和我争打了好一会。那厮身材伶俐，一纵就是好几丈高，只累得我浑身是汗，渐渐抵敌不住。吃那厮一棍将我打翻，用两根春藤将我手脚捆住，拖进洞去。我妻子也在里面，见我被擒，扑上前来将我抱住痛哭。那白猿上来拖她，我妻子偏拼命抓紧我衣服不放。拖开时，竟将我衣服撕了一大片下来，露出臂上刺的龙纹。那厮随即放了我妻子，走近我的身前，一把将我左臂衣服撕开，露出一条赤膀。我正愁它要当着我面，去罗唣我妻子。见它撕我衣服，以为它要生吃我。那春藤有茶杯粗细，捆得非常结实，挣又无法挣脱，气得我眼睛都冒出火来。死原不算什么，最怕是我妻子要被它奸污。便大声对我妻子说道：'你还想活吗？'一句话将我妻子提醒，我妻子本有烈性，一头往石壁上撞去，满拟寻一自尽。谁知那厮竟懂得人言，听我刚一说，便已转过身来，我妻子还未撞到石壁上面，已被它纵上前去拦住。

"它这时忽然改了刚才凶恶神气，用手朝我二人直比，我二人也不懂。它好似又要到我面前，又怕我妻子寻死，便将我妻子拖将过来。茶杯粗的春藤被它用手一扯，便行粉碎。它才将我解开，我兵器不在手内，纵上去就给它一拳。那厮也不还手，只护住我妻子，怕她寻死。那厮身体灵便，因为要护我妻子，吃我打了好几十拳，打得它哇哇直叫，一面用手朝我直比。我先前也不知它朝我摆手用意，因它老拦在我妻子前面，越打我越有气。那厮皮骨坚硬，虽然重手法打得它痛，却不能使它受伤。打了有好一会工夫，一眼瞥见我使的那柄钢抓，被我抢过来拾在手中，正想用你传我那散花盘顶暗藏神龙抢珠的绝招，先将那厮两眼打瞎，再取它的性命。抓刚发将出去，平地忽然冒起一人，正是那破烂花子凌真人，一伸手先将我的钢抓接去。那白猿想是知他厉害，立时舍了我妻子，跪将下来。凌真人先对那猿说道：'你修炼得好好的，偏要动什么凡心，这一顿打，打得不屈不多吧？'那白猿闻言，竟抱住凌真人一双黑泥腿大号起来。我恨那厮不过，正要就势用抓将它打死。凌真人只用手一挥，便好似凭空有一种东西将我拦住，不得上前。凌真人又对我说道：'它也挨你打得够了，你也无须乎再打它了。它虽不该一时妄动凡心，将你妻子背来；可是它如不是天良未泯，认出你左臂刺的龙纹，想起你十五年前在湘潭王家集上救命之恩，凭你这点本领，它要取你性命，岂非易如反掌，还能容你打它这半天吗？再说你既倒反吕宪明，你又随他们前去赴会，我不该不先令你妻子设法逃出。幸而被白猿抢走，不然吕、郭二人回去，明白了你的行径，岂不白害她遭人毒手？那白猿后来护定你妻子者，是因感念昔日你放他的恩义，因你妻子烈性，怕她寻死，又知你打不伤它，所以一任你打，它却护定你妻子不来还手。我已来了一会，我恨这畜生不该妄动凡心，我又还有用它之处，乐得借你手惩治它。后来你要用钢抓弄瞎它眼睛，我才出来拦住。如今你妻子业已遇救，这畜生也不会再起邪心。你的好友赵心源在谷王峰铁蓑道人那里，不久便要到青螺山收拾八魔。无论什么人，只要能遇见我，大半有缘。我送你一样小玩意，你可拿着它先寻亲友，将你妻子安顿。然后到谷王峰跟他们一起去打八魔，到时自有你的好处。'说罢，给我一根藤子编就的软鞭。我也不知道叫什么名字，他也不容我问，只好道谢收下。

　　"这时那白猿仍是跪抱在他的膝前，不住长嗥。凌真人道：'我怪叫花凌浑向不收徒，如今一开戒，索性连你这横骨未化的畜生都要做起我徒弟来了。你既是这般苦求，你若依得我一件难事，我便收你。'那白猿一面点头，一面叩头如捣蒜一般。凌真人想是知它愿意，只见他将手伸进那白猿喉中，好似听见一种脆骨折断的声音。那白猿居然会说起人话来。我起初原没听出他姓凌，因为白猿称他凌真人，才跟着叫的。那白猿会说人话后，凌真人又给了它两粒丹药吃下去，领它同我夫妻出了洞。走过坡脚，便见地下躺着一个大汉，昏迷不醒。旁边还有一条打断了的死蛇和一堆缠着彩丝的铁箭。仔细一看，正是那苗人姚开江。问起原因，才知凌真人知他厉害，恐他毒箭伤人，先将他元神收拾，然后引出戴家场，将他制伏。他因元神已死，又被凌真人神雷将他震得昏迷过去，所以人事不省。凌真人悄悄对白猿嘱咐了一番话，由身上取出一粒丹药递与白猿。叫它等我们走后，先用丹药将姚开江救醒，然后将他背走。等到凌真人吩咐白猿已毕，便命我夫妻同他快走，被他用法术将我夫妻送到湘潭一个至亲家中。正要朝他拜谢，他只说了一声'再见'，一晃眼便不知去向。

　　"事后追思，才想起那白猿是我幼时在我初次从师的王老师家，见我师兄五指开山王传信由衡山打猎捉回来一只苍背老猿，用铁链吊在房中，想磨去它的火性，再来驯练。我彼时年幼无知，又不忍听它昼夜哀号，趁我师兄不在，偷偷将它放走。那时我左臂上就刺有这条龙纹，想不到十五年光阴，它毛会变白，居然会看见我身上龙纹想起前恩，不还我手。

"将妻子安顿好后，便来寻你，不想一来就遇着。我记得那日在戴家场曾有许多未遇见的能人，可能引我前去相见么？"

心源便把前事一一告知，又同他去见了铁蓑道人与黄玄极。魏青从此在谷王寺内暂居，静等端阳节前赶到青螺山去，不时也同心源、玄极到戴家场看望衡玉、凌操。衡玉和他妹子湘英极为友爱，湘英走时，原说到汉阳白龙庵，由玉清大师引见素因大师门下，虽然分别日子不多，总想知道一些音信，苦于家务，不能分身前去看望。便托心源早几天动身，绕道汉阳白龙庵，看看湘英是否已蒙收录。凌操也托心源等，遇见各位剑仙，留神打听允中的下落，如果在青螺山相遇，好歹劝他回来。心源、玄极俱都一一答应下来。回去同铁蓑道人商量，打算四月上旬就动身，先到汉阳探望湘英，带到衡玉口信。然后由陆路走夔州剑阁入川，到川边青螺山去赴八魔之约。大家商量了一次，因为有魏青同行，好在无事，为期尚早，索性提前动身，沿途还可观赏风景。

到了四月初一，铁蓑道人便同了心源、玄极、魏青，四人由长沙起程。走不多日，到了汉阳，好容易寻到了白龙庵，玉清大师业已他往。会见元元大师的徒弟红娘子余莹姑，问起湘英踪迹，才知玉清大师到的那一天，素因大师刚巧在头天晚上出门访友，不在庵中。玉清大师原想留湘英在庵中等素因大师回来，湘英一定磨着要随玉清大师同行，玉清大师无法，只好又将她带到成都去了。四人闻言，只得告辞出来。心源猛想起听玉清大师谈过，陶钧现在四川青城山学剑，何不去探看陶钧，就便拜见他师父矮叟朱梅？此老虽是得道多年的前辈剑仙，为人热心，喜抱不平，比年轻人还要来得起劲，倘能得他相助到青螺山去，岂非大妙？四人商议定后，先请黄玄极带了魏青先行。心源同了铁蓑道人先到宜昌三游洞，去向师父侠僧轶凡请罪，相机请他下山相助。然后驾剑光赶上黄、魏二人，沿水道而行，到青城山去。把预定绕道陕西边界，经由剑阁栈道走的主意打消了。

四人分手后，心源、铁蓑道人剑光迅速，不一日到了三游洞，由铁蓑道人进去代他缓颊，心源跪在洞外请罪。待了一会，铁蓑道人出来说，不但侠僧轶凡不在洞内，连许钺也未在此。洞中只住一个聋哑年迈的和尚，问他什么，也答不上来。心源闻言，便随了铁蓑道人二番进去，遍寻侠僧轶凡与许铖有无遗留什么字迹。那聋哑和尚见二人寻找,想是知道用意,径从一个破蒲团内取出一张纸团递与心源。心源一看,正是许铖所留。原来许铖承矮叟朱梅指引,离了戴家场,回家安排了一些家务,便去投师。好在三游洞在宜昌上游,是个有名胜地,常有人去游玩登临,极容易寻找。也是许铖机缘凑巧,到三游洞时,正赶个正着。原来侠僧轶凡因三游洞风景虽好,仍不能与世隔绝。他先在后洞参修,本与前洞隔绝,不知怎的,把行迹露在一个有心人眼里,传扬出去,说三游洞还有人未去过的后洞,里面住着一位高僧,如何神妙等语。一般人多喜事,从去冬起,不时有些俗人来向他请教佛理。侠僧轶凡不耐烦扰,正要离开,许铖恰巧赶到。侠僧轶凡见许铖根骨尚厚,又是老友朱梅介绍,当时答应下来。许铖拜师不久,侠僧轶凡就带了许铖到川边邛崃山去访友。因为后洞石壁内藏有许多的经卷,暂时不便带走,才去寻了那聋哑和尚来替他看守。许铖在戴家场就听心源说过同八魔结仇及以前得罪师父之事,怕师父性情特别,又是入门不久,不敢替师兄讲情。恐心源走来不知他师徒二人踪迹,在走前写下这一张字条,托聋哑僧代为转交。那聋哑僧因为犯了他师父雪山了了和尚的戒规,罚他遭三十年聋哑之孽。许铖把托他的事写在一张纸上,他虽然又聋又哑,本领同灵性依然存在,不过韬光晦灵,静待孽满罢了。他受了许铖之托,见心源来到,便将许铖字条交付。他的来历,三次峨眉斗剑时自有交代。

铁蓑道人见了纸条,他本觉这聋哑僧不是常人,又见侠僧轶凡托他看守经卷,知道那些经卷俱是西土真经,佛门异宝,侠僧轶凡竟能托他代管,更知有大来历。不过看他神态,又不似装作痴聋,揣不出什么用意。先后朝他礼询数次,聋哑僧好似被逼无奈,取了一支秃笔,在纸上写了"孽重心感,行再相见"八个字,写罢,径往蒲团上入定去了。铁蓑道人知他不愿人留此,有心试他一试,故意装作偷寻藏经,往他身后石壁走去。还未伸手,聋哑僧已经觉察,只见他举手往头顶上一拍,立刻便是满洞金光。铁蓑道人知道不妙,不及招呼,一把拉住心源,身剑合一,破空便起。回望后面金光红云之中,一个三尺多高的赤身小和尚追来。铁蓑道人并非真心盗经,原是试探他的本领,未便迎敌伤了和气,只得紧催剑光逃走。出去有十里左右,后面不来追赶,才把剑光落下。对心源道:"想不到他如此厉害!我因疑他装聋作哑,故意试他一试,不想他竟误会成真。我还可以抵挡,走得慢一点,岂不连累了你?看他来历,好似雪山了了和尚所传佛门心剑的嫡派呢。如今令师已到了邛崃,那里离青螺山甚近,说不定还许为你而去呢。"心源道:"但愿如此才好。弟子现在别无他念,只望能将八魔除去,恩师恕过前愆,仍得重归门下,从此祝发出家,永安禅悦,于愿足矣。"铁蓑道人含笑不答。当下同驾剑光,追上黄、魏二人,一同往四川进发。

魏青脚程本快,不多几日,四人到了成都。先将城外四座有名的祠堂庙宇看了一看,又到辟邪村去拜见玉清大师,见着张琪兄妹,方知玉清大师已带湘英去寻素因大师去了。轻云、文琪因久不见师父餐霞大师,心中想念,趁着暂时清闲,也回黄山去了。四人谈了一会,告辞出来。

心源急于要见陶钧,催着往灌县青城山去。到了青城山金鞭崖,看见陶钧和纪登师兄弟二人正在对坐下棋。原来陶钧自从到了青城,受矮叟朱梅所授的口诀,每日练习剑术,又加纪登从旁尽心指点,进步得非常之快,把一柄金犀剑练得虽不能身剑合一,却已得心应手,指挥如意了。纪登为人,比他师父还要来得特别,竟会与陶钧处得非常莫逆。他二人每日做完了功课,不是去采药登临,便在崖前下棋。这日天气晴朗,二人又下棋,忽见崖下上来四人。纪登认得铁蓑道人,连忙上前拜见。陶钧已看出一个是他昔日师父赵心源,心中大喜,便要上前跪拜。心源急忙一把拉住,说道:"贤弟快休如此。昔日我本自知能力不够,恐怕误你,一向不肯以师礼自居;何况贤弟如今又是朱老前辈高足,再要照以前称呼,不但错了辈分,愚兄反无地自容了。不如以后就用弟兄相称吧。"陶钧还是不肯,心源只好暂时由他。彼此都引见,介绍姓名,互道了一阵倾仰的话,纪登便请众人去往观中落座。

坐定之后,互谈别后之事。陶钧听说许钺已蒙侠僧轶凡收录,十分代他欣幸。心源又把同他别后,到长沙谷王峰寻访铁蓑道人未遇,雪夜遇二魔,追云叟解围,酒楼遇罗九,相逢白琦、戴衡玉、戴家场打擂,怪叫花穷神凌浑二次出世收服姚开江,白、俞、凌、戴四人相继弃家从师等事,说了一遍。陶钧也将别后在汉皋江边巧遇恩师矮叟朱梅,接引到青城山学道,以及现在早晚用功情形说出。纪登道:"这位凌老前辈,真是剑仙中一位怪杰。要讲本领,虽不知多大,但是这些年来听见他的前言往行,从未有人说他败在人手内一回过。日前听师父说,他近来悟彻天人,不久归真,很想物色一两个传人,二次出山想必为此。不过昔日他同白师伯曾有仇隙,也不知如今解了不曾。他既命魏道友同三位到青螺山去,想必到时他必定出来参与。八魔纵然厉害,岂是他老人家对手? 赵道友此番前去,必定万无一失了。"

心源便请纪、陶二人引见朱梅。陶钧道:"恩师他老人家行踪不定,不常在观,也许我们正在想念,他老人家就马上出现也说不定。"四人听得朱梅不在观中,多未免觉得机缘不巧。纪登忽然对陶钧笑道:"师弟可想请师父去助赵道友一臂之力么?"陶钧道:"岂有不愿之理?"纪登道:"因为我以前曾有劣迹,虽然改行向善,师父总不大喜欢我。我看他对你属望甚殷,你如现在就随赵道友等同去,你不是八魔对手,师父岂能坐视?"陶钧也是少年喜事,刚把飞剑学好,没处使用,心源又是他良师好友,极愿同去相助。只因震于八魔凶名,估量自己能力有限,又未奉有师父之命,不敢贸然说去。听纪登一说,知道师父面前他肯担待,便活了心,答道:"我实在是想跟去,一则无有师父之命,二则我虽会飞剑,不能身剑合一,道路又远,恐怕反误了赵老师的大事,所以为难。"纪登道:"我既叫你去,当然会替你担待,不但你能跟上他们三位,连这位魏道友,我也一样能送他前往。好在为期还早,有意屈留诸位在此盘桓几天,到时我虽不能离此相助,自会送我师弟前去观光。诸位以为如何?"

心源与陶钧久别重逢,又看他从朱梅学了剑术,好生代他欣幸。自己因为当初不听师言,仅学会一点皮毛,贸然下山,惹得师父见怪,自己到处吃亏,倒并不怎么想陶钧同去。经纪登一说,他是朱梅大弟子,剑术高妙,本来为期尚早,乐得在此同旧雨相聚些时,多拉拢两个帮手。黄、魏二人原是心源请来,更无问题。铁蓑道人与二老、侠僧轶凡及心源、纪登师生两辈,俱是后先所交朋友。他的剑术先传自终南乐众,乐众成道后,又离了终南派自成一家。纪登、心源因为他认识师父,俱执晚辈之礼。他却不以此自居。此次随着心源经川入滇,本想在半路上顺途看望两个好友,见心源等暂住青城,便同众人说,准端阳前赶到青螺山,现时因有事他去,同众人暂别。纪登挽留不住,只得恭送他去。铁蓑道人别了心源去后,心源等三人便留居青城,专候端阳赶到。不提。

第七十六回

几番狭路　苦孩儿解围文笔峰

一片机心　许飞娘传信五云步

　　话说青螺山八魔，自从他们的师父神手比丘魏枫娘在成都被妙一夫人杀死后，才知峨眉派真正厉害，稍为敛迹一点。后来神手青雕徐岳回来报信，说是去年在江西寻见八魔主的仇人赵心源。八魔邱龄想起西川路上一镖一针之仇，听说心源居然敢在明年端午前来赴会，不由又兴奋起来。彼时三魔钱青选、六魔厉吼远游川湘一带未归，便着徐岳再去送信通知他二人回来。徐岳奉命，寻到衡阳一带，无心中在岳麓山遇见当年在青螺山用青罡剑削去四魔伊红樱四指，又用振云锤连伤六魔厉吼、七魔仵人龙的采药道人黄玄极。三、六二魔一听，立刻派徐岳又去探视，到晚不见回信，两人双双到岳麓寻仇，遇见追云叟，将他二人用法术禁制打了一顿。仇人未找成，还破了飞剑、法术，又气又恨。知道长沙有追云叟在，不能立足，连店内土娼、行李俱顾不得带走，垂头丧气，连夜用遁法，费了多少劲才赶回青螺。八个魔君见面，说起前事，无不咬牙切齿。因知追云叟会出面来助黄玄极，不由想到仇人赵心源既敢前来，定有能手相助。前车之鉴，不得不早有防备。正在拟议之中，恰好俞德在成都遭惨败，失去毒龙尊者赐的红砂，由辟邪村漏网，想逃回滇西去向他师父哭诉，请求与他报仇，走过青螺山。八魔原是后起余孽，虽然本领厉害，对于各派有名剑仙异人，都不大认得，当下发生误会，动起手来。论剑术，八魔原不是俞德对手。一则八魔人多，二则有那蛮僧布鲁音加相助，俞德被困核心，脱身不得，无心中打出他师父旗号。八魔久震于滇西毒龙尊者的盛名，又知他们师父魏枫娘与毒龙尊者的渊源，立刻停手赔罪，请至魔宫，就便婉言请俞德引见。一面正苦能浅力弱，一面又与正派结有深仇，当下一拍便合，情如水乳。

　　俞德住了一天，第二日便回滇西，向师父哭诉前情。他本是毒龙尊者的宠徒，加之毒龙尊者近来法术精进，又炼了几宗法宝，早想在中土多收一点门人,光大门户,增厚势力。八魔人多势众,在青螺盘踞,难得他等自甘入门,正好助他等一臂之力,收将过来,为异日夺取布达拉宫的根据地。立刻答应了八魔的请求,将魏枫娘一层渊源撇开,直接收为徒弟。八魔先后拜在毒龙尊者门下,不由长了威势,愈加无恶不作起来。大魔黄骕又下令给番嘴子红庙中的梵拿伽音二、喀音沙布两个蛮僧,叫他们日夜提防,遇有本领高强,形迹可疑之人,速来报知。因为神手青雕徐岳失了踪迹,别人没有他腿快伶俐,硬将梵拿伽音二两个得力徒弟要来代替徐岳,每次出门连盘川都不给,却命他们自己设法劫盗。两个蛮僧恨如切骨,却奈何他不得。

八魔刚在布置,俞德又从旁处得了信,说是赵心源端阳拜山,约有峨眉派许多能人相助。八魔一听,虽然恃有毒龙尊者做他护符,到底有些恐慌。俞德是惊弓之鸟,再加记恨前仇,便同去求告毒龙尊者。毒龙尊者一听大怒,说道:"峨眉派实在欺人太甚!起初为了优昙老尼,不愿与他们伤了和气,白让我徒弟吃了许多亏,还伤了镇山之宝。如今索性欺到我头上来了。我和嵩山二老、东海三仙,连那掌教齐漱溟,都为三次峨眉斗剑,各用心血在洞中炼宝。这次来的定是他们门下无知小辈,怕他何来?"俞德道:"话虽是如此说,上次成都慈云寺,东海三仙只来了一个苦行头陀,连嵩山二老才只三人,余下俱是些无名之辈,同齐漱溟的儿女。绿袍老祖、晓月禅师何等厉害,还有五台、华山门下许多有名剑仙,竟会遭那样惨败,死的死,伤的伤,逃的逃,没有一个占着丝毫便宜,损折了无数飞剑法宝。峨眉教下前一辈的固然厉害,他们这些后起的乳臭孩子都是个个厉害无比,我们倒不可大意呢。"毒龙尊者道:"你哪里知道。起初成都请我不去,一来因为优昙老尼厉害,二来为师法宝未成,说不得暂时忍气吞声。如今我法宝不但炼成,还参悟出一种魔阵,漫说这些乳臭小儿,连他们掌教齐漱溟来,也叫他不是我的敌手,来得去不得。"俞德听师父道法神妙,所说必非虚言,才放了心。同八魔回去青螺山,又商议了几天。想起昔日舍死忘生去帮五台派的忙,两下结了好感,何不在这需人之际,去到黄山五云步,请许飞娘也来帮一个忙?就便在路上再约几个能人,来壮壮声威。又去和毒龙尊者商议。毒龙尊者原自恃道法高强,又知许飞娘不见得暂时就能出面,其余又无人能以胜任。一则因俞德等苦求,二则好久不见飞娘的面,心中想念,便答应下来。对俞德说:"除许飞娘与烈火祖师外,如遇真有本领的,只管约来。其余不三不四,估量不是峨眉对手的,不要乱约,省得到时一战即输,丢了自己的脸,还害了别人。"

俞德领命后，便去找八魔与蛮僧布鲁音加又商议了一阵。俞德久知师父毒龙尊者不久化解，自己常以承继他师父道统自命。收了八魔以后，俞德觉势力增长，自己入门最久，又是师兄，除师父外，当然他是首领。无奈他因失去红砂，同八魔初见时，好汉打不过人多，差点被擒，诚恐师父化解以后，自己掌教镇压他们不住。正好借这一次端阳拜山的机会，把他认识的异派剑仙，只要能寻着的，便拉了来参与。对内既可表示自己势重人多，剑术高强；对外还可借八魔来壮门面。所以听了毒龙尊者叫他不要多约人的话，不甚满意，对八魔等并未吐实，只说师父业已答应下来，命大家分头去请。由俞德写好书信，分派二魔薛萍、四魔伊红樱、五魔公孙武、七魔仵人龙，分向各异派中友好前去约请，到端阳在魔宫中相聚。自己又亲身赶到黄山去请许飞娘。

这本是三月中旬的事。俞德快到黄山，又遇见戴家场败退下来的三眼红蜺薛蟒同九尾天狐柳燕娘狼狼狈狈坐在路侧树林之内。二人遇见俞德，怕他吃醋，俱各大惊。倒是俞德知柳燕娘淫荡非凡，阅人甚多，既同薛蟒在一处，必有苟且，现在用人之际，报仇要紧，倒不甚放在心中，反用好言问他二人何以至此。

原来薛蟒冤了苦孩儿司徒平同王森下去救人，他同柳燕娘怕王森少时回来吃醋，连忙趁空逃走。先去偷盗了些银钱，在路上淫乐了好几天。薛蟒相貌不济，又瞎了一只眼，柳燕娘愿意嫁他，全为的是无处安身；又知他师父本领高强，想投到万妙仙姑门下。谁知薛蟒因图她的欢心，答应下来，推说师父洞中不便私会，按下剑光步行，到晚来便寻镇店淫乐，一天才走个百十里地。柳燕娘急于拜见万妙仙姑，日日催促。薛蟒明知师父见自己不奉师命，娶了这么一个女子为妻，必定怪罪，又舍不得丢下。好容易挨近黄山，逼得无法，才婉言对燕娘说，师父家规甚严，不敢同去拜师，请燕娘等他一年半载，容他见了师父，遇机进言说明经过，无论如何决不负她等语。一席话说完，气得柳燕娘若不是自问不是对手，早用飞剑将他杀死，当下痛骂了他一顿。骂完正要同他决裂分手，薛蟒也生了气，收起怜香惜玉之念，将飞剑放出，非要燕娘答应等他不可。燕娘斗他不过，被逼无奈，心中起了恶意，表面上屈服下来，百依百顺，打算趁薛蟒冷不防时，再暗下毒手。

薛蟒见燕娘答应等他，登时转怒为喜，反倒不舍起来。正同燕娘商量用什么法子去求师父允许，恰巧俞德从空中飞来，远望下面有人比剑，按下剑光寻踪跟至。柳燕娘见来了旧相知，他的本领又胜似薛蟒，正要用巧言鼓动他二人拼命。谁知俞德早看出她的行径，自己办理正事要紧，见面只敷衍了两句，便反殷勤向薛蟒答话。薛蟒知道俞德是燕娘旧好，自己同燕娘背人私逃，又不是俞德敌手，正在心虚，想用言语支吾。见俞德那样暴的脾气，反倒同他亲热，不禁心头诧异，当下问明来意，才知有求于他。薛蟒也是不好回山交代，难得俞德凑趣，二人各怀心计。商量一阵，决定带燕娘同去黄山五云步见万妙仙姑，假说燕娘是随俞德同来，自己等师父见容，再帮她求说收归门下。计议已定，三人便驾起剑光，同往黄山进发。

飞到文笔峰后，俞德要表示恭敬，落下剑光，三人步行上去。忽听路旁松林内有两个女子说笑的声音。三人侧耳一听，一个道："这样好的天气，可惜文妹不在此地，只剩我两人同赏。"另一个道："你还说呢。师父说文妹根基本厚，又服了肉芝，拜了嵩山二老中的矮叟朱师伯为师，如今又同峨眉掌教真人的女儿齐灵云姊姊在峨眉凝碧崖修炼，前程正未可量，我们拿什么去比她？"起初发言的女子说道："你好不羞，枉自做了个姊姊。看文妹好，你还嫉妒她吗？"另一个女子答道："哪个去嫉妒她？我是替她喜欢。各人的遇合，也真是前定。就拿先在凝碧崖住的那个李英琼说，起初还是个小女孩子，不过根基厚些罢了。先是无意得了白眉和尚座下的仙禽金眼神雕，后来又得了师祖长眉真人的紫郢剑，末后又在无意中吃了许多仙果仙药，抵去百十年苦修，哪一位仙家得道也没有她这般快法。如今小小年纪，入门日子不多，业已名驰天下，同门先辈剑仙提起来就啧啧称赞，说是为峨眉争光。我听师父说她得道得宝那样容易，才真叫人羡慕呢。"这两个女子一问一答，听去渐渐是往林外走来。

这时正是孟夏天气，文笔峰前莺飞草长，杂花盛开，全山如同绣了一样。俞德久居滇西，不常见到这样好景；又听这两个女子说话如同出谷春莺，婉妙娱耳。先还疑是地近五云步，定是万妙仙姑门下，后来越听越不对。薛蟒已听出这两个女魔王的声音来，自己吃过苦头，便想拉了俞、柳二人快走。俞德还不明白，想再听下去。三人正在行止不决，林内声音忽止。一会工夫，耳旁忽听一声娇叱道："慈云余孽，敢来送死！"言还未了，现出两个女子，臂摇处，两道剑光同时往三人顶上飞来。三人定睛一看，这两个女子原来俱是熟人，从前在成都领教过的周轻云与吴文琪。俞德大怒，骂道："大胆贱婢！前番夜闹慈云寺，倚仗你们峨眉人多，吃苦行头陀将你们救走。今天我们不曾招惹你，又来太岁头上动土。"口中一面乱骂，已将剑光发出。轻云、文琪随了玉清大师数月，这次从成都回山省师，餐霞大师因为成道不久，知她二人根骨已厚，不会再入旁门，不惜尽心相授，二人道行越发精进，大非昔比。薛蟒、柳燕娘吃过两次苦头，知道厉害，见俞德业已上前，二人又无法逃避，只得咬牙迎敌。虽然是三个打两个，除俞德还可支持外，薛、柳两人都是心虚胆怯，渐渐不支。各人飞剑正在空中纠结不开，忽听空中高声叫道："休要伤吾师弟！"说罢，便有一道剑光飞来。及至来人落到面前，正是苦孩儿司徒平。轻云、文琪先还准备迎敌，及见来人是司徒平，轻云对文琪使了个眼色，倏地收回剑光，破空便起。

司徒平近来努力精进，飞剑原也不弱。俞德等不知个中隐微，以为敌人见自己添了生力军，畏惧逃走，本要追去。还是薛蟒知道厉害，拦阻道："适才两个女子，一个叫周轻云，一个叫吴文琪。还有一个姓朱的女子与矮叟朱梅同名，俱是黄山餐霞大师门徒，非常可恶。过去两座峰头便是她们师父洞府，那餐霞大师连我师父都让她三分，我们不要打草惊蛇吧。"司徒平原是奉了万妙仙姑之命前来接应，轻云、文琪退去后，近前和薛、俞二人相见。见了柳燕娘那种妖媚淫荡的神气，好生不悦，迫于师命，表面上也不敢得罪。将二人陪往五云步进洞以后，才告知薛蟒，师父业已在他们斗剑的一会起身往云南去了。

原来万妙仙姑许飞娘在黄山五云步炼了好几件惊人法宝、飞剑，准备第三次峨眉斗剑机会一到，才和峨眉派正式翻脸，一举而重新光大五台，雄长各派之上。可是她自己尽自卧薪尝胆，忍辱负重，她的旧日先后同门因恨峨眉派不过，却不容她暗自潜修，屡次拉她出去和峨眉派作对。飞娘不合一时感情冲动，用飞剑传书，到处替慈云寺约人不算，还命徒弟三眼红蜺薛蟒亲到成都参与，白害了晓月禅师和许多的异派中人送命受伤，分毫便宜也未占到。还接连几次遇见餐霞大师，冷嘲热讽地下了好些警告。飞娘为人深沉多智，极有心计，情知这多年的苦功，不见得就不是餐霞大师敌手，但到底自己没有把握，不愿涉险。虽然心中痛恨生气，丝毫不形于颜色，直辩白她不曾用飞剑传书，代法元等约人；薛蟒虽是她的门徒，并未叫他到成都去，也许是背师行事，等他回来，再责问他等语。餐霞大师岂不知她说的是假话，一则因为长眉真人遗言，正派昌明，全要等许飞娘、法元等人号召了许多异派来和峨眉作对，引起三次峨眉斗剑，应完劫数以后；二则她本领高强，气运未尽，暂时至多将她逼出黄山，也不能将她怎样，倒不如容她住在临近，还可由她门人口中知道一些虚实。那司徒平早已心归正教，曾瞒着他师父，露过许多重要消息与餐霞大师。所以轻云、文琪奉过大师之命，见了司徒平就让。

飞娘也算出司徒平有心叛她，她存心歹毒，不但不说破将他处死，反待他比平日好些。除自己的机密不让他知道，乐得借他之口，把许多假事假话当真的往外宣扬，好让敌人不加防备，她却在要害处下手。准备正式出面与峨眉派为难时，再取司徒平的性命。他们两方勾心斗智，司徒平哪里知道，还静候飞娘与峨眉派正式破脸，他便可弃邪归正呢。

这次飞娘在黄山顶上闲立，忽见薛蟒的剑光在空中与另一剑光对打，打了一会又同落下去，好生奇怪。她最溺爱薛蟒不过，飞身到了林中，暗中观察。见薛蟒同柳燕娘那种情况，不但没有怪他，反觉得他瞎了一只眼睛，弄了个妻子还怕师父怪罪，觉他可怜，正要现身出去与他们喊破。忽见俞德飞来，一听他们的谈话，知道俞德又来向她麻烦。在自己法宝未成之际，本想不去参加。后来又想，一则三仙二老几个厉害人物现都忙于炼宝，不会到青螺山去，余下这些小辈虽然入门不久，闻得他们个个根基甚厚，将来保不定是异派一患，何不偷偷赶去，在暗中除掉几个，也可出一点这些年胸中怨气；再则好久与毒龙尊者阔别，也想前去叙叙旧情。不过明去总嫌不妥，想了一想，急忙回到洞府，背着司徒平写了一封密柬，准备少时走后，再用飞剑传书寄与薛蟒。故意对司徒平道："为师年来已看破世情，一意参修，不想和别派争长较短了。只当初悔不该叫你师弟前去参加成都斗剑，我不过想他历练一番，谁知反害他瞎了一只眼睛，又遭餐霞大师许多疑忌。好在我只要闭门修道，不管闲事，他们也不能奈何于我，年月一多，自然就明白我已不想再和峨眉为仇了。偏是旧日许多同门友好不知我的苦心，仍是屡次来约我和峨眉作对。去罢，仇人是越结越多；不去，他们又说我忘恩背义，惧怕峨眉。真是为难。我现在只有不见他们的面，以免麻烦。适才我又算出你师弟薛蟒引了一个滇西毒龙尊者的大弟子瘟神庙方丈俞德，还有你师弟的妻子柳燕娘，前来见我，恐怕又有甚事叫我相助，我想还是不见他们为是。恰好我正要到云南去访看红发老祖，我此刻动身，你见了他们，将他们接进洞来，再对他们说为师并不知他们前来，适才已起身到云南去了。俞德走后，可将你师弟夫妻二人安置在后洞居住，等我回来再说。"司徒平领命，便送飞娘出洞。一眼看见文笔峰下有几道剑光相持，万妙仙姑已知就里，自己不便上前相助，看见司徒平在旁，知道文琪、轻云不会伤他，便命司徒平前去接应。司徒平领命去后，飞娘亲眼看见围解，才动身往滇西而去。因见文琪、轻云与司徒平飞剑才一接触，立刻退走，愈疑司徒平是身旁奸细，更加咬牙切齿。不提。

俞德见飞娘不在洞中,听说往云南去会红发老祖,云南也有自己几个好友,莫如追上前去,追着飞娘更好,追不着,到了云南还可再约几个苗疆能手也好。当下不耐烦和司徒平等多说,道得一声"请",便自破空追去。柳燕娘原不是真心嫁与薛蟒,见万妙仙姑不在洞中,本打算随了俞德同去,不曾想到俞德报仇心切,又不愿得罪飞娘门下,话都未同她多说。燕娘白闹了个无趣,正在心中不快,忽听司徒平对薛蟒说:"师父走时留话,叫你夫妻在后洞居住,不要乱走,等她回来再说。"薛蟒心中自然快活。燕娘闻言,也改了主意。心想:"自己到处奔走,阅人虽多,大半是夕合朝分,并无情义可言。薛蟒虽然相貌粗丑,人却精壮,难得他师父允许,莫如就此暂时跟他,异日从万妙仙姑学点道法,省得常受人欺负。尤其是万妙仙姑那一种驻颜还少之法,于自己更是有益,倘能学到,岂不称了心愿?"又见司徒平生得骨秀神清,道行似乎比薛蟒还强,不由又起了一种邪念。几方面一凑合,便默认和薛蟒是夫妻。她却没料到万妙仙姑何等厉害,适才在树林暗中查看她的言谈举动,已知此女淫荡非常,薛蟒要她,将来定无好果。一则溺爱不明;二则想起留着这个淫女,将来正可拿来当自己替身,用处甚大。五台派本不禁女色,莫如暂时先成全了爱徒心意,静等用她之时再说。后来三次峨眉斗剑,万妙仙姑果然传了柳燕娘内视之法,去迷红发老祖,盗取万蚕金钵,与峨眉作对,此是后话。

薛、柳二人哪里知道,双双兴高采烈。跑到后洞一看,设备甚全,愈加称心。司徒平冷眼看这一双狗男女搂进抱出,神态不堪,虽不顺眼,却也无法,只得躲在一旁叹气。薛蟒见司徒平避过,知他心中不服,仗着已得师父同意,也不放在心上,仍携了飞娘出洞闲眺,并头携肩,指说欢笑。正在得趣,忽见眼前一道光华一闪,燕娘正吃惊,薛蟒司空见惯,已将那道光华接在手里。一转瞬间,那道光华依然飞去不见。燕娘见薛蟒手中却拿着一封书信,便问何故。薛蟒且不还言,用目四顾,无人在侧。急忙拉了燕娘转到五云步崖后丛树之内,寻了一块大石,与燕娘一同坐下,说道:"这是我师父的飞剑传书,不论相隔千里,只消将书信穿在飞剑上面,想叫它送给何地何人,从无错误,也不会被别人拦路劫去。适才瘦鬼说,师父在我们到前一刻起身往云南访友,又准你嫁我,同在洞中居住,我就猜她必已知道我们的事同俞德请她的详情。这会又给我寄飞剑传书,必又背着瘦鬼有机密训示。按说不能给第二人看,不过你是我的妻子,我师父寄书情形,又好似不必背你。不过少时遇见瘦鬼司徒平,你千万不可露出真情。他虽是我师兄,同我如同仇人一样，我又害他受过师父重罚。虽然都是师父徒弟，师父却不喜欢他。偏他机灵，肯下苦功，又比我来得日久，从前常向餐霞老尼讨教，学得剑术比我还强。我师父恨他，也因为他向外人求教的缘故，老疑心他背叛我们，重要机密常不给他知道，省他露给外人。他外面还装作一脸的假道学，更是讨厌。你对他留神一点。"

说罢，一面将书信拆开，与燕娘同看。上面写道：

> 汝与柳女背师成亲，本应重责。姑念此行受伤吃苦，暂予免罚，以观后效。适才在林中，见柳女人颇聪明，剑术亦有根柢，惜心志浮动，是其大疵。今既嫁汝为妻，应转谕勉其努力向道，勿生二心，待为师归来，再传道法。倘中途背教叛汝，无论相隔万里，飞剑无情，不轻恕也。俞德来意已知。汝师兄有叛教通敌之心，惟尚有用彼处，未便遽予显戮。汝对其处处留意监防，惟勿形于颜色，使彼知而预防。凡有动静，俟为师回山，再行相机处置。彼已得峨眉真传，迩来剑术大进，汝二人非其敌手，不可不慎。现为师已应毒龙尊者之请，赴滇转青螺山，暗助八魔一臂。因不愿使汝师兄知真相，故谓云南访友，以避近邻猜疑。因汝不知，特用飞剑传谕。

薛蟒看完，对燕娘道："我说的话如何？师父说你心性不定，叫我警戒勉励你，好好同我恩爱学道，不可背叛又生二心。不然，不怕你逃到哪里，我师父都会用飞剑取你的命呢。"燕娘无非想借薛蟒暂时安身，从万妙仙姑学驻颜之法同飞剑奥妙，谁知竟被万妙仙姑看中，不但非嫁薛蟒不可，日后还不能背叛再嫁他人。万妙仙姑的本领久已闻名，这一来，倒是自己上套，岂非弄巧成拙？连适才想勾搭司徒平的心思都得打消。好不懊悔，却也无法，只得先过下去，再相机行事。

薛蟒见燕娘垂头不语，笑道："你莫非见我师父警戒你，不愿意听吗？你真呆。我师父向来不容易看上一个徒弟，女徒弟只收了一个廉红药。当初原说过个三年五载，等她学成一点道法，将她嫁我为妻。我见她生得美貌，正自暗地喜欢，谁知她无福。平日不大爱理人，又是和师父在一屋住，不能常和她亲近，过了不多日子，她对我总是冷冷的。我奉命到成都去的头一个月，忽然来了一位白发老太婆，拄着一支拐杖，还同了一个小女孩子，硬说廉红药是被我师父用计害了她全家，硬抢来做徒弟的，我师父说是她救了来的,争辩不休。那一老一少,不容分说,硬要将廉红药带走。先是那小女孩抢过来,将廉红药抱起便飞。此时师父坐在当中,脸上神气好似非常气愤,又极力忍住似的。我同瘦鬼侍立在旁,瘦鬼见别人欺负到门上来,若无其事一般。我却气愤不过,正赶上小东西将人抱走,老东西刚朝师父扬手之际,我纵在师父面前,打算放剑出去将人抢回。我也未见那老东西放出什么法宝、飞剑,只微微觉着一丝冷气扑脸。我还未及把剑放出,只听那老东西说道:'便宜你多活几十年。'说罢,那老少二人同廉红药都不知去向,追出洞去也未看见一丝影迹。回来再看师父,神气非常难过,只说了一句:'今天亏你。'本来师父就喜欢我,从这天起,待我越发好起来,对瘦鬼却一天比一天坏了。我背人问师父几次,只知那老少二人俱是别派中厉害剑仙。那女孩看去年轻,实在的年岁并不在小。她们二人无意中救了廉红药的父亲,不服气我师父收好徒弟,特意前来将她抢走。师父本领原和她们不相上下,偏偏那日不曾防备,法宝又不曾带在身旁,她们又是两对一,不但人被她们抢走,差点还吃大亏。幸而我无意中拦在师父面前,那老东西人甚古怪,从来不伤不知她来历的人,便将她放出来的无形五金精气收了回去,我师父才没有受伤。师父因此说我天性甚厚,另眼相待。只不告诉我这一老一少的名姓,说道未学成时,不知她们来历最好,以免遇上吃亏。我也就不再问了。事后我师父因为女子容易受骗,那廉红药当时如果不信那一老一少编的假话,只要说愿随师父,不和她们同去,她们纵有本领,却从来不勉强人,哪会让师父丢这大脸?师父一赌气,便说从此收徒只收男的,不收女的了。今天破格收你,岂非天赐的造化,你怎么倒不痛快起来?”

燕娘哪肯对他说出自己后悔,不该跟他苟合,以假成真。事已至此,又见薛蟒虽丑,对她却极为忠诚,别的也都还合适,便含笑敷衍了他几句。薛蟒起初原怕她情意不长,如今见师父做主,不怕她再变心。哪经得起她再眉花眼笑,软语温存,不由心花怒放,先抱过来在粉脸上轻轻咬了一口。末后越调笑越动情,径自双双搂抱,转回后洞去了。

他二人走后,那块大石后面现出个少年,望着二人的背影,长长地叹了口气,仍还坐在二人坐过的那块石头上面,双手抱着头苦苦愁思。这少年正是万妙仙姑门下不走时运的大弟子苦孩儿司徒平。原来他自师父走后,见不惯薛、柳二人那种不要脸的举动,一个人避了出来,走到崖后树林之内,想去摘两个桃子吃。刚纵身上了桃树,远远望见薛、柳二人也走出洞来,在那里指手画脚,勾背搂腰,种种不堪神气。方喊得一声:“晦气!走到哪里,眼睛都不得干净。"正要回过头去，忽见一道光华从西南飞来，直落到薛蟒手中，略一停留便即飞去。心想："师父才走不多时，如何又用飞剑传书回来？虽想知道究竟，因与薛蟒素来不睦，未便向他探问。自己孤苦伶仃，入山访师学道，受尽千辛万苦，才误投到异派门下。起初尚蒙师父看重。自从师父收了薛蟒，日子一多，因见正派中人人既光明，行为正大，道法、剑术又比异派都高深，不由起了向往之心。诚中形外，渐渐被师父看出，师徒感情一天坏似一天。再加师父宠爱薛蟒，听他蛊惑，不但不肯传授道法，反而什么事都不让自己知道。其实自己只不过在戴家场回来时，中途路上遇见餐霞大师，承她怜念，传了一些峨眉剑诀，谈过几句不相干的话，未泄露过师父什么机密。平时听师父谈话，对自己颇为注意，多知他们机密反有妨害，还不如装作不知为是。"想到这里，摘了两个桃子，翻身下树。忽见薛、柳二人正往自己面前走来，身后并无退路，如驾剑光绕道飞走，又怕被二人看见，只得将身藏在石后。一会工夫，薛、柳二人竟走到他面前大石上坐下，打开书信同看。司徒平在石后听二人说完了那番话，果然自己所料不差，不由吓了一身冷汗。心想："师父既然疑心我叛她，再在这里凶多吉少。如果此时就背师逃走，漫说师父不容，就连别派前辈也难原谅。何况师父飞剑厉害，随时要自己性命，就躲得现在，也躲不过将来。"越想越害怕，越伤心。

　　正在无计可施，猛一抬头，看见文笔峰那边倏地冲起匹练似的一道剑光，紧跟着冲起一道剑光和先前那一道剑光斗了起来，如同神龙夭矫，满空飞舞。末后又起来一道金光，将先前两道剑光隔断。那两道剑光好似不服排解，仍想冲上去斗，被那后起金光隔住，飞到哪里，无论如何巧妙，两道剑光总到不了一块。相持了有半盏茶时，三道剑光倏地绞在一起，纵横击刺，蜿蜒上下，如电光乱闪，金蛇乱窜。司徒平立在高处往下面一望，文笔峰下面站着一个中年道姑和两个青年女子，正往空中凝视。知是餐霞大师又在那里教吴文琪、周轻云练剑，越看心中越羡慕，连适才的烦恼苦闷都一齐忘却了。这三道剑光又在空中舞了个把时辰，眼望下面三人用手往空中一招，金光在前，青白光在后，流星赶月一般，直往三人身旁飞去，转瞬不见。司徒平眼望三人走过文笔峰后，不禁勾起了心事，想来想去，还是打不出主意。只得暂时谨慎避嫌，一个人也不会，一句话也不乱说，但希冀熬过三次峨眉斗剑，便不怕师父多疑了。

第七十七回

无意失霜镡　雪浪峰前惊怪鸟
有心求故剑　紫玲谷里见仙姑

司徒平情知薛、柳二人正在后洞淫乐，不愿进去，独个儿气闷，走到洞前寻了一块石头坐下，望着远山云岚出神。正在无聊之际，忽见崖下树林中深草丛里沙沙作响，一会工夫跑出一对白兔，浑身似玉一般，通体更无一根杂毛，一对眼睛红如朱砂，在崖下浅草中相扑为戏。司徒平怕少时薛蟒走来看见，又要将它们捉去烧烤来吃，一时动了恻隐之心，纵身下崖，想将这一对兔儿轰走。那一对白兔见司徒平跑来赶它们，全没一些惧意，反都人立起来，口中呼呼，张牙舞爪，大有螳螂当车之势。司徒平见这一对白兔竟比平常兔子大好几倍，又那样不怕人，觉着奇怪，打算要伸手去捉。内中一只早蓄势以待，等司徒平才低下身去，倏地纵起五六尺，朝司徒平脸上抓了一个正着。司徒平万没料到这一种驯善的畜生会这般厉害，到底居心仁慈，不肯戕害生命，只想捉到手中打几下赶走。不曾想到这两只兔子竟非常敏捷伶俐，也不逃跑，双双围着司徒平身前身后跑跳个不停。司徒平兔子未捉到手，手臂上反被兔爪抓了几下，又麻又痒。不由逗上火来，一狠心便将飞剑放出，打算将它们围住好捉。谁知这一对白兔竟是知道飞剑厉害，未等司徒平出手，回头就跑。司徒平一时动了童心，定要将这一对白兔捉住，用手指着飞剑，拔步便追。按说飞剑何等迅速，竟会圈拦不住。司徒平又居心不肯伤它们，眼看追上，又被没入丛草之中。等到司徒平低头寻找，这一对白兔又不知从什么洞穴穿出，在前面发现，一递一声叫唤。等司徒平去追，又回头飞跑，老是出没无常，好似存心和司徒平怄气一样。追过两三个峰头，引得司徒平兴起，倏地收回剑光，身剑合一，朝前追去。那一对白兔回头见司徒平追来，也是四脚一登，比箭还快，朝前飞去。司徒平暗骂："无知畜生！我存心捉你，任你跑得再快，有何用处？"一转瞬间，便追离不远，只需加紧速度往前一扑，便可捉到手中，心中大喜。眼看手到擒来，那一对白兔忽地横着来一个腾扑,双双往路侧悬崖纵将下去。

司徒平立定往下面一望,只见这里碧峰刺天,峭崖壁立,崖下一片云雾遮满,也不知有多少丈深。再寻白兔,竟然不见踪迹。起初还以为又和方才一样,躲入什么洞穴之中,少时还要出现。及至仔细一看,这崖壁下面光滑滑的寸草不生,崖顶突出,崖身凹进,无论什么禽兽都难立足。那白兔想是情急无奈,坠了下去,似这样无底深沟,怕不粉身碎骨。岂非因一时儿戏,误伤了两条生命?好不后悔。望着下面看了一会,见崖腰云层甚厚,看不见底,不知深浅虚实,不便下去。正要回身,忽听空中一声怪叫,比鹤鸣还要响亮。举目一望,只见一片黑影,隐隐现出两点金光,风驰电掣直往自己立处飞来。只这一转瞬间,已离头顶不远,因为来势太疾,也未看出是什么东西。知道不好,来不及躲避,忙将飞剑放出,护住头顶。说时迟,那时快,一阵大风过去,忽觉眼前一黑,隐隐看见一大团黑影里露出一只钢爪,抓了自己飞剑,在头上飞过。那东西带起来风势甚大,若非司徒平年来道力精进,差点没被这一阵大风刮落崖下。

司徒平连忙凝神定睛,往崖下一看,只见一片光华,连那一团黑影俱都投入崖下云层之中。仿佛看见一些五色缤纷的毛羽,那东西想是个什么奇怪大鸟,这般厉害。虽然侥幸没有死在它钢爪之下,只是飞剑业已失去,多年心血付于流水,将来不好去见师父。何况师父本来就疑忌自己,小心谨慎尚不知能否免却危险,如今又将飞剑遗失,岂不准是个死数?越想越痛悔交集。正在无计可施,猛想起餐霞大师近在黄山,何不求她相助,除去怪鸟,夺回飞剑,岂不是好?正要举步回头,忽然又觉不妥:"自己出来好多一会,薛、柳二人想必业已醒转,见自己不在洞中,必然跟踪监视。现在师父就疑心自己与餐霞大师暗通声气,如果被薛蟒知道自己往求餐霞大师,岂非弄假成真,倒坐实了自己通敌罪名?"想来想去,依旧是没有活路。明知那怪鸟非常厉害,这会竟忘了处境的危险,将身靠着崖侧短树,想到伤心之际,不禁流下泪来。

正在无计可施,忽听身后有人说话道:"你这娃娃年岁也不小了,太阳都快落西山了,还不回去,在这里哭什么?难为你长这么大个子。"司徒平闻言,回头一看,原来是一个穿着破烂的穷老头儿。司徒平虽然性情和善,平素最能忍气,在这气恨冤苦愤不欲生的当儿,见这老头子倚老卖老,言语奚落,不由也有些生气。后来一转念,自己将死的人,何必和这种乡下老儿生气?勉强答道:"老人家,你不要挖苦我。这里不是好地方,危险得很。下面有妖怪,招呼吃了你,你快些走吧。"老头答道:"你说什么?这里是雪浪峰紫玲谷,我常是一天来好几次,也没遇见什么妖怪。我不信单你在这里哭了一场,就哭出一个妖怪来?莫不是你看中秦家姊妹,被她们用云雾将谷口封锁,你想将她姊妹哭将出来吧?"司徒平见那老头说话疯疯癫癫,似真似假,猛想起这里虽是黄山支脉,因为非常高险,记得适才追那对白兔时,经过那几处险峻之处,若不是会剑术飞行,平常休想飞渡。这老头却说他日常总来几次,莫非无意中遇见一位异人?正在沉思,不禁抬头去看那老头一眼,恰好老头也正注视他。二人目光相对,司徒平才觉出那老者虽然貌不惊人,那一双寒光炯炯的眸子,仍然掩不了他的真相,愈知自己猜想不差。灵机一动,便近前跪了下来,说道:"弟子司徒平,因追一对白兔到此,被远处飞来一只大怪鸟将弟子飞剑抓去,无法回见师父。望乞老前辈大发慈悲,助弟子除了怪鸟,夺回飞剑,感恩不尽!"那老头闻言,好似并未听懂司徒平所求的话,只顾自言自语道:"我早说大家都是年轻人,哪有见了不爱的道理?连我老头子还想念我那死去的黄脸婆子呢。我也是爱多管闲事,又惹你向我麻烦不是?"司徒平见所答非所问,也未听出那老头说些什么,仍是一味苦求。那老头好似吃他纠缠不过,顿足说道:"你这娃娃,真呆!它会下去,你不会也跟着下去吗?朝我老头子罗唣一阵,我又不能替人家嫁你做老婆,有什么用?"司徒平虽听不懂他后几句话的用意,却听出老头意思是叫他纵下崖去。便答道:"弟子微末道行,全凭飞剑防身。如今飞剑已被崖下怪鸟抢去,下面云雾遮满,看不见底,不知虚实,如何下去?"老头道:"你说那秦家姊妹使的障眼法吗?人家不过是怄你玩的,那有什么打紧?只管放大胆跳下去,包你还有好处。"说罢,拖了司徒平往崖边就走。

　　司徒平平日忧谗畏讥,老是心中苦闷,无端失去飞剑,更难邀万妙仙姑见谅,又无处可以投奔,已把死生置之度外。将信将疑,随在老头身后走向崖边,往下一看,崖下云层愈厚,用尽目力,也看不出下面一丝影迹。正要说话,只见那老头将手往下面一指,随手发出一道金光,直往云层穿去。金光到处,那云层便开了一个丈许方圆大洞,现出下面景物。司徒平探头定睛往下面一看,原来是一片长条平地,离上面有百十丈高。东面是一泓清水,承着半山崖垂下来的瀑布。靠西面尽头处,两边山崖往一处合拢,当中恰似一个人字洞口,石上隐隐现出三个大字,半被藤萝野花遮蔽,只看出一个半边"谷"字。近谷口处疏疏落落地长了许多不知名的花树,丰草绿茵,佳木繁荫,杂花盛开,落红片片。先前那只怪鸟已不知去向,只看见适才所追的那一对白兔,各竖着一双欺霜赛雪的银耳,在一株大树旁边自在安详地啃青草吃,越加显得幽静。司徒平正要问那老头是否一同下去,回顾那老头已不知去向,急忙纵到高处往四面一望,哪里有个人影。再回到崖边一看,那云洞逐渐往小处收拢。知道再待一会,又要被密云遮满,无法下去。老头已走,自己又无拨云推雾本领。情知下面不是仙灵窟宅,便是妖物盘踞之所。自己微末道行,怎敢班门弄斧,螳螂当车?要不下去,又不能回去交代。暗怪那老头为德不终。正在盘算之际,那云洞已缩小得只剩二尺方圆,眼看就要遮满,和先前一样。万般无奈,只好硬着头皮,把心一横,决定死中求活,跳下去相机设法盗回飞剑。不计成败利钝,使用轻身飞跃之法,从百十丈高崖,对准云洞纵将下去。脚才着地,那一对白兔看见司徒平纵身下来,并不惊走,抢着跳跃过来,挨近司徒平脚前,跟家猫见了主人取媚一般,宛不似适才神气。司徒平福至心灵,已觉出这一对白兔必有来历。自己身在虎穴,吉凶难定,不但不敢侮弄捉打,反蹲下地来,用手去抚摸它们的柔毛。那一对白兔一任他抚弄,非常驯善。

司徒平回望上面云层,又复遮满。知道天色已晚,今晚若不能得回飞剑,决难穿云上去。便对那一对白兔道:"我司徒平蒙二位白仙接引到此。适才那位飞仙回来,是我不知,放出飞剑防身护体,并无敌视之心,被飞仙将我飞剑抓去,回山见不得师尊,性命难保。白仙既住此间,必与飞仙一家,如有灵异,望乞带我去见飞仙,求它将飞剑发还,感恩不尽,异日道成,必报大恩。不知白仙能垂怜援手不?"那白兔各竖双耳,等司徒平说完,便用前爪抓了司徒平衣角一下,双双往谷内便跑。司徒平也顾不得有何凶险,跟在白兔身后。那一对白兔在前,一路走,不时回头来看。司徒平也无心赏玩下面景致,提心吊胆跟着进了谷口时,已近黄昏,谷外林花都成了暗红颜色,谁知谷内竟是一片光明。抬头往上面一看,原来谷内层崖四合,恰似一个百丈高的洞府。洞顶上面嵌着十余个明星,都有茶杯大小,清光四照,将洞内景物一览无遗。

司徒平越走越深,走到西北角近崖壁处,有一座高大石门半开半闭。无心中觉得手上亮晶晶的有两点蓝光,抬头往上面一看,有两颗相聚不远的明星,发出来的亮光竟是蓝色的,位置也比其余的明星低下好多,那光非常之强,射眼难开。只看见发光之处,黑茸茸一团,看不出是何景象,不似顶上星光照得清晰。再定睛一看,黑暗中隐隐现出像鸾凤一般的长尾,那两点星光也不时闪动,神情竟和刚才所见怪鸟相似。不由吓了一大跳,才揣出那两点蓝光定是怪鸟的一双眼睛无疑,知道到了怪物栖息之所。事已至此,正打算上前施礼,通白一番,忽觉有东西抓他的衣角。低头一看,正是那两个白兔,那意思似要司徒平往石门走去。司徒平已看出那一对白兔是个灵物,见拉他衣服往里走,知道必有原因。反正自己既已豁出去,也就不能再顾前途的危险,见了眼前景物,反动了好奇之心,不由倒胆壮起来。朝那怪鸟栖息之处躬身施了一礼,随着那一对白兔往门内走去。

才进门内,便觉到处通明,霞光滟滟,照眼生缬。迎面是三大间石室,那白兔领了他往左手一间走进。石壁细白如玉,四角垂着四挂珠球,发出来的光明照得全室净无纤尘。玉床玉几,锦褥绣墩,陈设华丽到了极处。司徒平幼经忧患,早入山林,万妙仙姑虽不似其他剑仙苦修,也未断用尘世衣物,几曾见过像贝阙珠宫一般的境界?不由惊疑交集。那白兔拉了司徒平在一个锦墩上坐下后,其中一个便叫了两声,跳纵出去。司徒平猜那白兔定是去唤本洞主人。身入异地,不知来者是人是怪,心情迷惘,也打不出什么好主意,便把留在室中的白兔抱在身上抚摩。几次想走到外间石室探看,都被那白兔扯住衣角,只得听天由命,静候最后吉凶。

等了有半盏茶时,忽听有两个女子说话的声音。一个道:"可恨玉儿、雪儿,前天听了白老前辈说的那一番话,它们便记在心里,竟去把人家引来。现在该怎么办呢?"另一个说话较低,听不大清楚。司徒平正在惊疑,先出去的那只白兔已从外面连跳带纵跑了进来。接着眼前一亮,进来两个云裳雾鬓,容华绝代的少女来。年长的一个约有十八九岁,小的才只十六七岁光景,俱都生得秾纤合度,容光照人。司徒平知是本洞主人,不敢怠慢,急忙起立,躬身施礼,说道:"弟子司徒平,乃黄山五云步万妙仙姑门下。今日偶在山崖闲坐,看见两位白仙在草中游戏,肉眼不识浅深,恐被师弟薛蟒看见杀害,想将它们赶走。追到此间,正遇本洞一位飞仙从空中飞来。彼时只见一片乌云遮天盖地,势甚凶猛,弟子保命情急,不合放出飞剑护体,并无为敌之心。想是那位飞仙误会,将弟子飞剑收去。回去见了家师,必受重罚,情急无奈。蒙一位仙人指引,拨开云雾,擅入仙府,意欲恳求那位飞仙赐回飞剑,又蒙两位白仙接引到此。望乞二位仙姑垂怜弟子道力浅薄,从师修炼不易,代向那位飞仙缓颊,将弟子飞剑赐还,感恩不尽!"说罢,便要跪将下去。那年轻的女子听司徒平说话时,不住朝那年长的笑。及至司徒平把话说完,没等他跪下,便上前用手相搀。司徒平猛觉入手柔滑细腻,一股温香直沁心脾,不由心旌摇摇起来。暗道:"不好!"急忙把心神收住,低头不敢仰视。

那年长的女子说道："我们姊妹二人，一名秦紫玲，一名秦寒萼，乃宝相夫人之女。先母隐居此地已有一百多年。初生我时，就在这紫玲谷，便将谷名做了我的名字。六年前，先母兵解飞升，留下一只千年神鹫同一对白兔与我们做伴，一面闭门修道。遇有需用之物，不论相隔万里，俱由神鹫去办。愚姊妹性俱好静，又加紫玲谷内风景奇秀，除偶尔山头闲立外，只每年一次骑着神鹫，到东海先母墓上哭拜一番，顺便拜谒先母在世好友、东海三仙中的玄真子，领一些教益回来修炼。一则懒得出门，二则愚姊妹道力浅薄，虽有神鹫相助，终恐引起别人觊觎这座洞府，一年到头俱用云雾将谷上封住。还恐被人识破，在云雾之下又施了一点小法。除非像玄真子和几位老前辈知道根底的人，即使云雾拨开，也无法下来。愚姊妹从不和外人来往，所以无人知道。前日愚姊妹带了两个白兔，正在崖上闲立，偶遇见一位姓白的老前辈。他说愚姊妹世缘未了，并且因为先母当年错入旁门，种的恶因甚多，虽为东海三仙助她兵解，幸免暂时大劫，在她元神炼就的婴儿行将凝固飞升以前，仍要遭遇一次雷劫，把前后千百年苦功，一旦付于流水。他老人家不忍见她改邪归善后又遭此惨报，知道只有道友异日可以相助一臂之力。不过其中尚有一段因果，愚姊妹尚在为难，今早已命神鹫到东海去请示。适才带来一封书信，说玄真子老前辈无暇前来，已用飞剑传书，转请优昙大师到此面谕。愚姊妹原想等优昙大师到来再行定夺，不想被白兔听去，它们恐故主遭厄，背着愚姊妹将道友引来。神鹫自来不有愚姊妹吩咐，从不伤人，只是喜欢恶作剧。它带回书信时，抓来一支飞剑，同时白兔也来报信，已将道友引到此地，才知冒犯了道友。愚姊妹因与道友从未见面，不便上去当面交还飞剑，仍想待优昙大师驾到再作计议。不想道友已跟踪来此。听道友说下谷之时曾蒙一位仙人拨云开洞。我想知道愚姊妹根底的仙人甚少，但不知是哪位仙人有此本领？道友是专为寻剑而来，还是已知先母异日遭劫之事？请道其详。"

司徒平听那女子吐属从容，声音婉妙。神尼优昙与东海三仙虽未见过，久已闻名，知是正派中最有名的先辈，既肯与二女来往，决非邪魔外道。适才疑惧之念，不由涣然冰释。遂躬身答道："弟子实是无意误入仙府，并无其他用意。那拨开云洞的一位仙人素昧平生，因是在忙迫忧惊之际，也未及请问姓名。他虽说了几句什么紫玲谷秦家姊妹等语，并未说出详情。弟子愚昧，也不知话中用意，未听清楚。无端惊动二位仙姑，只求恕弟子冒昧之愆，赏还飞剑，于愿足矣。"那年幼的女子名唤寒萼的，闻言抿嘴一笑，悄对她姊姊紫玲道:"原来这个人是个呆子,口口声声向我们要还飞剑。谁还稀罕他那一根顽铁不成?"紫玲怕司徒平听见,微微瞪了她一眼。又对司徒平道:"尊剑我们留它无用,当然奉还。引道友来此的那位仙人既与道友素昧平生,他的相貌可曾留意?"

司徒平本是着意矜持,不敢仰视。因为秦寒萼向她姊姊窃窃私语,听不大真,不由抬头望了她二人一眼。正赶上紫玲面带轻嗔,用目对寒萼示意,知是在议论他。再加上紫玲姊妹浅笑轻颦,星眼流波,皓齿排玉,朱唇微启,越显得明艳绰约,仪态万方,又是内愧,又是心醉,不禁脸红起来。正在心神把握不住,忽听紫玲发问,心头一震,想起自己处境,把心神一正,如一盆凉水当头浇下,立刻清醒过来,正容答话,应对自如,反不似先前低头忸怩。紫玲姊妹听司徒平说到那穷老头形象,彼此相对一看,低头沉思起来。司徒平适才急于得回飞剑,原未听清那老头说的言语,只把老头形象打扮说出。忽见她姊妹二人玉颊飞红,有点带羞神气,也不知就里。便问道:"弟子多蒙那位仙人指引,才得到此。二位仙姑想必知道他的姓名,可能见告么?"紫玲道:"这位前辈便是嵩山二老中的追云叟。他的妻子凌雪鸿曾同先母两次斗法,后来又成为莫逆之友。他既对道友说了愚姊妹的姓名,难道就未把引道友到此用意明说么?"

司徒平一听那老头是鼎鼎大名的追云叟,暗恨自己眼力不济,只顾急于寻求飞剑,没有把自己心事对追云叟说出,好不后悔。再将紫玲姊妹与追云叟所说的话前后一对照,好似双方话里有因,究竟都未明说,不敢将追云叟所说的疯话说出。只得谨慎答道:"原来那位老前辈便是天下闻名的追云叟。他只不过命弟子跟踪下来寻剑,并未说出他有什么用意。如今天已不早,恐回去晚了,师弟薛蟒又要搬弄是非,请将飞剑发还,容弟子告辞吧。"紫玲闻言,将信将疑,答道:"愚姊妹与道友并无统属,休得如此称呼。本想留道友在此作长谈,一则优昙大师未来,相烦道友异日助先母脱难之事不便冒昧干求;二则道友归意甚坚,难于强留。飞剑在此,并无损伤,谨以奉还。只不过道友在万妙仙姑门下,不但误入旁门,并且心志决难沆瀣一气。如今道友晦气已透华盖,虽然中藏彩光,主于逢凶化吉,难保不遇一次大险。这里有一样儿时游戏之物,名为弥尘幡。此幡颇有神妙,能纳须弥于微尘芥子。一经愚姊妹亲手相赠,得幡的人无论遭遇何等危险,只需将幡取出,也无须掐诀念咒,心念一动,便即回到此间。此番遇合定有前缘,请道友留在身旁,以防不测吧。"说罢,右手往上一抬,袖口内先飞出司徒平失的剑光。司徒平连忙收了。再接过那弥尘幡一看，原来是一个方寸小幡，中间绘着一个人心，隐隐放出五色光华，不时变幻。听紫玲说得那般神妙，知是奇宝，躬身谢道："司徒平有何德能，蒙二位仙姑不咎冒昧之愆，反以奇宝相赠，真是感恩不尽！适才二位仙姑说太夫人不久要遭雷劫，异日有用司徒平之处，自问道行浅薄，原不敢遽然奉命。既蒙二位仙姑如此恩遇优礼，如有需用，诚恐愚蒙不识玄机，但祈先期赐示，赴汤蹈火，在所不辞。"紫玲姊妹闻言，喜动颜色，下拜道："道友如此高义，死生戴德！至于道友自谦道浅，这与异日救援先母无关，只需道友肯援手便能解免。优昙大师不久必至，愚姊妹与大师商量后，再命神鸷到五云步奉请便了。只是以后不免时常相聚，有如一家，须要免去什么仙姑、弟子的称呼才是。在大师未来以前，彼此各用道友称呼如何？"司徒平见紫玲说了两次，非常诚恳，便点头应允，当下向紫玲姊妹起身告辞。寒萼笑对紫玲道："姊姊叫灵儿送他上去吧，省得他错了门户，又倒跌下来。"紫玲微瞪了寒萼一眼道："偏你爱多嘴！路又不甚远，灵儿又爱淘气，反代道友惹麻烦。你到后洞去将阵式撤了吧。"寒萼闻言，便与司徒平作别，往后洞走去。

司徒平随了紫玲出了石室，指着顶上明星，问是什么妙法，能用这十数颗明星照得全洞光明如昼。紫玲笑道："我哪里有这么大法力。这是先母当初在旁门中修道时，性喜华美，在深山大泽中采来巨蟒、大蚌腹内藏的明珠，经多年修炼而成。自从先母归正成道，一则顾念先母手泽，二则紫玲谷内不透天光，乐得借此点缀光明，一向也未曾将它撤去。"司徒平再望神鸷栖伏之处，只剩干干净净一片突出的岩石，已不知去向。计算天时不早，谷内奇景甚多，恐耽延了时刻，不及一一细问，便随着紫玲出了紫玲谷口。外面虽没有明星照耀，仍还是起初夕阳衔山时的景致。问起紫玲，才知是此间的一种灵草，名银河草，黑夜生光的缘故。正当谈笑之际，忽听隐隐轰雷之声。抬头往上一看，白云如奔马一般四散开去，正当中现出一个丈许方圆的大洞，星月的光辉直透下来。紫玲道："舍妹已撤去小术，拨开云雾，待我陪引道友上去吧。"说罢，翠袖轻扬，转瞬间，还未容司徒平驾剑冲霄，耳旁一阵风生，业已随了紫玲双双飞身上崖。寒萼已在上面含笑等候。

这时空山寂寂，星月争辉。司徒平在这清光如昼之下，面对着两个神通广大、绝代娉婷的天上仙人，软语叮咛，珍重惜别，不知为何竟会有些恋恋不舍起来。又同二女谈了几句钦佩的话，猛想起出来时晏，薛蟒必要多疑，忽然心头机灵灵打了个冷战，不敢再为留恋，辞别二女，驾起剑光，便往五云步飞回。离洞不远,收了剑光落下地来,低头沉思,见了薛蟒问起自己踪迹,如何应付?正在一步懒似一步往洞前走去,忽地对面跑来一人说道:"师兄你到哪里去了?害我们找得你好苦!"司徒平一看来人,正是三眼红蜺薛蟒,心中微微一震,含笑答道:"我因一人在洞前闲坐了一会,忽见有两只白兔,长得又肥又大,因你夫妻远来,想捉来给你夫妻接风下酒,追了几个峰头,也未捉到。并没到别处去。"话言未了,薛蟒冷笑道:"你哄谁呢?凭你的本领,连两只兔子都捉不到手,还追了几个峰头?你不是向来不愿我杀生吗?今天又会有这样好心,捉两个兔子与我夫妻下酒?我夫妻进洞出来时,天还不过酉初,现在都什么时候啦?我劝你在真人面前,少说瞎话吧。"

第七十八回

萎斐相加　冤遭毒打
彩云飞去　喜缔仙姻

司徒平平素正直,不善强辩。他虽瞒过紫玲谷得见二女一段未说,追赶白兔一切也是实言,但因情实话虚,又不会措辞,被薛蟒问了个张口结舌。只得正色答道:"愚兄一生不会说假话,师父不在洞府,我随便往洞外闲游,难道还有什么弊病么?"薛蟒冷笑道:"我管你呢,你爱走哪里走哪里。你不是在餐霞老尼那里学会了峨眉剑法吗?你本事大,师父多,谁还管得了?我不过因为有人在洞中等你回来谈天,好意同了燕娘满山去寻你回来,偏会寻不见。后来想起你也许趁师父不在家,又到餐霞老尼那里去讨教。明知人家和我们师徒不对,但因来人要等你回来说几句话就要走,无可奈何,只得到文笔峰去打听。不知你是真未去,也不知是不见我,人未寻着,反吃周轻云那个贼丫头排揎了我一顿,只得忍气吞声回来。正要进洞去对那等你的人说,你倒知机,竟得信赶回来了。"

司徒平听薛蟒话中隐含讥刺,又气又急。又听薛蟒说洞内还有人等他说话,暗想:"自己虽在万妙仙姑门下,并无本门朋友。正派中虽有几个知好,因恐师父多疑,从未来往。"怎么想,也想不出那人是谁。只得强忍怒气,对薛蟒道:"师弟休要多心,以为我到餐霞大师那里讨教,适才所说的话并无虚言。只顾你和我开玩笑不要紧,若被师父回来知道,当了真,愚兄吃罪不起。再者,我除贤弟同师父外,并未交过朋友。你说现在洞府内有人等我,但不知是什么来历?何妨告知愚兄,也好作一准备。"薛蟒狞笑道:"你问洞中等你的人么?那是你的多年老友,他正等着你呢。快随我去一见,自会明白,你问我则甚?"说罢,回身就走。司徒平已看出薛蟒错疑了他,有些不怀好意。估量他和柳燕娘二人自己还能对付,就是他们接了师父飞剑传书,也不过奉命监视,师父不在家,暂时怕他何来?且到洞中看看来人是谁,再作计较。当下也不再和薛蟒多言,跟在他后面往洞内走去。

才一进洞，便听薛蟒在前大声道："禀恩师，反叛司徒平带到！"一言未了，司徒平已看见里面石室当中，万妙仙姑满脸怒容坐在那里。司徒平听薛蟒进门那般说法，大是不妙，吓得心惊胆战，上前跪下说道："弟子司徒平不知师父驾到，擅离洞府，罪该万死！"说罢，叩头不止。万妙仙姑冷笑道："司徒平，你这业障！为师哪样错待了你，竟敢背师通敌？今日马脚露出，你还有何话讲？"司徒平叩头叫屈道："弟子因在坡前小立，无心追赶白兔为戏，虽然擅离洞府，并未他去。背师通敌之言，实在屈杀弟子。"万妙仙姑还未答言，薛蟒在旁凑上前，密禀了几句。万妙仙姑勃然大怒道："你还说没有背师通敌，你以为为师远去云南，必定耽误多时才回，便去和敌人私通消息。薛蟒亲见你从文笔峰回来，还敢用谎言搪塞？你若真是追赶白兔，为何薛蟒寻了你几个时辰并未寻着？快快招出真情，免遭重戮！"司徒平见万妙仙姑信了薛蟒谗言，冤苦气愤到了极处。知道师父厉害，若不设法证明虚实，性命难保。便又叩头哭诉道："弟子一向忧谗畏讥，天胆也不敢和外人来往。如果师父不信，尽可用卦象查看弟子自师父走后，可曾到文笔峰去过？如尽信师弟一面之词，弟子死在九泉，也难瞑目。"万妙仙姑冷笑一声，便命薛蟒将先天卦爻取来。排开卦象一看，司徒平虽然未到餐霞大师那里，可是红鸾星动，其中生出一种新结合，于自己将来大为不利。便怒目对司徒平道："大胆业障，还敢强辩！你虽未到文笔峰勾结敌人，卦象上明明显出有阴人和你一党，与我为难。好好命你说出实话，量你不肯。"说罢，长袖往上一提，飞出一根彩索，将司徒平捆个结实。命薛蟒将司徒平倒吊起来，用蛟筋鞭痛打。

司徒平知道万妙仙姑秉性，又加薛蟒在旁播弄，此时已动了无明真气，就是将遇秦氏二女真情说出，也不会见信。何况秦氏二女行时，既嘱自己不要泄露她们的来历住址，想必也有点畏惧万妙仙姑的厉害。自己反正脱不了一死，何苦又去连累别人？想到这里，把心一横，一任薛蟒毒打，只是一味叫屈，不发一言。那蛟筋鞭非常厉害，司徒平如何经受得起，不消几十下，已打了个皮肉纷飞。司徒平身子悬空，倒吊在那里，被薛蟒打得东西乱摆，痛彻心肺。万妙仙姑见司徒平一味倔强叫屈，不肯说出实话，越发怒上加怒，便命薛蟒活活将他打死。薛蟒巴不得去了这个眼中之钉，听了万妙仙姑吩咐，便没头没脸地朝司徒平致命之处打去。司徒平已疼得昏昏沉沉，一息奄奄，连气都透不过来了。忽然薛蟒一鞭梢扫在司徒平身带的弥尘幡上。司徒平起初以为万妙仙姑到滇西去，至早也得过端阳，万没料到半途折回。乍一见面，平时积威之下，本就吓昏，再加被薛蟒告发了一套谗言，又冤苦，又愤恨，气糊涂了，只顾叫屈申辩，竟把秦氏二女所赠的弥尘幡忘却。这时在疼痛迷惘之中，被薛蟒一鞭打在幡上，猛觉胸前一阵震动，才想起秦氏二女赠宝时所说的那一番话。刚被捆时，满拼必死；一经发现生机，便起了死中求活之想。怎奈手脚四马攒蹄倒吊在那里，无法取出应用。就在这凝思的当儿，又被薛蟒风狂雨骤打了好几十下。若非司徒平近年道力精进，就这一顿打，怕不筋断骨折，死于非命。司徒平疼得力竭声嘶，好容易才进出："师父息怒，弟子知罪，愿将真情说出，请师父停打，放下来缓一缓气吧！"才一说完，头上又中了一鞭，痛晕过去。

这时柳燕娘已侍立在侧，见司徒平挨这一顿毒打，才知万妙仙姑如此心毒。她惯做淫恶不法之事，到底没有见人这般死法，虽然动了恻隐之心，惧怕万妙仙姑厉害，哪敢婉言劝解。及至见司徒平知悔求饶，又被薛蟒打晕过去，便向万妙仙姑道："大师兄肯说实话哩。"万妙仙姑本未计及司徒平死活，无非自己多年心血，受尽辛苦，炼了几件厉害法宝，算计第三次峨眉斗剑遭受空前大劫，自已有胜无败。无端从今日卦象上看出司徒平所勾结的两个阴人，竟是将来最厉害的克星，较比平日时时担心的恶邻餐霞大师还要厉害。不由又气又急又恨，打算将司徒平拷问明白，再行处死，不然司徒平早死在万妙仙姑飞剑之下了。因为气恨司徒平到了极处，只一味喝打，并没留神听他说些什么。听柳燕娘在旁一说，才得提醒。心想："打死这个业障算得什么，还是问明他所勾结的人是谁，好早做准备要紧。"连忙吩咐薛蟒住手，放他下来。薛蟒还怕司徒平驾飞剑逃跑，请万妙仙姑先将他飞剑收去，才将司徒平放下地来。

司徒平业已浑身痛得失了知觉，软瘫在地动转不得。万妙仙姑还一味喝他快讲。薛蟒又嫌他装死，照脊梁又是一鞭。疼得司徒平在地下打了一溜滚。知道危险万分，不管弥尘幡是否如秦氏二女所说那样神妙，颤巍巍摇着左手，装出怕打神情，有气无力地说道："弟子就说，请师父、师弟免打。"暗中提气凝神，猛地将右手伸入怀内，摸着弥尘幡，咬牙负痛取将出来，捏着幡柄一晃，心往紫玲谷一动念，极力高呼道："师父休得怨恨，弟子告辞了！"言还未了，满洞俱是光华，司徒平踪迹不见。万妙仙姑万没料到司徒平会行法逃走，一面放出飞剑，急忙纵身出洞一看，只见一团彩云比电闪还疾，飞向西南方，眨眼不见。忙将身剑合一，跟踪寻找，哪里有一丝迹兆。情知是异日的祸害，好生闷闷不乐，只得收剑光回转洞府。

原来万妙仙姑许飞娘到滇西去，走不多远，放出飞剑传书与薛蟒，叫他留神监视司徒平，等到飞剑飞回再走。遇见俞德追来，便把自己声东击西，暂不露面的主意说出。正要起身，忽然心中一动，恰好飞剑回来。猛想起："自己原为机密，才用飞剑传书。虽然定能传与薛蟒本人，但是他和司徒平常在一起，难保不被他看出。薛蟒不令泄露，司徒平焉能不寻根探底？岂非又是一时大意？"后来又想："司徒平随自己多年，虽不及薛蟒对自己忠诚，尚无大错。起初他向敌人求教，也出于向道心切，又加不知我的用意。近来形迹可疑，并无实据。好在去端阳还早，司徒平如果甘心叛逆，趁自己不在洞中，必然不大顾忌。自己一向急于炼宝，无暇认真考察，只听薛蟒一面之词，对他待遇不佳，究难叫人心服。何不趁他不知，中途折回，一则问薛蟒看信时他是否在侧，二则暗中考察一番。如果通敌是实，及早将他除去。自己处治徒弟，外人也干涉不了。何必借他虚报消息，多此一举，徒留后患则甚？"便对俞德说明，日内准去赴约，只不要向人前说起，以免敌人防备。这次如果能在暗中出力，不出面更好。如果不得已和敌人破了脸，索性连黄山都不住了。

二人分别以后，万妙仙姑赶回洞府，正遇薛蟒同柳燕娘在洞前并肩说话。她先隐闪在薛蟒身后，命薛蟒到僻静处说话。薛蟒听出是师父声音，吓了一跳，便对柳燕娘说："师父命我监视大师兄，他不知何往。你在这里等他，待我去查探他的动静，立刻回来。"万妙仙姑一听，司徒平果然不在洞中，越发动了疑心。薛、柳二人毋庸避忌，便现身出来。慌得薛蟒带了柳燕娘一同跪叩。万妙仙姑勉励了他二人几句，便问司徒平踪迹。薛蟒便说："接师父飞剑传书时，曾见他在崖旁一闪。以后便不知去向，找了他半天，也未找着，看他神气举动，都非常可疑。"薛蟒原是同柳燕娘进洞淫乐了一阵，出来不见司徒平。适才又看出是故意躲他，分明气不服他夫妻二人，暗暗咬牙痛恨。难得师父中道折回，司徒平又未在侧，乐得添枝造叶，谗言陷害。万妙仙姑闻言，勃然大怒，走进洞去。薛蟒还怕司徒平就在左近闲坐，故意讨命去寻他来，好哄司徒平上当。谁知出来寻了两三个时辰，也未寻见，猜他又到文笔峰餐霞大师的别府中去讨好。鬼头鬼脑跑去一问，吃周轻云将他辱骂一顿，若非见机，差点送了小命。越疑心司徒平是在轻云洞中。心想："你怕我对师父说，不敢出来。我只守定来路，抓你一个真赃实犯。"便在文笔峰左近等候。正等得无聊，柳燕娘跑来说，万妙仙姑唤他回去。他便叫柳燕娘对师父去说，司徒平藏在文笔峰洞中，自己等他一同回去。柳燕娘才走，忽听破空声音，司徒平驾剑飞回。薛蟒猜他是故意从别处闹玄虚，才用言语讥刺,也未对他说明师父回来。

万妙仙姑本已多疑,听了柳燕娘回报,若非暂时还有一些顾忌,几乎气得去寻餐霞大师讲理。正在气恼,恰好司徒平回来,又从卦象上看出有阴人为害,才决定将司徒平打死。司徒平借弥尘幡逃走时,万妙仙姑看见他手中摇着一个小幡,立刻便有光华彩云将他拥走,觉得这法宝来路虽不是峨眉派中人所用,似乎听人说过,怎么想也想不起来。知道司徒平走不打紧,他勾结两个阴人却是非同小可,关系前途甚大。愤恨了一阵,想暂时不赴滇西,先查访出司徒平和两个阴人的来历再说。连用卦象查看了好几次,这两个阴人俱是近在咫尺,连方向都算出来,只寻不见踪迹。转瞬便隔端阳不远,不能再耽延。好在卦象上算出暂时还没有妨害,并且自己就寻着了,也不过是多一层防备,奈何别人不得。想起将来,叹了一口气,想不出什么好主意来。只得先赴滇西之约,到时再说。

走时,薛蟒要司徒平那口飞剑。万妙仙姑道:"此剑原名聚奎,本是司徒平祖父、大明总镇司徒定传家之宝。自从他祖父在任上殉难,全家遇害。当时有他家一个丫头,带了这业障襁褓之中的父亲逃走。逃到晋南荣河县,遇见追云叟白谷逸的妻子凌雪鸿,将他二人收下,带回嵩山,给那小孩取名司徒兴明。那老丫头便是五十年前江湖上有名的呆姑娘尤於冰,被我们五台派混元祖师门下弟子女枭神蒋三姑娘杀死。司徒兴明迷恋蒋三姑美色,不给尤於冰报仇,反娶了蒋三姑为妻。凌雪鸿一怒之下,将司徒兴明逐出门墙。他二人就成了夫妇。司徒兴明自知所行不对,又不愿回五台,更怕遭峨眉派同二老、三仙的痛恨,双双逃到新疆天山博克大坂顶上寒谷之内,隐居修炼。蒋三姑明知背了混元祖师便会孤立,无奈同司徒兴明恩爱,只得委曲相从。过了数十年,才生下司徒平,不满三岁,便被尤於冰的好友、衡山白鹿洞金姥姥罗紫烟寻来报仇,将蒋三姑杀死。司徒兴明拼命救护,也中了一剑,他的飞剑又被罗紫烟收去。气愤不过,带了这口聚奎剑同司徒平,从新疆到五台,才知你祖师业已圆寂多年。冤家路窄,又遇见你师伯金身罗汉法元。法元未出家时原名何章,当初因想娶蒋三姑,费尽千辛万苦不曾到手。好容易得到祖师垂怜,替他做主,不久便命蒋三姑嫁他。不想蒋三姑却嫁了司徒兴明,背师隐避。你师伯气愤出家,从此不近女人,却把司徒兴明恨入骨髓。怎奈蒋三姑本领厉害,又查访不出住址。怀恨多年,一旦遇见,如何能放他过去?司徒兴明虽然失了飞剑,别的道法还在。他本想见了祖师哭诉经过,自认以前过失,求祖师给蒋三姑报仇,再寻一安身之处,炼那口聚奎剑。蒋三姑生前曾对他说过，祖师驾前有一何章，因为求婚结了深仇，异日见面须要留神。没料到师伯出家改名，不但没有防备，反对他诉说真情，求他念在亡妻同门之谊，助他报仇。你师伯听他说完，仇人见面，分外眼红，当时用剑光将他圈住，先不杀他，慢慢将经过说明。正要下手，司徒兴明猝不及防，情知必死，因想给司徒门中留一点香烟，急中生智，竟装出不能抵御，一任你师伯嘲笑。他本从凌雪鸿学会先天五通，拼着一条臂膀不要，趁你师伯说得高兴，以为仇人并无本领，可以随意摆布，一个疏神，被司徒兴明就借他飞剑的金遁，带了小儿逃走。你师伯见只断下他一条臂膀，急忙跟踪追赶，并未追上。那司徒兴明虽然带幼子得逃活命，因为你师伯飞剑不比凡金，伤势太重，自知性命活不了几天，望着怀中幼子，正在求生不得，求死不得。偏遇见一位王善人，将他父子接到家中调养。他将事情经过对王善人说了，又用绢写下一封血书，留给幼子司徒平。托王善人等司徒平成人后，带了那封血书同聚奎剑，到嵩山去求追云叟，收留学剑。不久他就身死。

　　"王善人颇爱司徒平，抚养了不到一年，无端祸从天降，他的侧室与人通奸，设计将他毒死。奸夫淫妇正商量要害王善人的儿子同司徒平的性命，被你师叔岳琴滨路见不平，擒了奸夫淫妇，拷问口供。无心中问出司徒平的来历，并搜出那封血书同一口聚奎剑。当时将奸夫淫妇杀死，放火把王家烧了。因为司徒平是你法元师伯将来仇人，本来想当时杀死。仔细一看，他这两个小孩的资质都不差，便带回华山，想炼神婴剑。炼剑时原打算头一坛先拿王善人的小孩祭剑，第二天再用司徒平。刚刚上坛请好了神，忽然一道剑光飞来，一个不过十二三岁的小姑娘，看去年纪甚小，剑术却非常厉害，一下来先震穿了岳师叔的摄魂瓶，把镇坛神都赶退。岳师叔看看不敌，恰好我从滇西回来，顺路前去看望，无心中却解了他的危急。就我们二人合力迎敌，还损坏我两件法宝，才将那女孩子赶走。王善人之子被那小姑娘救去。岳师叔忽然意懒心灰，说他炼这神婴剑，功败垂成已经三次，从此不再去炼了。因我彼时无有门徒，便将司徒平这业障托付了我，再三嘱咐我不要对法元说，以免坏了司徒平的性命。我因有事在身，时常出游，怕无人照管，不肯要。岳师叔只得把他寄养在一个乡农家内，他本人要离了华山到衡山去隐居，等司徒平长大再来接他。过了八年，去看司徒平时，竟连那家农民都已死绝，探问不出下落，只得罢休。好在救他时他正年幼，人事不知，血书业已烧毁，决不知以前这些因果，也就未放在心上。

　　"又过了三年，我已将各种仙药以及祭炼法宝、飞剑之物俱都采办齐全，几位要紧的前辈好友也联络好了。有时不得已出外，无人照应门户，渐渐觉得不便，想物色一两个质地好的门徒，老遇不见。有一天到后山去，看见这业障睡在前坡树荫之下，神气非常狼狈，看他根骨却不甚坏。我将他唤醒，一问名字，才知是十二年前岳琴滨从王善人家救出的司徒平。我为有你法元师伯这一段因果，仔细盘问。他并不知前事，只知他幼遭孤零，被一位姓岳的道人将他寄养在一个农民家内，过了四五年，那农家遭了瘟疫，全家死绝，他便带了那口剑到处飘流，去到安徽为一个富家放牛。他到底是修道之后，从小就爱读书学道。不知怎的，被他打听出黄山、九华时有仙人来往，积蓄了点款，受尽千辛万苦，备好干粮，到九华访师不遇。又由九华到黄山，满山走遍，并未遇见一个异人。他见我形迹不似常人，便跪请收录。我将他带回五云步一试，竟是聪明异常。我当时很喜欢，不惜尽心传授。过了三年，又收了你为徒。无心中卜你两人将来的造就，他果然不似平常。不知怎的，卦象显出他同我非常犯克，连卜几次俱是如此。我是相信人定胜天的，从此虽不大喜欢他，但是他无甚过错，也不能无故伤他。也是我一时大意，将他带到餐霞老尼那里，因她夸奖这业障，随便说了几句请她指点的话。这业障竟信以为真，背着我去请教几次，得了峨眉炼剑秘诀。后几年我虽不肯再传授他道法，他自己苦心用功，居然将这一口聚奎剑炼得非常神妙。虽然他逃走之时被我将此剑收来，我带在身边还不要紧，你如要去，须要特别加意，用我传你的剑法再炼四十九天，使它能与你合一。今后再遇这业障时，千万不可显露，以免被他将剑收去，还遭不测。再者我此去滇西，至少需有一月多耽搁。我算出同业障勾结的这两个阴人非常厉害，你决非他们敌手。为师走后，你夫妇二人务要紧闭洞门，趁这数十天光阴炼那口剑，不能出去一步，防他前来夺剑报仇。只要你二人不出去，洞口有我法术封锁，外人休想进来。"

当下又传了柳燕娘一些道法。薛、柳二人跪谢之后，万妙仙姑吩咐二人无须送出洞外，长袖展处，满洞光华，破空而去。薛蟒便照万妙仙姑传的口诀，去炼那口聚奎剑，早晚下功夫。不提。

话说司徒平在疼痛迷惘中，触动一线生机，急中生智，也不暇计及弥尘幡是否神效，取将出来，心念紫玲谷，才一招展，便觉眼前金光彩云，眼花撩乱，身子如腾云驾雾般悬起空中。瞬息之间落下地来，耳旁似闻人语，未及听清，身上鞭伤被天风一吹，遍体如裂了口一般，痛晕过去。等到醒来一看，忽觉卧处温软舒适，一阵阵甜香袭人。他自出娘胎便遭孤零，从小到投师，也不知经了多少三灾八难，颠连辛苦，几曾享受过这种舒服境地？知道是在梦中，打算把在人世上吃的苦，去拿睡梦中的安慰来补偿，多挨一刻是一刻，兀自舍不得睁开眼睛，静静领略那甜适安柔滋味。忽听身旁有女子说话的声音。一个道："他服了我娘留下的灵丹，早该醒了，怎么还不见动静？"又有一个道："他脸上气色已转红润，你先别惊动他，由他多睡一会，自会醒的。幸而他见机得早，根基也厚，再迟一刻，纵有灵丹，也成残废了。"底下的话，好似两个女子在窃窃私语，听不很清，声音非常婉妙耳熟。司徒平正在闭目静听那两个女子说话，猛想起适才所受的冤苦毒打，立觉浑身疼痛，气堵咽喉，透不转来，不由大叫一声，睁开两眼一看，已换了一个境界。自己睡在一个软墩上，身上盖着一幅锦衾。石室如玉，到处通明，一阵阵芬芳袭人欲醉，室中陈设又华贵，又清幽。秦紫玲、秦寒萼姊妹双双含笑，站离身前不远。再摸身上创伤，竟不知到哪里去了。回忆前情，宛如做了一场噩梦。这才想起是弥尘幡的作用，便要下床叩谢秦氏二女救命之德。刚一欠身，才觉出自己赤身睡在衾内，未穿衣服。只得在墩沿伏叩道："弟子司徒平蒙二位仙姑赐弥尘幡，出死入生，恩同再造。望乞将衣服赐还，容弟子下床叩谢大恩吧。"

寒萼笑对紫玲道："你看他还舍不得穿的那一身花子衣服呢。"紫玲妙目含瞋，瞪了她一眼。正容对司徒平道："你昨夜从紫玲谷回去后，优昙大师同霞姑驾到，说你正在危急。我同妹子还怪你既在危难之中，为何忘了行时之言，用弥尘幡脱身？想去救了你来，大师说你灾难应完，不消多时，自会前来，暂时最好不要许飞娘知道我姊妹二人详情为妙。又怕你回谷后，许飞娘跟踪前来，我们使的那两样障眼法儿瞒不了她，命霞姑将她炼的紫云障借给我们，又吩咐了一番话，才同霞姑回山去了。我到底不放心，正要命神鹫去救你，你已用弥尘幡脱身到此。打你的鞭子非常厉害，你受伤太重，经天风一吹，立刻晕死过去。你穿的衣服已经打得成了糟粉碎丝，你又周身血流紫肿，怕没有几百处伤痕，非内用先母灵丹，外敷玉螭膏，不能即时生效。你彼时已人事不知，我姊妹二人因为优昙大师与三仙、二老再三嘱咐，急于救人，只得从权，将你抱进后洞池中，用灵泉冲洗之后，服了灵丹，敷了玉膏，抬到房中，守候你伤愈醒转。你头上中了好几鞭，震伤头脑，最为厉害。若非你道行根基尚厚，即使救转，也难复原。现在虽然伤势平服，但真气已散，仍须静养数日，才能运气转动。我姊妹二人与你渊源甚深，此后已成一家，感恩戴德的话休再提起。如蒙错爱，即以姊妹相称便了。墩侧有先父遗留的全套衣冠，留你暂时穿用。这里有优昙大师留下的手示，你拿去一观，便知前因后果。我姊妹尚须到前面谷口，去将紫云障放起，以防许飞娘进来。你先

124

静养，少时我们再来陪你谈话。"说罢，取出一封书信递与司徒平，也不俟司徒平答言，双双往外走去。

司徒平平时人极端正，向来不曾爱过女色。自从见了秦氏姊妹，不知不觉间起了一种说不出来的情绪，也并不是想到什么燕婉之私，总觉有些恋恋的。不过自忖道行浅薄，自视太低，不敢造次想同人家高攀，结一忘形之友。昨晚走时，便想异日不知还容他再见不能，不料回洞挨了一顿毒打，倒作成他到这种洞天福地来，与素心人常共晨夕。听紫玲前后所说的语气，不禁心中怦怦直跳。屏气凝神，慢慢将优昙大师的手示拆开看了一遍，不由心旌摇摇，眼花撩乱起来，是真是梦，自己竟不敢断定。急忙定了一定神，从头一字一字仔细观看，自己头一遍竟未看错，喜欢得心花怒放。出世以来，也从未做过这样一个好梦，漫说是真。

原来秦氏姊妹的母亲宝相夫人，本是一个天狐，岁久通灵，神通广大，平日专以采补修炼，也不知迷了多少厚根子弟。她同桂花山福仙潭的红花姥姥最为友好，听说红花姥姥得了一部天书，改邪归正，机缘一到，即可脱劫飞升。自知所行虽然暂时安乐，终久难逃天谴，立意也学她改邪归正。彼时正迷着一个姓秦的少年，因为爱那少年不过，乐极情浓，连失两次真阴，生了紫玲姊妹。那姓秦的少年单名一个渔字，是前文所说斩绿袍老祖的云南雄狮岭长春岩无忧洞当年青城派曾祖极乐真人、现在称为极乐童子、已成真仙的李静虚门下末代弟子，因来黄山采药，被天狐看中，引进洞去。极乐真人李静虚教律极严，只怪门下弟子道行不坚，自找苦吃，不来援救。秦渔本领也煞是了得，在紫玲谷竟然一住多年。那时他次女寒萼也有了两岁。天狐自从得了秦渔，一向陪她享温柔之福，从未离开一步。她只知秦渔是个有根行的修道之士，还没料到是极乐真人的弟子。这日因想起到红花姥姥那里求借天书，侥幸借来，便可同秦渔一同修炼正果。她才走不多两天，秦渔原是被她法术所迷，竟忘了采药之事，天狐走后，觉得无聊，想起自己好久未曾入定，便去打坐。起初心神很难收摄，及至收好入定，神志一清，猛想起自己奉命采药，如何会在此地住了多年？知道失了真阳，不能脱劫飞升，又急又悔，不由痛哭起来。恰好天狐在红花姥姥处赶回，一见他哭，便知事已泄露；并且来时红花姥姥已告诉她秦渔的来历，知道闯了大祸，极乐真人知道一定不容。二人仔细商量了一阵，决定自行投到，向极乐真人面前去负荆领罪，请真人从轻发落。

才把主意打定，真人已在紫玲谷内现身，对秦渔道："我轻易不收弟子，凡我门下人，大都根行深厚，与别的剑仙不同，内外功行圆满，不能上升仙阙，也都成为散仙。自从错收了两个弟子，清理门户之后，因为人才难得，决意不再收徒。满想你根基异于常人，虽不能传我道统，也可得成正果。不想你遇见天狐，迷了本性，固然你二人前世孽缘，也是你道心不能坚定，咎由自取，没有克欲功夫。你们一动念间，我已尽知。一则念你虽然有罪，平昔尚有功无过；你妻天狐虽然一向采补阴阳，但是从未伤生，又能炼就灵药，补还人家亏损，使被采补的人仍能终其天年。如今她的大劫将临，居然因同你一段孽缘，同时迷途知返，又未始非她为恶不彰所致，因此特来指点你二人生路。你妻天狐去借红花姥姥天书，漫说各有仙缘，岂能妄借？即使借来，为期已促，也来不及修炼。所幸她尚有十年光阴。她昔日迷恋诸葛警我，因问出是玄真子得意弟子，未敢妄动，并且还助他脱了三灾，采到千年紫河草，与玄真子师徒结了一点香火因缘，成为方外之交。到十年期满，可拿我书信去求玄真子助她兵解，避去第二次雷劫。你犯了法条，万不能再容你回去，可仍在紫玲谷修炼。你夫妻各本所学，尽心传授两个幼女，异日我好友长眉真人门下大有用她之处。到十年期满，你再回到云南，在我岩前自行兵解，那时为师再度你出世。但是你妻子虽借兵解脱二次雷劫，等到婴儿炼成，第三次雷劫又到，只有壬寅年壬寅月壬寅日壬寅时生的一个根行深厚的人，才能救她脱难，我与玄真子书上业已说明，到时玄真子自会设法物色这人前来解劫。为师所言，务要紧记，稍一息惰疏忽，万劫不复，各把以前功行付于流水。"说罢，满洞金光，留下一封书信，极乐真人飞了回去。秦渔同了天狐连忙朝天跪叩，谢了真人点化之恩。

从此夫妻各洗凡心，尽心教育紫玲姊妹。天狐昔日因救诸葛警我，收了一个千年灵鹫，厉害非凡。等到十年期满，夫妻二人就要各奔前程，去应劫数。此时紫玲姊妹已尽得秦渔、天狐之能。天狐还不放心，把所有法宝尽数留下，一样也不带走；又将谷口用云雾封锁。叮咛二女不许出外。又请那千年灵鹫紧随二女，异日自己道成，便来度它一同飞升。那千年灵鹫自知将来非天狐完劫回来相助，不能脱胎换骨，自是点头惜别。谷内有神鹫保护，谷口又有法术云雾封锁，除非真知根底前辈中数一数二的剑仙，休想擅入一步。天狐将后事分派已定，虽然近年精进，淡了儿女之情，终究有些惜别。秦渔更不消说。夫妻二人各洒了许多离别之泪，一同分手，往前途进发。天狐兵解以后，玄真子将她形体火葬，给她元神寻了一座小石洞，由她在里面修炼，外用风雷封锁，以防邪魔侵害。

过了多年，玄真子已知惟一能够救她的是司徒平，与二女有缘，现在许飞娘门下，正可先做准备。知道追云叟因避怪叫花穷神凌浑，移居九华，便用飞剑传书，托他相机接引。又趁二女来谒，将前因后果告知。寒萼虽然道术通神，到底年幼，有些憨态，还不怎么。紫玲因父母俱是失了真元，难成正果，自己生下来就是人，不似母亲还要转劫；又加父母俱是仙人，生具仙根仙骨，还学了许多道法。一听要命她嫁人，一阵伤心，便向玄真子跪下哭求，想一个两全之法。玄真子笑道："你痴了。学道飞升，全仗自己努力修为。漫说刘、樊、葛、鲍，以及许多仙人，都是双修合籍，同驻长生。就是你知道的，如峨眉教祖乾坤正气妙一真人夫妇，嵩山二老中的追云叟夫妇，以及已成散仙的怪叫花穷神凌浑夫妇，都是夫妇一同修炼。凡事在人，并未听说于学道有什么妨碍。那司徒平虽是异派门下，因他心行端正，根基甚厚，又经有名剑仙指点，朝夕用功，不久就要弃邪归正。他正是四寅正命，与你母亲相生相克，解这三次雷劫非他不可。再加上你姊妹二人同他姻缘缔结，何止三生。只要尔等向正勤修，异日同参正果，便知前因注定。你母亲两千年修炼苦功颇非容易，成败全系在你夫妇三人身上，千万不要大意，错过这千载难逢的机遇。急速回去，依言行事吧。"

紫玲姊妹最信服玄真子，闻言知道前缘注定，无可挽回，又加救母事大，只得跪谢起来，说道："弟子除真人同白真人几位先母的至交前辈外，一向隐居紫玲谷内参修，从未见过生人。那司徒平从未见过，又不便前去相会，遭人轻贱，还以为弟子等不知羞耻。还望真人做主。"玄真子道："这却不难。司徒平近遭许飞娘嫉视猜疑，日在忧惊苦闷之中。上年你们要去我那一对白兔，虽是畜类，业已通灵。你们只需回去对它们说了，自会去引他前来就你们。追云叟近在九华，与你们相隔甚近，我已用飞剑传书，托他从旁指引。至于你们不便向生人提起婚姻之事，我托优昙大师到紫玲谷走一遭便了。我同你们母亲多年忘形之交，一向以朋友相待。你姊妹不久便归入峨眉门下，我视你们如侄辈，只需称我世伯足矣，无须再称真人了。"紫玲姊妹闻言，重又口称"世伯"跪谢，拜辞回去。

二人回到谷内，过了两日，老是迟疑，未对白兔说明，命它前去接引，心神兀自总觉不大宁贴，便去崖上闲眺。那一对白兔本是玄真子所赠，灵巧善知人意，二女在家总是跟前跟后，也随了上去。忽然追云叟走到，他已早知前因后果同二女将来的用处，等紫玲姊妹参见后，便问玄真子怎么说法。二女含羞将前言说了一遍。追云叟哈哈笑道："你们年轻人总怕害羞。你们既不好意思寻上门去,我想法叫他来寻你们如何?"说罢,便在那两个白兔身上脚上画了一道符,又嘱咐二女一番言语,作别回去。等到白兔去将司徒平初次引来,二女还是难于启齿。因玄真子说优昙大师不久便到,便商量等她驾到做主。司徒平才走不多时,优昙大师果然降临,二女连忙参拜。优昙大师道:"我接了玄真子的飞剑传书,因为我弟子齐霞儿在雁荡与三条恶蛟恶斗,相持不下,本打算助她斩了恶蛟,再来与你姊妹主持婚事。后来一算,司徒平现遭大难,顷刻之间,便要用你所赠的弥尘幡回到此地。他已身受重伤,全仗你姊妹二人用灵丹仙药调治敷用,难免不赤身露体,恐你们不便,特意先赶来嘱咐几句。此后既为夫妇,又在患难之中,无须再顾忌形迹了。"

那齐霞儿在雁荡因斩毒蛟不能得手,想到黄山向餐霞大师借炼魔神针。见面之后,餐霞大师说道:"我那炼魔针虽然刺杀得毒蛟,却伤不得雁湖底下红螯中潜伏的恶鲧。你持针刺杀毒蛟之后,惊动恶鲧,必然出来和你为难。它虽不能伤你,势必发动洪水将附近数百里冲没,岂不造孽?方才我见令师落在紫玲谷内,想是度化天狐宝相夫人二女秦紫玲姊妹。何不就便前去,请她同你将恶鲧除掉,免却迟早生灵遭受沉沦之灾?"齐霞儿一听,急忙拜别餐霞大师出洞,赶到紫玲谷内,见了优昙大师与紫玲姊妹。大师便命齐霞儿将紫云障借与紫玲姊妹应用。问起雁荡斗蛟时,听说地底有殷殷雷响,恐恶鲧已经发动,走迟了非同小可,不及等司徒平到来,留下一封书信,同齐霞儿飞往雁荡而去。

紫玲姊妹跪送大师走后,展开紫云障一看,仿佛似一片极薄的彩纱,五色绚烂,随心变幻,轻烟淡雾一般,捏去空若无物,知是异宝。姊妹二人正在观赏,司徒平业已用弥尘幡逃了回来。说也奇怪,紫玲姊妹生具仙根仙骨,自幼就得父母真传,在谷中潜修,从未起过一丝丝尘念。自从玄真子说出前因,回谷巧遇司徒平,看出他额前暗晦气色,主于日内即有灾难,不知不觉间竟会关心起来。及至赠予弥尘幡送他走后,老放心不下,仿佛掉了什么东西似的。这时一见他遍体创伤,浑身紫肿,面色灰白,双眸紧闭,宛不似初见面时那一种仪容挺秀,丰采照人的样儿,不禁又起了怜惜之念,不暇再有顾忌。两人将他搀进后洞,将他身上破烂衣服轻轻揭下,先用灵泉冲洗,抬进紫玲卧室,内服仙丹,外敷灵药。直等司徒平救醒回生,才想起有些害羞,姊妹二人双双托故避出,把紫云障放起。只见一缕五色彩烟脱手上升,知有妙用,也不去管它,重入后洞。走到司徒平卧室外面,姊妹二人不约而同踌躇起来,谁也不愿意先讲去。

第七十九回

结同心　缘证三生石
急报仇　情深比翼鹣

此时正值司徒平二次看完优昙大师手示，喜极忘形，急忙先取过锦墩侧紫玲姊妹留下的冠袍带履试一穿着，竟非常合身。正要出去寻见紫玲姊妹道谢救命之恩，恰好寒萼在外面，因见紫玲停步不前，反叫自己先进去，暗使促狭，装着往前迈步，猛一转身，从紫玲背后用力一推。紫玲一个冷不防，被寒萼推进室来，一着急回手一拉，将寒萼也同时拉了进来。紫玲正要回首呵责，一眼看见司徒平业已衣冠楚楚，朝她二人躬身下拜，急忙敛容还礼。寒萼见她二人有些装模作样，再也忍不住，不禁笑得花枝乱颤。司徒平见这一双姊妹，一个是仪容淑静，容光照人；一个是体态娇丽，宜喜宜嗔。不禁心神为之一荡。再一想到虽然前缘注定，又有三仙、二老做主作伐，自己究是修道之人，二女又有活命之恩，对方没有表示，不敢心存遐想。忙把心神摄住，庄容恭对道："司徒平蒙二位姊姊救命之恩，生死人而肉白骨，德同二天。此后无家可归，如蒙怜念，情愿托依仙宇，常作没齿不二之臣了。"紫玲便请司徒平就座，答道："愚姊妹幼居此谷，自从父母相继兵解后，除了每年拜墓，顺便展谒诸位老前辈外，从未轻与外人来往。适才优昙大师留示，想已阅过。因优昙大师急于斩蛟，不能挽留。平哥到此虽是前缘注定，此谷只愚姊妹二人，终嫌草率。再加先父虽已蒙极乐真人度化，先母劫难未完，可怜她千年苦修，危机系于一旦，千斤重担，他年全在平哥身上。每一念及，心伤如割。倘蒙怜爱，谷中不少静室，我们三人虽然朝夕聚首，情如夫妻骨肉，却不同室同衾，免去燕婉之私，以期将来同参正果。不知平哥以为如何？"司徒平闻言，肃然起敬道："我司徒平蒙二位姊姊怜爱垂救，又承三仙、二老、优昙大师指示前因，但能在此长居，永为臣仆，已觉非分。何况姊姊以夫妻骨肉之情相待，愈令人万分感激，肝脑涂地，无以报恩，怎敢再存妄念，坏了师姊道行，自甘沉沦？望乞姊姊放心，母亲的事，到时力若不济，愿以身殉。此后倘司

129

徒平口不应心,甘遭天谴!"

司徒平自进谷后,总是将紫玲姊妹一起称呼。忽然一时口急,最后起誓时竟没有提到寒萼,当时司徒平倒是出于无心。紫玲道行比寒萼精进,遇事已能感触心灵,预测前因,闻言心中一动。一面向司徒平代宝相夫人答谢。回首见寒萼笑容未敛,仍是憨憨的和没事人一般,坐在锦墩上面,不禁暗暗对她叹了口气。

寒萼见他二人说完,便跑过来,向司徒平问长问短,絮聒不休。司徒平把自己幼年遭难,以及寻师学道受苦经过,直到现在连父母的踪迹、自己的根源都不知道等情由,细细说了一遍。紫玲听到伤心处,竟流下泪来。寒萼又问起餐霞大师门下还有几个女弟子,听说都非常美丽,剑术高强,便要司徒平过些日子,同她前去拜望结交。又听司徒平说,他的剑术虽是万妙仙姑传授,剑却是司徒平从小祖遗之物,被万妙仙姑收去,越觉气愤不平,定要紫玲同她前去盗来。紫玲道:"你是痴了?你没听优昙大师说,我们三人暂时不能露面吗?那飞剑既被许飞娘收去,定然藏在身旁,她又不似常人,可以随便去盗。久闻她本领高强,我们敌得过敌不过很难说,不如缓些时再说。"寒萼见紫玲不允她去盗回飞剑,气得鼓着腮帮,一言不发。司徒平见她轻颦浅笑,薄怒微嗔,天真烂漫,非常有趣,不禁又怜又笑。便转个话头,把在戴家场和成都比剑的事,就知道的说了一些出来。连紫玲都听出了神。寒萼也转怒为喜。当下又说,昨日司徒平没有见到神鹫,要领司徒平去看。紫玲道:"你先歇歇,让平哥养养神吧,他心脑都受了重伤,且待养息几天呢。"当下取出两粒丹药,嘱咐司徒平:"服药之后,只可闭目宁神静养,不可打坐炼气,反而误事。过了七日,便不妨事。我姊妹去做完功课就来陪你。"说罢,同了寒萼走去。

司徒平等她二人走后,想起自己这次居然因祸得福,难得她两人俱是道行高深,天真纯洁,漫说异日还可借她们的力,得成正果;即使不然,能守着这两个如花仙眷,长住这种洞天福地,也不知是几生修到,心中得意已极。只是自己道行有限,宝相夫人那么大本领,又有三仙、二老相助,竟不能为力,反将这脱劫的事,着落在自己身上,未免觉得负重胆怯。但是自己受了二女这般救命之恩,又缔婚姻之谊,女婿当服半子之劳,纵使为救她们母亲而死,也是应该,何况还未必呢,便也放下心来。又想:"二女如此孝心,不惜坏却道根,以身许人,去救她母亲,免去雷劫。自己漫说父母之恩无从去报,连死生下落,都不知道,岂能算人?"想到这里,不由出了一身冷汗。又想:

"记得当初投师以前，万妙仙姑曾问自己来踪去迹，听她语气，好像知道那留养自己的道人神气。彼时还未失宠，曾问过万妙仙姑几次，总是一味用言语支吾，好似她已知自己根底，内中藏有什么机密，不愿泄露似的。后来问得勤了，有一次居然言语恫吓，不准再向人打听，不然就要逐出门墙，追去飞剑。虽然被她吓住，不敢再问，可是越加起了疑心。世上无有不忠不孝的神仙，师父岂有教人忘本的道理？也曾借奉命出门之便，到原生处去打听，终无下落。知道只有师父知道详情，满想道成以后，仍向她遇机哭求，指示前因。不想渐渐被她疑忌，积威之下，愈发不敢动问，隐忍至今。现在师徒之谊已绝，再去问她，决不肯说。紫玲姊妹神通广大，又认得三仙、二老，莫如和她们商量，托她们转求，示出前因，好去寻访生身父母踪迹。再不，仍用弥尘幡，到那出生处附近各庙宇中打听，只要寻着那个留养自己的道人，便不愁不知下落。"主意一定，见两粒丹药仍在手中，忘记了服，便起身将桌上玉壶贮的灵泉喝了两口，把丹药服下，躺在锦墩上静养。

过了好几个时辰，忽然觉着一股温香扑鼻，两眼被人蒙住。用手摸上去，竟是温软纤柔，入握如棉，耳旁笑声哧哧不已，微觉心旌一荡。连忙分开一看，原来是寒萼，一个人悄悄走进来，和自己闹着玩呢。司徒平见她憨憨地一味娇笑，百媚横生，情不自禁，顺着握的手一拉，将她拉坐在一起。便问道："大姊姊呢？"寒萼笑道："你总忘不了她。我从小就爱顽皮，在她手里长大，又有父母遗命，不能不听她的话。可是她把我管得严极了，从不许我一个人出门，她又一天到晚打坐用功，不常出去，真把我闷坏了。难得你来了，又是长和我们住在一起不走，又比她有趣，正好陪我谈谈外面的景致同各派的剑仙，再给我们引进几个道友，也省了许多寂寞。偏我们正谈得高兴，她又叫我和她去做功课。我姊妹俱是一般传授，不过她年纪大些，又比我肯用功，道行深些罢了。往常我用功时，尚能炼气化神，归元入窍。今儿不知怎的，一坐定，就想往你这房里跑，再也归纳不住。我不是姊姊说你吃药后要静养些时，早就来了。坐了这半天，也不能入定，估量已经过了好几个时辰，再也坐不住，一赌气，就跑来了。我见你正睡着呢，轻脚轻手进来，本不想叫醒。后来看出你并未睡着，我才跟你闹着玩。你不是想看神鹫吗，趁姊姊不在，我去把它唤来。"说罢，挣脱了司徒平双手，跑了出去。

司徒平第一次同寒萼对面，天仙绝艳，温香入握，两眼觑定寒萼一张宜喜宜嗔的娇面，看出了神，心头不住怦怦跳动，只把双手紧握，未听清她说什么。及至见她挣脱了手出去，才得惊醒转来，暗喊一声："不好！自己以后镇

131

日都守着这两个天仙姊妹,要照今日这样不定,一旦失足,不但毁了道基,而且背了刚才盟誓,怎对得起紫玲一番恩义?"他却不知寒萼从来除姊姊外,未同外人交结,虽然道术高深,天真未脱,童心犹在,只是任性,一味娇憨,不知避嫌。人非太上,孰能忘情? 终久司徒平把握不住,与她成了永好,直到后来紫玲道成飞升,两人后悔,已是不及。这也是前缘注定,后文自见分晓。

且说司徒平正在悬想善自持心之道,寒萼也一路说笑进来,人未入室,先喊道:"嘉客到了,室主人快出来接呀。"司徒平知那神鸷得道多年,曾经抓去自己的飞剑,本领不小,不敢怠慢,急忙立起身来,寒萼已领了神鸷进室。司徒平连忙躬身施了一礼,说了几句钦仰,同道谢昨日无知冒犯,承它不加伤害的话。那神鸷也长鸣示意,其声清越,又与昨日在崖上所听的声音不同。司徒平细看神鸷站在当地,与雕大略相似,从头到脚,有丈许高下,头连颈长约四尺。嘴如鹰喙而圆。头顶上有一丛细长箭毛,刚劲如针。两翼紧束,看上去,平展开来怕有三四丈宽。尾有五色彩羽似孔雀,却没有孔雀尾长,尾当中两根红紫色形如绣带的长尾,长有两三丈。腿长只五尺,粗细不到一尺。钢爪四歧,三前一后,爪大如盆,爪尖长约一尺。周身毛羽,俱是五色斑斓,绚丽夺目。惟独嘴盖上,同腿胫到脚爪,其黑如漆,亮晶晶发出乌光,看上去比钢铁还要坚硬。真是顾盼威猛,神骏非凡,不由暗暗惊异。

寒萼道:"平哥,你看好么? 你还不知它本领更大得紧哩。从这里到东海,怕没有好几千里,我同姊姊去母亲墓前看望,还到玄真子世伯那里坐上一会,连去带回,都是当天,从来没有失过事。有一次走到半途,下去游玩,遇见一个鬼道人,想将它收去做坐骑。我当时本想不答应他。我姊姊倒有点耐性,对那鬼道士说道:'你要我们将坐骑送你不难,你只要制服得了它。'那鬼道人真不自量,一面口中念诵咒语,从身上取出一个网来,想将它的头网住。没想到我们这神鸷,除了我母亲和姊姊,谁也制服不了它。那鬼道人的一点小妖法,如何能行? 被它飞入道人五色烟雾之中只一抓,便将网抓碎。那道人羞恼成怒,连用飞剑和几样妖术法宝,都被它收去。我们还只站在旁边,没有动手。那道人见不是路,正想逃走。这神鸷它没有我们的话,从不伤人。我恨那道人无理取闹,想倚强凌弱,失口说了一句:'这鬼道人太可恶,将他抓死。'它巴不得有这句话,果然将他抓了过来。幸亏我姊姊连声唤住,才只抓伤了他的左肩,没有丧命。那鬼道人知道我们厉害,逃走不了,便朝我姊妹跪下,苦苦求饶。我姊妹心软,便放了他,还将收来的法宝归还,又给了一粒丹药,叫他下次不可如此为恶欺人。我姊姊说那鬼道人本领并不算坏，天下能人甚多，最好还是不招事的好。从此我们便不在半途下来玩了。"

司徒平闻言，忽然心中一动，便问可曾知那道人姓名？寒萼道："大概是姓岳。我姊姊许记得清楚，你等她做完功课，来了问吧。"司徒平想起留养自己的道人也姓岳，急于要知详细，便要去请问紫玲。寒萼道："问她么？她今天好似比往常特别，竟用起一年难得一次的九五玄功起来，这一入定，至少也得十天半月。去扰闹了她，防她不痛快。可惜姊姊说你暂时不能出门，不然我们从崖上上去采野果子吃多好。"司徒平便将自己心事说了出来。寒萼闻言，低头想了一想道："这种大事，当然得去办，我姊妹也一定肯帮你。留养你的道人既然与鬼道人同姓，许飞娘又知情不吐，我姊姊早说那鬼道人的飞剑不是峨眉同正派中人所用，两下一印证，已有蛛丝马迹可寻。那道人又不是我们对手，正好前去寻他。不过你人未复元，姊姊打坐还得些日，你也不必忙在一时。等姊姊做完功课，你也复了元，我先同你背着姊姊去取回飞剑，再商量去寻那道人追问。你意如何？"司徒平闻言，连忙起身道谢。寒萼道："平哥，你哪样都好，我只见不得你这些个做作。我们三人，以后情同骨肉，将来你还得去救我母亲，那该我们谢你才对。要说现在，我们救了你的命，你谢得完吗？"司徒平见她语言率直，憨态中却有至理，一时红了脸，无言可答。寒萼见他不好意思，便凑上来，拉着他的手说道："我姊姊向来说我说话没遮拦，你还好意思怪我吗？"司徒平忙说："没有。我不过觉得你这人一片天真，太可爱了。"说到这里，猛觉话又有些不妥，连忙缩住。寒萼倒没有怎么在意。

那神鹫好似看出他二人亲昵情形，朝二人点了点头，长鸣一声，回身便走。司徒平连忙起身去送时，不知怎的，竟会没了影儿。二人仍旧携手回来坐定。司徒平兼葭倚玉，绝代仙娃如小鸟依人，香温在抱，虽然谈不到燕婉私情，却也其乐融融，甚于画眉。寒萼又取来几样异果佳酿，与司徒平猜枚击掌，赌胜言欢。洞天无昼夜，两人只顾情言娓娓，也不知过了多少时间。还是寒萼想起该做夜课，方才依依别去。寒萼走后，司徒平便遵紫玲之言静养。寒萼做完功课回来，重又握手言笑，至夜方散。

似这样过了六七天，司徒平服了仙丹，又经静养，日觉身子轻快，头脑清灵。姑试炼气打坐，竟与往日无异。寒萼也看他业已复元，非常高兴，便引了他满谷中去游玩，把这灵谷仙府，洞天福地，都游玩了个够。不时也引逗那一对白兔为乐。紫玲还是入定未醒。司徒平知道追云叟住的地方相隔不远,问寒萼可曾去过。寒萼道:"我只听姊姊说,他从衡山移居九华,借了乾坤正气妙一真人的别府居住。自从那日在崖上相遇,说过几句话,此后并不曾去过。姊姊曾说,日内还要前去拜望,谢他接引之德。你要想见,等我姊姊醒来,再一同去就是。"

两人谈了一阵,因谷中仙境连日观赏已尽,寒萼便要同司徒平去崖上闲眺。司徒平怕紫玲知道见怪,劝寒萼等紫玲醒来同去。寒萼道:"知她还有多少日工夫才得做完,谁耐烦去等她?好在我们又不到旁处去。那紫云障说是至宝,那日放上去时,我们在下面只看见一抹轻烟,不知它神妙到什么地步。又听说谷中的人可以出去,外人却无法进来。我们何不上去看个究竟?"司徒平一来爱她,不肯拂她的高兴,二来自己也想开开眼界,便同了寒萼,去到日前进来的谷口。往上一看,只见上面如同五色冰纨做的彩幕一般,非常好看。那一对白兔,也紧傍二人脚旁,不肯离开。寒萼笑道:"你们也要上去么?"说完,一手拉着司徒平。那一对白兔便跑上来,衔着主人的衣带。寒萼手掐剑诀,喊一声"起",连人带兔,冲过五色云层,到了崖上落下。司徒平见寒萼小小年纪,本领竟如此神妙,不住口地称赞。寒萼娇笑道:"不借烟云,拔地飞升,是驭气排云的初步。都是师祖传给先父,先父传给我姊妹的。她今已练得随意出入青冥,比我强得多了。"二人随谈随笑,走上了崖顶。那一对白兔忽往东方跑去,司徒平猛想起那是来路,惊对寒萼道:"那边绕过去便是五云步,白兔们跑去,招呼遇见薛蟒遭了毒手,快叫它回来吧。"

言还未了,忽听寒萼失色惊呼了一声:"不好了!"司徒平本是惊弓之鸟,大吃一惊,忙问何故。寒萼道:"你看我们只顾想上来,竟难回去了。"司徒平忙往下面看去,烟云变态,哪还似本来面目。只见上来处已变成一泓清溪,浅水激流,溪中碎石白沙,游鱼往来,清可见底。便安慰寒萼道:"这定是紫云障幻景作用,外人不知,以为是溪水,下去也没什么景致。我们知道内情,只消算准上来走的步数,硬往溪中一跳,不就回去了吗?"寒萼道:"你倒说得容易。"说罢,随手拔起了一株小树,默忆来时步数,看准一个地方,朝溪中扔去,眼看那株小树还没落到溪底,下面冒起一缕紫烟,那株小树忽然起火,瞬息之间不见踪迹。紫烟散尽,再往下面一看,哪里有什么清溪游鱼,又变成了一条不毛的干沟。寒萼知道厉害,急得顿足道:"你看如何?想不到紫云障这般厉害!姊姊不知何时才醒,她偏在这时入什么瘟定,害我们都不得回去。"司徒平也是因为万妙仙姑所居近在咫尺,怕遇见没有活命,虽然着急,仍只得安慰寒萼道："姊姊入定想必不久就醒。她醒来不见我们,自会收了法术,出谷寻找,有什么要紧?"寒萼原是有些小孩子心性,闻言果然安慰了许多,便同司徒平仍上高崖坐下闲眺。

这时正值端阳节近,草木丛茂,野花怒开。二人坐在崖顶一株大树下面说说笑笑,不觉日色偏西。遥望紫石、紫云、天都、莲花、文笔、信始诸峰,指点烟岚,倏忽变化,天风泠泠,心神清爽,较诸灵谷洞天另是一番况味。寒萼忽然笑道:"看这神气,我们是要在这里过夜的了。幸而我们都学过几天道法,不怕这儿强烈的天风,不然才糟呢。我记得日前上来时,崖旁有一种果子,姊姊说它是杜松实,味很清香,常人食得多了可以轻身益气。还有许多种果子都很好吃。早知如此,带坛酒上来,就着山果,迎那新月儿上来,多有趣。"说罢,便要拉了司徒平去崖旁摘采。

忽见那两只白兔如飞一般纵跳回来。寒萼道:"我们只顾说话,倒把它们忘了。你看它们跑得那般急,定是受了别人欺侮哩。"话音未了,两只白兔业已跑近二人身前,叫唤了两声,衔着二人的衣角往来路上拉。寒萼便指问司徒平:"那是什么所在?"司徒平道:"那里便是五云步,刚才我不是说过么?"寒萼道:"看它们意思,定是在那里遇见什么。闲着无事,我们同去看看如何?"司徒平闻言变色道:"万妙仙姑非常厉害,她又正在寻我为仇,姊姊曾说我们暂时最好不要露面,如何还寻上门去?"寒萼道:"你看你吓得这个样子。我虽年纪小,自问还不怕她。我不早对你说,要替你取回飞剑吗?乐得趁姊姊不在,要来了再说。你不敢去,在此等我,由我一人去如何?"司徒平知道寒萼性情,拦她不住。又见那白兔还是尽自往前拉,猛想起今日已离端阳不远,也许万妙仙姑已经到滇西赴约去了。知那白兔通灵,便将一个抱在膝上问道:"你到五云步,如果那时只有一男一女,并没有一个戴七星冠的道姑,你就连叫两声;如果不是,你就叫三声。"那白兔闻言,果然连叫两声。寒萼道:"我没见你这人也太胆小。别的我不敢说,保你去,保你回来,我还做得到。你就这样怕法?"说罢,娇嗔满面。司徒平强她不过,只得答应同去。寒萼这才转怒为喜。那一对白兔闻得主人肯去,双双欢蹦,如弩箭脱弦一般,直往五云步那方飞走。寒萼拉着司徒平,喊一声"起",跟在白兔后面,御风而行。

快到五云步不远,那白兔忽然改了方向,折往正东,转到一个崖口,停步不前。二人也一同降落下来,随着白兔往崖侧一探头,见有两男一女,各用飞剑正在苦苦支持,当中有一口飞剑正是司徒平被万妙仙姑收去之物。寒尊悄问这三人是谁。司徒平轻轻说道："我们来得真巧。那瞎了一只左眼的，正是我师弟薛蟒。那女的便是柳燕娘。还有一个大汉，看去非常面熟，好似我在戴家场遇见的那个王森。他同薛、柳二人本是朋友，我认得他，还是薛、柳二人引见，怎么会在此处争杀？看这神气，万妙仙姑一定不在，想必走时将收去我的飞剑给了薛蟒。只要万妙仙姑不在，趁这时候将剑收回，易如反掌。"言还未了，薛蟒又将自己的飞剑放起，三剑夹攻。王森寡不敌众，眼看难以支持。寒尊对司徒平道："你还不运气收回你的飞剑，招呼我法宝出去，连你的剑一起受伤。"司徒平闻言，不敢怠慢，连忙按照平日的口诀运动元气，用手将剑招回时，觉着非常费力。知道万妙仙姑必定传了薛蟒什么口诀，故而薛蟒能运用真元将剑吸住。正打算用什么法子向薛蟒要回剑囊时，寒尊已等不及了，手扬处，一团红光发出爆音，直向那剑光丛中打去。王森见势不佳，正要收剑改用法宝取胜，忽见敌人的一道剑光飞向斜刺里去。往前一看，原来那边崖口站定一男一女，男的正是苦孩儿司徒平，女的虽不认得，估量也非平常之辈。他只知司徒平是薛蟒师兄，比薛蟒来得厉害，如今必帮薛蟒，更觉众寡不敌；又见那女子一扬手打出一团红光，不知是什么来历。所以不敢再行恋战，未等红光打到，急忙收回飞剑破空逃走。那里薛蟒见王森不支，正在高兴，忽然觉着元气一散，自己承师父所赐，得自司徒平手中的那口飞剑，忽然飞向斜刺里。一眼看见司徒平同着一个幼女站在那里，大吃一惊。一面招呼柳燕娘，一面忙把飞剑收回，想逃回洞去。那女的已放出一团红光打来，他的剑收得快，还差点没有受伤。柳燕娘的飞剑来不及收，挨着一团红光，一声雷响，震得光焰四散，跌到地下，变成顽铁。薛、柳二人见势不佳，正要逃走。寒尊哪里肯容，收回红光，脱手又飞起彩虹一般的五色匹练，将薛、柳二人双双束住，动转不得。

寒尊笑对司徒平道："想不到你师父门下有这等脓包！你平日吃了他们许多苦头，还不快去报仇？"说罢，拉了司徒平走向前去。那团红光，原是宝相夫人九转真元所炼的金丹。那匹练般的彩虹，也是紫玲谷镇洞之宝，名彩霓练，能发烈火燃烧，非常厉害。薛、柳二人如何禁受得住。薛蟒被火灼得非常疼痛，不住喊师兄饶命。司徒平到底是个厚道的人，见薛、柳二人宛转哀号，动了恻隐之心，先向薛蟒要回了剑囊，请寒尊将宝收起，放他们逃生。寒尊道："依我性子，恨不能催动真火，将这两个畜生烧死呢！你现在一时怜悯，放了他们，少不得他们又去向许飞娘搬弄是非。万一落在他们手中，他们才不能饶你呢。"司徒平道："他虽不好，总算是多年同门之谊。至于他将来再害我时,那也是命该如此。不然的话,我如该死,岂不早死在他们手中了,又何至于遇见两位姊姊之后,有了救星,他们才想打死我呢?"又再三苦劝。寒萼对薛、柳二人道:"若不是平哥再三讲情,定要将你二人活活烧死!下次你们再欺负他,犯在我的手内,不将你们烧成飞灰,我不算人。"说罢,收回彩霓练。薛、柳二人周身疼痛,趴伏在地,还想探问司徒平近日踪迹。寒萼不俟司徒平答言,抢先说道:"你想打听出我们住的地方,好蛊惑你的师父前去寻我们吗?告诉你说,漫说我们暂时不告诉你,告诉你,许飞娘她也奈何我们不得。但等你们末日一到,我们自会寻上门来,用不着你找。你休要做梦吧。再不滚了回去,我又要动手了。"薛、柳二人怎敢答言,含羞带恨,相互扶着,转过崖角回洞去了。

原来王森自从柳燕娘偷偷随了薛蟒丢下他逃走,久已怀恨在心。偏巧这日随着师父独角灵官乐三官到川西访友,驾剑飞行,路遇万妙仙姑,本是熟人,便约乐三官到青螺山去。乐三官本与峨眉派有仇,当下应允。王森从二人谈话中知道柳燕娘已嫁薛蟒,在五云步居住,不由怒火中烧,偷偷背了乐三官,想赶到黄山五云步寻薛、柳二人算账。到了黄山,遍寻五云步不着,好生纳闷,在山麓一个庙内住了几日,每日上山寻找。这日走过文笔峰,忽听山石后面有两个女子说话,连忙将身隐住偷听。一个道:"师父教我们见了秦家姊妹,就顺西路走回成都,中途路上还有多少事要办。我们等了几天也不见来,真叫人等得心焦。"那一个道:"你着急什么?这黄山多好,乐得在此享几天清福,还可以向师父面前领些教益呢?"先说话的女子又道:"姊姊,我倒不是急于要离开这里,我总想回四川,寻到峨眉去见见那个李英琼罢了。"后说话的女子答道:"都是同行,早晚还愁见不着么?我昨日听师父说,苦孩儿今日要到五云步寻薛蟒要还飞剑,少时便有热闹好看呢。"先说话的女子又道:"那天我们若不看苦孩儿面上,薛蟒和姓柳的贱人怕不死在我们两人剑下。苦孩儿寻他要剑,恐怕破不了万妙仙姑的法术,进不了洞府吧?"后说的女子又道:"师父说应在申末酉初。现在午时还早,我们且先回洞下局棋再说。"说罢声音渐远,想是进入文笔峰洞内去了。

王森知道餐霞大师也在黄山,听口气,这两个女子来历不小,自己既寻薛、柳二人的晦气,犯不着多树敌。又听出五云步被万妙仙姑用法术封锁,难怪自己连日寻访不着。"苦孩儿"这三个字听去耳熟,那两个女人既说此人要寻薛蟒要还飞剑,想必也是薛、柳二人对头。何不寻一个便于瞭望之处等候,只要薛、柳二人出现,那苦孩儿如果能将薛、柳二人杀死,岂不是替自已出了怨气？还省得得罪万妙仙姑。如果那人不行，自己再行出面寻薛、柳二人算账，也还不晚。主意打定，信步走上一座高峰，见对面孤崖峭拔，中隔无底深壑，形势十分险峻。便驾剑光飞了过去，寻了一块山石坐下，随意眺望山景。他却没料到坐的地方就是万妙仙姑的洞府旁边。

王森坐了一会，眼看已是申正，还不见动静。正在闷气，忽见崖底蹿上两个肥大白兔，长得十分雄壮可爱，在离王森坐处不远的浅草上打跌翻滚，一丝也不怕，看去非常有趣。猛听一个媚气的女了声音说道："多少天不让人出洞一步，闷死我了。这可活该，那不是送上门来的野味，快去捉呀。"又一粗暴的男子声音说道："不是我胆小，实在师父走时再三嘱咐，所以不敢大意，好在我们坐在洞门前看得见外面，外面的人看不见我们。像这样送上门来的野味，倒是乐得享受的。"那女子道："我还轻易不曾看见过这么肥大雪白的兔儿呢。我们掩出去，先把它们活捉进来玩几天，玩腻了再杀来下酒吃。"王森已听出是薛、柳二人声音，不想在无意中竟走到仇敌的所在。知道如被他二人看见，一逃回去，有万妙仙姑法术，再寻就不易了。忙将身子躲过一旁，打算等薛、柳二人出来，自己先抢上前拦住他们去路，再行动手。偏那一对白兔非常凑趣，没等薛、柳二人说完，忽然拨转头往崖下就跑。王森心中巴不得那兔子越跑得远，自己越省事。果然听见柳燕娘着急的声音道："跑了！跑了！还不快追！"

言还未了，薛、柳二人双双在洞内现身穿了出来，只顾追那兔子，并没留神旁边有人。那兔子还好似有了觉察似的，撒开四条腿比箭还疾，直跑出二三里地。王森紧跟薛、柳二人身后，薛、柳二人一丝也没有觉察。王森估计薛、柳二人离洞已远，先相看了来去的路径，大喝一声道："好一对无耻的狗男女！日前戴家场敢戏弄我，私奔逃走，今天还你的公道！"薛、柳二人见白兔行走甚疾，追赶不上，正要飞出剑去，忽听身后有人叫骂。回头一看，见是王森业已将剑放起，朝柳燕娘当头落下。柳燕娘知道王森脾气翻脸不认人，自己本来理亏，无从分辩，连忙飞剑迎敌。薛蟒也将飞剑放起，双战王森。战了个把时辰，不分胜负。薛蟒自持有了司徒平那口飞剑，连日用师父所传口诀加紧用功，已能指挥如意。这时见不能取胜，便将司徒平的剑放出。万想不到冤家路窄，司徒平会在斜刺里出现，所得的宝剑失去，白费了多日的苦功，临了闹个空欢喜，还带了一身的火伤，又失了柳燕娘的飞剑。明知那女子便是师父卦象上所说的阴人，原想乘机打听口风，又被那女子威喝道破了他的心思。再耽延下去，更得要讨苦吃，只得暗暗咬牙痛恨而去。

司徒平得回了飞剑，又见寒萼如此本领高强，越加得意，不住口地夸奖赞美。寒萼只抿了嘴笑。二人见夕阳已薄崦嵫，轻柔的阳光从千红万紫的树隙中穿出，射在褐色的山石上，都变了绯色。天空依然还是青的，不过颜色深点。归巢的晚鸦，有时结成一个圆阵，有时三五为群，在天空中自在翱翔，从头上飞过去，一会没入暝色之中，依稀只听得几声鸣叫。二人爱这名山暮景，都舍不得驾剑光回去，并肩并头，缓缓往归路行走。刚转过一个高峰，忽听一声娇叱道："大胆司徒平！竟敢乘为师不在洞府，暗害你师弟薛蟒，今日叫你来得去不得！"言还未了，山崖上飞下一条黑影。

第八十回

推云拨雾　同款嘉宾
冷月寒星　独歼恶道

　　司徒平吓了一大跳。寒萼便抢在司徒平的前面,正要上前动手时,司徒平已看出来的女子是个熟人,忙用手拉着寒萼,一面说道:"周师姊,你只顾恶作剧,却把小弟吓了一跳。"那女子闻言哈哈大笑,便问道:"久闻紫玲谷秦家二位姊姊大名,但不知道这位大姊是伯是仲? 能过荒山洞一谈么?"寒萼这时已看出来的这个女子年纪比自己也大不了两岁,却生得英仪俊朗,体态轻盈。又见司徒平那般对答,早猜出一些来历。不等司徒平介绍,抢先说道:"妹子正是紫玲谷秦寒萼。家姊紫玲,现在谷中入定。姊姊想是餐霞大师门下周轻云姊姊了。"轻云见寒萼谈吐爽朗,越发高兴,答道:"妹子正是周轻云。前面不远,就是文笔峰,请至小洞一谈如何?"寒萼道:"日前听平哥说起诸位姊姊大名,久欲登门拜访,难得在此幸会。不但现在就要前去领教,只要诸位姊姊不嫌弃,日后我们还要常来常往呢。"话言未了,山头上又飞下一条白影。司徒平定睛一看,见是女空空吴文琪,忙向寒萼介绍。大家见礼之后,文琪笑对轻云道:"你只顾谈天,和秦姊姊亲热,却把我丢在峰上不管。这几日月儿不亮,嘉客到了,莫非就在这黑暗中待客么?"轻云道:"你自己不肯同我先来,我正延请嘉客入洞作长谈,你却跑来打岔,反埋怨我,真是当姊姊的都会欺负妹子。"文琪笑道:"谁还敢欺负你? 算我不对,我们回去吧。"说罢,周、吴二人便陪了司徒平、寒萼,同入文笔峰洞内落座。

　　寒萼见洞中石室也是一片光明,布置虽没有紫玲谷那般富丽,却是一尘不染,清幽绝俗,真像个修道人参修之所。最奇怪的是洞中户室井然,不似天然生就,心中暗暗惊异。文琪道:"秦姊姊觉得小洞有些异样么? 当初文笔峰原是一座矗立的孤石,本没这洞。自从家师收了周师妹,特意开辟出这么一个小洞,几间石室,做我姊妹三人习静的所在,所以与别的洞府不同。家师早年曾喂养一条大蜈蚣,后来被白云大师借去除一条妖蛇,妖蛇虽除,蜈蚣也力竭而死。家师将它超度火化，从蜈蚣背脊上取下三十六颗天蜈珠。被我姊妹三人要了十二粒来，分装在石室壁缝之中，才能有这般光明。家师曾教我们自拟一个洞名，我们本想叫它作天蜈洞，纪念那条为道而死的蜈蚣，又嫌不大雅驯，像左道旁门所居的洞府一样，直到现在还没想好洞名呢。"寒萼道："现在只有二位姊姊，如何刚才姊姊说是三位？那一位姊姊尊姓大名？可否请来一见？"轻云抢着答道："那一位么，可比我们二位强得多了。她原姓朱名梅，因为犯了嵩山二老之一矮叟朱师伯的讳，改名朱文。年纪倒并不大，可是她的遇合太奇了。"说罢，掐指算了一算日期，说道："她现在还在四川峨眉山凝碧崖，与乾坤正气妙一真人的子女齐灵云姊弟，还有两个奇女子名叫李英琼、申若兰，在一处参修。一两日内，便要到川边青螺山，帮着一个姓赵的与那八魔比剑斗法了。"寒萼闻言，惊喜道："那申若兰我曾听姊姊说过，她不是桂花山福仙潭红花姥姥最得意的门徒么？怎会同峨眉门下在一起？她师父呢？"轻云道："提起来，话长着呢。前半截我正在场，后半截都是从家师同玉清大师那里听来的。"

　　说罢，便将众剑仙在成都辟邪村外戴家场与慈云寺一干异派妖邪比剑，顽石大师与朱文中了妖法；破了慈云寺后，接着乾坤正气妙一真人飞剑传书，命众弟子分头到各处积修外功；顽石大师不堪妖法痛苦，打算自行兵解，朱文也是非常危殆；矮叟朱梅看出朱文与金蝉俱是多世童身，金蝉双眼受过芝仙舐洗，能明察秋毫，透视九幽，又想起红花姥姥当初的誓言，一面劝顽石大师随追云叟到衡山养病，一面命齐灵云、金蝉护送朱文去桂花山福仙潭取乌风草；到了桂花山，便遇着墨凤凰申若兰，先结为异姓姊妹，取了乌风草后，红花姥姥火化飞升，遗命申若兰随灵云等三人投归峨眉门下；他们正往回路走，忽然碰见乾坤正气妙一夫人新收的得意女弟子、异日要光大峨眉门户的李英琼，才一同回转峨眉，开辟洞天福地凝碧崖，作异日峨眉门下聚会参修之所等语，说了一遍。末了，又单独将李英琼根基如何好，遇合仙缘如何巧，还有白眉和尚赠了她一只金眼神雕，又得了长眉真人留下的紫郢剑，共总学道不满一年，连遇仙缘，已练得本领高强，胜过侪辈，自己不日便要同吴文琪入山寻她等语，也说了一遍。

　　这一席话，听得寒萼又歆羡，又痛快，恨不能早同这些姊妹们相见。因轻云说不久便要入川，惊问道："妹子好容易见两位姊姊，怎么日内就要分别？无论如何，总要请二位姊姊到寒谷盘桓几天的。"轻云道："家师原说二位姊姊同司徒平师兄将来都是一家人，命我二人见了面再动身。今天还没有见令姊，明日自当专诚前去拜访的。不过听家师说，谷上本有令慈用云雾法宝封锁，如今又加上齐霞儿姊姊的镇山之宝盖在上面，没有二位姊姊接引，恐怕我二人下不去吧?"说到这里，吴文琪猛听见餐霞大师千里传音唤她前去，便和寒萼、司徒平告便走出。寒萼听完轻云的话，猛想起当初齐霞儿传紫云障用法时，只传了紫玲一人，后来忙着救司徒平，没有请紫玲再传给自己。一时大意，冒冒失失同司徒平飞升谷顶，出来了便无法回去，紫玲又入定未完，自己还无家可归，如何能够延客? 听轻云说话，大有想寒萼开口，今晚就要到谷中去与紫玲相见的意思。自己是主人，没有拒绝之理，如果同去，自己都被封锁在外，叫客人如何进去? 岂非笑话? 想到这里，不由急得粉面通红，自己又素来好高爱面子，不好意思说出实话。正在着急，拿眼一看司徒平，想是已明白她的意思，正对她笑呢。寒萼越发气恼，当着人不好意思发作，瞪了司徒平一眼，只顾低头想办法。

　　轻云颇爱寒萼天真，非常合自己的脾胃。正说得高兴，忽见她沉吟不语，好生奇怪。正要发言相问，文琪飞身入洞，笑说道："适才师父唤我说，是接了峨眉掌教飞剑传书，李英琼、申若兰未奉法旨，私自赶往青螺山。英琼虽有长眉真人留赐的紫郢剑与神雕佛奴，怎奈道行尚浅，青螺山能人甚多，恐怕要遭磨难，请家师设法前去援救。家师知道秦家姊姊在此，命我二人到紫玲谷向二位姊姊借弥尘幡，急速赶往青螺山救英琼、若兰二位姊姊脱难。并说许飞娘在滇西会见毒龙尊者，已谈及司徒平道兄被人救去之事。毒龙尊者从水晶球上本可察出一些迹兆。又有一个厉害蛮僧在座，他知道秦姊姊令慈宝相夫人来历，及紫玲谷住居之所。许飞娘因从卦象上算出二位姊姊是她将来的克星，青螺山事完之后，预料她定约请了毒龙尊者，还有几个厉害妖人，寻到紫玲谷，想除去她异日的隐患。这些人的本领妖法非比寻常，紫云障虽然厉害，不知根底的人自然难以察觉，如果来人知根知底，只要推算出实在方向，再用上极厉害的妖法，二位姊姊便难在谷内存身。要凭二位姊姊本领，并非无力应付，不过在宝相夫人未脱劫成道以前，总觉难以必胜。当初优昙大师同玄真子也是恐许飞娘知道详情，有了准备，才嘱咐二位姊姊暂时隐秘。如今机密既已泄露，紫玲谷本非真正修道人参修之所，叫我对二位姊姊说，不妨移居峨眉凝碧崖。一则教祖乾坤正气妙一真人不久便回峨眉，聚会本派剑仙门人指示玄机，正可趁这时候归入峨眉门下，将来也好寻求正果。二则凝碧崖是洞天福地，不但景物幽奇灵秀，与世隔绝，还有长眉真人遗留下的金符异宝，一经封锁，无论多大道行的异派，也不能擅越雷池一步，决不虑人寻上门来。三则那里是后辈剑仙发扬光大之所，同门师兄弟姊妹甚多，不但朝夕盘桓尽多乐趣，而且彼此互相切磋，于修道上也多助益。不知秦姊姊以为然否？"

寒萼闻言大喜道："我同姊姊生长在紫玲谷内，除了几位老前辈，从没有遇见外人，真是天不知多高，地不知多厚。如今连听平哥同二位姊姊说起峨眉门下这么许多有厚根有本领的姊姊，心中羡慕得了不得。难得大师指示明路，感恩不尽。从此不但能归正果，还可交结下多少位好姊姊，正是求之不得，岂有不愿之理？我回去便对姊姊说，现在就随二位姊姊动身如何？"文琪道："妹子来时曾请示家师，原说二位姊姊如愿同去青螺山一行，也无不可。因为这次青螺山之战，我们这面有一个本领绝大的异人相助，许飞娘和毒龙尊者纵然厉害，俱敌那异人不过。英琼、若兰两位姊姊因为轻敌，又不同灵云姊姊做一路，所以陷入危机。我们去时，只要小心谨慎行事，便不妨事了。"寒萼闻言，益发兴高采烈，笑逐颜开。轻云便问文琪："你来时，师父对我可还有什么话说？要不要前去叩别请训？"文琪道："师父自接了齐师伯飞剑传书，把起先命我二人步行入川之意完全打消。路上要办的事，已另托人去办，或者师父自己去也说不定。说一会还有一个老朋友来访她，命你无须叩别，即时随我动身。破完青螺山之后，先送秦家姊姊到了峨眉，小辈同门相聚之后，再出外积修外功。事不宜迟，我们准备动身吧。"

当下二人各带了些应用东西，同飞紫玲谷口。寒萼这时方想说无法下去，忽见一道五彩光华一闪，正疑紫云障又起了什么变化，猛见紫玲飞身上来。姊妹两人刚要彼此埋怨，紫玲一眼看见文琪、轻云含笑站在那里，未及开口，轻云首先说道："这位是秦家大姊姊么？"说罢，同文琪向前施了一礼。紫玲忙还礼不迭。寒萼也顾不得再问紫玲，先给双方引见。互道倾慕之后，同下谷去，进入石室内落座。紫玲当着外客，不便埋怨寒萼，只顾殷勤向文琪、轻云领教。还是寒萼先说道："姊姊一年难得入定神游，偏这几天平哥来了，倒去用功，害得我们有家难回还在其次，你再不醒来将紫云障收去，连请来的嘉客都不得其门而入，多笑话。"紫玲道："你真不晓事。我因平哥此来关系我们事小，关系母亲成败事大，想来想去拿不定主意，才决计神游东海，向母亲真灵前请示。谁知你连几日光阴都难耐守，私自同了平哥出外。仇敌近在咫尺，玄真子世伯再三嘱咐不要外出，你偏不信，万一惹出事来，岂不耽误了母亲的大事？还来埋怨我呢。"寒萼拍手笑道："你这会怪人，我要说出我这一次出外的好处，你恐怕还欢喜不尽呢。"

紫玲闻言不解，寒萼又故意装娇不肯明说。文琪怕耽误了程途，正要开口，司徒平怕紫玲着恼，便从白兔引路收回飞剑说起，直说到遇见文琪、轻云，餐霞大师命文琪借弥尘幡去救英琼、若兰，并劝紫玲姊妹移居峨眉等情详细说出。紫玲闻言大喜，对文琪、轻云道："妹子神游东海，向先母真灵请训，曾说妹子等要成正果，须急速求玄真子世伯引归峨眉门下。妹子便去寻玄真子世伯未遇，因舍妹年轻不晓事，平哥又是新来，只得赶回。二位姊姊，久已闻风钦慕，适才光降寒谷，还以为得辱先施，偶然宠顾，已觉喜幸非常，不想却承大师垂怜，指示明路。自应追随骥尾，即时随往青螺山，遵大师法旨行事便了。"说罢，望空遥向餐霞大师拜谢不迭。寒萼道："这会知道了，该不怪我了吧？不是我，你哪儿去遇见这两位姊姊接引我们到洞天福地去住呢？"紫玲对寒萼微瞪了一眼，正要开口，轻云道："难得二位姊姊如此仗义，明识大体。既承赞助，我们即刻就动身吧。"

　　紫玲道："请问二位姊姊来时，大师可曾说起李、申二位姊姊被困的地方，是否就在青螺山内？请说出来，大家好早做准备。"文琪道："不是姊姊提起，我还忘了说。照齐师伯适才飞剑传书说，李、申二位姊姊明早就要动身，她们一入青螺山口，势必轻敌，不与灵云姊姊等做一路，因此在路上必遇见八魔约请来的一个能手。这人名字叫师文恭，乃是云南孔雀河畔藏灵子的得意门徒，又是毒龙尊者最交好的朋友。此人剑术另成一家，还会许多法术。平日倒还不见有什么恶行，只是善恶不分，一意孤行，专以感情用事。李、申二位姊姊恐非敌手。虽然相隔还有这一夜，但是此去川边青螺山相隔数千里，路途遥远。若等她二位业已被陷，再行赶到，那就晚了。"紫玲道："我以为李、申二位姊姊业已失事了呢。既然还差一夜，她二位由峨眉赶到青螺，算她们明日天一亮就动身，飞剑虽快，也得几个时辰。此谷经先父母苦心经营，先人遗爱，不愿就此抛荒。此行暂时既不作归计，意欲略事布置，再随二位姊姊动身。至于道途辽远一节，妹子早已虑到，少不得要在二位姊姊面前卖弄一点浅薄小技，准定在李、申二位姊姊以前赶到便了。"文琪、轻云俱都闻言大喜。文琪道："妹子虽然遵奉家师之命行事，但是自问道行浅薄，奉命之后，就恐两地相隔过远，妹子等御剑飞行万难赶到，所以一再催二位姊姊与司徒平道兄快行。没想到姊姊有此惊人道法，不但李、申两位姊姊可以脱险无忧，妹子等也可借此一开眼界了。"

　　紫玲谦逊了几句，便同寒萼到后面去了有好一会，只寒萼一人回来。轻云便问："令姊可曾布置完竣？"寒萼道："她还早呢。她说此时她先出谷，到九华去拜别追云叟白老世伯，就便请示先机及将来的因果。回来之后，还要将这紫玲谷完全封锁得与世隔绝，以免先父母许多遗物被外人取去。然后再随二位姊姊同行呢。"说罢，又回向司徒平说道："平日姊姊总说我大意，这次李、申两位姊姊的事，餐霞大师一再催促快走，她偏要慢腾腾地挨到明早，用千里户庭囊中缩影之法。万一误了事，如何对得住餐霞大师与二位姊姊？我们如果早到半日，不但李、申二位姊姊少受虚惊，我们还可和齐姊姊早些见面，岂不是好？我实在是因为吴、周二位姊姊在此无人陪伴，不然，我就一人骑着神鸷先去了。"轻云坐得较远，见寒萼与司徒平絮絮不休，猛想起久闻紫玲谷内有一只千年神鸷厉害非凡，反正离走还有些时，何不开开眼界？

正要开口去问寒萼，忽然满室金光，紫玲同了追云叟一同现身出来。文琪、轻云慌忙上前拜见，寒萼、司徒平也赶过来行礼。追云叟哈哈笑道："正派昌明，正该你们小弟兄姊妹各显身手的时候，又找我老头子做甚？"紫玲正要开口，追云叟道："你的来意我已尽知，不必再说出了。你们三人正好随文琪、轻云同去，替峨眉建立一点功劳，不但于你二人有益，于令堂也有益的，你还顾忌些什么？餐霞大师接了峨眉掌教飞剑传书，便依言行事。早知你为人持重，事情又在紧急，此时偏有个讨厌的人去寻她，好生不便，特意偷偷给了我一封信，叫我前来开导你姊妹，你不去寻找我也要来的。至于你另外的一件心事，明早你救的那人，她将来自会成全你一番苦心，助你成功正果。至于你妹子寒萼，她愿自投罗网，前因注定，就随她去吧。李、申二女准在明早动身到青螺，你不要太托大，以为你行法快，她二人剑光慢。白眉和尚的神雕两翼风云，顷刻千里，也正不亚于你的独角神鸷呢。不过现在还早，也注定李、申二女该受一次磨难，你们只需在明早丑时动身，就不至于误事了。不久峨眉凝碧崖齐道友召集本门及各派剑仙，为小一辈同行谒祖团拜礼，我定前去参与盛会，到时再与你们相见吧。"说罢，满室金光，众人慌忙跪送时，已没了踪影。

原来紫玲因宝相夫人遗命，凡事均须秉玄真子意旨而行。起初玄真子只命她暂时闭户潜修，静候机缘到来，再行出面。及至司徒平到了紫玲谷，紫玲虽然救母心切，勉遵玄真子、优昙大师、追云叟诸位前辈之命，了此一段前因，总觉多年苦修同自己一向心愿，不甘就此舍弃。后来体察司徒平固是心地纯厚光明，又经立下重誓，仍恐一个把握不住，坠入情网，万分焦急。只好冒险神游东海，去见母亲真灵。难为紫玲，居然能将未成熟的婴儿翱翔苍旻，神游万里，在宝相夫人藏蜕修真的山洞内闯过子午风雷，母女相见。这时宝相夫人的真灵业已炼得形神坚定，时候一到，避开最后一次天雷之劫，便可飞升。见女儿到来，又惊又喜。问起近年情形，得知二女承玄真子、优昙大师、追云叟之助，已与司徒平成了名义的夫妇，益发喜出望外。她在静中参悟，早算出二女异日俱当归入峨眉门下，便对紫玲说了。紫玲又说明了来意。宝相夫人再三劝勉，如果前缘注定，倒也无须固执，能为地仙，何尝不是正果，天仙岂尽人皆能，应当退一步想等语。

紫玲无法，那里不能久待，只得闷闷不乐，叩别回来。她婴儿成形以后，虽然当时试作神游，却从没走过这般远路，返神以后，炼气调元了好一会，才到后面寻寒萼。谁知连司徒平俱已不在，大吃一惊。还疑是在崖上闲立，刚飞身上崖，便遇文琪、轻云随寒萼、司徒平回来。及至听完了二人来意，知道母亲之意已应，虽然心中高兴，总觉弃了这休养生息之地而去，有些恋恋难舍。也知餐霞大师与三仙、二老均称莫逆，不过叫她姊妹如此遽然出面，也不免与玄真子之言前后不符。还有司徒平这段姻缘，经了宝相夫人劝慰之后，仍是于心不死，急切间又无暇赶到东海去向玄真子请示。猛想起追云叟近在九华，何不去求他指示一切？当下先同寒萼把谷中略微布置，应用实物带在身边，飞往九华，才行不远，便遇追云叟。正要说话，追云叟好似已知来意，说道："到你谷中再说吧。"到了谷中，追云叟不俟发问，将紫玲要问的话完全指示出来。紫玲听出话中微意，这才大放宽心，一块石头落地。起初以为自己有许多宝物，还有母亲在日传授的千里户庭囊中缩影之法，既然李、申二人要明早才行动身，何必这么早赶去空等？正好借此余闲办理一些私事。现在听了追云叟一番话，不敢怠慢，立刻跑到后面，重将未完各事料理。

虽然出去时间不大，寒萼已等得心烦，便问文琪、轻云与司徒平道："我姊姊还是这般慢法，我想骑了神鹫先行一步。这时起程，算计赶到青螺山口，也不过天才黎明，省得为她误事。哪位愿随我先走，请说一声。"说罢，用目望着司徒平。文琪、轻云会意，同声说道："姊姊如此热心，非常感谢。我二人道行浅薄，恐不能乘驭仙禽，就请姊姊同司徒道兄先行，我二人仍烦大师姊携带同行吧。"寒萼闻言，笑着点了点头，嘬口作了声长啸。只一转眼间，从室外走进那只独角神鹫。文琪、轻云尚是初次得见，非常赞美。寒萼也不问司徒平同意与否，似嗔似笑地说道："你还不骑上去？"那神鹫也随着蹲了下来。司徒平知道寒萼性情，虽不以为然，却不敢强她，只得向文琪、轻云作别，骑上鹫背。寒萼叫他抓紧神鹫颈上的五色长鬃，随着也横坐在鹫背上，挨着司徒平，向文琪、轻云微笑点首，道一声："前途再见，妹子僭先了。"

说罢，将手一拍神鹫的背，喊一声："起！"文琪、轻云便见那神鹫缓缓张开比板门还大还长的双翼，侧身盘转，出了石室。才一出石室，那神鹫竖起尾上长鞭，发出五色光彩，直往谷外飞去。文琪悄对轻云道："这神鹫如此神异，不知英琼坐下仙雕比它如何？"轻云道："苦孩儿在许飞娘那里受了多少年的罪，如今却遇见这种旷世仙缘。我看紫玲倒淡淡的，寒萼对他就比她姊姊亲密多了。适才白师伯说的那话，好似说寒萼将来不易摆脱尘网呢。"

文琪正要还言，紫玲忽然飞身进来，说道："舍妹近日真是心太野了，一点利害轻重也不知道。我并非故意迟延，实在是长行在即，有多少事须亲自料理。也不帮我忙，还丢下二位姊姊不陪，骑着神鹫先走。幸而我们是自家人，不怕二位姊姊笑话。要有外人在此，成何体统？她道基未固，如此轻狂，叫人替她担心呢。"文琪道："令妹原是一番热心，这也难怪。好在姊姊道法神妙，举步千里，也不是追赶不上的。"紫玲道："妹子是怕她半途惹事，别的倒没什么。妹子只将此谷各室封锁了一半，还须稍微料理再来，说不得请二位姊姊枯坐一会吧。"文琪道："妹子等进入宝山，还没窥见全豹，如果没有什么妨碍，随姊姊同去瞻仰瞻仰如何？"紫玲道："这更好了。妹子在前引路吧。"

说罢，文琪、轻云随了紫玲入内，走了一截路，前面都是黑沉沉的看不见什么东西。轻云暗想："前面到处光明，这里到处漆黑，未免美中不足。"正想到这里，紫玲已经觉察，笑对文琪、轻云道："我们现在经行的地方类似一条甬道，两旁俱是石室，被妹子收去照夜明珠，又用先母传的法术封锁，所以变成漆黑一片了。这也是先母当初一点遗意。这紫玲谷当初不过是一个洞崖底下的一个怪洞，沮洳荒废，钟乳悬雷，逼仄处人不能并肩，身不能直立，只有蝙蝠可以潜伏。经她老人家苦心经营，才成为这一个人间福地。石壁多系透明，还嫌不亮，又收罗了许多照夜明珠，千年蝙蝠的双眼，来点缀成一个不夜灵谷。诚恐身后愚姊妹道力浅薄，守成不住，行时传了妹子一样法术：若是万一有人侵犯，事到危急，只需用法术将前面封锁，躲入后面，立刻山谷易位，外来的人便难进入一步。万一再被他看破玄机，只要他走进被封锁的地方三尺以内，立刻便有水火风雷，无从抵御。此法名为天高晦明遁，道行稍浅的人遇上，便无幸理。妹子因为长行在即，有一两样极重要的先母遗物不能带走，诚恐知道根底的敌人前来盗取，所以不能不慎重行事。藏那重要遗物之所，须封锁三次，所以耽误些时。二位姊姊不曾看见这里景致，可惜现在全谷石室已封锁了十之六七，不便开启多费时间。室外光景还可看个大概,其余留待异日重来吧。"说罢,将手往上一扬,立刻发出一道极明亮的紫光。文琪、轻云随光到处一看,果然看见到处都是金庭玉柱,美丽光明较前面更胜,只石室门口,光照上去仍是一团漆黑,咕嘟嘟直冒黑气。

三人一面说,一面走,走了好一段路,才到了后面。黑气越浓,紫玲的光照到上面,非常微弱暗淡。紫玲也停步不前,说道:"前面便是收藏先母重要遗物之所,不能再前进了。有劳二位姊姊稍待,等妹子行完了法,就可动身了。"说罢,跪了下来,将长发散开,眼含珠泪,先祝告了一番。站起身来,口中念念有词,不住在地下旋转。一会又两手据地倒立起来,转走越急。似这样颠倒盘行了好几次,倏地跳起身来,两手往前一扬,手上发出紫巍巍两道光华,照在黑气上面。然后将口一张,喷出一团红光,射到前面黑气之中。隐隐听得风声呼呼,火声熊熊,雷声隆隆,与波涛激荡之声响成一片。紫玲重又跪叩一番,起来笑对文琪、轻云道:"左道小技,好叫二位姊姊见笑。如今妹子诸事已毕,只需沿路将未封锁之处封锁一下,就可去追上我妹子同行了。"说罢,便陪着文琪、轻云往外走,一面又用法术将前面封锁。走到洞内广场,用手一张,谷顶几十颗闪耀的明星如雨点下坠般,纷纷坠入紫玲长袖之中。才走到谷外,收了齐霞儿的紫云障,一同升到崖顶。紫玲道:"寒谷无人看守,还须借重霞姑紫云障一用呢。"说罢,口中念念有词,先用法术封了谷口。然后将紫云障放起,一片淡烟轻绡般东西随手飞扬,笼在谷上。然后拢起长发,请文琪、轻云闭目站好,约有半盏茶时,只听紫玲喊一声:"走吧!"文琪、轻云便觉眼前漆黑,身子站在一个柔软如棉的东西上面,悬起空中。走过个把时辰,忽然觉得身子落下。睁眼一看,正站在一个孤峰上面,满天繁星,天还未亮。

轻云正想:"难道这么快就到了青螺山么?"忽听紫玲道:"寒妹又多管闲事,二位姊姊在此稍候,容妹子去将她唤来同行。"说罢,飞身往峰下而去。文琪、轻云顺着紫玲去处往前面一看,原来这里四山环抱,只中间有一片平原,依稀看出平原当中还有几点香火,好似有几个人聚集在那里交头接耳。紫玲一到,先放出一片紫光,将场中景物照览无遗。正要细看是否有寒萼、司徒平在内,忽见紫玲大声招呼,请她二人下去。二人借剑光飞下峰顶,近前一看,平原当中搭着一个高台,台上摆了一座香案,立着无数各式各样的长幡,已倒了一大片,八支粗如儿臂的大蜡业已熄灭,只剩当中炉内香火余烬。台前还立着九个柏木桩子,桩上绑着七具破了腹的尸首。寒萼、司徒平连那神鹜俱站在那里说话。寒萼身旁站定一个十二三岁的女孩,拉着寒萼的手直哭。离她身前不远，倒着一个披头散发的道人尸首。紫玲好似在埋怨寒萼，寒萼只是微笑不答。只听紫玲道："你还嫌我慢呢。你走得早，却在半路上多管闲事。既管，又没法善后，偏来累我。现在时候业已不早，救人当然必须救彻，这女孩的兄弟在哪里呢？还不领我快去，寻出来好早些动身。亏你年纪不小啦，你既有本领将妖道除去，就不会寻到妖道巢穴，将小孩救出来么？"说到这里，寒萼一面叫司徒平把那女孩子抱着前行，一面答道："我同平哥斩了妖道，本要就去救那小孩，因为我既在途中耽误了这么多时候，算计神鹫飞得多快也要落后。知道你动身时必要跟踪寻我二人，这里既是必由之路，一定能在空中看见，将我和平哥带走。据我救下这小姑娘说，那妖道住的地方在那边峰后一个石洞之内，非常隐秘。我们如去救那小孩，你一定在路上寻不见我。正在踌躇不决，你就到了，并非我存心延捱。"文琪、轻云见她姊妹二人一路拌嘴，一路往前走，便也随在她们身后。

那女孩原是妖道绑在柏木桩上要杀了来炼妖法，被寒萼、司徒平赶来救下的，年才十二岁。受了这一番大惊恐，竟丝毫也不害怕。一面指引去路，一面和司徒平谈着，有问必答，口齿十分聪明伶俐。寒萼越觉她可爱，又从司徒平手上要过来抱着同走。一会工夫，便到了那崖洞，里面灯烛辉煌，一样竖着许多长幡。紫玲上前将幡拔倒。寻到后洞，有两个十七八岁的道童正在说话。一个道："适才主灯忽然灭了，不要是师父出了事吧？"一个道："师父也真会造孽，每年端午节前，总要害死这许多人。我们虽说是他的徒弟，看着都不忍心，亏他如何下手？"另一个答道："谁说不是？就拿我们两人说，起初还不是被他拐来，要杀了祭旗的么？不过遇见好心人说情罢了。"

正说着，忽见紫玲等人进来，大的一个刚问做什么的，紫玲不愿再延误时候，喝问道："你师父作孽多端，已被我们杀了，与世人除害。如今这小姑娘的兄弟，妖道将他藏在何处？急速献出，免得随你们妖道师父同归于尽。"这两个道童闻言，慌忙下跪道："我等俱是好人家子弟，被我师父拐来，本要杀害，遇见有人讲情，才收为徒弟。平日只命我两人服侍做事，害人是师父一人所为，与我等无干。那小孩被师父用法术锁在那边石柱上面，我二人只能说出地方，却无法解救。望乞诸位大仙饶命。"

紫玲见这两个道童也是骨相清奇，俱非凡品，脸上并无什么妖气。暗中虽埋怨寒萼不该多事，但是事已至此，只得先命他二人领到那石柱跟前。只见空空一个石穴，什么都没有。紫玲笑道："原来是个障眼法儿。"说罢，将手一指，指尖上发出一道紫光，光到处立刻现出石柱。柱旁见有一个八九岁的道童,身上并未加锁,围住石柱哭转不休,口中直喊姊姊,已累得力竭声嘶了。众人还未近前,那小女孩已挣脱了寒萼,跑将过去,抱着那男孩哭了起来。紫玲分开他二人,一同抱在手中一看,暗暗赞美。回身向寒萼道:"人是救了,此地是妖人巢穴,难保不有余党来往,其势又不能带他们同到青螺山。都是你要先走惹出来的事。"寒萼正要分辩,轻云抢着说道:"姊姊休怪寒姊。虽说我等有正事在身,如果半途我见此事,也不能不管。这一双小姊妹质地这样好法,弃之可惜。我同文姊道力有限,此去青螺,也不过追随骥尾,从旁虚张声势,办不了什么大事。莫如由我和文姊一人带一个同去青螺,对敌时,我二人中分出一个看护他们。但等救了李、申二位,见了齐灵云姊姊,再想法子安顿如何?"紫玲先本为难,听了轻云之言,忽然触动一件心事,立刻答应,并吩咐立刻动身。

那两个道童,在大家救那幼童时,一个也未想逃脱。这时见众人要走,反倒慌了手脚,抢着跑过来跪下,哭求道:"我师父虽死,师母追魂娘子倪兰心比他还要凶狠刻毒,我二人日后落在她的手内,早晚性命难保。平时见他夫妇害人,吓得心胆皆裂,久已想要逃跑,苦无机会。天幸得遇诸位大仙,望乞救了我二人这条小命,携带着一路走吧。"说时二人俱是眼含痛泪,把头在地下叩得响成一片。起初,紫玲因此去是和敌人交手,胜负难定,比不得是无事时安居谷内,本不愿再加一些累赘。后来经轻云一劝,想起追云叟行时之言,触动了心事。暗想:"追云叟曾说我脱尘魔入道,应在今早救的人身上。但不知是说李、申二人,还是这几个孩子?且不管他,我今日见人就救,省得错了机会。"又见这两个道童虽在妖人门下,听他们说话,尚未受了妖人熏染,根骨虽比不上适才救的那一双小姊妹,也还是个中上之资。当真见死不救,任他们小小年纪沉沦妖窟,于心不忍。想到这里,便不再和大家商量,决定带了同走。因为时间紧迫,恐怕误了李、申二人之事,不暇再问这四个孩子姓名来历,只说一声:"好吧,反正都是一样的累赘。"说罢,吩咐那一双小兄妹连那两道童止哭起立,请轻云、文琪和寒萼、司徒平各携一个,一同走出洞外。命神鸳先行飞走,到青螺后再与众人相会。大家站稳了以后,紫玲施展了法术,喊一声:"起!"直往西方飞去。不提。

150

第八十一回

秦紫玲神游东海
吴文琪喜救南姑

说了半日，寒萼明知紫玲千里户庭囊中缩影之法比神鹫飞行还快，何以执意要负气先走，以及遇见妖道等情，尚未说出，待我在百忙中补叙出来。闲话少说，书归正传。

原来寒萼年纪虽轻，有些憨气，可是她幼承家学与紫玲多年苦心教导，道行已非寻常。无如多秉了一些宝相夫人的遗传，天性好动。自从遇了司徒平，本来的童心和不知不觉中的深情，在无心中流露出来。她姊妹二人和司徒平一段姻缘，已在玄真子那里听过明白开导。她何尝不知坠入情网，便要误却正果，难于振拔。连乾坤正气妙一真人夫妇、追云叟夫妇，俱是成婚以后出家，以那些人的道行，又各得玄门上乘正宗，中间不知遇见多少旷世仙缘，尚且要多费若干年苦修，立无数量的外功，异日是否能成天仙尚说不定。何况她的心中也是和紫玲抱的一样心思，只是道心没有紫玲坚定。既不防患未然，又有点任性，觉着我只和他好，也不过兄妹至好朋友一样，只要不落情欲，有何妨碍？大不以紫玲对司徒平冷冰冰的态度为然。及至引了文琪、轻云回到谷中，说到餐霞大师命她姊妹二人去救英琼、若兰之事，紫玲同她到后面商量，特意点醒她不可太不顾形迹，与司徒平亲密过分。又说："我因为害怕，才冒险神游东海，去请示母亲。母亲真元已固，能够前知。她说我二人与司徒平前缘注定，凡事要退一步想。可见这段孽缘摆脱不易，避他还来不及，如何反去就他？为了母亲将来，我二人当然感他大恩，但是我们异日助他成道，也就可以算回报了。"寒萼却说："司徒平人极长厚纯正，他已发过重誓，只要我们心正，他决不会起什么妄念。既望人家去救母亲，又对人家像外人，既显我们不对，又觉过于杞人忧天。"

紫玲见她执迷不悟，便说："凡事俱有先机，当慎之于始，不可大意。"便把那日司徒平起誓时，并未提寒萼，只说自己一人，自己将来能否免去这一难关固说不定，她却可虑极了。同时又激励寒萼道："如果你真喜欢他，心不向上，情愿堕入情网，不想修成正果，那你到了峨眉后，索性由我做主，择地涓吉，与你二人合卺。反正你早晚是要误了自己，这么一办，倒可免去我的心事，总算帮了我一个大忙。你看如何？"紫玲这种激将之法，原是手足关心，一番好意。不想寒萼恼羞成怒，起了误会，以为紫玲先不和她商量，去向母亲请示，知道前缘不能避免，故意想出许多话让自己去应验，她却可以安心修成正果。暗想："你是我姊姊，平日以为你多爱我疼我，一旦遇见利害关头，就要想法规避。你既说得好，何不你去嫁他，由我去修炼呢？我反正有我的准主意，我只不失身，偏和他亲热给你看，叫你后来看看我到底有没有把握。"当下先不和紫玲说出自己的心事，答道："姊姊好意，妹子心感。要我成全姊姊也可以，但是还无须乎这么急，但等妹子真个堕入情魔，再照姊姊话办，也还不迟。万一妹子能邀母亲的默佑，姊姊的关爱，平哥的自重，竟和姊姊一样，始终只做名义上的夫妇，岂不是更妙吗？"说罢，抿嘴笑了笑，转身就走。紫玲见劝她不转，叹了一口气，便去寻追云叟。寒萼在前面越想越有气，不过细想紫玲的话虽然过虑，也不是没有道理。正想将司徒平叫出，先试探他一下，却值追云叟到来。又听追云叟行时之言，仿佛说紫玲可以免却这段情魔，自己却不能幸免，又气又害怕，决意和司徒平细谈一下。文琪、轻云在座，二人同出，无词可借，后来才故意埋怨紫玲耽延，要和司徒平先走。

二人坐上神鸷，飞出去有千多里路，星光下隐隐看见前面有座高峰，便对司徒平道："我虽知青螺偏在西北，并未去过，行时匆忙，也忘了问。前面有一座高峰，只好落下歇息一会，等姊姊赶来，还是一同去吧。"那神鸷两翼游遍八荒，漫说有名的青螺，寒萼原是哄他下来谈她心事。司徒平哪里知道，只觉她稚气可笑。未及答言，神鸷业已到了高峰上面飞落下来。司徒平道："都是寒姊要抢着先走，白招大姊不快，如今还是得等大姊来同走。要是她走差了路，遇不上，我们再从后面赶去，岂不想快倒慢了么？"寒萼娇嗔道："你敢埋怨我么？你当我真是呆姑娘？实对你说，适才我和姊姊为你吵了一次嘴。我这人心急，心中有多少话想对你说，才借故把你引到此地。我算计姊姊动身还得一个多时辰，我们正好匀出时间来谈谈要紧的话。忘了问青螺的路，那是哄你的。就算我不认得，神鸷它得道千年，哪里没有去过，还怕迷路吗？姊姊用的法术叫作千里户庭囊中缩影，是我外祖父雪雪老人在琅嬛天府管理天书秘笈偷偷学来，传与我母亲，我母亲又传给了红花姥姥和我姊姊。要用它动身，真是再快没有。她决不放心我们二人单走，定沿路留神,等片刻我们再放神鹫到空中去等候,决不至于错过的。你莫要打岔,我们谈正经的吧。"司徒平听紫玲姊妹为他口角,必然因为二人私自出谷,好生过意不去,急于要知究竟,便催寒萼快说。

寒萼才说了一句"姊姊今晚叫我到后面去",神鹫忽然轻轻走过来,用口衔着寒萼衣袖往后一扯。寒萼刚要回身去看,猛觉一阵阴风过去,腥风扑鼻,忙叫司徒平留神。司徒平也已觉察,二人同往峰下一看,不由又惊又怒。原来这座高峰正当南面二人来的路,非常险峻陡峭。上来时只顾说话,先寻了一块石头坐下,转背朝着前面,又有峰头挡着视线,不曾留神到峰下面去。这时被神鹫用嘴一拉寒萼的襟袖,同时又起一阵腥风,二人才同时往峰下看去。只见下面是一块盆地平原,四面都是峰峦围绕。平原当中搭起一个没有篷的高台,台上设着香案,案当中供着一个葫芦。案上点着一双粗如儿臂的绿蜡,阴森森地发出绿光。满台竖着大小长短各式各样的幡。台前一排竖着大小十根柏木桩,上面绑着十来个老少男女。台上香案前站着一个妖道,装束非常奇异,披头散发,赤着双足。暗淡的烛光下面,越显得相貌狰狞。这时腥风已息,那妖道右手持着一柄长剑,上面刺着一个人心,口中喃喃念咒,后来越念越急,忽然大喝一声。台前柏木桩上绑着的人,有一个竟自行脱绑飞上神台,张着两手朝妖道扑去,好似十分倔强。妖道忙将令牌连击,将剑朝那人一指,剑尖上发出一道绿焰,直朝那人卷去,那人便化成一溜黑烟,咻溜钻入案上葫芦之中去了。寒萼再看台前柏木桩上绑着的人仍然未动,木桩并无一个空的,才知化成黑烟钻进葫芦内的是死者的魂灵,桩上绑的却是那人尸首,不由心中大怒。这时那妖道剑尖上人心已不知去向,却刺着一道符箓。二次走向案前,口中仍还念诵咒语,将剑朝着前面一指,立刻鬼声啾啾。一阵腥风过处,剑上又发出一道绿焰,直照到台前一个矮小的木桩上面。寒萼仙根慧目,早看见那小柏木桩上绑的是个年幼女孩子,看去相貌颇为俊秀,好似在那里大骂。眼看那道绿焰忽然起了一阵火花,火花中飞起一柄三棱小剑,慢腾腾向那女孩飞去。妖道好似借那火光,先寻找那女孩什么穴道,剑并不就往下刺。寒萼、司徒平俱是义胆侠肝,哪里容得妖道这般惨毒,早不约而同地一个放起飞剑,一个脱手一团红光,朝那妖道飞去。司徒平先动手,剑光在前,寒萼红光在后。

那妖道名唤朱洪,当初原是五台派混元老祖的得意门徒,平素倚仗法术,无恶不作。盗了混元老祖一部天书和一个护身之宝,逃到这四门山地底洞中潜藏。混元老祖也曾到处寻访他的踪迹,还未寻着,正赶上峨眉斗剑,混元老祖兵解，他益发没了顾忌。又勾搭上一个姓倪的妖妇，一同修炼妖法。他因正派既同他邪正不并立，五台、华山派又因他盗去混元老祖的护身之宝，以致混元老祖惨败身死，恨他入骨，所以他友伴极少，只夫妻两个同恶相济。近年被他照天书上所传的妖法，炼了个六六真元葫芦。这葫芦应用三十六个有根基的童男童女的阴魂修炼。这三十六个有根基的童男童女并不难于寻找，所难者，这三十六个人须分五阳十二生肖，十二个为主，二十四个为宾。主要的十二个还要照年龄日月时辰分出长男、中男、少男、长女、中女、少女。祭炼的日子还要与这主要的十二个的生命八字相合。尤其难的是少男、少女限定十二岁，中男、中女限定是二十四岁，长男、长女限定是三十六岁。既要生肖对，又要年龄符，还要与祭炼的日时相生，差一点便不行。所以每年只能炼一次，共用三双男女，一正两副。这妖道还嫌妖法不厉害，每次除正副三双男女外，另外还取三个生魂加上。最末一次，再取一个禀赋极厚、生俱仙根的童男作为全魂之主，与妖道自己元神合一。这种妖法六六相生，深合先天造化，阴阳两极迭为消长，共用阴魂四十九个，加上本人真阳，暗符"大衍之数五十，其用四十有九"。在各派妖法当中，厉害狠毒，无与伦比。

当初混元老祖原想炼这种妖法，与正派为敌。到底他虽怙恶，纵容门下，终究不失为修道之士，总觉无辜戕害许多厚根男女，已太狠毒，上干天相；二则炼起来稍一时辰不准，设备不全，不但白费心力，还要身败名裂，故迟疑了多年未炼。及至头次在峨眉惨败，动了真火，不顾利害，正要起始祭炼，便被朱洪连他炼了多年护身之宝太乙五烟罗都一齐盗走。朱洪知道此法厉害非常，正邪两派中人知道，都不容他修炼，隐忍多年。直至混元老祖兵解，他潜藏的地方又在山的洞底，不易为人觉察，他见渐渐无人注意到他，一面命他妖妻在洞底另炼一种妖法，一面决定开炼。因为炼这葫芦一年之中只有一天，还必须在露天之下搭台祭炼，他便在本山另辟了一座石洞。头一次去寻找童男童女极为凑巧，被他顺顺当当地炼成。到第二次，还富余了两个童男。本想下手，遇见他一个绝无仅有的朋友劝阻说："你既打算合大衍五十之数，多杀反而不宜，何不择两个较好的留下做徒弟呢？"他才将这两个多出来的童男留下，便是紫玲等救走的两个道童。

这回是第三次，算出祭炼的日子眼看为日不多，只寻着了八个童男女，缺少一名少女，炼不成功。倘若过了这天，不但这八个童男女到第二年全不合用，连前功俱要尽弃，急得四处找寻。也是合该他恶贯满盈，事也真巧，竟有送上门的买卖。在期前三天,他走到城市上,用他的老法子,借算命为由,寻找他等用的童女,算了多少家都不对。无意中走到乡下官道上,看见一辆扶柩回籍的官眷车上,坐着一双粉妆玉琢的童男女。他便毛遂自荐,假说那一双男女有难,情愿替他们算命,想法禳灾。这家官眷姓章,是一个侧室,因为主人病故在任上,只用一个老家人,带了已故正室所生的一男一女扶柩回籍。妇人家有甚见识,又加长途心烦,再见道人不要钱替小孩算命,那里又是打尖之所,乐得借此歇息。朱洪一算这两个小孩的命,不但女的合今年之用,男的还正合最后时之用。再一看那两个小孩的根骨,竟从来没有看见过这么厚根的童男女,不由心中大喜。故意恐吓了几句,说这两个小孩主于今晚就有灾祸,只有给他带走出家可以解免。那官眷自然是不答应。尤其是那两个小孩听说要将他兄妹带走,更是气得张开小口就骂。随行的家人还说他妖言惑众,要将他送官治罪。朱洪说了一声:"你们不要后悔。"扬长而去,却暗跟随在他们车后。走出去有二三十里地,使妖法刮起一阵阴风,将这两个小孩盗到山中洞内。这两个孩子聪明非凡,一丝也不害怕,第三日早起,竟想稳住了妖道逃走。逃未逃成,又被朱洪追了回来,将洞封闭,命那两道童看守。自己跑往地底洞内,去提取那八个童男女,准备晚间行法祭炼。

这两个孩子,女的是姊姊,名唤南姑;男的只有乳名,叫虎儿。那两个道童也是好人家子弟,一名于建,一名杨成志,平素极恨师父害人,自己是虎口余生,对他兄妹也同病相怜。便对他兄妹说朱洪如何狠毒,以及用他们祭炼法宝,命在旦夕等语。这小姊弟一听大哭,便求他们相救。于建道:"我们日与虎狼同处,他又不曾教过我们法术,如何能救你们呢?你兄弟还有一年可活,你却今晚就完了。"南姑虽是幼女,颇有胆识,闻言低头想了一想道:"既然如此,也是命中注定,由他去吧。"立刻止住悲声,反劝她兄弟不要哭。一面用话去套于、杨二道童,打听妖道身旁可有什么最厉害的法宝。问出朱洪平日自称本领高强,又有随身带的一样护身之宝,什么人都不怕,不过总是不愿叫外人看破他的行藏。两次祭炼葫芦时,总是用一面小幡,一经他念诵咒语,展动起来,立刻便有一层厚的黑雾将法台遮盖,所以每次行法,从没被人看破过。于、杨二道童原不知此幡妙用,也是在平日无意中听朱洪向他妻子说的。南姑便问幡在哪里。于建说:"这幡原本藏在地下石洞师母那里,因为今晚就要行法,现在已请出来,供在那边桌上。"南姑顺着于建手指处一看,果然那旁供桌上面竖着一面白绫子做的不到二尺长的小幡,上面红红绿绿画着许多符篆。故意仍和两个道童说话,渐渐往那桌子挨近,一个冷不防抢上去,将幡拿在手里,便撕扯起来。于、杨二道童因见章氏姊弟聪明秀丽,无端落在妖道手中,命在旦夕,想起前情,不禁起了同在穷途之感。无奈自己力薄,坐视其死而不能救,惺惺相惜,未免又动了哀怜。虽说奉命看守,知道洞门已闭,章氏姊弟比自己还要文弱,更不愁他们会逃走。彼此再一作长谈,心中只在替他姊弟二人着急,哪里还防到有什么异图。及至师父的幡被人抢去要撕,知道这个关系非同小可,吓得面无人色,上来就抢。一面是师父凶恶,自己奉命防守,责任攸关;一面是情知必死,难逃活命,乐得把仇人法宝毁一样是一样。偏偏那幡竟非常结实,怎么撕扯也难损坏,三人在地下扭作一团。他的兄弟同仇敌忾,见姊姊和两个道童在地上打滚,拼命去撕那幡,便也上来相助。于、杨二道童虽然长了两岁,又是男孩,力气较大,怎奈一人拼命,万夫难当,兀自夺不过来。

于、杨二道童和章氏姊弟正撕扯作一团,扭结不开,忽然一阵阴风过处,耳旁一声大喝道:"胆大业障!难道还想逃么?"四人抬头,见是妖道领了那八个童男女进来,俱都大吃一惊。朱洪见四人在地上扭结打滚,还疑为章氏姊弟又想逃走,被于、杨两道童拦阻争打起来。及至一声断喝过处,于、杨二道童放了章氏姊弟站起,才看见女孩两手抱紧他心爱的法宝,幡的一头正夹在女孩胯下。他并不知这女孩经期已近,连日急怒惊吓,又用了这一会猛力,发动天癸,幡上面沾了童女元阴,无心中破了他的妖法,今晚行法就要妖术不灵,黑雾祭不起来,被人看破,身首异处呢。

当下他只骂了于、杨二道童一声"无用的东西",上前将幡夺过,擎在手中。正值时辰快到,知道这幡多年祭炼,决非一两个孩童所能撕扯,并未在意。只骂了几句,吩咐两道童看守石洞,不准外出。当下擒了南姑,将虎儿用法术锁禁在石柱上,引了那八个童男女出洞往台前走去。除南姑因朱洪见她生具仙根仙骨,打算用她元魂作元阴之长,没有用法禁制外,其余八人俱被邪术迷了本性,如醉如痴地随在朱洪身后。到了法台,各按部位,将九个童男女捆绑在台前柏木桩上。上台先焚了镇坛符箓,将适才小幡展动,念诵咒语,才觉出他最心爱的黑神幡已失了效用,不由又惊又怒。连忙仔细查看,才看出幡头上沾了两三点淡红颜色。猛想起适才那女孩撕这幡时,曾将幡夹在胯下,定是被那女子天癸所污。想不到这女子年纪轻轻,竟这样机智心狠,自己一时未留心,把多年祭炼心血毁于一旦。自己炼这种葫芦,又为天地鬼神所同嫉,全仗这妖幡放出来的浓雾遮盖法台,好掩过往能人耳目。明知这法炼起来要好几个时辰,失了掩护危险非常,但是时辰已到,如果不即动手祭炼，就要前功尽弃。女孩反正得死，倒也不去说她。最可恨的是两个道童不加防范，坏了自己异宝。气得朱洪咬牙切齿，想了一想，总不愿就此甘休。只得冒险小心行法，等祭炼完毕，再要这两个小畜生的性命，以消心中恶气。想到这里，勉强凝神静气，走到台前，用三元剑挑起符箓，念诵咒语，由剑尖火花中飞起一柄三棱小剑，依次将长男、长女、中男、中女、少男、少女六颗心魂先行取到，收入葫芦。这次是用少女作元神，便将其余副身一男一女的心魂也都取到。最后才轮到南姑头上。

南姑本是清醒地绑在那里，口中骂声不绝。因为她绑在柱上一直挣扎，心脉跳动不停，元神又十分凝固，不易收摄，比较费事。朱洪见今晚虽然失了妖幡，且喜并无人前来破坏，十分顺手，好生得意。眼看只剩最后这个小女孩的心魂，取到手中便可大功告成。正待行法，看准那女孩的心房下手，忽然眼前一亮，一道剑光从天而降。知道有人破坏，顾不得再取那女孩心魂，将手中剑往上一指，那柄三棱小剑带着一溜火光，正好将敌人飞剑迎住。猛听一阵爆音，一团红光如雷轰电掣而来，大吃一惊。看不出来人是什么路数，不敢冒昧抵挡。一面迎敌那柄飞剑，忙将身往旁一闪，从怀中取出混元老祖护身镇洞之宝太乙五烟罗祭起，立刻便有五道彩色云烟，满想连台连身护住。谁知慢了些儿，红光照处，发出殷殷雷声，把台上十多面主幡纷纷震倒。接着又是咔嚓一声，葫芦裂成两半，里面阴魂化作十数道黑烟四散。还算太乙五烟罗飞上去接着那团红光，未容打近身来。朱洪惊魂乍定，见自己千方百计，费尽心血，还差二三年就要炼成的厉害法宝坏于一旦，又是痛惜，又是愤恨。

这时寒萼、司徒平业已飞身下来。寒萼见妖道那口小剑灵活异常，司徒平的飞剑竟有些抵敌不住；宝相夫人真元所炼的金丹，又被妖道放起五彩烟托住，不得下去。便放出彩霓练，去双敌妖道飞剑，也只帮司徒平敌个平手，一时还不能将那口小剑裹住，不由暗自惊异。便对司徒平道："想不到这妖道还这般难对付。你先小心迎敌，我去去就来。"司徒平闻言，点了点头。寒萼自行走去。不提。

朱洪先以为敌人定是一个厉害人物，及至对敌了一会，用目仔细往敌人来路看时，先见对面峰头上飞下两条黑影。等到近前一看，却只是一个英俊少年，指挥着一道剑光和一道彩光，和自己的三元剑绞作一团，渐渐往身前走来。不由怒上加怒，破口大骂道："何方业障，暗破真人大法，管教你死无葬身之地！"说罢，口中念念有词，立刻阴风四起，血腥扑鼻。司徒平猛觉一阵头晕眼花。寒萼忽然飞身回来，娇叱道："左道妖法，也敢在此卖弄！"说罢,手扬处,紫巍巍一道光华照将过去,阴风顿止。司徒平立刻神志一清。朱洪忽见对面又飞来一个女子,一到便破了他的妖法,知道不妙。他原有几样厉害法宝,因为炼葫芦,不便都带在身上,俱交在妻子手中,想不到遇见劲敌破了他的妖法。不到天亮以后,他妻子不会出来,不知敌人深浅,哪敢大意。又见那口三元剑支持时久,已被敌人放出来的那道像红霓一样的彩光缠住,光芒锐减,愈加大惊,急切间又收不回来。知道再耽延下去,这口心爱的宝剑一样也要毁在敌人手内,好不可惜。果然又过片刻光景,那女子忽然一声娇叱,手扬处,那道紫光又放将出来,射入剑光丛中。眼看自己那口三元剑只震得一震,便被那道彩霓紧紧裹住,发出火焰燃烧起来。又过片刻,剑上光华消失,变成一块顽铁,坠落在下面山石上,锵的一声。恨得朱洪牙都咬碎,无可奈何,知道敌人厉害,再用别的法术,也是徒劳无功。只得且仗太乙五烟罗护体挨到天亮,等救兵出来,再作报仇打算。此时敌人的飞剑紫光同那道彩霓破了三元剑后,几次往妖道头上飞来,俱被五道彩烟阻隔,不得近前。

朱洪正觉自己宝贝厉害,忽听头上一声类似鹤鸣的怪叫,烟光影里,只见一片黑影隐隐现出两点金光,当头压下,眼看离头顶不远,被那五道彩烟往上一冲,冲了上去。接连好几次。寒萼起初原想叫司徒平在前面去分妖道的神,自己驾了神鸷绕向妖道身后,用神鸷钢爪抓去妖道的护身法宝。才飞身到了峰顶,见神鸷站在峰角,睁着一双金睛注视下面。正要骑了上去,忽见下面妖道施展妖法,恐司徒平吃亏,重又飞回。及至破了敌人飞剑,众宝齐施,仍然没有效果。正要喊神鸷上阵,神鸷想是在上面等得不耐烦,竟不待主人吩咐,往妖道顶上飞扑,谁知接连飞扑三次,依然无效。寒萼又将几样法宝连司徒平飞剑,上中下分几面一齐向妖道进攻。那太乙五烟罗真也神妙,无论寒萼、司徒平法宝从哪里飞来,都有五道彩烟隔住,不得近身。

寒萼正在心焦,猛生一计,悄悄拉了司徒平一下,大声说道:"大胆妖孽,且容你多活几天,我们还有要事,回来再取你的狗命吧!"说罢,将放出去的法宝、飞剑招呼,一齐收回,同了司徒平往空便走。寒萼原是欲擒先纵,等妖道收了护身法宝,再命神鸷暗中飞下去将他抓死。谁知二人身子刚起在空中,忽然一道金光从后面照来。疑是妖道又弄什么玄虚,连忙回身一看,猛见一道金光从天而降,金光中现出一只丈许方圆的大手抓向妖道头上。眼看那五道彩烟飞入金光手中,接着便听一声惨叫,那道金光如同电闪一般不见踪迹。法台两支粗如儿臂的大蜡业已熄灭,星光满天,静悄悄的,只剩夜风吹在树枝上沙沙作响。

第八十二回

情重故人　玉罗刹泄机玄冰谷
仇同敌忾　女殃神先探青螺峪

　　寒萼、司徒平二人犹自惊疑，耳听一个妇人说道："太乙五烟罗乃混元老祖之物，被妖道偷来，藉以为恶。你二人辛苦半夜，本该送与你们，不过老身此时尚有用它之处。妖道已被我飞剑所斩，此宝暂借老身一用，异日东海相见，再行归还。下面尚有人待尔姊妹相救，快查看吧。"说罢，声音寂然。寒萼知道暗中出了能人，急忙放出紫光，飞身往空中观看，哪里有半个人影。招呼了两声"上仙留名"，不见答应，只得下来。走到柏木桩上一看，妖道业已被人斩成两截。九个木桩空着一个，那七个业已死去，仅剩尸身绑在上面。只那女孩不曾死，见二人近前，不住口唤"大仙救命"。寒萼近前将她解救下来。那女孩跪在地下，叩谢了救命之恩。一面哭诉经过，说她还有个兄弟虎儿被困在妖道洞内，务求大仙开恻隐之恩，救她兄弟一命。寒萼见南姑在这九死一生之际应对从容，神志一丝不乱，知道是个有根器的幼女，十分爱怜。问了姓名之后，一听洞中有两个小道童，妖道并无余党，恐怕走开和紫玲相左，便想等紫玲来了再去援救。正和那女孩问长问短，紫玲带了文琪、轻云随后动身，还以为寒萼早走多时，一定还在前面，不想在空中看见神鹫飞翔，才跟踪下来，险些错过。

　　当下四人会合之后，直往青螺山进发。虽然紫玲法术灵异，因为寒萼救人，在途中耽误些时，等到赶到川边，业已天亮。只见群山绵亘，岗岭起伏，纠缪盘郁，积雪不消，雄伟磅礴，气象万千，与川中名山又是不同。行了片刻，紫玲收了法术，忙请女空空吴文琪与苦孩儿司徒平看护章氏姊弟与于、杨二人，自己同了寒萼、轻云去救英琼、若兰。轻云偶问紫玲道："前面就是青螺么？"紫玲闻言大惊，答道："这里是大乌拉山的侧峰，难道姊姊也和妹子一样，此地尚是初来么？吴姊姊呢？"轻云道："她也不知道，仅从家师口中得知青螺在川边，来时匆忙，未及细问。起初见寒萼姊姊抢着要先走，姊姊又是胸有成竹，以为一定知道。不想彼此都错认作是识途老马，这可怎么好呢？"紫玲道："妹子青螺虽未来过，先前却随家母到过川边，知道青螺伏处万山深谷之中，离康定雪山不远，在大乌拉山的西北。心想照我们这种走法，赶到乌拉天还未亮，正可停下来商量，分二人去迎接李、申二位姊姊，由二位姊姊中再分出一位领了余下二人去探青螺。如果能在李、申二位姊姊未被困时遇上，将她们接了下来，岂不省事？谁知舍妹会在半途中惹事，耽误些时。彼时妹子就想问明二位姊姊路径，直接赶赴青螺，一则时间太已匆迫，二则此去尚不知敌人虚实深浅，又带了这四个孩子，还是到了大乌拉下来安顿好了再去，比较稳妥。现在既是大家都不认路，天已不早，事不宜迟，请姊姊带了舍妹做一路，妹子一人做一路，分头往西北方寻找吧。"说罢，三人也无暇再谈，轻云、寒萼先双双飞起。

紫玲自比她二人神速，脚一顿处，排云驭气直升高空，顺着大乌拉山西北方留神往下一看，竟是山连山，山套山，如龙蛇盘纠，蜿蜒不断，望过去何止千百余里。虽在端阳盛夏之际，因为俱是高寒雪山，除了山顶亘古不融的积雪外，寸草不生，漫说人影，连个鸟兽都看不见。紫玲救人心急，飞行迅速，不消片刻，已飞过了三数百里。正在心中烦躁，忽然看见西北角上涌起一座大山，形势非常险峻，也不知是青螺不是。正在心中盘算，已飞到了近山一座高峰上。猛低头往下一看，峰右侧不远现出一片平地，大道旁边有一座大庙，庙侧还有树木人家，只不见一个人影。刚想停云下去打听，猛听一声雕鸣，从左侧峰下面飞起一只浑身全黑的大雕，两只眼睛金光四射，展开两片比板门还大的双翼，乘风横云，捷如闪电一般，正朝紫玲脚下飞过，投往东南一座高峰后面落了下去。飞过时吃那雕两翼的风力，竟把紫玲脚下荡了两荡。暗想："这只雕决非凡品，不知比神鹫道力如何？"正想间，忽然心中一动，猛想起久闻李英琼得了白眉和尚座下雕，这雕适才飞得那样快法，又不住地回顾，莫非是李、申二人就在下边被困，神雕抵敌不过，逃出来去求救么？想到这里，决定先赶到峰那边去看个动静再说。

这峰原本群山环抱，凌云拔起，非常之高。紫玲刚刚飞上了峰顶，只见下面景物清幽，杂花野树，满山满崖都是。深谷内黄尘漠漠，红雾漫漫，围绕着一片五六亩方圆的地方。红雾中隐隐看见一道紫光，像神龙卷须一般不住夭矫飞舞。这时日光已渐渐升起，黄尘以外却是许多奇花异草，浴着晨雾朝曦迎风摇曳，依旧清明。知是有人卖弄妖法，正要酌量如何下手。忽听对面两声娇叱，一道剑光，一团红光，直往自己站的峰腰中飞来。紫玲抬头一看，正是寒萼、轻云二人站在对面山崖上。寒萼也看见紫玲站在这边峰顶，高声说道："姊姊休要放走了你脚底下牢洞内的妖僧！"言还未了，紫玲站的半峰腰上已飞出一条似龙非龙的东西，与寒萼、轻云放出来的红光、飞剑迎个正着。

紫玲心中正埋怨寒萼又是性急不晓事，此来救助李、申二人最为要紧，如今尚未察出下落，冒昧与人动手，若果下面红雾黄尘之中困的不是李、申二人，岂不又要误事？但是事已至此，敌人发出来的法宝连宝相夫人炼的金丹至宝都能支持，可见是个劲敌，怎好袖手旁观。当下不敢怠慢，先将自己父亲遗留极乐真人所赐的颠倒八门镇仙旗取出，按部位放起，以防敌人逃逸。飞身到了对面一看，半峰腰上有一个一人多高的石洞，洞前是一块平伸出去的岩石，上面坐着一个豹头环眼、貑鼻阔口的蛮僧，穿着一件烈火袈裟，赤着一双腿脚，手中捧着一个金钵盂，面前有一座香炉，里面插了三支大香，长有三尺，端端正正合掌坐在那里。

紫玲刚要张口问话，忽听一阵风声，雕鸣响亮。抬头一看，正是适才所见那只金眼黑雕飞回。雕背上影影绰绰好似坐着三个人，渐近渐真，那雕也飞往紫玲等站立的所在落下，雕背上的人业已飞身跳下。原来是一男二女，俱都是仙风道骨。紫玲、寒萼等因一面要对付妖僧，未及看真。来的三人中有一个年纪较长的女子早首先说道："想不到轻云妹子也在这里。英琼妹子定是失陷在下面，适才神雕朝我哀鸣，我三人才得知道。这两位姊姊定非外人，我等救了英琼再行见礼吧。"言还未了，那年岁较幼的一个早取出一面镜子，一出手便有百十丈金光，直往下面黄尘红雾中照去。不想那妖法十分厉害，金光虽然将黄尘消灭，那红雾依旧不减，反像刚出锅的蒸气一般直往上面涌来。紫玲已听出李英琼困在下面。看来人形状言谈，想必有齐灵云姊弟在内。势在紧迫，忙喊："妖雾厉害，诸位姊姊后退一步，待妹子亲身下去，将李、申二位姊姊救出。"随说，手中取出一面小幡一晃，踪迹不见。不到一会，众人面前忽然多出两个女子。这来的一男二女，正是灵云姊弟与女神童朱文。救上来的正是英琼、若兰，业已中了妖法，昏迷不醒。

原来灵云等自从接了乾坤正气妙一真人齐漱溟的飞剑传书，先数日动身赶到青螺附近一座山中落下，金蝉便叫神雕回去。朱文道："琼妹又不等着骑，我们暂时借它一用多好，何必这么早就忙着打发回去呢？"金蝉趁灵云未在意，悄对朱文使了个眼色，说道："我们大家都在凝碧崖洞天福地相聚得多热闹自在，偏这回教祖单叫我们几个来，姊姊做事又太持重，李、申二姊姊再三求着要来,都执意不允。如今撇下他们在凝碧崖岂不烦闷?原说神雕将我等送到就放回去。琼姊把这雕视若性命,来时又未言明,还是让它飞回去,给崖中诸位解解闷的为是。"朱文已明白他的用意,抿嘴笑道:"如此说来,倒显出我有点自私之心了。"

金蝉方要答言,灵云道:"文妹、蝉弟不要再谈闲话。虽说离端阳还有数日,时间暇豫,青螺魔宫我等并未来过。闻说青螺伏处万山深谷之中,不易找寻,这还不难;只有敌人方面能人甚多,我们不知虚实深浅,须得先去探查一番才是。这里到处都是亘古不化的积雪,寸草不生,虽说我们不怕高寒,到底无趣。我在成都曾听玉清大师说,她有一个昔年同门女道士女殃神邓八姑,如今已改邪归正,只为性情高傲,不愿附入各派,单独在这山腰中石洞内隐居,与玉清师太情逾骨肉,渊源甚深,倘将来有事滇西,尽可前去请教盘桓。玉清师太原是一句随意闲话,我留神问明了路径同进见之法,不想今日倒用得着了。"金蝉道:"既有这样有本领的高人,我们还不快去拜见,只管呆在这里做甚?"灵云道:"你先不要忙,待认明了方向再说。"说罢,先看了看山势的位置向背,带了金蝉、朱文,往偏西一条深谷内走了下去。

灵云等上的这座高山,名叫小长白山,积雪千寻,经夏不消,地势又极偏僻,从来就少人迹。灵云想起了玉清大师说的路径,便带了金蝉、朱文往下寻找。刚刚走离谷地一半的路,忽听轰隆一声巨响。回头一看,最高峰顶上白茫茫一大团东西,如雷轰电掣般发出巨响,往三人走的方向飞来,经过处带起百丈的白尘,飞扬弥漫。灵云知道是神雕起飞时两翼风力扇动,山顶积雪奔坠,声势宏大惊人,捷如奔马而来。三人都会剑术,连忙将身刚得飞起,回顾下面,眼看大如小山的雪团,正从三人脚底下扫将过去,溜奔谷底。滚到离谷底还有百十丈高下,被一块突出的大石峰迎撞个正着,又是山崩地裂一声大震过去,便是沙沙哗啦之声。兀的将那小山大小的大雪团撞散,激碎成千百团大小冰块雪团,映着朝日,幻出霞光绚彩,碎雪飞成一片白沙,缓缓坠下,把谷都遮没,变成一片浑茫。那座兀立半山腰的小峰也被雪团撞折,接着又是山石相撞,发出各种异声。三人重又落下。朱文道:"我才说这里只是上头一片白,下头一片灰黄,寸草不生,枯燥寒冷,比凝碧崖洞天福地差得太远,还没想到会看见这种生平未见的奇景,也可算不虚此行了。"灵云道:"你还说是奇景,幸而我三人俱会剑术躲避得快。你看那小峰,方圆也有亩许大,七八丈高,竟被雪将它撞断。要是常人,怕不粉身碎骨,葬身雪窟才怪呢。只是我们远客初来,便被我们的雕翼扇出这种奇观,我们倒看了好景色,不知可会惹主人不快吗?"

三人正在谈笑之间,谷下面有一个女子声音说道:"何方业障,敢来扰闹?有本领的下来,与我相见!"言还未了,谷下忽然卷起一阵狂风,那未落完的雪尘,被它卷起一阵雪浪冰花,像滚开水一样直往四下里分涌开去。不一会,余雪随风吹散,依旧现出谷底。朱文、金蝉听下面出口伤人,早忍不住驾剑光飞身直下。灵云恐怕惹事,连忙飞身跟了下去。

二人到了谷底一看,近山崖的一面竟是凹了进去的,山虽寸草不生,谷凹里却是栽满了奇花异草,薜萝香藤,清馨四溢,令人意远。再找发话的人,并没有一个人影。谷凹中虽然广大高深,只正中有一个石台,旁边卧着几条青石,并没有洞。灵云朝朱文、金蝉使了个眼色,朝着石台躬身施礼道:"我等三人来寻邓八姑,误惊积雪,自知冒昧,望乞宽容,现出法身,容我等三人拜见一谈,如何?"说罢,便听那女子声音答道:"我自在这里,你们看不见怨谁?"言还未了,灵云等往前一看,石台上坐着一个身穿黑衣的女子,长得和枯蜡一般,瘦得怕人,脸上连一丝血色都没有。灵云躬身道:"道友可是邓八姑么?"那女子答道:"我先前以为又是那贼秃驴来和我生事,不想却是三位远客。我看你等生具仙根,一脸正气,定非特地来找我麻烦之人。恕我参了枯禅,功行未满,肉躯还不能行动。你们寻八姑做甚?明了来意,我再对你们说她的去处。"灵云道:"我名齐灵云,乃乾坤正气妙一真人长女,同了舍弟金蝉、师妹朱文,奉命到青螺有事。因以前在成都辟邪村玉清观见着优昙大师门下玉清师太,说起八姑大名,十分倾慕,便道来此拜见,并无他意。"

那女子闻言,瘦骨嶙峋的脸上,竟透出了一丝丝笑意。答道:"三位嘉客竟是玉罗刹请你们来的么?我正是八姑。恕我废人不能延宾,左右石上,请随意落座叙谈吧。"三人各道了惊扰。坐定以后,邓八姑道:"我只恨当初被优昙大师收服时一时负气,虽然不再为恶,却不肯似玉清道友苦苦哀求拜她为师,以为旁门左道用正了亦能成仙。不幸中途走火入魔,还亏守住了心魂,落了个半身不遂,来参这个枯禅,受了欺负。如今眼看别人不如我的,倒得成正果,始知当初错了主意。我因喜欢清静,才选了这一个枯寒荒僻所在修炼。我坐的石台底下有一样宝贝,名为雪魂珠,乃万年积雪之精英所化,全仗它助我成道。不想被滇西一个妖僧知道,欺我不能转动,前来劫夺。我守着心神,不离开这石台,他又奈何我不得。同我斗了两次法,虽然各有损伤,终于被我占了上风。他气愤不过,用魔火来炼我。我情愿连那雪魂珠一齐炼化。炼了一百多天,我正在危险之际,恰好玉清道友前来看我,替我赶走了妖僧。她如要晚来十几天,我便要连人带珠被魔火炼成灰烬。承她故人情重,陪我谈了好多天;又去运了许多奇花,栽植在这玄冰窟内。里面俱非山石,乃是千年玄冰凝结,长年奇寒,一到日落西山,四面罡风吹来,奇冷刺骨。每年只四月半起至七月半止,才能见得着日光,有一丝暖意,所以寸草不生。此地花草下面有灵丹护根,才能亘古长青。玉清道友对我说,她曾向优昙大师代求问前途休咎,说我要脱劫飞升,须等见了二云以后。我也曾静中参悟,都是以前造孽,才有今日。如今罪也受够了,难快满了,算计救我的人也快来了,每日延颈企望,好容易才盼到道友至此。尊名已有一个云字,还有一位名字有云字的人,想必也是道友同门至契,不知道友可知道否?”

灵云道:“同门师姊妹中资质比较高一点的,只有黄山餐霞大师门下的周轻云妹子,要请她来也非难事。若论道行,都和我一样,自惭浅薄,要助道友脱劫,只恐力不从心。不知玉清大师可曾说出如何救法么?”邓八姑道:“道友太谦。玉清道友也曾言过,二云到此,为的奉命除魔,在魔宫中遇见一位前辈奇人,得了一样至宝和两粒灵丹,再借二位道友法力热心,我便可以脱劫出来了。”灵云道:“既然事有前定,只要用得着绵力,无不尽心。就是我等此来,也是为破青螺,相助一位道友脱难。但是此地从未来过,又不知敌人深浅虚实,特来请教。道友仙居与青螺密迩,想必知之甚详,可能指示端倪么?”

邓八姑道:“若论青螺情形,我不仅深知,那八个魔崽子还是我的晚辈呢。当初他们的师父神手比丘魏枫娘,原和我有许多渊源。自从我闭门思过隐居此地,不知怎的竟会被她知道,前来访我数次,想拉我和她在一起。彼时我虽然未走火入魔,已是同她志趣不投,推托自己此后决意闭户潜修,不再干预外务,婉言拒绝了她。她终不死心,数次来絮聒。最末一次来,正赶上我用彻地神针打通此山地主峰玉京潭绝顶,直下七千三百丈,从地窍中去取那万年冰雪之英所凝成的雪魂珠。她见我得此至宝,又歆羡又嫉妒,竟趁我化身入地之际,用妖法将潭顶封闭,想使我葬身雪窟,她再设法将珠取去。不知我已有防备,再加寻珠到手,妙用无穷,她那点小伎俩,如何能将我禁锢?我因她徒党甚多,不愿和她明里翻脸,只将潭顶轰坍,我从冰山雪块之中飞身而出。她见我破了她的玄虚,才息了妄念。我虽装作不知,她岂有不明白之理?坐了一会,自觉内愧,忽然起身对我说道:‘人各有志,不便相强。青螺相去咫尺,我们俱是多年老友,我的徒弟甚多,希望你当前辈的人遇事指教照应,这想必可以请你答应了吧?'她这种小人之心,明是见害我不成,她正图谋大举,我住在她的邻近,怕我记仇去寻她生事,探探我的口气。明人一点就透,我便说只要人不犯我,我不但不管闲事,决不离开此地。照应既无所用其力,为人利用去妨害他人也决不做。她才走去,从此就没有再来。不久我就走火入魔,心在身死,不能转动,老防她来寻我麻烦。直到玉清道友来对我说起,才知被令慈妙一夫人在成都将她斩首,才去了我的心病。论理我应当遵守前言,不该趁她死后,帮助外人对付她的徒弟。但是那用魔火炼我的蛮僧,就是八魔新近请来的同党。因为这次正派同他们为敌,谣传乾坤正气妙一真人的金光烈火剑,业已在东海炼成,无论何派的飞剑,遇上便化成顽铁消融。知道只有我的雪魂珠能够抵敌,先由那蛮僧和我明要未允,又来抢夺,差点将我多年苦修的道行毁于魔火之下。他们既能食前言,我岂不可背信?无奈我身体已死,不能前去,只能略说他们一点虚实罢了。"灵云等连忙齐声称谢。

八姑又道:"青螺虽是那座大山的主名,魔宫却在那山绝顶中一个深谷以内。这里纵横千余里,差不多全是雪山。只魔宫是在温谷以内,藏风聚气,不但景物幽美,草木繁滋,而形势之佳更为全山之冠。那谷是个螺丝形,谷口就是螺的尾尖,曲折回环,走进去二十多里,才看得见谷道。外面的人不易看见里面。虽然诸位飞行绝迹,进去寻找魔宫并不算难。但是他们必利用天然形势,随地布置妖法,若果没有防备,也难免不遭暗算。诸位此来,是否准备就去?我好早去准备。"灵云便把接着飞剑传书,才得知赵心源五月初五魔宫赴约之事,这位赵道友想必尚在路上,自己意欲先去探个虚实,再迎上前去与赵道友相见一面等语,说了一遍。

八姑道:"三位来时,走的是西北云中直路。赵道友既和人相约,定知路径,当由川滇官道旁一条捷径而来。那条路上梵宇甚多,赵道友如在端阳前赶到,定要先寻住所,到时明张旗鼓前去赴约。只需明后日由二位中分出一位,前往东南那条人行路上寻找,便可相见。至于到魔宫去探听虚实,我看现在他们竟敢和峨眉为敌,请的能人一定不少。并非我小看三位道友,实因我将来脱劫,全仗诸位道友,意欲请道友代我看护顽躯,不要远离,我将元神遁化,亲去探看虚实。旧游之地,比较能知详细,即使遇见妖法,也容易脱身回来。道友以为如何?"灵云闻言大喜,称谢道:"我等因为事要机密,不便另寻寺观投宿,雪山高寒,又少山洞,难得道友不弃,正想在仙居停足数日,冒昧不便启齿,不想道友如此热肠肝胆,真令人感谢不尽了。"八姑道:"此后借助之处甚多，无须太谦。不过我已是惊弓之鸟，我这一副枯骨，不得不先用障眼法儿隐去，全仗三位道友法力护持了。"说罢，一晃眼间，石台上仍是空空如也。三人知八姑已神游魔宫，暗暗惊异，各人轮流在石台旁守护，分别在谷中玩赏风景，并不远离。

日光一晃消逝，有回山雪光反映，仍是通明。三人谈了一会，俱在石台旁坐定用功，静候八姑消息。半夜过后，八姑仍未回来。朱文道："怎么八姑由申正走，到如今还不见回来哩？"金蝉道："我也正担心她连自身尚不能转动，还去冒这种大险，姊姊不该答应她去。我们在此枯等，难受还不要说，要是人家出了事，才对不起人哩。"灵云道："你真爱小看人。八姑与玉清大师同门，要论以前本领，还在玉清大师之上，又在此潜修多年，她如不是自问能力所及，如何会贸然前去？我并非依赖别人，自己畏难偷懒，实为她情形熟悉，比我们亲去事半功倍。难得她又如此热心，要是谢绝她这一番好意，听玉清大师说过，她性情率直，岂不反招她不快么？承她一番相助诚意，将来助她脱劫，即使我和轻云妹子力不能及，也定去求母亲给她设法，好歹也助她成道便了。"

三人又谈了一阵，不觉到了天明。灵云也起了惊虑之心，已商量分人前去探看。忽听石台上长吁了一声，八姑现身出来，好似疲乏极了。三人道了烦劳，八姑只含笑点了点头。又停了一会，才张口说道："魔宫果然厉害，大非昔比，我也差点闪失。此番不但知了他的细情，还替三位代约请了一位帮手。那位赵道友，我已探出他同行诸位剑仙住在大道旁一座喇嘛庙中。三位少时寻去，便可见面商量进行。"

八姑刚要将探青螺之事详细说出，忽听山顶传来几声雕鸣，十分凄厉。金蝉和神雕处得熟了，听出是它的声音，又知道英琼、若兰二人要随后赶来，不由吃了一惊。

第八十三回

鬼风谷　神雕救主
玉影峰　恶徒陷师

金蝉便对灵云道:"姊姊你听,佛奴不是回去了么,如何又在上面叫喊? 莫非凝碧崖发生了什么事,前来寻我们吗?"灵云、朱文也听出雕鸣不似往日,灵云忙叫朱文去看,金蝉也跟着出来。二人才离开了谷凹,还未张嘴,神雕已在空中看见二人站在下面,长鸣了一声,似弹丸飞坠一般,将两翼收敛,一团黑影从空中由小而大,直往谷底飞落下来,一路哀鸣,往二人身旁扑来。金蝉本有心病,首先问道:"你这般哀鸣,莫非你主人李英琼赶了来,在半途中失了事么?"那雕将头点了点,长鸣一声,金眼中竟落下两行泪来。朱文、金蝉双双忙喊:"姊姊快来! 英琼妹子被恶人困陷了,神雕是来求救的呢!"言还未了,灵云已早看出原因,救人心急,便对八姑道:"有一位同门道友中途失陷,愚姊妹三人即刻要去救援,等将人救回,再行饱聆雅教吧。"八姑道:"这位道友既有仙禽随身还遭失陷,定在鬼风谷遇见了那用魔火炼我的蛮僧了。这妖孽妖法厉害,名叫作雅各达,外号西方野魔,与滇西毒龙尊者都是一般传授。不过毒龙尊者门下弟子众多,声势浩大;他只独身一人,知他底细的人甚少。他除会放黄沙魔火外,还有一个紫金钵盂同一支禅杖,俱都非常厉害。三位到了鬼风谷,如那位道友被魔火困住,须要先破去他的魔火,才能过去救人;否则一经被他魔火罩住,便难脱身。千万留神小心,以免有失!"说到这里,金蝉、朱文已连声催促。八姑也说灵云事不宜迟。

三人与八姑告罪道别,一齐飞上雕背。那雕长鸣了一声,展开双翼,冲霄便起,健翮凌云,非常迅速,不消片刻,已到了鬼风谷山顶之上。灵云见谷下黄尘红雾中,隐隐看见英琼的紫郢剑在那里闪动飞舞,知道英琼将紫郢剑护身,或者尚不妨事。眼看快要飞到,忽见对崖飞下一道青光,一道红光。定睛一看,对崖上站定两个女子,一个正是周轻云。一会又从崖这面飞过一个女子。这两个女子虽未见过,知是轻云约来的无疑。说时迟,那时快,一转眼间,神雕业已飞到对崖落下。这才看见崖对面山半腰中坐着一个红衣蛮僧,业已放出一条似龙非龙的东西,与轻云等飞剑、红光斗作一团。朱文也将宝镜取出,照向下面,黄尘虽然消灭,红雾未减。本拟飞剑出去助阵,忽听那年纪较长的女子说:"请大家后退!"灵云已听邓八姑说魔火厉害,忙拉了金蝉退出去二十多丈。那年长的女子已从怀中取出一面小幡,一展招,连人带幡踪迹不见,一眨眼间已将英琼、若兰二人救上崖来。金蝉、朱文见二人中了妖法昏迷不醒,心中大怒,双双将各人飞剑放出,直取那红衣蛮僧。

西方野魔雅各达原本不在鬼风谷居住。他听六魔厉吼的好友逍遥神方云飞无意中说起邓八姑从小长白山冰雪窟中将雪魂珠得了去。他垂涎此宝已有多年,怎奈小长白山方圆数百里,只听过高明人传说,不知实在地方及如何下手,又没有练过玄门中开山彻地之法,只得作罢。忽然闻说被一个女子取去,非常嫉愤。知道此话是从神手比丘魏枫娘那里听来的,便约方云飞到魔宫打听个仔细。及至见着八魔,才知魏枫娘已死,果然此宝是落在八姑之手。八魔本来早就听说峨眉派许多能人要在端午节前来,又知雪魂珠有无穷妙用,正好鼓动西方野魔去将珠夺来,自己还可添一个大大的帮手。西方野魔问明了路径,赶到小长白山一看,谷中石凹内空无一人,知道八姑隐了身形不肯见他。连去了两次,用言语一激,八姑才现身出来。他见八姑走火入魔,业已身躯半死,欺她不能转动,便和她明着强要。八姑自是不肯,两人言语失和,动起手来,各用法宝,互有损失。西方野魔见雪魂珠未能到手,反被八姑破了他两样心爱的宝贝,妖法又奈何她不得,恼羞成怒,便用魔火去炼,准备雪魂珠也不要了,将八姑炼成飞灰泄愤。炼了多日,被玉清大师前来将他赶走,愈加气愤。也不好意思去见八魔,暗自跑到鬼风谷内潜藏。仍不死心,想再炼一样厉害法宝,与八姑分最后胜负,非将雪魂珠取到手中,誓不甘休。

这日正在谷内打坐,忽听远处一声雕鸣。抬头一看,只见一只黑雕,两眼金光四射,两翼刮起风力呼呼作响,身子大得也异乎寻常,疾飞若驶,正从谷顶飞过。知道这是有道行的金眼雕,不由心中一动。暗想:"遇见这种厉害的大雕,我何必去炼什么法宝?只消追上去将它擒到收服,一加驯练,便可去寻那邓八姑,二次和她要雪魂珠。如再不允,我只需用法宝绊住她的元神,再命这雕暗中抓去她的躯壳,何愁宝不到手?"正想得称心,谁知那雕竟飞得比电还疾,眨眼工夫已没入云中,只剩一点黑影。刚在顿足可惜,忽然黑影渐大,又朝谷顶飞来。西方野魔好不高兴,这次更不怠慢,口中念念有词,忙将紫金钵盂往上一举。他这钵盂名为转轮盂,一经祭起,便有黑白阴阳二气直升高空,无论人禽宝贝,俱要被它吸住,不能转动。眼看黑白二气冲到那雕脚下,那雕只往下沉了十来丈,忽又升高,长鸣了一声。西方野魔见转轮盂并未将那雕吸住,大为惊异,便将钵盂收回。正要别想妙法,那雕忽然似弩箭脱弦,疾如流星一般,直往谷底飞来,眼看离地还有数十丈高下,猛听一声娇叱道:"大胆妖僧,无故前来生事,看我法宝取你!"

言还未了,那雕业已飞落面前。适才因为那雕飞得太高,雕大人小,竟没有留神看到雕背上还坐着两个人。此时近前一看,见是两个美貌幼女。情知这两个女子虽然小小年纪,能骑着这种有道行的大雕在高空飞行,必有大来历。但是自恃妖法高强,也未放在心上。暗想:"我的钵盂未将你们吸住,你们不见机逃走,反来送死。送上门的买卖,岂能放过?"便大喝道:"尔等有多大本领,敢在佛爷头上飞来飞去?快快将雕献来,束手就擒,免得佛爷动手!"言还未了,那两个少女已双双跳下雕背。年长的一个手扬处,一道青光飞来。西方野魔怪笑一声,喝道:"无知贱婢,也敢来此卖弄!"将左臂一振,臂上挂着的禅杖化成一条蛟龙般的东西,将青光迎个正着。西方野魔也是一时大意,想看看来人有多大本领,没有用转轮钵去吸收敌人飞剑。刚将禅杖飞出,不想对面又是一声娇叱,那年纪小的一个女子手一扬,冷森森长虹一般一道紫光,直往西方野魔顶上飞来。这才想起用转轮钵去收。刚刚将钵往上一举,谁知敌人飞剑厉害,眼看那道紫光如神龙入海,被黑白二气裹入钵内,猛觉右手疼痛彻骨,知道不好。连忙用自己护身妖法芥子藏身,遁出去有百十丈远近。一看手中钵盂,业已被那道紫光刺穿,还削落了右手三指。来人见妖僧钵盂内出来了黑白二气,自己飞剑被他裹入在内,正在心急,忽然妖僧不见,紫光飞向西北角去。朝前一看,那妖僧手拿钵盂,已逃在半崖腰一块山石上面,自己宝剑正飞追过去呢。

来的这两个女子正是李英琼与墨凤凰申若兰。两人自从神雕飞回,便即别了裴芷仙动身。路上商量,仗着神雕飞得快,打算先飞到魔宫内去建一点小功,再去寻灵云等三人。谁知那雕飞到青螺,八魔已请能人用妖法将魔宫隐住,找寻不着,只得驾那雕去寻着灵云再作计较。往回路走时,飞到一个山谷上面,忽然雕身往下沉了一沉,重又飞起。若兰对英琼道:"下面有人暗算我们。"二人往下面一看,果然下面谷内有一个人正朝天上指手画脚,又见有黑白两道气由上往下朝那人手中飞去。英琼道:"下面的人定是青螺党羽,我们何不拿他试试手呢?"若兰艺高人胆大,自是赞同。便商量先飞下去，一面和那人动手，倘若他是青螺党羽，暗命神雕将他抓走，去见灵云报功。二人商量好了，便降落下来。一看西方野魔打扮同说话，已知是个妖僧，便动起手来。若兰飞剑敌住蛮僧禅杖正觉吃力，忽见英琼宝剑得胜，妖僧败退到半崖腰上。更不怠慢，一面指挥飞剑迎敌，暗诵咒语，手一扬处，将红花姥姥所传的十三粒雷火金丸朝蛮僧打去。西方野魔要是先用金钵收了若兰飞剑，英琼那把紫郢剑爱同性命，恐有闪失，决不肯轻易放出。他不该一时大意轻敌，反致受伤，伤了宝贝，还算见机得快，没有丧了性命。刚刚败逃出去，敌人飞剑竟一丝也不肯放松，随后追到。正在心慌意乱，忽然又从敌人方面飞来十几个火球，再想借遁已来不及，被火球在背上扫着一下，立刻燃烧起来，同时那道紫光又朝头顶飞到。

西方野魔出世以来，从未遇见过敌手，自从和玉清大师斗法败逃以后，今日又在这两个小女孩子手里吃这样大亏，如何能忍受。本想将天魔阴火祭起报仇，未及施为，敌人飞剑、法宝连番又到，知道再不先行避让，就有性命之忧。顾不得身上火烧疼痛，就地下打了一个滚，仍借遁回到原处，取出魔火葫芦，口中念咒，将盖一开，飞出一面小幡。幡见风一招展，立刻便有百十丈黄尘红雾涌成一团，朝敌人飞去。英琼、若兰见敌人连遭挫败，那只神雕盘旋高空，也在觑便下攫之际，忽见敌人又遁回了原处，从身畔取出一个葫芦，由葫芦中飞出一大团黄尘红雾，直向她们飞来。若兰自幼随定红花姥姥，知道魔火厉害。一面收回金丸、飞剑，忙喊："妖法厉害，琼妹快将宝剑收回走吧。"英琼本来机警，闻言将手一招，把紫郢剑收回。若兰拉了英琼正要升空逃走，已是不及，那一大团黄尘红雾竟和风卷狂云一般，疾如奔马，飞将过来，将二人围住。还亏英琼紫郢剑自动飞起，化成一道紫虹，上下盘舞，将二人身体护住。二人耳际只听得一声雕鸣，以后便听不见黄尘外响动，只觉一阵阵腥味扑鼻，眼前一片红黄，身上发热，头脑昏眩。

似这样支持了有半个多时辰，忽听对面有一个女子声音说道："李、申两位姊姊快将宝贝收起，妹子好救你们出险。"若兰不敢大意，忙问何人。紫玲用弥尘幡下去时，有宝幡护体，魔火原不能伤她，以为还不一到就将人救出。及至到了下面一看，李、申二人身旁那道紫光如长虹一般，将李、申二人护住，漫说魔火无功，连自己也不能近前，心中暗暗佩服峨眉门下果然能人异宝甚多。知道紫光不收，人决难救，情知自己与二人俱素昧平生，在危难之中未必肯信，早想好了主意。果然若兰首先发问，立刻答道："神雕佛奴与齐灵云姊姊送信，寻踪到此，才知二位姊姊被魔火所困，特命妹子前来救援。

如今灵云姊姊等俱在上面，事不宜迟，快将法宝收起，随妹子去吧。"英琼、若兰闻言才放了心，将紫郢剑收起，随紫玲到了上面。也是忙中有错，李、申二人该有此番小劫，竟忘了二人在下面不曾受伤，全仗紫郢护体。正在英琼收回紫郢，紫玲近前用幡救护之际，英琼收剑时快了一些，紫郢一退，红雾侵入，虽然紫玲上前得快，已是不及，沾染了一些。二人当时只觉眼前一红，鼻中嗅着一股奇腥。等到紫玲将二人救上谷顶，业已昏迷不省人事了。

这时灵云、朱文、金蝉已相继将飞剑随后放出，直取西方野魔。西方野魔起初见对面又飞来两个敌人，一个是一道金光，一个是一团红光，自己禅杖飞出去迎敌，竟然有点迎敌不下。正要将魔火移到对崖将敌人困住，忽听一声雕鸣，对崖上先后又飞下四女一男。才一照面，内中一个女子从怀中取出一面镜子，发出百十丈五彩金光，照到谷下，立刻黄尘四散。接着另一个女子忽然一晃身形，踪迹不见，一转眼间竟将下面两个幼年女子救上来，出入魔火阵中，无事人一般。同时对面敌人先后放出许多飞剑，内有一道金光，一道紫光，还带着风雷之声。不由大吃一惊，想不到这些不知名的年轻男女竟有这般厉害。他已吃过敌人紫光苦头，见来的又有一道紫光，不敢怠慢。一面指挥魔火向众人飞去，一面用手一指面前香炉，借魔火将炉内三支大香点燃。口中念诵最恶毒不过的天刑咒，咬破舌尖，大口鲜血喷将出去。对崖灵云等眼看敌人手忙脚乱，飞剑行将奏功，忽见谷底红雾直往上面飞来，接着便是一阵奇香扑鼻，立刻头脑昏晕，站立不稳。知道妖法厉害，正有些惊异，忽听紫玲道："诸位姊姊不要惊慌。"言还未了，便有一朵彩云飞起，将众人罩住，才闻不见香味，神志略清。同时朱文宝镜的光芒虽不能破却魔火，却已将飞来红雾在十丈以外抵住，不得近前。紫玲一见，大喜道："只要这位姊姊宝镜能够敌住魔火，便不怕了。"说罢，向寒萼手中取过彩霓练，将弥尘幡交与寒萼，吩咐小心护着众人。自己驾玄门太乙遁法隐住身形，飞往妖僧后面，左手祭起彩霓练，右手一扬，便有五道手指粗细的红光直往西方野魔脑后飞去。那红光乃是宝相夫人传授，用五金之精炼成的红云针，比普通飞剑还要厉害。西方野魔眼看取胜，忽见对面敌人身畔飞起一幢五色彩云，魔火又被那女子宝镜光芒阻住，不能上前，正在焦急。猛觉脑后一阵尖风，知道不好，不敢回头，忙将身往前一蹿，借遁逃将出去有百十丈远近。回头一看，一道彩虹连出五道红光，正朝自己飞来。眼见敌人如此厉害，自己法宝业已用尽，再不见机逃走，定有性命之忧。不敢怠慢，一面借遁逃走，一面口中念咒，准备将魔火收回，谁知事不由己。紫玲未曾动手，已将颠倒八门锁仙旗各按五行生克祭起。西方野魔才将身子起在高空,便觉一片白雾弥漫,撞到哪里都有阻拦。知道不妙,恐怕自己被法力所困,敌人却在明处,一个疏神,中了敌人法宝,不是玩的。当下又恨又怕,无可奈何,只得咬一咬牙,拔出身畔佩刀,只一挥,将右臂斫断,用诸天神魔,化血飞身,逃出重围,往上升起。刚幸得脱性命,觉背上似钢爪抓了一下,一阵奇痛彻心。情知又是敌人法宝,身旁又听得雕鸣,哪敢回顾,慌不迭挣脱身躯,借遁逃走。

西方野魔一口气逃出去有数百里地,落下来一看,左臂上的皮肉去掉了一大片,连僧衣、丝绦及放魔火的葫芦都被那东西抓了去,才想起适才听得雕鸣,定是被那畜生所害。想起只为一粒雪魂珠,多年心血炼就的至宝毁的毁,失的失,自己还身受重伤,成了残废。痛定思痛,不禁悲从中来。正在悔恨悲泣,忽听一阵极难听的吱吱怪叫,连西方野魔这种凶横强悍的妖僧,都被它叫得毛骨悚然,连忙止泣,起身往四外细看。只见他站的地方正是一座雪山当中的温谷,四围风景既雄浑又幽奇,背倚崇山,面前坡下有一湾清溪,流水淙淙,与松涛交响。那怪声好似在上流头溪涧那边发出。心想定是什么毒蛇怪兽的鸣声,估量自己能力还能对付。便走下涧去,用被剑穿漏了的紫金钵舀了小半钵水,掐指念咒,画了两道符,将水洗了伤处,先止了手臂两处疼痛。一件大红袈裟被雕爪撕破,索性脱了下来,撕成条片,裹好伤处。然后手提禅杖,循声而往。这时那怪叫声越叫越急。西方野魔顺着溪涧走了有两三里路,转过一个溪湾,怪声顿止。那溪面竟是越到后面越宽,快到尽头,忽听涛声聒耳。往前一看,迎面飞起一座山崖,壁立峭拔,其高何止千寻。半崖凹处,稀稀地挂起百十条细瀑,下面一个方潭,大约数十亩。潭心有一座小孤峰,高才二十来丈,方圆数亩,上面怪石嵯峨,玲珑剔透。峰腰半上层,有一个高有丈许的石洞,洞前还有一根丈许高的平顶石柱。这峰孤峙水中,四面都是清波萦绕,无所攀附,越显得幽奇灵秀。暗忖:"我落得如此狼狈,也难见人。这洞不知里面如何,有无人在此参修。要是自己看得中时,不如就在此暂居,徐图报仇之计,岂不是好?"

想到这里,便借遁上了那座小峰,脚才站定,怪声又起。仔细一听,竟在洞中发出,依稀好似人语说道:"谁救我,两有益;如弃我,定归西。"西方野魔好生奇怪。因为自己只剩了一支独龙禅杖,一把飞刀,又断了半截手臂,不敢大意。轻悄悄走近洞口一看,里面黑沉沉只有两点绿光闪动,不知是什么怪物在内。一面小心准备,大喝道:"我西方野魔在此,你是什么怪物,还不现身出洞,以免自取灭亡!"言还未了,洞中起了一阵阴风,立刻伸手不见五指。西方野魔刚要把禅杖祭起，忽听那怪声说道："你不要害怕，我决不伤你。我见你也是一个残废，想必比我那个狠心伙伴强些。你只要对我有好心，我便能帮你的大忙；如若不然，你今天休想活命。"西方野魔才遭惨败，又受奚落，不由怒火上升，大骂："无知怪物，竟敢口出狂言。速速说出你的来历，饶你不死！"言还未了，阴风顿止，依旧光明。西方野魔再看洞中，两点绿光已不知去向，还疑怪物被他几句话吓退。心想："你虽逃进洞去，怎奈我已看中了这个地方，我只需将禅杖放进洞去，还愁抓你不出来？"刚把禅杖一举，未及放出，猛觉脑后有人吹了一口凉气，把西方野魔吓了一大跳，回头一看，并无一人。先还以为是无意中被山上冷风吹了一下，及至回身朝着洞口，脖颈上又觉有人吹了一口凉气，触鼻还带腥味。知道怪物在身后暗算，先将身纵到旁边，以免腹背受敌。站定回身，仍是空无一物，好生诧异。正待出口要骂，忽听吱吱一声怪笑，说道："我把你这残废，我不早对你说不伤你么，这般惊慌则甚？我在这石柱上哩，要害你时，你有八条命也没有了。"

西方野魔未等他说完，业已循声看见洞口石柱上，端端正正摆着小半截身躯和一个栲栳大的人脑袋，头发胡须绞作一团，好似乱草窝一般，两只眼睛发出碧绿色的光芒。头颈下面虽有小半截身子，却是细得可怜，与那脑袋太不相称。左手只剩有半截臂膀，右手却像个鸟爪，倒还完全。咧着一张阔嘴，冲着西方野魔似笑非笑，神气狰狞，难看已极。西方野魔已知怪物不大好惹，强忍怒气说道："你是人是怪？为何落得这般形象？还活着有何趣味？"那怪物闻言，好似有些动怒，两道紫眉往上一耸，头发胡须根根直竖起来，似刺猬一般，同时两眼圆睁，绿光闪闪，益发显得怕人。倏地又敛了怒容，一声惨笑，说道："你我大哥莫说二哥，两人都差不多。看你还不是新近才吃了人家的大亏，才落得这般光景么？现在光阴可贵，我那恶同伴不久回来，你我同在难中，帮别人即是帮自己。你如能先帮我一个小忙，日后你便有无穷享受。你意如何？你大概还不知道我的来历，可是我一说出，你如不能帮我的忙，你就不用打算走了。"西方野魔见怪物口气甚大，摸不清他的路数，一面暗中戒备，一面答道："只要将来历说出，如果事在可行，就成全你也无不可。如果你意存奸诈，休怪我无情毒手，让你知道我西方野魔雅各达也不是好惹的。"那怪物闻言，惊呼道："你就是毒龙尊者的同门西方野魔么？你我彼此闻名，未见过面，这就难怪了。闻得你法术通玄，能放千丈魔火，怎么会落得如此狼狈？"西方野魔怒道："你先莫问我的事，且说你是什么东西变化的吧。"

那怪物道:"道友休要出口伤人。我也不是无名之辈,我乃百蛮山阴风洞绿袍老祖便是。自从那年在滇西与毒龙尊者斗法之后,回山修炼,多年未履尘世。去年毒龙尊者与我送去一信,请我到成都慈云寺去助他徒弟俞德与峨眉派斗法。我正因为几年来老吃苗人心血,想换换口味,便带了法宝赶到成都,由地遁入了慈云寺。到了不两天,我先将我炼就的十万百毒金蚕蛊,由夜间放到敌人住的碧筠庵内,想将峨眉派一网打尽。不想被一个对头识破,首先有了防备,不知道他用的什么法宝,将我金蚕蛊伤去大半。我在慈云寺心中一痛,便知不好,还算见机得早,赶快用元神将蛊收回。第二天晚上,峨眉派的醉道人来定交手日期,我想拿他解解恨,未及我走到他身前,忽从殿外飞来一道金光将他救走。我岂能放过,一面将法宝祭起,追赶出来。他们好不歹毒,故意叫醉道人引我出来,等我放蛊去追,才由头次破我法的对头放出千万道红丝般的细针,将我多年心血炼就的金蚕蛊两头截断,失了归路,一个也不曾逃脱,全被刺死。我愤极拼命,自现元神,二次将修罗幡祭起。正要取胜,谁知敌人准备周密,能手来了好几个。先飞来一块五云石,将幡打折。接着又是匹练般一道金光捷如闪电飞来,将我腰斩。我脑内藏有一粒玄牝珠,未受敌人损害,只要不被敌人取去,日后仍可修炼报仇。但是敌人非常厉害,事在紧迫,来不及脱身飞走。

　　"在这间不容发之际,我门下大弟子独臂韦护辛辰子从阴风洞赶到,将我救到此地。我很奇怪他为何不将我救出山去,却来此地。后来才知他救我,并不是因为我是他师父,安什么好心,他是看中了我那粒珠子。那玄牝珠本是我第二元神,用身外化身之法修炼而成。我虽然失了半截身子,只需寻着一个资质好的躯壳,使我与他合而为一,再用我道法修炼三年零六个月,一样能返本来面目。谁知这厮心存奸诈,将我带到此地,先用假话安慰,说本山出了事不能回去,请我稍微养息,再说详情。我见他既冒险将我救出,哪里料到他有恶意。他趁我不防,先用我传他的厉害法术阴魔网将这山峰封锁,无论本领多大的人,能生入不能生出,到此休想回去。他还嫌不足,又在崖上挂起魔泉幡,以防我运用元神逃走。你看见崖上数十道细瀑,便是此幡幻景。人若打此峰逃走,崖上数十道细瀑,便化成数十条白龙将你围住,不得脱身。他一切布置好后,才和我说明:我既成了残废,不如将玄牝珠给他成道,虽然我失去了人身,元神与他合一,也是一样。原来他不带我回山,并非出了什么事,乃是想独得我这粒玄牝珠,恐我门下十一个弟子不答应,和他为仇。打算将珠得到手中,再回山收服众同门,自为魔祖。你说他心有多毒？只怪我当时瞎了眼，不但将平生法术倾囊传授，还助他炼成了几件厉害法宝。我失却了金蚕蛊和修罗幡，第一元神被斩，不但不能制他，几乎毁在他手里。

"还算我主意拿得稳，自从看穿了他的奸计，一任他恐吓哄骗，好说歹说，老守着我这第二元神不去理他。再要被他逼得太急时，我便打算和他同归于尽。我虽然只剩了半截身子和半条臂膀，一样可以运元神化风逃走。一则他防范周密，四面都有法术法宝封锁；二则我的对头太多，恐怕冤家路窄，遇上更糟，所以忍痛在此苦挨。可恨他陷我在此还不算，每隔些日，还到外面去奸淫、吃人血快活，乐享够了，回来便千方百计给我苦吃。准备等我苦吃够了，受不住煎熬，答应将珠献出，他便将这玄牝珠再加一番祭炼，成为他的身外化身。以后他无论遇见多厉害的敌人，我便可以做他的替身，还可借我来抵挡别人的法宝。这个山峰名叫玉影峰。我住这洞没有名，是个泉眼，里面阴风刺骨，难受已极。他在洞前立了这么一根平顶石柱，每次来此，叫我立在柱上，给我罪受。日前他又来到此地，他说他常回百蛮山去，我那十一个弟子都知道我死了，到处打听仇人。才知那晚破法斩我的人并非峨眉派，乃是峨眉派请来的能人，当年青城派鼻祖、云南雄狮岭长春岩无忧洞极乐童子李静虚。这人道法通玄，已离天仙不远，此仇如何报法？推根寻源，仇人终是峨眉派请来的，便寻峨眉门下报仇。今年春天，居然被他们在云南楚雄府擒住了两个峨眉后辈，虽然年幼，本领倒也不弱。他们将这二人擒回山去拷问，无心中听被擒的人说起，我虽然被李静虚所斩，上半截尸身却不知去向等语。我二弟子紫金刚龙灵知道我有第二元神，既然上半截尸身不见，定然化遁飞去。又知恶徒辛辰子与我是先后脚到的慈云寺，如何他几次回山不见提起？渐渐对他起了疑心，因为本领都不如他，只好强忍在心里。他见众人辞色不对，恐久后败露，到底众寡不敌，特地赶回来，限我十日内将珠献出。他已将此峰四面封锁，不怕我飞去。期满不献，便用极厉害的阴火，将我化成飞灰，以除后患。说罢，又在我的伤处照老法子给我刺了十几下魔针，让我受够了罪，这才急匆匆走去。我看他很慌张，好似有什么要事在身的神气。这山是多少穷山恶岭当中一个温谷，亘古少人行迹，仙凡都走不到此。明知无人前来救我，也不能不作万一之想，我便在洞中借着山谷回音大喊，连喊了八九日。天幸将道友引来，想是活该他恶贯满盈，我该脱难报仇了。"

西方野魔一听，他是苗派魔教中的祖师绿袍老祖，大吃一惊。暗想："久知他厉害狠毒，从来不说虚话，说得到行得出。前数月听人说，他已在成都身死，不想还剩半截身子活在此地。今日既然上了这座山峰，如不助他脱险，说不定还得真要应他之言，来得去不得。但是自己法宝尽失，已成残废。那独臂韦护辛辰子的厉害也久有耳闻，正不亚于绿袍老祖。倘若抵敌不过，如何是好？"一路盘算，为难了好一会，才行答道："想不到道友便是绿袍老祖，适才多有失敬。以道友这么大法力，尚且受制于令高徒。不瞒道友说，以前我曾炼有几件厉害法宝，生平倒也未遇见几个敌手。不想今日遇见几个无名小辈，闹得身败名裂，法宝尽失。万一敌令徒不过，岂不两败俱伤？"绿袍老祖道："道友既能遁上这个山峰，便能救我。只问你有无诚心，如真打算救我出险，并非难事。刚才我说的话，并非故意恫吓，道友不信，可试走一走看，能否脱身离此，便可明白。"西方野魔暗想："他说得辛辰子如此厉害，我就打算救他，也须试一试看，省得他日后小觑了我。"便答道："如果道友看我果真能力所及，决不推诿。不过我还要试一试令徒的法力，如能随便脱身，岂不省事？"说罢，便要借遁走去。绿袍老祖连忙拦阻道："道友且慢。你如真要试验我那恶徒法力，千万须要小心。那旁现有树林，何不用法术推动以为替身，省得自己涉险？"

西方野魔见绿袍老祖说得如此慎重，惊弓之鸟，倒也不敢大意。果然拔起一根小树，口中念念有词，喝一声："起！"那树便似有人在后推动，直往潭上飞去。眼看要飞出峰外，忽听下面一阵怪叫，接着天昏地暗，峰后壁上飞起数十条白龙，张牙舞爪，从阴云中飞向峰前。一霎时烈火飞扬，洪水高涌，山摇地转，立足不定。眼看那数十条白龙快要飞到峰上，猛听一声惨叫，一团绿阴阴的东西从石柱旁边飞起，与那数十条白龙才一照面，一会工夫，水火狂飙全都消灭，天气依旧清明。再看那株树，业已不见丝毫踪影。绿袍老祖半截身躯斜倚在洞旁石壁上，和死去了一般。西方野魔不由暗喊惭愧。看辛辰子所用的法术，分明是魔教中的厉害妖法地水火风。那数十条白龙般的东西，更不知路数同破法。如果自己紫金钵盂未破，还可抵敌。后悔不该大意误入罗网，恐怕又要难以脱身也说不定。

正在沉思，忽见绿袍老祖身躯转动，不一会，微微呻吟了一下，活醒转来。说道："道友大概也知道这个业障的厉害了吧，若非道友用替身试探，我又将元神飞出抵挡，且难讨公道呢。"西方野魔含愧答道："适才见道友本领仍是高强，何以还是不能脱身，须要借助他人呢？"绿袍老祖道："道友只知业障法术厉害，却不知他防备更是周密。他防我遁去，除用法术法宝封锁外，还在我身上伤口处同前后心插上八根魔针。他这魔针乃子母铁炼就，名为九子母元阳针。八根子针插在我身上，一根母针却用法术镇在这平顶石柱之下。如不先将母针取去，无论我元神飞遁何方，被他发觉，只需对着母针念诵咒语，我便周身发火，如同千百条毒虫钻咬难过。因为我身有子针，动那母针不得，只好在此度日如年般苦挨。只需有人代我将母针取出毁掉，八根子针便失了效用。我再将元神护着道友，就可一同逃出罗网了。我但能生还百蛮山，便不难寻到一个根骨深厚的人，借他躯壳变成为全人了。"

西方野魔闻言，暗想："久闻这厮师徒多人，无一个不心肠歹毒，莫要中了他的暗算？既然子母针如此厉害，我只需将针收为己有，便不愁他不为我用，我何不如此如此？"主意想好，便问那母针如何取法。绿袍老祖道："要取那针不难。并非我以小人之心度你，只因我自己得意徒弟尚且对我如此，道友尚是初会，莫要我情急乱投医，又中了别人圈套。我对道友说，如真愿救我，你我均须对天盟誓，彼此都省了许多防范之心。道友以为如何？"西方野魔闻言，暗骂："好一个奸猾之徒！"略一沉吟，答道："我实真心相救，道友既然多疑如此，我若心存叵测，死于乱箭之下。"绿袍老祖闻言大喜，也盟誓说："我如恩将仇报，仍死在第二恶徒之手。"二人心中正是各有打算，且自不言。

第八十四回

一息尚存　　为有元珠留半体

凶心弗改　　又将长臂树深仇

　　绿袍老祖发完了誓，一字一句地先传了咒语。接着叫西方野魔用禅杖先将石柱打倒，底下便现出一面大幡，上面画有符篆，符篆下面埋着一根一寸九分长的铁针。然后口诵护身神咒，将那针轻轻拔起，将针尖对着自己，口诵传的咒语。将针收到后，再传他破针之法，才可取那八根子针。西方野魔哪知就里，当下依言行事。一禅杖先将石柱打倒，果然山石上有一道符篆，下面有一根光彩夺目的铁针。知道是个宝贝，忙念护身神咒，伸手捏着针头往上一提。那针便粘在手上，发出绿阴阴的火光，烫得手痛欲裂，丢又丢不掉。他先前取针时，见绿袍老祖嘴皮不住喃喃颤动，哪里知道这火是他闹的玄虚，只痛得乱嚷乱跳。绿袍老祖冷冷地说道："你还不将针尖对着我念咒，要等火将你烧死么？"西方野魔疼得也不暇寻思，忙着咬牙负痛，将针对着绿袍老祖，口诵传的咒语。果然才一念诵，火便停止。那咒语颇长，稍一停念，针上又发出火光。不敢怠慢，一口气将咒念完。他念时，见绿袍老祖舞着一条细长鸟爪似的臂膀，也在那里念念有词，脸上神气也带着苦痛。等到自己刚一念完，从绿袍老祖身上飞出八道细长黄烟，自己手上的针也发出一溜绿火脱手飞去，与那八道细长黄烟碰个正着。忽然一阵奇腥过去，登时烟消火灭。绿袍老祖狞笑道："九子母元阳针一破，就是业障回来，我也不愁不能脱身了。"说罢，朝天挥舞着一条长臂，又是一阵怪笑，好似快乐极了的神气。西方野魔愤愤说道："照你这一说，那针已被你破了，你先前为何不说实话？"绿袍老祖闻言，带着不屑神气答道："不错，我已将针破了。实对你说，这针非常厉害，我虽早知破针之法，无奈此针子母不能相见，子针在我身上，我若亲取母针，便要与针同归于尽。适才见你举棋不定，恐你另生异心，我如将真正取针之法宝传了你，此宝不灭，早晚必为我害。所以我只传你取母针之法，使你先用母针将我子针取出，九针相撞，自然同时消灭，无须再烦你去毁掉它了。我只为此针所苦，没有母针不能去收子针，我自己又不能亲自去取那母针，须假手外人，因此多加一番小心，倒害你又受一点小苦了。"

西方野魔见上了绿袍老祖的大当，还受他奚落，好不愤恨，知道敌他不过，只得强忍在心。勉强笑答道："道友实是多疑，我并无别意。如今你我该离开此地了吧？"绿袍老祖道："业障今明日必回，我须要教他难受难受再走。"说罢，对着洞中念了一会咒语，挥着长臂，叫西方野魔将他抱起，自会飞下峰去。西方野魔无奈，刚将他半截身躯抱起，只听他口才喊得一声："走！"便见一团绿光将自己包围，立刻身子如腾云驾雾一般下了高峰，绿光中只听得风声呼呼，水火白龙一齐拥来，只见那团绿光带着自己上下翻滚了好一会，才得落地。猛听涛声震耳，回望山崖上，数十道细瀑不知去向，反挂起一片数十丈长、八九丈宽的大瀑布，如玉龙夭矫，从天半飞落下来。正要开言，绿袍老祖道："业障的法术法宝俱已被我破去，他素性急暴，比我还甚，回来知我逃走，不知如何愤恨害怕。可惜我暂时不能报仇，总有一天将他生生嚼碎，连骨渣子也咽了下去，才可消恨呢！"说罢，张着血盆大口，露出一口白森森的怪牙，将牙错得山响。西方野魔由恨生怕，索性人情做到底，便问是否要送他回山。绿袍老祖道："我原本是打算回山，先寻找一个有根基的替身，省得我老现着这种丑相。不过现在我又想，我落得这般光景，皆因毒龙尊者而起。听业障说，他现在红鬼谷招聚各派能人，准备端阳与峨眉派一决雌雄。他炼有一种接骨金丹，于我大是有用。你如愿意，可同我一起前去寻他，借这五月端午机会，只要擒着两个峨嵋门下有根基之人，连你也能将残废变成完人，岂不是好？"西方野魔当初原与毒龙尊者同师学道，本领虽不如毒龙尊者，但是仗有魔火、金盂，生平少遇敌手，有一时瑜亮之称。只因西方野魔性情褊忌，一味自私，不肯与毒龙尊者联合，居心想苦炼多年，再将雪魂珠得到手中，另行创立门户。不想遇见几个不知名的少年女子，失宝伤身。自己势盛时不去看望毒龙尊者，如今失意，前去求人，未免难堪，正在沉思。绿袍老祖素来专断，起初同他商量，总算念他救命之恩，十二分客气。见他沉吟不语，好生不快，狞笑一声，说道："我素来说到做到，念你帮了我一次忙，才给你说一条明路，怎么不知好歹？实对你说，适才你代我取针之时，我看出你有许多可疑之处。如果我的猜想不差，非教你应誓不可。在我未察明以前，你须一步也不能离开。我既说了，去也得去，不去也得去。如若不然，教你知我的厉害！"

这一番蛮横不近人情的话，漫说是西方野魔，无论谁听了也要生气。无奈西方野魔新遭惨败之后，久闻绿袍老祖凶名，又加适才眼见破针以后，运用元神满空飞舞，将辛辰子设下的法术法宝破个净尽，已然尝了味道。若论自己本领，纵然抵敌不过，要想逃走，却非不可能。一则自己平素就是孤立无援的，正想拉拢几个帮手，作日后报仇之计，如何反树强敌？二则也想向毒龙尊者讨取接骨金丹，接续断臂。想来想去，还是暂时忍辱为是。便强作笑容，对绿袍老祖道："我并非是不陪你去，实因毒龙尊者是我师兄，平素感情不睦，深恐此去遭他轻视，所以迟疑。既然道友要去，我一定奉陪就是。"绿袍老祖道："这有什么可虑之处？想当初我和他在西灵峰斗法，本准备拼个死活存亡，不料白眉和尚带着两个扁毛畜生想于中取利，被我二人看破，合力迎敌，白眉和尚才行退去，因此倒变仇为友。要论他的本领，如何是我的敌手？上次慈云寺他不该取巧，自己不敢前去，却教我去上这大当。我正要寻他算账，你随我去，他敢说个不字，日后我自会要他好看。"西方野魔听他如此说法，便也无有话说。

　　绿袍老祖刚叫西方野魔将他半截残躯抱起动身，忽听呼呼风响，尘沙大起。绿袍老祖厉声道："业障来了，还不快将我抱起快走！"西方野魔见绿袍老祖面带惊慌，也着了忙。刚将绿袍老祖抱起，东南角上一片乌云黑雾，带起滚滚狂风，如同饥鹰掠翅般，已投向那座山峰上面。绿袍老祖知道此时遁走，必被辛辰子觉察追赶，自己替身尚未寻到，半截身躯还要靠人抱持，对敌时有许多吃亏的地方，西方野魔又非来人敌手。事在紧急，忙伸出那一只鸟爪般长臂，低告西方野魔不要出声，口中念念有词，朝地上一画，连自己带西方野魔俱都隐去。西方野魔见绿袍老祖忽又不走，反而用法术隐了身形，暗自惊心，一面暗中准备脱身之策，静悄悄朝前看去。那小峰上已落下一个断了一只臂膊的瘦长人，打扮得不僧不道，赤着双脚，手上拿着一把小刀，闪闪发出暗红光亮。远远看过去，面貌狰狞，生得十分凶恶。那瘦长人落地便知有异，再一眼看到细瀑不流，石柱折断，愈加愤怒。仰天长啸了一声，声如枭嗥，震动林樾，极为凄厉难听。随又跑到绿袍老祖藏身的洞口。刚要往前探头，忽从洞内飞起两三道蓝晶晶的飞丝。那瘦长人又怪啸了一声，化成一溜绿火，疾如电闪般避到旁边。从身上取出一样东西，才一出手，发出五颜六色的火花，飞上去将那几道蓝丝围住。等到火花被瘦长人收回，蓝丝已失了踪迹。西方野魔看得仔细，那蓝丝出来得比箭还疾，瘦长人猝不及防，脸上好似着了一下。蓝丝破去后，那瘦长人又暴跳了一阵，飞起空中，四外寻找踪迹。不一会，跳到这面坡来，用鼻一路闻嗅，一路找寻。西方野魔才看出这人是一只眼,身躯长得瘦长,长脸上瘦骨嶙峋,形如骷髅,白灰灰的通没丝毫血色。左臂业已断去,衣衫只有一只袖子,露出半截又细又长又瘦的手臂,手上拿着一把三尖两刃小刀和一面小幡。浑身上下似有烟雾笼罩,口中不住地喃喃念咒,不时用刀往四处乱刺,山石树木着上,便是一溜红火。

西方野魔抱着绿袍老祖,见来人渐走渐近,看敌人举动,估量已知道绿袍老祖用的是隐身之法,心中一惊。略一转动,觉着臂上奇痛彻骨,原来是绿袍老祖鸟爪般的手将他捏了一下。强忍痛楚,再看绿袍老祖脸上,仍若无事一般。同时又看敌人业已走到身旁,手上的刀正要往自己头上刺到。忽听山峰上面起了一种怪声,那瘦长人听了,张开大口,把牙一错,带着满脸怒容,猛一回头,驾起烟雾,往山峰便纵。身子还未落在峰上,忽从洞内飞起一团绿影,破空而去。那长人大叫一声,随后便追。眼看长人追着那团绿影,飞向东南方云天之中,转眼不见。猛听绿袍老祖喊一声:"快走!"身子已被一团绿光围绕,直往红鬼谷飞去。

第八十五回

紫郢化长虹　师道人殒身白眉针
晶球凝幻影　怪叫花惊魔青螺峪

约有个把时辰,二人到了喜马拉雅山红鬼谷外落下。绿袍老祖道:"前面不远,便是红鬼谷。适才若非我见机,先下了埋伏和替身,那业障嗅觉最灵,差点没被他看破。他虽未死,已被我用碧血针刺瞎一目,总算先出一口恶气了。我们先歇一会,等我吃顿点心再走进去,省得见面不好意思,我已好几个月没吃东西了。"西方野魔久闻他爱吃人的心血,知道他才脱罗网,故态复萌。心想:"红鬼谷有千百雪山围绕,亘古人踪罕到,来此的人俱都与毒龙尊者有点渊源,不是等闲之辈,倒要看他是如何下手。"却故意解劝道:"我师兄那里有的是牛羊酒食,我们既去投他,还是不要造次为好。"绿袍老祖冷笑道:"我岂不知这里来往的人大半是他的门人朋友? 一则我这几月没动荤,要开一开斋;二则也是特意让他知道知道,打此经过的要是孤身,我还不下手呢。他若知趣的,得信出来将我接了进去,好好替我设法便罢;不然,我索性大嚼一顿,再回山炼宝报仇,谁还怕他不成?"西方野魔见他如此狂法,便问道:"道友神通广大,法力无边。适才辛辰子来时,你我俱在暗处,正好趁他不防,下手将他除去,为何反用替身将他引走? 难道像他这种忘恩叛教之徒还要姑息么?"绿袍老祖道:"你哪知我教下法力厉害。他一落地,见宝幡法术被人破去,以为我已逃走。偏我行法时匆忙了一些,一个不周密,被他闻见我遗留的气味寻踪而至。他也知我虽剩半截身子,并不是好惹的,已用法术护着身体。他拿的那一把妖魔血刀,乃是红发老祖镇山之宝,好不厉害,不知怎的会被他得到手中。此时若要报仇,除非与他同归于尽,未免不值。再者,我还想回山炼了法宝,将他擒到后,细细磨折他个几十年,才将他身体灵魂化成灰烟。现在将他弄死,也太便宜了他。因见他越走越近身前,我才暗诵魔咒,将洞中昔日准备万一之用的替身催动,将他引走。他已差不多尽得我的真传,只功行还差了一点。那替身不多时便会被他追上发觉,他必认为我逃回山去，我门下弟子还多，各人都炼有厉害之宝，他决不敢轻去涉险。等我寻到有根基道行躯壳复了原身，便不怕他了。"

二人正说之间，忽然东方一朵红云如飞而至，眨眨眼入谷内去了。绿袍老祖道："毒龙尊者真是机灵鬼，竟将我多年不见的老朋友东方魔鬼祖师五鬼天王请来。若能得他帮忙，不难寻李静虚贼道报仇了。"言还未了，又听一阵破空声音，云中飞来两道黄光，到了谷口落下。西方野魔还未看清来人面目，忽听绿袍老祖一声怪笑，一阵阴风起处，绿烟黑雾中现出一只丈许方圆的大手，直往来人身后抓去。刚听一声惨叫，忽见适才那朵红云较前还疾，从谷内又飞了出来，厉声说道："手下留人，尚和阳来也！"说罢，红云落地，现出一个十一二岁的童子，一张红脸圆如满月，浓眉立目，大鼻阔口。穿一件红短衫，赤着一双红脚，颈上挂着两串纸钱同一串骷髅骨念珠。一手执着一面金幢，一手执着一个五老锤，锤头是五个骷髅攒在一起做成，连锤柄约有四尺。满身俱是红云烟雾围绕。西方野魔认出来人是五鬼天王尚和阳，知他的厉害，连忙起身为礼。尚和阳才同绿袍老祖照面，便厉声说道："你这老不死的残废！哪里不好寻人享用，却跑在朋友门口作怪，伤的又是我们的后辈。我若来迟一步，日后见了鸠盘婆怎好意思？快些随我到里面去，不少你的吃喝。还要在此作怪，莫怨我手下无情了。"绿袍老祖哈哈笑道："好一个不识羞的小红贼！我寻你多年，打听不出你的下落，以为你已被优昙老乞婆害了，不想你还在人世。我哪里是有心在此吃人，只为谷内毒龙存心赚我，差点在慈云寺吃李静虚贼道丧了性命。他既知我上半截身躯飞去，就该寻找我的下落，用他炼就的接骨丹与我寻一替身，使我仍还本来，才是对朋友的道理。因他置之不理，害我只剩半截身躯，还受了恶徒辛辰子许多活罪。今日特意来寻他算账，打算先在他家门口扫扫他的脸皮，就便吃一顿点心。既遇见你，总算幸会，活该我口中之食命不该绝。我就随你进去，看他对我怎生发付？你这样气势汹汹的，不过是欺我成了残废，谁还怕你不成？"

先前黄光中现出的人，原是两个女子，一个已被绿袍老祖大手抓到，未及张口去咬，被尚和阳夺了去。他二人是女魔鸠盘婆的门下弟子金姝、银姝。因接了毒龙尊者请柬，鸠盘婆长于先天神数，最能前知，算出各异派俱不是峨眉对手，不久正教昌明，自己虽也是劫数中人，总想设法避免，不愿前来蹚这浑水，又不便开罪朋友，便派金姝、银姝二人到来应应卯，相机行事。不想刚飞到谷口，银姝险些做了绿袍老祖口内之食。她二人俱认得五鬼天王尚和阳是师父好友，他在此便不妨事。于是走了过来，等尚和阳和绿袍老祖谈完了话,先向尚和阳道谢救命之恩。然后说道:"家师因接了毒龙尊者请柬,有事在身,特命弟子等先来听命。原以为到了红鬼谷口,在毒龙尊者仙府左近,还愁有人欺负不成? 自不小心,险些送了一条小命。可见我师徒道行浅薄,不堪任使,再留此地,早晚也是丢人现眼。好在毒龙尊者此次约请的能人甚多,用弟子等不着;再者弟子也无颜进去。求师伯转至毒龙尊者,代弟子师徒告罪。弟子等回山,如不洗却今朝耻辱,不便前去拜见。恕弟子等放肆,不进去了。"绿袍老祖听她二人言语尖刻,心中大怒,不问青红皂白,又将元神化成大手抓去。金姝、银姝早已防备,不似适才疏神,未容他抓到,抢着把话说完,双双将脚一顿,一道黄烟过处,踪迹不见。尚和阳哈哈大笑道:"果然强将手下无弱兵。绿贼早晚留神鸠盘婆寻你算账吧。"绿袍老祖二次未将人抓着,枉自树了一个强敌,又听尚和阳如此说法,心中好生愤怒。只因尚有求人之处,不得不强忍心头,勉强说道:"我纵横二三百年,从不怕与哪个作对。鸠盘老乞婆恨我,又奈我何?"

尚和阳也不去理他。他和西方野魔早先原也交好,见他也断了一只臂膀,扶着绿袍老祖半截身躯,神态十分狼狈,便问他因何至此。西方野魔把自己的遭遇大概说了一遍,只不说出事因雪魂珠而起。尚和阳闻言大怒道:"这些乳毛未干的无知小辈,竟敢如此猖狂! 早晚教他们知我的厉害!"便约二人进去。

西方野魔又问毒龙尊者此次约请的都是什么能人。尚和阳道:"我自从开元寺和优昙老尼、白谷逸老鬼夫妻斗法败了以后,知道现在普天之下,能敌我的人尚多,如极乐童子李静虚、优昙老尼和峨眉一党三仙二老,俱是我的大对头。决意撇了门人妻子,独个儿跑到阿尔卑斯高峰绝顶上,炼成一柄魔火金幢同白骨锁心锤。我那魔火与你炼的不同,无论仙凡被火幂住,至多七天七夜,便会化成飞灰。世上只有雪魂珠能破我的魔火。但是那颗珠子藏在千百雪山中间的亘古冰层之下,须要有通天彻地的本领。先寻着真实所在,住上几年,每日用真火暖化玄冰。最后测准地方,由千百余丈冰层中穿通地窍,用三昧真火护着全身,冒险下去,须要与那藏珠的所在黍粒不差,才能到手。我缺少两样法宝,准备炼成后,定将此珠得到,以除后患。各派现在都忙于炼宝剑,准备三次峨眉斗剑,知道此珠来历的人极少。我也是前日才听一个朋友说起此珠厉害,能破去我的魔火。出山以后,正想命我大徒弟胡文玉日内移居在那里看守,以防被人知道得去。后接到毒龙尊者请柬,他因鉴于上次成都斗法人多并不顶用,所以这次并未约请多人,除我外,只约了万妙仙姑和鸠盘婆。如果这次到青螺山去的是些无名小辈,我们还无须出头。不过因听传说,峨眉掌教也要前来,不得不做一准备罢了。"

言还未了,忽然一道黄烟在地下冒起,烟散处现出一个蛮僧打扮的人,说道:"嘉客到此,为何还不请进荒谷叙谈,却在此地闲话?难道怪我主人不早出迎么?"来人身材高大,声如洪钟,正是滇西派长教毒龙尊者。绿袍老祖一见是他,不由心头火起,骂一声:"你这孽龙害得我好苦!"张开大手,便要抓去。尚和阳见二人见面便要冲突,忙伸左手,举起白骨锤迎风一晃,发出一团愁烟惨雾,鬼哭啾啾,一齐变活,各伸大口,露出满嘴白牙,往外直喷黑烟。尚和阳拦住绿袍老祖骂道:"你这绿贼生来就是这么小气,不问亲疏黑白,一味卖弄你那点玄虚。既知峨眉厉害,当初就不该去;去吃了亏,不怪自己本领不济,却来怪人,亏你不羞,还好意思!有我尚和阳在此,连西方道友也算上,从今日起,我等四人应该联成一气,互相帮忙,誓同生死,图报昔日之仇。免得人单势孤,受人欺侮。你二人的伤处,自有我和毒龙道友觅有根基的替身,用法力与你们接骨还原。再若不听我言,像适才对待鸠盘门下那般任性妄为,休怨我尚和阳不讲情面了。"

绿袍老祖闻言虽然不快,一则尚和阳同毒龙尊者交情比自己深厚,两人均非易与,适才原是想起前怨,先与毒龙尊者来一个下马威,并非成心拼命;二则尚和阳虽然出言专横,自己正有利用他之处,他所说之言也未尝不合自己心意,乐得借此收场。便对尚和阳答道:"红贼你倒说得对,会做人情。我并非自己吃了仇人的亏埋怨朋友,他不该事后知我元神遁走不闻不问,累我多日受恶徒寒风烈火毒针之苦。既是你二人都肯帮我接骨还原,只要他今日说得出理来,我就饶他。"

毒龙尊者见绿袍老祖发怒动手,自己一来用人之际,又是地主,只一味避让,并未还手。一闻此言,哈哈笑道:"道友你太错怪我了。去年慈云寺不瞒你说,我实是因为法宝尚未炼成,敌优昙老尼不过,才请道友相助小徒,事先也曾明言敌人实情。万没料到素来不管闲事的李静虚贼道会同道友为难。漫说我闻得道友元神遁走,决不会置之不理,就是小徒俞德,他也曾在事后往道友失手的地方仔细寻找,因为上半截法身找寻不见,戴家场败后回来禀报。我为此事,恨敌人如同切骨,忙命门下采药炼丹,还托人去陷空老祖那里求来万年续断接骨生肌灵玉膏,以为你一定要来寻我,好与你接续原身。谁知等了多日不见你来,又派人到处打听下落。还是我门下一个新收门徒名唤汪铜的,新近从峨眉派中得知你被一个断臂的抢去。我知令徒辛

185

辰子从前因犯过错,曾被你嚼吃了一条臂膀,后来你看出他对你忠心勤苦,将你本领道法倾囊相授,成了你门下第一个厉害人物。你既不来,想是被他救回山去,已想法将身体还原。我再命门人到宝山探望,见到你门下两代弟子三十五人,只不见你和辛辰子。我门下说了来意,他们异口同声说,不但你未回山,辛辰子虽然常去,并未提及你还在人世。他们早疑辛辰子作怪,闻得此言,越发要向他追问根由。我得了此信,才知事有变故,说不定辛辰子欺你重宝尽失,奈何他不得,想起你昔日咬臂之仇,又看中你那粒元神炼成的珠子,要加害于你。正准备过了端阳,亲自去寻辛辰子追问,不想你今日到此。怎么就埋怨我忘情寡意呢?"

绿袍老祖正要答言,西方野魔已上前先与毒龙尊者见礼,转对绿袍老祖道:"先前我听道友说,便知事有差池,我师兄决不如此薄情。如今真情已明,皆是道友恶徒辛辰子之罪。我们可以无须问难,且等过了端阳,将诸事办完以后,上天入地寻着那厮,明正其罪便了。道友血食已惯,既然数月未知肉味,不如我们同进谷去,先由师兄请道友饱餐一顿,再作长谈吧。"尚和阳也催着有话到里面去再说。毒龙尊者为表示歉意,亲自抱了绿袍老祖在前引路。

毒龙尊者移居红鬼谷不久,西方野魔尚是初来,进谷一看,谷内山石土地一片通红。入内二十余里,只见前面黄雾红尘中隐隐现出一座洞府。洞门前立着四个身材高大的持戈魔士,见四人走近,一齐俯伏为礼。耳听一阵金钟响处,洞内走出一排十二个妙龄赤身魔女,各持舞羽法器,俯伏迎了出来。那洞原是晶玉结成,又加毒龙尊者用法术极力经营点缀,到处金珞璎花,珠光宝气,衬着四外晶莹洞壁,宛然身入琉璃世界。西方野魔心中暗暗惭愧:"自己与毒龙尊者同师学道,只为一时负气,一意孤行。别了多年再行相见,不想毒龙尊者半途又得了天魔真传,道力精进,居然做了滇西魔教之祖。自己反落成一个残废,向他乞怜。这般享受,生平从未遭遇过一天。反不如当初与他合同组教,何至今日?"正在愧悔,心中难受,绿袍老祖见着左右侍立的这些妖童魔女,早不禁笑开血盆大嘴,馋涎欲滴。毒龙尊者知他毛病,忙吩咐左右急速安排酒果牲畜,一面着人出去觅取生人来与他享用。侍立的人领命去后,不多一会,摆好酒宴,抬上活生生几只活牛羊来。毒龙尊者将手一指,那些牛羊便四足站在地下,和钉住似的不能转动。在座诸人宗法稍有不同,奉的却都是魔教,血食惯了的。由毒龙尊者邀请入席坐定后,绿袍老祖更不客气,两眼觑准了一只肥大的滇西牛,身子倚锦墩上面,把一只鸟爪般的大手伸出去两丈多远，直向牛腹抓去，将心肝五脏取出，回手送至嘴边，张开血盆大口一阵咀嚼，咽了下去。随侍的人连忙用玉盘在牛腹下面接了满满一盘子血，捧上与他饮用。似这样一口气吃了两只肥牛、一只黄羊的心脏，才在锦墩上昏昏睡去。毒龙尊者、尚和阳、西方野魔三人，早有侍者依照向例，就在鲜活牛羊的脊背上将皮划开，往两面一扯，露出红肉。再用刀在牛羊身上去割片下来，放在玉盘中，又将牛羊的血兑了酒献上。可怜那些牲畜，临死还要遭这种凌迟碎剐，一刀一刀地受零罪。又受了魔法禁制，口张不闭，脚也一丝不能转动，只有任人细细宰割，疼得怒目视着上面，两眼红得快要发火一般。这些魔教妖孽连同随侍的人们，个个俱是残忍性成，见那些牛羊挣命神气，一些也不动恻隐。

西方野魔更呵呵大笑道："异日擒到我们的对头，须要教他们死时也和这些牛羊一样，才能消除我们胸中一口恶气呢！"又对毒龙尊者说起在鬼风谷遇见那几个不知来历的少年男女同自己失宝受伤之事。毒龙尊者闻言，怒道："照你说来，定是俞德在成都所遇峨眉门下新收的一些小狗男女了。"西方野魔道："我看那些人未必都是峨眉门下。我初遇见的两个年轻贱婢，骑着一只大雕。内中一个年纪才十三四岁的，佩着一柄宝剑，一发出手，便似长虹般一道紫光。我那转轮盂，也不知收过多少能人的飞剑法宝，竟被她那道剑光穿破了去。后来我用魔火将这两人围住时，那道紫光在魔火阵中乱闪，竟伤她们不得。救去这两个小贱婢的女子更是厉害，竟能飞进魔火阵中将人救出。也不知她用什么法宝封锁去路，若非我见机，舍却一条手臂逃去，差点被她们擒住。那只扁毛畜生也是非同小可，本领稍差的人，决难制服收为坐骑。峨眉派几个有本领的人，大半我都知道，并不觉怎么出奇。岂有他们新收的门人，会有这么大本领之理？"

毒龙尊者道："你哪里知道。近年来各派都想光大门户，广收门徒，以峨眉派物色去的人为最多。据俞德说，峨眉门下很有几个青出于蓝的少年男女门人，连晓月禅师、阴阳叟二人那样高深道法，竟都奈何他们不得，可想而知。只没有听见说起过有骑雕的女子，不是峨眉门下，必定是他们请来破青螺的党羽。我看这回我们想暂时先不露面，还未必能行呢。"尚和阳道："若论各派中能用飞禽做坐骑的，以前还有几个。自从宝相夫人在东海兵解后，她骑的那只独角神鹫，只近年在小昆仑有人见过一次，便不听有人说起。白眉和尚坐下两只神雕，五十年前白眉和尚带着它们去峨眉参拜宝光，入山后便连那两只神雕俱都不知去向。后来有不少能人想见他，把峨眉前后山找了个遍，也不能得他踪迹。都猜他参拜宝光遇见佛缘，飞升极乐，以后也不见有人提起。除这几个厉害的大鸟外，现时只剩下峨眉派髯仙李元化有一只仙鹤，极乐童子李静虚新近收服了一只金翅大鹏。此外虽也有几个骑禽的，不是用法术驾驭，便是骑了好玩，不足为奇。白眉和尚的雕，原是一黑一白。先前在谷外，我一听你说那雕的形状，便疑是那只黑的，正赶上忙于大家相见，未及细问。现在再听你说第二回，越发是那只黑雕无疑。这两只雕跟随白眉和尚三百多年，再加上原有千年道行，业已精通佛法，深参造化，虽暂时还未脱胎换骨，已是两翼风云，顷刻千里，相差一点的法宝法术，休想动它们身上半根毛羽。白的比黑的还要来得厉害。如果峨眉派要真将白眉和尚请来，这次胜负且难说呢。"

正说之间，一道光华如神龙夭矫，从洞外飞入。毒龙尊者连忙起身道："俞德回来说仙姑早就动身，如何今日才到？"言还未了，来人已现身出来，答道："我走在路上，想起一桩小事，便请令徒先回。二次动身，在路上遇见以前昆仑派女剑仙阴素棠，争斗了一场，倒成了好相识。我知道她自脱离了昆仑派，不甚得意，想用言语试探，约她与我们联合一气，便随她回山住了些日，所以来迟了一步。"尚和阳与西方野魔见来人正是万妙仙姑许飞娘，互相见完了礼。绿袍老祖喝醉了牛羊血，也醒过来。万妙仙姑未料到他虽然剩了半截身子，还没有死，知他性情乖戾，连忙恭敬为礼。

大家正落座谈话，忽见俞德从外面进来，朝在座诸人拜见之后，说道："弟子奉命到云南孔雀河畔请师文恭师叔，他说有许多不便，不愿来见师父。只允到青螺暂住，候至端阳帮完了忙，就回云南去。再三嘱咐，不许惊动师父。弟子恐得罪了他，所以未来复命。前夜师师叔到后，先将青螺用法术封锁，只留下正面谷口诱敌，准备来人易入难出。今日中午，弟子随师师叔出去到雪山顶上游玩，弟子偶尔说起日前听青螺八位师弟讲，小长白山玄冰谷内潜修的女姊神邓八姑将雪魂珠得去，西方师叔曾去索取，一去不归等语。师师叔闻言，便叫弟子领去与那邓八姑见上一面。刚刚走至离小长白山不远处，便遇见一只火眼金睛的大黑雕，背上骑着两个少年女子，由鬼风谷那边高峰上走了下来，并不飞行，只是骑着行走，后面还有一个女子步行随送。弟子认得那贱婢正是在成都遇见过的周轻云。正对师师叔说那贱婢的来历，雕背上女子早跳了下来，手扬处，便有一道数十丈长的紫光发出。周轻云这贱婢和另一个女子，也各将剑光飞出。师师叔认得那道紫光来历，连说不好，忙用遁法先遁到远处去。因为救护弟子，慢了一些，头发都被削去一大半。师师叔大怒，与那三个贱婢动起手来。后来正用黑煞落魂砂将这三个贱婢幂住，忽从空中飞下几个少年狗男女，有两个女子不认得，余下几个是成都遇见过的齐灵云姊弟和餐霞老尼门下在成都用一面镜子破去龙飞九子母阴魂剑的女神童朱文。这还不稀奇，最奇的是竟有许仙姑门下的苦孩儿司徒平也在内，和他们一党。法宝、飞剑如同潮涌一般纷纷祭起，师师叔稍不留神，吃后来的几个狗男女破了黑煞落魂砂，将先前两个女子救去，还中了一火球，将须发烧光。弟子知道厉害，先行遁去。师师叔看出寡不敌众，也想遁走。忽然空中呼呼作响，一只独角彩羽似鹰非鹰的怪鸟，连那一只黑雕，双双向师师叔抓来。师师叔上下四方一齐受敌，难于应付，等到将身遁起时，两条手臂同时吃那两个扁毛畜生抓住。师师叔知道难以逃走，勉强自行将手解脱。等到弟子拼命回身将师师叔救逃回来时，师师叔又中了敌人两飞针，弟子也被削去了两个手指。如今师师叔成了残废，气愤欲死，特来请师父同诸位师伯师叔前去与他医治报仇。"

这一番话说完，只气得在座诸人个个咬牙切齿。尚和阳一听雪魂珠已落对头之手，才想起西方野魔适才对他不曾说起夺珠之事，是怕自己知道也去夺取，差点误了自己之事。暗骂："你这不知进退的狗残废，不用我收拾你，早晚叫你尝尝绿贼的苦头！"心上正如此想，并未形于颜色。毒龙尊者便问万妙仙姑，司徒平因何背叛。万妙仙姑道："我适才有许多话还没有顾得向你提起。如今救人要紧，我带有灵丹，如果断手还在，便可接上。有什么话，到青螺再谈吧。"一句话将毒龙尊者提醒，问在座诸人可愿一同前去。西方野魔一手正扶着绿袍老祖，自忖能力现时已不如众人，心无主意。绿袍老祖忽趁人不在意，暗中伸手拉了他一把，随即说道："我等当然都去，我仍请西方道友携带好了。"说罢，又向万妙仙姑道："久闻仙姑灵丹接骨如天衣无痕，不知怎么接法，可能见告么？"万妙仙姑尚是头一次见绿袍老祖说话如此谦恭，不肯怠慢，连忙从身畔葫芦内取出八粒丹药，分授与绿袍老祖、西方野魔道："此丹内有陷空老祖所赐的万年续断接骨生肌灵玉膏，外加一百零八味仙草灵药，在丹炉内用文武符咒祭炼一十三年，接骨生肌，起死人而肉白骨。像二位道友这样高深的根行，只需寻着有根基的替身，比好身体残废的地方将他切断，放好丹药，便能凑合一体。此丹与毒龙尊者所炼的接骨神丹各有妙用，请二位带在身旁，遇见良机，便能使法体复旧如初了。"二人闻言大喜，连忙称谢不迭。尚和阳在旁早冷眼看出绿袍老祖存心不善。因师文恭素来看自己不起，这次竟为毒龙尊者请得有自己，不肯到红鬼谷相见，越加愤恨,巴不得他再遇恶人,快自己心意,也就不去管他。毒龙尊者与师文恭交情甚深,一听他为自己约请受了重伤,痛恨交集,恨不得急速前往青螺医救,忙催众人起身道:"许仙姑灵药胜我所炼十倍,师弟与绿袍道友得了此丹,便不愁不还本来。此番同去,若是捉住几个峨眉小辈,既可报仇雪恨,还可使二位法体如初,岂非两全其美?事不宜迟,我们走吧。"

当下俞德早已先行,毒龙尊者陪了尚和阳、绿袍老祖、西方野魔、万妙仙姑一齐起身出洞。尚和阳道:"待我送诸位同行吧。"脚一顿处,一朵红云将四人托起空中,不顿饭时候到了青螺魔宫。迎接进去,到了里面,见着独角灵官乐三官同一些魔教中知名之士。因为救人情急,彼此匆匆完了礼,同到后面丹房之中。见师文恭正躺在一座云床之上,面如金纸,不省人事,断手放在两旁,两只手臂业已齐腕断去。尚和阳近前一看伤势,惊异道:"他所中的乃是天狐宝相夫人的白眉针。她如超劫出世,受了东海三仙引诱与我们为难,倒真是一个劲敌呢。此针不用五金之精,乃天狐自身长眉所炼。只要射入人身,便顺着血脉流行,直刺心窍而死。看师道友神气,想必也知此针厉害,特意用玄功阻止血行,暂保目前性命,至多只能延长两整天活命了。"毒龙尊者一听师文恭中的是天狐白眉针,知道厉害,忙问尚和阳:"道兄既知此针来历,如此厉害,难道就不知解救之法么?"尚和阳道:"此针深通灵性,惯射人身要穴。当初我有一个同门师弟蔡德,曾遭此针之厄。幸亏先师无行尊者尚未圆寂,知道此针来历,只有北极寒光道人用磁铁炼成的那一块吸星球,可将此针仍从原受伤处吸出。一面命蔡德阻止周身血液流行,用玄功动气将针抵住不动。一面亲自去求寒光道人,借来吸星球,将针吸出。还用丹药调治年余,才保全了性命。自从寒光道人在北极冰解,吸星球落在他一个末代弟子赤城子手里。赤城子自从师父冰解后,又归到昆仑派下,因为犯了教规,被同门公议逐出门墙。只有求得他来,才能施治。但是赤城子这人好多时没听见有人说起,哪里去寻他的踪迹呢?"

毒龙尊者闻言,越加着急道:"照道友说来,师道友简直是无救的了。"众人便问何故。毒龙尊者道:"两月前我师弟史南溪到此,曾说他和华山烈火祖师俱与赤城子有仇。一次路过莽苍山狭路相逢,赤城子被他二人将飞剑破去,断了一只臂膊,还中了史南溪的追魂五毒砂,后来被他借遁法逃走。听说他与阴素棠二人俱移居在巫山玉版峡,分前后洞居住,立志要报断臂之仇。烈火祖师还可推说不是一家,史南溪明明是我师弟,谁人不知,他岂有仇将恩报的道理?"言还未了,万妙仙姑接口道:"赤城子我虽不熟,阴素棠倒

190

和我莫逆，闻得她和赤城子情如夫妇。莫如我不提这里，作为我自己托她代借吸星球，也许能够应允。虽然成否难定，且去试他一试。此去玉版峡当日可回，终胜于束手待毙。诸位以为如何？"众人商议了一会，除此更无良法，只得请万妙仙姑快去快回。

万妙仙姑走后，众人听说宝相夫人也来为难，知道这个天狐非同小可，不但她修道数千年，炼成了无数奇珍异宝，最厉害是她这次如果真能脱劫出来，便成了不坏之身，先立于不败之地。虽不一定怕她，总觉又添了一个强敌。毒龙尊者猛想起后日才是端阳，何不用水晶照影之法，观察观察敌人的虚实？一面吩咐俞德去准备，对众人道："我想后日便是会敌之期，峨眉派究竟有多少能人来到还不知道，我意欲在外殿上搭起神坛，用我炼就的水晶球，行法观察敌人虚实。此法须请两位道友护坛，意欲请乐、尚两位道友相助，不知意下如何？"乐三官久闻魔教中水晶照影，能从一个晶球中将千万里外的情状现将出来，虽然只知经过不知未来，如果观察现时情形，恍如目睹一般，自然想开一开眼界。尚和阳本来恨极了师文恭，巴不得他身遭惨死。先以为赤城子和滇西派有仇，决不肯借宝取针，才在人前卖弄，说出此针来历。不想万妙仙姑却与阴素棠是至好，赤城子对阴素棠言听计从，万一将吸星球借来，岂不便宜了对头？知道绿袍老祖适才未安好心，当着众人必不能下手，一听毒龙尊者邀他出去护坛，正合心意。便答道："师道友还有二日活命，后日便是端阳，时机万不可错过。借道友法力观察敌人虚实，再妙不过。"说时故意对绿袍老祖使了个眼色。一会俞德进来，毒龙尊者便命他在丹房中陪伴绿袍老祖与西方野魔，自己陪了尚、乐二人，率领八魔到前面行法去了。毒龙尊者也是一时大意，以为绿袍老祖行动不便，不如任他和西方野魔在丹房中静养，不想日后因此惹下杀身之祸。这且不提。

众人到了前殿，法坛业已设好，当中供起一个大如麦斗的水晶球。毒龙尊者分配好了职司，命八魔按八卦方位站好，尚、乐二人上下分立。自己跪伏在地，口诵了半个多时辰魔咒，咬破中指，含了一口法水，朝晶球上喷去。立刻满殿起了烟云，通体透明的晶球上面，白蒙蒙好似幂了一层白雾。毒龙尊者同尚、乐二人各向预设的蒲团上盘膝坐定，静气凝神望着前面。一会工夫，烟云消散，晶球上面先现出一座山洞，洞内许飞娘居中正坐，旁边立着一个妖媚女子，还有一个瞎了一只眼的汉子在那里打一个绑吊在石梁上的少年。一会又将少年解绑，才一落地，那少年忽从身上取出一面小幡一晃，便化了一幢彩云，将少年拥走，不知去向。球上似走马灯一般，又换了一番景致。只见一片崖涧，涧上面有彩云笼罩，从彩云中先飞起一个似鹰非鹰的大鸟，背上坐着一双青年男女，直往西方飞去。一会又飞上三个少年女子，也驾彩云往西方飞去。似这样一幕一幕的，从紫玲等动身在路上杀死妖道，赶到小长白山遇见西方野魔斗法，与灵云、英琼等相遇，直到师文恭受伤回山，都现了出来。

毒龙尊者本是滇西魔教开山祖师叱利老佛的大弟子，叱利老佛圆寂火化时，把衣钵传了毒龙尊者。又给他这一个晶球，命毒龙尊者以后如遇危难之事，只需依法施行，设坛跪祝，叱利老佛便能运用真灵，从晶球上面择要将敌人当前实况现出，以便趋吉避凶。只是这法最耗人精血，轻易从不妄用。这次因见西方野魔同师文恭都是道术高强的魔教中知名之士，竟被几个小女孩子所伤，知道敌人不可轻侮；又听尚和阳说宝相夫人二次出世，尤为惊心。所以才用晶球照影之法观察敌人动静。及至球上所现峨眉派几个有名能人并未在内，好生奇怪。晶球上面又起了一阵烟雾，这次却现出一座雪山底下的一个崖凹，凹中盘石上面坐着一个形如枯骨的道姑，旁边石上坐着适才与师文恭、俞德对敌的那一班男女，好像在那里商议什么似的。

正待往下看去，球上景物未换，忽然现出一个穿得极其破烂的花子，面带讥笑之容，对面走来，越走人影越大，面目越真。尚和阳在旁已看出来人是个熟脸，见他渐走渐近，好似要从晶球中走了出来。先还以为是行法中应有之景，虽然惊异，还未喊毒龙尊者留神。转瞬之间，球上花子身体将全球遮蔽。猛听毒龙尊者道："大家留神，快拿奸细！"手扬处，随手便有一支飞叉，夹着一团烟火往晶球上的花子飞去。尚和阳首先觉察不好，一面晃动魔火金幢，一面将白骨锁心锤祭起迎敌。就在这一眨眼的当儿，晶球上面忽然一声大爆炸过去，众人耳旁只听一阵哈哈大笑之声。敌人未容法宝近身，早化成一道匹练般的金光，冲霄飞去。毒龙尊者同尚、乐二人不暇再顾别的，连忙升空追赶时，那道金光只在云中一闪，便不见踪迹。知道追赶不上，只得收了法宝回来。进殿一看，那个晶球业已震成了千百碎块，飞散满殿。八魔当中有那防备不及的，被碎晶打了个头破血出。白白伤了一件宝贝，敌人虚实连一半也未看出。

正在懊丧，回头见俞德立在身后吞吞吐吐，欲言又止，便问："又有什么事，这般神色恍惚？"俞德答道："启禀师父，西方师叔与绿袍老祖走了。"毒龙尊者道："绿袍道友性情古怪，想是嫌我没请他来镇坛，怠慢了他。只是他二人尚未觅得替身，如何便走呢？"俞德又说道："师师叔也遭惨死了。"毒龙尊者闻言大惊，忙问何故。俞德战兢兢地答道："弟子奉命在丹房陪伴，师父走不多时，绿袍老祖便厉声令弟子出去，他有话对西方师叔讲。弟子素知他性如烈火，不敢违抗，心中犯疑，原想偷偷观察他二人动静。及至出了丹房，在外往里一看，师师叔忽然醒了转来，刚从云床上坐起，想要下地。从绿袍老祖身旁飞起一团绿光，将师师叔幂住。师师叔好似知道不好，只说了一声：'毒龙误我，成全了你这妖孽吧！'说罢，仍又倒下。绿袍老祖便催西方师叔动手。西方师叔还在迟疑不肯，绿袍老祖将大手伸出，不知怎的一来，西方师叔只得拔出身上的戒刀，上前将师师叔齐腰斩断。弟子这时才看出绿袍老祖并非行动须人扶持，以前要人抱持是假装的。西方师叔斩下了师师叔半截身躯，绿袍老祖便如一阵风似的将身凑了上去，与师师叔下半截身躯合为一体。又夺过西方师叔手中戒刀，将师师叔左右臂卸下，连那两只断手，将一只递与西方师叔，自己也取了一只接好。喊一声走，化成一道绿光飞出房中，冲霄而去。他二人动手时节行动甚速，弟子知道不好，来请师父去救，不但来不及，而且法坛四外用法术封闭，也进不来。一时情急，便将弟子的飞剑放出。谁知才近那道绿光，便即落地。眼看他二人害了师师叔逃走，救护不及，只好在外面待罪，等师父行法终了，再行领责。"

193

第八十六回

断臂续身　元凶推巨擘
追云驰电　妙法散神砂

　　毒龙尊者闻言,只气得须眉戟立,暴跳如雷,当时便要前去追赶,为师文恭报仇。尚和阳早知有此一举,便劝毒龙尊者道:"我早疑绿贼元神既在,又能脱身出来,如何行动还要令师弟抱持? 万不想会做下这种恶事。如今敌人未来,连遭失意之事,你身为此地教祖,强敌当前,无论如何也须过了端阳,定了胜负,才能前去寻他,何必急在一时呢?"毒龙尊者道:"道友难道还不知师道友是藏灵子的徒弟? 如不为他报仇,他知道此事,岂肯与我甘休?且等许道友回来,再从长计较。我宁可将多年功行付于流水,也要与这贼拼个死活,如不杀他,誓不为人!"尚和阳又将绿袍老祖在谷外险些伤了鸠盘婆弟子之事说了一遍。毒龙尊者闻言,愈加咬牙切齿痛恨。

　　到了晚间,万妙仙姑面带愁容回来,才知阴素棠一见便知来意,说交情仍在,只不允借宝,自己不便树敌,只得回来。毒龙尊者把师文恭已遭惨死,以及用水晶球行法视影,在球中见她打人之事,一一说出。万妙仙姑一听那崖洞景象,好似就在黄山附近,自己从卦象上看出那阴人也离五云步不远,司徒平定是那两个女子勾引了去,便把司徒平受责失踪之事也说了出来。又道:"这业障背师叛教,罪不容诛,我正要去寻他,他反同了敌人来到此地。此次我本想暗中相助,暂时不与峨眉破脸。既有孽徒在此,我便有所借口了。尤其是那两个女子不早除去,将来是我隐患,只可惜还不知她们的名姓来历。尚道友说那白眉针是天狐宝相夫人之物,难道内中就有一个是天狐么?"尚和阳道:"适才我也在法坛,别的我尚不大清楚,惟独那片崖洞,明明像黄山紫玲谷宝相夫人修真的洞府。此谷绝少人知,知道的人也不能进去。我还是在八十多年以前应了一位道友之约,帮助他与宝相夫人斗法,双方正在不可开交,恰遇陷空老祖打那里经过,给双方解和,变仇为友。宝相夫人曾约我们二人到她谷内闲坐款待,所以我还记得。适才晶球中所见从谷中出来的几个女子，虽然有两个与宝相夫人面貌相似，但是决非她本人，可以断言。不过那两个女子既能用宝相夫人的白眉针伤人，不是她的门下，便是她的女儿。宝相夫人未兵解以前，专一迷恋有根基有道行的少年采补真阳，那几个女子当然也是一脉师承，得了她的传授和法宝，所以叛徒司徒平有所恃而不恐了。"万妙仙姑道："我责罚那业障时，曾从卦象上看出他与两个阴人勾结，是我异日隐患。先还以为是他叛降了餐霞老尼，他受不过，才假装招供，求我解绑。万没料到他会弄法，从我手中逃走，我的飞剑竟未追上。我又算出他逃走不远，说也惭愧，踏遍了黄山，竟未能找着。如今既知道来历，此次若能将业障和勾引他的两个贱婢除去更妙，若侥幸被他们漏网，还得仰仗诸位道友鼎力相助，到黄山紫玲谷，将这几个狗男女处死，以免将来为害。诸位道友以为如何？"

毒龙尊者道："这当然是我等义不容辞。只是师道友惨死，他师父藏灵子决不肯与我甘休。诸位道友有何高见？"乐三官道："此事也休怨道友。本来朋友有相助之义，他自己能力不济，中了敌人白眉针。我等又不是袖手旁观，置之不问。虽然疏于防范，被绿袍老祖将他害死，但是许仙姑到了阴素棠那里，并未将破针法宝借来，足见命数有定，师道友应该遭劫。藏灵子岂能逞强昧理，与道友为难？待等此地事了，我们去寻绿袍老祖，为他报仇雪恨便了。"毒龙尊者还未及答言，尚和阳道："转瞬就是端阳，有事暂从缓议。倒是适才震破晶球的那个怪叫花穷神凌浑，真是一个万分可恶的仇敌，以前不知有多少道友死在他的手中。我久已想寻他报仇，他偏乖巧，多少年销声匿迹，不曾出现。这次又寻上门来找晦气，起初不知他弄玄虚，错以为是球中现影，手慢了一些，被他逃走。峨眉派既能将他都网罗了来，定还有能人甚多，你我诸位不妨，倒是道友门下到时真不可轻敌呢。"

毒龙尊者道："本来此次发端极小，只为我新收八个门人当中的邱舲，在西川路上与一个姓赵的交手，邱舲中了他同党的暗器，这才派人与那姓赵的约定端阳在青螺相见。那姓赵的还不是峨眉门下，本领也不济，仅他师父侠僧轶凡与峨眉有点小渊源，原无须乎我等出面。先是俞德听说有不少峨眉派帮赵心源同来拜山，还说他们掌教齐漱溟也来，他们恐怕抵敌不住，前来求我。以我和诸位的声望与峨眉门下小辈斗法比剑，虽然必胜，也为天下同道耻笑。不过敌人方面既那样传说，峨眉派又素来一味逞强，不顾信义，万一说假成真，我门下诸弟子岂不枉遭他人毒手？这才暗中准备，约请几位神通广大的至好，以防万一。那晶球乃是先师遗传的至宝，一经行法请示，便将敌人最要紧的虚实依次现出。虽然未现完全便被奸细凌浑暗算,但是球中所现诸人尽是些小狗男女,并无一个峨眉派真正能人在内。据我看定是峨眉派诡计,主要的人表示不屑亲到,却命这些新进小狗男女前来尝试,以为我们胜之不武,不胜为耻。又怕我也和他们一般不顾体面出来相助,无法抵敌,才请出这不属于他们一派的贼花子来装作打抱不平。依我之见,敌人未必有多少真正主要人前来,我们不妨相机行事,非至万不得已时也不出面。那贼花子倒是一个劲敌,又非常狡猾,从没人听见他失过事,轻易奈何他不得,就烦尚道友监防着他。用白眉针伤人的贱婢,由许仙姑借惩治叛徒司徒平为由将她除去。我和乐道友作为后备,不遇有头有脸的数人,暂不伸手。好在八个新收弟子也请来了好几位能手相助,到时仍按江湖上规矩行事,料他们反不上天去。诸位以为如何?"尚和阳是深恨凌浑,自己初炼了两件厉害法宝,正要卖弄;万妙仙姑除害心切;乐三官与毒龙尊者本无深交,不过借此拉拢,一到此地,便见连出逆心之事,已有些知难而退,巴不得留在后面,好见风使帆;闻言俱都赞同。

这时八魔中有被晶球碎块打伤的,都用法术丹药治好,领了他们邀请来的一些妖僧妖道上来参见。毒龙尊者又吩咐了一些应敌方略,才行退去。俞德已将师文恭残骨收拾,用锦裹好,放在玉盘中捧了上来。毒龙尊者见师文恭只剩上半截浑圆身体,连两臂也被人取去,又难受,又忧惊。再加师文恭面带怒容,二目圆睁不闭,知他死得太屈。再三祝告,说是青螺事完,定为他寻找这几个仇人,万剐凌迟。这才命俞德取来玉匣,将残骨装殓。等异日擒到仇人,再与藏灵子送去。这且不提。

话说灵云姊弟、朱文、周轻云与紫玲姊妹等,在红鬼谷上面救出英琼、若兰,大家合力,赶走了妖僧西方野魔雅各达,还断了他一条手臂。各人将法宝飞剑收起,回身再看若兰、英琼,俱都昏迷不醒。灵云忙叫金蝉去寻了一点山泉,取出妙一夫人赐的灵丹,与二人灌了下去。因邓八姑尚是新交,英琼、若兰中毒颇深,须避一避罡风,仗着人多势众,不怕妖僧卷土重来,索性大家抱了英琼、若兰,同至谷底妖僧打坐之处歇息,等他二人缓醒过来,再一齐护送同走。众人下到谷底,重又分别见礼,互致倾慕。各人谈起前事,灵云听说女空空吴文琪也来了,司徒平弃邪归正,与紫玲姊妹联了姻眷,并奉玄真子、神尼优昙、餐霞大师、追云叟诸位前辈之命,同归峨眉一门下,心中大喜。见英琼、若兰服药之后,因英琼以前服过不少灵药仙丹,资禀又异寻常,首先面皮转了红润,不似适才面如金纸。若兰面色也逐渐还原。知道无碍,一会工夫便会醒转。便请紫玲姊妹先去将女空空吴文琪、苦孩儿司徒平连章氏姊弟和于、杨二道童接来,再同返玄冰谷,商议破青螺之策。

紫玲姊妹走后不多一会,英琼、若兰相继醒转,只是精神困惫,周身仍是疼痛。见灵云姊弟与朱文在侧,又羞又愤。灵云安慰了二人几句,便介绍轻云与二人相见,并说还有两位新归本派的姊妹去接吴文琪与司徒平去了。英琼、若兰对于轻云、文琪久已倾仰,又听本派更新添了几位有本领的姊妹,才转愧为喜。灵云道:"都怪蝉弟不肯明言二位决意随后要来,我等在玄冰谷崖凹中谈心,不曾留心到外面,崖顶上想有八姑的障眼法术,所以神雕在空中找寻不见我等的踪迹,差点出了大错。异日禀知母亲,少不得要责罚他呢!"若兰道:"这事也休怪大师兄,皆是我等年幼无知轻敌所致。妖僧的毒雾好不厉害,起初全仗英琼妹子紫郢剑护身,不时只闻见一丝腥味。后来耳旁听得有人说是奉了姊姊之命下来救我二人,有紫郢剑光隔住不得近身,琼妹急于出险,收剑快了一些,与紫玲姊妹的法宝一收一放,未能恰到好处,才有此失。如今服了姊姊带来的教祖灵丹,虽然还觉头眩身疼,想必不久便可还原。"

灵云仔细考查二人神态,知道尚不便御剑飞行。由此动身往玄冰谷,正好与紫玲等迎个对面。与轻云计议一会,决计暂时不令英琼、若兰等去受雪山上空的罡风,由二人骑着神雕低飞缓行,大家在她二人头上面飞行,一则保护,二则好与紫玲等相遇,免得错过。神雕佛奴自从伤了妖僧,便飞起空中,不住回旋下视,以备遇警回报。灵云等把神雕招了下来,请英琼、若兰骑了上去,先缓飞上高崖,再命神雕缓行低飞,往峰下飞去。灵云姊弟与朱文、轻云四人,着一人在神雕身后护送,余下三人将身起在天空飞行,观察动静。英琼、若兰在雕背上与轻云一路说笑,刚刚走离峰脚不远,轻云猛见对面走来一个身高八尺,脸露凶光,耳戴金环的红衣头陀,随同着一个中等身材,面容清秀的白脸道士,从峰下斜刺里走过。定睛一看,那道人不认得,那头陀正是成都漏网的瘟神庙方丈方俞德。因为彼此所行不是一条路径,俞德先好似不曾留神到轻云等三人。轻云便对英琼、若兰说:"对面来了两个妖人,须要留心。"言还未了,俞德同那道人忽然回头,立定脚步注视着轻云等三人,好似在议论什么。英琼、若兰适才吃了妖僧的亏苦,本来又愧又气,一听轻云说对面来了妖人,便也不顾身体疼痛,双双跳下雕背。这时两方相隔不过数十步远近,英琼首先看出敌人来意不善,先下手为强,手扬处紫郢剑化作一道数十丈长的紫色长虹,直朝俞德等飞去。

那道人正是云南孔雀河畔藏灵子的得意门徒师文恭，应了毒龙尊者的邀请，在路上听俞德说毒龙尊者还请得有尚和阳，心中大是不快，又不便中途返回。到了青螺，不去和毒龙尊者见面，先布置了一番，见快到端阳，敌人还没什么动静。无心中听八魔说起邓八姑得了雪魂珠之事，虽然一样起了觊觎之念，只不过他为人好强，不愿去欺凌一个身已半死不能转动的女子。打算到玄冰谷去见邓八姑，自己先用法术将她半死之身救还了原，然后和她强要那雪魂珠。依了俞德，原要驾遁光前去。师文恭因为左右无事，想看一看雪山风景，这才一同步行前往。刚刚走离小长白山不远，俞德恭恭敬敬随侍师文恭一路谈说，轻云等从峰上下来时并未觉察。还是师文恭首先看见峰头半飞半走下来一只金眼大黑雕，上面坐着两个女子，心知不是常人，便唤俞德观看。俞德偏身回头一看，雕后面还跟着一个女子护送，正是在成都遇见过几次的周轻云，知道这几个女子又是来寻青螺的晦气无疑，不由心中大怒。当下唤住师文恭，说道："这便是峨眉门下余孽，师叔休要放她们逃走。"

　　师文恭虽是异派，颇讲信义，以为既和人家订下比试日期，何必忙在一时？这几个女子还能有多大本领？胜之不武。只要对方不招惹，就不犯着动手。正和俞德一问一答之际，忽见雕背上女子双双跳了下来，脚才着地，最年轻的一个手一扬，便是一道紫色长虹飞来。师文恭认得那道紫光来历，大吃一惊，知道来不及迎敌，喊声："不好！"将俞德一拉，同驾遁光纵出百十丈远近。因救俞德慢了一些，头上被紫光扫着一点，戴的那一顶束发金冠连头发都被削下一片，又惊又怒。那紫光更不饶人，又随后飞来。师文恭知道厉害，不敢怠慢，先从怀中取出三个钢球往紫光中打去，才一出手，便化成红黄蓝三团光华，与紫光斗在一起。同时轻云、若兰的飞剑也飞将起来助战，若兰更从百忙中将十三粒雷火金丸放出十三团红火，如雷轰电掣飞来。师、俞二人措手不及，早着了一下金丸，将须发、衣服燃烧。师文恭心中大怒，一面掐诀避火，忙喊："俞德后退，待我用法宝取这三个贱婢狗命。"俞德见势不佳，闻言收了飞剑，借遁光退逃出去。师文恭早从身上取出一个黄口袋，口中念念有词，往外一抖，将他炼就的黑煞落魂砂放将出来。立刻阴云四起，惨雾沉沉，飞剑隐芒，雷火无功，一团十余亩方圆的黑气，风驰云涌般朝英琼等三人的当头罩去。轻云知道厉害，忙收飞剑，喊："二位留神，妖法厉害！"说罢，首先纵起空中。英琼的紫郢剑虽不怕邪污，怎耐求胜心切，不及收剑。若兰也慢了一些。二人刚要收剑起飞，猛觉眼前一黑，一阵头晕眼花，立刻晕倒，不省人事。师文恭正要上前拿人，忽听空中几声娇叱，雨后长虹一般，早飞下一道五彩金光，照在落魂砂上面，黑气先散了一半。同时又飞下一幢五色彩云，飞入黑气之中，电闪星驰般滚来滚去，那消两转，立刻阴云四散，黑雾全消，把师文恭多少年辛苦炼就的至宝扫了个干净，化成狼烟飞散。师文恭、俞德定睛往前一看，空中又飞下来几个少年男女。一个手中拿着一面镜子，镜上面发出百十丈五色金光。一转眼间，那幢彩云忽然不见，也现出一个长身玉立的少女。这几个人才一落地，先是一个幼童放出红紫两道剑光，跟着还有一男四女也将剑光飞起，内中一个女子还放出一团红光，同时朝师文恭、俞德二人飞来。俞德认出来人中有成都遇见的齐灵云姊弟、女神童朱文；还有万妙仙姑门下的苦孩儿司徒平，不知怎的会和敌人成了一党；其余两个女子不认得。

师文恭见敌人才一照面，便破了他的落魂砂，又愤恨，又痛惜，咬牙切齿，把心一横，正要披散头发，运用地水火风与来人拼命。谁知敌人人多势众，竟不容他有缓手工夫，法宝飞剑如暴雨般飞来。俞德尝过厉害，见势不佳，二次借遁避了开去。师文恭认得朱文所拿宝镜与寒萼所放出来的那团红光俱非自己的法宝所能抵敌，在这间不容发之际，行法已来不及，只得一面将三粒飞丸放起，护着身体往空遁去。准备先逃回去，等到端阳，再用九幽转轮大藏法术擒敌人报仇。身才飞起地面，紫玲见众人法宝飞剑纷纷放出，早防敌人抵敌不住，伺便逃走，将身起在空中等候。果然敌人想逃，紫玲更不怠慢，取了两根宝相夫人遗传的白眉飞针放将出去。这针乃宝相夫人白眉所炼，共三千六百五十九针，非常灵应，专刺人的血穴，见血攻心，厉害无比，不遇拼死仇敌，从不轻放。宝相夫人在日，一共才用了一次。紫玲因母亲遗爱，平日遵照密传咒语加紧祭炼，不消数年，已炼得得心应手。今日见师文恭脸上隐隐冒着妖光，一身邪气笼罩，知道此人妖术决不止此，如被他逃走，必为异日隐患；又见他遁光迅速，难于追赶，这才取了两根白眉针打去。出手便是两道极细红丝，光焰闪闪，直往师文恭身上要穴飞去。师文恭知道不好，正要催遁光快逃时，偏偏那只金眼黑雕先前见主人中了敌人落魂砂倒地，早想代主报仇，将身盘旋空中，遇机便行下击，忽见敌人想逃，哪里容得，两翼一束，飞星坠石般追上前去。师文恭连白眉针还未避过，又有神雕飞来，防得了下头，防不了上头，一个惊慌失措，将身往下一沉，虽然躲过头部，左臂已被神雕钢爪抓住。暗骂："扁毛畜生也来欺我！"正待用独掌开山之法回身将神雕劈死，耳旁忽听呼呼风响，右臂上一阵奇痛彻骨。回头一看,不知从何处又飞来一只独角神鸷,将右臂抓住。就在这转瞬之间,被敌人白眉针打了个正着,立刻觉着胸前一麻。耳旁又听敌人那边说要擒活的,知道再不忍痛逃走,被这两只怪鸟擒去,身死还要受辱。当下奋起全身神力,咬紧牙关,运用真气,将两臂一抖,格格两声,两手臂同时齐腕折断。师文恭先是装作落地,再借土遁逃走。正赶上俞德伏在远处,见师文恭情势危急,自己又无力去救。正在着急,忽见师文恭从空落下,两只手臂已断,恐落敌人之手,不敢怠慢,冒着万险,借遁光冲上前去,连两只断手一把抱个正着,驾起遁光从斜刺里飞逃回去。

灵云等早见俞德逃走,便全神贯注师文恭一人,一见师文恭中了两根白眉针,又被神雕、神鸷双双飞来擒住,更以为师文恭决难逃走。忽见师文恭自断两手,身躯坠落下来,因两下里相隔甚远,正待上前将他擒住,却被俞德从潜伏处冲将上去,将师文恭抱起逃走。众人还要分人跟踪追赶,紫玲道:"妖人已中了白眉飞针,两手又废,不消多时,那针便顺穴道血流直攻心房,虽然被同党救走,也准死无疑。我看那妖道满身邪气笼罩,本领非比寻常,适才若非我们人多势众,使他措手不及,胜负正难逆料。申、李两位妹子中毒甚重,青螺虚实尚未听邓八姑说完,穷寇勿追,由他去吧。"灵云本来持重,首先赞同。问起吴文琪,知已由她护送于、杨二道童和章氏兄妹到玄冰谷去了。一看英琼、若兰面容灰白,浑身寒战不止,由灵云先给二人口中塞了两粒丹药,先保住二人性命,到了玄冰谷再说。这时那神雕和神鸷一递一声叫唤着飞将下来。灵云早听轻云说起神鸷来历,这时一见,果然非常威武通灵。这次因申、李二人连受重伤,不敢大意,由紫玲姊妹护着若兰同骑神鸷,灵云、轻云护着英琼同骑神雕,朱文持宝剑在前,金蝉、司徒平二人断后,缓缓低飞,同往玄冰谷而去。

到了谷底,吴文琪刚刚领了章氏兄妹和于、杨二道童用紫玲的梯云尺运到。大家捧起英琼、若兰同进谷凹,见了邓八姑,略谈前事。八姑闻言,又看了看英琼、若兰的中毒状态,大惊失色道:"这两位道友中的乃是黑煞落魂砂,只云南藏灵子有此法宝。藏灵子虽是邪教,为人正直,决不与毒龙尊者一党。放砂的人乃是他徒弟师文恭,此人厉害非常。昨晚我神游青螺,见魔宫外面有师文恭设下的妖阵,亏是元神出游,我又处处见机,没有陷身阵内。不料他还炼了这落魂砂。听诸位道友说他来路,分明又是来寻我的晦气,若非诸位道友无心中与他相遇,我还不知能否应付呢!他这黑煞落魂砂与妖僧雅各达的魔火同是一般厉害,若非李、申两位道友根行深厚,遇一已不可救,何况其二。目前仗仙丹护体,不过苟延性命,不至像前人,一经中上,便即魂散魄消,神游墟莽罢了。"大家闻言,非常着急,便问可有解救之方。邓八姑道:"她二位中毒已深,甚难解救。除非寻得三样至宝灵药:一是千年肉芝的生血;二是异类道友用元神炼就的金丹;三是福仙潭的乌风草。先用金丹在周身贴体流转,提清其毒,内服乌风草祛除邪气,再用芝仙生血补益元神,尚须修养多日,才能复元。适才听说二位中了魔火仍能醒转对敌,不过仙丹妙用,腹内余毒未尽,又中了这极厉害的落魂砂,所以三者缺一不可。这三样至宝灵药求一尚甚难,何况同时全都得到,哪里有此凑巧的事?"

言还未了,金蝉跳起身来说道:"你说的我们已有了两样了。"八姑闻言,惊喜问故。朱文便把申若兰是桂花山福仙潭红花姥姥的弟子,藏有一瓶乌风酒,比乌风草还要有力;金蝉在九华得了一个肉芝,因它数千年道行,不肯伤害,后来又从九华移植凝碧崖等语,说了一遍。八姑道:"人间至宝都归峨眉,足见正教昌明,为期不远。不过她二位已不能御剑飞行,尤其不能再受罡风。峨眉相隔数千里,还有异类元神炼就的金丹无从寻觅,虽有二宝也是枉然。"寒萼听到这里,忍不住看了紫玲两眼。紫玲也不去理她,径向众人说道:"愚姊妹来时,餐霞大师曾传谕命愚姊妹救李、申两位眼前之厄。适才因听说三样至宝不能缺一,非愚姊妹能力所及。如今听说仙草、肉芝俱在峨眉,足见李、申两位妹子仙缘未绝。愚姊妹有一弥尘幡,能带人顷刻飞行千里,周身有彩云笼罩,不畏罡风。金丹更是现成。事不宜迟,此刻动身,尚可赶回来破青螺。不过听说凝碧崖有仙符封锁,极难下去,最好请一位同行才好。"众人闻言大喜。灵云因金蝉与肉芝有恩,取血较易,便命金蝉随行。

八姑问紫玲道:"适才听说师文恭中了道友的白眉针,如今又听道友说用弥尘幡送李、申二位回转峨眉,这两样俱是当初宝相夫人的至宝。初见匆忙,未及详谈,不知道友与宝相夫人是何渊源,可能见告么?"紫玲躬身答道:"宝相夫人正是先母。紫玲年幼,对于先母当时的交游所知无多。不知仙姑与先母在何时订交? 请明示出来,免乱尊卑之序。"八姑见紫玲姊妹果是宝相夫人之女,好生惊异。知道紫玲姊妹定得了宝相夫人的金丹,故此对救李、申二人敢一手包揽。又见紫玲谦恭有礼,益发高兴。便答道:"我与令堂仅只见过几次,末学后辈,并未齐于雁齿。当时承她不弃,多所奖掖指导。算起来我与道友乃是平辈,道友休得太谦。此中经过,一言难尽。二位道友既是夫人爱女,以后借助甚多。现在李、申二位情势危急,请二位道友护送先行，明日峨眉归来，破了青螺，再行畅叙吧。"紫玲闻言，口称遵命。因司徒平道力浅薄，背人嘱咐了神鸷几句，教它加意护持。然后与寒萼分抱着英琼、若兰，请金蝉站好，晃动弥尘幡，喊一声："起!"立刻化成一幢五色彩云，从谷底电闪星驰般升起，眨眨眼飞入云中不见。众人大为叹服。

第八十七回

入古刹　五剑客巧结蛮僧
煮雪鸡　众仙娃同尝异味

此处轻云、文琪又将紫玲姊妹与司徒平这段姻缘经过——说知。邓八姑道："宝相夫人得道三千年，神通广大，变化无穷，是异类散仙中第一流人物。秦家姊妹秉承家学，又得许多法宝，现在归入贵派，为门下生色不少。李、申二位道友得宝相夫人金丹解救，不消多日，便能复元了。"

灵云又问八姑昨晚探青螺结果。八姑道："昨晚我去青螺，见魔宫外面阴云密布，邪神四集。我从生门入内，因是元神，不易被人觉察。到了里面，才知八魔还约了十几个妖僧妖道相助，其中最厉害的便是那师文恭。我在暗中听俞德与八魔谈话，这次不但毒龙尊者在暗中主持，还约请有西方五鬼天王尚和阳、万妙仙姑许飞娘和赤身教主鸠盘婆三人，俱都是异派中的有名人物。他们准备端阳日将谷口魔阵放开一面，由死门领拜山赴会的人进去。敌人入谷以后，再将谷口封锁，敌人便插翅难飞。他们原是误疑贵派同来的能人甚多，所以才有此大举。先只是八魔等八人出面，见机行事，如来人并无能手，毒龙尊者连所请的人并不出面。他们将拜山的人擒到以后，内中如无峨眉门下，不过仅仅处死泄愤；如有贵派的人在内，就取贵派中人的元阳阴魂炼一种魔幡，为将来与贵派对敌张本。原本毒龙尊者请师文恭也是备而不用，谨防万一。不知怎的师文恭会小题大做，摆下这厉害魔阵。幸而天网恢恢，这厮被秦紫玲道友白眉针所伤，那针专刺要穴，顺血攻心，必难幸免。他如死去，魔阵易人主持，就差多了。我探了一些实情，正要出来，迎头遇见师文恭。这厮眼力好不厉害，亏我见机，连忙飞身逃出，差一点便被他看破。适才才知他已得了藏灵子的黑煞落魂砂，元神比不得人身，要被他发觉洒上一点，更不似李、申二位道友能够施救，从此将道行丧尽，坠入九幽，万劫不复。现在想起来，还觉不寒而栗。

"出了魔宫，便到附近山谷岩洞中，去寻那拜山的赵道友踪迹，到处寻找无着。后来经过一座孤峰，子午方位正对青螺魔宫，峰顶被一片云雾遮盖。要是别人便被瞒过，偏偏从前我见过这种佛教中天魔解体的厉害法术。要在平日，无论多大本领也看不出来；偏偏昨晚是个七煞会临之日，该那行法之人亲去镇压祭炼，须撤去子午正位的封锁。我知此法须害一个有根基道行之人的生命，因寻赵道友不见，恐他一人先到，独自探山，中了敌人暗算，想飞到峰顶上去看个仔细。但是我又无此本领，只得等那行法之人祭炼完了出来，跟在他的身后，到了那人住所，再探听峰顶做人傀儡的是谁。

"我在峰旁等得正有点不耐烦，忽见前面峰脚雪凹下有几丝青光闪动。这种用剑气炼化成飞丝的人并不多，看那青光来路很熟，我追去一看，果然是熟人，还是我的多年不见的老朋友终南山喝泉崖白水真人刘泉。也不知他为了何事满面怒容，指挥他的飞剑上下左右乱飞乱舞，口中千贼丐万贼丐地骂个不住。我见他身旁并无别人，独个儿自言自语，好生奇怪，便现身出来将他唤住，问他为何这等模样。他看出我的元神，才收了剑光，气愤愤地和我相见。

"他说他自那年受峨眉掌教真人点化后，一人屏绝世缘，隐居终南修道，多年没出山一步。两月前因他门下弟子韦衍到滇西采药，路过青螺，遇见八魔中的仵人龙、邱矜，凭空欺侮，夺了他已采到手的一枝成形灵芝，差点还将飞剑失去，逃回终南求师父给他报仇。刘道友一闻此言，便从终南赶往青螺来寻八魔算账。到了打箭炉落下身来，想寻两个多年未见的好友做帮手，一个便是我，那一个是空了和尚。及至一去访问，空了和尚业已圆寂，我又不知去向。正要驾剑独飞青螺，忽然看见山脚下有一个垂死的老乞丐倒卧，刘道友动了恻隐之心，一多事给他吃了一粒丹药。吃下去不但没有将病治好，反倒腿一伸死去。正觉得有点奇怪，从远处跑来一个中年花子，捧着一壶酒同些剩菜，走到老丐跟前，见刘道友将老丐用丹药治死，立刻抓住刘道友不依不饶。说那老丐是他的哥哥，适才是犯了酒瘾，并没有病，刘道友不该用药将他治死，非给他抵命不可。刘道友这些年潜修，已然变化了气质，并未看出那中年花子是成心戏弄他的异人，觉那花子哭闹可怜，反和他讲情理。说自己的丹药能起死回生，老丐绝不会死，必是老丐中的酒毒太深，丹药吃少了，所以暂时昏厥。只需再给他吃几粒丹药，不但醒转，还永远去了酒毒。那花子装作半信半疑的神气，说他弟兄二人本是青螺庙内住持，被八魔赶将出来，将庙盖了魔宫，在外流落多年，弟兄相依为命。如果刘道友再给他兄长吃丹药，能活转更好，不能活也不要抵命了，只求设法将他送回青螺故土,于愿便足。刘道友受了他哄骗,又因青螺从未去过,难得他是土著,情形熟悉,正好向他打听,本是同路,携带也非难事,便答应了他。谁知末后这两粒丹药塞进老丐口中,不过顿饭时光,人不但没活转,反化成了一摊脓血。那花子益发大哭大跳起来。刘道友无法,只得准备将他带了同行。他便问刘道友如何带法。刘道友说飞剑、法术,二者均可。他装作不信,说刘道友又是骗他,想用障眼法儿脱身,免得给他哥哥抵命,直用话挤兑,直骗得刘道友起了重誓才罢。刘道友还怜他寒苦,给了他几两银子,命他去换了衣服同行。他说不要,怕刘道友借此逃跑。刘道友气不过,命他站好,想要提他一同御剑飞行。谁知竟飞不起来,连自己法术也不灵了。刘道友一见不好,似这样如何能到青螺与人对敌? 又想不出法术、飞剑何以会不灵起来。当时又惊又急,本想转回终南再作计较。偏那花子不依,说刘道友答应了他,无论如何也得将他送回。刘道友不肯失信,又因自己起过重誓,并且法术已失,业如常人,万一花子真个和他拼命,经官动府,传出去岂非落个话柄? 万般无奈,只得同他步行动身。偏那花子性情非常乖张,又好饮酒,一天也走不上二百多里地,不知淘了多少闲气,才到了川边。

　　"快离青螺不远,刘道友忽然想起:'这花子既说死的老丐是他亲哥哥,为何走时眼见他哥哥尸首化了一摊脓血,他只一味歪缠,要自己带他走,并不去掩埋?'越想越觉不合情理,问他是何缘故。这花子才说出,那丐不但不是他兄长,还根本并无其人,是他成心用障眼法儿来讹刘道友送他往青螺的。刘道友一听此言,想起他一路上种种可恶,到了地头,他还敢实话实说,并不隐瞒,这般成心戏弄人,如何再能忍受,伸手便去抓他。那花子虽然长相不济,身手却非常矫捷,刘道友一把未抓着他,反被他连打带跌,吃了不少亏苦。那花子一面动手,一面还说,不但老丐是假的,刘道友飞剑、法术也是被他障眼法蒙住,并未失去,可惜他那种法术只能用一次,过了四十九天,再用就不灵了。一句话把刘道友提醒,一面生着气和他打,一面暗算日期,恰好从动身到本日正是四十九天。也不管那花子所言真假,且将飞剑放出试试,果然剑光出手飞起。那花子一见刘道友剑光,直埋怨他自己不该将真话说出,拨转身抱住头,往前飞跑。刘道友哪里肯容,指挥剑光紧紧追赶。花子竟跑得飞快,一晃眼就没了影子。刘道友无法,正待停步,那花子又鬼头鬼脑在前面出现,等刘道友追过去,又不见了。似这样数次,直追到我二人相遇之处。刘道友恐他逃走,见他出现,装作不知,暗诵真言,用法术将花子现身的周围封锁,再用剑光一步一步走过去。刚刚行完了法术,飞剑还未放

205

出,忽然脸上被人打了一个大嘴巴,打得刘道友头晕眼花。耳听一个人在暗中说道:'你快撤了法术,让我出去便罢;不然,你在明处,我在暗处,我抽空便将你打死。'刘道友听出是那花子声音,却不见人,越发气恼。知道他被法术围困,便将剑光飞起,上下左右乱飞乱刺。满以为封锁的地方不大,不难将花子刺死。刺了一阵,不见动静。

"正疑又上了那花子的当,被我元神上去止住,谈起前事。我断定那花子定是位混迹风尘的前辈异人,凭刘道友的飞剑、法术,岂是被一个障眼法儿便可蒙住失去效用的? 不过此人与刘道友素无仇恨,何以要这般戏弄? 此中必含有深意,再三劝刘道友不可造次。刘道友也明白过来,想起来时花子曾说,刘道友的本领仅够给他当小徒弟,还得跟他讨饭多年,才能出世现眼等语。再一仔细寻思他一路上半疯不疯的言行举动,也觉此人颇有些来历,稍平了一些怒气。问我为何用元神出游,我便将同他分手这多年的情况,以及今晚探青螺同那赵道友踪迹之事说出。他猛想起昨日同那花子走过清远寺门口,那花子说有个姓赵的住在这庙内,前面有人打听他,你便对他说,莫要忘了。当时因为那花子说话颠颠倒倒,没有在意。听我一问,知道事出有因,便对我说了。

"那清远寺离青螺只有数十里,比我们这里去要近得多。我便邀刘道友同去打探,如果不是,再来跟踪在前面峰顶炼妖法的人也来得及。刘道友见我与他同仇敌忾,又听说我们这边有不少的峨眉派门下高明之士,益发高兴。我二人同赶到清远寺暗中探看,寺中二方丈喀音沙布正和几位道友谈天,内中果然有赵道友,还有我从前遇见过的长沙谷王峰的铁蓑道人,知道他们都是到青螺赴会来的。只不知诸位正教中道友,如何会与青螺下院替八魔做耳目的蛮僧相熟? 恐怕其中另有别情,不敢造次,便请刘道友设法将诸位道友引出来,问个明白。恰好引出来的是铁蓑道人,到了无人之处,我现身出来,对他说了实情。问他同诸位道友既与青螺为敌,如何反与八魔耳目为友? 莫要中了别人之计。铁蓑道友说,他和诸位道友数日前才往青螺来,路上被一位前辈道友停住剑光唤了下来,命他们先到清远寺落脚,自有妙用,还嘱咐了一番话。诸位道友自然遵命。一到清远寺,先和大方丈梵拿加音二、二方丈喀音沙布动起手来。打至中途,两个蛮僧忽然请诸位道友停手,问起来意。二蛮僧说他们虽做八魔耳目,实非得已,他二人已准备趁端阳诸位道友与八魔斗法之便,炼天魔解体大法,和八魔孤注一掷,决一死活存亡,以便夺回魔宫。只要诸位道友不和他二人为仇,端阳那天,他二人还能助一臂之力。由此，因打反成了相识。诸位道友虽然觉他二人之言不甚可靠，但未可示怯，遂变敌为友，住了下来。连日并未见他们有什么举动，款待也甚殷勤。只大方丈梵拿加音二每隔三日，必出门一次，说是去炼那天魔解体大法。铁蓑道人疑他别有异图，曾跟他身后，去看过一次，那蛮僧一到我去过的那个峰头，便没入云雾之中。铁蓑道友看出他果是言行相符，虽放一点心，到底还是时刻留神观察他们动静，以备万一。他说中途唤诸位道友到清远寺落脚的前辈道友，正是数十年前名震天下的怪叫花穷神凌浑。再问形状，和刘道友所遇花子一般无二。一算时日，那日花子正在一个小坡下睡觉，定是用神游之法，分身前去嘱咐诸位道友。刘道友闻言，才明白凌真人是想度他入门，被自己当面错过，好不后悔。

"我二人别了铁蓑道友，复回原处，路上遇见一阵黄尘，知有佛教中蛮僧走过。赶到峰前一看，什么迹象都没有，峰头雾沉沉的，知道行法之人已去。妖法封锁厉害，未便轻易涉险。刘道友见凌真人既将他引到青螺，必有用意，与我订了后约，准定揣度凌真人意旨，兼报门人之仇，辅助众位，同破青螺。当时便跪在真人隐身之处苦求，想用至诚感动凌真人出现。我别了刘道友回来，便发生李、申两位道友遭难之事。我见诸位道友个个禀赋非常之厚，深得峨眉真传，又加上秦家姊妹相助，果真再得凌真人帮忙，破青螺，扫荡群魔，是无疑的了。"

正说之间，吴文琪笑道："我自知本领不济，始终守护着这几个孩子，没有跟着诸位姊妹前去涉险。适才秦家姊妹行时，大家都忙着解救李、申二位妹子，也忘了将这四个孩子带去。后日便是端阳，岂不又是累赘?"一句话把灵云提醒，也愁章氏姊弟和于、杨二道童无法安置。偏这四人都非常乖巧，自从与众人见面，分别行了大礼之后，早侍立在旁，留神细听。此时一谈到他们，不约而同，四人分作两双，走上前去，朝众人跪下，叩头不止。这时灵云才细看他们，见四人俱非平常资质，个个灵秀，颇为心喜。只是在座诸人，除邓八姑自身历劫未完，谈不到收徒外，余人俱是峨眉新进后辈，不奉师命，哪敢收徒。想了一想，便问四人将作何打算，如是思家，须等破了青螺，才能分别送他们回去。先是于、杨二道童抢先说道："弟子等二人，一个是幼遭孤露，父母双亡；一个是父母死后，家道贫寒，被恶舅拐卖与人为奴，受苦二年，又被妖道拐上山去；俱都是无家可归。虽然年幼无知，自在妖道洞中住了两年，每日心惊胆战，如坐针毡。幸遇诸位仙长搭救，情愿等破了青螺之后，跟随诸位仙长归山，作两名道童，生生世世，不忘大恩。"说罢，叩头不止。于、杨二人说完,章氏姊弟也力说不愿回家,情愿出家学道,求诸位大仙收归门下。灵云再三叫他四人起来,用婉言劝告,说出家受苦,仍是等事完送他四人回去,有家的归家,无家的由自己给他们想法安置生理,各按本领,谋上进之路为是。四人哪里肯听,只跪在地下哭求,头都叩得皮破血流。轻云、朱文二人首先看不下去,同劝灵云道:"大姊素受掌教信任,于小辈门人中总算序齿最尊,得道最早。这四人资质不差,即使冒昧收下,不见得就遭教祖责罚怪罪。何况只要回去等教祖或妙一夫人回山时叩请安置,以定去留,那时不允,仍可送他们回去,并不一定就算自己不奉师父之命,随便收徒。别人不敢担承还可,你还有何顾虑?"灵云笑道:"你二人说得倒好。本派自长眉真人开创,门下甚少败类者,就为收徒不滥之故。如今未奉师命,一下便收四人。我等道行尚浅,哪能预测未来,岂可冒昧从事?虽说只带回峨眉安置,并不算收归门下,你要知凝碧崖乃洞天福地,岂容凡夫俗子擅入?此时他四人尚不肯回去,异日如何便肯?教祖虽是我生父,因我一向兢兢业业,未犯大过,才未重责。一旦犯了教规,罚必更严。此事实在不敢妄做主张。至少也须奉有一位前辈师叔伯之命,才能带他们同返峨眉。他们原是秦家姊妹所救,且候她二位回来,再想法安置吧。"轻云道:"秦家两位姊妹虽说道法高强,但是初入本门,还未见过师父,岂不凡事俱听姊姊吩咐?姊姊不能做主,也是枉然。"灵云闻言,再回顾四个孩子,已哭得和泪人一般。邓八姑帮着劝解说:"这四个孩子如此向道心诚,如果无缘,岂能遇见诸位?就是道友冒昧收下,带返峨眉,教祖与人为善,见他们质地不差,绝无怪罪之理。"灵云看了八姑一眼,口中还是不允。

这时章氏姊弟与于、杨二道童已知灵云是众人中领袖,大家苦劝都不生效,便绝瞭望。章南姑忽然站起身来,走向轻云、司徒平、吴文琪三人面前,跪下哭说道:"弟子姊弟二人,本虎口余生,自忖必死,偏生遇见五位大仙救了性命。两位秦大仙尚未回来,请三位大仙代弟子等转谢救命之恩。并求诸位大仙把舍弟虎儿收下,做一名服侍的道童,以免他回去受庶母虐待,弟子感恩不尽!"一路哭诉方完,猛地站起身来,朝旁边岩石上一头撞了去。虎儿本随姊姊哭了个头昏声嘶,一见姊姊要寻死,从地下爬起来,跌跌撞撞,哭着往前飞跑,想去救援。还未到南姑身前,在地上滑跌了一交,跌出去有好几尺远近,脸鼻在地上擦了个皮破血流,再爬也爬不起来,一阵急痛攻心,晕死过去。有这许多有本领的人在座,哪容章南姑寻死,她撞的地方离朱文正近,一把早将她拉住。南姑回身望见兄弟虎儿这般景象,益发号啕大哭。朱文便拉着南姑的手走过去时，虎儿已被灵云就近抱起，取出丹药与他敷治。忽见八姑身一晃，飞下石台。众人回头一望，原来是于建、杨成志二人自知绝望，又见南姑寻死惨状，勾动伤心，趁众人忙乱之际，悄没声站起身来，也想往山石上撞去。八姑坐在石台上面早已看出，见众人都忙于救着章氏姊弟，没有注意于、杨二人，正想分神去救，元神刚刚飞起，猛见从凹外伸进一只长臂，正好将于、杨二人拦住。接着现出一个花子，对着于、杨二人骂道："此处不留人，自有留人处。要学道出家，哪里不可，单要学女孩儿寻死！"灵云追随父母多年，见多识广，一见这个花子非常面熟，曾在东海见过一次，略一寻思，便想起他正是怪叫花穷神凌浑，不禁大吃一惊。轻云、文琪更是不久前在戴家场见过，又听玉清大师说起他的来历。三人不约而同，喊众人上前跪见。灵云道："凌师伯驾到，弟子齐灵云率众参拜。"

凌浑见了这些小辈，倒不似对敌人那样滑稽。一面唤众人起来，对灵云道："我适才知道几个魔崽子要借水晶球观察你们过去同现在的动静，好用妖法中伤，恐你们不知，日后受了暗算，特意前来护持。见这四个孩子向道心坚，你又执意不允，累他们寻死觅活，我在上面见了于心不忍。我知你并非矫情，自有你的难处。好在毒龙初用晶球照影，须先看以前动静，暂时还不能到此，特意抽空下来与他四人说情，省你为难。他四人质地尽可入门，只杨成志还有许多魔牵。好在既由我出头，以后如有错误，我自会到时点化。你可听我的话，代齐道友暂为收下。此地他四人住居不宜，少时由我代你托人先送他们回转凝碧崖。你等事完回去，不久齐道友同峨眉诸道友聚集峨眉，如果齐道友责尔等擅专，你可全推在我的身上便了。"灵云闻言，忙即跪下领命，又命四人上前跪谢凌真人接引之恩，乘机请凌浑同破青螺。

凌浑道："我隐居广西白象峰，已有数十年不履尘世。前年极乐真人李静虚路过白象峰，和我谈起如今各派正在收徒，劫运大动，劝我与白矮子弃嫌修好，趁这时机出世，助峨眉昌明正教，就便收两个资质好的门人承继我的衣钵。想当初同白矮子发生嫌隙，我也有不是之处，看在我死去妹子凌雪鸿分上，他又极力让我，赶人不上一百步，见极乐真人出头一说和，也就罢了。极乐真人从我那里走后，偏偏不知死的魔崽子六魔厉吼到白象峰采药，乘我夫妻不在洞中，将我洞中植的一丛仙草偷走。我回来查明此事，因为这种幺魔小丑，不值我去寻他，打算收了徒弟，命徒弟去寻他算账。后来一打听，这些魔崽子自他师父神手比丘魏枫娘死后，又拜在毒龙尊者门下，无恶不作。我在衡山后山看中了一个未来的徒弟，这人名叫俞允中，是家妻崔五姑新收门人凌云凤的丈夫。他先是想投奔白矮子，白矮子看他不中意，不但不收，反用法吓他回去，害得他受尽千辛万苦，投师未投成，从山上跌滚下来，差点送了小命。我将丹药与他服下，送到山下，想逼白矮子收他时，白矮子业已见机先行走避。我气愤不过，白矮子不收俞允中，无非嫌他资质不够，我偏收他为徒，将毕生本领传授，让他做出惊人的事与白矮子看看。我想试试此人心意胆智，留话给白矮子的大徒弟岳雯，等俞允中醒来对他说，他如能到青螺魔窟内将六魔厉吼的首级盗来，我便可收他为徒。果然他向道真诚，听岳雯传完我的话，一丝也未想到艰难危险，立刻由岳雯将他送到川边。他独自一人误投清远寺，被两个与青螺为仇的妖僧擒住，想利用他炼那天魔解体之法，与魔崽子为难，将他放在青螺对面正子午位的高峰上面行法。他无力抵敌，又想借此得六魔首级，误信妖僧之言，独自一人在峰顶上打坐，日受寒风之苦。我先时还想去救他，后来一想，他虽不通道法，服了妖僧的火力辟谷丹，又传了他打坐之法，不到端阳正午不会丧命。那天魔解体之法也颇厉害，稍一震慑不住心神，便会走火入魔，正可借此磨炼他扎一点根基。我只暗中护持，静看妖僧、魔崽子窝里反，到了端阳正午以前再打主意。我连去看他多少次，他定力很强，一到子午，眼前现出许多地狱刀山、声色货利的幻象，他一丝也不为所动。可见我眼力不差，甚为痛快。昨今明三晚，是妖僧行法最要紧关头，幻景尤为可怕，还有真的魔鬼从中扰乱。我怕他禁受不起，不比往日，只有分出元神才可照护。彼时我正和一个牛鼻子歪缠，见妖僧飞来，我便随他飞上峰头。等妖僧走后，我对他说了几句话。又到魔窟去看了一遍，正赶上俞德去请几个大魔崽子来为师文恭报仇，毒龙业障正用晶球照影观察敌人动静。这回他原请得有赤身教主鸠盘婆，偏偏派来的弟子又被绿袍老祖得罪回去。将来峨眉斗剑，鸠盘婆必不助他，齐道友可以省事不少。"

　　说到这里，众人忽觉眼前微微亮了一亮。凌浑道："大魔崽子果然卖弄来了，你们只管闲谈，待我上去跟他开个玩笑。"说罢，一晃身形，连章南姑姊弟和于、杨二道童俱都踪迹不见。邓八姑适才元神飞下，见了凌浑，也随众参拜，未及上前请求度厄，凌浑业已飞走，好生叹息。当下转托众人，代她向凌浑恳求一二。灵云道："这位师伯道法通玄，深参造化。只是性情特别，人如与他有缘，不求自肯度化；与他无缘，求他枉然。且等凌师伯少时如肯再降，或者青螺相遇时，必代道友跪求便了。"八姑连忙称谢。等了半天，凌浑仍未返回。

那独角神鹫和神雕佛奴竟和好友重逢一般,形影不离。灵云因雪山中无甚生物可食,问起司徒平,知独角神鹫在紫玲谷内也是血食,便唤二鸟下来,命它们自去觅食。神鹫摇摇头。司徒平知它是遵紫玲吩咐,不肯离开自己。正想向寒萼说话,神雕忽然长鸣了两声,冲霄飞起。神鹫也跟着飞了上去。不多一会,神鹫仍旧飞回,立在雪凹外面一块高的山石上面,往四外观望。神雕去了有半个时辰,飞将回来,两爪上抓着不少东西。众人近前一看,一只爪上抓着两个黄羊,一只爪上却抓了十几只额非尔士峰的名产雪鸡。在座诸人虽然均能辟谷,并不忌熟食荤腥。轻云首先高兴,取了四只雪鸡,喊了司徒平与朱文,商量弄熟来吃。灵云笑道:"你们总爱淘气,这冰雪凹中,既无锅釜之类的家具,又没有柴火,难道还生吃不成?"大家一想果然,一手提着两只雪鸡,只顾呆想出神。八姑笑道:"这雪鸡是雪山中最好吃的东西,极为肥美,早先我也偶然喜欢弄来吃。这东西有好几种吃法,诸位如果喜欢,我自有法弄熟了它。冰雪中还埋藏着有数十年前的寒碧松萝酒,可以助助雅兴。只可惜我不便亲自动手,就烦两位道友将崖上的冰雪铲些来,将这雪鸡包上,放在离我身前三尺以内的石上,少时便是几只上好熟鸡,与诸位下酒了。"朱文闻言,首先飞身上崖去取冰雪。灵云见神雕还未飞走,便命它将羊、鸡取去受用。神雕便朝上长鸣两声,神鹫飞下,二鸟各取了一只黄羊、三只雪鸡,飞到崖上吃去了。

朱文、轻云各捧了一堆冰雪下来,见雪鸡还剩下十只,已被司徒平去了五脏,都把来用敲碎的冰雪碴子包好。八姑口中念念有词,先运过旁边一块平片大石。请朱文用剑在石面上掘开一个深槽,将包好的雪鸡放在里面,又取了些冰雪盖在上面,用一块大石压上。准备停当,八姑又指给众人地方,请一位去将埋藏的酒取了出来。然后说一声:"献丑。"只见一团绿森森的火光从八姑口中飞下,将那块石头包围。不一会工夫,石缝中热气腾腾,直往外冒,水却一丝也不溢出。众人俱闻见了鸡的香味。朱文、轻云二人,口中喊妙不绝。轻云笑问朱文道:"你们有多少天不吃荤了,却这般馋法? 也不怕旁人见笑。"朱文秀眉一耸,正要答言,吴文琪道:"人家邓道友在这冰山雪窖中参修多年,一尘不染,何等清净。被我们一来扰了个够还不算,索性不客气闹得一片腥膻,也不想想怎么过意得去? 我们真可算是恶宾了。"朱文道:"你和大师姊俱是一般的道学先生,酸气冲天。像我们这般行动自然,毫不作伪多好。你没听邓道友说,她从前也喜欢弄来吃过,煮鸡法子还是她出的呢。你这一说,连主人一番盛意都埋没了。"灵云道:"你们怎的又拉扯上

211

我则甚？你看那旁鸡熟了，请去吃喝吧。"朱文、轻云闻言，走过去揭开盖石一看，一股清香直透鼻端，石槽中冰雪已化成一槽开水，十只肥鸡连毛卧在里面。提起鸡的双足一抖，雪白的毛羽做一窝脱下，露出白嫩鲜肥的鸡肉。除八姑久绝烟火，灵云也不愿多吃外，算一算人数，恰好七人，各分一只，留下三只与紫玲姊妹和金蝉。各人用坚冰凿成了几只冰瓢，盛着那凉沁心脾的美酒，就着鸡吃喝起来。朱文、文琪、轻云、司徒平各人吃了一只。灵云只在轻云手中撕了一点尝了尝，便即放下。

　　大家吃喝谈笑，到了半夜，一幢彩云从空飞下，紫玲姊妹同金蝉由峨眉飞回。说到了凝碧崖，金蝉先去取来乌风酒，与李、申二人服了。又由寒萼用宝相夫人的金丹，为李、申二人周身滚转，提清内毒。再由金蝉去找芝仙讨了生血，与二人服下。不到一个时辰，双双醒转。依了李、申二人，还要随紫玲姊妹带回，同破青螺。紫玲因见二人形神委顿，尚须静养，再三苦劝。李、申二人虽不愿意，一则紫玲不肯带她们同来，神雕佛奴又未遣回，即使随后赶来，也赶不上，只得罢休。请紫玲回到八姑那里，急速命神雕飞回。又请灵云等破了青螺，千万同诸位师兄师姊回去，以免二人悬念寂寞。金蝉又见着芝仙，她每日有猩猿陪伴用功，无事时随意闲游，过了两天也就惯了。灵云闻言，便向紫玲姊妹称谢。仍恐李、申二人于心不死，决定破了青螺，再命神雕回去。又恐神雕见主人不来，私自飞回，便唤了下来嘱咐一番。谁知神雕一见主人不来，又传话叫它回去，哪肯听灵云吩咐，灵云嘱咐刚完，神雕只把头连摇，长鸣了一声，冲霄飞起。那只独角神鹫也飞将起来，追随而去。灵云知道神雕奉白眉和尚之命长护英琼，相依为命，既不肯留，惟有听之，也就不再拦阻。一会工夫，神鹫飞回，向着紫玲不住长鸣。紫玲听得出它的鸣意，便对灵云道："那只神雕真是灵异，它对神鹫说，英琼妹子尚有灾厄未满，它奉白眉和尚之命，一步也不能远离，请姊姊不要怪它。适才我在峨眉，也见英琼妹子煞气直透华盖，恐怕就要应在目前呢。"灵云等闻言，俱都颇为担心，怎奈难于兼顾，只得等到破了青螺之后，回去再作计较。朱文已将石槽中留与三人的雪鸡连那寒碧松萝酒取出来，与三人食用，金蝉、寒萼连声夸赞味美不置。大家又谈了一阵破青螺之事，各人在石上用起功来。

　　第二日中午，八姑的友人白水真人刘泉走来，由八姑引见众人。行完礼之后，八姑问起刘泉，知道那晚在林中跪求到第二日，虽跪得精疲力乏，因为想用至诚感动凌真人，一丝也不懈怠，反越虔敬起来。直跪到三更将尽，凌真人忽然带了四个少年男女出现，·见便答应收刘泉为徒。由凌真人用缩地符,命刘泉将四个少年男女,送往峨眉凝碧崖内,交与李、申诸人。又命刘泉将人送到后,回来往玄冰谷对灵云等说,明日便是端阳,魔宫内虽有蛮僧等布下魔阵,自有凌浑去对付它,无须多虑。一交寅末卯初,先是赵心源按江湖上规矩,单人持帖拜山。命金蝉借用紫玲的弥尘幡随刘泉去见心源,装作心源持帖的道童,紧随心源同几个剑术稍差之人,随身护持,遇见危难,急速用幡遁去。其余如铁蓑道人、黄玄极等,也都各有分派,随后动身。交手时,五鬼天王尚和阳如果先败,必乘众人不备,到玄冰谷夺邓八姑的雪魂珠。此珠关系邪正两派盛衰兴亡,除司徒平不能与万妙仙姑许飞娘对面,必须在谷中暂避外,灵云、朱文、轻云、文琪、紫玲姊妹六人中,至少留下一人助邓八姑守护雪魂珠,不可远离。余人可在卯末辰初动身往青螺助战。那时魔阵已被凌浑所破,毒龙尊者与许飞娘连同几个厉害蛮僧同时出面,众人不可轻敌。如见不能取胜,只可用朱文的宝镜连同各人用的法宝护着身体,支持到了午正将近。但听凌浑一声吩咐,那时蛮僧梵拿加音二的天魔解体大法必然炼成发动,地水火风一齐涌来。众人只需见凌浑二次出现,急速由紫玲取过金蝉用的弥尘幡,遁回玄冰谷,助八姑赶走尚和阳。青螺后事,由凌浑、俞允中、刘泉三人主持办理。峨眉还有事发生,灵云等事完之后,可带了众人,速返凝碧崖,便知分晓等语。灵云闻言,便命金蝉向紫玲借了弥尘幡,传了用法,随刘泉赴清远寺去见心源,遵凌浑之令行事。不提。

第八十八回

银光照眼　奇宝腾辉
黑眚遮天　妖僧授首

灵云等刘泉、金蝉二人走后，便问："哪位妹子愿伴八姑留守？"众人都愿赴青螺一决胜负，你看我，我看你，不发一言。紫玲见众人不说话，只得说自己愿陪八姑留守。灵云道："没听凌师伯吩咐？明日最后保护大家出险，全仗姊姊用弥尘幡，如何可以不去？"紫玲不及答言，吴文琪早忍不住笑道："秦家两位姊姊照凌师伯所说是必须前去的，文妹又须用宝镜和群魔支持，司徒道友根本不能前去，大师姊又是三军统帅，就剩我和轻云妹子。我又比轻云妹子差得多，我一路来俱是干的轻松事儿，从未与敌人照面，索性我偷懒到底，将我留下看家吧。"灵云笑道："你休看轻了这留守是轻松的事儿，那五鬼天王尚和阳是各魔教中数一数二的人物，非同小可。八姑的雪魂珠关系更是异常重大，琪妹所负的责任，且比我们大得多呢。"

大家推定文琪留守之后，八姑又把自己脱劫之事重托灵云、轻云，说那能用法宝、丹药救她之人，正是怪叫花穷神凌浑，务必请大家到了魔宫之中，留神那至宝、灵丹，并求凌真人度厄归真等语。灵云及众人同声应允，八姑甚为高兴。灵云便问："倘如明日五鬼天王尚和阳前来夺取雪魂珠，文琪、司徒平未必能够迎敌，八姑有何妙法抵御？"八姑道："我此时身同朽木，只能运用元神，若论迎敌尚和阳这种魔教中厉害人物，本非易事。不过退敌虽难，谨守一两个时辰，等诸位援兵，还办得到。再若不济，我便暗中将雪魂珠交与吴道友避开一旁，即使自身遭劫，誓不能将多年辛苦，冒着九死一生得来的至宝，让仇敌得了去。少时我和吴道友自有打算，请放宽心便了。"灵云知八姑也非弱者，凌浑又有前知，既然命刘泉来吩咐，决无妨碍。

大家谈说到了晚间，八姑请众人依她指定方位站好，只留吴文琪一人，各运剑光，将玄冰谷封住，以防万一。由她先行了一阵法，然后元神退出躯壳，下了石台，口中念念有词，她坐的那一个石台忽然自行移向旁边。文琪近前一看，下面原来是个深穴，黑洞洞的，隐隐看见五色光华如金蛇一般乱窜。八姑先口诵真言，撤了封锁，止住洞中五色光华，请文琪借了朱文的宝镜在手中持着，飞身入洞。被宝镜光华一照，才看出下面竟是一所洞府，金庭玉柱，银宇瑶阶，和仙宫一般。只是奇冷非常，连文琪修道多年的人，都觉难以支持。八姑移开室中白玉灵床，现出一个洞穴，里面有一个玉匣，雪魂珠便藏在里面。八姑请文琪先藏起宝镜，洞府依旧其黑如漆。八姑口诵真言，喊一声："开！"便有一道银光从匣内冲起，照得满洞通明。八姑从匣内取出那粒雪魂珠，原来是一个长圆形大才径寸的珠，金光四射，耀目难睁，不可逼视。八姑道："这便是我费尽千辛万苦九死一生得来的万年至宝雪魂珠。凡人一见，受不了这强烈光华，立刻变成瞎子。我因得珠之后未及洗炼，使珠子光芒不用时能够收敛。后走火入魔，坏了身体，这珠的金光上烛霄汉，定要勾引邪魔前来夺取。幸而预先备有温玉匣子将它收贮，又用法术封锁洞府，自己甘受雪山刺骨寒飙，在洞顶石台守护至今，才未被外人夺去。此珠只和西方野魔雅各达斗法用过一次，若非此珠，我早已被魔火化成飞灰了。五鬼天王尚和阳更比那妖僧厉害，又恐别人觉察，才请诸位道友在上面守护，还用法术放黑雾将谷面封锁，才敢取出来与道友一观。此珠已经我用心血点化，只要玉匣不加符咒封锁，便能随心所欲。明日道友无须迎敌，只需潜伏洞中，代我守护玉匣。我先传了道友隐形之法，如见我这雪魂珠自飞入匣，必是我抵敌不过来人，元神遁出，躯壳或有损毁也说不定。道友可将此珠紧带身旁，无论洞上面有什么异象也不去管它，由下面驾剑光冲出，遁回峨眉，我自会追随前去。司徒道友，我再替他另觅藏身之处，以防波及。此乃预先防备最后失败之策，并非一定如此惨败，因敌人厉害，不得不作此打算。万一躯壳被毁，说不得仍求诸位道友代求凌真人和掌教真人设法援救，以免把多年苦功付于流水。我此时便要将元神与珠合一，我在前引路上去吧。"

说罢，一晃身影，八姑便不知去向，只见亮晶晶一团银光往上升起。文琪随着飞身上来，眼看那团银光飞进石台之上，挨近八姑身旁便即不见，同时石台回了原处。八姑在石台上开口，请大家收了剑光近前，说道："有劳诸位道友，适才那团银光便是我的元神与雪魂珠合在一起。我已将珠带在身旁，静候明日与魔鬼决一胜负存亡，便可脱劫还原了。"文琪又将雪魂珠灵异之处对灵云等说了一遍。

时光易过，不觉到了卯时。灵云约了轻云、朱文与紫玲姊妹，别了八姑、文琪、司徒平三人，驾剑光直往青螺魔宫内飞去。这且不提。

话说烟中神鹛赵心源同陆地金龙魏青、黄玄极、铁蓑道人，到青城山金鞭崖会见矮叟朱梅的门人纪登，旧友新知，俱都非常投契。纪登因离端阳尚有多日，答应到了端阳临近，护送陶钧助四人到青螺赴会，并设法请师父矮叟朱梅也来相助。心源闻言，甚为欣喜。铁蓑道人想起去看两处好友，与诸人订了约会先走。心源等便在金鞭崖纪登观中住下，直到四月底边，矮叟朱梅忽然回山。心源拜见之后，跪求朱梅相助。纪、陶二人也帮他跪求。朱梅道："这次青螺虽然起因甚小，关系却大。起初不但齐道友请得有我，还约了侠僧轶凡同峨眉门下几位道友。自从戴家场怪叫花凌道友二次出世，神尼优昙大师遇见他夫人白发龙女崔五姑，才知凌道友这次出世，是在无心中得了一部天书，想借这次各派收徒，正邪两派劫运将来之际，收些门人另创一派。知道滇西群魔声势浩大，无恶不作，特意将这些魔教一一铲除，就在滇西创立教宗。他生性特别，夫妻二人一向独断独行，从未求人相助，也从未遇见过敌手。我们知他性情古怪，去了反招他不快，才行中止。不过青螺之事由赵心源而起，不能不去。又恐凌道友万一仍记追云叟前嫌，自己虽取青螺做根基，却不管别人闲事。侠僧轶凡虽非峨眉一派，但是明年便要圆寂飞升。赵心源不久仍归峨眉门下，又得过追云叟的应允相助。侠僧轶凡和齐道友交情甚厚，群魔又公然声称与峨眉为仇，借青螺拜山为由，引峨眉门下前去一网打尽，峨眉掌教同诸位道友万难坐视。偏关碍着凌道友，长一辈的都不便亲自前往，才由齐道友飞剑传书，在小辈门人中选了几个前去相助。同时玄真子听齐道友说，天狐宝相夫人脱劫在即，她所生二女根基极佳，现在已同弃邪归正的司徒平联了婚姻，何不将二女也收归门下，以免她们误入旁门。齐道友知宝相夫人有一至宝，名为弥尘幡，破青螺大有妙用。又用飞剑传书与餐霞大师，请她就近相机行事。宝相夫人二女定然也随几个小一辈的门人同往青螺。尔等此去决无危难，大约到了青螺便可相遇。为日业已无多，可着纪登送尔等前去便了。"

心源等见矮叟朱梅如此说法，大放宽心，不敢再为渎求。第二日拜别矮叟朱梅，由青城山起身。纪登奉命送四人至打箭炉，便即别去。心源一算时日，离端阳还有十来天。除玄极外，余人均未断绝火食，此去雪山崇峻，四无人烟，不得不先为准备。便在打箭炉附近村镇上住了一天，备办干粮应用之物。又隔了一天，才循入滇朝山的捷径，往青螺进发。虽是步行，几人脚程本快，不消三日，已离青螺不远。行至一条官道与小路交岔口处，大家见风景甚好,坐在路旁歇息。遇见结伴朝山的香侣,陶钧上前向一个老者探问赴青螺的路程。那老者一听问的是去青螺路程,面带惊恐,朝陶钧上下打量了几眼,先问陶钧朝山为何不去滇山朝拜,却往青螺则甚?陶钧推说是幼年时家中尊人许下的心愿,不能不往。那老者先不肯说,经陶钧再三和气打听,那老者才勉强说道:"按理我们出门人不该多嘴,我看尊客行止不似歹人,才敢直言奉告,如今青螺且去不得呢。"陶钧坚问何故,那老者答道:"我也是幼年时听人说起,在数十年前,青螺原是善地,山中有一座清远寺,里面有两个僧人,俱能吞刀吐火,平地生莲。不料僧人遭劫,不知怎的,去了八个魔王,将两位僧人赶到番嘴子清远寺下院,将总寺拆了,修起一所魔宫。手下许多魔神,专一四处抢掠少男妇女、金银财帛。入滇行商同朝山的人,往往成群结队,不知去向。先前朝山的人一去不回,只说是僧人度化。前些年有一个从魔宫逃回来的人,说起魔宫中魔神众多,法术通神,还有一个姓魏的女魔君更是厉害。抢去的人除供男女魔王奸淫外,还被他们采去生魂,修炼法宝。害得人家都把朝山视为畏途。即使像我们都是信仰极坚,又预先佩有僧人弟子赐过的灵符,也只敢在大路行走。青螺这条路,久已无有人敢经过,漫说是入山朝拜。尊客年轻,不知行路不易,还是不去,改同我们一起行到滇西朝佛,不是一样?如不去滇西,前面过了雪山,往前行二百余里,便是番嘴子,那里有清远寺的下院。有二位被魔王赶出的僧人,听说还在那里,尽可到那里去了完心愿,急速回家。青螺山离那里还有百余里,千万去不得。"陶钧道声"领教",辞别老者,回来说与心源。陶钧原是无聊闲问,众人听陶钧说了老者之言,相视一笑。前望雪山绵亘,又知沿途并无村镇,取出带的干粮、酒脯饱食一顿,仍往前路进发。

走不多远,便上雪山,山径险纡,雪光耀目,虽在四五月天气,积雪仍是未消。行到山脊,玄极驾剑光前视,回报说过去百余里,有一村镇,现出红墙,想必便是番嘴子。正说之间,忽听有破空的声音,及至近前落下,乃是铁蓑道人因为访友不遇,返至青城,矮叟朱梅已不在山中,知四人业已动身,一路跟踪到此。心源又把矮叟朱梅之言说了一遍。铁蓑道人闻言,笑道:"矮叟故意如此说法,凌真人决不如此量浅。恭喜赵道友,此行无忧了。"说罢,便催四人不必再作步行,由铁蓑道人携带陆地金龙魏青,驾剑光先到番嘴子,见机行事。刚刚飞出去不多远,众人正行之间,猛觉身子直往下坠,好似被什么重力吸住一般,大吃一惊。见下面山坡下正有一人朝上招手,落下来一看,除陶均外,俱认出是戴家场见过的怪叫花穷神凌浑,心中大喜,分别上

217

前行礼，心源又引了陶钧拜见。凌浑便命众人先往清远寺投宿，如此如此。众人领命之后，凌浑倏地不见。

　　铁蓑道人、心源、玄极、陶钧、魏青一行五人，遵怪叫花凌浑所嘱，驾剑光到了番嘴子。落下地来一看，原来是一个荒凉村镇，虽然有几十所土屋茅檐，也都是东倒西歪，墙垣破坏，好似多年不曾有人居住。心源一眼瞥见前面大路旁边有一所大庙，门前树荫下排列着两行石凳。近前一看，果然是清远寺，门上还有大明万历年间钦赐敕建的匾额。庙门紧闭，隐隐闻得梵呗之声，估量正是晚饭前讽经时候。当下推定陶钧仍作为进香投宿的客人上前叩门。陶钧把环打了好几下，才走出一个中年喇嘛来，上下打量了陶钧几眼，问陶钧来意。陶钧对他说了。那喇嘛狞笑一声，正要开口，一眼看见铁蓑道人同心源、玄极、魏青等装束异样，英风满脸，知道不是平常香客，立刻改了和颜悦色的容貌，说大老爷、二老爷正率全庙僧人做午斋，请众人先到禅堂内落座。心源见那喇嘛相貌凶恶，目光闪烁不定，对人又是前倨后恭，便朝铁蓑道人使了个眼色。铁蓑道人点了点头，众人也都觉察在意。大家到了禅堂落座，那喇嘛便即走去。

　　一会工夫，知客僧同了先前出去的喇嘛进来，小喇嘛献上乳茶。大家见那乳茶灰暗暗的，有一股子腥膻之气，俱都未用。知客僧名叫喀什罗，生得身材高大，一脸横肉。与众人问讯之后，又问众人来意。陶钧仍照适才的话重说一遍。知客僧喀什罗道："我们佛门弟子戒打诳语。诸位居士行藏，小僧已看透一半。真人面前莫说假话。诸位居士何以始终说是朝佛进香的呢？"魏青性子最急，见知客僧再三盘问，早已不耐，闻言抢先说道："你这和尚好无道理！你开的是庙，我们来此投宿，住一天有一天的香资，你管我们是真拜佛假拜佛则甚？"哪知客僧闻言，也不作恼，反笑说道："论理，小僧原不该多问，只因端阳快到，有人到青螺拜山，我们这里是青螺的下院，奉命在此迎候。诸位虽口称是进香朝佛的客人，但是一无香火袋，又不携带行李，只带了一两件零星包裹，跋涉千里雪山，说是朝山香伴，谁也不信。我看诸位趁早说了实话，如是魔主请来的宾友，省得我们招待失礼。"魏青厉声道："依你说来，如果我们不是八魔崽子的狐群狗党，是来寻他晦气的，你们又当如何？"那知客僧狞笑一声道："如果来的不是魔主的好友，是他仇敌时，那我们就要无礼了！"这时先前那个中年喇嘛先已走去，魏青未等知客僧把话说完，早已纵身上前，心源一把未拉住。魏青跳到知客僧面前，刚把手伸出去，那知客僧只把身形一扭，避开魏青手掌，一点指之间，魏青业已被他点中了

218

穴,倒在就地。知客僧正要口发狂言,陶钧见魏青一照面便被人点倒,手扬处剑光飞起。知客僧见来人精通剑术,知道不敌,刚刚转身往外逃走,忽从外面飞进一朵红莲,将陶钧剑光托住。心源已走过去将魏青救醒转来。

众人正待动手,外面有人喝道:"你们是好的出来,与佛爷见个高下!"说罢,那朵红莲便即飞去。陶钧首先指挥剑光追踪出去,众人也都随后到了院中。见院中站了好几十个喇嘛,为首一人生得又矮又胖,适才那朵红莲便是他所放。见众人出来,喝问道:"你们是哪里来的?无故到本庙中扰闹!快快说出来历,免得做无名之鬼!"心源道:"妖僧休要猖狂!我便是端阳到青螺魔宫赴会的赵心源,你有什么本领,只管使将出来。"这矮胖蛮僧正是清远寺二方丈喀音沙布,一听来人是端阳赴会的赵心源,不由大吃一惊。心想:"八魔尚且怕他,何况自己?"正在沉思之际,他放起的那朵红莲原是魔法幻术,如何敌得过陶钧的飞剑,不消片刻,便被陶钧剑光往下一压,立刻如烟消雾散。铁蓑道人等因喇嘛虽多,并无人上前助战,也都袖手旁观。一见陶钧破了蛮僧红莲,指挥剑光朝蛮僧头上飞去,想起凌浑临来时吩咐,正要喊陶钧住手。忽然一阵天昏地暗,阴风四起,一团烈火从殿后飞出,火光中现出无数夜叉、猛兽、毒龙、长蛇,夭矫飞舞而来。铁蓑道人知是蛮僧妖法,忙喊陶钧收剑,将手一张,一道白光如长虹般飞起,与那团火光斗在一起。那些毒蛇、猛兽、夜叉挨着铁蓑道人剑光,便即消灭。只那团火光兀自不减,两下斗了一阵,不分胜负。猛听那边一声大喝道:"诸位且慢动手,我有话说。"

铁蓑道人巴不得停手罢战,好照凌浑之言行事。又恐来人之言有诈,且先收住剑光护住众人,观察动静。剑光往回一收,那团火光果然不来追赶,倏地往下一落,火光灭处,现出一个身材长大的黄衣蛮僧,合掌当胸说道:"诸位檀越如不猜疑,且请到小僧房中,有机密事相告。"铁蓑道人知道应了凌浑之言,答道:"我等原不与贵庙为难,既然大和尚不愿结仇,有何猜疑之有?"这时那个矮胖蛮僧也走了过来,随同请众人进至方丈室内落座。

大家通过问讯,才知这两个蛮僧正是本庙的两个方丈梵拿加音二与喀音沙布。原来梵拿加音二记恨八魔夺庙之仇,决意炼那天魔解体大法,到端阳与八魔拼个死活。忽然在日前接着八魔传话,说请有独角灵官乐三官同江湖上几位至好,端阳日到青螺魔宫赴会,这些人多半辗转延请,青螺并未来过,如要经过番嘴子,命二蛮僧务必竭诚款待,接引到魔宫中去。还说仇人赵心源同许多峨眉门下也要打此经过,如见形迹可疑之人到此,能下手便除去他,不能下手速往魔宫送信,好作一准备,庙门须长川有人看守等语。

二蛮僧闻言，心中虽咬牙切齿，并未形于颜色。将来人敷衍走后，彼此一商议，打算借刀杀人。来人如是八魔请来的友人，一样替八魔招待，引往魔宫；如是八魔仇人，便相机行事：如来人是个寻常之辈，便下手除去，以取信于八魔；要是本领高强，索性与他联在一起，告诉他魔宫机密，到来人与八魔交手之际，好趁空使那天魔解体大法，由他双方玉石俱焚，自己却从中取利，夺回旧业，重振香火。二人计议停妥，不多几日，乐三官始终未来，陆续来了好几个八魔转请的友人，到清远寺请二蛮僧派人引往青螺。梵拿加音二想多得一点魔宫机密，借送客为由，亲身到魔宫去了几次。

今日正在召集众人做午斋，忽听人报庙中来了几个形迹可疑之人，看去不是八魔请的友人，倒有点像对头神气。梵拿加音二便命二方丈喀音沙布去见来人，照以前商定相机行事。一会又有人报，说来人已与知客僧言语不合，动起手来，被知客僧先用点穴法点倒了一个大汉，内中一个少年忽然飞起剑光，幸亏二方丈赶到，口吐红莲，将知客僧救出。如今在前殿院落中动手，因见来人像是几个能手，徒众们俱都旁观，不便上前。内中有一人自称是端阳赴会的赵心源，正是八魔仇敌等语。梵拿加音二一闻此言，立刻飞身出去，正赶上陶钧破了喀音沙布的红莲。一则恐喀音沙布失手，二则想试试来人本领再定敌友，见陶钧飞剑像得过高人传授，使那惯用的魔伽追魂八面龙鬼的魔法恐难取胜，将元神化作一团烈火飞上前去。谁知才一照面，少年飞剑便退，对面闪出一个道人，手一扬飞起一道长虹般白光，一会工夫便破了自己的法术。知道再延下去决难讨好，这才高喊收兵，化敌为友。到了里面，问明来人来历，果是破青螺的主要人物，心中大喜，便将心事说知，求众人助他得回青螺，必有重报。铁蓑道人胸有成竹，立即应允。梵拿加音二便把自己急切报仇，在青螺子午正位上炼那天魔解体大法之事告知众人，请众人到了端阳那日如不能得胜，务必支持到了正午，自有妙用等语。

正说之间，小喇嘛匆匆进来报告，说蛮僧布鲁音加应了八位魔主之请，前来有话吩咐，快到里面来了。梵拿加音二闻言大惊，忙命喀音沙布速陪众人暂时避往别处，自己急忙起身迎接出去。喀音沙布闻言，将手往墙上纽环一推，便现出一个穿门。众人刚走进去不多一会，知客僧已陪了布鲁音加进来。

这布鲁音加原是滇西魔教中厉害人物。当初神手比丘魏枫娘的师父、新疆博克大破神鳌岭寒琼仙子广明师太，因见魏枫娘作恶多端，贻羞门户，特地从天山赶往青螺，想按教规惩罚。不想魏枫娘早已防到此着，她和布鲁音加最为莫逆，便将他约来埋伏在旁，趁广明师太不防，暗用乌鸩刺，坏了广明师太左臂。从此布鲁音加便留住魔宫，与魏枫娘、八魔等人益发肆无忌惮，同恶相济。魏枫娘死后，布鲁音加立誓给她报仇，在青螺附近寻了一座山谷，炼了九九八十一口魔刀，静等端阳节到，好寻峨眉派报仇雪恨。昨日才将魔刀炼成，回到青螺与八魔谈起，听说峨眉这次人多势众，已由毒龙尊者约了五鬼天王尚和阳、赤身教主鸠盘婆、万妙仙姑许飞娘等人相助。又说俞德去请万妙仙姑许飞娘，路遇独角灵官乐三官，万妙仙姑请他同往青螺，乐三官满口答应。行至中途，乐三官忽然想起去会一个朋友，答应端阳节前赶到，已嘱咐清远寺小心接待，谨防仇敌等语。布鲁音加道："那清远寺乃青螺正路，敌人如由四川动身，必定打此经过。敌人俱会剑术，梵拿加音二迎候宾客尚可，要同敌人交手，如何能行？莫如我亲身前去嘱咐他们，布置一番。如果敌人期前到此，往庙中投宿，无须惊敌，只用我的乌鸩刺下在饮食之内，便可取他们性命。要是敌人打空中飞行，必算准日期，非到端阳不来，就用他们不着了。"说罢，辞别八魔，到了清远寺。

梵拿加音二将他迎接进去，到了方丈室内。布鲁音加说了来意，问起近日情况，得知除接过几个八魔约来的朋友外，并未见峨眉派有人经过。布鲁音加一丝也不疑心梵拿加音二记恨前仇，存心内叛。又因乌鸩刺乃自己刺心滴血所炼，一动念间便可如意飞回，不愁人起异心。便将乌鸩刺取出，嘱咐依言行事，并告诉了用法。叫梵拿加音二到了端阳早晨将刺缴还，无须亲自前去，只需将尖刺朝着青螺方面口诵所传咒语，自会飞回。说罢，作别走去。

梵拿加音二送他回来，请出众人，一一告知。铁蓑道人取过那乌鸩刺一看，长约三寸八分，比针粗些，形如树枝，上面有九个歧叉，非金非石，又非木质，亮晶晶直发乌光，隐隐闻得血腥。听人说过这东西厉害，仍交与梵拿加音二好好收藏。

梵拿加音二收了乌鸩刺，正要命人为铁蓑道人等寻找密室安顿，忽听院中一声大喝道："大胆孽畜，竟敢私通仇敌！还不与我出来纳命！"言还未了，梵拿加音二手上的乌鸩刺竟然化成一溜绿火穿窗飞去。梵拿加音二闻言大惊，忙对铁蓑道人道："贼秃驴此来必然看破机密，诸位千万助我一臂之力，不可将他放走才好。"说罢，先化成一团火光纵身出去。二方丈喀音沙布同了铁蓑道人、心源、玄极、陶钧、魏青也都跟踪而出。到了外面一看，正是蛮僧布鲁音加去而复转。原来布鲁音加适才来时，本未看出什么破绽。及至将乌鸩刺交与梵拿加音二，走出去没多远，忽然心中一动。想起往日到清远寺去，两个方丈都是同时接送，殷勤置酒款待，今日为何不见二方丈出面？大方丈并未提起，神态也有些不自然，行时一句款留之话俱无，自己又这样神思不宁。不由起了疑心，决计回去暗中察看梵拿加音二的动静。及至回转清远寺，落下来往方丈室内一看，果然梵拿加音二同着几个生面之人，正拿着乌鸩刺把玩说话。略听一两句，便知全是敌人，心中大怒。恐乌鸩刺落在敌人手内，先运真气将刺收回，开口便骂。

梵拿加音二明知自己所学，小半都是魔教中参拜祭炼之法，遇见厉害敌人，不能立时应用，准敌布鲁音加不过。无奈自己机关既被他识破，不用说败了没有性命，就是胜了，要让他逃走回去说与八魔，不但前功尽弃，合庙生命财产俱要一扫而空。仗着铁蓑道人等相助，决意和他以死相拼。因知布鲁音加非同小可，不敢大意，才用禅功变化，化成一团红光飞将出去。布鲁音加一见梵拿加音二不敢用真身出现，也知他临阵怯敌；又见只他一人上场，料知室中众人未必有多大本领。他还不知梵拿加音二得过祭炼真传，在青螺前面正子午方位上炼有天魔解体大法，关系八魔生死存亡。一念轻敌，不肯就下毒手，想将梵拿加音二同室内敌人戏侮个够，再行生擒，带回青螺表功。见对面红光飞来，不慌不忙地将手一指，便有五道黄光将那团红光敌住。还恐敌人逃走，从袈裟内取出一个网兜，口中念咒，往空中一撒，化成一团妖雾腥风，往空升起，将清远寺全部罩住。正在施为，忽见方丈室内飞纵出六个人来，才一照面，内中两个壮士打扮的先飞起两道白光直射过来。布鲁音加哪里放在心上，分出两道黄光上前敌住。对面又飞过两道白光，如长虹一般。布鲁音加见这两道光比先前两道迥乎不同，才知来人中也有能手，暗自惊异。仗着自己魔法厉害，一面分出黄光迎敌，口中骂道："一群无知业障，还不束手受擒，竟敢在此卖弄！佛爷祭起罗刹阴风网，将全庙盖住，如放尔等一人逃走，誓不为人！"

言还未了，忽听一人在暗中说道："贼秃驴，不过是偷了鸠盘婆一块脏布，竟敢口出狂言，真不要脸！你不用横，少时就要你的好看。"布鲁音加闻言，心中一动。再看对面，六人中虽有四个放出飞剑动手，并未说话。那两个，一个是本庙二方丈喀音沙布，还有一个猛汉，俱在凝神旁观，不像个有道行之人，如何会知道罗刹阴风网的根底？好生纳闷。猛想："他们人多，我何不先下手将这两人除去？"想到这里，暗诵口诀，将乌鸩刺放起空中，化成一溜绿火，比箭还疾，直朝陆地金龙魏青头上飞去。铁蓑道人最为留心，一见乌鸩刺飞来,忙喊魏青快快躲避。同时将臂一摇,飞起一道青光迎上前,眼看接个正着。就在这一转瞬之间,那溜绿火似有什么东西吸引,倏地掉转头飞向空中,踪迹不见。铁蓑道人适才听见暗中那人说话,好生耳熟,已猜是来了帮手,乌鸩刺定是被那人破去,便指挥青光上前助战。布鲁音加一见自己心爱的至宝被敌人收去,又惊又怒。同时他那五道黄光,有两道迎敌铁蓑道人与黄玄极的飞剑,本就吃力,这时又加上铁蓑道人一道青光,青白两道光华迎着黄光只一绞,便成两段。黄玄极见铁蓑道人得胜,运用元神指挥前面剑光往下一压,将敌人黄光压住。正赶上铁蓑道人青白两道剑光飞来,三剑夹攻,又是一绞,将黄光绞成数截,似流星一般坠落地上。心源、陶钧堪堪不支,凭空添了三道生力军,不由心中大振。就在这一会工夫,布鲁音加稍慢一着,五道黄光被敌人像风卷残云般破去。

铁蓑道人等破了布鲁音加黄光,正指挥剑光飞上前去,忽见对面起了一大团浓雾,布鲁音加踪迹不见,只见雾阵中有一幢绿火荧荧闪动。众人飞剑飞到跟前,便好似被什么东西阻住,不得上前。一会工夫,天旋地转,四外鬼声啾啾,腥风刺鼻。陆地金龙魏青和喀音沙布首先先后晕倒在地,心源、陶钧也觉得有些头脑发晕。铁蓑道人、黄玄极虽然不怕,也看不出妖僧是闹什么玄虚。只得命各人将剑光联合起来,护着周身,再观动静。正在惊疑,忽见雾阵中冒起百十道金花,布鲁音加在雾里发话道:"我已撒下天罗地网,尔等插翅难飞,再不束手就擒,我将九九八十一把修罗刀祭起,尔等顷刻之间便成肉泥了。"

原来布鲁音加被众人剑光绊住,不能施展法宝,乌鸩刺又无端失踪,暗中咬牙切齿。知道敌人俱非善者,再拖延下去决难讨好,只得狠狠心,拼着将五把戒刀炼成的黄光被敌人破去,也不想再生擒敌人,一面迎敌,暗施魔法,祭起浓雾。正待将自己元神会合九九八十一把修罗飞刀祭起,言还未了,忽听面前有人冷笑。从雾阵中往外一看,面前敌人仍是适才那几个,好生奇怪。猛一抬头,见上面星光闪耀,阴风网又被敌人破去,大吃一惊。不敢怠慢,忙将九九八十一把飞刀飞将出去。铁蓑道人见雾阵中金花像流星一般飞来,知道厉害,忙喊众人收剑,准备用自己剑光单独上前抵挡。忽听面前有人说道:"铁牛鼻子休要莽撞,留神污了你的飞剑。等我以毒攻毒吧。"众人俱都听见,只不见人。就在这一转瞬间,眼看一幢绿火带着百十道金花,快要飞到临头,倏地面前起了一阵腥风,一团浓雾拥着一块阴云,直朝对面绿火金花包围上去。接着便见天昏地暗,鬼声啾啾,那幢绿火连同百十道金花,在阴云浓雾中乱飞乱窜。一会工夫,猛听有人喝道:"妖僧飞刀厉害,铁牛鼻子还不领了众人快退!"言还未了,只听声如裂帛,一阵爆音,绿火金花从浓雾阴云中飞舞而出。同时面前一闪,现出一个矮瘦老头,手扬处,飞起一道匹练般的金光,正往那幢绿火金花横圈上去。忽然眼前一亮,又是一道金光长虹吸水般从天而下,金光中现出一只丈许方圆的大手。矮叟朱梅一见,收回金光,将身一扭,便没了踪迹。那只大手手指上变出五道彩烟,在院中只一捞,一声惨叫过处,所有妖僧的绿火金花连同阴云浓雾,俱都火灭烟消,一扫而尽。金光中大手也如电闪般消失。银河耿耿,明星在天,一丝迹兆俱无。再看地下布鲁音加,竟然腰斩为两截,尸横血地。梵拿加音二才放了宽心。铁蓑道人由身畔取出化骨丹,放了两粒在布鲁音加的腹腔子里,不消片刻,便化成了一摊黄水。

众人等了一阵,矮叟朱梅并未回来,也不知金光中那只大手是什么来历。大家一同进了方丈室内,梵拿加音二谢过众人相助之德。恐青螺方面再有人来,另寻了两间密室安顿众人。嘱咐阖庙僧徒,如青螺方面派人前来,只推说布鲁音加并未来此,千万不可走漏消息。

等了数日,八魔正忙着请人布置,见布鲁音加一去不返,以为他必有要事他往,也未派人到昭远寺来。铁蓑道人等见无甚动静,因为凌浑早有嘱咐,无须到青螺探视,到时凌浑自有安排,便都在清远寺密室中静养,暗中留神梵拿加音二等动静。铁蓑道人还跟他到青螺前面峰顶去过两次,只知他祭炼魔法,与八魔拼命,却不知峰顶上打坐炼法的就是俞允中。又加两位蛮僧报仇心切,俱都暂时屏绝声色,看不出他们有什么恶迹,彼此倒也相安。

这日梵拿加音二要往青螺行法,端阳期近,特备酒筵款待众人。饭后梵拿加音二告辞走去。众人因见连日安静,便留在方丈室内闲谈。到了夜深,邓八姑与刘泉从青螺飞来,将铁蓑道人引出,说起玄冰谷内还到了几个帮手。铁蓑道人回去背着喀音沙布说与众人。

第八十九回

勇金蝉单身战八魔
怪叫花赤手戏天王

第二日晚间,金蝉奉了怪叫花穷神之命,借了秦紫玲的弥尘幡,飞身到了清远寺,因为寻不着密室,落到院中,正遇喀音沙布。金蝉开口便问可有赵心源在此。喀音沙布不肯明言,反问金蝉来历,二人言语不合,争斗起来。喀音沙布如何是金蝉敌手,才一照面,便被金蝉鸳鸯霹雳剑削了红莲,不是见机早,险些送了性命。梵拿加音二得信,一面着人到密室去请铁蓑道人等出来,说是青螺来了敌人;一面自己赶到前面,见来人是一个小孩,剑光却非常厉害,口口声声只叫领他去见赵心源,不敢怠慢,仍用元神变化成一团红光上前迎敌。金蝉见这和尚才一照面,便化成一团红光滚来,知是妖憎邪法,哪里放在心上。二人正在相持,铁蓑道人已从密室赶到,看来人剑光是峨眉门下,忙喊住手,一面指挥剑光上前拦住,招呼梵拿加音二先退。心源也随后赶到,高呼:"赵心源在此,来人寻我则甚?"金蝉也看出铁蓑道人剑光不是异派中人,闻言收了剑光,问清众人姓名,上前相见,对心源说了来意,一同到方丈室内落座。梵拿加音二见金蝉小小年纪,竟有这样本领,暗中好生佩服,不由对峨眉更起了向往之心。

到了午夜,白水真人刘泉同了他一个好友也来到庙中。他本来是约同金蝉一路动身,刚刚离了玄冰谷,忽听破空之声,定睛一看,前面有七朵火星在空中移动,由西南向东飞行,知是自己生平第一好友七星真人赵光斗,业已多年未见。便请金蝉先到清远寺相候,自己驾剑光追上前去一看,果然是他。旧友相逢,好生高兴,彼此各说别后之事,才知赵光斗是往大雪山采千年乌参去的。刘泉对他说了青螺之事,并说自己已然拜在怪叫花穷神凌浑门下,明日便是端阳,凌真人领峨眉门下许多后辈同破青螺。何不暂留一日,一则助自己一臂之力,二则还可结识几个能人,岂不是好?

赵光斗与刘泉当初原是同门生死之交,炼有一柄乌灵剑,每逢驾剑光游行,剑光上必然发出七点火星。仗着本领高强,从不隐讳踪迹,并未遇见过敌手,也不轻易树敌。故此他同门中如摩伽仙子玉清大师、女殃神邓八姑、白水真人刘泉、丑魔王邢锟、恶哑巴元达、涤尘老尼等,不是被正教中人点化弃邪归正,便都不免身遭惨戮,只他一人安然隐居贵州黔灵山,虽然是异派中人,倒也逍遥自在,无人与他为难。因听人说起玉清大师自拜神尼为师后,已然历尽五难三劫,不久便参正果,久想遇见良机,归入正教。一听刘泉拜在怪叫花凌浑门下,非常歆羡。又问女殃神邓八姑,才知道八姑住在玄冰谷内走火入魔,业已多年,现在和许多正教中人为友,不久也可脱劫,归到峨眉门下,愈加心喜。便答应刘泉,等破了青螺再去采药,先想请刘泉引他去见八姑一次。刘泉说自己尚须赴清远寺一行,见八姑不必忙在一时,请他同往清远寺,交代完了凌真人的吩咐,随同大众明早破了青螺再说。

刘、赵二人到了清远寺,见着众人,传了凌浑之命,请铁蓑道人、黄玄极、陶钧三人,等心源、金蝉走后再行动身。又留下凌浑的一封柬帖,吩咐到了青螺再行打开,按柬帖行事。自己同了赵光斗,带着陆地金龙魏青,另照凌浑分派去做。

大家议定之后,谈说到了丑正。心源、金蝉见到了时候,便与众人作别起身,往青螺进发。剑光迅速,不一会到了青螺山谷口,星光底下,望见谷内静荡荡地毫没有一些声息。金蝉的一双神目自被芝仙舐洗之后,无论什么妖法深雾俱能透视。日前明明邓八姑说过青螺请来不少妖僧妖道,用魔阵将全谷封锁。就是他因想诱敌,将死门放开,也不能一些迹兆都没有。便猜是怪叫花凌浑已将魔阵破去。且不管他,向心源要了名帖,飞身进了谷内,大声喝道:"我奉师父烟中神鹗赵心源之命,应八位魔主之约,前来拜山投帖,如无人接待,恕我师徒擅入宝山了。"言还未了,便听一声金钟响处,从谷旁岩石后面闪出两个面貌凶恶,一脸邪气的道人,飞身过来,拦住去路,问道:"拜山就你二人么?是否还有别位?"心源答道:"想昔日在西川路上,无心中得罪了八魔主,此乃赵某一人之事,今日单身到此领罪。纵有别位,各有因果,与赵某无干。二位在此把守谷口,想必是八位魔主门人后辈,就烦通报八位魔主,说赵某求见便了。"

这两个道人一名秦泠,外号天耗子;一名古明道,外号桃花道人。俱都是云南竹山教的有名妖人,应了俞德之请而来。毒龙尊者因师文恭已死,魔阵无人主持,本想不用。后来五鬼天王说:"既然怪叫花凌浑出面与青螺为难,敌人方面虽不见有峨眉主脑人物,但是来的这一群后生小辈,照连日情形看来,俱非弱者。莫如仍照师文恭的前法,暗中安排准备,即使不能全胜这些小业障,多除掉一个是一个,以免养成异日之害。"毒龙尊者闻言称善,因恐敌人觉察防备,事前并不施为,从请来的能人当中请出七八位传了阵法,等敌人全数入了谷口,再由五鬼天王指挥发动,以免敌人漏网。又请秦、古二妖道把守谷口,寻僻静处隐住身形,等敌人进来,以金钟为号,八魔便迎接出去。秦、古二人等敌人都进了魔宫,暗中将毒龙尊者万魔软红砂放起,同时魔阵中埋伏的七个妖僧妖道也都照样施为,展开魔阵。那时地面上全是烈焰洪水,上面又有五鬼天王尚和阳撒下的七情网,满天都是蝎子、蜈蚣、毒蛇、壁虎、七修、蜘蛛、金蚕等毒物飞舞,遮蔽天日,敌人休想脱逃一个。

秦、古二人先以为今日不定要来多少厉害敌人,从子正守到寅初,才见来人仅只一个赵心源,带着一个随侍小童。看上去那小童倒是一身仙骨,道根甚厚,姓赵的并看不出有什么了不得处。来的又只他师徒二人,不知毒龙尊者为何要这样劳师动众,小题大做,不禁又好气,又好笑。再一听心源语言讥刺,透出小看他二人神气,若依二人脾气,几乎当时就要下手。因见大家俱如此持重,决非无谓,来人所说也不可靠。反正他既来,决难生还,不必忙在一时。当下强忍怒气,冷笑一声,答道:"我二人并非八位魔主门人后辈,乃是他请来的好友。你连我二人俱不认得,还在此逞什么能?八位魔主现在前面等候,此谷弯路甚多,你带着小孩子拜山,休要走迷了路。"心源未及答言,金蝉抢着笑说道:"师父,八魔怕敌我们不过,还请了几个帮手。"

心源假意怒道:"小孩子家懂些什么!"正要往下说时,忽听一阵呼呼风声,一转瞬间飞到一男一女,来者正是三魔钱青选,四魔伊红樱,问起秦、古二人,答称来人便是赵心源。上下打量了心源几眼,才走过来相见道:"原来阁下便是昔日西川路上伤我八弟的赵心源么?"心源不认得钱青选,故作不知道:"愚下正是赵某。去年接着徐岳带来的银镖,彼时正值私事未了,无暇前来,才定下端阳到此拜山领教。二位何人?请道其详。"钱、伊二魔闻言答道:"我二人钱青选、伊红樱便是。你一人竟敢到此拜山?早闻人言,你约了不少峨眉同党,现在何处?何不请进谷中一较短长?"心源道:"赵某能力有限,从不会倚众逞强,今日特为了那西川路上一段公案。后面虽然还遇见过几位峨眉道友,他们到此另有一场因果,与赵某无干。"伊、钱二人见只有心源一人拜山,自己却这般四处请人,大举准备,真是笑话。明知心源之言决不可靠,正要用言语试探,钱青选猛觉心源越看越面熟。猛想起去年长沙岳麓山巧遇追云叟雪夜挨打之事,不禁怒从心上起,对心源狞笑道:"我当赵心源是谁,原来就是追云叟老贼的孽徒! 去年岳麓山老贼倚仗妖法,无端欺人太甚。正要寻你师徒算账,你今日又为我八弟之事寻上门来,少时教你难逃公道!"说罢,朝伊红樱使眼色,便想乘机下手。

金蝉看出钱、伊二魔不怀好意,知道心源本领有限,一来魔宫立即遭败太没脸面,便抢着说道:"我师徒好意拜山,乃是客体,就说要报当年之仇,分个高下,也应该请到里面,好生款待之后,动手不晚。为何出口不逊? 这两个主人对客太无礼貌,师父不值得和他们多讲,且寻那为首之人理论去。"说罢,不俟答言,暗取弥尘幡只一晃,与心源双双飞起,化成一幢彩云,往谷内岩宫中飞去。钱青选、伊红樱见那幢彩云晃眼不见,不知金蝉暗地施为,以为心源果然真有本领,暗幸适才不曾轻举妄动。忙托秦、古二人仍在原处留神防守,便即随后追去。及至赶到魔宫,心源和那带来的小童已和六、八两魔动起手来。

原来金蝉带了心源往前飞行,忽见谷中腰下面有一座宫殿,知是魔宫,一同落下身来,金蝉仍旧持着心源名帖拜山。迎面正遇六魔厉吼、八魔邱舲,欺金蝉是个小孩,不知他的厉害,开口便骂:"小畜生,快叫你师父赵心源上前纳命!"金蝉闻言骂道:"原来你们这群魔崽子都是一个窑里变出来的,专一蛮不讲理,出口伤人。要见我师父不难,先让你尝尝我的厉害。"言还未了,邱舲已一眼看见心源站在前面,仇人相见,分外眼红,手扬处,一道黄光朝心源飞去。六魔厉吼见金蝉口出狂言骂人,心中大怒,也将剑光飞起。金蝉喊一声:"来得好!"两肩摇处,鸳鸯霹雳剑光发出殷殷雷声,像神龙一般飞起,与二魔剑光斗将起来;一面将身退到心源面前,准备见机行事。两魔剑光本不是金蝉对手,正在吃紧的当儿,钱青选、伊红樱双双飞到。伊红樱见八魔邱舲正在危急,首先娇叱一声,飞起一道黄光,上前助战。三魔钱青选自从在岳麓山被追云叟破去飞剑,回到青螺同厉吼二人寻到两口好剑,加意祭炼,虽然将剑炼成,因为日浅,较诸昔日大有逊色。这时见金蝉红紫两道剑光雷鸣电掣般满空飞舞,情知自己加入,工夫长了也不是敌人对手。正要暗用法术取胜,魔宫中大魔黄骊、二魔薛萍、五魔公孙武、七魔仵人龙已得信赶到。

原来大魔黄骊先以为敌人决不止一人前来,又加事前连出了许多事故,格外小心准备,请毒龙尊者、尚和阳二人摆下魔阵,将所有请来的能人分成七处埋伏,留下独角灵官乐三官在空中传递暗号。先按江湖上规矩,听谷口金钟一响,便由三魔钱青选、四魔伊红樱飞往谷口去引敌人进来。六魔厉吼、八魔邱舲在魔宫外瞭望，等敌人快到，再进来同了大魔黄骕等，按江湖上规矩先礼后兵，将敌人接进，双方交代了过节，再行动手。并不在乎取胜，迎敌片刻，即假装败逃，引敌人到死地上去。乐三官飞身空中，等双方动手，便用妖法发出一道黑烟，上冲霄汉。这时青螺上峰顶主持的五鬼天王尚和阳，便指挥众人催动妖法，撒下七情网、软红砂，现出魔阵，四方八面往中央魔宫圈来，以免敌人逃走。谁知钱、伊二魔听见谷口钟响，飞身前去一看，敌人只是单身带着一名道童。再一细看，竟是在岳麓山仗追云叟之势将自己吓退的那人，勾起旧仇，刚想当时动手，敌人业已往魔宫飞去。钱、伊二魔追赶不上，不及往魔宫去同大魔等送信。金蝉弥尘幡迅速，已然先到，动起手来。八魔邱舲同了六魔厉吼在魔宫外往谷口眺望，忽见一幢彩云一晃，现出二人，一个正是自己仇人赵心源，还带了一名道童。才一落地，那道童首先上前持帖拜山，神态非常傲慢。又见心源单身到此，并未约了多人，分明意存轻视。同时六魔厉吼也看出心源是岳麓山雪夜相遇追云叟吃过大亏的仇人。厉、邱二魔俱是性如烈火，不由气往上撞，不问青红皂白，就上前动手。旁立魔侍见二魔不能取胜，便往魔宫报信。大魔黄骕听说敌人从空飞降，并未经谷口由钱、伊二魔引进，暗中埋怨厉、邱二魔不遵嘱咐，冒昧与敌人动手。因听说敌人厉害，厉、邱二魔抵敌不住，恐怕吃亏，急忙招呼二魔薛萍、五魔公孙武、七魔仵人龙一同飞身出来一看，敌人只是一个中年汉子同了一个道童，正和四魔伊红樱、六魔厉吼、八魔邱舲三人六道剑光斗在一起。

　　钱青选见大魔等出来，暂不使用法术，急忙过来说明究竟。黄骕一听敌人只来了二人，大出意料之外，好生奇怪，猜不透敌人是闹什么玄虚。猛一抬头，见两个敌人中，那敌人主体赵心源的剑光并不精奇，倒是他带来那个小道童的两道剑光，竟将伊、厉、邱三魔的剑光压得光芒消散。喊声："不好！"招呼一声，连同薛萍、公孙武、仵人龙刚把剑光飞上前去，八魔邱舲的剑光已被那道童的一道紫光绞断。伊红樱看邱舲危急，想指挥飞剑上前拦阻时，金蝉那道红光哪里肯放，比电还疾地追将过来，只一压，伊红樱的黄光光芒顿减。金蝉更不怠慢，大喝一声，朝着那道红光一口真气喷将过去，伊红樱收剑不及，被金蝉剑光一绞，化成轻烟四散。六魔厉吼剑光稍弱，这时已和邱舲对换，迎敌心源，眼看那道童破了伊红樱、邱舲的飞剑，红紫两道光华正朝二人头上飞去，不由大吃一惊。连忙舍了心源，指挥飞剑上前拦阻，想将伊、邱二魔救下时，恰好黄骕、薛萍、公孙武、仵人龙业已各将黄光祭起，敌住紫红两道光华，伊、邱二人才得保住性命。心源见六魔厉吼倏地将黄光收

229

回去敌金蝉，便指挥剑光追过去。厉吼未及回剑迎敌，早有仵人龙飞剑上前敌住。钱青选最为乖猾，自知新炼成的剑光太弱，又在岳麓吃过苦头，以为心源既是追云叟门人，本领决非平常，始终未曾上前。见伊、邱二人失了飞剑，满脸懊丧退了下来，便迎上前去说道："我看敌人既敢单身同了一个小童到此，定有惊人本领。大哥等虽然上前，也未能够取胜。莫如通知乐仙长发出暗号，引他们到死路上去，岂不是好？"伊红樱道："三哥只知其一，不知其二。教祖同尚天王摆下大阵，原想借此时将许多敌人引来一网打尽。如今仇敌只有师徒两个，我们兄弟八人都抵敌不过，反去劳师动众，未免脸上无光。不如暂由大哥同众弟兄同上前支持些时，如果敌人真无同党同来，拼着我们炼的法宝不要，一齐祭起，再不能够取胜，然后惊动教祖、天王不晚。"

正说之间，黄骕见金蝉剑光厉害，怕弟兄们又蹈伊、邱二人前辙，与薛萍、公孙武、厉吼、仵人龙四魔打一声暗号，首先退了下来。四魔知道黄骕要叫众人用法宝取胜，一面指挥剑光迎敌，各人从身畔取出一面小幡；钱、伊、邱三人，也各将身畔小幡取出。各按方位站好，等候大魔黄骕一声令下，便即施为。金蝉见敌人忽然分散开去，便知要使妖法，急忙招呼心源留神，不要大意。言还未了，猛见那赤面长须豹眼鹰鼻的一个敌人首脑站在巽位上，手持一柄小幡，口中念念有词。其余七魔也都随着念咒，倏地将剑光同时收转，展动手中小幡。金蝉、心源正指挥剑光追去，就这一转眼间，立刻阴风四起，鬼声啾啾。心源已看不见八魔去向，只见天昏地暗，浓烟扑鼻，八面都是毒蛇怪兽、凶神恶鬼从绿火黄尘中拥将过来。

金蝉一双慧眼，早看出八魔各在绿火黄尘掩映下往前围攻，明知妖法厉害，还不想走。忙请心源收回飞剑，红紫两道光华将二人身体护了个风雨不透，一面持定弥尘幡，等到不敌，再行遁走。那绿火黄尘中的八魔拥到二人跟前，想是知道金蝉剑光厉害，俱不再进。两下相持约有一盏茶时，金蝉见八魔欲进又退，时时交头接耳，恐他另有暗算，故意将剑光一指，露出空隙。起初因大魔持重，摸不清敌人红紫两道剑光来路，万一不慎，自己法宝又要被毁，约束众人见机而作。偏偏金蝉近来因增加了阅历，深恐保不住心源被人耻笑，先存了但求无过，不求有功之想，只用剑光护住身体，并不冒昧上前。八魔正等得有些不耐，忽见金蝉剑光迟慢，三魔钱青选首先看出破绽，仗着阴风八卦幡护住身形，飞上前去将幡一摆，幡头飞起八把三尖两刃飞刀，夹着一道绿烟，直朝金蝉、心源二人飞去。没料到金蝉是一双慧眼，早看清了他的动作，眼看敌人快到身前，倏地运用真气朝紫红两道剑光指了两指。先是一道红光像火龙一般飞将上去,将钱青选连刀带人一齐围住。那道紫光却围护着心源、金蝉二人,上下盘旋飞舞,敌人休想近前一步。大魔黄骒、二魔薛萍见三魔钱青选中了诱敌之计,反被敌人剑光围住,情势危急,正要上前相助,忽听谷口金钟连响,知道又有敌人前来。

正在惊疑之际,忽听空中一声大喝道:"尔等速退,待我取这两个业障性命!"金蝉闻言,往前一看,从空中飞下一个红衣赤脚的童子,看年纪不过十一二岁,颈上挂着两串纸钱同一串骷髅念珠,两条手臂比他身子还长,一手执着一面金幢,一手执着一柄由五个骷髅攒在一起做成的五老锤,满身俱是红云烟雾围绕。才一落地,除钱青选被金蝉红光围住,还在那里死命支持外,余下诸魔俱都收了妖术法宝,纷纷后退。金蝉虽未见过,因听邓八姑说过来人打扮,知道是五鬼天王尚和阳,乃这次青螺延请来的最厉害的人物。金蝉若是带了心源遁走,什么事也没有。无端贪功心切,心想:"好歹我且弄死一个。"正想将那道紫光也指挥上去,先将钱青选斩了再作计较。就在这一刹那的当儿,尚和阳已将魔火金幢展动,立刻便有一团红云彩烟直朝金蝉那道红光飞去,才一接触,光焰便减了一些。金蝉知道宝剑业已受伤,幸是紫光还未飞出,连忙将手一招。刚将那道红光收回,尚和阳又将白骨锁心锤祭起,一团绿火红云中,现出栲栳大五个恶鬼脑袋,张着血盆大口,电转星驰般直朝金蝉、心源二人飞到。金蝉知道单是那团红云已难抵敌,何况又加上这一柄妖锤,不敢恋战,一手拉定心源,将弥尘幡展开,喊一声:"起!"化成一幢彩云而去。

尚和阳救了钱青选,眼看白骨锁心锤飞到敌人面前,心想:"你有多大道行,多厉害的飞剑,只要被那五个魔鬼头咬住,决无幸理。"忽见敌人取了一面小幡,身子一闪,化成一幢彩云,只一晃便失了踪影。认得是宝相夫人的弥尘幡,不知怎的会到那道童手内。只得将法宝取回。正在沉吟之际,忽听四方八面金钟齐鸣,接着一道黑烟从空中挂了下来。尚和阳才知敌人来了不少,心中大怒,忙从身上取出数十面小旗分与八魔,命八魔驾剑光飞起空中,按八卦方位站定,一会自己便将七情网放起。如遇逃走的敌人从网中落下,即便上前将这泥犁旗与他插上,敌人便失了知觉,可将他生擒回来,听候处治。八魔接过尚和阳的泥犁旗,领命自去。

尚和阳将魔火金幢与白骨锁心锤插在腰间,披散头发,双手合拢搓了几搓,向四面八方发了出去,便听雷声殷殷。尚和阳发动了魔阵,仔细往四面一听,那雷声四面都有响应,只正面谷口死门上没有回响,大为惊异。连忙取出了七情网想往空中撒去，先罩住了上面，然后亲身到死门上再观察动静。正在捏诀念咒，倏地手中一动，被人劈手一把将七情网抢去。尚和阳大吃一惊，也未看清来人，将口一张，喷出数十丈魔火，直朝对面飞去。只见一个穿着破烂的花子在魔火红云中一晃，往空中飞去。认得那花子正是那日晶球上所见的怪叫花凌浑。他失了七情网怎肯甘休，将牙一错，一朵红云升空便追。看看追到谷口，那花子忽从空中落下，尚和阳跟踪飞下一看，已不知去向。再看死门上横着两具尸身，正是天耗子秦冷和桃花道人古明道，死门已被敌人破去。正在又惊又怒，忽听四面波涛汹涌，火声熊熊，风声大作，知道各处地水火风业已发动。恐怕有失，连忙飞身回到主峰。

这时毒龙尊者和俞德接着乐三官暗号，只听四面雷声，便在主峰上行法帮助尚和阳。见魔阵发动不多一会，魔阵各门上都起了地水火风。毒龙尊者正喜敌人已入罗网，猛一抬头，各处都是水火烈风响成一片，惟独死门那一面依旧清明。正在惊疑，忽见尚和阳飞来大叫道："我的七情网被那贼花子抢去，死门失守，竹山教秦、古二位道友被杀。所幸七面阵势只破了一面，还可施为，特地飞来，与敌人决一死战。如今只剩下生门是全阵命脉，那里守阵之人虽多，恐怕敌那贼花子不过，意欲亲身前去镇守。现在敌人破了死门，以为有了退路，必定深入。死门上无人，可着一人拿我的白骨锁心锤同你的软红砂前去防守，还可反败为胜。"正说之间，独角灵官乐三官从空飞到，口称自己愿去把守死门。这时八魔请来的妖僧妖道除分守各门外，全部聚集在生门，主峰上只有毒龙尊者和俞德同十二个侍者，并无他人。尚和阳报仇心切，一些也未打算，轻易将白骨锁心锤交与乐三官，匆匆传了用法，嘱咐小心在意。乐三官满面含笑接过来，口称遵命。又向毒龙尊者要了两把软红砂，也传了用法口诀，便往死门上飞去。尚和阳等乐三官走后，将脚一顿，一朵红云，直往生门上飞去。这且不提。

话说铁蓑道人、黄玄极、陶钧、魏青与白水真人刘泉、七星真人赵光斗，等心源、金蝉走后片刻，也就动身，飞到青螺山谷中僻静处落了下来。打开怪叫花凌浑的柬帖一看，上面说：

　　尚和阳与毒龙尊者所设的魔阵，共分生、死、陷、溺、堕、灭、怖七个门户。生、死两门是全阵的命脉。死门又当青螺入门，那里防守的人是云南竹山教中两个最厉害的妖道：一个叫天耗子秦冷，一个叫桃花道人古明道。这两个妖道炼成许多邪法异宝，各人都带着有毒龙尊者的软红砂。叫众人到了谷口，可由黄玄极、陶钧二人前去诱敌，等他们现身出来，将他们引出三十丈以外。先由刘泉乘他们措手不及，从侧面飞到秦、古妖道现身出来之所，将两妖道插在地上的隐形幡拔走。然后大家合力将他们除去。斩了两个妖道以后，那时节魔阵上地水火风必然发动，千万不可深入。只留下魏青一人另有妙用。其余五人可由高空折向东北，飞往生门，与心源、金蝉以及玄冰谷峨眉诸弟子会合。主持生门的是万妙仙姑许飞娘。众人到齐不久，尚和阳、毒龙尊者必将魔阵催动，将阵势缩小。各门镇守的妖人俱各按方位往生门聚集。天空上的七情网虽预先收去，但是生门上尽是些厉害妖人，众人不可轻敌，只可用朱文宝镜同弥尘幡护体。支持到午正，梵拿加音二炼的天魔解体大法也发动了地水火风，众人可在事前留神。但等凌浑二次出面，留下刘泉一人协助凌浑消灭余氛，余人可随秦紫玲遁回玄冰谷去。除峨眉诸位弟子仍返凝碧崖外，余人可在谷中等候刘泉回来，另有吩咐等语。

众人看完了凌浑柬帖，便依言行动。先由黄玄极、陶钧二人飞身进了谷口，只见谷中静荡荡地并没一个人影。二人还待深入，忽听一声金钟响处，崖前闪出两个恶道，拦住去路，问道："尔等进山何事？是否与先前那姓赵的一党？通上名来，好引你们进去。"陶钧道："我奉了师命来此除害擒魔，不问什么姓赵的姓李的。你可叫那八魔出来纳命，免你二人一死。"秦、古二人见来人口发狂言，不由心中大怒，骂道："无知业障！我二人好心好意按客礼相待，引你二人入内送死，竟敢出言无状。本当放你过去，情理难容！"说罢，秦、古二人同时将手一拍剑穴，飞起两道半青半白的剑光，直朝陶钧飞去。黄玄极见敌人虽是邪教，剑光委实不弱，忙朝陶钧使了个眼色，各用剑光敌住秦、古二人。斗了不多一会，黄、陶二人装作不敌，倏地收回剑光与身合一，往谷外飞逃。

秦、古二人哪肯放敌人逃走，也将身纵起，随后追赶。刚追出去有数十丈远近，忽从对面飞来七点火星，放过黄、陶二人，接着现出一个面容清秀的道人，指挥红星，迎着秦、古二人剑光斗在一起。秦、古二人定睛一看，认得来人正是七星真人赵光斗，知道他的厉害，便喝问道："赵道友，峨眉是我等公敌，你我井水不犯河水，趁早收剑回去，免得伤了和气。"赵光斗笑骂道：

"你们竹山教这群妖道,专一采生宰割,杀戮奸淫,无恶不作,早就想代天行罚,今日竟敢在此助魔为虐。休得多言,快快上前纳命!"秦冷怒骂道:"大胆业障!竟敢认仇为父,出口伤人,叫你知道二位真人的厉害。"说罢,从身旁取出一个葫芦,口中念念有词,正要施展妖法。偏赶上黄玄极、陶钧飞身回来,两道剑光如电闪一般,直朝秦冷飞去。赵光斗知道秦冷葫芦中有炼就的黄蜂刺,怎肯容他放出,忙用手朝着空中红星指了两指,内中分出两点红星,如飞星坠月一般直朝秦冷飞去。两下里夹攻,把秦冷闹了个手忙脚乱。还未及使法宝抵御,从斜刺里又像长虹般飞过一道剑光。秦冷喊声:"不好!"欲待遁走,已是不及,剑光过处,尸横就地。

这里古明道见秦冷双拳难敌四手,危急万分,正从怀中取出一支飞箭,想发出去帮助时,还未脱手,秦冷业已身死。同时敌人飞剑、火星像流星赶月一般纷纷飞来。知道众寡不敌,忙收回空中剑光,想遁回原处,隐住身形,等众人追入阵门,暗将毒龙尊者的软红砂飞起,先困住了众人,等少刻魔阵发动,再替秦冷报仇。谁知逃到原处一看,地上两面隐形保身旗业已不见,不由大吃一惊。回望敌人,已从后面追来,把心一横,二次返身迎敌。没有隐形旗护身,放不得软红砂,只得将二支飞箭祭起,连同飞剑,迎着众人剑光斗在一起。正在拼命支持,忽听身后大喝一声道:"妖道还不纳命,等待何时!"言还未了,猛听雷火之声,回头一看,天上一溜火光夹着雷电之声,如飞而至。古明道一时不及避让,被那雷火打中左肩燃烧起来。古明道见势不佳,要想收剑逃走。白水真人刘泉从他身后现出身来,手一起,一道青光飞来。古明道喊声:"不好!"拼着飞箭、飞剑不要,将脚一顿,口诵避火咒,驾遁光往空便起。离地还不到十丈,被铁襄道人剑光直飞过来,将古明道双足刖断,往下坠落。古明道连受两次重伤,情知性命难保,咬牙切齿,口诵毒龙尊者传的魔咒,从怀中取出软红砂,准备放将出去,与众人同归于尽。偏偏那三支飞箭、一道剑光本来就敌众人剑光不过,一旦失了统驭,光芒大减。七星真人赵光斗看出便宜,将脚一顿,起在空中,与那七点红星合成一体,往古明道的飞箭剑光丛中只一卷,全都收了过来。猛见古明道被铁襄道人将两脚刖断往下坠落,更不怠慢,把剑光紧得一紧,七点红星飞将过去,围住古明道只一绕,古明道还未及施为,生生斩成几截,落下地来。赵光斗跟踪下去,先从他怀中小葫芦内取了软红砂,又将他身上法宝一齐收去。众人也都过来商议了几句,乃照凌浑之言,径从高空往生门上飞去。

众人到了生门上空往下一看,下面一个高坡上坐定一班妖僧妖道,正中间站着一个道姑，手持蝇拂。正商议要往下降落，忽听各处金钟响动，心源、金蝉双双飞来。金蝉对众人道："刚才我一人同八魔相斗，正要取胜，被那尚和阳救去。我二人自知不敌，用弥尘幡遁走。刚刚升起，便遇凌真人，叫我二人用弥尘幡绕往各门转上一转，引敌人发动魔阵，再往生门来与诸位会合。下面那个道姑便是万妙仙姑许飞娘，最为厉害。诸位可同我在一起，到危急时便好同仗弥尘幡护体，不可大意。"正说之间，忽然一道青光从下面直向众人飞来。

第九十回

施诈术　诓走锁心锤
奋神威　巧得霜角剑

　　金蝉喊一声："来得好！"左臂摇处，飞起那道紫光迎敌。那青光一见紫光，倏地往下便落。众人知是诱敌之计，便跟着金蝉一起降落。许飞娘首先迎上前来，见着金蝉说道："你这小孩子太不晓事，你才出世几年，有多大本领，也随着这些无知之辈来此胡闹？此地有毒龙尊者与五鬼天王摆下的魔阵，设下天罗地网，少时发动地水火风，无论多大本领的人，入阵便成碎粉。我看在你母亲分上，又见你年纪虽幼，资质不差，急速听我良言，回转峨眉，闭门学道，免得玉石俱焚，悔之晚矣！"金蝉也不着恼，笑嘻嘻地说道："好一个不识羞的道婆！我在九华常听你对我母亲同餐霞师叔说，你自混元贼道死后，看破尘缘，决意闭门修参正果，永不参与外事。谁知你口是心非，前次慈云寺代法元约请了许多妖僧妖道，自己却不敢露面，枉害了许多狐群狗党受伤死亡，把你贼徒薛蟒也闹成了一个独眼贼。还不觉悟，又到此和一群魔崽子兴风作浪，大言欺人。我母亲说你劫数未尽，三次峨眉斗剑，管教你死无葬身之地。小爷念你修行不易，又看在你同我母亲认识，平素虽然暗中兴妖作怪，表面上尚是一味恭顺，故此网开一面，放你逃生，急速遁回黄山，免与魔崽子同归于尽。"许飞娘适才一番话，固然语带讥刺，其实也真是爱惜金蝉，一半含有好意。不想被金蝉这一顿数骂，不由怒往上升，骂道："你们与青螺为仇，倚强欺人，原不与我相干。怎奈你们峨眉素来号称教规最严，为何勾引我的孽徒司徒平叛教背师？我到此专为清理门户，惩治叛徒，扶弱锄强。小业障竟敢不听良言，侮慢尊长。本当用飞剑将你斩首，念你年幼无知，我也不屑于与你这乳臭未干的小儿动手。急速下去，唤你们一个主脑人上前与我答话。"金蝉笑骂道："不识羞的泼贼！你配做谁的尊长？与我同来的诸位前辈、同门道友，俱都本领高强，不值得与你这泼贼动手。你不用卖乖讨好，我倒偏要领教领教。"说罢，左肩一摇，一道紫光直向许飞娘飞去。

许飞娘一听金蝉张口谩骂，早已怒不可遏。见金蝉剑光飞来，认得是妙一夫人的鸳鸯霹雳剑，知道此剑厉害非常，忙将手一指，指尖上发出一道青光，迎着金蝉紫光，口中骂道："原来你母亲治家不严，妄将宝剑传你，纵容你这小业障如此猖狂。今日管教你难逃活命！"说罢，手指前面青光，道一声："疾！"那道青光竟如出海青龙一般，与金蝉的紫光纠结一起。白水真人刘泉正要上前，对面山坡上闪出一僧一道，一个飞起一根禅杖，一个飞起一道黄光，直朝众人飞来。刘泉认识那道人也是云南竹山教中的妖道蔡野湖，便飞起剑光敌住。黄玄极也将剑光放起，迎着那僧人禅杖化成的黄光，喝问道："妖僧留名！"那僧人骂道："你家佛爷圣手雷音落楠伽便是。"黄、刘二人正与妖僧妖道相斗，铁蓑道人见金蝉剑光有点斗许飞娘不下，又见敌人方面还有十来个奇形怪状不僧不道之人站在山坡上一面旗下观阵，尚未动手。知道那些妖人俱都非同小可，又恐金蝉有失，便飞身上前高叫道："金蝉且退，待贫道与许仙姑分个高下。"许飞娘本是故意拿剑光绊住金蝉作耍，静等魔阵发动，将众人生擒，再将金蝉擒送到妙一夫人那里，扫扫峨眉脸皮。一见铁蓑道人飞来，一面迎敌金蝉，一面对铁蓑道人道："铁蓑道友，你无宗派门户之见，乃是散仙一流，何苦也来参与劫数？听我良言，此时回山尚是不晚，少时魔阵发动，悔之晚矣！"铁蓑道人道："铲邪除魔乃修道人本分，道友无须多言，让金蝉下去，待贫道领教道友的剑法吧。"许飞娘冷笑道："道友既然执迷不悟，少不得一同被擒。小业障口发狂言，决难放他逃生。道友有本领，只管上前就是。"言还未了，手指处又飞起一道青光，直取铁蓑道人。铁蓑道人不敢怠慢，忙将剑光飞出迎敌。

正斗之间，忽听四外隐隐雷声，山坡上面又飞下三个僧人，高声骂道："峨眉业障休要倚仗人多，现有白象山金光寺三位罗汉来也！"说罢，各取一把戒刀抛向空中，化成三道白光飞来。心源、陶钧与七星真人赵光斗刚用飞剑上前迎住，倏地一朵红云从空而降，现出一个红脸幼童。金蝉、铁蓑道人俱认得来人是五鬼天王尚和阳，忙招呼众人俱向一处移拢，以防万一。尚和阳才一落地，首先飞到坡上，拔起那面大旗，口诵魔咒，往空晃了几下。立刻惨雾弥漫，阴风四起，红焰闪闪，雷声大作，山坡上一干妖僧妖道俱都没有踪影。同时手中魔火金幢正待念咒祭起，倏地从空中照下一道百十丈五色霞光，光到处先后两三声惨呼过去，雾散风消，雷火无功。接着飞下五个妙龄女子，来者正是灵云、轻云、朱文、紫玲姊妹。

这时众人见尚和阳将旗一挥，烟雷四起，敌人除尚和阳一人外俱都不见踪迹,大吃一惊,各用剑光护住周身,不敢迎敌。金蝉一双慧眼,看见雾影中一干妖僧妖道一同飞起十来道杂色飞剑飞刀,分头向各人飞去。金蝉喊声:"不好!"正要取出弥尘幡展开时,恰好灵云等赶到。就中女神童朱文见下面山坡上有一童子手执大旗一挥,立刻雾雷齐起,知是敌人妖法,先将宝镜往下一照。灵云、轻云见光影里两三个同道正在危急,忙将剑光往下飞去。下面这一些妖僧妖道仗着尚和阳的妖法护身,各将飞刀飞剑放起去杀敌人,丝毫没有防到上面。就中有八魔请来的神马谷巴巴庙的两个蛮僧,一名宗圆,一名小雷音,见金光寺三罗汉迎敌心源、陶钧、赵光斗,心源、陶钧虽然力弱,仗着赵光斗七点红星还能兼顾,并没有分出什么高下。知道心源、陶钧剑术平常,容易下手,便在雾影里飞起两把飞刀,直取心源、陶钧。金蝉虽然看见,因为事在紧急,无法救援。心源、陶钧又不知雾影里有人暗算,等到朱文宝镜照散了烟雾雷火,敌人飞刀业已临头。就在这千钧一发之际,被灵云、轻云两道剑光飞来,迎着敌人两把飞刀只一绞,便即化为顽铁坠地。宗圆、小雷音见飞刀被敌人破去,正想使用妖法逃走,被灵云、轻云的剑光电闪星驰般追将过来,围住二妖僧拦腰一绕,腰斩成四截。灵云、轻云、朱文、紫玲姊妹也都飞身下来,联合下面铁蓑道人等,各用剑光飞上前去。

五鬼天王尚和阳见敌人又添帮手,才一照面便破了烟雾雷火,还伤了两个同党,心中大怒,一摆魔火金幢,正待上前。万妙仙姑许飞娘一眼看见朱文手中持着一面宝镜,知道寻常魔火法术奈何他们不得,忙喊:"天王且慢动手,只管去将阵势发动,待贫道上去迎敌。"一面说着,早将手一指,发出五道青光,迎着灵云等剑光斗将起来。其余妖僧妖道也各将飞刀飞剑上前助战。当下灵云、轻云双战许飞娘、七星真人赵光斗、白水真人刘泉与金蝉迎敌白象山金光寺三罗汉朗珠、慧珠、玄珠,铁蓑道人迎敌圣手雷音落楠伽,黄玄极迎敌竹山教妖道蔡野湖,女神童朱文迎敌巫山牛肝峡穿心洞主吴性,陶钧、心源双战吴性的门徒瘟瘟童子金铎,秦紫玲姊妹合斗神羊山蜗牛洞独脚夜叉何明、双头夜叉何新、粉面夜叉何载弟兄三人。敌人方面只有五鬼天王尚和阳不曾动手,他在山坡上将两手据地,围着那面大旗倒行急转,口中念念有词,周身俱有云雾笼罩。众人知尚和阳在那里施展妖法,但是俱有敌人迎着动手,不得上前。

紫玲姊妹迎敌蜗牛洞三夜叉,寒萼与独角夜叉一照面,差点笑出声来。原来三夜叉中,以何明生得最为丑恶:头如麦斗,凹脸凸鼻,獠牙外露,脸上红一块紫一块,身子却又细又长,又是天生一只独脚,长身细颈托着一个大脑袋,摇摇晃晃,形状极其难看。寒萼又好气,又好笑。心想:"八魔等人不知从哪里去寻来这些山精水怪,也敢到人前卖弄。不如早些打发他回去,省得叫他留在世上现眼。"心中正这么想,偏那何明形象虽然不济,发出来的那一把飞叉竟是非常厉害。寒萼因守紫玲之戒,不便再将宝相夫人的金丹祭起。及至见斗了一会不能取胜,山坡上面五鬼天王尚和阳又念咒倒转越疾,隐隐还听得水火风雷之声在地下发动,知道再有一会,魔阵中地水火风便要发动;同时见那独脚丑道士猛地将身一摇,又陆续飞出六把飞叉,叉头上夹着绿火烈焰,直朝自己飞来。寒萼生来好胜,不问青红皂白,将宝相夫人金丹放出。偏巧紫玲双战何新、何载,一道剑光敌住两把飞叉,百忙中回望灵云、轻云敌许飞娘不下,急于前去救援,手指处两根白眉针飞将出去。何新、何载不及避让,打个正着,觉得胸前一麻,知道不好,大吼一声,收忙逃走,未及回到坡上,双双倒地而死。紫玲除了何新、何载,一眼瞥见寒萼又用母亲的金丹去破敌人飞叉,知道今天对阵上能人甚多,恐怕失闪,急忙把剑光一指飞将过去。何明不及躲让,被紫玲剑光将那只独脚剐断,大吼一声,遁回神羊山去了。

紫玲斩断何明独脚,急忙吩咐寒萼收回红光,不准妄用。再一看灵云、轻云的剑光已被许飞娘压得光芒大减,不敢怠慢,忙同寒萼双双飞上前去。寒萼首先上前,手起处一道青光先朝许飞娘飞去。许飞娘刚将左手一扬,飞起一道青光敌住寒萼,紫玲剑光又到。许飞娘见来的这两个女子俱未在黄山见过,发出来的剑光又非峨眉传授,便疑是勾引司徒平的两个阴人。一面分出剑光敌住,口中喝问道:"来的两个女子急速通名受死!"寒萼答道:"我姊妹乃宝相夫人二女,黄山紫玲谷秦紫玲、寒萼是也!你莫非就是那贼道姑许飞娘么?"许飞娘一听来人果然是勾引司徒平的秦氏二女,知道这两个女子得了宝相夫人传授,师文恭便死在她们白眉针下,不由又惊又怒,口中骂道:"贱婢好不识羞!勾引我叛徒司徒平,奸淫叛教,还敢在仙姑面前猖狂。今日定叫你这两个贱婢死无葬身之地!"说罢,手指处剑光紧得一紧。紫玲、寒萼见许飞娘一人敌住四人,发出来的剑光如同青龙闹海一般,知道不敌,正要取出法宝施放。许飞娘早已防到这一着,不俟紫玲姊妹动手,先下手为强,从怀中取出十八粒飞星弹,一出手便是十八颗银星,夹着一团烟火,朝灵云、轻云、紫玲姊妹四人头上飞去。四人一见不好,剑光又被许飞娘剑光绞住,不及撤回救护。正在心惊,倏地空中一声长啸,飞上一人,高声说道:"妖阵业已发动,尔等快快收回剑光,照我所言行事。"说罢,将破袍袖往空一扬,

239

许飞娘十八粒飞星弹如同石沉大海，落在那人袖中。四人定睛一看，来人正是怪叫花凌浑。这时女神童朱文已将巫山牛肝峡穿心洞主吴性的瘟瘟钉用天遁镜破去，又用飞剑断了他一双臂膀。黄玄极迎敌竹山教妖道蔡野湖，被蔡野湖摆动姹女旗，正觉有点头晕眼花。恰好朱文逼走吴性，追将过来，用宝镜一照，先破了蔡野湖的姹女旗，同了黄玄极双双飞过去，将蔡野湖斩首。瘟瘟童子金铎双战陶钧、心源，正在难分高下，忽见师父被一个女子用宝镜破了妖法逃走，那女子手中一面宝镜放出百丈五彩金光，所到之处，如入无人之境，知再延下去决难讨好，连忙抽空收回剑光逃走。

众人正杀得起劲，忽见凌浑现身出来收了许飞娘法宝，说了那一番话，便即隐形而去。同时地下风雷水火之声越来越急，头上黄雾红云如奔马一般，往中心簇拥，知道魔阵业已发动。大家一面迎敌，各往朱文、金蝉二人跟前移近，准备万一。许飞娘见凌浑一照面，便破了她多年辛苦炼就的飞星弹，心中大怒。正要使用法宝，忽见尚和阳在山坡上手持那面大旗一挥，立刻便有一团十余亩方圆的红云往敌人剑光丛中飞去，知道魔阵立刻发动，只得停手收了剑光。余下妖僧妖道也各将法宝收回，随定许飞娘回到各人方位，从怀中取出一面幡，静候尚和阳号令施行。灵云这一面，见山坡上飞起一团红云，敌人将剑光纷纷收回，不敢怠慢，恐怕剑光被红云损污，也都各人收了飞剑。朱文早有准备，站在众人面前，将宝镜照将过去，镜上面发出五色金光，将那团红云挡住。尚和阳一见红云无功，用手往四外指了几指，接着便是几声雷响。毒龙尊者同各门上妖僧妖道知道敌人俱已在生门困住，便将阵势在生门上缩拢。灵云等在朱文宝镜金光笼罩之下，只听金光外面震天价大霹雳与地下洪涛、烈火、罡风之声响成一片。一会工夫，毒龙尊者赶到，口中念念有词，号令一声，各门上妖僧妖道将小幡一展，纷纷将软红砂祭起，数十团绿火黄尘红雾飞起在上空，遮得满天暗赤，往灵云等头上罩将下来。同时地面忽然震动，眼看崩塌。朱文一面宝镜只能拦住那团红云，正愁不能兼顾。紫玲见势危急，忙从金蝉手中取回弥尘幡，口诵真言，接连招展，化成一幢彩云，刚刚升起。忽然山崩地塌一声大震过处，众人适才立身之处陷了无数大小深坑，由坑中先冒出黄绿红三样浓烟，一出地面，便化成烈火、狂风、洪水，朝众人直卷过来。紫玲、朱文不敢怠慢，一个用弥尘幡，一个用天遁镜，护着众人，不让妖法侵犯。

似这样支持了两个时辰，五鬼天王尚和阳满以为地水火风一齐发动，又有毒龙尊者软红砂，敌人决难逃生。谁知敌人先用一面镜子拦住了他的魔火红云,接着又化成一幢彩云,在水火烈风中滚来滚去,虽然将敌人困住,竟不能损伤分毫。正在心焦,偶一回顾各门上妖僧妖道,除已在刚才伤亡逃走者外,个个都在,只死门上独角灵官乐三官没有到来,空着一门。只要被敌人看出破绽,仍可用那幢彩云从死门逃走,不由又惊又怒。他还不知乐三官居心不良,想诳他白骨锁心锤逃出山去。想起那锤乃是自己多年心血炼就的至宝,恐怕乐三官有什么差错,忙对毒龙尊者与许飞娘道:"二位道友且在此主持,待我去死门上观察一番就来。"说罢,一朵红云便往死门上飞去。到了青螺谷口一看,日光已快交正午,四外静悄悄的,通没有一些动静。再寻乐三官,已不知去向,好生惊异。猛一寻思,不由顿足大怒道:"我受了贼道的骗了!这锤被他骗去,又误传了他的用法。除非得到雪魂珠,才能收回此宝,报仇雪恨。"

刚在自言自语,咬牙痛恨,忽听远处地底起了一阵响动,听去声音不似发自生门阵上,仔细一听,好生惊异。忙将身纵起空中,往四外察看踪迹,猛见对准生门子午正位上,有一座山峰,好像已往生门那边移动,峰上面起了千百道浓烟,看去好像就要拔地飞起神气。适才地底的声音,便是从山峰那面发出。看出是有人用地水火风天魔解体大法,来破自己的魔阵。借着正子午方位,正子午时辰,发出天火地雷,不但魔阵顷刻瓦解,阵中诸人道行稍差的绝难活命,连敌人也要玉石俱焚。就在这转眼之间,那座小峰果然渐渐离开了地面,往魔阵生门飞去。一看日光,收阵已来不及。猛想起:"邓八姑得了雪魂珠,如今又与峨眉一党,她走火入魔,身子不能转动,今日未来,必然还在玄冰谷内。敌人倾巢来此,谷中只剩她一人,何不趁此时机飞到玄冰谷,夺了她的雪魂珠?再去寻乐三官,夺回白骨锁心锤?岂不是两全其美?"想到这里,自以为得计,也不顾魔阵诸人死活,径自喊一声:"疾!"驾红云往玄冰谷而去。

他走不多一会,下面岩石后面转出一个大汉,一个花子。那大汉手中提着一个绑着的道士,对花子说道:"师父把这牛鼻子弄死了多干净,还留着他则甚?"那花子答道:"你知道些什么?"说罢,往空中一看,也不说话,劈手从大汉手中抢过那道士,背在身上,往谷外便跑。那大汉忙喊:"师父带我一同去。"那花子眨眨眼已跑得没了踪影。这两人正是怪叫花穷神凌浑与陆地金龙魏青。

原来魏青本想随了众人同走,一来自己不会剑术,师父虽传了一条鞭,因不知用法,始终没有用过;二来又有凌浑吩咐,只得留了下来。他独自一人坐在山石上面，眼望众人去处，远远光华乱闪，知道已同敌人交手。心想："自己又不会剑术飞行，这里正是青螺入口处，要是遇见妖人走来，岂不是白吃亏？"想到这里，便想去寻一个僻静所在藏身，等候凌浑到来再说。他因凌浑在戴家场说过，将来到了青螺，即可收他为徒，所以这次执意随定心源等同来。今日听刘泉说，果然有用他之处，甚是高兴。又恐凌浑走来寻不见自己，岂不将机会错过？不时从藏身的岩石后面往外探头探脑。正在独个儿捣鬼，忽见谷外一个红脸道人，穿着一件水火道袍，额上生着一个大肉包，身背葫芦、宝剑，手里拿着一件骷髅骨做成的兵器，四面俱是烟雾围绕，直着两眼跑来。魏青见那道人一身邪气，连忙缩脚，隐身岩后躲避。只见那道人越跑越近，暗喊不好，正待准备厮杀。谁知那道人好似未见魏青，竟从身旁跑过。魏青正在暗幸，不多一会，那道人又飞也似的跑了回来，这次与魏青相隔更近。魏青一面暗中提防，细看那道人已跑得气喘吁吁，头上黄豆大的汗珠子直流，两眼发呆，看准前面，脚不沾尘，拼命飞跑。似这样从魏青身旁跑过来跑过去，有好几十次。魏青见那道人好似中邪一般，慌慌张张，始终没有看见自己。起初因见那道人形状异样，手中兵器又有烟雾围绕，情知不是对手，所以不敢上前。后来见那道人累得上气不接下气，步法渐渐迟缓。同时又听得远处地底水火风雷之声混成一片，拿不定众人吉凶。凌浑又不见到来，自己藏的地方甚为隐秘，被这道人在身前跑来跑去，师父来了又看不见自己，不由烦躁起来。心想："这妖道定是中了什么邪术，失去知觉。我何不等他过来，掩在他身后给他一刀，也省得在此呆等。"想到这里，手中拿刀，静等道人跑来，好蹿将出去下手。刚打好了主意，恰好那道人跟跟跄跄跑了回来。魏青刚要下手，猛一抬头，见对面山崖上坐着一个花子，拿手指定那道人，那道人便随着他手指处往前飞跑，像有什么东西牵引似的。定睛一看，那花子正是怪叫花凌浑，心中大喜，不由失口高叫了一声师父。那道人猛被魏青这一喊，好似有点觉察，稍微迟疑了一下，仍是往来跑着。魏青看见凌浑，顾不得再砍道人，径往对面崖上跑去。眼看跑到凌浑跟前，忽见凌浑站起身来，只一晃便不知去向。魏青好生着急，喊了几声师父，不见答应，四外观察，也看不见凌浑踪迹。才知那道人跑这半天，是受了师父愚弄。暗恨自己不留神对面，错过机会，心中又悔又恨。

魏青再看那道人，也不见回转。往他去路一看，相离里许多地的一块山石上，好似卧着一人，疑心师父未走，连忙下崖，跑了过去。渐渐跑近一看，原来还是那道人，两眼发直，口吐白沫，手中拿着那个骷髅做成的一柄大锤，趴伏在山石上面，锤上烟雾已无，不由喊了一声晦气。正要回转，猛一想："这道人虽会妖法，现在已经失了知觉。他拿的那怪锤定是个厉害法宝，还有他背上那口宝剑也定比我这把刀好。本想乘他不觉将他杀死，一则不知他那怪锤的用法，二则又恐道人会金钟罩等功夫，一刀砍不死，反倒打草惊蛇。莫如先将他的怪锤、宝剑盗来，再想法将他捆上，用他的兵器逼问他怪锤的用法，岂不是好？"魏青心性粗鲁，想到就做，从不计什么利害。他起初怕打草惊蛇，以为这样计出万全。殊不知如非凌浑故意成全他两样法宝，用法术将独角灵官乐三官制住了时，乐三官神志一清，飞剑便要了魏青的性命了。这且不言。

魏青打点好了主意，将身蹲下，蛇伏鹤行走近前去，见那道人丝毫没有觉察。便从那块山石下面掩到道人身后，轻脚轻手爬到石上。用手捏着道人背上剑柄，才轻轻往外一抽，锵的一声，一道青光，那剑业已出匣。把魏青吓了一大跳，忙接连几纵，纵出去有二十多丈，见石上道人并未转动，才得放心。一见手中这口宝剑，如一泓秋水，青光耀眼，冷气森森，剑柄上盘有一条小青蛇，还有朱文篆字。魏青又惊又喜，不及细看，先抛去了手中刀，决计再去盗那柄怪锤，仍照将才掩身过去。这回是在道人前面，格外加了小心。及至近前，见那道人身子趴在那块山石上面，左手持锤，往下悬着，锤头是五个骷髅攒成的梅花瓣式，白牙森森，口都向外。魏青轻悄悄掩到道人睡的山石下面，恰好石下有凹处可容一人。魏青先掩身山石凹处，略微定了定神，听了听上面没有响动，探头往上一看，道人仍是昏迷不醒。魏青见那锤古怪，不敢用手挨近锤头。想了一想，夯着胆子往前一探身，捏住锤柄，从道人手中一夺，容容易易夺了过来。魏青胆子越来越大，又绕回山石后面，摘去道人剑匣，将剑插入，佩在身上。将锤藏过一旁。径去解下道人身上丝绦，将道人四马攒蹄捆了起来。那道人一任魏青摆布，竟和死了一般。魏青将道人捆好，再回身去拿那怪锤来逼问用法时，那锤已不知去向。正在惊疑，忽听道人呻吟了一声，手脚动了两动。魏青大吃一惊，顾不得再寻那怪锤。正要扑上前去，那道人业已醒转，睁眼一看，觉得身上疼痛，手足被捆，大吼一声，便要挣起身来。魏青知他会使妖法，哪里容他挣断绑索起身，早一个虎扑扑上前去，两手掐紧道人喉咙不放。魏青虽然是天生神力，那道人也非弱者，叵耐他拼命奔走了半日，本已累得力尽精疲；加上他身上这根丝绦乃蛟筋拧结而成，不过用彩丝在两头打了几根穗子，魏青捆得又非常结实，急切间挣断不开。咽喉又被魏青用力扣紧，连气都透不出，只得暗运玄功和魏青挣命,在山石上打滚。

　　原来乐三官将五鬼天王尚和阳的五鬼白骨锁心锤骗到手中,又传了用法,心中大喜,仍恐尚和阳看破,不敢现于辞色。及至辞别尚和阳与毒龙尊者,向谷口生门飞去,心想:"这白骨锁心锤乃是尚和阳在雪山用数十年苦功,按五行生克,寻到五个六阳魁首,还糟践了四十九个有根基人的生魂才炼成此宝,准备二次出山寻峨眉派的晦气,得来煞非容易。看连日形势,就只一个怪叫花凌浑,已是破青螺而有余,何况听说峨眉方面还来了不少的能人。师文恭何等厉害,尚且身遭惨死,这就是顶好的前车之鉴。我留在此地,虽不一定玉石俱焚,也决难讨好。我虽与尚和阳初交,他竟肯将这种至宝借我,还传了用法,真是千载良机。不如带了此宝,寻一个无人注目的深山岩穴之中隐藏起来。尚和阳立志和峨眉寻仇,早晚必死在敌人手内,那时我再出山不晚。"想到这里,非常高兴。转眼到了死门,并不往下降落。正待往东方飞去,猛觉脚底被一种力量吸住,往下降落。低头一看,下面正是青螺谷口外面,有一人朝上面招手,自己便身不由主地往下降落,知道遇见能手。先还仗着白骨锁心锤在手,倘若那人为难,还可借他试试锤的厉害。及至落地一看,那人正是日前晶球上现身的那个怪叫花凌浑,不由大吃一惊。才一见面,那花子龇牙一笑,说道:"今天青螺山这么热闹,道爷往哪里去?何不与我这花子谈谈,解个闷儿?"乐三官知道厉害,一面暗中准备,假装欢容,躬身答道:"贫道本是应青螺友人之招,来此闲游,谁知两派又自残杀,实非修道人本分,不愿参加这场死劫,告辞回山,打此经过。道友相招,不知有何见教?"凌浑闻言,笑道:"我招道爷下来不为别的,俗语说得好:'强贼遇见乖贼,见一面分一半。'可惜道爷只得了鬼娃娃一件死人骨头,不好平分,就这样送我,我又于心难安。这么办吧:我如今正想赶走青螺这一群魔崽子,道爷反正暂时拿它无用,不如借我用上几天,再行奉还如何?"乐三官知他说的是白骨锁心锤,既敢明言强要,一定来者不善,心下虽然着忙,仍假装敷衍道:"道友敢是要借这柄白骨锤么? 贫道将此锤借给道友,原本无关紧要,怎奈此宝乃尚天王之物,贫道向他借来,原另有用处。如今双方正在寻仇,贫道岂能将朋友之宝借与他的敌人? 久闻道友神通广大,要此宝何用? 休得取笑,告辞了。"

　　乐三官原知这个怪叫花难惹,自己骗宝逃走未免情虚,所以强忍怒气,只图敷衍脱身了事。谁知言还未了,被凌浑劈面啐了一口,口中骂道:"贼妖道,给脸不要脸! 你还打量我不知道你是从鬼娃娃手上骗来的吗?"说罢,伸手就是个大嘴巴。乐三官猝不及防,被凌浑一下打得半边脸肿起,太阳穴直冒金星。心中大怒,将手一拍腰间,先飞起一道青光直取凌浑。凌浑哈哈大笑道:"我徒弟在山顶上受了多少天寒风冷雪之苦,我正愁少时没有酬劳,竟有送上门的买卖。"说罢,手伸处将那道青光接住,在手上只一搓,成了一团,放在口边一吸,便吸入腹内。张开两手说道:"你还有什么玩意,快都使出来吧。"乐三官本炼有两口飞剑,一名霜角,一名青冥。只青冥能与身合一。霜角新得不久,尚未炼成,便是魏青所得的一口。青冥剑经他多年苦修,差不多飞剑均非敌手,一看被凌浑伸手接去,又急又怕。口中念念有词,将白骨锁心锤一摆,立刻锤上起了红云绿火,腥风中五个骷髅张开大口獠牙,直朝凌浑飞去。凌浑随口喊:"妖法厉害!"回身往谷内就跑。乐三官不舍那口飞剑,一手掐诀指挥白骨锤,随后便追,口中高叫道:"贼花子,你快将飞剑还我,我便饶你不死!"

刚刚追进谷口,忽见前面凌浑跑没了影子。正在用目往四外观察踪迹,暗中头上被人打了一掌,立时心中一阵迷糊,耳中只听尚和阳的声音骂道:"大胆妖道,竟敢将我的法宝骗走,今日不要你的狗命,我尚和阳誓不为人!"乐三官抬头一看,尚和阳手中执定魔火金幢,发出百丈红云,从后追来。吓得心惊胆裂,几次想借遁驾风逃去,不知怎的法术竟失了灵验。知道尚和阳意狠心毒,被他追上,便死无葬身之地,只得亡命一般往前飞跑。跑出去约有十余里地,听得追声渐远,正在庆幸,猛听前面又是一声断喝。抬头一看,尚和阳又在前面现身追来。乐三官吓了一大跳,慌不迭地往回路就跑。刚刚跑到谷口,尚和阳又现身出来拦住。似这样来回来去,跑了有几十次。末后一次,看见前面岩上有一个大洞。回看后面,尚和阳没有追来。这时他已力尽精疲,再也支持不住,提起精神,用尽平生之力,想从下面纵进洞去躲避。身才纵起,便见凌浑站在那块山石上面,自己想退回已收不住脚,恰巧钻在他的胯下,被他骑住。乐三官还想挣扎时,被凌浑两腿一夹,眼前一黑,便晕死过去。醒来又被人捆住,扣紧咽喉。飞剑业已失去,枉自会一身妖法,也是无法施展。只能暗中提神运气,苟延残喘。一面运用玄功,想去挣断身上的捆绑。

似这样支持了好一会。魏青用两手抔紧乐三官咽喉,眼看将敌人抔得两眼珠努出,红得似要冒火,头上青筋直进,只是弄不死他,又不敢松手。更恐怕遇见敌人同党走来碰见,便不好办。心中一着急,奋起神威大吼一声,正打算运用鹰爪力重手法,将全身之力聚在十个手指头上,将敌人活活抔死。忽然眼前一晃,凌浑现身出来。魏青一高兴,口中忙喊师父,微一分神,手中稍微松了一松。乐三官正等这种机会,更不怠慢,双脚在山石上用力一垫,一个鱼跃龙门式,挣脱了魏青双手,从山石上面倒着身挺纵下去。心中还想用法术报仇,身子立定,一眼看见站在魏青一起的正是那怪叫花凌浑,手上拿着自己从尚和阳手中骗来的白骨锁心锤。他并不知适才尚和阳追他是凌浑的法术,一见尚和阳不在,那锤却到了怪叫花手中。揣想尚和阳不是被凌浑赶跑,便是遭了毒手,自己如何能行,吓得回身就想遁去。

魏青见道人逃走,一把未抓住,惟恐凌浑又隐形遁去,顾不得再追道人,连忙过去跪在地下行礼,两手紧抓住凌浑衣服不放。凌浑道:"你捉的人呢?"魏青道:"跑了。"凌浑道:"没出息的东西!牛鼻子跑了,你还不去追!"魏青道:"我去追时,你老人家又要跑了。我不去。"凌浑道:"凡是我收的徒弟,都得给我立点功劳。你不将牛鼻子捉住,我也不能收你。"魏青道:"他会妖法,适才是趁他睡着才下的手。如今他又跑远了,叫我如何追法?"凌浑道:"牛鼻子叫乐三官,我捉到他还有用处。我既看中了他,决跑不了,你看牛鼻子不是又回来了吗?"魏青回头一看,忽然那道人又如飞地跑了回来,神情十分狼狈,好似有人在后面追他一样。魏青仍不放开凌浑,还是紧抓凌浑衣服不肯上前。凌浑道:"你再不去将他捉来,我叫鬼骨头咬你。"说罢,将手中白骨锤朝魏青一晃,锤上那五个骷髅头便都离锤飞起,张开大口,伸出獠牙要咬。魏青忙说:"师父休要着恼,我自去捉那道人去。"这时乐三官已从魏青身旁跑过,魏青只得从后追上。

那乐三官原本是驾风遁去,身子起在半空,便觉有重力牵引,坠了下来。知道不好,正要觅路逃出山去,忽然胸中一阵迷糊,抬头一看,五鬼天王尚和阳又在前面追来。吓得乐三官慌不迭地回身就跑,耳听后面追赶甚急,连头也不敢回,一味亡命般往前逃走。乐三官逃了一阵,猛想起:"锤被凌浑夺去,已不在我手中。尚和阳苦苦追赶,早晚被他追上,难保活命。何不索性回身,对他实话实说?他知此宝被凌浑夺去,必不肯善自甘休,也许舍弃自己,去寻凌浑算账,岂非死中还可求活?"

想到这里,便停下步来。听得后面追声已近,正要回身喊:"天王息怒,容我一言。"谁知回头一看,后面追来的哪里是什么五鬼天王尚和阳,却是适才用手差点将自己挵死的那个黑大汉。再一看大汉后面,凌浑并没有跟来,略微放心。心想:"我今日如何这样晦气颠倒?将盗来的宝贝失去不算,还饶上一口飞剑,适才差点死在黑汉手内,他还苦苦追逼。莫如趁贼花子未跟来,将他杀死报仇,稍出胸中恶气。"想到这里,伸手去拔身后宝剑时,宝剑业已失落。再一看那大汉,业已追到面前,手中拿的一口宝剑正是自己之物,不由又惊又怒。因听魏青适才叫凌浑师父,摸不清他的深浅,不敢造次,先让过魏青手中剑,暗运真气朝着对面一吸。那口剑原经乐三官炼过,虽不能飞行自如,却已身剑相应,被乐三官运用五行真气一吸,果然脱手飞回。乐三官连忙伸手接住,知道敌人并无多大本领。越想越有气,一面举剑便刺,左手掐诀,口中念咒,满想用法术制魏青的死命。魏青见宝剑忽然脱手,飞向道人手内,便知不妙。又见道人口中念念有词,顷刻之间狂风大作,飞沙扬尘,升斗大小的石块满空飞舞,劈面打来。自知不敌,连忙回身就跑,口中直喊:"师父,你老人家快来!我将牛鼻子引回来了。"

　　乐三官在后面追赶,听大汉又在口喊师父,恐凌浑埋伏在旁,先还不敢穷追。及至立定脚往前看了看,大汉喊了几声,凌浑并未出来,不由又动了报仇之心,试探着仍往前留神追赶。魏青一面跑,一面喊,见凌浑不露面,猜他又隐形遁去。眼看跑到适才凌浑现身之所,仍不见凌浑影子。后面敌人却越追越近,身上已被石头打了好几下。正在心中着急埋怨,忽见石凹中露出一只泥脚。低头一看,正是凌浑抱着那柄锁心锤,睡得甚是香甜,鼾声大作。锤上面五个骷髅看见魏青,又都在那里张嘴伸牙,像要咬他的神气。魏青顾不得害怕,喊了两声,不见凌浑醒来,道人业已追近。一着急,抓住凌浑两条瘦若枯骨的泥腿往外一拉,将凌浑拖了出来,见凌浑仍是不醒。正要使劲推搡,那锤上五个骷髅忽然凭空离锤飞起,吓得魏青连忙躲避时,那五个骷髅在绿火红光围绕之中上下翻滚,直朝乐三官飞去。这时乐三官追离魏青不过丈许远近,忽见魏青一低身,从山石底下将凌浑拉出,正在惊疑,忽见白骨锁心锤上五鬼飞来。他哪知其中厉害,不但不逃,还妄想用尚和阳所传收锤口诀将锤收回,和宝剑一样失而复得。谁知口诀还未念完,那五个骷髅业已飞到,乐三官只闻见一阵血腥味,立刻头脑昏眩,晕倒在地。

247

第九十一回

败群魔　莽汉盗天书
记前因　天灵怜故剑

　　魏青眼看那五个骷髅飞近乐三官身旁,正要张口去咬,猛听身后凌浑大喝道:"王长子快些领了伙伴回来! 这牛鼻子我还留他有用处呢!"说罢,那五个骷髅一齐飞回。凌浑已从地上站起,迎上前去,将身上破衣服脱下,露出一身白肉。那五个骷髅竟上前围住凌浑,张开大口咬住凌浑不放。魏青一见不好,也不暇计及危险,纵身上前,想伸手去将咬住凌浑前胸的一个骷髅抓下。还未等手近前,鼻中忽然闻见血腥,一阵头晕,倒在地下。猛听近身处隐隐一阵雷声过处,耳听凌浑喝道:"王长子,你遭劫三十六年,平白代人作恶。现在我来救你,还不及早醒悟回头么?"说罢,便听得一种呜咽之声。魏青醒来一看,凌浑坐在身旁山石上面,两手捧定一个骷髅,业已烟消火灭,隐隐听得那骷髅口中发出呜咽之声,魏青好生不解。再看乐三官,却倒卧在前面地上。

　　魏青想起那口宝剑,连忙过去从乐三官手中取来。因那根蛟筋丝绦已被乐三官逃走时震断,恐怕自己身上腰带捆他不住,少时醒来又要被他逃走,正想用剑将他杀死。忽见凌浑将手一扬,像长蛇般飞过一条彩索,落到身旁。一看,正是适才捆乐三官的那根蛟筋丝绦,仍是好好地并没有断。接着便听凌浑吩咐,将乐三官捆上背起。魏青只得将剑入匣,将乐三官拗颈折足,馄饨般捆了个结实,背到凌浑面前,问师父如何处置妖道。凌浑也不去理会魏青,只顾朝手上捧定的一个骷髅口中喃喃不绝。末后从身上取了一粒丸药,塞在那骷髅口中,说道:"王长子,你总算同我有缘,该你绝处逢生。现在我已给你解了魔法禁制,服了灵丹。少时我便带你到躯壳前去。快照我的话去办吧。"说罢,将手中骷髅往空中一抛,喊一声:"起!"手扬处一道金光,拥着那骷髅直升高空,往前面飞去,转眼没入云中不见。

　　魏青背着乐二官站在凌浑旁边,正看得出神,忽见凌浑站起身来,往空中望了一望,说道:"魔崽子来了,我还有用他之处,此时无须见他,姑且容他多活几年。"说罢,口诵真言,将手往四外画了几画。魏青不知他闹的是什么玄虚,张口要问时,猛见一朵红云,疾如奔马从前面飞来,到了二人立处不远降下。一落地,便现出一个红脸幼童,颈下挂着一串骷髅念珠同两挂纸钱,手中持定一个金幢,周身俱有烟火红云围绕,东张西望,好似要寻找什么似的。凌浑离那幼童甚近,也好似不曾看见。魏青几次想问,都被凌浑阻住。那红脸幼童到处寻找了一阵,忽见暴怒起来,将脚一顿,长啸一声,化成一朵红云,破空便起,如火箭一般直往东南方飞去。接着便听远处又起了一种轰轰隆隆之声,从地底下隐隐传来。魏青仍以为是魔阵上发动的声音,没有在意,便请凌浑将乐三官杀死。忽听凌浑说一声:"时候晚了,你到魔崽子巢里去等我吧。"说罢,从魏青背上抢过乐三官,背着就往前跑。魏青忙喊:"师父,带我一同去!"凌浑已跑得没有一点影儿。

魏青无法,停了脚步,跑到高处一看,除了谷口这一面清静,余下那三方面都是红烟绿雾,一片弥漫,昏暗暗地看不出什么景象。这时地底下传出来的风雷水火之声一阵比一阵紧急。魏青又不知魔宫在什么所在,只得顺着入谷大道,施展轻身功夫往前走去。走了不多一会,猛听一个大霹雳过处,天崩地裂一声大震,水火风雷全都停息,远远听得山石爆裂的炸音混成一片,有好几道黄光绿光从空中飞过。心中正在着急,忽然一阵风响,一道白光坠地,现出一人,披散着头发,乱蓬蓬地好似多日不曾梳理,身上穿的衣服也是破旧不堪。魏青连忙停步按剑,那人已首先发言道:"你是陆地金龙魏兄么?小弟俞允中,奉了师父凌真人之命,拿了师父柬帖符箓,来此会合魏兄,在此等候一人。事完之后同去魔窟,等师父驾到,再作计较。"魏青一听来人是俞允中,心中大喜,连忙上前相见。

原来俞允中自从被蛮僧梵拿加音二强逼软骗,到青螺前面一座小峰上面代蛮僧做替身,炼那天魔解体大法。雪峰高寒,幸有蛮僧给的白信还阳丹服在肚内,倒还能够支持。打坐到第七天上,便在允中面前发现许多幻景。头一次发现的是些毒蛇猛兽,允中起初也有些害怕,只是除两手外,身子已被蛮僧禁法制住,不能转动,枉自干着急。及至见那些毒蛇猛兽咆哮搅扰了一阵,忽然不见,想起来时蛮僧所说,才知这些就是幻象,便把心放定。允中根基本厚,又加上求道心切,索性把死生付之一命定,凝神静心,静待将法炼成,好请蛮僧助他盗取六魔厉吼的首级,见师复命。坐的日子一多,渐渐由暗生明,虽无师父,已有神悟。那些幻象也越来越厉害,越恐怖,允中通没放在心上。

过了二七，凌浑忽然出现。允中见是戴家场见过的那个怪叫花，知他神通广大，连佟元奇、玉清大师都非常敬畏，心中大喜，忙喊："弟子被法术禁住，转动不得，望师父救我。"凌浑道："我因见你求道心诚，白矮子又绝人太甚，赌气收你为徒。因你出身膏粱富贵之家，怕你异日道心不净，违我教规，这才故意拿难题你做，命你盗取六魔厉吼首级。蛮僧梵拿加音二见你根基还厚，又是童身，才利用你做替身，来炼这天魔解体之法。你道术毫无，此法炼成必难脱身，势必随之同尽。我因峨眉收徒选择甚苛，根行稍差一点便不肯收录，我看不下去，特意取了青螺做根基，专一收峨眉不要的有志之士，修来与他们看看。连日暗中看你心志坚定，颇有悟性，大出我预计之外。那蛮僧所炼丹药内有信石，其热无比，多服伤人，虽然保得暂时不受寒侵，终为隐患，不可再服。可将余下的交我，以备别人之用。我再另给你几粒丹药服用，不但能够御寒保身，还可助你明心见性。你在此受苦，此时将你救走本极容易。一则青螺近日所摆魔阵能发地水火风，要破此阵，须要损坏我两样法宝。蛮僧所炼天魔解体大法也能发出地水火风，因此峰系青螺子午正位，又加上是佛教嫡传大法，比青螺魔阵还要厉害，乐得由他们鹬蚌相争，省却我费许多的事。同时借他们两面的地水火风激动天雷地火，将青螺山谷变迁，好重修仙府。再则借此磨砺你一番，将来成道更速。不过此法总须牺牲一条生命，你到时不能脱身，我自会代你寻来替身，助你脱难。到了端阳前数日最为要紧，那时你面前现出来的，不一定便是幻象。到时蛮僧也要来此，助你震慑，我也隐身暗中相助，自不妨事。"说罢，拿出七粒丹药，命允中服下。将蛮僧给允中留下的白信还阳丹要来，隐身而去。凌浑走后，允中又喜又惊，便照凌浑所说，安心静坐。

过不多日，果然梵拿加音二来到，见允中丝毫没有误事，口中不住夸赞。由此每隔三日便来一次，有两次竟发现了许多恶鬼夜叉，俱被梵拿加音二用法术驱走。端阳头一天晚上，梵拿加音二又对允中道："明日便大功告成，我清晨要在庙中行法，到午时用金刚移山和八魔拼命。到时，这座小峰如果移动，你千万不可害怕，只在峰上执定这面小幡，到了青螺，连展四十九次，自有妙用。事完之后，我自会助你成道，以报你连日辛苦。"说罢，教了允中梵咒，取出一面小幡交与允中，再三叮咛而去。

蛮僧走后，允中细看幡上面，有许多符咒和四十九个赤身倒立的骷髅。正在展玩，忽见凌浑飞来，允中便对他说了蛮僧之言，并问自己何时出险。

凌浑见了那幡，笑道："妖僧还想愚弄死人，真是可恶！他既知明日魔阵中也有地水火风是他劲敌，才将他历代教祖传家至宝交你。明日此峰飞到了魔阵，如听妖僧之言，在峰头将幡如法招展四十九下，固然魔阵中诸人除了毒龙尊者和两三个道行稍高的，一个也逃走不脱，可是你也会被天雷化成灰烬。你且不去管他，到时我自有道理。"说罢，便从身上取出一柄小剑交与允中道："此剑名为玉龙，乃当年我修道炼魔之物，炼成以来从未遇见敌手。我自得天书后，已用飞剑不着。明日便是端阳，不及传你道法。此剑与我心灵相通，不似别的剑要经自己修炼才能应用。怜你修道心诚，暂时借你应用，等你异日自己将剑炼成，再行还我。如能努力潜修，此剑也未始不能赐你，不过此时还谈不到。另外，再给你三张符箓，一封柬帖。我还收了一个徒弟，名唤魏青。虽然你不曾见过，你二人彼此早已相知。明日我当在此峰离地飞起时，用吹云法送你到魔窟去，路上遇见魏青，再照我柬帖行事便了。"允中闻言，连忙点头称谢。凌浑传了用剑之法，便即走去。允中见那口剑长才三寸六分，寒光射目。拿在手上，跃跃欲动，仿佛要脱手飞去的神气。知是一件至宝，非常心喜，持在手上，爱不忍释。

转眼便是天明，忽然觉得身体活动，能够起立，猜是蛮僧相信自己，业已撤了禁制。心想："虽然少时师父会来搭救，我何不自己先寻一条脱身之路，以备万一？"便试探着寻找下峰之路。谁知足迹所到，只能在三丈方圆以内，过此便如生根一般，拔不起脚来。才知蛮僧虽然撤去近身禁制，四外仍有法术封锁，不能越出雷池一步，只索性作罢。坐了多日，且活动活动腿脚，静等师父到来，再作脱身之计。

时光易过，不觉到了辰巳之交。远望前面山谷中，隐隐看见许多道光华掣动，知道两下业已交手。一会工夫，隐隐听得风雷水火之声从远处传来。天光交到午初，忽见峰上峰下起了一阵火光，同时满峰浓雾大作，蓬蓬勃勃如开了锅的蒸笼一般。雾影里，渐渐觉得山峰摇动，似要往上升起。地底下先起了一阵大风，风过处又是一阵水响，澎湃呼号，与先前风声响成一片，更觉声势惊人。接着从清远寺那一方隐隐传来了一阵雷声，到了峰脚，便起了一阵炸音。炸音响过，水火风雷之声一齐发动，那峰也逐渐往上升起。允中在浓雾中已看不见上面日光，不知天已交了正午没有，只觉得峰越升越高。时机业已紧急万分，凌浑还不见到来。正在怀疑着急，猛觉那峰在空中旋转起来。一会工夫，越转越疾，水火风雷之声越来越紧，也不知转了多少转。忽然山崩地裂，一声大震过去，那峰倏地拨转头直朝前面飞去。

允中被这几样巨声震得头晕目眩，一手拿着蛮僧给的那面小幡，一手紧持着玉龙剑。正在惶恐万状，猛然面前一闪，一道金光过处，迷惘中只觉手上小幡被人夺去，自己好似悬身空中。耳边听到凌浑的声音说道："我已代你寻到替身，用吹云法送你到魔窟去。路上看见魏青，可下去，同他照我柬帖行事。"听罢，便觉神志一清。睁开二目一看，果然已不在小峰上面，身子似有什么东西托在空中飞行。再偏头一看，那座小峰业已悬空百十丈，峰前面平地涌起百十丈洪涛烈火，夹着风声雷声，好似一条银龙、一条火龙一般，直往谷中飞去。允中恐怕失脚，略微看了看，便凝神看着下面飞行。

不一会，飞进青螺谷口，走了不远，便见下面有一大汉行走如飞，不知是否那人就是魏青。心才动念，忽然落地，近前一问，果是魏青。二人寻了一个僻静之所，将凌浑给的柬帖打开一看，上面写着：

> 现在魔阵已被蛮僧梵拿加音二炼的天魔解体大法所破，妖僧妖道死了不少。魔窟的大殿宝座下通着地穴，里面有神手比丘魏枫娘藏的天书、丹药。八魔见势不佳，一定逃回魔窟去取天书。命允中将那三道灵符先用传的口诀祭起一道，又分一道给魏青，然后赶至魔窟。地穴有妖法封锁，不可擅入，须等八魔中有人回来撤去地穴封锁时，才可入内。那天书供在与地穴相通的石洞以内，有玉匣装着，入洞时可抢在魔崽子前面，将书取到。你与魏青小心捧着，因有灵符护身，敌人不能看见，只管大胆行事。出地穴时，如遇见一个矮小道人，此人乃是云南孔雀河畔的藏灵子，隐身法须瞒他不过，千万不可和他动手，只由魏青捧定玉匣不放手，他便不会来夺。万一见了什么异状，魏青可说奉了祖母赛飞琼遗命来此盗书，请他高抬贵手，他便自会走去。你二人得了天书，便在魔窟内等我到来，另有分派。

允中、魏青看完柬帖，便依言行事。再看那三道灵符，头一张和另外两张有些不同，上面尽是朱文符箓，闪闪生光。允中取了第一张，举在手中默诵口诀，忽然面前一道金光一闪，二人便觉身子离地飞起。不一会降下地来一看，已落在一所宫殿中，殿内外站有十来个装束异样的僧道，俱都在那里交头接耳，纷纷议论，好似并没有看见允中、魏青落将下来。允中、魏青知道灵符法力，因不知这些人哪个人是八魔，正要凑近前去听他们说话。忽然有破空的声音，院中一道黄光过处，现出两个相貌凶恶，装束奇异的道士，慌慌张张往殿中走来。先前十来个人俱都纷纷上前迎接行礼。内中有人问道："适才听得山崩地裂的声音，二位魔主回宫，想必大获全胜了？"那两个道士也不还言，上殿之后，便吩咐众人到门前等候，如遇敌人前来，急速上前敌住，休要放他进来。众人领命，哄地应了一声，便都往外走去。

这两个道士一高一矮，高的正是大魔黄骕，矮的正是六魔厉吼。他二人等手下人走后，黄骕对厉吼道："六兄弟，想不到今日如此惨败。二弟、八弟站离魔阵最近，业被雷火震成飞灰。五弟、七弟受了重伤逃走，此时不见回宫，存亡莫卜。三弟也不知逃走何方。亏我见机，你又离得远，没有受伤。如今大势已去，不知祖师爷同许仙姑有无别的妙法挽救残局。如果他二人不能支持，敌人追来，此地基业必不能守。是我想起石洞中藏的那部天书。据师父当年在时曾说，此书共分上中下三函，另外还有一册副卷。除副卷普通修道之人俱能看懂外，只上函有蝌蚪文注释。师父有的乃是下函和那一本副卷，中函被嵩山二老得了去，上函至今不知落在何人之手。嵩山二老所得的中函因为没有上函，本难通晓，多亏峨眉鼻祖长眉真人指点，传说也只会了一半。师父只精通那本副卷，业已半世无敌。她因天书长发宝光，不好携带，把它藏在通宝座底下的一个石洞之内，外面用副卷上符咒封锁，多大道术的人也难打开。只有一晚在高兴时，传了我一人开法。师父还说，漫说能将三部天书全得到手，只要把这下函精通，便可超凡入圣，深参造化。叵耐不知上函踪迹，无法修炼。此次我们拜在毒龙尊者门下，我本想将它献出，因见俞师兄处处妄自尊大，略微存了一点预防之心，恐献出只便宜了别人。我等弟兄八人，我最爱你为人粗直，不似三弟、七弟胸藏机心。惟恐此宫被敌人夺去，他们虽不能取出此书，我等异日来取必非容易。又因开那石穴须得一人帮忙，才悄悄约你同来。请四妹在外面瞭望，如见前面凶多吉少，速来报信。我便同你下手将天书取出，逃往深山，寻一古洞，寻访那上函天书的踪迹，找通晓天书的高人，拜在他的门下炼成法术，再作报仇之计，岂不是好？"

言还未了，忽然一道黄光飞进殿来，绕了一绕，仍往外面飞去。黄骕面带惊慌道："四妹用剑光示警，一定大事不好！"说罢，急匆匆同厉吼将殿中心宝座搭开，传了咒语，二人俱把周身脱得赤条精光，两手着地倒行起来。转了九次，忽听地底起了一阵响动，一道青烟冲起，立刻现出一个地穴。允中、魏青暗中相互拉了一下，紧随黄、厉二魔往地穴中走去。入内数十丈，果然

253

现出一个石门，上面绘有符箓。黄骟走离洞门两丈，忙叫厉吼止步，仍用前法着地倒行，口中念咒不绝。咒才念完，石门上冒了一阵火花，呀的一声，石门自然开放。允中见厉、黄二魔还在那里倒转，更不怠慢，拉了魏青，从斜刺里抢先入内一看，满洞俱是金光，洞当中石案上供着一个七八寸长、三寸来宽、寸许来高的玉匣。魏青连忙抢来抱在怀中，同允中往外便跑。洞门狭小，恰遇黄、厉二魔走进，撞了一个满怀。首先是厉吼正往石洞走进，猛觉身上被人撞了一下，却看不见一丝迹兆，刚喊出："洞内有了奸细，大哥留神！"允中已经与厉吼擦肩而过。被他一喊，允中猛想起："适才那身量高的唤他六弟，莫非他便是六魔厉吼？前者师父曾命我盗他首级，害我吃了许多苦楚，如今相遇，正好下手。"想到这里，用手中玉龙剑一指，一道白光过去，厉吼人头落地。大魔黄骟刚听到六魔厉吼喊声，便见一道白光擦肩而过，忽听厉吼一声惨呼，只喊出了半截，随即血光涌起，人头落地。知道不好，忙将飞剑祭起护住身体，口诵护身神咒。跑到洞中一看，石案上宝光消灭，玉匣天书踪迹不见。恐防有人暗算，连忙纵身出来。魏青两手紧抱天书，见允中取了厉吼的首级，也想趁空下手，不料敌人机警，竟然逃脱，只得同了允中走出石洞。

　　刚到大殿，便见一个矮小道人站在那里。大魔黄骟却站在道人身后，如泥塑木雕一般。这两人一高一矮，那道人身量长仅三尺，只齐黄骟的腹际，相形之下，愈加显得猥琐。允中见那道人虽然形体矮小，却是神采照人，相貌清奇，胸前长髯飘拂，背插一柄长剑，身着一件杏黄色的道袍，赤足芒鞋，正挡着自己的去路。猛想起凌师父柬帖上吩咐，知道这道人便是藏灵子。正要悄拉魏青止步，从旁边绕走过去，偏偏魏青立功心盛，以为有凌浑的灵符隐身，早忘柬帖上言语，一手紧抱玉匣，一手拔出适才从乐三官手里得来的那柄宝剑，往前便刺。允中一把未拉住，忙喊："魏兄休忘却令祖母临终遗命！"魏青闻言，才想起师父柬帖上所言，想要将剑收回时已来不及，被那道人将手一指，魏青便觉手上被重的东西打了一下，铮的一声，宝剑脱手，坠于地下。再看手上，虎口业已震开，鲜血直流。越发知道道人厉害，果然隐身符瞒不了他。只好负痛将两手紧抱玉匣，连宝剑也顾不得去拾，想从道人侧面绕走出去。谁知才一举步，那道人将手搓了两搓，朝着允中、魏青一扬，立刻大殿上下四面许多奇形怪状恶鬼拦住去路，烈火熊熊，朝二人烧来。魏青急切间又忘了柬帖上言语，当着道人，允中又不便明说。正在着急，倏地一道青光，如长虹般穿进殿来，落地现出一个头绾双髻，身材高大的道童，见了这人,躬身施礼道:"弟子奉命,将毒龙尊者用师父红欲袋送回孔雀河监禁,静候师父回去处治,特来复命。"说罢,那道人也不还言,只出手朝着魏青一指。那道童便即转身,朝着魏青大喝道:"你这蠢汉,快将玉匣天书献上!我师父为人慈悲,决不伤你二人性命。如不听良言,休怪俺熊血儿要下毒手了。"魏青的祖母娘家姓熊,原与藏灵子有一段很深长的因果,凌浑不命别人,单命魏青来取天书,也是为此。此节后文另有交代,暂且不提。

这时火已烧到允中、魏青跟前,将衣服烧着。正在惊恐,魏青听那道童自称熊血儿,一句话将魏青提醒,重想起束帖上言语。烈火烧身,事在危急,连忙躬身朝着道人施礼道:"我魏青奉我祖母赛飞琼遗命,来此取还天书。望乞道爷看我去世祖母面上,高抬贵手,放我过去。"那道人闻言,面带惊讶之色,把手一招,立时烈火飞回,顷刻烟消火灭。那道人仍未发言,把眼朝那道童望了望。

那道童便走过来问魏青道:"我师父问你,你祖母业已死去多年,看你年纪还不太大,你祖母死时遗命如何还能记得?"允中听道童盘问,正愁师父没有说得详细,替魏青着急。魏青忽然福至心灵,答道:"我祖母当年在鼎湖峰和人比剑,中了仇人的暗器,逃回家去,虽然成了废人,因为有人送了几粒仙丹,当时并不曾死,又活了有几十年才行坐化。当时我才四岁,已经知道一些人事。我祖母留有遗命,命我父亲来此盗取天书;如果不能到手,命我长大成人,投了名师,再去盗取。我七岁上,父亲又被另一仇人害死,天书并未盗成。我当时年幼,访了多少年,也不知那仇人姓名。今日趁魔崽子和别人斗法之时,抽空来此,想先将天书盗走,炼成之后,再去寻那两代仇人报仇。你们硬要恃强夺去,我便枉费心血了。"藏灵子闻言,又对那道童将嘴皮动了几动。那道童又对魏青道:"我师父向不喜欺软怕硬,知道你是那怪叫花凌浑的徒弟,你说的这一番话也非虚言。那害死你祖母赛飞琼的仇人,便是这里八魔的师父神手比丘魏枫娘。我师父几次三番要替你祖母报仇。一则他老人家业已五十余年未开杀戒,不便亲自下手除她。那淫妇又十分乖猾,始终遇不着机会,也是她的气数未尽。前些年在成都害人子弟,被峨眉派掌教夫人妙一夫人用飞剑将她腰斩,此仇业已替你报去,可不必报了。害死你父亲的,乃是华山派烈火祖师。将来你炼好天书,再去寻他算账吧。我师父看在你祖母分上,天书由你拿去。此书没有上函,仅学副卷中妖法,适以杀身。好在你师父怪叫花他已将上函得到,里面有中下两函的蝌蚪注释。师父命你努力修炼,将来他还有助你之处。我师兄师文恭被天狐二女用白眉针所

255

伤，本不致命，又被毒龙恶友绿袍贼所害，身遭惨劫。我随师父回山，便要去寻他们报仇。转告你师父，异日我师徒寻天狐二女报仇时，他休得再管闲事，以免彼此不便。"说罢，将手一挥，殿上神鬼尽退，满殿起了一阵青光，藏灵子师徒连大魔黄骕俱都踪迹不见。

原来魏青本是蜀南侠盗魏达之孙，仙人掌魏荃之子。魏达的妻子赛飞琼熊曼娘，乃是明末有名的女侠岷山三女之一。曼娘在岷山三女中班行第二，那两个一个是衡山金姥姥罗紫烟，还有一个是步虚仙子萧十九妹。那时三人约定誓不嫁人，一同拜在岷山玄女庙住持七指龙母因空师太门下学习剑术。因空师太教规，所收弟子不满十年，不能分发受戒。三人修行不到四年，刚将剑术练得有些门径，因空师太忽然静中悟透天机，定期圆寂，将三人叫来面前，给罗紫烟、萧十九妹每人一种道书。罗紫烟所得的是《越女经》，萧十九妹得的是一部《三元秘笈》，只曼娘没有传授什么。此时曼娘用功最为勤苦，资质也最好，见师父临去，别人都有传授，独她一无所有，漫说曼娘怨望，连罗、萧二人也觉师父对曼娘太薄。她三人本来情逾骨肉，罗、萧二人便帮她跪求。因空师太正在打坐，静等吉时到来飞升，连理也不理。三人跪求了半天，眼看时辰快到，曼娘已哭得和泪人一般。因空师太忽然叹了一口气，说道："你到我门中，平素极知自爱，并无失德，何以我此番临别对你一人独薄？此中实有许多的因果在内。逆数而行，爱你者适足以害你。你师姊妹三人，目前虽然曼娘较为精进，独她缘孽未断。我此时不肯另传道术，她此后下山遇见机缘，成就良姻，虽难参修正果，还可夫妻同享修龄，白头偕老。否则中途冤孽相缠，决无好果，所以不肯传授。现在你三人既苦苦相求，再要固拒，倒显得我真有偏心。如今聚首已无多时，我给曼娘留下八句偈语，两封柬帖，外面标明开视年月，到日先看第一封。不到时拆看，上面字迹便不能显出，休来怨我。如果第一封柬帖上所说冤孽你能避开，便照第二封柬帖行事，将来成就还在罗、萧二弟子之上。如其不能避开那场冤孽，执意还要照第二封柬帖行事，必有性命之忧。"说罢，便命曼娘取来纸笔，先封了两封柬帖装在锦囊以内，命曼娘收好。又留下八句偈语。三人未及同观，因空师太鼻端业已垂下两行玉筋，安然坐化。三人自是十分哀痛，合同将因空师太后事办完，仍在庙中居住。曼娘见那偈语上写道：

遇魏同归，逢洞莫入。鼎湖龙去，石室天宗。丹枫照眼，魔钉切骨。戒之戒之，谨防失足。

曼娘看罢，同罗、萧二人参洋了一阵，先机难测，只得熟记在心。

　　三人又在庙中住了两年，曼娘见罗、萧二人各按因空师太传授的道书用功，一天比一天精进。再看柬帖上日期，还有三年才到开视日期。因师父嘱咐，不到日期开视，便显不出字来，虽然心急，不敢冒昧开视。又加上罗、萧二人用功益勤，自己不便老寻二人作长谈，闲中无聊，未免静极思动，便想下山游玩一番。偏赶上罗、萧二人功候将成，俱都入定。曼娘也未通知二人，径自一人留了封书，独自离了玄女庙，下了岷山，到处游览山水，偶然也管几件不平之事。有一次由四川到云贵去，在昆明湖边遇见一个多年不见的女友，谈起浙江缙云县仙都山旁的鼎湖峰新近出了一个妖龙，甚是猖獗。曼娘久闻鼎湖峰介于仙都、步虚两山中间，笔立千寻，四无攀援，除了有道之人，凡人休想上去。峰顶有一湖，名叫鼎湖，乃是当年黄帝飞升之所，鼎湖峰之名，便由此而得。心想："我左右无事，何不去看一看这黄帝升仙的圣迹？就便能将妖龙除去，也是一件功德。"想到这里，便别了那个女友，转道往浙江进发。

　　这日行至闽浙交界的仙霞岭，那峰横亘闽浙交界，与江西相连，冈岭起伏，其长不下千里。山有五分之四属于浙境，五分之一为福建所辖。山中岩谷幽奇，不少仙灵窟宅。曼娘行过仙霞关，正值秋深日暮，满山枫林映紫，与余霞争辉。空山寂寂，四无人声，时闻泉响，与归林倦鸟互相酬唱，越显得秋高气爽，风物幽丽。曼娘忽然想取些泉水来饮，偏偏只听泉声，不见水源，便循声往前行走。转过两个岩角，还未看见溪涧，又往前走了一段，忽听路旁荒草堆中窸窣作响。曼娘好奇，恐有什么野兽潜伏草内，便取出宝剑，拨开那丛荒草一看，原来里面有一条长蛇和一只大龟正在交合。此时曼娘剑术虽未练到身与剑合，飞行绝迹，可是那柄宝剑已能发能收，取人首级于十里之外。这还未炼成气候的龟、蛇如何禁受得起，被曼娘无心中这一拨，竟将龟、蛇的头双双削落在地。曼娘因那蛇是一条赤红有角的毒蛇，乐得替人除害，并未在意，仍去寻那泉源。走不几步，猛觉身上有些困倦，神思昏昏，心中很不宁静，恨不能寻一个僻静处睡上一觉才好。

　　正在寻思，忽见前面树林中有青光在那里闪动。悄悄近前一看，那青光如龙蛇一般，正蜿蜒着从林中退去。曼娘不舍，跟踪追过树林，便见迎面有一个崖洞。那道青光一落地，便现出一个七八寸高的赤身小人，往洞中跑了进去。曼娘猜是深山中得道精灵所炼的金丹，如何肯轻易放过。恐把那东西惊动逃走,屏气凝神,轻脚轻手掩到洞旁。往里面一看,那崖洞只有丈许方圆深广,并没有退路。洞当中盘石上面,坐定一个五绺长髯、眉清目秀的矮小道人,身高不满三尺。这时那青光中的小人已经飞上道人头顶,眼看道人命门上倏地冒起一股白烟,滋溜溜将那小人吸收到命门内去了。曼娘见那道人虽然长得与人一般无二,可是身材瘦小得出奇,又加上所见小人的情形均和普通修道人修炼元神不一样,定是什么得道精灵。可惜自己来迟了一步,被那小人逃回了巢穴。再一看道人,仍然入定未醒,不由又起了希冀之想。打算掩到道人打坐的盘石后面潜伏,等他的元神二次出现,便将他躯壳搬开,使小人迷了归路,回不得躯壳,再用宝剑吓他,盘问他的根柢,以定去取。

主意打定,便趁道人闭目凝神之际,轻轻掩到他的身后,且喜道人丝毫没有觉察。在石后埋伏了一会,身上越觉软绵绵的,心内发烧,不大好受。正有些不耐烦,猛听道人头上响了一声,冒出一股白烟。先前那个小人,从道人命门内二次现身出来,化道青光,仍往外面飞去。曼娘算计小人去远,便起身走到前面,越看那道人形状,越觉可疑。曼娘艺高人胆大,也未暇计及利害,一面拔出手中剑以防万一,伸出左手,想将道人身躯夹起,藏到别处去。先以为那道人矮小身轻,还不一夹便起,并没有怎么用力。及至夹了一下,未将道人夹起,才觉有点惊异。单臂用力再夹,道人仍是坐在那里,丝毫未动。惹得曼娘性起,不但不知难而退,反将剑还匣,将两手插入道人胁下,用尽平生之力往上一提,仍是如蜻蜓撼石柱一般。正打算用力再提,忽见脑后青光一闪,连忙回身一看,适才飞出去的那道青光业已飞回。曼娘猛地心中一动,急忙舍了道人,拔出匣中宝剑迎上前去,想将那小人擒住。那小人见曼娘举剑迎来,并不避让,反带着那道青光迎上前来,飞离曼娘丈许以外,便觉寒气逼人。曼娘才知不好,忙运一口真气,将手一扬,手中剑化成一道白光飞将出去。只见自己飞剑和那青光才绞得一绞,猛觉神思一阵昏迷,迷惘中好似被人拦腰抱住,顷刻间身子一阵酸软,从脚底直麻遍了全身,便失去了知觉。

等到醒来,觉着浑身舒服,头脑有些软晕晕的,如醉了酒一般。那个矮小道人却愁眉苦脸地站在旁边,呆望着自己。洞外满山秋阳,业已是次日清晨。曼娘猛一寻思梦中境况,知道中了妖人暗算,又羞又怒,也不发言,飞起手中剑,便和道人拼命。那道人将手一招,便将曼娘飞剑收去。曼娘自知不敌,惟恐二次又受污辱,不敢上前,眼含痛泪,往岩石上便撞,打算寻一自尽。

谁知身子竟如有人在后拉着似的,用尽平生之力,休想挣脱。又想逃走,依然是一样寸步难移。曼娘见求生不得,求死不能,越发痛恨冤苦,指着道人破口大骂。那道人也不还言,等到曼娘咒骂得力竭声嘶,才走近前来,对曼娘说道:"熊姑娘休得气苦。你打开你师父的柬帖,便知此中因果了。"曼娘闻言大惊道:"贼妖怪,你还敢偷看我师父的柬帖么?"那道人道:"我先前要早看见你师父的柬帖,还不致害了人又害自己,铸这千载一时的大错呢。我因适才做了错事之后,非常后悔,想知你的名姓来历,以为异日赎罪之地,用透视法看了柬帖上的言语罢了。"曼娘知道着急也无用,连忙取出柬帖。先看第一封柬帖上所写的开视年月,屈指一算,正是本日。只因这两年在外闲游,不知不觉把光阴混过,前几日自己还算过日期快到,不知怎的会忘了就在眼前,所幸还没有错过日期。不由又喜又忧,两手战兢兢打开来细看。上面写道:

> 汝今世孽缘未尽,难修正果,姑念诚求,为此人定胜天打算,预留偈语,以儆将来。此柬发时,汝当在仙霞关前,误遇云南孔雀河畔修士藏灵子,了却五十年前一段公案。如能避过此劫,明年重阳日再开视第二柬帖,当示汝以旷世仙缘。否则,当遇一熊姓少年,同完宿姻,夫妻同享修龄。欲归正果,须隔世矣。汝失元阴,实因宿孽。藏灵子成道多年,久绝尘念,彼此均为数弄。汝非藏灵子,前生只一孔雀河畔洗衣番女耳,今生尚不能到,何况来世。从此努力为善,他生可卜,勿以无妄之孽,遽萌短见也。某年月日,留示弟子熊曼娘。师因空。

曼娘读罢柬帖,猛想起师父偈语上曾有"逢洞莫入"之言,痛恨自己不该大意多事,闹得败道辱身,不由又放声大哭起来。

藏灵子叹息道:"曼娘休得悲伤,且请坐下,容我说你前生的因果,便知因空师太柬帖上所说的孽缘了。我的母亲本是甘肃一家富户之女,因随父母入滇朝佛,被我父亲抢往天灵山内强逼成亲。我外祖父母武功很好,一见女儿被人抢去,约请了许多能人,将我父亲打死,将我母亲救回。我母亲和我父亲虽然成婚只得几天,却已有了身孕。回家以后,因为已经失身,立志不再嫁人。外祖父颇以为然。偏偏外祖母不久死去,我外祖父原有一个侧室,便扶了正。我母亲受不了她的苦楚,先还想生下一儿半女,可以有个指望。谁知这身孕怀了一年零六个月才得分娩。我下地时节,周身长着很长的白毛,从头到脚长才五六寸,简直不像人形。我母亲一见,当时气晕过去,又加产后失调,当时虽然醒转,第三天便即身死。外祖父和他的侧室,口口声声说我是妖怪骨血,我母亲一死,便命人将我抱出去活埋。我被埋在土内过了七天,因为生具我父亲遗传的异禀,不但不曾死,第七天上反从土里钻了出来。也是仙缘凑巧,恰好我恩师天师派鼻祖姜真人走过,听见坟堆里小儿啼声,将我救往孔雀河畔。我恩师因飞升在即,门下弟子虽多,无一人够得上承继道统。见我根基骨格不似寻常,非常高兴,特为我耽误二十年飞升,传我衣钵。及至二十年期满,他老人家飞升之时,将我一人召至面前,说我根基禀赋虽好,可惜受我父遗传性,孽根未断,早晚因此败道。嘱咐我把稳小心,又传我许多道法,才行圆寂。我因记着师父言语,从来处处留神,对于门下教规也甚严。

"又过三十年,有一天走在孔雀河畔闲游,看见一个穷人家内,有一个小女孩子才三四岁,长得十分秀美可爱。我不时给她家钱米食物,只不过素性喜爱小孩子,并无别意。那女孩极愿意要我抱着她引逗玩耍。一晃眼过了十几年,偏那女孩又与我长得一般高矮。那一带地方的人,都奉我犹如神明。那里佛、道两教中,均不禁娶妻。她父母受我恩惠,几次想将这女孩嫁我,这女孩心中也极愿意。我当然执意不肯,不和那女孩见面了。那女孩由此竟得了相思之症而死。她死后第三天,忽然有一个十八九岁的幼年牧童自刎在她的墓前。彼时我因恐那女孩向我纠缠,正在外云游,回来问起此事,才知那女孩恋着我,那牧童却恋着她,两人同是片面相思,为情而死。可惜我回去晚了两月,两人尸骨已朽,无法返魂回生了。

"这件事我藏在胸中已有多年。因为听说仙霞岭新近出了许多成形灵药,前来采取。叵耐这些灵药已然通灵,非常机警,得之不易。我在此等了多日,每日用元神出游前去寻找,不想你会跟踪到此。起初我见你跑来,本不愿多事。偏你不解事,竟存心想不利于我。我见你枉自学会剑术,连如今最负盛名的三仙、二老、一子、七真的形状都不打听打听。别人还可,惟独我藏灵子的形貌最是异样,天下找不出有第二个似我矮瘦的人,你竟会不知道。起初原是好意,想借此警戒警戒你。没料到你在前面误斩龟、蛇,剑上沾了天地交泰的淫气,我用元神夺你的飞剑,连我也受了沾染。两人都一时把握不住,才铸成这番大错。如今事已至此,你徒死无益。依我之见,你不如照因空师太柬帖上所言行事,如有用我之处,我必尽力相助。"

曼娘被藏灵子再三苦劝,虽然打消了死意,一想到自己业已失身,天灵子又是一个道行高深的人,莫如将错就错嫁给了他,倒省得被人轻视耻笑。想到这里,不禁脸红起来,不好意思当面开口。正在为难,藏灵子业已看出她的心意,深恐她在此纠缠,只得想了一个脱身之计:骗曼娘服了一粒坐忘丹,暗中念咒施法,等曼娘昏迷在地,径自去了。曼娘服了坐忘丹以后,觉得两眼昏昏欲睡,一会工夫便在石上睡着。等到醒来,见自己身卧崖下石洞之内,手中拿着师父一封柬帖,甚为诧异。这时曼娘中了藏灵子法术,把适才之事一齐忘却,只记得自己斩罢龟、蛇,便觉身软欲睡,什么时候跑到这崖洞里来睡着,一些也想不起来,身上也不觉着异样。一看柬帖上言语,当日正是开视日期,上面所说的一丝也解不开。又想:"这藏灵子是谁?照柬帖上所说,我与他尚有孽缘,如何在开视柬帖以前并未遇见?莫非我已躲过此劫,只需再躲过那个姓熊的,便可得道了?"想到这里,反倒高兴起来,却不知业已中了人家的道儿。起来整整衣服,便出洞寻路,往鼎湖峰走去。走出前面那片树林,便离适才误斩龟、蛇之处不远,猛见那丛荒草又在那里晃动。心想:"莫非又有什么怪东西在这里潜藏?"刚往前走了十几步,忽听荒草丛里扑哧扑哧响了两声,倏地跳出一个浑身漆黑、高才尺许的小人,肩头上背着两片碧绿的翠叶,见了曼娘,飞一般往前逃走。

曼娘正觉稀奇,一听荒草里又在响动,探头一看,正是适才误斩的那只大龟居然活了转来。那条死蛇业已不知去向,只泥里现出一线蛇印非常明显。曼娘因那龟并不伤人,正待寻找毒蛇踪迹,猛想起:"以前听师父说过,深山之中常有肉芝、何首乌一类的仙草,日久年深,炼成人形出游,如能得到,便可长生。适才见那小人,莫非便是成形肉芝之类? 这龟、蛇是沾了它的灵气,所以能起死回生?"想到这里,顾不得再看龟、蛇死活,忙往那黑小人逃走的方向看去。且喜那小人虽然行动甚快,无奈腿短,还没有跑出多远,便舍了龟、蛇,往前追赶。追越过了两个山坡,两下里已相隔不远。那小人回头一看,见曼娘追来,口中发出吱吱的叫声,益发往前飞跑。跑来跑去,又跑过一个山坡,那小人忽然往一丛深草里钻了进去,便即不见。曼娘纵进草丛中一看,别处的草都已枯黄,惟独这里的丛草却是青青绿绿得非常肥茂。越猜想是灵药生长之地,便揣测着小人跳落之所,往前寻找。找到乱草中心,忽见草地中有三尺见圆一块空地,寸草不生,当中却生着一棵形如灵芝的黑草,亮晶晶直发乌光。曼娘不由高兴得脱口惊呼道:"在这里了!"

言还未了,黑芝旁边一棵碧油油的翠草,忽然往地下钻去。曼娘心中着急,探身往前一把未抓住,只随手撕下半片翠叶来。眼看那一棵翠草没入土中,转眼消逝。再看手上这半片翠叶,形如莲瓣,上头大,底下小,真是绿得爱人。虽然不知名字,既能变化,定是仙草无疑。悔不该出声惊动,被它遁去。且喜那一棵灵芝仍在那里未动,惟恐又像那棵翠草遁走,悄悄移步近前,将半片翠叶先收藏怀中。一手先抓紧了近根处不放,一手解下宝剑,恐剑伤了它,只用剑匣去掘那周围的泥土。掘下去有三四尺光景,渐渐露出一个小人头,越发加了小心。一会工夫现出全身,果然那黑芝的根上附着一个小人,耳鼻口眼一切与人一般无二,只颜色却是绿的,并不似先前小人那般乌黑。曼娘以为是适才自己眼花看错,未暇寻思,灵药到手,欢喜得要命。这一棵黑芝通体长有五尺,下黑上绿,长得非常好看。曼娘正拿在手上高兴,猛听身后呼呼风响。回头一看,身后深草起伏如波浪一般,有一道红线,红线头上骑着一个黑东西,像箭一般从草皮上蹿了过来。

第九十二回

生死故人情　更堪早岁恩仇　忍见鸳鸯同并命
苍茫高世感　为了前因魔障　甘联鹣鲽不羡仙

　　曼娘定睛一看,喊声:"不好!"幸喜宝剑在手,连忙甩脱了剑鞘。说时迟,那时快,剑刚出匣,那东西已往曼娘头上蹿了过来。曼娘更不怠慢,将脚一垫,纵身往横里斜蹿出去。就势起手中剑往上一撩,一道白光过处,往那东西的七寸子上绕了一绕,饭碗大一颗蛇头直飞起有十几丈高下。那一段蛇身带着一阵腥风,赤鳞耀目,映着日光,像一条火链般,从曼娘头上飞蹿出去有数十丈远近,才行落地。曼娘起初闻风回视,见那蛇头上骑着一个黑东西,好像适才见的黑小人。斩蛇之后再去寻找,已不知去向了。细看那条大蛇,与前一次误斩龟、蛇所见的那一条一般无二,七寸子下面还有接续的创痕。知道这种红蛇,其毒无比,恐它复活害人,不管它是先前那条蛇不是,挥动宝剑,先将它连头带身切成四截,重又一截一截地斫成无数小段,才行住手。觉得手上有些湿乎乎的,低头一看,手上的黑芝根上的成形小人,不知怎的被曼娘无心中碰断了一条臂膀,流出带浅碧色的白浆来。曼娘以为灵药可惜,便就着小人的断臂处去吮吸,入口甘甜,一股奇香刺脑欲醉。喜得曼娘还要口中用力去吸时,忽然觉得一阵头晕眼花,心中作恶,两太阳穴直冒金星,一个支持不住,倒在就地,不省人事。
　　及至醒来一看,自己身子睡在一个崖洞窝铺之内,旁边坐着一老一少两个猎人。老的一个正坐在一个土灶旁边,口中吸着一根五六尺长的旱烟袋,不时用手取些枯枝往灶里头添火。长着一脸胡须,目光炯炯,看上去身材非常高大,神态也极硬朗。年轻的一个生得虎背熊腰,英姿勃勃,身上还穿的是猎人打扮。坐在老猎人侧面,面前堆着十几个黄精和芋头,手中拿着一把小刀,正在那里削个不停。四周壁上,满张着虎豹豺狼野兽的皮,同各种兵器弓弩之类。曼娘不知怎的会得到此,心中惊异。正待从卧处起来,猛觉周身一阵奇痛,四肢无力,漫说下床,连起身也不能够。那两个猎人闻得曼娘在床上转动，年轻的一个便喊了一声爹爹，朝铺上努了努嘴。老年猎人便走了过来，对曼娘道："姑娘休要转动，你中毒了。所幸你内功甚好，又得着了半片王母草，巧遇见我儿子打猎经过，将你背回，我就用你得来的那半片王母草将你救了转来。如今你元气大亏，至少还得将养三四个月才能下地。要想身体还原，非半年以上不可。我已叫我老伴给你去寻药去了，如能再得两片王母草，你痊愈还要快些。你现时劳不得神，先静养些时，有话过些日子再说吧。"

那少年猎人也走过来插口道："爹爹如此说法，叫姑娘怎得明白？我们原是四川人，因为有一点事，将我父母同我逼到外乡来。我父亲会配许多草药，知道仙霞岭灵药甚多，特意来此寻采。我最喜欢打猎，昨天到前岭去打猎回来，忽见草地里有一颗断了的大蛇头，心中奇怪。暗想：'这种大毒蛇，能将它除掉，必是个大有本领之人无疑。'正想着往前走，又看见无数断碎蛇身，我便跟踪寻找。见姑娘倒在地上，业已死去，手中拿着一株仙人蓲和半片王母草。我原认不得这些灵药。因见姑娘那柄宝剑非常人之物，那蛇定是被姑娘所斩，以为姑娘斩蛇后中了蛇毒。我佩服姑娘有这么大本领和勇气替世人除害，见姑娘胸前还有热气，我爹爹所配灵药能起死回生，才将你背了回来救治。我爹爹说你所中并非蛇毒，乃是把仙人蓲这种毒药，错当作了灵芝服了下去。所幸你内功根柢很深，当时并未身死；又加上你得的那半片王母草，乃是千年难逢的灵药，能够起死回生。我爹爹先用王母草给你服下，又用家藏的灵药与你救治。因为缺少一样药草做引子，我母亲到后岭寻找去了，还未回来。我父子虽是采药的猎人，并不是下流之辈。姑娘如家乡甚近，等母亲回来，服完了二次药，给你收拾出地方住上几天，等医得有些样子，我们才敢送你回家去。如果离家甚远，只好等在我家养痊愈了再走。我知姑娘事起仓猝，又和我们素昧平生，必定急于知道我父子的来历，所以才冒昧对你说明。爹爹说姑娘不能劳神，最好照我的话，无须回答。这是性命攸关，请你不要大意，越谨慎小心越痊愈得快。"

曼娘闻言，才明白了一个大概。心中最惦记的是自己的一口宝剑，见挂在铺旁，没有失落，才放了心。因神弱力乏，略一寻思，心内便觉发慌，太阳穴直冒金星，头痛欲裂。又见这两个猎人言语诚挚，行止端正，事已至此，只得接受人家好意，由他医治。心中还想说几句感恩道谢的话，谁知气如游丝，只在喉中打转，一句也张不开口来。才知人家所说不假，只得将头冲着这两个猎人微点了点，算是道谢，便即将双眼闭上养神。不多一会，又昏迷过去。

　　过了一阵，觉着有人在扶掖自己，睁眼一看，业已天黑。那少年猎人手中拿着一把火炬，一手捧着一个瓦罐，站在铺前。一个白须如银的年老婆子，一手扶着自己的头，用一个木瓢去盛那瓦罐里的药，一口一口正给自己喂灌呢。那老婆子见曼娘醒来，笑说道："姑娘为世人除害，倒受了大伤了。"说罢，伸手到曼娘被内摸了摸肚皮，说道："姑娘快行动了。"那少年猎人闻言，便将火炬插在山石缝中，捧过来一大盆热水，又取了一个瓦钵放在当地，随即退身出去。少年猎人走后，曼娘也觉着肚内一阵作痛，肠子有东西绞住一般，知要行动，便想揭被下地。偏偏身子软得不能动转，手足重有千斤，抬不起来。那老婆子道："姑娘不要着急，都有老身呢。"说罢，先将风门关好，回转身揭开曼娘盖被，先代曼娘褪了中小衣，一手插入曼娘颈后，一手捧着曼娘两条腿弯。曼娘正愁她上了年岁抱不起来，谁知那老婆子力气颇大，竟和抱小猫一般将曼娘捧起。刚捧到瓦钵上面，曼娘已忍耐不住，扑嘟连声，尿屎齐来，撒了一大瓦钵，奇臭无比。顿时身上如释重负，心里轻松了许多。那老婆子给曼娘拭了污秽，将曼娘捧到床上，也不给她衣服，用被盖好，然后端了瓦钵出去。

　　一会工夫，听得老婆子在外面屋内说话，隐约听得那少年猎人说："妈，你不要管我，少时我打地铺就是。救人一命，胜造七级浮屠呢。"那老婆子道："平时我吃素，你还劝我，每日专去打猎杀生，这会又慈悲起来了。她又是个女的，毒中得那么深，有的地方，你和你爹爹又不能近前给我帮忙。偏你这孝顺儿子，会想法磨我老婆子一人。"那少年猎人又说了几句，并未听真。又听得那老婆子道："妈逗你玩的。我天天想行善修修来世，如今天赐给我做好事的机会，还偷懒吗？她如今刚行动完了，药汤也太热，略让她缓缓气，再给她洗吧。只是你爹爹说，由此每日早晚给她服药、洗澡、行动得好几天，要过十几天，毒才能去尽呢。"那少年猎人道："诸事全仗妈救她，少时给她洗澡以后，我到底是个男子，虽说行好救人，恐防人家多心，我就不进去了。"那老婆子又道："我说你这孩子，虎头蛇尾，做事不揩屁股不是？你怎么给我抱回来的？这会又避起嫌疑来了，只要心里头干净，我们问心无愧，怕些什么？女人家长长短短，当然不能叫你在旁边。她这十几天服药之后，身子一天比一天软，白天不说，晚上扶她起来用药，我一个人怎忙得过来？"那少年猎人闻言，没有言语。

　　那老婆子随即走了进来，先摸了摸当地的木盆。又待了片刻，才走过

265

来,将曼娘仍又捧起,放到木盆里面。曼娘闻得一阵药香,知道木盆中是煮好了的药汤。那老婆子先取盆内药渣给曼娘周身揉搓,末了又用盆中药汤冲洗周身。曼娘浑身少气无力,全凭老婆子扶掖搓洗了个够,用盆旁干净粗布擦干,捧上床去。那婆子又取过一套中小衣,对曼娘道:"姑娘衣服不能穿了,这是老身两件粗衣服,委屈点将就穿吧。"曼娘见那老婆子生得慈眉善目,偌大年纪,竟这样不惜污秽,殷勤服侍自己。想起自己幼遭孤零,从未得过亲人疼爱,纵横了半生,却来在这荒山僻地死里逃生,受人家怜惜,觉着一阵心酸,只流不出眼泪来。暗想:"猎家父母儿子三人,俱都有如此好心,见义勇为。将来好了,必定要肝脑涂地,报答人家才好。"又想起适才听得他母子在外屋的对答,难得那少年猎人也这样行止光明。又见他家陈设简陋,并住在崖洞窝铺之中,必是个穷苦猎人,让人如此费神劳顿,越想越过意不去。最难受的是,心中有一万句感恩的话,一句也说不出来。

正在胡思乱想,那老婆子已是觉察,便用手抚摸曼娘道:"姑娘休要难受,你想心思,我知姑娘有话说不出来,但是不要紧的,我们都猜得到。有什么话,身体好了说不一样吗?别看我们穷,不瞒姑娘说,如今我们并不愁穿吃,只为避人耳目,外面现些穷相罢了。"言还未了,便听外屋有人说话道:"姑娘受毒甚重,劳不得神,你少说几句吧。"那老婆子闻言,当即住了口,只劝曼娘不要过意不去,安心调养。曼娘一听外面是那老猎人口音,语气好似警戒老婆子不要多口。明白他是怕老婆子说溜了口,露出行藏。猜这一家定非平常之辈,苦于开不得口,没法问人家姓名,只得全忍在心里。一会工夫,少年猎人从外面捧了一碗东西进来,站在床前。那老婆子道:"别的东西姑娘吃不得,这是煮烂了的黄精,姑娘吃一点吧。"说罢,仍由老婆子扶起曼娘的头,从少年猎人手中一勺一勺地喂给曼娘吃。曼娘舌端发木,也吃不出什么滋味来。那老婆子也不给曼娘多吃,吃了五六勺,便命端走。到了半夜,曼娘又行动了几次,俱都是老婆子亲身扶持洗擦。曼娘虽然心中不忍,却也无奈。

照这样过了有七八天,俱是如此。只泻得曼娘精力疲惫,气如游丝。幸而老猎人一面用泻药下毒,一面还用补药提气。不然的话,任曼娘内功多好,也难以支持。直到第九天晚间才住了泻。那老猎人进屋对曼娘道:"恭喜姑娘,今天才算是脱了大难了!"曼娘因遵那猎人一家吩咐,自从中毒以来,一句话也未说过,想说也提不上气来。这几日服药大泻之后,虽然身子一天比一天软弱,心里却一天比一天舒服,不似前些日那样时时都觉如同虫咬火烧了。当晚又喝了一碗黄精和稻米煮的稀饭，由此便一天比一天见好。又过了五六天，才能张口说话。见这一家子对她如此恩义，尤其是那少年猎人对她更是体贴小心，无微不至，把曼娘感激得连道谢的话都说不出口。

谁知曼娘病才好了不到两月，刚能下地走动，那老婆子忽然有一晚到外面去拾枯枝，从山崖上失足跌了下来。等到她儿子到城镇上去买米盐回来救转，业已震伤心肺，流血太多，眼看是无救的了。不但老猎人父子十分悲痛焦急，就是曼娘受人家救命之恩，偌大年纪那般不避污秽，昼夜勤劳，自己刚得起死回生，还未及图报大恩，眼睁睁看她就要死去，也是伤心到了极处。偏偏福无双至，祸不单行。那老婆子命在垂危之际，那老猎人夫妻情长，还想作万一打算，吩咐儿子在家服侍，自己带了兵刃出去，希冀也能寻着一点起死回生的灵药，救老伴的性命。老猎人走后，那少年猎人也和曼娘都守在老婆子铺前尽心服侍，希望老猎人出去能将灵药仙草寻了回来。曼娘更是急得跪在地下叩祷神佛默佑善人，不住口许愿。那老婆子看曼娘情急神气，不由得现出了一脸笑容，将曼娘唤到面前，说道："姑娘你太好了！我要是有你这么一个……"说到这句，忽然停了口，望了那少年猎人一眼，又深深地叹了一口气。曼娘心中正在烦愁，当时并未觉出那老婆子言中深意。直到天黑，还不见老猎人回转，那少年猎人与那老婆子都着急起来，老婆子不住口地催少年猎人去看，少年猎人又不放心走，好生为难。老婆子见少年猎人不去，便骂道："不孝畜生！你还是只知孝母，不知孝父吗？再不走，我便一头碰死！"曼娘见老婆子生气，便劝少年猎人道："恩兄只管前去，你娘便是我娘，我自会尽心服侍的。"那少年猎人又再三悄悄叮嘱曼娘，除了在旁伺候外，第一是不能离开此屋一步。说罢，眼含痛泪，连说几声："妈妈好生保重，儿找爹爹去，就回来。"才拿了兵刃走去。

曼娘所说原是一句无心之言，少年猎人才走，那老婆子便把曼娘喊至床前，说道："好儿，你将才对我儿说的话，是真的愿喊我做娘吗？"曼娘闻言，不由心中一动，猛想起老婆子适才之言大有深意，自己受人深恩，人家又在病中，匆促之间，不知如何答对才好。刚一沉吟，那老婆子已明白曼娘心中不甚愿意，便把脸色一变，叹了口气，低头不语。曼娘半晌才答道："女儿愿拜在恩公恩母膝下，作为螟蛉之女。"这时老婆子越发气喘腹痛，面白如纸，闻得曼娘之言，只把头摇了摇，颤声对曼娘道："你去与我汲一点新泉来。"曼娘连日也常在门前闲眺，知道洞前就有流泉，取了水瓢就往门外走去。才一出门，好似听见老婆子在床上辗侧声响，曼娘怕她要下床走动，连忙退步回身一看，那老婆子果然下地，用手摘下墙上一把猎刀正要自刎。曼娘大吃一惊，一时着急，顾不得病后虚弱，一个箭步蹿上前去，抓住老婆子臂膀，将刀夺了下来，强掖着扶上床去。这时老婆子颈间已被刀锋挂了一下，鲜血直往下流，累得曼娘气喘吁吁，心头直跳。那老婆子更是气息仅存，睁着两只暗淡的眼睛，望着曼娘不发一言。曼娘略定了定神，不住口地劝慰，问老婆子何故如此，老婆子只不说话。

　　曼娘正在焦急，忽听门一响处，那少年猎人周身是血，背着老年猎人半死的身躯跑了进来。那老婆子见老年猎人头上身上被暗器兵刃伤了好几处，好似早已料到有这场事似的，对少年猎人道："他也快死了吧?"少年猎人眼含痛泪，微点了点头。老婆子微笑道："这倒也好，还落个干净，只苦于他不知道我的心。"曼娘正忙着先给老年猎人裹扎伤处，老婆子颤声道："那墙上小洞里有我们配的伤药，先给我儿子敷上伤处吧。他同我都是活不成的了。"曼娘见那婆子同少年猎人对那老年猎人都很淡漠，那老年猎人周身受了重伤，躺在铺上，连一句话都不说，好生奇怪。三个恩人，除了身带重伤，便是命在旦夕，也不知忙哪一头是好，听老婆子一说，只得先去给那少年猎人治伤。这时少年猎人业已舍了老年猎人，跪伏在老婆子面前，见曼娘过来给他敷药，便用手拦阻，请曼娘还是去给老年猎人敷治。言还未了，老婆子忽然厉声道："忤逆儿! 你知道这人已活不成了吗? 做这些闲事干什么? 我还要你裹好伤，去将他寻来与我见上一面呢。"说时，用力太过，少年猎人一眼看见老婆子颈间伤痕，忙道："妈又着急了吗? 孩儿准去就是。适才也请过，无奈他不肯来，愿意死在前面坡上。爹又在重伤，只得先背了回来。"说罢，便任曼娘给他裹好了伤处，咬牙忍痛，往外走去。

　　去了不多时，又背进一个道装打扮老年人来，额上中了支镖，虽然未死，也只剩下奄奄一息了。那老道先好似怒气冲冲不愿进来似的，及至一见老婆子同老年猎人都是命在旦夕的神气，忽然脸色一变，睁着一双精光照人的眸子，长啸一声道："我错了!"说罢，挣脱少年猎人的手，扑到床前，一手拉着老婆子，一手拉着老年猎人，说道："都是我不好，害了你们二人。现在业已至此，无法挽救，你们两人宽恕我吧。"那老婆子道："仲渔，这事原是弄假成真。你报仇，恨我们二人，原本不怪你，只是你不该对你儿子也下毒手。他实在是你的亲生骨肉，我跟老大不过是数十年的假夫妻。我临死还骗你吗? 你去看他的胸前跟你一样不是?"那道人一闻此言，狂吼一声，也不知从哪里来的神力，虎也似的扑到少年猎人身旁，伸手往那少年猎人胸前一扯，撕下一大片来，又把自己胸前衣服撕破一看，两人胸前俱有一个肉珠，顶当中一粒血也似的红点。那道人眼中流泪，从身上取了一包药面，递与少年猎人，指着曼娘道："快叫你妻子给你取水调服。幸而我还留了一手，不然你更活不成了。"

说罢，转身厉声问老婆子："何不早说？"那老婆子道："那时你性如烈火，哪肯容我分辩？举刀就斫。我又有孕在身，如不逃走，岂不母子性命一齐断送？我离了你之后，受尽千辛万苦，眼看就要临盆分娩，我又在病中，无可奈何，只得与老大约法三章，成了名义上的夫妻。三十年来，并未同过衾枕。老大因听人说你拜在欧阳祖师门下，炼下许多毒药喂制的兵刃暗器，要取我全家的性命，我们只好躲开。谁知你事隔三十年，仍然仇恨未消。今早我在前山崖上看见一个道人，认出是你，心中一惊，失足跌了下来。偏老大见我伤重，趁我昏晕之际，想出去采来仙草，救我残生。等我醒来，想起你二人相遇，必定两败俱伤，知道追老大回来也来不及。又恐你连我儿子也下毒手，所以不叫达儿前去探望。后来实实忍耐不住，才叫达儿前去寻找你二人的尸首。不想你毕竟还是对他下了毒手。想起我三人当初曾有'不能同生，但愿同死'之言，今日果然应验了。"说罢，又喊曼娘近前道："我知姑娘看不中我的儿子，不过他现中腐骨毒刀，虽然他父亲醒悟过来，给了解药，没有三月五月，不能将养痊愈。请姑娘念我母子救你一场，好歹休避嫌疑，等我三人死后，将尸骨掩埋起来，照料我儿好了再走。我死在九泉，也感激你的恩义。"曼娘正要答言，那老婆子已气喘汗流，支持不住，猛地往后一仰，心脉震断，死在床上。接着便听老年猎人同那道人不约而同地齐声说道："淑妹慢走，我来也！"言还未了，那道人拔出额上中的一支铁镖，倒向咽喉一刺。那老年猎人一见，猛地大叫一声，双双死于非命。

那少年猎人见他母亲身死，还未及赶奔过去，一见这两人也同时身死，当时痛晕过去。曼娘着了一会急，也是无法，只得先救活人要紧。当下先从少年猎人手上取了解药，给他用水灌服之后，先扶上床去。再一搜道人身畔，还有不少药包，外面俱标有用法，便放过一旁藏好。因那老婆子对她独厚，想趁少年猎人未苏醒前，给她沐浴更衣，明早再和少年猎人商议掩埋之计。走到她身前一看，那老婆子虽然业已咽气好一会，一双眼睛却仍未闭，眼眶还含着一泡眼泪。曼娘用手顺眼皮理了理，仍是合不上去。知她恐自己丢下少年猎人一走，所以不肯瞑目，便轻轻默祝道："难女受恩父恩母救命之恩，无论如何为难，也得将恩兄病体服侍好了，才能分手；不然，还能算人

269

吗?"谁知祝告了一阵,那老婆子还是不肯闭眼。曼娘无法,只得先给她洗了身子,换过衣服,再打主意。正在动手操作,忽听床上少年猎人大喊一声道:"我魏达真好伤心也!"说罢,哇的一声大哭起来。曼娘心中一动,连忙过去看时,那少年猎人虽然醒转,却是周身火热,口中直发谵语。知他身受重伤,一日之间连遭大故,病上加病,暂时绝难痊愈。安葬三人之事,再过几日,说不得只好自己独自办理了。便随手取了两床被,为少年猎人盖上。

回身又来料理老婆子身后之事,见她目犹未瞑,暗想:"自己初被难时,因口中不能说话,没有问过他们姓名。后来自己身子逐渐痊可,一向称他们恩父、恩母、恩兄,虽然几次问他们,俱不肯实说,只含糊答应。今日听那少年猎人梦中之言,才知他家姓魏。师父柬帖上说,我和姓魏的本有前缘,偏偏我又受过人家深恩。如今老两口全都死去,只剩他一人带有重伤,还染病在床,弃他而去,他必无生理;如留在此地,他又非一时半时可以痊愈。孤男寡女常住一起,终是不便。自己一向感激他的情义,凡事当退一步想:我如不遇他救到此地,早已葬身虎狼之口,还向哪里去求正果?如今恩母死不瞑目,定是为她儿子牵肠挂肚。何不拼却一身答应婚事,既使死者瞑目,也省得日后有男女之嫌?虽然妨碍修道,师父遗言与柬帖上早已给自己注定,自己天生苦命,何必再做忘恩负义之人?"想到这里,不由一阵心酸,含泪对老婆子默祝道:"你老人家休要死不瞑目,你生前所说的话,我答应就是。"说罢,那老婆子果然脸上微露出一丝笑容,将眼闭上。

这时曼娘心乱如麻。既已默许人家,便也不再顾忌。替老婆子更衣之后,又将老年猎人同道人尸身顺好。先将自己每日应服的药吃了下去,又烧起一锅水来。重新打开那些药包,果然还有治毒刀伤外用之药,便取了些,为少年猎人伤口敷上。那少年猎人时而哭醒,时而昏迷过去。幸喜时届残冬,山岭高寒,不愁尸身腐烂。直到第三天上,少年猎人神志才得略微清楚。重伤之后,悲痛过甚,又是几次哭晕过去。经曼娘再三劝解,晓以停尸未葬,应当勉节哀思,举办葬事。那少年猎人才想起,这几天如非曼娘给自己服药调治,也许自己业已身为异物。又见她身子尚未全好,这样不顾嫌疑,劳苦操作,头上还缠着一块白布,越想越过意不去,当时便要起身叩谢。曼娘连忙用手将他按住道:"当初你救我,几曾见我谢来?如今还不是彼此一样?你劳顿不得,我已痊愈,你不要伤心,静养你的,凡事均由我去办,我就高兴了。我衣包中还有几十两银子,现在父母尸骨急于安葬,只需说出办法,我便可以代你去办。"少年猎人也觉自己真是不能转动,又伤心又感激,只得说道:"由南面下山三十余里,走出山口,便见村镇。银子不必愁,后面铺下还有不少。就烦恩妹拿去,叫镇上送三口上等棺木来,先将三老入殓。等愚兄稍好,再行扶柩回川便了。"

曼娘又问少年猎人可是姓魏?少年猎人闻言,甚是惊异。曼娘又把他梦中谵语说出,少年猎人才道:"我正是魏达。我生父魏仲渔便是那位道爷。我寄父也姓魏,名叫魏大鲲,便是给你治伤的老年猎人。此中因果,只再说一个大概。当初我母亲和我生父、寄父全是铁手老尼门人。我生父是铁手老尼的亲侄子。我寄父虽然姓魏,却是同姓不同宗。我母亲原和寄父感情最好,叵耐铁手老尼定要我母亲嫁给我的生父,我母亲遵于师命,只得嫁了过去。两三年后,便有了身孕。我父亲素性多疑,见我母亲嫁后仍和寄父来往,老是有气,因为是同门至好,不便公开反目,含恨已非一日。我母亲也不知为了此事受过多少气。偏我寄父感情太重,见我母亲未嫁给他,立誓终身不娶,又时常到我家去看望。这日正遇上我父亲奉师命出了远门,那晚又降下了多少年没有下过的大雪,所居又在深山之中,除了飞行绝迹的剑仙万难飞渡。我母亲和我寄父无法,只得以围棋消遣,坐以待旦。第二日天才一亮,寄父便要回去,偏我母亲要留他吃了点心再走,这一吃耽误了半个多时辰。出门时正赶上我父亲冒着大雪回来,到家看见我母亲正送寄父出来,因在原路上并没见雪中有来的足印,知我寄父定是昨夜未走,起了猜疑。当时不问青红皂白,拔出兵刃就下毒手。我母亲同寄父知道事有凑巧,跳在黄河也洗不清,只得暂顾目前,避开当时的凶险,日后等我父亲明白过来,再和他说理,于是二人合力和我父亲交手。要论当时三人本领,只我母亲已足够我父亲应付,何况还有我寄父相助。不过二位老人家并不愿伤我父亲,好留将来破镜重圆地步,只图逃走了了事。偏我父亲苦苦追赶,拼死不放,口里头又辱骂得不堪入耳。眼见追到离师祖住的庙中不远,恐怕惊动师祖出来袒护,虽然心中无病,形迹却似真赃实犯,分诉不清,师祖性如烈火,绝难活命。我母亲只图避让,不肯还手,一个不留神,被我父亲用手法打倒。寄父急于救我母亲,趁空用暗器也将我父亲打倒,将我母亲救走。我母亲当时并未见我父亲中了寄父的暗器,只以为他是被雪滑倒。逃出来了才得知道,大大埋怨我寄父一顿,说是他不该打这一镖,将来夫妻更难和好。絮聒了半天,末了并未和我寄父同走,自己逃往一个山洞里面住下,一面托人求师祖给她向父亲解说。谁知师祖本来就疑心我母亲嫁人不是心甘情愿,又加上有我父亲先入之言,不但不肯分解,反将我寄父同母亲逐出门墙。

"我父亲吃了寄父的亏,立志炼毒药暗器,非报仇不可。幸而他打算先取了寄父的首级与我母亲看过,再杀我的母亲,所以我母亲一人住在山洞之中,未曾遭他毒手。光阴过了有好几个月,忽然产前身染重病。起初怕我父亲疑上加疑,想将孩子生出后再行乞怜,求他重收覆水,所以并不许我寄父前去看望。一切同门也都因师祖同我父亲说坏话,全无一人顾恤。只我寄父一人知我母亲冤苦,虽因我母亲再三说不准他前去相见,他怕父亲暗下毒手,择了附近偏僻之处暗中保护。每日一清早,便将应用的东西饮食给送到洞门外边,却不与母亲见面。母亲先还以为是同门好友背了师祖所为。后来实在病得人事不知,我寄父又送东西去,连送两日,见我母亲不出洞来取,怕出了什么变故,进洞一看,我母亲业已病倒床上,人事不知了。寄父知她夫妻决难重圆,救人要紧,索性不避嫌疑,昼夜辛勤服侍。他本从师祖学医,能识百草,知道药性,医治了一月,母亲居然在病中临产,生下我来。在半个月上,神志略清,起初看见我寄父还是又惊又怒。后来问起以前每日送东西食物同病中情形,未免感我寄父恩义,事已至此,只得从权。

"等到产后病愈,一见我是个男孩,胸前肉包红痣和我父亲身上一样,甚为欢喜。将养好后,二人商量了一阵,仍由寄父抱着我送母亲回去见父亲说明经过。才一见面,我父亲不由分说,便将弩箭、飞刀、金钱镖一手三暗器劈面打来,若非寄父早有防备,连我也遭了毒手。当时他见手中暗器俱被寄父接去,知道双拳难敌四手,便说:'无论你们说上天,夺妻之仇与一镖之恨,也是非报不可。除非你二人将我打死。'要我们三年后再行相见。寄父、母亲无奈,只得又逃了回来。母亲一则恨我父亲太实薄情,二则知道寄父爱她甚深,又没有丝毫邪心,自己已是无家可归;后来又听得师祖就在当年坐化,我父亲拜在一位姓欧阳的道爷门下,炼就许多毒药暗器,拼命寻他二人报仇;一赌气,便再嫁给我寄父。他二人虽然同居了三十年,只不过是个名头上的夫妻,彼此互相尊重,从未同衾共枕过。以前的事也从未瞒过我。我也曾三番两次去寻我父亲解说,每次都差一点遭了毒手。后来我父亲本领越发惊人,寄父知道万难抵敌,狭路相逢决难活命,只得携了全家,由四川逃避此地。因我父亲毒药暗器厉害,好容易将解药秘方觅到,想配好以作预防。还未采办齐全,我父亲竟然跟踪到此,三位老人家同归于尽。

"今早我听母亲说,她受伤是因为看见我父亲出现,吓了一跳,失足坠下崖来,便知不好。可惜她说得晚了一会,我寄父业已走了。后来久等不回,越猜凶多吉少。等我赶去一看,果然他二位 个中了毒刀,一个中了毒药暗器,俱在那里扭作一团挣命呢。我当时心痛欲裂,不知先救谁好。及至上前将他二人拉开时,被我父亲拾起地上毒刀,就斫了我两下。我没法子,只得先将寄父背回。后来母亲叫我再挣扎去背我父亲时,我已半身麻木了。

"我到了那里,我父亲已奄奄待毙,见我去还想动手。被我抢过他的兵刃暗器,强将他背来。原是怕母亲生气,以为必无好果,谁知三人在临死以前见面,倒将仇恨消了。我父亲要早明白半天,何致有这种惨祸呢? 我父亲所用毒刀,还可用他解药救治。惟独他那回身甩手毒药箭,连他自己也没有解药,我寄父连中他三箭,如何能活? 他也中我寄父两支毒药镖。一支打在前胸,业已拔出,虽然见血三四个时辰准死,也还可以解救。但是前额中的一支毒镖,业已深入头脑,焉能活命? 我母亲又因失足坠崖时,被地下石笋震伤心脏,换了旁人,早已当时腹破肠流了。我以前还梦想将来用诚心感动三老团圆,如今全都完了!"说罢,痛哭不止。

曼娘劝慰他道:"如今三老均死在异乡,你又无有兄弟姊妹,责任重大。徒自伤感,坏了身体,于事无补,反做不孝之子。你如听我劝,好好地在家保重,我也好放心出门,代你去置办三老的衣裳棺椁。否则这里离镇上不近,抬棺费时,岂不教我心悬两地吗?"曼娘原是怕他一人在家越想越伤心,也寻了短见,才这般说法。魏达本来救曼娘时就一见钟情,不过因为自己平昔以英雄自命,不愿乘人之危,有所表示。魏老婆子猜知儿子心意,几次向他提起,他都不肯。同时相处这些日,爱苗在心田中业已逐渐滋长繁荣,无论如何排遣也丢放不开,一想到曼娘病愈不久便要分手,便有些闷闷的。今日一见曼娘不避嫌疑,照料自己病躯同三老身后,不时诚挚劝慰,处处深情流露,越加感激敬爱到无以复加。再一想曼娘所说的话极有道理,只得遵从曼娘劝解,勉节哀思了。

第九十三回

斩孽龙　盗宝鼎湖峰
失天篆　腐心白水观

到了后半天，曼娘将三老的衣裳棺停运到山脚。曼娘恐抬棺的人看出死者身上伤痕，又去惊官动府，假说自己是外乡人，因家中父母伯叔俱是保镖的，客死此地，不想葬在这个山上，打算将尸骨运了回去。如今同来的几个伙伴不在，想是到山中去搬取尸骨去了。你们且将棺木衣裳放在此地，连绳索全卖给我，等我们的人来了自己装殓，省得再抬上去抬下来的，山高费事。说罢，待众人放下，故意两手抱着棺材一头举了起来，将三口棺木叠在一起。那棺木俱是上等木料，分量甚重，加上里面垫底的石灰，少说也有二三百斤，曼娘抱着一头举起，没有千斤神力，如何能办到。再加曼娘腰佩长剑，满口的江湖话。这些抬棺的人明知这单身女子形迹可疑，但是银子适才业已付过，又见她面上带着悲容，言谈自如，给的绳索费同酒钱甚多，便也不愿多事，将信将疑，道谢而去。那所在离魏达住的崖洞还有半里多路，地方极为幽僻，往往终日不见人迹。曼娘站在高处，眼看众人走远，才纵将下来。先用双手捧起一个运回崖洞，然后再来运第二个，不消一个时辰，已将三口棺木运完。然后将三个尸身一一装殓起来。新愈之后，经了这一番劳顿，累得浑身是汗，实在支持不住，只得在三人停尸的铺上躺下休息。

起初魏达见曼娘一人劳累，于心不忍，几次想挣扎起来帮忙，都被曼娘再三拦阻，还装作生气，才将他止住。魏达过意不去，说不尽的感激涕零，不知要如何报答曼娘才好。后来见曼娘累得躺倒，越发担心着急不已。及至曼娘醒来，说是这一劳顿，出了一身大汗，倒觉身子轻松许多，魏达才放了心。二人又同时将应服的药服了下去，略进一点吃的，分别睡去。直到第六七天上，魏达才得起床。从此一天比一天见好。

经了这一次生死患难关头，自然彼此情感日深，但魏达终觉不好意思向曼娘求婚。直到年底，他二人要一同将三老灵柩运回四川，起程之时，因孤男寡女路上不好称呼，魏达寻思了好几天，还怕恼了曼娘，只略用言语表示。曼娘早已心许，便示意应允。这才商量扶灵还乡之后，再行合卺。回川以后，二人正式成了夫妇，愈加恩爱，曼娘当年便有了身孕。

到了秋天，打开师父给的第二封柬帖一看，不但把前因后果说得详详细细，还说如果第一次将藏灵子这段孽冤躲过，须要三年之后，才能遇见魏达成为夫妇，应在今年今日到鼎湖峰去取那下卷天书。这天书有一条妖龙看守，那妖龙虽是龙种，并不与常龙一样，每隔三十年换一回皮才出洞一次，每次前后只有二月。平常潜伏峰顶鼎湖之内，有金篆符箓护体，再加它已有数千年道行，普通剑仙休想入湖一步。近六十年来，妖龙已不似昔年安分，每逢蜕皮出世，时常下峰伤人，它的劫数就在这最近六十年中。这一次曼娘本可趁它蜕皮之际，下手夺取天书，无奈曼娘如先和魏达成亲，必然有孕，万万不能前去；否则即使胜得妖龙，也将天书污秽，字迹不显，得了无用，还要上遭天戮。过了今年，那妖龙又须再待三十年才能出现，但是机缘已过去了，去了无益有损等语。曼娘看完，倒有一半不大明白。见柬帖语气，明明师父好似说自己已与那个叫藏灵子的有了沾染，但是自己和魏达成婚那晚上明明还是处女，好生不解。连魏达也因空师太柬帖说的与事实不符，不过曼娘有孕却是事实。那鼎湖峰壁立千丈，魏达昔日也曾想上去几次，俱未能够。曼娘身孕临盆在即，自是不便涉险，空可惜了一阵，也未将柬帖所留的话完全明白。直到曼娘临产，生下魏青的父亲魏荃，血光污秽了藏灵子的法术，坐忘丹也失了效用，曼娘才依稀想起前事，又羞又气，又急又可惜，恨不得一头碰死。她也不瞒魏达，竟将前事告知。魏达不但不轻视她，反怕她想起难过，愈加着意安慰体贴，无微不至。夫婿多情与儿子幼小，真叫曼娘事已至此，求死不得。不过对于鼎湖天书还未死心。

第二年曼娘身子恢复了康健，便和魏达商量，到鼎湖峰去盗那天书。魏达见因空师太柬帖预示先机全都应验，知道徒劳跋涉，劝阻多次。曼娘执意不从。魏达强不过爱妻心意，只得雇好乳娘，将幼子托付给好友家中照料，夫妻二人同到鼎湖峰。费了若干的事，才得上去。一看，不但风景灵秀，岩谷幽奇，面积也还不小。偏西南角上有一个百十亩方圆的大湖，清水绿波，碧沉沉望不到底。峰顶既高，天风泠泠。去时正值日丽天中，有时一阵风吹过，湖水起了一阵波纹，被日光一照，闪动起万道金鳞，光华耀眼。再往四外一望，缙云仙都近在咫尺，四围都是群山环绕，若共拱揖。忽地峰半起了一层白云，将峰身拦腰隔断，登时群山尽失，只剩半截峰头和远近几座山巅在

275

云海中浮沉,恍若海中岛屿一般。端的是蛟龙窟宅,仙灵往来之所。二人观察了一会,湖水平荡荡的,一些动静也没有。知道湖水太深,下面必有泉眼,更不知妖龙潜伏何处。因见柬帖上说妖龙蜕皮,为期约有两月,如今在前几天赶到,必然还未出来。柬帖上又说妖龙蜕皮之前,须出湖晒太阳;蜕皮之后,每晚到了子时,便如死去一般。与其冒昧涉险,不如寻个隐僻所在,等它自己上来,再行伺机下手。

商量好了以后,便去寻觅存身崖洞,找了好几处都不甚合意。末后又到一处,前面是一片密叶矮松,虬枝低丫,如同龙蛇夭矫,盘屈地上,松林后面是一个小山崖。过了松林一看,崖前竟有两座小洞,一东一南,相隔虽只二十几丈,但是两洞都甚隐蔽,站在洞前,彼此不能相望。先到东洞一看,洞门上还有两个古篆大字,可惜被天风侵蚀,已漶漫不可辨识了。入洞一看,里面竟有蒲团、丹灶之类,想以前定有人在此住过。正在惊奇,曼娘猛一退步,忽然一脚踏在一个东西上面,觉得软软的,如踏了一堆沙一般。回头一看,不由失声喊道:"怪事!"魏达听到曼娘惊呼,顺着她手指处一看,原来是一个道装的死尸,想是年代多了,尸骨已被天风所化,变成灰质,所以曼娘脚踏上去觉得软绵绵的。再一看他身上并无伤痕,只是颈间有一个大洞。虽不敢断定是来此盗取天书被妖龙所害,但是这道人既能来此绝顶修道,定非常人,竟会暴死,其中必有缘故。鉴于道人前车,正有些觉得此洞不吉,忽然洞壁角处起了一阵阴风,吹得二人毛发皆竖,隐约间似闻鬼哭。曼娘忙做准备时,那阴风只有一阵,并无什么动静。二人总觉这里不是善地,决定另寻住所。怜那道人暴骨荒山,再一看洞底竟是土质,与其将他抬出掩埋,不如就将他埋葬原处。当下夫妻合作,就在道人身旁,用兵刃掘了一个深坑,将道人尸首葬好。然后再向南洞一看,虽然较东洞窄小,里面空无所有,但是十分明亮,不似东洞阴森森的。便将携来包裹打开,就洞中大石上铺好。取出干粮,取些泉水来饱餐一顿。又到湖边望了一次,仍是一些动静无有。二人迎着天风,凭临绝巘,观赏到天黑,才回洞就寝。

到了半夜,曼娘正在半醒半睡之际,忽见一个红脸道人朝她拜了几拜。惊醒一看,已经不见。忙喊醒了魏达一问,也说梦中见着道人向他称谢。二人叹息了一阵,猛想起这里与妖龙窟穴相隔甚近,如何这般大意,竟一同熟睡起来?当下夫妻二人才商量:一个上半夜,一个下半夜,分班在洞口瞭望,以防不测。

如此过了两宿,均无动静。到了第二日晚间,因为明日便是妖龙出湖之期,分外加了谨慎。魏达守上半夜,平安无事。到了下半夜,曼娘醒来,代魏达防守,一人在洞前徘徊。一轮半圆的明月,照在洞前松树上面,虬影横斜,松针满地,天风吹袖,清光如水。远远听到湖中水响,与松涛之声交应,眼前景物分外显得幽绝。正算计明日正午便是妖龙出湖之期,自己已是行年五十之人,虽然仗着丈夫家传驻颜灵药,平时照镜,彼此互视,还如三十许人,只是仅保青春,到底难享修龄。倘能侥幸这一次得了天书,除却妖龙,就此寻一座名山古洞,按照天书上修道之法,学古人刘樊合籍,葛鲍双修,同参正果,也不枉辛苦一世。

正在胡思乱想,忽见从仙都峰顶上飞起一道带有青黄两色的光华,如匹练一般,直向鼎湖峰这边飞了上来。知道来了本领高强之人,不由大吃一惊。连忙进洞喊醒魏达,低声说道:"你快起来,我们来了对头了!"魏达闻言,忙随曼娘出洞,伏在暗处一看,那道青黄色光华在鼎湖上面盘旋飞舞了一遍,倏地飞起,又投向别处,移时又复飞来。似这样飞过了好几次,好似也在寻找洞穴藏身一般。飞转了一阵,越飞越近,末后竟往东洞内飞去。二人见他往面前松林内飞来时,俱捏了一把汗。及至见那道青黄光华并未发现自己,飞入东洞,不见出来,才略为放了一些心。曼娘道:"我自幼随师父学剑,颇能分出剑光邪正。来人剑光青中带黄,定非正派门下,而且他的功行很深,不是平常之辈。此番盗取天书,恐怕棘手。"说时好生难过。魏达便劝慰她道:"事已至此,莫如径去和来人说明,彼此同谋合力,但能将书得到,大家一同享受,岂不是好?"曼娘道:"这个万万使不得! 姑不论来人本领在你我二人之上,他不屑与我等合作,而且他还是异派门下,不讲道理,万一遭他之忌,反生不测。为今之计,只有各做各的,惟力是视,看各人仙缘如何。所幸我们藏在暗处,他注意鼎湖那面,一时不致觉察,说不定因祸得福,拾点便宜也未可料呢。"魏达素来听曼娘的话,也就没说什么。

二人不敢再睡,候到天明,还不见那道青黄光出来。二人吃饱了干粮,伏在洞前僻静处静观动静。眼看快到午时,忽然天风大起,鼎湖那边水声响亮,远远望去,波涛上涌。二人见是时候了,恐怕失却机会,也不顾眼前危险,径自商量了一阵,由崖后丛林绕到鼎湖左面山崖上。刚刚寻了适当藏身之处,忽听一声破空声音,那道青黄光华也从东洞飞到湖边,光敛处现出一个道装妖娆女子。这时湖中如开了锅的沸水一般,波涛大作,满湖尽是斗大水泡滚滚不停。猛地哗哗连声,湖水凭空往正中集拢,拔起一根十余丈的水柱,亮晶晶地映着日光,绚丽夺目。那根水柱起到半空,忽然停住,倏地往下一落,如同雪山崩倒,纷纷四散,水气如同雾縠轻绡一般,笼罩湖上。少时湖底又响了一阵,冒起了将才的水柱,一会又散落下来。如此三起三落,落一回,湖中便浅下去一两丈,到最末一回,湖水竟然干涸。猛听道姑娇叱一声,手指处一道匹练般的青黄光华直射湖中。曼娘、魏达顺那青黄光所到处一看,湖心一个巨穴金光闪闪,穴中盘石上面正盘踞着一个牛首鼍身、似龙非龙的怪物,长有十余丈,身上俱是黑鳞,乌光映日。见青黄光到来,把嘴一扬,便吐出一团火球迎上前去。那道姑一见,收回青黄光,拨头就跑。妖龙哪里肯舍,身子微一屈伸之际,四脚腾空,直朝道姑追去,眼看追出去半里多路。那道姑猛地大喝道:"孽畜还不快将天书献出,你回去已无路了!"说罢,又指挥剑光,上前与妖龙斗在一起。斗了片时,那妖龙抵敌不过,回身便想往湖内逃走。那道姑也不追赶,将头一摇,长发披散下来,口中念念有词,将手往前一扬,立刻湖边四围起了一阵黄烟,直向妖龙卷来。那妖龙想是知道黄烟比剑光还要来得厉害,重又拨回头向道姑扑去,与青黄光斗在一起。

由午初直斗到酉初,妖龙渐渐不支,猛地将身伏地,那团火球便化成万道烈焰,将它身子护住。火光中只见那妖龙一阵摇摆,忽然怪叫了一声,接着便听轧轧作响。不多一会,火烟起处,皮鳞委地,一条无鳞白龙冲霄便起。那道姑见妖龙蜕皮逃走,更不怠慢,右手起处,飞出两道绿光,直朝妖龙头上飞去。随将左手一指,那道青黄光同时星驰电掣般飞将过去,围着妖龙只一绕,便听几声惨啸过去,妖龙两眼被道姑打瞎,再被剑光这一绕,登时腰斩两截,从空中坠落地上。这一场人妖恶斗,只看得曼娘夫妻惊心骇目,哪里还敢起觊觎天书之想。

那道姑斩罢妖龙,身剑合一,直往鼎湖心里飞去。去了好一会,重又飞了上来,将手一招,收了湖上黄烟,怒气冲冲指着毒龙顿了两足。忽又低头寻思了一阵,猛地走到妖龙跟前,将剑光一指,横七竖八围住妖龙身躯乱绕,只搅得血肉纷飞,摊满了一地。那道姑又用身佩剑匣在妖龙血肉堆中乱搅,好似寻找什么东西似的。直到天将近黑,月光上来,仍是一无所得,这才赌气一顿足,破空而去。曼娘见道姑手下如此惨毒,暗幸没有被她发现,满以为天书已被旁人得去。

道姑走后,夫妻二人垂头丧气走了出来,打算回到南洞取了包裹,准备下山。因道姑已走,无须绕道,便从妖龙身旁走过。只见龙身已被道姑斩作一堆血肉,软摊地上,只剩将才妖龙褪下的躯壳堆在旁边,还如活的一般。曼娘好奇,近前一看,见那妖龙一颗牛头,大如栲栳,鼍身四足,俱带乌鳞,生得甚为长大凶猛。暗想着将才情形,要是没有道姑,凭自己本领,也决非妖龙敌手。正在寻思,忽见月光底下有一线红光闪动,仔细寻踪查看,正在龙口中发出。连忙招呼魏达,夫妻合力将龙身掀开,便有一道金红光彩直射到二人脸上。魏达往发光处一伸手,便摸出一个宽约三寸、长约七寸的玉匣来,上面还有符箓篆文,正是柬帖所说的玉匣天书。想必妖龙年久得道,这一次出洞蜕皮,已将天书吞入腹内。适才因斗那道姑不过,便想将皮褪下,丢下天书逃走,以免敌人穷追。那道姑不曾觉察到此,只在湖中洞穴与妖龙肉身上找寻,枉自费了一番气力,白白伤害了妖龙性命,并不曾得到天书,反便宜了曼娘夫妻。

曼娘不意而得,喜出望外。随手将匣上符箓揭去,想打开玉匣观看究竟。那符箓才揭起,便即自动化为一道红光飞去。再看那玉匣,竟如天衣无缝,休想打开。一会工夫,忽听湖中水响,到湖边一看,湖水已渐渐涌起,回了原来位置。曼娘见玉匣上面金光四射,恐怕引外人觊觎,不敢大意。夫妻二人匆匆回了南洞,取了应用东西,忙即寻路下山。那山三面壁立,无可攀援,只有西面从下到上横生着许多矮松藤萝之类,上来容易,下去却难。幸得二人早已准备退路,将预先备好的一张桐油布展开,用几根铁棍支好,再用绳索捆扎一番,做成一把没柄的伞盖。夫妻二人各用双手抓紧上面铁棍,将必要的兵刃衣服扎在身上,天书藏在曼娘怀中,寻一块突出的岩石,双双往下面便跳。那油伞借着天风,撑得饱满满的,二人身子如凌云一般,飘飘荡荡往下坠落。眼看离地两三丈光景,彼此招呼一声,看准落脚之处,将手一松,双双坠落地上。二人互相欣慰了一番,因时已深夜,想在仙都附近寻一崖洞栖身,稍微歇息,一早起程回川,再寻高人商量开匣之策。

二人高高兴兴正往仙都峰脚走去,曼娘忽然低低一声惊呼。魏达回头看时,天都峰脚下,昨晚下半夜所看到的那道青黄光华,正像流星赶月一般,又飞回鼎湖峰去。曼娘急对魏达道:"这道姑去而回转,必然想起忘了搜索妖龙躯壳。她这一回去原不要紧,可恨适才大意走得匆忙,没有将龙壳还原,又不该将剩的干粮同一些无用之物遗在峰顶,被她此去看破,必然跟踪追来。事在紧急,惟有先寻一僻静地方躲避些时,等她走了再作计较。"二人正在寻觅适当藏身之处,那青黄光华又从鼎湖峰顶飞了下来。偏偏月色也有些昏暗,虽然曼娘夫妻本领高强,在这大敌当前,奔逃于危崖绝壑之间,既要防到后面敌人,又要查看前面路径,未免有点手忙脚乱。二人一面往前觅路逃走,一面不时回顾,见那道青黄光华只管盘空飞绕,既不下落,也不飞走,看出是在寻找敌人去路的神情,不禁越发着急起来。所幸二人经行之处尽是些丛林密莽,南方天气温和,虽然时近中秋,草木尚未黄落,野麻灌木之类还在繁茂时期,高可齐人,不时又有山石掩蔽,并未被敌人觉察。眼看那道青黄光华在空中盘旋飞舞了一阵,有时竟飞离二人头上不远,倏地如陨星坠落一般,仍投向天都山西北方来路而去,转瞬不见踪迹。曼娘夫妻如释重负。待了一会不见动静,彼此一商量,觉得此间终非善地,仍以离去为佳。

这时山上忽然起了一阵浓雾,刮起风来,大小山峦都看不见一些踪影。一会风势越大,吹得满山树林声如潮涌,日影昏黄中,隐隐看出四外浓云疾如奔马,往天中聚集。顷刻之间,皓月潜形,眼前一片漆黑。二人知要变天,忙寻崖洞栖避时,忽见前面丛草中现出一道金光,将路径照得十分清晰。曼娘仔细一看,那金光竟是从胸前玉匣上发出。起先急于逃走,并未觉察到。这时月黑天阴,所以光华越显,不由又喜又急:喜的是天篆秘宝竟被自己唾手而得;惊的是强敌尚未走远,前途吉凶难定,宝光外烛,恐怕勾起外人觊觎之心,前来夺取。知道贴身两件衣服绝对遮蔽不住,便将魏达包裹打开,将玉匣取出,准备包得厚密一些,以免光华外露。谁知才一出怀,匣上金光便冲霄而起,照得身旁红叶都起金霞,异彩眩目。曼娘慌不迭地忙将随身衣服层层包好,又从魏达包裹里取出衣服等物,严严密密包了有十几层,细看毫无形迹,才得放心。

刚刚扎捆停当,适才那道青黄光华又从天都山那边飞起,这次不似适才在空中盘旋,竟直往曼娘夫妇存身方向飞来。曼娘着了慌,知道这次不易脱逃。猛想起适才取匣时,金光照处,曾见道旁有一崖洞,不如钻进去躲避些时再说。忙乱中略估计了一下方向,拉了魏达,连跳带蹿,高一脚低一脚地朝那洞前纵去。所幸相隔不远,快要到时,倏地天空一道电闪照将下来,照得路径十分清晰。曼娘见那洞口不过三四尺方圆,洞外草泥夹杂,十分污秽,知是什么狐猪之类的巢穴。事在危急,也顾不得什么污秽,且避进去再说。招呼魏达将头一低,一前一后,刚将身子钻将进去,接着天上又是一道电闪斜射过来。二人目力本好,借着电闪之光,见洞并不甚深,幸而里面还高,可以站立。洞里黑漆漆地伏着一堆东西,更猜不出是什么野兽,或是什么蟒蛇之类。曼娘怕惊动外面追来的敌人,不敢用自己飞剑防身。夫妻二人背靠背站好,魏达面冲那堆黑东西,将剑拔出,在黑暗中舞动,以防那东西冲将上来。剑刚出匣,便听外面震天价一个大霹雳,山洞藏音,越震得人头脑昏眩。接着又听到洞角那堆黑东西爬动,魏达不知那东西深浅,剑舞越疾。猛觉剑尖上碰着那东西一下，便听一声怪叫，黑暗中一个黑影夺门而出。那东西刚才蹿出洞去，便听洞外一个女子声音喝道："好孽畜！"说罢，便见洞外一道青黄光华一闪。二人听出是那道姑口音，俱都捏了一把汗。这时洞外雷声大作，电光如金光乱闪。等了一会，不见动静。曼娘首先掩到洞口，往洞外一看，不由大喜，忙喊魏达道："敌人走了！"魏达也跟着出洞一看，外面大雨早下将起来，那道青黄光华已飞回东北方原路去了。二人猜那道姑必然住在附近山谷之中，越觉非离开此地不可，也不暇计及雨中山路行走不便，仍然鼓着勇气寻路逃走。出去不远，忽见前面有一团黑影，借着闪电的光一照，原来是母牛般大的一只黑山熊，业已腰斩两截，死在地上。才想起适才定是道姑发现金光，追踪到此，看见崖旁小洞起了疑心。恰遇见这只黑熊蹿出，以为洞既小，又藏有野兽，不似有人居住；又因天黑雨大，无处寻踪，才拿这黑熊出气，怅恨而去。若非黑熊解围，吉凶真难预定呢！

二人庆幸了几句，仍往前走。山路滑足，不时有山顶流泉冲足而过，好容易越过了天都峰西面。忽然风静雨止，浮云散尽，浓雾潜消，一轮半圆明月，仍旧高悬碧空，清光大放，照得满山林樾清润如洗。空山雨后，到处都是流泉，岩隙石缝中水声淙淙，与深草里的虫鸣响成一片，分外显得夜色清幽。直走到天将向明，才翻越完了崇冈，走上平地。二人还是足不停留，又赶了有三百余里途程，日已中午，看见前面山坡下面有一座庙宇。二人昨晚被山雨淋得浑身通湿，所有衣服都包着那部天书，不便取出更换，身上穿着湿衣疾行了几百里地的山路，又受了风吹日晒，虽然有功夫的人身子结实，也觉得有点不大舒服。昨晚匆匆中又将带的干粮全部放在鼎湖峰上，一夜半天没进饮食，觉着腹中饥渴，便想到庙中去借顿午斋。

走到庙前一看，庙门上有一块匾额，写着"白水观"三字，虽然墙粉剥落，气势甚为雄伟。二人明知这庙孤立山麓旷野，前不挨村，后不挨店，门前冷落，形迹可疑，仗着全身本领，自己是江湖上有名人物，至多遇见同道打个招呼，难不成还有什么意外？便轻轻将庙门铜环叩了两下。待了一会，呀的一声，庙内走出一个小道童来。魏达说了来意。那小道童上下打量了二人两眼，转身就走。一会工夫，从殿内走出一个红脸长须的道人，见了二人，施礼之后，便邀到云房中去落座，一面命道童去准备茶水饭食。魏达见那道人虽然行动矫捷，身材奇伟，倒还看不出什么异样。坐定之后，魏达通了名姓。那道人笑道："施主原来便是蜀东大侠魏英雄么？这位女施主想便是当年岷山三女之一的赛飞琼熊曼娘了。真是幸会得很！"魏达见道人知道自己来历,颇为惊异,便答道:"愚夫妇多年业已隐姓埋名,还没请教仙长法讳,怎生得知愚夫妇贱名?请道其详。"那道人道:"二位施主名满江湖,何人不知,岂足为奇?贫道昔年也与二位施主同道,专以除恶安良,盗富济贫为事。三年前遇见家师坎离真人许元通点化,来此修道。俗家姓雷,名字不愿提起,如今只用恩师赐名去恶二字。我见二位施主行色仓皇,衣履湿痕犹在,必是昨晚在山中遇雨奔驰了一夜。想二位施主都有惊人本领,难道还遇见什么惊险不成?"魏达夫妻虽知雷去恶是峨眉门下,到底人心难测,不便说出真情。只说山中遇雨,忽然想起一件急事,须要赶到前途办理等语,支吾过去。道人知他二人不愿实说,也就没有往下深问。一会酒饭端来,二人饱餐了一顿。彼此都是江湖上朋友,不便以银钱相酬,只得道谢作别。临行之时,道人对魏达道:"尊夫人晦色直透华盖,但愿是连夜奔走劳乏所致才好。万一前途遇见凶险,远不必说,如果邻近,不妨仍回小观暂住,不必客气。"魏达、曼娘闻言,将信将疑,因见道人情词诚恳,只得口中称谢而去。

走出去约十里来路,曼娘觉着内急,便叫魏达守在路侧,寻了一个僻静之所。刚刚蹲下解完了手,忽听身旁树林内有人说话,连忙将身站起,无心中侧耳一听,原来是一男一女。女的道:"你定说天书终要得而复失,失而又得,被眼前的一双狗男女捡了便宜逃走,应在此刻得回。按你球象追寻,又一丝影踪也没有。"那男的笑道:"好人儿,你怎么什么事都猴急?我的晶球视影,几时看错过来?今早我同你重到昨晚放光之处,不是明明看见那土洞里的男女脚印么?昨晚已两次被你心急错过了机会,再要心急,天书就得不成了。你只依我的话,如得不回天书,你从今再不理我可好?"曼娘先听那女的说话声音,就觉耳熟。再一听他二人所说的话,不由吓得胆颤心惊。连忙屏气凝神,轻悄悄绕道赶回魏达身边,说道:"祸事到了,快走!"魏达见曼娘满面惊慌,不及细问,连忙施展轻身功夫,放出日行千里的脚程,随着曼娘就跑。走出去还没有一箭之地,耳听破空的声音,面前两道青黄光华一闪,现出一个道姑、一个红衣蛮僧,拦住二人去路。道姑高声喝道:"大胆狗男女!竟敢捡我的便宜,盗取天书。快将天书献出,饶你们不死!"

欲知天书果落于何人之手,容下回再为奉告。

第九十四回

乘危放妖氛　冰窟雪魂凝异彩
锐身急友难　灵药异宝返仙魂

　　曼娘知道道姑凶狠，事已至此，只得挺身上前说道："你这道姑好生无理！为何出口伤人？我同你素昧平生，几曾见你什么天书来？我赛飞琼熊曼娘也不是好欺负的，休得误会，免伤和气。"那道姑闻言，破口骂道："无知贱婢！还要斗口，教你知道我神手比丘魏枫娘的厉害。"说罢，手扬处一道青黄光华飞出。曼娘早已防备，因敌人还有一个蛮僧，不知深浅，悄悄嘱咐魏达，千万不可上前动手，免遭不测。一见敌人剑光飞来，也将剑匣一拍，运用真气，飞起一道白光，与魏枫娘的剑光斗在一起。魏枫娘笑骂道："怪不得贱婢执迷不悟，原来偷学了一点剑法，来此班门弄斧。"说罢，将手朝着剑光连指。曼娘虽是正传，到底功行较浅，如何是魏枫娘的对手，渐渐支持不住。那蛮僧手上拿着一个水晶球儿正在观看，忽然脸上现出惊异之容，也不知对魏枫娘说了句什么，魏枫娘也惊慌起来，将手一招，先将剑光收了回去。曼娘正要指挥白光上前，猛见敌人将手一扬，飞起一道黄烟。曼娘知道不好，回身想逃已来不及，左臂、右腿两处中了魏枫娘的黄云毒钉，"哎呀"一声，翻身栽倒。魏达见势不佳，拼命上前救护时，被红衣蛮僧口中念念有词，将手一扬，猛觉一阵头晕眼花，倒于就地。魏枫娘还要上前下毒手时，红衣蛮僧早一把将曼娘手中包裹取过，看了一看，说道："天书在这里了，那厮眼看就到，还不快走，等待何时？"说罢，将手揽着魏枫娘，也不俟她答言，袍袖一挥，一道黄光冲霄而去。

　　待了一会，魏达醒来，见面前站定一个瘦小道人，说道："可惜我来迟了一步，不但天书被人夺去，你妻子还受了重伤，虽然仗我灵药解救，也免不了残废。你等她醒来，说那天书现被神手比丘魏枫娘抢去，此人与许多妖孽盘踞川滇交界的青螺山内。她虽将天书得去，但是没有上函蝌蚪注释，毫无用处。此书尚未到出世时候，你妻子如不死心，即便跑往青螺将它盗回，也是

283

徒劳无功,得不到丝毫益处。我赠她藏香一支,如到紧急之时,只需用真气一吹,便能点燃,我自会闻香赶救。那魏枫娘天书之外还得了许多道书,妖法厉害,你夫妻决非敌手。能就此罢手最好,如要去盗时,我必助她一臂之力。我此时不便和她相见。你二人可在附近寻一处所,养息些时,再行回川便了。"说罢,一晃眼间,踪迹不见。

魏达见那道人相貌奇古,身材和小孩童一般,仿佛听人说过,知是异人解救,朝空拜了几拜。忙赶过来看曼娘时,业已悠悠醒转。再一看她臂、腿受伤之处,一片焦黄,虽然不听喊痛,却是大半身麻木,转动不得。曼娘醒来,见天书还是被人夺去,自己又受了重伤,枉受了许多辛苦颠连,不禁一阵伤心,泪如雨下。魏达见她难受,便用言语去宽慰她,把道人解救才得回生之事说了。曼娘一听,忙问道人是何相貌。魏达又将道人生得如何瘦小形容了一遍。曼娘闻言,银牙一咬,当时便晕过去。魏达着忙,唤了好一会,才得醒转。曼娘哭诉道:"这妖道便是藏灵子。我嫁你以前,若非误于他这冤孽,何至今日?我已被他所害,师父所料不差,冤孽注定无法解救。我也不再稀罕那天书超凡入圣,谁要他送什么人情,去帮我盗回?我只和你回去寻一地方隐居,了此一生罢了。"说罢,越想越恨,竟自一手把魏达手中藏香抢过,折成几段,丢在地上,愤愤不置。魏达才知那道人便是藏灵子。因听他说曼娘还须将养,猛想起适才白水观道人雷去恶行时之言,如今既无处投奔,难得他有此好意,不如就在他观中将养些时,再作回川之计。当下仍用温言劝慰曼娘保重身体,半扶半抱地同回白水观去。雷去恶正在观前眺望,见二人狼狈回来,问起究竟,十分叹息。二人在观中将养了半个多月,曼娘伤势虽好,左臂、右腿都失了知觉,运转不灵。伤心愤恨了多日,也是无可奈何,只得与雷去恶作别回去。从此曼娘才死了心,知道自己仙缘有限,年龄渐老,不再妄想了。

她儿子仙人掌魏荃生性至孝,记得母仇,便去拜在雷去恶门下,学习飞剑。雷去恶因自己尚不一定是魏枫娘敌手,劝他不可造次。魏荃哪里肯听。因为师父说自己能力不是仇人对手,便改了名姓,去拜在魏枫娘门下,觑便盗取天书,报仇雪恨。魏枫娘的徒弟大都兼充面首,魏枫娘爱魏荃生得精壮,强逼成奸。魏荃惦着天书同父母之仇,只得忍辱顺从。刚从仇人口中探出藏放天书的所在,未及下手,偏巧魏枫娘因弑师作恶,恐师伯师叔们不容,想拉拢异教增厚势力,带了魏荃同到华山去见烈火祖师。归途路上,魏荃便想趁仇人身边没有羽翼时节下手。报完了仇,再假传仇人之命,赶回青螺,盗取天书。不想早被烈火祖师看破，暗地跟来，一剑将魏荃双腿斩断。魏荃下手时节，正在魏枫娘的身后，魏枫娘听到金刀劈风的声音，回头一看，烈火祖师正站身后，魏荃业已中剑倒地。魏枫娘还不知魏荃是要暗算于她，以为自己同魏荃苟且，在九华山被烈火祖师看破，争风吃醋，下此毒手。当时大怒，便不容分说，和烈火祖师动起手来。魏枫娘原不是烈火祖师对手，幸而烈火祖师不肯伤她，只用剑光将她逼住，将自己看出魏荃存心叵测，怕她遭人暗算，赶来观察动静，正遇他在她身后下手，所以将他双足斩断，留个活口，等她自己拷问，信与不信，任凭于她等语说了一遍，便破空而去。魏枫娘闻言，将信将疑。见魏荃已经痛晕在地，不省人事，到底心存怜爱，不忍当时逼问，反用丹药给他治伤。等到魏荃醒来，略一试探，魏荃自知活着也是残废，此仇终不能报，痛哭大骂，不等魏枫娘盘问，竟将实话说出。魏枫娘原是杀人不眨眼的女魔王，这次竟不但不生气，反问明他的家乡，送了回去，并未伤他性命。魏荃到家不久，便即身死。死前因魏青年纪幼小，自己并无其他子息，只嘱咐魏青长大速投名师，并未将两代仇人姓名说出，以免儿子又蹈自己覆辙，绝了魏氏门中香火。所以魏青只能知道一个大概。

魏青的身世既已交代清楚，如今仍回到魏青、俞允中盗取天书一事。且说藏灵子走后，二人再往四下搜寻，魔宫一干人业已逃走了个净尽。二人便在大殿上谨守玉匣天书与厉吼首级，静等师父回来再作计较。不多一会，怪叫花凌浑走来，笑嘻嘻要过玉匣，口中念诵真言，将手一拂，玉匣便开。里面原是三层：上层藏着天书的副卷；中层藏着六粒丹药同一根玉尺；下层才是天书。玉光闪闪，照耀全殿。凌浑见了，大喜道："我早知鼎湖玉匣藏有三宝，不想妖孽法力浅薄，只开得第一层，学了天书副卷，自取灭亡。中下两层俱未有人打开，广成子的九天元阳尺与聚魄炼形丹，竟无人行过，真是快事！"言还未了，忽然两道光华穿进殿来，现出两个佩剑女子，跪在凌浑面前。俞、魏二人认得内中一个是戴衡玉家中见过的周轻云，那一个却不认得。凌浑笑道："你二人快起来，又是听玉罗刹饶舌，来要我新得的九天元阳尺和聚魄炼形丹去救邓八姑，是与不是？"灵云、轻云双双躬身说道："师伯慈悲，仙丹便赐两粒，九天元阳尺乃天府至宝，何敢妄求，不过借去一用。适才玉清大师传优昙师伯的话，此尺不但救邓八姑，如今峨眉有人遭难，也非此宝不解，还要求师伯多借些时呢。"凌浑笑道："我费了多年心血算计，才得到手片时，便借与人，心实不甘。偏偏优昙老婆子会算计我日后有用你二人之处，竟打发你二人来挟制我。"灵云、轻云道："弟子等怎敢无礼！师伯异日如有使命,赴汤蹈火,在所不辞。如今尚和阳已被弟子等赶走,八姑危在旦夕,请师伯大发慈悲,怜她修行不易,成全了她吧。"凌浑道:"你们年轻人说话便要算话,日后用你们时休得推诿。拿去吧。"说罢,便取两粒聚魄炼形丹,连那九天元阳尺,交与二人。说道:"此尺乃广成子修道炼魔之宝,天书上卷有用它的九字真符,如无此符,纵得此宝,亦无妙用,索性传授你们。回到玄冰谷后,先用此尺扫荡魔火,再将两粒聚魄炼形丹与八姑服下,另着一人守护,三日之后便可还她本来,行动自如了。"灵云、轻云拜受了符咒,重新叩谢一番,然后朝俞、魏二人点了点头,作别飞去。

原来灵云姊弟、紫玲姊妹与朱文五人,会合铁蓑道人、黄玄极、赵心源、陶钧、赵光斗、刘泉等在生门上,见魔阵中发动地水火风,地裂山崩,洪水涌起,烈火飞扬,忙遵凌浑吩咐,众人都在一处聚拢,由紫玲展动弥尘幡,朱文用天遁镜,化成一幢彩云,出来万道霞光,在魔阵上面滚来滚去,一任他雷火烈焰,罡风洪水,毒云弥漫,妖雾纷纷,一丝也到不了众人身上。众人俱怕妖法污了法宝,只护着身体,不求有功,但求无过。只紫玲的白眉针不怕邪污,百忙中放将出去,魔阵诸妖人根行浅点不知厉害的,挨着便倒。许飞娘见自己的人纷纷伤亡,又恨又怒,便同毒龙尊者各将剑光祭起,也护着众人身体,再作计较。看看支持到午时,毒龙尊者怒吼如雷,将毒砂尽量放出,魔阵中轰轰烈烈之声惊天动地。清远寺那边早催动了子午风雷,发动地水火风,移山倒海而来。毒龙尊者和许飞娘以为敌人倾巢到此,万没留神到暗中有人使用天魔解体大法。灵云等见快到午正,正在准备退去,忽见一道金光如同匹练下射,金光影里现出凌浑,将手向灵云等一挥。紫玲知是时候了,一声暗号,一幢彩云护着众人便起。那不知死活的八魔在半空中瞭望,见谷外一座高峰移动,下有水火风雷簇拥,还以为毒龙尊者见难取胜,又使法术,并没放在心上。就中五魔公孙武、七魔仵人龙离魔阵较远,忽见对面飞来一幢彩云,因将才曾见一个小童用此法护持仇人赵心源逃走,便不问青红皂白,将剑光一指,朝那幢彩云飞去。其实他二人剑光并不能飞入彩云中去。偏巧朱文、金蝉都是好事的人,见前面飞来两道黄光,便从彩云中将剑光放将出去。两下相遇,才绞得一绞,两魔剑光便成两段。两魔见彩云里飞出两道剑光将自己剑光绞断,知道不好,想逃已来不及,就在这彩云飞逝疾如闪电的当儿,双双各被剑光扫了一下,倒下地去。幸而见机还早,灵云等又急于回转玄冰谷,没有穷追,才得保全性命。二人脚才落地,便听地裂山崩一声大震,魔阵上罡风大起,烈焰冲霄,十数道青黄光华纷纷往四外飞去。接着空中无数断头断脚,残肢剩体,与砂石尘雾,满天飞舞。五、七两魔已震得头昏目眩,见前面不远落下两段残躯,负痛近前一看,一个只剩半边手臂,看不出是敌是友,那一个正是二魔薛萍的一颗大头。正在惊疑,忽听头上风响,往上一看,正是祖师毒龙尊者被一个道童打扮的人夹在胁下,如飞往西而去。两魔一见,魂不附体,知道大势已去,忙借妖法遁往别处去了。

当时魔阵中人见凌浑二次现形,毒龙尊者和许飞娘二人起初并不甚着慌。及见对阵中许多敌人俱被一幢彩云拥去,心中大怒。毒龙尊者首先将手指咬破,含了一口鲜血,运用真气喷将出去。那百十丈软红砂,登时火山爆发似的化成百十丈长一股烈焰,朝彩云追去。凌浑一见烈焰飞出,连忙将身隐去。这里魔火刚刚飞起,时交午正,清远寺二蛮僧的天魔解体大法业已发动地水火风,风驰电掣而来。毒龙尊者猛见一座火山发出烈火狂飙,在千百丈洪水上涌着,照得满天都赤,如飞而至,知道中了别人暗算。眨眼之间,两面地水火风卷在一起,山崩地裂一声大震过处,洪水满地,烈焰烛天。除了许飞娘同几个本领较大的见机得早预先遁走外,余者非死即带重伤,震起残肢断体与树木砂石,在满空火焰中乱飞乱舞。毒龙尊者仗有妖法护身,还想作困兽之斗。忽听阵前火山上有一披发道人,手中拿着一面小幡不住招展,幡指处便有一溜五色火光发出,遇着的人非死即伤。定睛一看,正是适才代尚和阳把守死门的乐三官,不由又惊又恨。再回头一看,自己的党羽俱已死伤逃亡了个净尽。把心一横,重又掐诀念咒,咬破舌尖,一道血光直朝乐三官喷去。光到处,乐三官从小峰上倒下,滚入火海,死于非命。那火峰失去主持,只在烈火洪水上东飘西荡。毒龙尊者还待施展,忽然一道青光从空而下,光影中一个长身道童高声喝道:"毒龙业障,还我师兄师文恭的命来!"说罢,手一张,便照出殷赤如血的一道光华,直朝毒龙尊者卷去。毒龙尊者认得来人是藏灵子得意弟子熊血儿,知道不好,想借遁逃走已来不及,被血光卷了进去。熊血儿用红欲袋装了毒龙尊者,径转孔雀河去了。

熊血儿走后,怪叫花凌浑现身出来,正待设法善后。倏地又是一道金光从天而降,现出一个白发老尼,对凌浑道:"凌道友大功告成,可喜可贺!贫尼无以为敬,待贫尼替道友驱除魔火吧。"凌浑认得来人是神尼优昙,心中大喜,连忙称谢道:"天书虽有炼魔之法,怎奈还得费些手脚。如今魔窟内还有两个新收的弟子等我,多蒙大师施展佛法相助,感谢不尽!"神尼优昙道:"其实道友法力胜似贫尼十倍,不过这些异教法宝将来还有用它之处,待贫尼收去保存吧。玄冰谷还有贫尼弟子的一个好友遭难,峨眉日后也有几个后辈遭难,全仗道友法宝解救。贫尼尚有他事,只得偷懒了。"说罢,从怀中取出两个羊脂玉瓶,瓶口发出百丈金光,朝水火风雷卷去。凌浑笑道:"我道你真帮我忙,原来还有许多用意,索性让你得个完全的吧。"说罢,将足一顿,也化作长虹般一道金光,朝那水火风雷卷去。二人这一卷一收,不消片时,水火风雷一齐收入玉瓶之内去了。优昙大师收完了水火风雷,对凌浑道:"道友开辟仙府,这座小峰留在这里殊为减色,待贫尼仍旧送它回去,异日再见吧。"说罢,口中念动真言,将手一指,那峰便起在空中。优昙大师飞上峰去,朝着凌浑两手和什,道一声:"请!"如飞而去。凌浑也就回往魔宫里去。

八魔中除二魔、八魔离魔阵最近,被风雷震成齑粉外,三魔钱青选最为奸猾,见势不佳,先行逃走;四魔伊红樱见魔阵被破,向大魔黄骕、六魔厉吼报完了警,也自逃走;六魔厉吼死于允中剑下;大魔黄骕被藏灵子带回云南孔雀河;五、七两魔受了剑伤,也各寻路逃命。铁桶般的青螺魔宫,还有许多厉害妖人相助,就在这半日之内冰消瓦解。从此青螺便由怪叫花凌浑主持,将魔宫重新改造,在峨眉、昆仑之外另创雪山派,后来和天师派教祖藏灵子还有许多纠葛。此是后话,暂且不提。

话说邓八姑自从灵云等走后不久,便觉心神不定,知道劫数快来,吴文琪、司徒平二人未必是五鬼天王尚和阳的敌手,主要还是得自己小心,便对文琪道:"贫道此刻心神不大安宁,生死存亡,在此一举。尚和阳十分厉害。司徒道友因恐许飞娘和他为难,必须事先代他寻觅隐身之所。我那粒雪魂珠关系甚重,不但我个人珠存与存,珠亡与亡,还关系日后邪正两教兴衰。少时敌人到来,道友藏在洞底坚守玉匣,无论我受敌人如何欺凌,不可擅动。如见此珠飞回,我的元神便已与珠合一,道友千万不可存代我报仇之想,只管护着此珠。洞外有我预先施的法术,敌人一时找不着门户,决难进入。真要觉着守护不住,可将此珠捧在头上,驾剑光逃到峨眉。敌人决不料到有此一着,此珠自有妙用,仓猝之间,敌人万难夺取。此乃迫不得已的下策,保全此珠,贫道一身也就无暇计及了。"说罢,满脸愁容。文琪、司徒平听了,都代她难过。文琪道:"既然此珠关系重大,尚和阳又如此厉害,道友何不暂时避往他处,只需一过午时,各位道友便即到来,那时再合力对付敌人,岂不是好?"八姑道:"道友哪里知道。一则劫数当前,无可解脱;二则贫道自走火入魔,躯壳半死,血气全都冻凝,况且隔有多年,纵有天府灵丹,难回本原,敌人魔火正可助我重温心头活火。不过他那魔火厉害,与众不同,时间一长,身子便炼成飞灰。我在谷口所施法术,全为准备多支持些时而已。其实单是他的魔火金幢,还可用雪魂珠去破。听说他还炼有一柄白骨锁心锤,非常厉害。我因要借他魔火暖活周身血气,所以暂时不能用雪魂珠去破。但是时候一到,我将雪魂珠祭起,他必用白骨锁心锤,二宝齐施,那我就要遭劫数了。"当下再三嘱咐了一阵,先将司徒平安置在谷顶一个小石穴之内,用隐形符隐住身形。看看天快交午,忙请文琪到洞底去。独自一人在石台上坐定,施展法术,祭起浓雾,将头顶遮了个风雨不透。

刚刚布置完竣,忽见上面浓雾中有十几道红绿光闪动。知道快要应劫,单靠自己这点法术,决不能阻止敌人下来。只指望支持一刻是一刻,但能挨过午时,算计救援快到,再让敌人魔火近身,转瞬之间便可脱劫。谁知五鬼天王尚和阳非常厉害,也知时机稍纵即逝,不肯丝毫放松。见下面有浓雾挡住魔火,便即口念真言,运用五行真气,接连朝魔火金幢喷去,化成五道彩焰,飞入雾阵之中,恰似春蚕食叶,彩焰所到之处,浓雾如风卷狂云般消逝。八姑也非弱者,见敌人魔火厉害,念咒愈急,那浓雾如蒸气锅一般,从石台上面咕嘟嘟往上冒个不住。尚和阳见上层浓雾才灭,下层浓雾又起,勃然大怒。把心一横,晃动魔火金幢,怪啸一声,将身化成一朵红云,飞入雾阵之中,只转了两转,浓雾完全被红云驱散。八姑见势不好,忙将烟雾收敛,紧紧护着石台时,尚和阳业已现出身来,指着雾影中邓八姑说道:"邓八姑,依我好言相劝,快将雪魂珠献出,免我用魔火将你炼成灰烬,永世不得转劫。"八姑知他心狠意毒,不献雪魂珠,还可借峨眉二云之力助自己脱劫,即或不然,也有人代自己报仇;如献此珠,尚和阳也决难饶了自己。便答道:"尚和阳,你枉为魔教宗主,竟不顾廉耻,乘人于危。我邓八姑虽然身已半死,自信还不弱于你。雪魂珠实在我手,我就遭你毒手,你也休想拿去。"言还未了,尚和阳已将金幢一指,五道彩焰直向八姑飞来,顷刻之间,又将八姑护身烟雾消尽。魔火才一近身,八姑便觉身上有些发烧。一会,魔火将八姑浑身包拢。八姑虽然仗着雪魂珠护身不至送命,已觉浑身如火炙一般,周身骨节作痛,心中又喜又怕:喜的是肉身既已知痛,身子便可还原;怕的是尚和阳比鬼风谷红衣蛮僧所用的魔火厉害十倍,时间稍长,身子便成飞灰。本想将雪魂珠祭起一试,又恐尚和阳既知雪魂珠是魔火金幢克星,竟还敢用此宝,必然别有打算,莫中了他的道儿,将珠夺去。偏偏灵云诸人还不回来,看看支持不住。欲待舍了肉身,元神飞回洞底,又觉为山九仞,功亏一篑。正在为难,偏那尚和阳原是明知魔火金幢见不得雪魂珠,起初时刻留神,并未敢于深用,满想等八姑雪魂珠出手,拼这金幢不要,身化红云,抢珠逃走。及至见八姑已支持不住，还不将珠放出来，心疑雪魂珠已被峨眉方面的人取去。越想越恨，将身一抖，身上衣服全部卸尽，露出一身红肉，将魔火金幢往上一抛，两手着地倒竖起来。八姑一见，刚喊得一声："不好！"尚和阳已浑身发出烈火绿焰，连人带火，径朝八姑扑来。八姑万没料到尚和阳近年魔火炼得如此厉害，见来势危急，不暇再作寻思，心一动念，雪魂珠化成一盏明灯一般，银光照耀，从八姑身上飞起。

　　尚和阳一见此珠出现，又惊又喜，正待化身向前抢夺。就在这一转瞬间，忽听空中大声说道："无知妖孽，怎敢无礼！"言还未了，三声霹雳过处，数十道金光直射下来。同时飞下一个妙龄女尼，手中拿着两面金光照耀的金钹，雷声隆隆，金蛇乱窜，直往魔火丛中打去。只震得山鸣谷应，霰起雪飞，响个不住。尚和阳不知雪魂珠经八姑多年修炼，已与身心相合；妄想夺珠逃走，未曾想到来了克星。起初看见雷火金光，认得此宝是神尼优昙的伏魔雷音钹，已知不妙。及见来人是玉清师太，又恨又怕，不肯功败垂成，仗着多年苦炼，还想拼命支持，并不逃走。将身就地一滚，重又赤身倒立，旋转起来。果然尚和阳魔火厉害，一任雷电金光将他包围，并不能将魔火红云震散，尚和阳反在火云中指着玉清大师不住地辱骂。玉清大师正待另想别法制他时，正赶上灵云等驾着彩云飞回，一见八姑只剩躯壳，在石台上面毫无动作，二目紧闭，玉清大师正和尚和阳相持不下。朱文便将宝镜祭起，放出百丈光华，照入红云之中。紫玲姊妹忙喊："诸位留神魔火污了飞剑，待愚姊妹取妖魔性命。"说罢，弥尘幡晃处，姊妹双双飞入魔火红云之中。寒萼手起处，一团红光首先打去。紫玲也将白眉针祭起。尚和阳正在火云拥护之中耀武扬威，忽见彩云散处，现出适才魔阵中所见的一些男女敌人，便知魔阵已破，对面敌人添了这许多生力军，决难讨好。谁知还未及盘算进退，内中两个女子又将小幡取出一晃，化成一幢彩云飞来，魔火红云竟阻挡不住，已知不好。刚要想法脱身时，那两个女子才一照面，一个发出一团红光，一个发出两道银线般的东西，朝自己打来。知道再延下去，定有性命危险，将牙一错，猛地将身一滚，化成一溜火光，冲天而去。就任他跑得怎样快，到底还中了紫玲一白眉针，日后另有交代，这且不提。

　　话说众人赶走尚和阳，过来拜见玉清大师，灵云便问八姑如何。玉清大师道："恩师知她遭劫，怜她苦修不易，特地命我带了雷音钹赶来，已经晚了一些。八姑不知尚和阳魔火厉害，不该妄自以身试火，不早将雪魂珠放出抵挡，弄巧成拙。如今除她心头一片有雪魂珠护持未曾受伤外，其余全都被魔火所伤,三个时辰以内,全身大半都要化成灰烬。她因拼命支持,元神消耗,适才趁我来到,身与珠合,飞入洞内,仗着宝珠还不至于大损。只是时间紧急,稍迟便不能还原如初。恩师说如要救她,非有凌真人新得的九天元阳尺与聚魄炼形丹不可。凌真人虽非异派,我们晚生后辈不易寻他说话。恩师算出他日后创立门户,有用峨眉二云之处,命我传谕灵云、轻云两位妹子,急速前去求借此宝一用。去时可对真人说明,仙丹只要两粒,元阳尺暂时不能归还,还要仗它解救峨眉被困之人。此话必须说得得体,不可忘记。"灵云、轻云闻得峨眉又有人被难,大吃一惊,事在紧急,不敢怠慢,连忙驾起剑光,直飞青螺。

二人去后,因玉清大师说要俟丹药取来,才能去唤出八姑与文琪。二云未回以前,众人有好些俱是初见,不免彼此问讯闲谈。紫玲姊妹见司徒平不在外面,以为也是随着文琪避往洞底。及见那只独角神鹫也不在面前,适才空中也未相遇,好生奇怪,当时也未在意。

不多一会,二云将九天元阳尺与聚魄炼形丹取回。玉清大师先用法术将石台移开,叫朱文持着宝镜引路,到了里面一看,文琪一人双手捧着玉匣,守在洞内。文琪忽见彩光射入,见是玉清大师,心中大喜,忙即过来相见。玉清大师接了玉匣,一同出洞。文琪见寒萼面带惊异之容,知是为了司徒平,当下大家都要看玉清大师如何解救八姑,也未及先说。及至玉清大师问明了九天元阳尺用法,嘱咐灵云举尺对准石台,如见雪魂珠飞出,便将此尺指着珠下黑影,引八姑灵入窍。说罢,将玉匣交与轻云捧住。取了两粒聚魄炼形丹,走到石台前面,先将灵丹分置两手,掌心对准八姑涌泉穴,轻轻贴按上去。闭目凝神,将真气运入两掌,由八姑涌泉穴导引灵丹进去。众人只见玉清大师两手闪闪发光,一会工夫,撒手下来一看,两粒灵丹已不知去向。玉清大师忙走过来,从轻云手中要过玉匣。命余人各将法宝剑光祭起,将谷口封了个风雨不透。然后招呼灵云注意,自己盘膝坐在灵云前面,手捧玉匣低声默祝,然后口诵真言。片刻之间,金光亮处,从匣内飞出一盏明灯似的光亮,照眼生辉,荧荧流转。光亮下一团黑影冉冉浮沉,行动非常迟缓,并不往石台飞去。灵云更不怠慢,早将九天元阳尺指定金光明灯下的黑影,心中默诵九字灵符。尺头上便飞起九朵金花,一道紫气,簇拥着那团黑影,随着灵云手指处引向八姑躯壳。看看黑影将与身合,玉清大师倏地化成一道金光飞将过去,将珠收入玉匣。顷刻之间,便见八姑身上直冒热气,面色逐渐转为红润,迥不似以前骷髅神气。玉清大师才命灵云收了元阳尺,对众说道："八姑虽仗灵丹法宝，得庆更生，暂时尚不能复原，须有人在此守护。如今峨眉有事，除了赵、陶、刘、赵诸位道友须往青螺，铁蓑道人与黄道友须往东海，其余诸位道友均须即刻回去，由我守护八姑便了。"

灵云等闻得峨眉有事，早已归心似箭，巴不得即时就走。正要请紫玲将弥尘幡取出动身时，文琪笑道："诸位师姊师弟只顾回家，也看看我们的人短不短呀！"一句话将众人提醒，一点人数，只不见了司徒平。灵云忙问文琪道："昨日议定，原恐许飞娘与司徒道友为难，曾请八姑用隐身之法将他藏好。现在八姑尚未还阳，你既留守在此，当然看见八姑施为，快指出来同走吧。"文琪正要还言，玉清大师忙赶过来说道："我忙着解救八姑，还未及对诸位说司徒道友的去向。适才我未到以前，八姑知魔火厉害，恐怕玉石俱焚，将司徒道友藏在崖上雪凹之中，用隐形符咒封锁，本来极为稳妥。偏偏正邪各派以外，新近出了一个极厉害的人物打此经过，他见下面浓雾弥漫，知道有人施法，下来一看，隐形法须瞒不了他。这时尚和阳业已到来。此人素来抱定人不犯我，我不犯人的主意，并未上前干预。他见司徒道友资质不差，非常心喜。他知魔火厉害，下面的人决非尚和阳敌手，好意将司徒道友带往庐山灵羊峰九仙洞。众位道友回到峨眉，不出一月，司徒道友便会回转，这倒无须多虑。惟有秦道友坐下仙禽因为秉性不驯，素来喜事，自从诸位到了魔阵，它便不时盘空回旋，往来于青螺与玄冰谷的高空上面，总想觑便立功。那人解了八姑隐形之法，要将司徒道友带走时，它正从青螺飞回，救主心切，立刻排云下击。幸得我同家师赶到，知道那人手狠，决非敌手，家师恐仙禽受伤，并且不久还有用它之处，意欲就此将它带回山去，用灵丹化去它的穿心横骨，以备日后之用。恰好它被那人祭起乌龙剪，正在危急万分，被家师暗施法力，将它救下，连乌龙剪一起收去，命我师妹齐霞儿骑了它回山等候去了。大约至多一年，即可物归原主。那时它的横骨已化，比现在还要通灵得多。二位道友不致介意吧？"紫玲姊妹闻言，才放了心，少不得称谢几句。

当下众人与玉清大师等作别，仍由紫玲用弥尘幡带了寒萼、灵云姊弟、轻云、文琪、朱文等，化成一幢彩云，直往峨眉飞去。不提。

第九十五回

洒雪喷珠　临流照影
飞芒掣电　古洞藏珍

话说本书前文提到的裴芷仙，自从灵云等走后，李英琼、申若兰二人也跟着要骑了神雕赶往青螺，只芷仙一人在峨眉留守。芷仙因为凝碧崖虽说洞天福地，洞上还有灵云等法术封锁，但是如今正邪各派势成水火，自己学剑入门不久，本领低微，万一发生事变，如何得了。再加上姊妹们在一起热闹惯的，一旦都要远去，只剩她一人，影只形单，又孤寂又害怕，好生不愿。知道英琼虽然年纪最小，因她得天独厚，生具仙根仙骨，仙缘又好，最得众姊妹敬爱，平日性情坚定，何况她去志甚坚，更难挽回。自己百不如人，怎好勉强她不走？想起若兰情性最为温和，便去朝她委婉诉苦，求她转劝英琼，听大师姊的嘱咐，不要前去。满以为只要若兰为她所动，英琼一个人鼓不起劲，便可无形打消。谁知若兰也和英琼一样心理，好事喜功，不好意思当面拒绝，却去推在英琼身上。芷仙劝阻无效，自己又不敢学她二人的样，背了灵云一同前往。无可奈何，只得由若兰传了木石潜踪藏影之法，又赠了一面云雾幡，以备万一防身之用。眼望着英琼、若兰欢欢喜喜骑雕飞去，一时顾影苍茫，不禁伤心起来。后来想了一阵，自己又宽慰自己："假使不遇妖人，至多不过与夫婿完姻，终老人世，哪里能到得这种仙山福地，与这些仙姊仙妹盘桓，学习飞剑？又承众姊妹不弃，并不因自己失身妖人，天资平常，本领低微，意存轻视。少年喜事好胜，人之常情，自己既无有本领跟去立功，哪能强人所难，硬留别人陪伴自己？何况英琼、若兰还再三劝勉，仿佛怪过意不去似的，走时又承若兰殷勤传了法术，赠了法宝，岂不更为可感？"想到这里，不再烦闷，鼓起勇气，在外面先练了一回剑术，又将若兰所传法术演习了一回，然后入内打坐炼气，虽然觉得有些孤寂，倒还不怎难受。初意以为英琼、若兰必定是随了灵云等同回，最早也得过了五月端午以后，算计还得好几天。她们在山，还可随便到洞上去满山闲游。如今既剩自己一人，责重力微,哪敢大意。除了在凝碧崖前练习剑术外,一步也不敢远走。连猩猿袁星上去采摘花果都恐生事,都再三嘱咐早去早回。

到第二天,芷仙做完了功课,一时无聊,喊了袁星,一同走到凝碧崖那一个壁立飞泉的小峰下面。因这小峰孤峰独峙,飞涌成瀑,声如仙乐,连那太元洞对面的小峰,都被众人商量取了名字,一个叫仙籁顶,一个叫玉响石。众人无事时,常时喊开金蝉,飞身到仙籁顶上寒泉凹中洗澡。这时正值暑期将近,越显洞天福地,境界清凉。芷仙平时见众人飞上飞下,随意沐浴,好生羡慕。自己因本领不济,又有许多心事,素常不似众人活泼,随意说笑,不便也和众人一样将金蝉喊开;总是趁众人都在前崖练剑玩耍时,悄悄唤了袁星去给她望风,独自一人跑到太元洞对面玉响石,于僻静之处脱了衣服,临流照影,独浴清波。仙籁顶上一次也未去过。这时刚走到峰下,袁星对芷仙道:"裘姑娘,你在此玩,我趁主人们不在,上去洗回澡去。"那袁星虽是个母猩猿,自从通了人言以后,处处都爱学人的动作,一样也知羞耻。芷仙无事时,又给它改做了几件衣服穿上,它越发知道爱好。除主人李英琼外,对芷仙最为尽心,芷仙也非常爱它。有一次它见众人俱往仙籁顶洗澡,它也想学样,被英琼看见,犯了小孩脾气,说它一身毛茸茸的,怪它弄脏了水,喊将下来,便要责打,多亏芷仙同众人笑着讲情才罢。

芷仙今日见它又要上去洗澡,便笑它道:"你又忘了上次不是? 你主人回来,她打你,我可就不劝了。"袁星道:"我知姑娘人好,不会告诉的。我对姑娘说,洗澡还是小事,哪里才可以洗。不过我虽是畜类,到过的山水很多,见的奇怪景致也不少,从没有见过我们凝碧崖这座小峰和太元洞前洞中那一块石头那么奇怪的。尤其是仙籁顶这座小峰,孤立在悬崖平顶的上面,流泉飞瀑,永远不断,却无一人知道它这泉源从哪里来的。上次我上去时,看见顶上只是一个三四丈方圆的浅凹,深才三四尺,四面还有二尺许宽的边沿,好似天生成的一个浴池。那水又甜又清,我拿手脚在池底摸了个遍,一个小洞也没有,并且还是平底,只中间稍微陷下去一点,又是实实的。那水本从崖旁那块龙石上流到池中,再由池里分溅出数十道细瀑布往下流的。我又纵到那块龙石上一看,更奇怪了。那龙石从下面看去,好似与凝碧崖相连。到了上面一看,不但完全两不相干,而且石头的颜色都不一样:凝碧崖石头是灰白色同赭色的,龙石却是上下黑绿绿的,连一些深浅都不分。这还不说。再看那水,也是和下面浴池一样的浅深,只东角缺了一块,水从那角流出,变成一股两三丈粗的飞瀑,落到下面浴池内,再往四外飞溅。

"我正寻找水源,佛奴便去告我主人,将我唤下来骂了一顿。我先不明白佛奴为什么要告我,我又不懂它说话。过了两日,我渐渐懂了佛奴的鸟语,问它那一次何必害我挨打?它先不肯说,我问了多少次,它才说这峰连那太元洞前的玉响石,有许多讲究,现在连主人都不能说,将来机缘到来,自会知道。它以前随白眉老禅师在此住了多年,所以知道得清楚。还说上次我上去,虽然告诉主人,主人并未打我,它还觉不解恨。它奉有白眉老禅师法旨,第一是保护主人,第二便是守护这峰。我再如偷着上去,它也不再告诉主人,定要用它的鸟爪子将我抓死。我自知敌不过它,它的一双眼睛又尖,以后就没敢上去。我每晚常见那块龙石和仙籁顶上宝光冲起,大家都以为是水光和月光相映闪出来的光彩。据我看来,决不是什么水月光华,倒有些和莽苍山那座石洞相仿。你说没有宝贝,四面石壁自发光明,黑夜就如白昼;你说有宝贝,我主人曾命我儿子儿孙同那许多马熊,把那石洞找了个遍,也找不出丝毫影子。别人不说,金蝉大仙生具一双慧眼,竟没留神到那仙泉的来历古怪。我本想对主人说,我又气不过佛奴那样强横霸道,事事它都要占先。总想得一个机会,寻出仙源根柢,看看到底发源之处藏有宝贝没有。查看真实了以后,再由姑娘去对我主人说,既不伤佛奴的面子,还讨主人同各位仙姑的喜欢。难得她们都不在家,意欲跑上去看个明白。在没有将宝贝寻出以前,就是她们回来,也请姑娘不要提起才好。"

芷仙听袁星一说,也动了好奇之心,便想一同上去。袁星长于纵跃攀援,自不必说。就连芷仙自经众人指点用功之后,虽不能驭气飞行,轻身之法已经有了根柢。何况仙籁顶又只有十几丈高下,虽然龙石要高得多,有袁星相助,想来上去也非难事。凝碧崖又不会有外人闯入。当下便和袁星将上下衣服卸去,芷仙只穿了一身贴身衣裤,从飞瀑喷泉中穿到仙籁顶峰下,由袁星扶掖着,半爬半纵地到了峰顶一看,果然和袁星所说一点不差。起初还以为仙籁顶的浅池是经龙石上挂下来的那一条瀑布积年冲积而成的浅凹,再一看那四周池边宽窄匀圆,四面如一,宛如人工制就一般,才觉有些稀奇。当下先在池中宽了贴身衣服,跑到挨近飞泉落处,冲洗了一阵。又张口去接了些泉水来吃,果然甘芳满颊,清凉透体。

那袁星却志不在浴,只管伏身下去,用手足到处摸索。停了一会,站起身来对芷仙道:"这里寻不出端倪,我们到那发源之处龙石上面去吧。"芷仙这时正披散着头发,迎着飞泉,眼望着龙石上那条瀑布如玉龙飞挂,倒泻银河。自知力弱,还不敢站在瀑布下面,只相离两三丈以外,已觉飞珠喷玉,顶

295

沐寒泉了。一面洗浴，一面观赏四外仙景，耳听瀑声轰轰隆隆，与数十道细瀑泻落在峰下石头上面发出来的玎珰繁响相应，真如仙乐交奏一般。正在得意忘形，袁星语声被泉瀑之声一乱，都不曾听见。直到袁星过来拉她，连说带比，才明白了它的意思。仰头一看，从龙石下面看去，与仙籁顶倒还若断若连。到了上面，才知两下里相隔还有七八丈远。只瀑布发源之处，如龙石一般，平伸出在仙籁顶上。那龙石四面壁削，布满苔绣，滑不留足，不似仙籁顶虽然上丰下锐，还有着脚攀援之所。再加上那道三四丈粗的飞瀑从天半倒挂，银光闪闪，声如雷吼，令人看了眩目惊心。再要逆着瀑布飞身数十丈上去，不禁有些胆怯，把初上来的勇气挫了一多半。袁星见芷仙为难，便说道："要从这里上去，漫说姑娘，连我也上不去。我不过是陪了姑娘先到这仙籁顶上看一看，龙石上面的情形更奇怪呢。姑娘要上去看时，且在这里等候，待我下去，绕道从凝碧崖上面纵将过去，再用山藤援接，只要避开这大瀑布，上去就不难了。"芷仙闻言，笑着点头。

袁星便纵下仙籁顶，兴冲冲寻了一根长的山藤，跑到凝碧崖顶上，与龙石相距只有七八丈远。袁星带着山藤只一纵，便飞渡到了龙石上面。在瀑布左近择了适当地方，把长藤垂将下来。芷仙连忙纵身一把抓住藤梢，攀援而上。到了上面一看，那发源之处却是一泓清水，光可鉴人，石形如半只葫芦相似，水便从葫芦柄缺口处往下飞坠。下面是那样飞泉飘落，声如雷轰；上面的水却是停停匀匀的，若非缺口处水流稍疾，几乎不信这里是发源之处。再看面积，并没有仙籁顶大，水却稍微深了一些，其冷透骨。

那袁星到了上面，一刻也不曾安静，手脚并用地在水中东找找，西寻寻。芷仙便问它找些什么。袁星道："姑娘怎么一丝也不在意？你看这里是几丈粗的瀑布发源之处，水却这般停匀，池底石头如碧玉一般，连一个水穴都无有。如果这里头没有藏着宝贝，姑娘将我两眼挖去。"芷仙笑道："就有宝贝，这样大一座石峰，比仙籁顶还要高大，宝贝藏在里面，怎么取出来？这两座峰又是这里的仙景，漫说无法奈何它，就有法子想，既不敢把它弄毁，以免受大姊她们责罚，教祖怪罪，还不是空想？"袁星道："话不是这样说。但凡洞天福地中，所藏仙佛留下的宝贝，看去虽难，真要仙缘凑巧，得来却极容易。且不用忙，我早晚总要寻出它的根柢来才罢。倘若得到一两样宝贝孝敬我主人同姑娘，也不枉我跟随一场，受主人和姑娘许多恩义。"说罢，又满水中去摸索，算计天将近夜，仍是一无结果。芷仙浮沉碧波中，工夫大了，渐渐觉得足底有些寒意，便催袁星下去。好在下去比上来容易，只需从龙石上飞越到凝碧崖便可，无须再取路仙籁顶。当下仍由袁星先飞过去，芷仙紧抓山藤荡到对崖。复命袁星回到仙籁顶上取了贴身衣服，一同入洞换了干衣，重新出洞，坐在崖前。袁星又去取了些果子出来，一面吃，一面谈说。

正在得趣之际，忽见一朵彩云从空中飞坠。芷仙从未见过这种彩云，慌得口诵真言，正要用木石潜踪之法隐过一旁。彩云敛处，现出四女一男。男的正是金蝉。四女当中，一个是李英琼，一个是申若兰，业已委顿不堪；还有两个不认得，俱都生得仪态万方，英姿飒爽。才定了心神，上前相见。金蝉先喊芷仙道："若兰姊姊同英琼师妹都中了妖法的毒了。这二位是新入门的秦紫玲、秦寒萼师姊。你快和袁星帮助二位师姊，将她两人扶到洞里头去吧。我还要去寻芝仙要生血呢。"说罢，也没和芷仙引见，急匆匆自往后崖便走。芷仙高叫道："蝉师兄快回来，芝仙不在后崖，适才我见它独自现形出来，在玉响石上面拜月呢，你到那里去寻它吧。"金蝉闻言，才回转身来，往太元洞前跑去。袁星一见主人受伤，早已急得不可开交，眼泪汪汪地随在紫玲姊妹与芷仙身后，到了太元中洞二人的房内。此时英琼、若兰俱都牙关紧闭，面如乌金，两双秀目瞪得老大，不发一言。紫玲知道事在紧急，将申、李二人分别扶上石床之后，便问芷仙道："这位姊姊想必就是灵云大师姊所说的裴师姊了。李、申两位受毒已深，非乌风酒不救。她们现在已不能出声，师姊可知乌风酒藏在何处？"芷仙未及答言，袁星听得非乌风酒不救一句话，早已跑进内屋，去将乌风酒取出奉上。紫玲接将过来，叫寒萼去站在门外，以防金蝉闯了进来不便。寒萼道："你怎么喊我？我还有事做呢。"芷仙便叫袁星到门外去。袁星含泪道："好姑娘，你去吧，我要看我主人如何呢。"芷仙知它为主心切，只得走了出去。紫玲早知这里有这么一个通灵的猩猿，名叫袁星，却不料它如此忠义，十分感叹。

当下先将申、李二人上下衣服一齐卸去。才一打开乌风酒瓶，立刻满屋都充满了奇臭。寒萼道："这仙酒怎么这般臭法？"紫玲道："这原是以毒攻毒。留神溅在手上，最好取个什么布条来才好。"袁星闻言，忙将身上衣裙撕下一大片来交与紫玲，飞也似的跑到洞外，顷刻寻来了一根树枝。紫玲刚将布条扎在枝上，袁星便要去把英琼扶起。紫玲知它心意是想自己先救英琼，看它含泪着急神气，甚为嘉许，便对它道："你快将她放下，我自会先解救你主人的。"说罢，果然先走到英琼榻前，将树枝上布条蘸了些乌风酒，给英琼全身除前后心外俱都抹了个遍。那乌风酒擦在英琼皮肤上面，先冒了一阵蓝烟，知是往外提毒，忙叫寒萼上前施救。寒萼便将宝相夫人的灵丹取出，口运真气,在英琼前后心滚转。一会蓝烟散尽,乌金色的皮肤渐渐转了红润。忽听英琼大喊一声:"烧煞我了!"接着一声响屁过处,屎屎齐下,奇臭无比。这时金蝉早已取来芝仙的生血候在屋外,紫玲见是时候,慌忙跑到室外取来芝仙生血,分了一半与英琼灌将下去,嘱咐袁星在旁看守。然后同寒萼去救若兰,也是如法炮制。不多一会,英琼、若兰先后醒来。芝仙也进来看视,见二人虽然精神疲惫,脸上病容已减,才放宽心。紫玲便对芝仙道:"她二位业已起死回生,再须将养些时,便可复旧如初了。适才见外面瀑布,最好给她二位洗沐一番。这屋子也须汲些清泉清洗呢。"金蝉在室外闻言,知是又要自己回避,便朝室内高声道:"我到崖顶看看去,二位姊姊走时不要忘了叫我。"紫玲还言答应之后,金蝉径直飞身上崖去了。

英琼醒来,见自己与若兰俱都身卧污秽之中,想起不听大师姊之言,果然吃了亏回来,又羞又气。一眼看见袁星笑嘻嘻站在自己榻旁,娇叱道:"你不去打水来洗屋子,在这里笑些什么? 我吃了亏,你倒高兴!"说罢,伸手便要打去。寒萼忙拦道:"你休要错怪好人。刚才我们初下来时,它见你那危殆神气,眼泪汪汪,急得什么似的;如今见你醒来,才破涕为笑。它那毛脸上眼泪还没有干呢。"英琼闻言,对袁星脸上看了一眼,便不再言语。毕竟若兰性情温和,醒来见已回了凝碧崖,便把一切委之劫数。因自己虽然比英琼修道年深,根基、禀赋、仙缘都没她厚,不敢大意,只顾闭目静养,一听英琼在责骂袁星,忍不住睁眼笑道:"琼妹妹就这般性急,什么都是劫数使然,这有什么吃亏不吃亏的? 秦家二位姊姊嘉客初来,又救了我们的性命,没有什么好款待,洞天福地倒给我两人闹得一团糟,满屋子臭烘烘的。也不说请芝仙姊姊陪她二位到别屋去坐,或者陪到外面看看仙山风景,却犯什么小孩脾气呢?"紫玲姊妹早听说凝碧崖仙景无边,日后又是自己修道之所,适才下来虽然救人心切,只见一斑,已觉是平生见的仙山之中从未见过。被若兰一句话提醒,急于见识见识,估量金蝉此时定然避开,便答道:"此地是愚姊妹将来附骥修道之所,倒不必急在一时,只是二位师姊姊必须沐浴一回。我看适才崖下瀑布就好,何不到那里去呢?"当下又和芝仙分别见礼问讯。

英琼、若兰闻言,便要起床,紫玲忙说此时还不可过劳。当下仍由紫玲姊妹分扶李、申二人,芝仙在前引路,同到仙籁顶下。紫玲姊妹听芝仙说此仙泉甚好,不禁见猎心喜,只留芝仙一人在下边,各人卸了衣服,扶着李、申二人,喊一声:"起!"飞身到了上面。洗了一会,紫玲姊妹又往四下观赏了一阵,果然是洞天福地,仙景非常,赞不绝口。等到洗完下来,业已到了寅卯之交,袁星早将李、申二人衣服取来穿上了。李、申二人本想跟着紫玲同返青螺,及至驾剑光试了试,竟是非常吃力,驾驭不了。又经众人苦劝,才答应在山中休养。因紫玲姊妹初来,离破青螺还有余闲,便命袁星去请金蝉下来一同陪着,全山游了个遍。紫玲是喜在心里,寒萼更喜欢得眉开眼笑。又听众人说起平常在一起用功之乐,恨不能立刻破了青螺,来此居住,把那旧居紫玲谷早忘记在九霄云外去了。

大众谈说了一阵,又往洞中走去。英琼见袁星不在身旁,便问若兰道:"我说袁星被芷仙姊姊惯坏了不是? 你看我回来,它都不在旁边,也不知跑到哪里去顽皮去哩!"正说之间,已经入洞,到了英琼所居室内。英琼怕臭,首先捂着鼻子,正要让紫玲等到别屋里去,忽见袁星捧了一个英琼初到峨眉时,李宁制下的一个旧木桶出来。英琼正要喝问,若兰往室内探了探头,忽然扑鼻一股异香。往里一看,忙转身对英琼道:"我说你专门错怪好人不是? 我说袁星上哪里去呢,就这一会工夫,它见用不着它,已将我们屋子打扫干净了。我们进去坐吧。"寒萼也闻见香味袭人,直喊好香。众人进屋之后,若兰又拿鼻子闻了闻,笑道:"这东西真可恶! 竟将我从福仙潭桂屋中带来的那盒用千年桂实制成的冷艳香,都给偷出来用了。"

大家说说笑笑,重新坐下,紫玲才细看二人所居之所。原来是两间极大的石室,四壁光洁如玉,里面石床、石几、石桌、石墩之类,俱如羊脂玉一般细润。再加上若兰爱好天然,把洞外奇花异卉移植了不少进来,更显得幽静之中,别有一种佳趣。转觉紫玲谷富丽中带了俗气。再加这太元洞内千百间石室,自分门户,到处都是金庭玉柱,宏大庄严,光华照耀,亘古通明,真称得起洞天仙府,此为第一。流连观赏,正不舍就去,当不住金蝉惦着青螺,再三催走。紫玲也想起那边正在用人之际,好在不久便要再来,当下别了英琼、若兰、芷仙三人出洞。三人送至凝碧崖前,英琼又再三叮嘱神雕佛奴,如用它不着,可请灵云大师姊命它先回。紫玲点头告辞,叫寒萼、金蝉站在一起,展动弥尘幡,化了一幢彩云,直往青螺飞去。

紫玲三人刚走不多一会,忽然一道金光闪处,飞下一个道人、四个幼年男女。若兰知道峰顶有法术封锁,外人不能擅入,忙做准备时,那道人已远远招呼,说道:"贫道刘泉,奉了家师凌真人之命,将秦紫玲道友在途中所救的于建、杨成志、章南姑、虎儿四人送到仙山,请诸位道友暂时收留,候齐灵云道友回来自有交代。贫道尚奉师命,还有他事,改日再行领教了。"说罢,手中拿着一面符箓一扬,便化成一道金光,冲霄而去。

这时于、杨二童与章氏姊弟早跑到若兰、英琼等面前跪下,请求收录。李、申二人连忙唤起,略问了问他四人经过,便命袁星带入太元洞,去安置他四人的住所,再行出来谈话。于、杨二童还不怎样,南姑姊弟见袁星生得那般狰狞高大,不免有些胆怯。芷仙看出他二人脸上的神气,便拉着南姑的手说道:"它叫袁星,乃是那位李姊姊用的仙猿,虽然它形态生得怕人,却是面恶心善。你们初来害怕,还是我领了你们去吧。"说罢,便要袁星在前领路,自己带了四人随后跟着。芷仙因听南姑说过经过,不由起了身世相同之感;又加南姑聪明伶俐,谈吐清朗,虽是初来,竟挨在芷仙肘下一同行走,如依人小鸟一般,非常亲热,愈发加了些怜爱。便把她一人先安置与自己在一起,等灵云回来再作商议。将于建、杨成志与章虎儿也安置在金蝉房内。并对四人说道:"峨眉高寒,这里虽然四时皆春,上面却奇冷难耐。现在夏季还不要紧,你四人俱没有多的衣被之物,等大师姊回来,再给你们想法吧。"说罢,依旧领了四人,出洞来见李、申二人。英琼笑道:"我两人中毒太深,虽然被秦师姊救醒过来,身上还不大舒服,所以没陪他们进洞去看住所。裘师姊你将他四人安置在哪里哩?"芷仙笑道:"我看南姑这一点年纪怪可怜的,她又不能和她兄弟同住一屋,别的屋我恐她害怕,我先将她安置在我屋内。她兄弟和于、杨二位与小师兄同居。等大师姊回来再说吧。"李、申二人点了点头。大家又在崖前坐谈了一会,李、申二人各自回洞静养用功。芷仙无事,便领了于、杨二童与南姑姊弟,带了袁星满崖游玩,又把以前经过说与他四人听了。四人见自己能在这般洞天福地居住,喜欢得个个眉开眼笑。

芷仙平日和众人在一起,本领最为有限,遇事都羞于出面,总是随在众人身后。这时见于、杨等四人均系初次入门,又见李、申二人因为病后养息,不暇顾及招待,便以识途老马自居,领了这四个人一路走一路说,越来越高兴,不知不觉又从凝碧崖绕到太元洞西面。那里是一片山崖,满壁尽是些奇花异卉,碧嶂排天,并无上去的道路。

芷仙正要招呼众人转身回去,忽见袁星攀萝附葛,手足并用,捷如飞鸟一般,已上去有十多丈高下。南姑等四人几曾见过这种奇景,不由拍手欢呼起来。芷仙刚喊得一声:"袁星下来!"忽听袁星大叫道:"裘姑娘快来,在这里了!"说罢,直往下面招手。芷仙初学了轻身功夫,一时见猎心喜,估量十几丈高,上去还不甚难。便舍了四人,将脚一垫,直往崖上纵去,屏气凝神,施展壁虎游行的轻身功夫,毫不费事地到了袁星面前。一看,原来袁星站立之所,是一块光滑滑莹洁如玉的石板,有七八尺见方。这崖数十丈以上,终年有白云遮蔽,看不见顶,并且看上去是越往上面越难走。四周虽然尽是些香草奇花,除了这块可以坐卧的白石,一切都与下面所见一样。便问袁星:"喊些什么?"袁星道:"姑娘,你看这是什么?"芷仙顺着袁星手指处定睛一看,那块白石前面,薜萝香草密布中,隐隐现出一个洞穴,洞门上还有字迹。这时袁星已用手脚将萝草之类扒开,芷仙往前一看,那座洞门就在这半山崖上,因为终年被藤蔓香草封蔽,所以平时不曾看到。袁星上来时一脚踏虚,才行发现。当下再一看洞门上字迹,竟是"飞雷秘径"四个篆字,朱色如新。洞门只有一人多高,三四尺宽广。洞内深处,隐隐看出一些光,里面轰轰作响。

芷仙知道这里是洞天福地,洞中决不会藏什么猛兽怪异之类,再加袁星已首先进去,便随在它身后往前行走了数十步。洞内寒气袭人,涛声震耳,到处都是光滑滑的白玉一般的石壁,什么都没有。及至走到尽头,忽然不见了袁星。正在奇怪,猛听袁星在下面高叫道:"姑娘快下来,我在这里呢!"芷仙低头一看,原来洞壁西边角上,还有一个三尺多宽的深沟,沟下面有两三层三尺高下的台阶。下面银涛滚滚,声如雷鸣,也不知从什么地方发来的泉水。便跟着下去一看,石阶尽处,又现出一条石梁,折向西南,有一眼五六尺高的小洞。才将身钻了过去,便觉一股寒气扑面侵来。抬头一看,玉龙似的一条大瀑布,从对面石壁缝中倒挂下去,也看不清下面潭水有多深。只见下面瀑布落处,白涛山起,浪花飞舞,幻起一片银光,再映着山谷回音,如同万马奔腾,龙吟虎啸,声势非常骇人。再看自己存身之处,仅只是不到尺许宽的一根石梁,下临绝壑,背倚危巘,稍一失足,便不堪设想。

正有些惊心骇目,袁星又在前面呼唤。芷仙好奇心盛,仗着近来胆力、轻功都有了根柢,不怕失足,屏气凝神,跟着过去,谁知前面越走越亮。把这十余丈长的一条独石梁走完,折向南面,忽然面前现出一片石坪,迎面两间石屋。信步走了进去,里面竟和太元洞中诸石室一样,石床丹灶,色色俱全。猛见石壁上有光亮闪动,袁星忙唤芷仙道:"姑娘留神,石壁里面定然藏有宝贝哩!我是畜类,未得祖师传授,不敢去拿,姑娘何不跪下祷告祷告?"芷仙闻言,一时福至心灵,果然将身跪下默祝道:"弟子裘芷仙误被妖人摄去,多蒙教祖妙一夫人接引,收归门下。只是仙缘浅薄,资质平凡,将来难成正果。适才听袁星说石中藏有宝物,弟子肉眼难识,想系以前本洞仙师所留。如蒙仙师怜念弟子一番向道苦心,使宝物现出,赐与弟子,弟子从此当努力向道,尽心为善,以答仙恩。"说罢,站起身,刚要过去,咻咻几声过去,石壁忽然中

分,石穴中现出两长一短三柄宝剑插在那里。芷仙大喜,忙跑过去一看,剑下面还压着一张丹书柬帖,上面写着:

> 短剑霜蛟,长剑玉虎。赠与有缘,神物千古。大汉光武三年四月庚辰,袁公归仙,以天府神符封此三剑,留赠有缘。去今三十二甲子同年月日,石开剑出,得者一人一兽。宝尔神珍,以跻正果;恃此为恶,定干天戮!

这数十个大字似篆非篆,笔势刚健婀娜,如走龙蛇。

芷仙虽曾读过多年书,几经辨认,还细绎上下文气,才行认出,不由喜欢得心花怒放。虽不知袁公来历,估量定是汉时一位得道仙人。重又跪在地下,虔诚默祝,叩谢一番。起来再一细算日期,今日正是柬帖上所说石开剑出的那一天。既说是"得者一人一兽",那有缘者必是指着自己和袁星了。不过人兽虽各一份,剑却有三口,柬帖上又未指明哪个该得长的,哪个该得短的。长剑短剑虽然同是宝物,内中哪一口比较好些也不晓得。捧着这三口剑,看看这个,看看那个,不知要哪一口好。猛一回头,看见袁星站在身旁,瞪着一双大红眼,望着自己手上这三口宝剑,大有垂涎之意。暗想:"为人不可自私。今天如非袁星发现这洞,招呼自己跟了进来,哪里能遇见这种千载一时的机会? 况且柬帖上明明写出它也有一份。我只顾欢喜,还没有看看这三口剑的内容,何不拔将出来看个明白,再行分配?"当下先将两口长剑交与袁星捧着,也没对它说明来历。先将短剑托在手中仔细一看,这剑长有二尺九寸,剑匣非金非玉,绿沉沉直冒宝光,剑柄上有"霜蛟"两个字的朱书篆文。将手把着剑柄只轻轻一抽,一道寒光过去,剑已出匣,银光四射,冷气瘆人毛发。便走出石室,在外面石坪上,按照灵云所传剑法略一展动。一出手,剑上面便发出两三丈长的白光,斗大的崖石稍微扫着一下,便如腐泥一般坠落。芷仙因为地势甚狭,恐怕损坏了洞中仙景,连忙将剑还匣。再将长剑从袁星手中拿了一口过来。这剑通体长有七尺,剑柄上刻着半个老虎。再和袁星手上的一口一比,剑柄上也刻有半个老虎,果然是一双成对的长剑。芷仙见这剑太长,便命袁星抓着剑匣,自己手拿剑柄轻轻一抽,一道青光随手而出。拿到手中,先并不觉甚重。及至略一舞弄,觉着吃力,那剑又太长,佩带不便,知道自己无福享受。又听灵云等平日说,各派飞剑以金光为上,白光次之,青光又次之,黄光还要次些。再把袁星手上那一口拔出一看,发出来的光华竟是黄的,越发觉得两长不如一短。

正要开口和袁星说知就里,袁星已忍耐不住,说道:"恭喜姑娘! 凭空得了三口好宝剑。我只奇怪这三口剑都好似在哪里见过似的。"芷仙闻言,猛想起留剑的仙人名叫袁公,它又叫袁星,本是猩猿一类。昔日越女曾与袁公比剑,灵云师姊还说过越女剑法同袁公剑法不同之点。袁星又说此剑它曾经见过,莫非袁公便是它的祖先? 难得它生得又高又大,此剑想必比我用来要顺手得多,自己仍取那口短的为是。不过虽说仙缘凑巧,又有仙留柬帖,说石开得剑者便是有缘之人,但是自己依人宇下,还未正式得过师传,凡事当由大师姊做主,岂可自己随意处分? 这层务须对袁星言明,剑虽是它的,只可暂时由它佩带,正式归它,还得等灵云师姊回来,禀明了经过,由她做主,想必也不会不允,袁星与自己的地位也站得住些。当下对袁星道:"活该你这猴儿有造化,这两口长剑是你的呢!"便把柬帖上袁公遗书同自己等灵云回来做主的意思一一说了。

袁星闻言,喜得直跳道:"这一来,我也快学做人了。姑娘你知道留剑的袁公是谁吗? 我听我祖宗说过,他老人家还是我们的老祖宗呢。自从商、周时炼成了剑仙,只因在列国时候同越女比剑吃了亏,便躲到深山之中隐居修道,不履人世。听姑娘所说柬帖上言语,定是在那个汉朝时候才成的仙。我的一双眼睛最能看得出宝贝藏的地方。适才见姑娘一下得了三口宝剑,虽然喜欢,却没料到我还有份。只要齐大仙姑一回来,就成了我的,从此再也不怕佛奴看不起我了。我看这洞既是袁公当年修道的地方,也许还藏有别的宝物。姑娘左右没事,何不把它走完,看看还能得到什么仙缘不会?"芷仙被它说动了心,也存了希冀之想,便笑着点了点头,将那口短剑佩在身旁,吩咐袁星仍在前面先走。袁星夹着两口长剑,高高兴兴地觅路,再往前走。

第九十六回

力辟仙源　欣逢旧雨
眷言伦好　情切友声

且说芷仙和袁星从石坪过去，又见迎面现出一所石室，两扇石门半开半掩。芷仙跟着袁星侧身而入，见里面像是一条石甬道，不透天光，甚是黑暗。芷仙便将霜蛟剑拔出试了试，剑才出手，好似一道电闪一样，黑暗之中，比适才外面所见还要显得光亮。心中大喜，借着剑上光芒，觅路又往前走，越走路越显得狭窄。走到后来，也不知走了多少里路。忽然走到尽头，迎面好似被山石堵死，到处一找，并无出路。不禁大为失望，便埋怨袁星道："都是你这猴子得了这样好的宝剑还贪心不足，白走了多少冤枉路，害得外面几个人在那里死等。还不快些往回走呢！"说罢，正要停步回身，忽见有一丝青光从对面石头缝里一闪。芷仙知自己剑光是白的，先怀疑是袁星也将剑拔出。及见袁星夹着双剑站在那里，口中直喊奇怪，不住朝那尽头山石上看视，才觉出有些奇怪。此时那一丝青光已从石缝中连闪了好几下，芷仙也学袁星往那发光之处看时，并看不出所以然来，那一丝青光也不再现了。正想问袁星可知什么缘故，袁星已经轻声说道："姑娘，据我看，这洞我们并未走完，这尽头处的山石和洞中石头并不一样，定是被人将去路用山石堵死。适才见那一丝青光来得奇怪，我们何不将这山石打开看个明白？说不定里面还藏着宝物呢！"芷仙闻言，贪心又起，便道："虽然这尽头处山石是此洞出路，但是这是一块整石头，又看不出它有多深多大，我们两个又不会法术，岂能容易打通，还不是空想么？"袁星道："我还有点蛮力，只要这石头没有被人用法术封锁，我就能弄开它。好在打不通我们再回去，也还不晚。"

说罢，将手中长剑交与芷仙，用两只长臂按在石头上面，奋起神力，狂啸一声，朝前推去，连推几下，并无动静。芷仙仍将长剑交它道："我说白费牛力不是？这大山石如何能推得动？我们还是回去吧。"袁星道："姑娘别忙，我末后一次用力，好似觉得这山石稍微动了动，定然没有法术封锁。据我猜测,这石至多有二三丈方圆,推它不动,想是被这洞口夹住。等我想个法子弄开它。"芷仙总觉有些徒劳,不住叫袁星接剑回去。袁星猛见芷仙手中剑光直闪,忽然心中一动,跳起身来,喜叫道:"有了!我们有这么好的开山利器,怎么不会用哩!"说罢,接过长剑一抽,一青一黄两道剑光同时出匣。手一抬,直向山石上刺去,只听嚓嚓几声,剑到石开,磨盘大的石块纷纷往下坠落。喜得袁星越发起劲,运动一双长剑,上下左右乱刺起来。不消一会,早将山石穿通了一个三四尺方圆、丈许深的孔洞。芷仙见它时而用剑连砟带刺,时而又腾出手来去搬那石头,有时海碗大的石头迸落到它身上,也不在意,仍是兴高采烈,猛力进行,只激得大小碎石满洞飞迸。自己恐被碎石打着,也不敢上前相助。似这样又过了顿饭时间,猛听坠石纷飞中袁星欢呼起来。近前一看,它已将这两三丈深的石壁洞穿,洞外面天光直射进来,便听到洞外涛声震耳。袁星接连又是几剑,竟开辟出一个可以过人的小洞了。

芷仙自是喜欢,便随着袁星从这新辟的石穴中走了出去。到了外面一看,哪里有什么宝物,自己存身之处却是一片伸出的平崖,有数亩方圆地方。一面是孤峰插云,白云如带,横亘峰腰,将峰断成两截。虽在夏日,峰顶上面积雪犹未消融,映着余霞,幻成异彩。白云以下,却又是碧树红花,满山如绣。一面是广崖耸立,宽有数十百丈。高山上面的积雪受了阳光照射,融化成洪涛骇浪,夹着剩雪残冰,激荡起伏,如万马奔腾,汹涌而下。中间遇着崖石凸凹之处,不时激起丈许高的白花,随起随落。直到崖脚尽处,才幻作一片银光,笼罩着一团水雾,直往百丈深渊泻落下去,澎湃呼号,声如雷轰,滔滔不绝。再往对面一看,正对着这面洞门,也是一片平崖,与这边一般无二。平崖当中,现出一座洞府,洞门石壁,有丈许大的朱书"飞雷"二字。原来自己已经到了洞外,对面飞雷洞仿佛听灵云等说过似的。

正算计过崖与否,忽听碧霄中一声鹤唳。抬头一看,一只仙鹤在斜日阳光下闪动着两片银羽盘空摩云而来,眨眼工夫,落到对崖上。这才看出仙鹤背上还爬着一个白衣道童,看年纪不过十五六岁,身子半骑半躺在仙鹤背上,一只手攀定仙鹤背颈,一只手抓紧仙鹤的左翼,仙鹤降地,兀自还不下来。那仙鹤忽地朝着对面洞里长鸣了两声,不多一会,便从洞里又跑出一个青衣道童,年纪和先前道童不差上下,口中直说:"师兄,你怎么受伤了?"一面忙着将那道童从仙鹤背上扶了下来,正要往洞里走去。芷仙猛听背后一声娇喊道:"燕哥哥慢走一步,我来了。"言还未了,早从芷仙身后飞起一团黑影,纵向对崖,把芷仙吓了一大跳。定睛一看,见是英琼,便猜若兰也来了,再回身一看，果然若兰也站在身后。

原来芷仙同了袁星入洞之后，好半天不见出来，南姑等四人在崖前等得心焦，依了于、杨二人，便要跟踪寻了去。南姑道："漫说这样又高又陡的山崖不好走，就是能走，裴仙姑并没有叫我们跟去，岂不叫她见怪？莫如还在这里等着吧。"四人正在议论不定之际。英琼与若兰本是中毒以后，精神疲倦，才回洞去打坐养息。及至按着峨眉真传用了一回内功以后，二人彼此互问真气运行如何。若兰首先说气不归元，非常吃力。英琼虽然稍好一些，也说没有往日自然。若兰便对英琼道："这次若没秦家姊妹相救，我两人还不知要吃多大的亏呢！"英琼愤怒道："这些妖僧妖道真是可恶！我平生还没吃过这种亏呢。只要有那一天，若不把这些异派妖人斩尽杀绝，我便不是人！"若兰笑道："不羞，一来就说生平如何，你总共今年才多大岁数？打量都像你似的，小小年纪，一出世便遇见许多仙缘，自然凑合？你以为修成仙人容易吗？修内功，积外功，吃尽辛苦不必说，哪一个不经过许多灾难？像我们吃了一点亏苦，不但有多少人解救，还有人替我们报仇出气，总算便宜而又便宜的了。那些不但吃了别人的亏，并且因而送命的，还不知有多少呢。"英琼笑道："算了吧，这种丢脸又吃亏的便宜，你下次多捡几回吧，我是不想再捡的了。"若兰道："你倒会打如意算盘，劫数到来，由得你吗？况祸兮福所倚，福兮祸所伏。我二人遭此一难，焉知不是我二人心狂气盛，自恃本领，不听大师姊嘱咐，教祖想玉我们于成，特意警戒警戒我们，想教我们异日不奉师命，不准轻举妄动吗？这都不说。我两人身体还未复原，用不得功，真急死人。适才因为急于进来用功，也没顾得招呼远客。看神气，那来的四人不一定将来便和我们一样，但是我们到底是主人，不该怠慢人家，免得叫人家以为我们逞能，看不起人才是。"英琼道："我也并不是看不起他们，也不是怕羞，向来我不大爱理生男人，从小就是如此。我同他们不熟，又加人没有复原，不知不觉就变成不和人家投缘了。好在芷仙姊姊也是主人，有她代我们款待，不是一样么？"

若兰说道："说起芷仙姊姊，真是可怜。人极向上，偏她本领又低，根行又比别人稍浅，直到如今，除我送她一面护身的小幡外，连剑都没有一口。最难得她又自己事事都甘居退让，从不上前，只把大师姊教她一点初入门的本领拼命练习。有时教得难点，她练不上来，便去背人哭泣，越发苦练。对于众同门，更是无论哪一位，她都一样诚心结交，从没丝毫大意。你别看她资质不如我们，孔夫子说得好：'参也，以鲁得之。'我看她将来成就还不一定在你我之下呢。就拿这次到青螺去说吧，大家都想立外功，人前显耀，独独把她一人丢在山中看家，当然是又害怕，又不愿意，可怜她连你都不敢当面说，还托我讲情。我已几乎被她感动，想不去了。偏你这位小姐姑娘执意不肯，一定要去，白受了许多罪回来，才真冤哩。"英琼闻言，秀眉一耸，推了若兰一下，笑说道："我顶恨你专一爱做好人。照你一说，仿佛我好欺负老实人似的。去青螺不是你头一个愿意的吗？芷仙姊姊跟你商量，你不愿做恶人，却推到我的头上。我又不会作假，只好和她实话实说。这会又是我不对了。还有这位芷仙姊姊，同门姊妹在一起，大家又情投意合，比骨肉还要亲切，有什么话不可说，用得着什么客套？心里头有什么事就说出来，能办就办，不能办放过一旁，也不会有人怪你。老那么谦恭，虽不作假，倒显得不亲热了，这是何苦！"

二人正在谈笑辩难之际，忽见芝仙从外面捧着两片其红如火的草叶进来。自从芝仙被移植之后，英琼、若兰、金蝉三人无事时，都爱抱着它玩。灵云因这样要妨害它的道行，时常劝阻，三人仍是不听。芝仙也最爱三人抱它。这时它高高兴兴跑了进来，若兰先和它道舍血相救之德，英琼已抢着将它抱在膝上。还未及张口逗弄，芝仙已将一片朱草直往英琼口中便塞，嘴里咿咿呀呀说个不住。英琼见那朱草通体透明，其红如火，一叶二歧，尖上结着珊瑚似的一粒红豆，清香透鼻，知道是一片仙草。见它往自己口里乱塞，便问道："这是一片仙草，你想给我吃是不是？"芝仙呀呀两声，点了点头。英琼先将那叶上红豆吃进嘴里，觉得又甜又香，索性连叶子也吃下去，竟是甘芳满颊，甜香袭人，顿时神清气爽。正在咀嚼余味，芝仙已挣脱了英琼的手，跑回若兰身旁，将那一片也递给若兰。若兰见英琼吃了朱草之后，满口通红，正要笑她，忽见芝仙来教自己也吃，便笑道："你还是请她吃吧。这草吃下去，把嘴闹成个猴儿屁股，不擦胭脂自来红，才羞死人呢。"英琼笑道："你休要辜负芝仙好意。这不知是什么仙草，我吃了下去，觉得神清气爽，身子复原了一大半哩。"若兰也闻得朱草香味，再听英琼一说，不由也学了英琼的样，将朱草吃了下去，果然芳腾齿颊。英琼见她赞美，正要取笑，那芝仙倏地挣脱了手，跳下地去，往门外便跑。英琼直喊回来，那芝仙回头朝二人将小手招了招，仍往外头跑去。若兰道："芝仙朝我们招手，想必是领我们去采那仙草呢。"英琼闻言，一面点头，便同了若兰，跟在芝仙后面追去。那芝仙跑得甚快，放开其白如雪的两条嫩腿，出了太元洞，便往西面崖旁飞也似跑去。

南姑姊弟与于、杨二人正在崖前等得心焦，忽见远远跑来一个精赤条条尺许高的小人，其疾如飞，后面追的又是英琼、若兰，杨成志喜事，便迎着小人拦了上去。偏偏那里是一条窄径，那小人跑得正疾，猛不防前面有人兜拦，口里呀呀直叫，一时收不住势，又无处避让，眼看要被杨成志擒获。英琼、若兰二人本是和芝仙追赶着玩，一眼看见有人拦住芝仙去路，眼看就要将它捉住，头一个英琼就不愿意，娇叱道："快些闪开！不许拦它！"接着脚一点，飞身纵将过去。说时迟，那时快，芝仙早一纵丈许高下，从杨成志头上纵过，往崖上一跳，晃眼之间不见踪迹。同时英琼也飞到杨成志跟前，埋怨道："你这人怎么这般不知轻重？这就是我们的芝仙，大师姊费了多少事，当初说了多少好话，才从九华将它移植到此，救过好些同门的命，又是我们的恩人。你初来到此，什么都不知道，也该问一声。实对你说，连大师姊和全体同门都极爱它，虽然常和它跑着玩，谁也不敢动它一根寒毛，你倒冒冒失失地拦它。它最怕生人，你要吓着了它，小师兄回来，看他饶你哩！"若兰也从后面赶到，看得清楚。见英琼粉脸通红，指着杨成志没头没脸地乱说。杨成志被她说得颊红脸涨，一句也不敢作声。觉得怪僵的，便劝解道："这也是他远来初到不知就里，好在芝仙现在也不怕人吓了，算了吧，不要说了。我们找芷仙姊姊去吧。"英琼道："真怪，芷仙姊姊不是带这四位远客出来游玩吗？她跑到哪里去了呢？差点没闯出祸来。"

这时南姑姊弟同于建也走了过来，因为同来的人出了乱子，都吓得不敢言语。这时见问，虎儿到底年纪还轻，便指着西崖上说道："适才那个大猴仙跑到崖上，把裘仙姑也叫了去，他们钻到山里面去有半天了。"若兰道："这事休怨这几位远客，都是芷仙姊姊同袁星把他们丢在这里不管，也不知到崖上去有什么好玩。这崖我们都去过，崖顶也没什么出奇之处，他们到哪里去了呢？"南姑才接口道："裘仙姑同袁星并未到顶上去。先是袁星上了崖半腰，后来喊裘仙姑去看，裘仙姑才上去。袁星便将上面藤草一分，想必是现出什么洞穴，她二位进去就没出来。"英琼、若兰闻言，都动了好奇之心。英琼便对四人道："你们都守在这里，先不要走动。再见那芝仙出来，千万不可再去吓它。我们去找他们两个出来。"四人自是一一点头遵命。

英琼、若兰又问明了芷仙、袁星去处，双双将脚一点，便到了上面。洞口藤草已被袁星分开，那洞显得明明白白，二人便相随入内。过了瀑布、石梁，到那石室中一看，空空洞洞，什么也没有。出室寻路，上下曲折，又走了不少路。二人借着剑光，一路在洞中飞行，一路观察，顷刻间便走完那通飞雷洞的甬道。忽听潮音盈耳，声如雷轰。出洞一看，见了四外奇景，不禁惊异。同时见芷仙、袁星向着对崖眺望。顺眼一看，正遇那道童从洞内跑出来，扶那鹤背上的同伴。英琼见是熟人，不由心中大喜，忙不择地一面喊着，早飞身过去，和那道童相见。

那道童也认得英琼，连笑带说道："李世姊怎得到此？师伯呢？我师父不在家，师兄前些日与一个小女贼交手，是我帮他将女贼打走。今天师兄一人出洞闲游，好久没回来。适才听得鹤师兄叫唤，他已受了伤回来。幸而师父还有丹药，我们扶他进洞再说吧。"英琼闻言，便喊若兰、芷仙、袁星都过崖来，先引见那道童道："这是我从前和你们说过的周师伯的门人赵燕儿世兄，不知怎的会做了仙人的徒弟。我们有好多话要说，我同若兰姊姊得晚些回去，芷仙姊姊同袁星先回家去吧。都是你们要走开，新来的四个淘气鬼差点把我们芝仙吓坏了呢。"说罢，便请芷仙和袁星快回。这时若兰已略听芷仙说起她得剑大概。英琼忽然看见芷仙、袁星各捧宝剑，因为急欲要和燕儿述说别后之事，顾不得细问，只略略介绍了姓名，便催芷仙、袁星回去。芷仙因听英琼说，因自己走开，新来四人生了事，早着了慌，忙不迭地同了袁星回洞去了。

芷仙走后，赵燕儿便扶着先前道童，请英琼、若兰进洞。英琼、若兰一看这座飞雷洞，又和别处洞府不同。洞门像是人工制就的两扇石门，入门便踏着数十层石级往下走。到了洞底，便见迎面八根钟乳凝成的石柱直撑洞顶，分两行对面排列，如同水晶柱一般通体透明。尤其难得的是，八根水晶柱都是大小匀圆，粗细如一，位置齐整。当中一座丹炉。迎着丹炉，放着五个蒲垫，估量是燕儿师徒用功之所。穿过水晶柱走几步，又是大小粗细不等的百千根钟乳，自顶下垂数十丈，凝成一座水晶屏，恰好将前后隔断，只两旁留出大小如一、宽约三尺、高约八尺的门户。再由门中进去，便见无数根钟乳结成的水晶墙隔成大小十数间屋子。从洞顶到下面，高有三十余丈。也不知哪里来的光亮，射在晶墙、晶屏、晶柱上面，照得全洞光明，到处都是冰花幻彩，照眼生缬。再加上洞中石床、石几之类似晶似玉，莹滑朗润，越显得气象庄严，宝光四射，明洁无尘，气象万千。

燕儿将那道童扶到尽里面石室中石床上面卧倒，便请英琼、若兰随意稍坐，急匆匆去寻丹药去了。英琼、若兰见那道童身上并无血迹，只是牙关紧闭，面如金纸，瞪着双眼，不住流动，好似要说什么话说不出口似的。一会工夫，燕儿取来丹药和一片莲叶相似的草，若兰认得那药草正是福仙潭的乌风草,忍不住问道:"赵世兄拿的这乌风草,乃先师红花姥姥福仙潭之物。当初齐灵云师姊取到此草,同我行至中途,正要往衡山复命,遇见一位骑鹤的前辈师叔将此草要去,齐师姊曾说那位真人便是峨眉门中的髯仙李师叔。今见此草,莫非这里便是李师叔的洞府么?"燕儿一面忙着救那道童,一面口中答道:"家师正是髯仙李真人。当初将此草送到衡山,交与白师伯转交金姥姥,救了顽石大师。白师伯说,此草乃并世难寻的灵药,如今各派劫数到临,异教中妖术邪法甚多,异日大有用它之处。可惜除福仙潭外,没有地火之处俱都不能栽植。再三算计,只有东海天风窟和九华掌教真人的别府,同这飞雷洞三处可以移植。便将那数十株乌风草分了一半与东海三仙送去,将余下的一半亲自送往九华移植,又从中分了二株与家师,吩咐好好护持。家师自得此灵药,曾救过不少的人,所以我知道用法。"

说时那道童经燕儿给他服了髯仙李元化炼就的仙丹,又用乌风草在浑身拂拭,面色业已逐渐好转。燕儿知道无有妨碍,便说道:"我虽不知我师兄被什么妖法所伤,他既能骑鹤归来,必然受毒还浅。家师在洞时常常嘱咐,说此草以毒攻毒,非常厉害,不到万分危急,不可妄服,所以不敢造次。此草既是这位仙师姊仙山所产,想必知道功效,请看我师兄有无妨碍呢?"若兰道:"我看令师兄服了仙丹,脸色虽然渐好,还不见醒,恐怕不是中毒,也许被什么妖法所迷吧?当初先师对于各派妖法均极精通,妹子也学得一二。看他神气,好似中了敌人的香雾迷魂砂似的。我也拿不准是不是,待我来试试看。好在若是救不转,还有别的法子可想。只是赵世兄休得见笑。"英琼道:"你几时也学会这些罗唣?赵世兄又不是外人,适才既认出这位师兄被妖法所伤,就该当时下手才对,偏要挨到这时,白叫人等着心急,一肚皮的话没法先说。"若兰道:"我没见你这急性子。各异派中妖法千头万绪,我的学历又浅,将才我也没看出来。后来见乌风草在他身上连拂,闻见一股子邪香,才猜是香雾迷魂砂。对不对,还要救醒转来才知道呢。你就爱埋怨人,真讨厌!"

英琼还要再说时,若兰已将头发披散,从身上取出一个羊脂白玉瓶儿,说一声:"赵世兄休得见笑。"将瓶口对准道童,口中念念有词,一阵奇香过处,那道童脸上倏地飘起几丝粉雾。燕儿见那香薰人欲醉,正在惊异,若兰手中瓶口早闪出一两丝五色火花,射向道童脸上。刚把那几丝粉雾吸进玉瓶之内,便听那道童口中喊得一声:"好香!"立刻醒了转来,一眼看见旁边站定两个绝色少女,大喝一声:"贱婢竟敢到此!"便要上前动手。言还未了,燕儿知道误会,忙喊:"师兄休要莽撞!这两位是我世姊,来救你的。"说罢,忙与二人介绍见礼,匆匆又各说了一些来历。那道童名叫石奇,乃是人家一个弃儿,从小就被髯仙救到山中收为弟子,本领资禀都不在燕儿以下。一听英琼、若兰是妙一夫人门下,本是同门,又加二人英姿飒爽,秀骨如仙,想起适才冒昧,好生过意不去。

大家坐定之后,英琼忙与燕儿细谈经过,才知李宁出家,英琼遇见许多仙缘,众同门凝碧崖练剑;以及燕儿随周淳到成都路上,因叫门投宿不应,周淳纵身入内,遇见七星手施林;燕儿一人在门外等候,险些葬身蛇口,多蒙髯仙救度上山,收归门下学习剑术;后来髯仙等破了慈云寺,从成都回来,才知周淳已被嵩山二老中的追云叟收归门下等情节。彼此听了,都十分感叹欣幸。英琼久闻髯仙之名,便问燕儿:"师叔哪里去了?"燕儿道:"师父是往九华去的,曾说过了年才回来。如今离过年还早。"

言还未了,忽听一声鹤唳。燕儿猛然想起,向石奇道:"我只顾和李世姊说别后之事,还忘了问师兄,师父未回,你被女贼所害,鹤师弟怎得将你救了回来?"石奇道:"说也惭愧。我自那日在洞前见那女贼来偷飞雷涧瀑布中的逆鱼,因为是个女子,只要她有本领从千百丈洪涛中将鱼取去,先并没有和她计较。因她不时拿眼看我,我被她看得脸红,便躲进洞来。第二天,那女贼又带来了一个小的,还是明目张胆地偷鱼,我也没管她。谁知那小女孩竟趁着大女贼飞落水中取鱼之际,忽然偷偷纵过崖来向我说:'这位哥哥在这峨眉山后居住,你看见过一只大的黑金眼雕么?'说时满脸惊慌愁苦,好似怕那女贼听见似的。我还未及和她说话,那大女贼已偷了十几条金眼细鳞的逆鱼上来,看那小女孩和我说话,便骂着纵了过来。忽然又对我打量了两眼,笑了笑,也不再骂那个小女孩了。想是要在我面前卖弄,一手夹着她的同伴,驾一道青色剑光飞去。我也没有在意。第三天,女贼一人又来同我纠缠,我气她不过,和她动手,多亏你出来相助,才将她赶走。今早我又到洞外去观瀑,看那金眼逆鱼力争上游,偶尔有一条侥幸冲瀑而上,便化成翠鸟飞去。正想修道人也和它一样,只要心专不怕难,早晚有成就的一天。想着想着,忽然闻见脑后一股子奇香,回头一看,正是那女贼笑嘻嘻掩在我的身后。我还未及放出剑去,便已晕倒,只觉身子被人夹在空中,好一会才落地。又仿佛有人扶着我到了一个地方放下。不多一会,便听得鹤师兄在耳边叫了两声。我心中虽然明白,叵耐身如火焚,软绵绵地动转不得。又一会,便觉鹤师兄将我背起。彼时我已越来越昏迷,心中又痒又麻,两手恨不能拼命抓紧一样东西，一会便不省人事了。醒来已回了家，别的我就不知道了。"

英琼听那女孩问人可曾见过一只金眼大黑雕，不禁心中一动。原来英琼从莽苍山得剑回来，得着余英男留书，说她师父广慧师太圆寂以后，原打算搬到后崖来，和她同居做伴。不想遇见已经脱离昆仑派的女剑仙阴素棠，将她逼走，带往枣花崖而去。不知怎么的，她总觉阴素棠太厉害，同她不甚投缘，希望英琼回来，千万请神雕佛奴到枣花崖阴素棠那里将她背回。当时英琼本想开辟了凝碧崖之后，就派神雕前去接她。偏巧灵云深知阴素棠根柢，又知她自从脱离昆仑派后，常和异派勾结，助纣为虐，新近炼了两样法宝甚是厉害，难得有这么一个人在她门下，正好窥探她一些虚实。英男本是三英之一，异日峨眉门下的健者，因缘早已注定，更不愁她会由此被外人网罗了去。阴素棠虽然多行不义，剑术已得昆仑真传。她对英男定是看出她资禀过人，才执意强迫收她为徒，并无恶意，乐得借此让她学些本领。有了这几层原因，便主张英琼不要忙着去接。英琼素来极敬服这位大师姊，虽然心中不无恋恋，经灵云一再开导，又加与众同门住在这种洞天福地，日常用功习剑，乐事甚多，日久也就淡然若忘。这会听石奇说了这一番话，再一问容貌装扮，越发断定那小女孩定是英男无疑，越想越觉自己对不起人。起初以为她学剑倒还不怎样，现知英男在那里受人欺负，想必盼自己如望岁一般，岂可再袖手不管？但是枣花崖地方从未去过，石奇被那女贼擒去时，因在昏迷之中，并未认明路径，到底是不是枣花崖也还不一定。石奇初交，又非对方敌手，自是不便相烦。燕儿虽系世交，听他语气，虽比自己得师早，本领还未必有自己大。自己在青螺吃了苦头，长了点阅历，知道凡事不可冒昧。想起昔日金蝉曾同朱文骑着神雕追寻英男，到过一个所在，不知是那枣花崖不是。现在既然用石奇、燕儿两人不着，不如先回洞去与芷仙、若兰二人商量，等神雕回来，再邀若兰同去，见机行事。当下便和燕儿道："我们要回去了，本想约二位师兄到凝碧崖去游玩一回，因为我还有点事须要与这位申师姊商量办理，好在如今飞雷捷径打通，彼此均可常来常往，过了一二日后，我再来邀请二位师兄过那边去吧。"说罢，便起身告辞。

若兰先前听到石奇之言，因和英琼常谈，也早疑那小女孩是余英男，当着生人亦未及多问。一见英琼沉思了一会，忽然起身说要回去有事与她商量，更猜料中八九。刚张口要问时，见英琼朝她看了一眼，知她不愿当着多人说出，便不再问。及至石、赵二人款留不住，彼此定了后会，二人往回路走时，若兰才忍不住问英琼，那小女孩到底是不是英男，为何当着人不肯说出？

英琼便将自己的心思说了。若兰道:"我当你有什么高明心思呢,你真聪明得糊涂。我因没去过枣花崖,便想等神雕回来,我们一块去。你却把眼面前认得路的忽略了去。"英琼忙问何故。若兰道:"李师叔那只仙鹤不是把石师兄背回来的么?从前英男信上说她在枣花崖,焉知现在还在那里不在?神雕去的地方到底对不对?以前既未再三追寻,如今怎能便一定?我看去是定去接她,省得跟异派人在一起落不出好来。不过那阴素棠我曾听先师说过,总算是有名人物。石师兄说那女贼绝非本分人,我们也不可轻敌。最好查清楚了地点,算准了日期,悄悄前去将她背回。阴素棠如果不服寻上门来,那时端阳已过,我们的人全都回来,便不怕她反上天去。"英琼闻言,喜欢道:"你说的话真对。不过总得在大师姊未回时去接,省得她和上次一般又来拦阻。"若兰道:"你可错了。大师姊当初因为要知阴素棠虚实和让英男学点外人本领,所以才命暂缓去接。如今英男既然盼你相见甚切,石师兄又说她受女贼责骂神气害怕,平日虐待可知。大师姊如知她遭遇不好,岂有袖手之理?你难道还不知你们这几个号称三英、二云的,与本教昌明所关甚大么?"英琼闻言,虽觉若兰言之有理,到底还是快去接回才放心。当下站定略微商量,仍回身返回飞雷洞,去向燕儿说,最好借髯仙仙鹤一骑,先去认明路径,再作计较。

谁知才出洞门,便见一青二白三道剑光斗在一起,难解难分。再一细看,那使白光的正是石奇和燕儿两人。使青光的是一个女子,装束鲜艳,容态妖娆,眉目间隐含荡意,口口声声要石奇和她回去。要论这三道剑光,都差不了多少,只因是两打一,所以占了上风。那女子见不能取胜,一面指挥剑光迎敌,一面将长发披散,从身后取出一个尺许长的拂尘,口中念咒,正要施展妖法,恰好英琼、若兰二人赶到。英琼一见,便要动手。若兰忙道:"你须等一等。这女贼又施展妖雾迷人,虽是邪法,收将来异日与人取笑也是好的。你只需如此如此,我们便可抢过它来。"英琼依言行事,看若兰如何施为。

若兰早将那白玉瓶儿取出,仍和先前一样披发念咒。那女子并未留意身后来了两个劲敌,刚刚将拂尘转动,飞起一团彩雾,猛听身后一声娇叱道:"不识羞的贱婢,敢用妖术迷人!"急忙偏身回头一看,原来是一个十三四岁的小女孩,身材容貌和自己师妹余英男不相上下,不过比英男还要来得英朗,佩着一柄长剑站在那里,指着自己辱骂。就在这一转瞬间,还未及张口,猛觉手上一动。再一回头,一道青光闪处,另一个年纪稍长的女孩手中拿着一个白玉瓶子，瓶口发出五色火花，收自己发出去的香雾，另一只手却将自己的拂尘抢了逃走。也不知她用什么法术隐身，竟飞到自己面前，俱未觉察，直到她将自己宝贝抢走，才行看清。不由又惊又怒，正要另施妖法报仇，这时又听先见的小女孩喝道："石、赵二位师兄收剑回去，待妹子取这无耻贱婢！"那女子正愁敌人太多，双拳难敌四手，一见石奇、赵燕儿真个将剑收回，正待指挥飞剑去追若兰，忽见一道紫巍巍剑光如同神龙一般飞到。先前抢宝女子却收了剑光，站在前面，拿着自己拂尘，笑嘻嘻观阵，并不上前助战。

第九十七回

万里孤征　余英男杀贼枣花崖
一心溺爱　金圣母传针姑婆岭

那女子本来识货，一见这道紫光，便知不是寻常。暗想："世上用紫色剑光的，只听前些年师父说过，并未亲见，不想在此相遇。这两个女子不知是什么来历，小的已经如此厉害，大的更不用说。"不由愤怒之中又有些害怕起来。偏偏自己平素好胜，仗着来时带了许多法宝，还不甘心就走。谁知就在她这一转念的当儿，那道紫光已与青光相遇，才一接触，便感不支。那女子知道不好，欲待收剑已来不及。英琼的紫郢剑自经用峨眉真传炼过，益发神化无穷，哪容敌人收回，两下相遇，只绞得两三绞，便将那女子青色剑光绞碎，化为万点青萤，坠落如雨。接着英琼将手一点，那道紫光如长虹一般，直朝那女子头上飞去。这次女子见机得早，一见飞剑被毁，虽然切齿痛恨，已知危险万状。再见紫光飞来疾若闪电，无法抵御，不敢再作迟延，连忙取出一样东西迎风一晃，化成三溜火光，分三面冲霄而去。英琼还待追赶，转眼之间已不见踪迹。

那女子逃后，四人重又相见。若兰道："那女贼并非善者，她适才逃走，用的是三元一体坎离化身之法。从前先师也会此法，可惜我未学到。若非得过异派能人真传，决难有此本领。只可惜没顾得问她名姓来历，便将她吓跑了。"英琼道："只顾我们说话，还忘了问赵世兄，李师叔的仙鹤既能将石师兄背回，必然通灵，知道那女贼的去处。现在我和申师姊要借它引路，到女贼那里去救一个人回来，不知可否？"燕儿道："师妹早不说。鹤师兄原是奉师父之命，回洞取一样东西。就便带来柬帖，说峨眉新辟凝碧崖太元洞，不久便要光大门户，已为各异派所知，迟早就要前来侵犯。飞雷洞是要紧所在，凝碧崖的后路锁钥，叫我和石师兄随时留意，设法将通凝碧崖的道路打通，连成一片，以便互通声气等语。我已将合洞捷径被师姊师妹们打通的事儿写了一封信，托鹤师兄带去回复师父，如今鹤师兄已经走了。"说罢，又问英琼援救何人。英琼把自己借鹤引路去救余英男之事，一一对他说了。果然石、赵二人俱问要自己相助可好。英琼道："现在还谈不到请二位师兄帮忙。鹤师兄已走，我们认不得路，且待神鹤回来，骑了它去试试看。如不行，只好等青螺诸同门回来再说了。"又略谈了一会，当下仍和石、赵二人告辞，从原路回转。

刚回到太元洞前，一眼看见芷仙同那新来四人拿腊肉逗雕玩呢。英琼喜得连忙跑了过去，抱着神雕颈子，骑到雕背上去。那神雕见主人无恙，好似非常高兴，不住点头往英琼身上挨贴。倏地舒展板门般的两片钢羽，离地三四尺，满崖低飞起来。只看得新来四人个个脸上带出惊喜神气。飞了一会，英琼招呼神雕落下。芷仙又将和袁星入洞得了三口宝剑之事说了一遍。袁星早已手捧长剑跪在一旁。英琼、若兰将这三口剑分别抽出看了一看，果然寒光耀目，冷雾凝辉。知是前辈剑仙用的至宝，非常代芷仙、袁星高兴。也主张除芷仙不算外，袁星的两口长剑，须等灵云回来禀过，再行定夺。暂时仍由袁星佩带，嘱咐不许生事妄用。袁星自是唯唯应命，起来恭侍一旁。

英琼便和若兰、芷仙二人商量，依了英琼，恨不能当时就去救回英男。若兰说："现在天已不早，外面比不得凝碧崖永远通明，这几晚又没有月色。还是算计外面尚未明前再行动身，赶到那里已是白天，也好寻找。"

三人商议了一阵，各自回转太元洞，由芷仙领了新来四人，分别先去安歇。英琼、若兰练了一会工夫，命袁星出去将神雕唤来。英琼问道："钢羽，你从前不是背着朱师姊、小师兄二人去追我英男姊姊么？后来他二人回来，说你飞到一个地方便往下落。带去英男姊姊的阴素棠，是不是便藏在那洞内？你还认得么？"神雕闻言，不住长鸣点头示意，英琼心中先自欢喜。

到了丑寅之交，芷仙跑来问二人可是真要出去，有无话说。英琼道："我们无非去接了她就回来，至多不过一个整天。洞中之事，仍烦芷仙姊主持。最要紧的是不要让那四个新来的孩子离开你，省得出事就是了。"若兰道："你这人太小心，自己又多大，老气横秋，口口声声喊人家孩子。人家初来，不知轻重，见我们追芷仙，以为我们是要真去捉它，才好意上前相拦。你一点不怕人害臊，一丝情面不留，说了一顿也就是了。人家都那么大了，受了教训还闯祸吗？我就可怜那南姑姊弟，适才你骑雕飞着玩时，她不住地赔小心，请我转求你不要怪他四人。她兄弟虎儿口口声声直说没有他的事。他姊弟仿佛同来的人惹了乱子，连他们也带累上似的。偏你又不大爱理他们，他们心里又越发不安了。"英琼道："谁还再怪他们？我不过是嘱咐芷仙姊，他们初来不知深浅，多留点神罢了。又因为忙着听芷仙姊得剑的事，又忙着商量接英男姊姊回来，他们又拘束不说话，难道我无话想话说么？我也不知什么缘故，南姑姊弟还可，那于、杨二人，我一见面就不大高兴。可见一个人有缘没缘真是难说哩。"若兰见英琼言多矛盾，知她童心犹在，说话率直惯了的，便不往下再说。算计天已不早，英琼、若兰便和芷仙作别，准备去救英男。

二人刚出了太元洞，若兰猛想起昨日听赵燕儿说，髯仙李元化的飞鹤传柬之事，便问英琼："石、赵二人曾愿相助，这种事固然人少为妙，不过也得通知他们一声。还有通飞雷洞捷径不比凝碧崖上有法术封锁，髯仙李师叔还专为此事飞鹤传柬。大师姊他们未回来时，我两人责任很重，虽不一定在我们走这一会工夫就出事，但是也不可大意。反正是一样走，莫如我二人仍从后洞出去，见了石、赵二位，把这层意思对他们说了，派袁星把守洞门。我昨天见它新得的两口长剑竟比我的飞剑还好，虽然未经修炼，不能与身相合，能发能收，即此也非寻常异派所能抵御。一旦有警，再加石、赵二位相助，我再留下到紧急时封锁洞门的法术，也就不妨事了。"英琼闻言，也以为是，便带了神雕，径从后洞出去。

这时天色只东方略有微明，正是石、赵二人用功之时。英琼等一出洞，便见石奇站在洞前石坪上，燕儿站在旁侧孤峰半腰上，各用剑光互相刺击，你来我往，在满天星光下面，时如白虹下泻，时如闪电飞掣，银蛇乱窜。再加上左侧广崖上波涛汹涌，汇为洪瀑，谷应山鸣，声若雷轰，越显得当前人物的雄奇壮阔，不禁叫起好来。石、赵二人闻声，见是李、申二人，便收了剑光，上前相见。李、申二人说了来意。燕儿一眼看见神雕和袁星，昨日只听英琼说了个大概，非常羡慕，便又问长问短。英琼笑道："燕世兄，我们回来再说吧，还有事呢。"石、赵二人也知防守责任重大，便不再说相助的话。

若兰又笑道："其实以二位师兄本领来说，原不怕有人来此侵犯。不过师叔既事前警告，总得谨慎一些。妹子还会一点障眼法儿，乃先师所传，准备妹子深山修道，防人侵害之用。意欲传与二位师兄，作个万一之助，如何？"说罢，取出九面寸许长的小旗，那旗虽小，上面却画着无数风云雷雨，山精水怪，及蚯蚓般的怪符。若兰给大家看了看，按九宫方位口中念咒，朝洞前石坪上分掷过去，九点红光落地，没入地中不见。然后说道："此名乾坤转变潜形旗。如遇敌人厉害，只需口诵真言，避入阵内，自有妙用。此法颇为神妙，先师曾制服过多人。只当初因盗乌风草，被峨眉教祖长眉真人破过一次外,并无一人破得。直到先师归真以前半个月,才传授给妹子作防身之用。此旗只能防守,不能随时取出应用,非先期布置不可。今将用法传与二位师兄,万一有事,不要忘了携带袁星。"又将用法咒语传给石、赵二人,然后同了英琼飞上雕背,各与石、赵二人道别,喊一声:"起!"直往枣花崖飞去。

神雕飞行迅速,二人稳坐在雕背上。上面是星明斗朗,若可攀摘;下面是云烟苍莽,峰峦起没,大小群山似奔马一般,直从二人脚底倒退过去。这时遥瞩天边,东方已微微有了明意。倏地起了一阵乌云,把天际青光遮成一片漆黑,连下面云山都在微茫杳霭之中若隐若现。英琼刚说了一声:"怎么天还不亮,许要变吧?"一言未了,若兰忙叫:"琼妹快看奇景!"英琼侧转头一看,先是东南方黑云罅中闪出两三丝金影。一会工夫,又见有数亩方圆的一团红光忽而上升天半,彩霞四射;忽儿没入云层,不见踪迹。若金丸疾走,上下跳动,滚转不停,要从天际黑云中挣扎而出。以后红光越来越显,越转越疾,倏地往下一落,又没入天际,便不再现,只东南半天现出了鱼肚色。头上的星也隐去了好多。二人在雕背上迎着天风,凭虚飞行,一路谈说,一路看那朝日怎样升天。倏地瞥见正东方红影一闪,霎时半轮亩许方圆火也似红的太阳,已经端端正正地从地平上涌起。那些黑云也都不知去向,干干净净的天,只红日出处有半圈红影。满天只剩数十百颗疏星,光彩已暗,摇摇欲坠,越显天高。再低头一看,下面是云潮如海,咕咕嘟嘟簇拥个不住,把脚下群山全都隐没,只剩那几个高山的尖儿如岛屿一般,在云海中隐现。上面却是澄空若洗,一碧无际。英琼笑对若兰道:"我们山上观日出,也不知看过多少次,却没想到这日出前的幻影,越到高处越好看。起初错把东南方日光反射的幻影,当作日出的所在,又在说话,直到日已升起了一半才看出来,真是好笑。"

若兰还未及答言,那雕忽然回头长鸣了一声,两翼微收,倏地一个偏侧,直往下面云层里飞去,登时连人带雕都钻入了云层之内。一片片白云直朝二人襟袖飞进飞出,觉着脸上湿润润的。二人猜是到了目的地,顾不得再说闲话,聚精会神,准备见机而作。转眼之间,那雕已背着二人穿过云层,飞落在一座山上。二人飞身下雕一看,这山崖上下到处都是参天枣树,时当五月,金黄色的细碎花朵开得正盛,衬着岩石上丛生着许多不知名的红紫野花,好似全山都披了五色锦绣,绚丽夺目。再加上上有飞瀑,下有清溪,泉音与瀑鸣,玲珑轰发,交为繁响。浓荫深处,时闻鸟声细碎,偶一腾扑,金英纷坠,映日生辉。真个是山清水秀,景物幽奇,虽比不上凝碧仙府,却另有一种幽趣。

英琼急于要接英男，也无心观赏风景。因听金蝉、朱文二人说过，这山崖上有一个石洞，便和若兰留神四处寻找。若兰主张不可轻易涉险，嘱咐神雕先去横空下瞩，听候招呼。自己和英琼寻到洞旁，觅一僻静所在潜伏。英男如在此山，决不会不出来，但得相遇，便悄悄引她回转峨眉，比较稳妥。真不能相遇，再作计较。二人议定之后，上崖走不多远，又过了一片枣林，果然看见前面有一石洞，洞门上写着"玉女洞"三个篆字，石门关闭，并无人影。二人先在洞旁岩石后面潜伏，静候有人出来，相机行事。等了个把时辰，并无动静，英琼心急，未免不耐。若兰久闻师父红花姥姥说起阴素棠的厉害，再三嘱咐不可造次。英琼无奈，又等了有个把时辰，仍是无有影响。便对若兰道："这牢洞紧闭，也没个人出来，别说英男姊姊，连这里头到底有没有人都不知道。似这样死等，等到什么时候是了？我看这事决难平安无事将人接回，还是寻上门去问个明白。如果英男姊姊在这里，我们就说是她朋友，特来看望，先和她见了面再作计较。如果不在，也好另作打算，省得在这里干等着急。"若兰拗她不过，只得说道："寻上门去，我等力薄；何况阴素棠原本要的是你，更为不可。我以为英男既在此山，决不会不出洞门一步。如怕洞中无人我们空等，我倒可以过去观察一下。"

说罢，嘱咐英琼不要走开，自己飞身到了洞旁，略一看视，回来说道："真怪极了！这里枣花如此茂盛，又加神雕曾经来过，地方又与小师兄所言相符，当然是枣花崖无疑。适才我去看那洞门，不但紧闭，还曾经人从外面用法术封锁。亏我识窍，没有冒昧挨近洞前。换了别人，早着了她的道儿，脱身难呢。看这神气，洞中人业已他去。她既用法术封锁，决不舍离此地，必要回来，不过日期和时间就说不定了。"英琼闻言，跳起身来说道："如果洞中的人封洞而去，英男姊姊定在洞中无疑了。"若兰问何以见得。英琼道："据你看，那女贼既不是阴素棠本人，必是阴素棠的宠信门徒或同道的党羽，石、赵两位师兄曾说她对英男姊姊不好。英男姊姊既怕她，又急于想和我见面，见人便打听神雕的下落，此种情形日子久了，岂不被女贼她们看破？当然防范她一定很严。照前后的情形看来，定是阴素棠不在这里，只女贼和英男姊姊在此修炼。那女贼吃了我们的亏，估量自己能力不济，到别处去请别人帮忙，或者就是去请阴素棠也说不定。她恐怕英男姊姊逃走，又不愿带她同去，所以才用法术将她封锁在洞内。若我们能打开这个牢洞，便可将她接走。你说我猜得对不对？"

若兰闻言,深觉言之有理。便答道:"如果真在洞内,这事倒好办。她那封锁门户的法术虽然厉害,只是不知道的人误走进去要吃亏,若是事先看破,并不是没有破法,进洞不难。不过人家不在家,攻破人家洞府,不论正派邪派,都觉理上说不过去。莫如我们还是再等一会,到了日落不见人回,再行下手。你看如何?"英琼气愤愤地道:"这些邪魔外道,专门害人为恶,同她讲什么理?我只要我的英男姊姊,好歹将她接了回去才罢。"说罢,便起身往洞前飞去。若兰恐怕有失,连忙飞身追去时,刚喊得:"琼妹且慢!"英琼的紫郢剑已化成一道紫色长虹,疾如闪电,飞向洞门,只一冲射之间,便将洞门冲开。倏地一阵烟雾过处,由洞口射出数十道火箭。英琼更不怠慢,朝着剑光一指,道一声:"疾!"只见紫电森森,略一盘旋,便将那些火箭扫荡得烟消云散。若兰虽知英琼紫郢剑是仙传至宝,还没料到上起阵来竟是百宝不侵,所向无敌,好生欢喜。见妖法已破,忙招呼英琼住手,自己先飞身入洞,仔细看了看,在地下拔起三面三角小旗。说道:"我只知她洞口暗藏烟云符箓,洞内必有埋伏,却不料她还藏有三面火星旗。琼妹的紫郢剑真是灵异极了!"一面说着,英琼早跟着一同入内。

这洞在外面看去,以为里面甚大,其实只有七八间石室,布置陈设极为华丽,迥不似出家人修道之所。若兰道:"看她洞中陈设,便知这里主人是个旁门左道。"正说之间,忽见一个小女孩的影子在侧面石室旁边一晃。二人连忙追将过去时,英琼一眼瞥见地下有一张纸,好似写着英男字样,顺手拾起。若兰已飞身上前,将那小女孩拉了过来。英琼一看,那女孩只有十三四岁,年纪虽小,却是明眸皓齿,容态娇艳,眉目间隐含荡意,见了生人并不害怕,一面挣扎,一面问:"你们两人是怎么进来的?是不是寻我的大师姊?"英琼刚要张口,若兰朝她使了个眼色,笑问那女孩道:"我们正是找你的大师姊同那余英男,你可知道她二人往哪里去了么?"那女孩闻言,脸上好似有些惊异,说道:"那不知好歹的贱丫头余英男,她没有朋友呀,你们寻她则甚?"英琼一听那女孩骂英男是贱丫头,早已生气,不等说完,上前一把将她抓住,喝道:"我便是余英男的好友。你既然背后骂她,想必她平日受你们的虐待。快快说出她住什么所在,领了我们前去便罢。"言还未了,那女孩一声冷笑,倏地挣脱了英琼的手,脚一顿处,起了一道青烟,便想逃走。若兰笑道:"这些障眼法儿也来卖弄。"说时,早飞身上前将她捉了回来。对英琼道:"这里是出口。我不认得英男,你先快去别屋寻找。待我问这丫头,我自有法子,不愁她不说实话。"英琼闻言,便把全洞寻了个遍,并无一人。又寻到一间房内,有英男昔日穿过的几件衣服。出来一看,那女孩被若兰用法术禁制得两眼泪汪汪,已经说了实话。

原来阴素棠自犯了昆仑教规脱离正教,便处心积虑想独树一帜,与昆仑对抗。同赤城子二人同恶相济,到处物色门徒,不论男女,一律兼收。又开辟了几处洞府,作她门人修道之所。她门下原有四个得意门徒,三男一女,分带了这些新收门徒散居各地。同时又命他们各地留心,物色收罗有根基的男女幼童。枣花崖只是别府之一,起初原住在这里。新近在巫山十二峰中寻了一座好洞府,便带了两个得意门人移居过去,只留下她最宠爱的第三门徒桃花仙子孙凌波和余英男在此居住,并命英男先跟孙凌波学剑。起初阴素棠物色英琼不着,无心中用强收了英男,对英琼并未死心,还想利用英男和英琼交情,将英琼也收罗了去。后来听人说起英琼在莽苍山得了紫郢剑,业已归入峨眉门下。各异派又把英琼所遇种种仙缘奇迹说得锦上添花,都说长眉真人有三英、二云预言,将来必为各异派的隐患。阴素棠好生后悔,埋怨赤城子太不小心,不该将英琼丢在莽苍山中,让外人收罗了去。先对英男极好,本打算将自己昆仑嫡传用心传授。谁知英男自小清修,又加天资颖异,根骨优厚,竟看出阴素棠种种败坏清规劣迹,将来必无好果。又加想起亡师之言,自己与英琼情若骨肉,万分难舍,每日价除了学剑之外,总是愁眉苦脸。阴素棠看出她貌合神离,对师父对同门都不亲热,已经不快。没过多时,又有人提起长眉真人预言,英男名字正犯讳,几次占卜都与自己将来不利,只因英男质地太好,不舍得就逐出门墙。偏偏孙凌波一向得宠惯了的,初见英男时,一听师父说此女根基禀赋俱在众门人之上,恐怕将来英男得宠,传了师父衣钵,好生忌恨。一见师父起了疑虑,便乘虚而入,时进谗言。日子一多,英男渐渐失宠,常受孙凌波的欺侮。英男绝顶聪明,一看情形不对,言行加了许多谨慎,仍是挽回不了她师徒们的欢心。既念亡师,又怀好友,每日价背人欲泣,好不伤心。幸而洞外闲眺,还未禁止,英男便借练剑为由,每日站在洞外,眼巴巴望着空中,盼望神雕飞过,便可带她去与英琼见面。谁知两眼望穿,也不见神雕飞来。只知英琼在莽苍山,想寻了去,又不知路径,更无法下山,只是心中愁苦。

自阴素棠移居巫山,在孙凌波掌握之下,更成了刀俎上的鱼肉,虽未遭受毒打,常常受到辱骂,已觉难堪;又加上孙凌波在重庆物色了一个破落户的女儿,拜在阴素棠门下,算是小师妹。那女孩便是若兰、英琼所见的那一个,名叫唐采珍,年纪虽小,已解风情,又刁猾,又能说笑,会巴结人,深合孙凌波脾胃。又加是她自己物色来的，来日不多，已传了好些小妖法。这唐采珍看出孙凌波厌恶英男，益发助纣为虐。这还没什么。有一次，孙凌波竟从山下勾引了一个姓韩的少年人洞淫乐，吓得英男更加忧惊气苦，觉得此间决非善地。幸亏孙凌波醋心甚重，姓韩的与英男、唐采珍说话都不许，才略放了点心，只是求去之心愈切。

前些日孙凌波不知听何人说峨眉后山飞雷洞洞中逆鱼味美，明知那里是峨眉派剑仙窟宅，仗着自己妖法剑术，竟大胆前去偷了两次，无人干涉，得着甜头。第三次又去，遇见石奇，觉得比姓韩的又强得多，本就活了心。回来又赶上那姓韩的一味和英男兜搭，被英男戟指痛骂。不由醋心大发，把姓韩的大大排揎了一顿，总算看清不是英男的过错，只略微说了几句挖苦话便罢。次日又想去偷鱼，就便相机勾引石奇，恐怕姓韩的在家作怪，便把英男带了同去。英男见孙凌波又去偷鱼，本就怕姓韩的又来向她罗唣，一听带她同去的地方又是峨眉，愈加合了心意，高高兴兴随她到了飞雷洞。一眼瞥见石奇英姿勃勃站在那里，猜他不是坏人。此来原是想得便打听英琼下落，知道问本人必定不易知道，那金眼雕又大又出奇，必为人所注目，只需问出雕的地方，便可寻得一些踪迹。趁孙凌波穿瀑偷鱼之际，连忙飞身过去，问石奇可曾见那只神雕。正说之间，被孙凌波上来看见。她原见石奇一脸正气，既住在这种仙灵窟宅所在，必有大来头，虽然心痒难搔，还不敢造次下手，准备多来几次，他自来上钩。一见英男贸然上前搭话，错会英男也有了意，不由醋心又起。追过去刚要责骂，对面一见石奇，更显他仪表非凡，丰神挺秀，越看越爱，不愿将泼辣之态给他看出。又嫌英男在旁碍眼，不便和人家调情，决意明早再来，这才住口，将英男带回。她只防英男，却忘了唐采珍天生淫根，平日见了孙、韩两个浪荡情形，早就动了邪心，趁她走这半天，再被姓韩的一勾引，便苟合起来。孙凌波回去也未看出，只把英男辱骂了一顿。

英男被屈含冤，越想越难受，觉得再住下去，一定凶多吉少。又听石奇说并未见过那雕，猜定英琼是在莽苍山未回，不曾见过自己留的那封信，所以不来接她。在此既无生路，不如冒险前去寻她，还可死中求活。因听阴素棠说过，莽苍山在本山的西南方，有好几千里。虽然不认得路，事到如今，只好瞎撞，也说不得了。正在心中盘算不定，偏偏孙凌波心中迷定了石奇，英男在家虽不放心，也不管了。第二日又去借偷鱼勾引，却被石奇、燕儿两下夹攻，将她赶了回来。她因昨日见石奇对英男说话温温和和的，错认为容易上手，走时匆忙，除随身飞剑外，所有法宝俱未带去，差点吃了大亏，这才知道对方不是可以软求的。回来迁怒于英男，骂了几句。越想越难割舍。第二日又将师父留在家中的法宝取了些带在身上，赶到飞雷洞，恰好石奇在背手观瀑，正好下手，便悄悄掩了过去，暗用迷魂香雾，将石奇抱了就走。

回到洞前，遇见唐采珍赶上来悄悄说道："师父同了一位客人在里面呢。亏得我先前和韩大哥在外面玩耍，不在洞内，没有被她撞着。现在我将韩大哥藏在崖旁隐秘之处，我抽空到外面来等你好几次了。"孙凌波虽知师父也和自己是一般玩面首，不过门下的人明目张胆地在洞中私藏男女还没有过，不能不避讳一点。便将石奇交与采珍，命她择地隐藏。入内一看，那客人正是赤城子，连忙上前相见。阴素棠问她适才何往。孙凌波并未说出峨眉之事，只支吾了几句。阴素棠道："我那云南旧府，自从因想收那姓李的女孩子，已有好久没有回去了。你二师兄新近为了一个女子，吃了一个小贼和尚的大亏，差点送了性命。那小贼秃名叫笑和尚，是苦行头陀的孽徒，年纪轻轻，又狠又坏。你大师兄得信往救，去了多日，不见用信香报信，我打算回去看一看。如今峨眉新出许多小妖孽，非常刁恶。本派根基尚未大定，最好暂时紧闭洞门，不要招惹他们，白吃亏苦。我同赤师叔路过这里，顺便下来嘱咐你们。英男天资虽好，对我信心不坚，你要随时开导教诲于她。采珍也还不错，只稍微浮荡一些。我无暇多留，你遇事留神。如有急难，可将信香焚起，我自会前来解救。"说罢，又命孙凌波取了两件应用的法宝，径同赤城子往云南老巢飞去。孙凌波同余英男、唐采珍送走阴素棠后，孙凌波忙问唐采珍将人藏在何处。唐采珍领了前去一看，那人已不知去向，猜是被他同伴赶来救走，好生可惜。只得权且仍拿姓韩的解闷取乐。

到了翌日，又赶往飞雷。她走之后，那姓韩的和唐采珍正刚上手得趣之时，哪里忍耐得住，竟自在别的室内淫乐起来。英男原本在洞口闷坐闲眺，盘算去留。无心中入内取剑出来练习，撞见二人正在苟且，不由失声惊呼起来。姓韩的本就不安好心，见被英男撞破，索性一不作，二不休，想拖了英男一起下水，赤着身子，上前便扑。英男武艺本就高强，阴素棠所传练剑之法虽然只教了半截，经她下功苦练，已有了根柢。姓韩的不过是川东小盗，如何是她的对手。先见这一双狗男女的丑态，已经又羞又怒；再一见他还要沾染自己，随手用剑一挥，将姓韩的拦腰斫成两截。闷气虽出，猛想起自己闯了大祸，少时孙凌波回家，一见心上人被杀，岂肯甘休？当时把心一横，指着唐采珍说道："我不杀你这个臭丫头，我如今走了。少时孙贱人回来，不准你对她说我去的实在方向。你如说了实话，她只要将我追回，我就对她说出你同那贼子的丑行，她也饶不了你！"说罢，匆匆取了纸笔，写了两句自己因拒奸杀了姓韩的，此去不归，行再相见等语，便自下山走去。

孙凌波二次吃亏回来，一见姓韩的身首异处，因为日久爱疏，心已他移，并不动心，只用化骨散化了尸体，连眼泪也没滴一点。倒是英男出走，师父知道必定见怪，何况又为自己行为不端而起，决定追上前去，杀以灭口。这次因为惹了峨眉门下，恐人家跟踪寻来，不敢大意。问明英男去的方向，嘱咐唐采珍不要外出，将洞门用法宝埋伏，法术封锁，径驾剑光追赶英男去了。那唐采珍到底年轻，果然怕孙凌波将英男追回问出实话，于自己不利，明见英男往南，却说往北。孙凌波背道而驰，如何追赶得上。这是英男年来经过情形，暂且不言。

话说若兰、英琼由唐采珍口中得知英男一些大概，只知她避祸出走，还不知是去莽苍山寻找英琼。只后悔迟来了半天，英男业已他去，所写纸条也没留去处，茫茫天涯，何处去找寻她的踪迹？又恐她孤身逃走，万一遇见什么异派歹人，岂不是才出龙潭，又入罗网？好生代她忧虑。因为那女孩年纪太小，便饶了她。英男既不在此，无可留恋，便走了出来。那时神雕仍在空中飞翔，见主人出来，倏地长鸣一声，径自飞下。英琼猛想起英男还不会御气飞行，虽然事隔大半天，想必也不曾走远。自己虽然无法寻找，神雕神目如电，排云下观，针芥不遗；它又深通灵性，普通剑客并不是它对手：何不命它沿路追去探看，一旦相遇，便可将她接回，岂不是好？想到这里，忙对神雕说道："前回在峨眉常由你护送到解脱庵去的那个英男姊姊，与我情同骨肉。如今她被恶人逼走，往西南方逃去。我意欲同若兰姊姊顺路追去，只恐查看不到。请你先飞在前面查看，我同若兰在后面分头追寻，好歹要追她回来才好。"说罢，那雕长鸣一声，首先朝西南方飞去。

英琼和若兰又商量了几句，正准备各驾剑光低飞，顺着西南山路追寻，忽听破空的声音，从东北方箭也似疾地飞来两道青光，转眼落地，现出两个女子。才一照面，内中一个才喝得一声："便是这两个贱婢！"立时有两道青光朝英琼、若兰顶上飞到。英琼眼快，早认出内中一个正是飞雷洞败走的桃花仙子孙凌波，一拍剑囊，紫郢剑先化成一道紫虹迎上前去。若兰也跟着将剑光飞起迎敌。来人中一个红衣女子一见紫光飞来，大吃一惊，慌不迭地首先收回剑光。

那孙凌波原是追赶英男，追了半天未追上，便猜英男狡猾，故意说东却往西走,唐采珍不曾弄清。却没想到反是唐采珍怕她知道详情,于自己不利,故意给她当上。她既追赶不上,便想回洞,再细问唐采珍,英男是怎生走法,好歹要将她追回,杀以灭口。反正英男不会御剑飞行,只要中途不被别人引去,无论她如何走得快,也决逃不出自己的手。想到这里,无心中往上面一看,已经追离峨眉甚近。想起近日相遇石奇之事,心中一动,不由啐了一口。刚要往回路飞行时,忽见东南方下面山坳中,一道青光直向自己飞来,近前一看,正是自己的好友姑婆岭黄狮洞金针圣母的女儿千手娘子施龙姑,心中大喜。二人见面之后,施龙姑便邀孙凌波到下面洞中去盘桓些时。

孙凌波和施龙姑原是十年前在姑婆岭采药打出来的相识。彼时金针圣母还未遭劫,她虽然身入旁门,却已改邪向善多年,见龙姑荡逸飞扬,知道将来难成正果。自己只有这个女儿,并无门徒,未免有些溺爱。便对龙姑说道:"古时修道的人,男子炼剑防身,女子炼针防身,一样可以炼得飞行绝迹,致人死命于千百里之外。可惜飞针久已失传,自汉、唐以来,女子也都炼剑,没有炼针的。我早年未生你时,不该一时错了脚步,身入旁门,结下许多孽缘。如今虽然改善行为,杜门思过,恐怕将来也绝无好果。五十年前,我也是炼剑,并不知飞针如何炼法。因为同人比剑吃了大亏,又气又恨,日夜寻思报仇之计,无心中在广西勾牙山山寨深处得到一本道书,备载炼针之法。是我昼夜苦修,九年之后,将九九八十一根玄女针炼成。寻找仇人报仇之后,又过了有十几年,刚生你不满三岁,你父便遭了天劫。我触目惊心,看破世情,隐居此山,一意潜修,不再去惹是非。近年悟透因果,知我生平作恶已多,多年挽盖,也难于自赎。幸亏回头得早,转劫之后,还不致性灵泯灭,可以重入轮回,再修来世。我的剑法并不足奇,惟有玄女针非比寻常。目前各派炼有飞针的人虽然不少,但是除了已遭劫的天狐宝相夫人自身眉毛炼的白眉针另有妙用外,余人所用飞针皆非此针之比。本想将我平生本领传你,偏偏你受了你父亲遗传,生具孽根,将来必定步我早年后尘,有了此针,反倒助你为恶,不但你无好收场,连我也牵连造孽受累;欲待不传,我又无有传人,太觉可惜。意欲趁我还有几年气运,想一个两全之法,将针法传你。现在有两条道路,不知你愿走哪一条,应得一条便可。"

龙姑想学飞针已非一日,一闻此言,忙问是哪两条道路。金针圣母见她志在学针,对自己生身母亲不久遭劫毫不在意,不禁叹了口气道:"第一条是要你从传针起,立誓不妄伤一人,并不能借此助自己达到不论什么欲望,只能在性命关头取出应用；未传之前，还得与我面壁一年，不起丝毫杂念。"龙姑闻言，连第二条也不问，慌不迭地应允。金针圣母道："你不要把此事看容易了，还得先面壁一年呢。"说罢，便取了九粒辟谷丹，与龙姑服下，吩咐先去面壁，一年之后传授针法。

第九十八回

霞煮云蒸　伤心完宿劫
郎情妾意　刻骨说相思

　　龙姑服了丹药,径到后洞,以为修道的人,这面壁还有什么难处?哪知头一天还好,坐到三天上,各种幻象纷至沓来,妄念如同潮涌,一颗心再也把握不住。私心还想:"心里头的事,母亲不会知道,只需挨过一年,就算功行完满。"偏偏那幻景竟如真的一样,越来越可怖。有时神魂颠倒,身子发冷发热,如在水火之中。不消多日,业已坐得形消骸散,再也支持不住。还待强撑,金针圣母已经走来相唤道:"痴孩子,这头一条道路你是走不成的了,另外再想妙法吧。"龙姑还想口硬时,当不住金针圣母把她在幻景中许多丑态都点了出来,这才哑口无言。

　　金针圣母道:"这比不得炼剑时打坐修内功,每日有一定时间修炼,况且那个是着相的。这种面壁功夫最难,是不着相的。比如你想学飞针,已动一念,再想此念不应有,便由一念化亿万念,哪能不起妄想和幻景? 漫说是你,连我也未必能行。你如真能一年面壁,不起一念,你已成了道,我还有什么不放心处? 因为你虽有遗传恶质,天分却是上等,我望你过切,才叫你试试。万一你在一念初起时能够还光内视,转入空灵,岂不大妙? 那日我话未说完,见你也不问明如何坐法,急于尝试,满腔侥幸之心,那样心气浮躁,便知这条路走不通了。这都怨我们做父母的不好,先给你留下孽根,不能怪你。第二条路,是想叫你答应我屏绝世缘,学我闭门修道。这几日一想,这还是不行。一则你学成之后,绝不能安分,学而不用,学它何为,你岂肯心甘? 如今之计,只有趁你天真未凿,给你觅一佳婿。你虽浮荡,如果夫婿才貌双全,样样合你心意,你夫妻恩爱情浓,也不会再去寻别人的晦气了。"当时龙姑闻言,觉得母亲竟看出自己将来不知如何淫贱似的,好生心中不服。但是一想起幻景中经历,不禁面红耳热起来。便答道:"不管如何,反正得将飞针传我。"

从此，金针圣母为了这事，又二次带了女儿出山，到处物色乘龙快婿。知道凡夫俗子，决非女儿所喜。各大正派虽然对于门下弟子，一任他缘法根行，不禁婚姻，但是教规极严，像自己女儿这样的必然不允，徒自丢人，甚或闹出事来。自己正悔误入旁门，又不愿在旁门中去寻求。为难了多时，才想起藏灵子新创天师派，他虽非正教，也非旁门，介于邪正之间，教规也还不恶。便带了女儿赶到云南，随即登门领教。先和藏灵子结为朋友，然后观他门下弟子，只有一个熊血儿，不但资禀特异，品貌超群，而且是个童身，样样都中自己的意。于是先征求了龙姑意见，然后向藏灵子委婉求亲。藏灵子早知熊血儿尚有尘缘未了，该有这一段孽缘，毫不迟疑，点头应允。不过说熊血儿学业未成，要三年之后，才能与龙姑正式结为夫妇。成婚以后，如要夫妇同居，只能住在孔雀河畔；否则，熊血儿每年只有两个月住在龙姑那里，其余十个月，是要在孔雀河授业的。金针圣母虽然道法高强，却未料出藏灵子别有深心，以致后来出了多少变故，弄巧成拙，结局异常之惨。又加上龙姑与熊血儿本有孽缘，一见倾心，只求得嫁此人，任何条件均可应允。当时两下订了成约同完婚之期。金针圣母带了龙姑，喜孜孜地回转姑婆岭，尽心尽力将九九八十一根玄女针传授了龙姑。龙姑本来绝顶资质，不消一两年，已将飞针运用得出神入化。到了第三年上，金针圣母送女儿到孔雀河畔，与熊血儿完姻。龙姑生具孽根，婚后愉快，自不必说。

　　谁知三朝以后，熊血儿便入宫听讲，虽然晚间回来，竟是同床异梦。过了几日，龙姑实实忍耐不住，便问丈夫何故如此薄情。熊血儿道："我师父是五百年童身，照他老人家所修的道行，原可肉身成圣。谁知前些年往仙霞采药，无心邂逅孽缘，坏了道基，须经一次兵解，才成正果。这才知道无论多大本领，强不过缘孽数运。重又改定教规，不禁门下弟子有婚姻之事。我与你本有前缘，所以岳母当时一提便即应允。夫妻恩爱，我岂不知。只因当初我和师文恭师兄俱是承继师父道统之人，可惜师师兄为人刚愎，喜欢同许多异教中人来往，未免在无心之中造了许多孽因，师父说他前途十分难料，由此对我瞩望更切。本门道法最为难学，欲要精通，非数十年苦功不可。我入门才只十余年，离学成还远，偏偏只剩数十年光阴，师父便要兵解。师父想在兵解以前，将道法全数传授于我。每年只有八月底至十月初是归藏时期，不练功夫。除此之外，每天都得加紧苦修。现在正是三月还好，一入五月，不但不能和你恩爱，有时你我虽在一处，连面都不能见了。我因破了色戒，将来也得和师父一样，经过兵解才能修真。再在炼法期中动了情感，一个走火入魔,不但不能承继师父道统,连身子都化成飞灰了。当初师父和岳母说,每年只有两个月与你同住姑婆岭者,就是为此。我想人如同朝露一般,你如能暂时容忍,等我将道法学成,岂不天长地久,何计这片刻欢娱呢?"龙姑因他说得理对,无法驳他,心中好生不快。其实熊血儿也非常贪爱龙姑,只是师父一向严厉,言出法随,不得不遵罢了。龙姑虽然后来十分淫贱,当时还是少女初婚,丈夫又是自己看中,不能埋怨母亲,并且也羞于出口,只是气闷在肚里。

那金针圣母见爱女爱婿一双两好,看去非常恩爱,又加同住在孔雀河畔,在藏灵子卵翼之下,不但不愁人欺负,还可从女婿学一点道法,愈加安心,向平愿了,好不欣幸。屈指一算,自己劫数快到,明知无法躲避,到底免不了侥幸之想,做一事前准备,即使不能脱劫,也可作一个身后打算,便在女儿婚后十天回山去了。临行之时,藏灵子看她可怜,嘱咐了一些取巧道儿。金针圣母闻言大喜,再三感谢而去。因为从了藏灵子高明主意,走时再三嘱咐女儿,此番别后,无论如何,千万不可回山看望,至早都要在三年零七个月之后。否则,回去便会害她遭受天劫,永堕轮回。

龙姑见母亲走时光景凄然,只说是惜别,却没料到别有用心,并未注意。她是住惯了名山胜景,洞天福地的人,因为贪恋男人,住在这种穷山恶水,枯燥无味的孔雀河畔,日子一多,本就不惯;又加丈夫只是口头温存,毫无实惠,比较薄情的还要来得难受。藏灵子教规又严,拘束繁重,越忍越不耐烦,渐渐对于熊血儿由爱中生出恨来。几次想禀明藏灵子回姑婆岭去,一则母亲行时再三嘱咐,回去便是害了她,最重要原因还是贪恋新婚时滋味。虽然有时把丈夫恨入骨髓,一想到转眼入秋以后,便是任意快乐时候,又高兴起来。每日眼巴巴像盼星星一样,好容易挨到夏去秋来,入了归藏时期。

有一天,熊血儿喜孜孜回到家中,说是师父给了两月恩假。只是这里同居,当初新婚之日原是勉强,如今日子一多,好些不便,意欲同她寻一好的山林快活两月,再同回来。龙姑闻言,真是喜出望外,却故意笑脸含着娇嗔,说道:"谁稀罕住在你们这种穷荒无味的地方?我守了几月活寡也守够了。既然师父给了假,还是回到我们家里去住吧。"血儿闻言,连忙摇手道:"我听师父说,岳母大劫将临,我们回去便是害了她,千万不可。"龙姑也想起母亲别时之言,便问何故。血儿只推师父所说,不知究竟。龙姑何等聪明,猜是血儿知而不言,再三盘问,也问不出所以然来。当时注意欢娱,便放下不提,又商量往何方去好。血儿道:"如今天已寒冷,我们冷固不怕,但去的所在如果

329

木叶尽脱,满目萧索,有何趣味？听师兄说,云南莽苍山绵亘千百里,峰峦岩岫不下万千,山中藏有温玉。有几处山谷内不但景物幽奇,四时皆春,而且奇花异草,温泉飞瀑,到处都是。那样好的地方,只近数十年来才有人注意,前去隐居学道,仍有好些地方没有人迹。我意欲同你到莽苍山,择那风景极好,有温泉花木,从无人迹之处,找一岩洞,小住两月,每日浴风泳月,选胜登临,席地幕天,乐一个够多好。"龙姑闻言,欢喜得直跳,忙和血儿去辞别藏灵子,动身前往。藏灵子并未见她,只唤血儿嘱咐了几句。

二人到了莽苍山,择了一个温谷住下,每日尽量欢娱,只是时光易逝,转瞬两月期满。龙姑如渴骥奔泉,好容易得偿心愿,这久旷滋味,更胜新婚,一听说要回去,急得几乎哭了出来。熊血儿毕竟是有根骨的,虽然一样贪欢,却怎敢违背师命,不知费了多少好语温存,才劝得龙姑如丧考妣地随了回去。

从此又是十个月的活寡。龙姑虽然难耐,血儿心志坚定,不敢违抗师命,也是无法。每日无事时,只练习飞针、飞剑、法术,消遣烦愁,只盼到了第二个假期,再去快活个够。二人之间由爱生恨,由恨转爱,也不知多少次,虽各有一身惊人本领,却是各不相谋。龙姑对血儿,是好容易盼他回来,简直顾不了别的,只去一味挑逗。有时怨恨夫婿薄情,一个小反目,便是数日不理血儿。血儿用功心切,胜于画眉,乐得她不来纠缠,自去做自己的功课,非等龙姑回心转意,决不迁就。和美的时候很少,纵有,也是美中不足,把光阴都从软语温存,轻嗔薄怒中混过。血儿又是奉着天师派戒条,本门道法万能,不屑剽窃别一门户中的能耐,除了夫妻见面谈话外,不见时,都是各用各的功。及至到了每年两月的假期,却又欢爱情浓,无暇及此。虽然有时各人施展本领,彼此炫耀,也只不过借以取乐逞能而已。血儿是不要学别人的。龙姑一则贪着欢娱,二则知道天师派法术哪一样都须经过一番苦修和相当的年月,好容易盼到这种宝贵假期,岂肯拿来空空度过。因此他二人夫妻一场,谁也没把谁的本领学了去。

时光易过,转瞬过了三年零七个月。龙姑见离假期还早,正好趁此时机,回山看望母亲一番,省得在此闷气。她自婚后去见藏灵子好几次,都被藏灵子加以拒绝,一赌气,也就从此不去见了。这次因为要回去,明知藏灵子不见,不得不禀明一声,便托血儿致意。谁知这次竟大出意料之外,血儿回来说,师父听说她要回去,着她即刻就去觐见,有紧要话说。

龙姑一听,连忙遵命前去。参见之后,藏灵子凄然说道："你母亲因避大劫,想在大劫未降临前兵解而去。恐你在她身旁不知就里,遇事妄自上前,反坏她的事,所以请我约束你不准回去。后日便是应劫之期,她期前已约好一个昆仑派剑仙半边老尼在姑婆岭比剑,以便借她飞剑兵解。你如现在动身,赶了回去,还可见她一面。你母亲早年虽种下不少恶因,与昆仑派却无嫌隙。这次比剑,是她这三年中故意与半边老尼门下为难,想引得人家寻上门来,好借这次兵解免去大劫,主意原是不错。不过前日有一位道友对我说,你母亲寻人兵解,这种事本极平常,换了别人,除了本门弟子同亲生不能用外,不论寻一个稍微有本领的人,便可借他兵解而去。无如你母亲早年作孽太多,仇人太众。一则自负一世英名,不肯丧在庸人之手;二则对方用的飞剑须要刚刚炼成,从未伤过生物的,才不致损及自己道行。因为这样求全求备,费了多少心血,才打听出半边老尼新近炼了七口青牛剑,准备将来传给门下七个得意弟子昆仑七姊妹,尚未用过。她便故意去寻这七姊妹的晦气。仇不大,半边老尼当然不会寻上门来。如用不相干的法术,又制不了敌人。她打听出七姊妹中的照胆碧张锦雯、姑射仙林绿华、摩云翼孔凌霄三人奉半边老尼之命,领了新入门的缥缈儿石明珠、女昆仑石玉珠姊妹,到张锦雯修道的广西卧狮山顶上天池万顷寒潭底下泉眼里浸练筋骨,她便赶到那里去挑衅,连用玄女针伤了林绿华、孔凌霄;又用她生平第一件法宝五火赤氛旗的阴火,将石明珠姊妹烧得闭过气去。临走之时对张锦雯说道:‘我只是警戒你们,不屑与你们计较,我那玄女针伤人不比飞剑,三天一夜之中,准死无救。我用赤氛旗烧你们,也只是用的阴火,她二人虽然气闭,并不妨事。我如今分别与你们留下解药,照服之后,立时复原。如不服气,可叫你们师父明年今日,到姑婆岭去寻我。’又说了多少挖苦话而去。张锦雯见四个师妹命在旦夕,知道你母亲所留丹药准能解救。如要禀过师父再用,一则相隔太远,不忍见她四人多挨痛苦;二则半边老尼性情古怪,决不肯用仇敌留的丹药;又知玄女针厉害,万一师父不能解救,岂不误了她四人性命?即使逼于无奈用了,自己代师父丢人,到底比师父丢人强些。便擅自做主,将药与四人服下,果然当日痊愈。只顾救人不要紧,这种情形太揭了半边老尼的脸皮,比杀了她徒弟还苦,半边老尼何能忍受。后来知道,把张锦雯大加责骂一顿,立誓非报此仇不可。

"此尼为人不但性情古怪,疾恶如仇,而且手段又狠又毒。我前日听那道友说起,恐怕你母亲用意被她猜透,到时兵解不成,反着了她的道儿。我又不便出面,曾托她前去暗观动静。如见势危,可出其不意,暗用飞剑助你母亲兵解。她原本也与半边老尼同门，因为成道以后犯了教规，脱离出来，本也不愿露面，因她有求于我，不能不去。她的飞剑虽已伤害无数生物，于你母亲炼魂聚魄稍有妨碍，总比堕劫强些。不过你要认清楚，那半边老尼生得奇形怪状，一望而知。你此番回去，见她和你母亲比剑时，无论如何危急，千万不可上前。你母亲如死在她的剑下，那就再好不过。因为这是你母亲愿望，要她如此，无须认她为仇。倘若她寻你为难，你只高呼奉母命，谢她成全。她知道是中了你母亲道儿，也必省悟而去。如果她二人相持不下，就是已被半边老尼识破真相，故意看你母亲遭劫，以快心意。挨到大后日午时，西方飞来一朵红云，便是你母亲遭劫之期，必有一个年轻道姑，等那红云未到前，将你母亲用飞剑刺死。这道姑名叫阴素棠，便是我请去给你母亲备万一的，休要会错了意，以恩为仇。那时红云业已飞到，你可急速避开，少时再去收拾你母亲的遗骸同法宝。从此无须回到我这里，每年着血儿到姑婆岭，使你夫妻团聚两月，将来我尚有大用你之处，务须自爱，急速回去吧。"

龙姑闻言，想起慈母之恩，也不禁心如刀割，心慌意乱地赶回姑婆岭。到时天已昏黑，时当月初，满天繁星闪烁，地面上到处都是黑沉沉的。刚刚转到自己洞前，相隔半里之遥，忽见一片青光红光在洞前空地上闪动。正要飞近前去看个动静，忽从斜刺里飞过一条黑影，朝龙姑扑来，龙姑吃了一惊。正待准备动手，那人已低声说道："来的是施龙姑么？"说罢，现出一个道装女子。龙姑猜是藏灵子约来帮忙的阴素棠，忙答道："小女子正是施龙姑。来者莫非是阴仙长么？"那道姑一面答应，一手早拉了龙姑走向崖侧僻静之处，说道："你既知我名姓，想必藏灵子已对你说了详情。那半边老尼也是我的同门师姊，非常厉害，现在正与你母亲斗法之际，你千万过去不得。我已来了半日，她二人从日未落时交手，斗到现在，不分胜负，看神气，或许半边老尼尚未觉出你母亲用意。这半日工夫，半边老尼同你母亲各人俱损坏了几样法宝，直到如今，未分胜负。你母亲大约是想等半边老尼将那新炼的青牛剑放出，然后借它兵解也说不定。"龙姑总是想见母亲一面，因为阴素棠再三劝阻，便和阴素棠说，打算近前看个仔细，并不出手。阴素棠不便相拦，只嘱咐仔细小心，不可冒昧动手。

龙姑口中答应，也顾不得再说别的，便从侧面崖后绕到洞前，相隔三五丈之内，觅地潜伏。回看阴素棠并未跟来，此时龙姑心乱如麻，并未在意。相离较近，自然越发看得清晰。只见那半边老尼真是生得奇形怪状。年约五旬以上。一颗头只生得前半片又扁又窄。下面赤着一双白足，瘦得如猴子一样。两只长臂伸在僧袍外面，一手拿着一个青光莹莹、亮晶晶的东西，一手指定一道青色剑光，和金针圣母的红光绞作一团。身背后背着一把花锄，上面还系着一个葫芦，紫烟萦绕，五色缤纷，估量是个厉害法宝。正看之际，忽听金针圣母道："半边老尼，我要献丑了。"半边老尼骂道："不识羞的泼贱！左右还不是那一套不要脸的妖法，你快使出来吧！"言还未了，金针圣母将身一抖，浑身赤条精光，头朝下脚朝上，先是倒立起来。然后两肘贴地，两手合掌，口中念念有词，将手一搓，往前面一扬。立刻绿沉沉飞起一团阴火，星驰电闪般直朝半边老尼飞去。龙姑知是魔教中摩什大法，非常厉害。再一看半边老尼，好似有了防备，也是盘膝坐在地上，眼看阴火包围上来，先将剑光收了回去。然后将手一起，手中那团活莹莹的青光，早飞起护住她的全身，一任那阴火包围，全没放在心上。金针圣母占了上风，反倒是一脸愁容，十分焦急。先是不住将手搓动，那阴火越聚越浓，连半边老尼全身都被遮没，只见绿火烟中青光莹莹，闪烁流动。

似这样相持了个把时辰。金针圣母忽然扬手朝前照了一照，绿火渐渐稀散了些，仍不见敌人动静。金针圣母好似智穷力竭，急得满头是汗。倏地又站起身来，着好衣服，自动收了法术，指着半边老尼道："半边道友，你我本无深仇，我原是想领教你的神通和你所炼的七口青牛剑，才约你来此比剑斗法。你为何只是防守，并不还手，莫非见我不堪承教么？"半边老尼闻言，哈哈笑道："不识羞的妖孽，想借我青牛剑兵解么？实对你说，论你生平行为，我早就想给你一个报应。后来闻得峨眉掌教齐道友说，你潜藏此山，颇有悔过之意。我因你造孽已多，早晚必遭天劫，所以没来寻你。不想你竟上门找我的晦气，再不给你点厉害，情理难容。特地在你应劫头一天赶到此地，监临你应那天劫，省得我不来时你又另想诡计，超劫后再禀着你天赋的戾气，为祸世间。据我推算，你至多还有几个时辰气数，这是你自作之孽，无可挽回。如想借着同我斗法，拿我炼成的青牛剑成全你兵解，休要做此梦想吧！"一面说，先前那道青光又飞将出来，与金针圣母红光斗在一起。

金针圣母听罢这一番话，顿足咬牙骂道："人谁无过？我近三十年来业已痛悔前非。就说我寻你徒弟为难，也是情急躲劫，出于无奈，并未伤她们一根毫毛。不想你这贼秃竟如此狠毒，乘人之危。如今我离天劫还有好几个时辰，焉知我不能超劫出难，就这等欺人太甚？起初我因此次衅自我开，所以不肯下手，着着退让。如今你既识破机关，你我已成仇敌，难道哪个真怕你这贼秃不成？"说罢，手起处九根玄女针化成五色光华，直朝半边老尼射去。半边老尼哈哈大笑道："无知淫孽,你只不过这点伎俩,死到临头,还要卖弄。"说时,早将身后花锄上系的一个葫芦取到手中,念念有词,喝一声:"疾!"葫芦口边五色彩烟接着一团黄云飞将起来,对着玄女针迎个正着。

金针圣母一见五色彩烟中的黄云,便知此宝是怪叫花凌浑的妻子白发龙女崔五姑采取五岳云雾炼成的至宝锦云兜,不但能收极厉害的飞刀飞针,如被用宝的人将这五云精华运用真气催动起来,还能将数人裹入烟岚之内,消灭五行真火,气闭骨软而死。不过此宝不用时原像一团彩云,装在崔五姑的七宝紫晶瓶之中,怎会由敌人葫芦之内飞出?懊悔当初见她这讨饭葫芦上五色烟雾有异,不曾留神,被她瞒过。知道此宝厉害非常,九根玄女针已被彩云裹住收去,自己纵有别的宝贝,也不敢再为尝试。若不见机逃走,势必被她用五色云岚围住去路,脱身不得,坐待天劫惨祸。想到这里,眼睛都要急出火来,把牙一错,便想借着遁光逃走。谁知半边老尼早已防到此着,将手一扬,立刻在金针圣母身前身后身左身右现出四个幼年女子,各人手上拿着一面小幡,一展动间,立刻满山都起了五色烟岚包围上来,将金针圣母困在中间。

龙姑见眼前不远飞起一片彩雾,母亲便失了踪迹,知道凶多吉少,不顾死活利害,便往前闯。谁知那彩雾竟与平常云雾不同,龙姑闯到哪里都是软绵绵的,像丝网一般,将身拦住,休想近前一步。只见五色云岚影里,一条红影左冲右突,恰似冻蝇钻窗纸一般走投无路。龙姑又愤又怒,便想寻一两个敌人出气,暗下毒手。偏偏半边老尼和那四个幼年女子只在彩云未飞起时现得一现,便隐在五色烟雾之中不见踪影,无法下手。龙姑情急,便将玄女针和飞剑觑准适才敌人站立的地方,四面放将出去,眼看飞剑、飞针纷纷没入云雾之中,如石投大海,哪里有一点影子。只急得龙姑含冤呼号,不住往彩云层里乱闯,一阵急怒攻心,不觉晕倒在地,不省人事。

过了好一会,龙姑仿佛听得耳畔震天价一声大震过去,便苏醒过来,见满山彩云全都消逝,自己身子已不在原处,却在阴素棠扶抱之中。远望适才战场上,金针圣母却好端端跌坐在地。不顾别的,连忙挣脱身子,飞身过去,往金针圣母身上便扑。一声"娘啊"还未唤出,觉得身子似抱在一团虚沙上,同时看见金针圣母身躯纷纷化成灰沙,散坍下来。定睛一看,不知被什么法宝所伤,全身业已被三昧真火化成灰烬。再一回看敌人,早已不知去向。不由大叫一声,二次晕死过去。等到阴素棠用丹药二次将她救转,又惨叫两声,顿足号啕,大哭起来。

阴素棠再三劝住,说道:"你母亲虽然身躯遭劫,侥幸在天劫未降前兵解而去,绝处逢生,岂非幸事,哭她何来?"龙姑闻言,含泪细问究竟。阴素棠道:"可见凡事不能尽如人谋。我只以为只需挨到天劫未降临前,暗用我飞剑将你母亲兵解。谁知那半边老尼好不厉害,命她四个弟子用隐形法埋伏,四面俱用云岚封锁。还算我未冒昧近前,惹她笑话。后来你母亲被困云层,我明见你在云外情急冲突,不得进去,白白送掉许多法宝飞剑,好不令人可怜可惜,只无法近前去解救。起初你母亲见事已至此,再三向半边老尼跪哭求饶,均没得到效果。那五色彩云真个厉害,在内的人不能出来,在外的人想闯进去一样要被云雾卷入阵中。我正奇怪你闯了半天,虽未闯了进去,为何不见将你卷入?忽然对面峰岭上一道金光射入彩云之中,光到处五色云雾如长鲸吸水一般,飕飕地吸向峰头。我以为你母亲来了救星,往对峰一看,正是此宝的主人白发龙女崔五姑,用七宝紫晶瓶将锦云兜收了回去。随后便听崔五姑在峰头对半边老尼高声说道:'半边道友,她虽咎有应得,姑念她悔过多年,难得她女儿秉着遗孽,还有这点孝心,道友也收拾她得够了,就此成全了她吧。'说罢,先是崔五姑飞走。半边老尼也带了她四个女弟子回山。我见你母亲端坐在地,近前一看,太阳穴上有一小孔,业已兵解。知道用飞剑的人是个行家,并未伤着她炼的婴儿,好生代你母亲欣幸。这时业已将近午时,我正要回身将你唤醒,猛见西方天边有一朵红云移动,知是玄都阴雷,你母亲应劫的克星。恐怕波及,连忙抱持你躲到远处。那红云转眼之间,疾如飘风般飞到,只听一声响过处,那红云只往你母亲身上照得一照,便即无影无踪,你母亲周身也化成了灰了。"龙姑一听,重又大放悲声,哭哭啼啼跑到金针圣母遗骸之前,又哭了一阵。阴素棠说尚有他事,只嘱咐龙姑不要伤心,好好将金针圣母遗骸劫灰用玉匣盛起埋葬,作别而去。

龙姑因母亲虽是气数劫运所限,以前生离竟成死别,又加上许多重要法宝全部失去,好不伤心,不管兵解是谁成全,把半边老尼恨入切骨。送走阴素棠之后,回到洞中去取盛殓之物。一进去,便见石桌上有金针圣母留的遗嘱,急忙打了开来。上面大意说是自己以前造的淫孽太多,近年改悔已来不及,幸喜向平愿了,才放心去寻避劫之法。用尽心思,还是无法避免,只有借用兵解去修地仙。因此故意去和昆仑派中的半边老尼挑衅,在应劫前一日约她比剑斗法。期前虔诚默祝,反光内视,算出到日先凶后吉,甚为心喜。遗命叫龙姑要用情专一,夫妻恩爱,不许无故与人结怨,多事杀戮,以免将来步她后尘。此次专为兵解,本不想将自己平生所爱法宝带在身旁。无如卦上有先凶后吉的迹兆，所以除飞剑外，另带了九根玄女针同常用的几件法宝。另外有一部道书同两件得力的法宝，还有余下的七十二根玄女针，均在洞底一个玉匣之内，外有符咒封锁，可按遗嘱去取了出来。这些法宝，俱非平常之物，尤其那玄女针更为厉害，胜似她所炼十倍。在本人应劫时分，藏灵子必命她回来，如在期前赶到，必有嘱咐，母子决不会在生前见面。如见本人兵解以后，一不可惊慌悲痛，二不可寻对方报仇。因为咎不在人，而且对方有成全之德，只要不在事前发生变故，除飞剑不可知外，法宝、飞针因防玄都阴雷损坏，必在兵解以前用法术运开。半边老尼决不会捡这种便宜，可在崖前南北两方仔细寻找，定能找到。此别至少得在百年以后，婴儿才得炼成。只要操守坚定，照所学道法加紧用功，不为非作歹，说不定还有相逢之日。目前去的所在，乃是在一处洞天福地，多年前业已觅妥，并已做好严密布置。只等本人婴儿回去，便将洞门封锁，内外隔绝，不到日期不能出来。即使寻了去，也无法入内相见，所以不说明地址等语。

龙姑看完这封遗嘱，好不伤心。且喜母亲还给自己留下几件法宝、飞针。正打算去取了出来，就用装法宝的玉匣埋葬尸骨，忽见一道青光穿洞而入。龙姑法宝虽失，尚学会了许多惊人法术，一见青光来路不对，一手掐诀施法，正待抵御，来人已高唤："奉命还宝，休得误会。"说时青光敛处，现出一秀眉星眼、长身玉立的青衣女子。龙姑忙问来意，那女子答道："我名张锦雯，奉家师半边大师之命，怜你孝心，将适才所收令堂之法宝，除九根玄女针要留作纪念外，余下飞剑、法宝，一齐送还，请你收下。"说罢，将足一顿，化道青光，穿洞而去。

龙姑尚想回来人两句话，飞身赶至外面，只听破空的声音由近而远，无可奈何，只得回至洞中。见石桌上面横着一口小剑、一个天瘟球、一把双龙剪，还有三面小旗、一张纸条。只这小旗没见母亲用过，不知用法，余下的俱是母亲炼就的法宝飞剑，便把来收下。再看那纸条，大意说是半边老尼因怜她一番孝思，又因白发龙女讲情，所以仍将第七口青牛剑将她母亲兵解。彼时本想将所收的飞剑、法宝一齐还她，因见她未苏醒，急于回山；又见阴素棠在侧，此人是昆仑门下逃出来的败类，其结果比她母亲还惨，恐她心存觊觎，才带回山去。现在命大弟子张锦雯亲自送还。命她此后好好潜修，上天与人为善，必得正果。如果秉承乃母遗性，淫恶不法，金针圣母便是她前车之鉴等语。

按说龙姑见了此信，又有金针圣母遗嘱说明经过，应该感激才是。谁知她天生恶质，不但不知畏谨，反怪半边老尼起初把她母亲摆布了个够；末后着人还宝，又把最得力的玄女针，以及她母亲还有一样厉害法宝，名叫九转轮的，各不发还；那还宝的女弟子张锦雯，说话又那般狂傲，越想越生气。她并不知九转轮是被别人趁空偷去。当下先到后洞将法宝取出，用玉匣将她母亲尸骨遗灰盛殓，就在姑婆岭择好了地方，用法术叱开山石，埋葬之后，在坟前痛哭了一场。立誓按照她母亲所传的法术、法宝同那本道书练好本领，亲去寻找半边老尼报仇，要还那两样法宝。

第九十九回

难遣春愁　班荆联冶伴
先知魔孽　袒臂试玄针

　　龙姑刚回山时,因新遭大故,心有悲痛,虽然寂寞,还不觉得怎样。十天以后,渐渐心烦意乱起来。想起孔雀河畔虽然恶水穷山,每天总还有丈夫为伴。一旦离群索居,跟孤鬼一般独处洞中,好生不惯。又因来时熊血儿再三嘱咐,说师父有命,本人要练功夫,不叫她回去看望,不便前往。再加上她所练的功夫俱是旁门,不似各正派中注重由静生明,冲虚淡泊;练到好处,心如止水,不起微波。烦闷无聊时,还可借以排遣;只有时情欲一动,想起与血儿在假期中的恩爱,简直无法遏止,好不难受。起初因金针圣母生前告诫,死后遗嘱,还有些顾虑,并未胡为,只一心盼到了假期,丈夫回家团聚。转眼秋深,熊血儿果然如约而至,龙姑好不喜欢。血儿又去金针圣母墓前凭吊一番。两人恩恩爱爱住守两月,血儿又要回去。龙姑知道挽留不住,只得挥泪而别。

　　由此每年必有两月聚首,血儿也从未爽约。只是少年夫妻,似这样别时容易见时难,也难怪龙姑难堪。头一二年,龙姑还能以理智克制情欲。第三年春天,龙姑独个儿站在洞外高峰上闲眺,算计丈夫回山还得半年,目送飞鸿,正涉遐想。忽见姑婆岭东边悬崖半中腰有一个女子行走,其捷如飞。那崖壁立千仞,上面长满花草,苔藓若绣,其滑如油,就是猿猱也攀援不上去。那女子竟如壁虎一般上下自如,时而用手去采摘些花草之类,放在身后篮中。采了些时,倏地化成一道青光,破空而去。龙姑暗想:"怪不得身手如此矫捷,原来她还会剑术。只是山有头,地有主,我母女住此山中并非一年半载。她既来此采药,不知此山有主也还罢了,适才她驾剑飞行,自己同她相隔甚近,她连招呼都不打一个,未免太实妄自尊大。可惜把她放过,没有给她看点颜色。"正在寻思,猛想起那女子的剑光非常眼熟,虽然青光中隐含杂色,颇和那还宝女子张锦雯一个招数,莫非此女也是昆仑门下? 不禁勾起前

338

仇,决计明日留神候她再来,先和她见个高下。如不是仇人门下,只羞辱她一场,警戒来人下次;如真是半边老尼徒弟,且先拿她出口怨气,也是好的。

第二日一早,带了全身法宝,隐伏崖侧。等到午后,果然那女子又驾青光到来,轻车熟路般径往悬崖上飞去。龙姑知道那悬崖上并无贵重药草,何以值得她如此跋涉?想先近前去看个究竟,再和来人动手。便随着那女子身后飞了过去。到了地头,两下相隔不过两三丈远近。龙姑见那女子所采的是一种野花,名叫暖香莲的。这药草之性奇热,倒是只有姑婆岭悬崖之上才生得有。龙姑志在和人对敌,便喝道:"大胆丫头,竟敢到本山偷盗仙草!"说时,早将飞剑放了出去。那女子见龙姑随在身后飞来,已经留神。见剑光飞到,连忙纵身,先驾剑光飞到峰顶。龙姑如何肯舍,便赶了过去。那女子是怕悬崖上动手将那一片药草糟践,并非怯敌,一见龙姑追来,忙飞起剑光迎敌。斗了一阵,不分胜负。龙姑见不能取胜,先喝问来人姓名来历,以便暗下毒手。那女子原也想知道本山主人来历,因一上手龙姑逼得太紧,只得聚精会神迎敌。及至龙姑发问,彼此通了姓名,龙姑才知那女子正是阴素棠的得意弟子桃花仙子孙凌波,俱都不是外人,立刻停兵罢战。龙姑巴不得交个朋友来往解闷,殷殷勤勤地揖客入洞,两人谈得非常投机,便结了异姓姊妹。

原来阴素棠因为有一件事对不起龙姑,再加上不敢见半边老尼的面是丢脸的事,所以回去并未提起。直到龙姑说起前情,孙凌波恍然大悟,师父前数年所得的九转轮原来是龙姑之物,怪不得从不见提起此事。龙姑又打听半边老尼的下落。孙凌波道:"妹子,你的仇目前恐怕难报呢。那半边老尼早先在昆仑派中是首屈一指的人物。前年武当派的心明神尼因为不久圆寂,自己两个得意弟子,一个名叫伍秋雯的误入歧途遭了兵解,一个名叫苏玉衡的又嫁了人,余下门人虽多,俱都传不得衣钵。想起当初头代教祖张三丰成道时,没有指定何人继承道统,以致后来武当门下各收各的徒弟,各有各的教规,各不相下,滥收男女门人,纵容他们为恶,当师长的还加护庇。本是一家,却分成许多门户,势同水火,日久每况愈下,竟互相仇杀起来。

"心明神尼和师弟灵灵子见照此下去,不但闹得太不成话,将来武当派还有灭亡之虞。两人商议一番之后,知道各长老同门间结怨已深,非片言可了。恰遇教祖显灵,在石室底层觅到那部炼魔剑诀,两人合力躲到贵州黔灵山,炼成了九柄太乙分光剑。然后将同门五长老约到武当聚会,就在教祖法座前痛陈利害及纵容门下为恶之不当。内有一个比较正派的,首先在教祖牌位前认了过错,情愿带了门下避居北海,忏悔三十年。这便是六十年前,北海斩鲸,命丧渔人彭格之手的郝行健。五长老中还有两人,一个是林莽,一个是魔脸子李琴生,这两人不但不听劝诫,反和灵灵子翻脸,动起手来。这一次武当清理门户,大开杀戒,林、李二人同他们门下许多败类,全都死在九柄太乙分光剑下。虽说那三个长老犯了清规,咎有应得,到底还怨师长不能先事防范之过。鉴于前车,想来想去,想起众弟子中只有新收的褚六妹根基尚好,只可惜她年纪太幼,入门不久,功行太浅,不足以孚众望。没奈何,只得把她生平至好半边老尼请来,商量了好些日子。最后在教祖座前请了灵卜,由半边老尼拜灵位认了师叔,作为是自己的师弟,当着灵灵子,将本门衣钵连那炼魔剑诀一齐交付。并教众弟子全拜在半边老尼门下,将来半边老尼再在众门人当中看谁有出息,再命他来承继。

"这虽是恐防道统废坠的权宜之策,谁知却引起了昆仑本派几个长老的反感。头一个游龙子韦少少先不愿意,说半边老尼有违教规,在南川金佛寺请钟先生、天池上人、知非禅师同昆仑派许多名宿,将半边老尼唤来当面责难。昆仑派虽然有钟先生、天池上人、知非禅师三人以师兄地位管领全派,不似武当派群龙无首,到底三人俱不是师长地位,平素各人都知自爱,虔奉教规,还能互相尊重。一旦出了过错,再加上举发人韦少少与半边老尼本有嫌隙,如何肯服。半边老尼脾气古怪,见诸长老纷纷责难,大半说她不该觊觎旁门一部炼魔剑诀,忘师背祖。半边老尼当着几辈同门,忍耐不住,对众宣称暂时脱离昆仑一甲子,将来再看她的心迹,此时不愿和众同门为伍。说罢,一怒带了门下七弟子回转武当,与灵灵子分管武当派下男女门人,立下誓言,非将武当门户光大不可。她本就是昆仑派中数一数二的人物,自得了这部炼魔剑诀,兼有武当派的奥妙,愈加厉害,你我如何是她的对手?"

龙姑闻言,恨恨道:"我眼见母亲兵解前,这个贼秃欺人太甚,怎能甘心?有道是:'君子报仇,十年不晚。'如不寻她要回那两样法宝,誓不为人!"孙凌波又劝说了一阵。由此二人感情日密,时常来往,日子不久,无话不说。渐渐孙凌波勾引她,用法术诱拐年轻美男子上山淫乐。龙姑生具孽根,正嫌丈夫不能和她常相厮守,果然一拍便合。起初还隐隐藏藏,怕藏灵子和丈夫知道。后来得着甜头,除了丈夫回山前一月不敢胡来外,平时和孙凌波二人狼狈为奸,也不知捉弄死了多少美男。不知怎的,这样过了好些年,藏灵子师徒竟好似丝毫没有觉察,从没有一点表示,因此二人愈益肆无忌惮。孙凌波原是想学师父阴素棠的榜样,又恐师父只许州官放火,不许百姓点灯。难得龙姑孤身一人住在这种清静幽深的洞府,正好利用她那里做一个临时行乐之地。除熊血儿回山那两个月孙凌波不去外,平时总是借着到姑婆岭与阴素棠采做媚药的暖香莲为名,前去参加淫乐。遇上阴素棠不在山中,更是一住月余不回山去。后来阴素棠给众门人分配了住所,将英男交她管教。没有师父在旁,好不称心。她和龙姑照例一人弄一个面首,以免有人向隅。这次前任面首死后,只寻到一个姓韩的少年。此人出身绿林,颇有武功,深得二女欢心。可惜只有一个,美中不足。正待下山再去找一个来,好彼此轮流玩耍,不致落空。

无巧不巧,还没有到了秋天,熊血儿破例提前回山。孙凌波久闻他性如烈火,深恐自己和龙姑的私情被他撞见要惹麻烦,当时好不惊慌。亏得龙姑还有急智,见丈夫突然回来,心中虽然吃惊,表面上却能镇定。未容血儿开口,先倒站起身来引见,说孙凌波是自己新交的好友,那姓韩的是她的丈夫。血儿只笑了笑,毫无表示。大家见礼之后,龙姑抽空朝孙凌波使了个眼色。孙凌波知道血儿本领高强,人极精明,本就防他看破,心中不定。一见龙姑授意,明白是想叫自己将姓韩的带走,这一来正合自己心意。好在阴素棠不常回枣花崖,洞中两个小女孩,一个是自己心腹,一个余英男在自己压制之下,还敢怎样?乐得趁此时机,将心上人带回山去,独吞独享。便拉了姓韩的一下,站起身来,对主人告辞道:"贤夫妇一年才得两个月聚首,难得今年提早回来,正好畅叙离情。我二人改日再来打扰吧。"

龙姑会意,少不得还要故意客套几句,才同了血儿送客出洞。眼看孙凌波半扶半抱地带了心爱的情人驾剑光飞走,虽然心里头酸酸的,一则不好现于辞色,二则自己原是不耐孤寂才背着丈夫行淫。其实这些年来所经过的许多面首,到底无论哪一个也比不上自己丈夫。难得他这次提前赶回,自己私情又未被他识破,正好着意温存,恩爱些时再说。却没料到自己送客出来时,血儿在她身后冷笑,仍是一丝也不觉察,满面堆欢,和往时一样,未及进洞,早已纵体入怀。血儿依然和她缱绻,仍是一无表示。最奇怪的是,客人走后好几天,始终没听血儿提过。龙姑心中有病,觉得此事出乎情理之外,故意提起孙凌波人如何好,本领如何高强;那姓韩的原是世家子弟,武功颇好。孙凌波因奉师命,说她与姓韩的有缘,所以结为夫妇,两人如何恩爱。孙凌波同自己又是几时拜的姊妹。自己孤鬼一般独处山中,天天盼丈夫回来,哪里也不肯去,烦闷无聊,多仗她时常跑来给自己解闷等语。编了一大套入情入理,头尾俱全的瞎话。却故意留着有些使人禁不住要发问的话不说,好等血儿张口。谁知一任她说得多起劲,血儿总是唯唯诺诺,不赞一词。龙姑因丈夫每年回来都怜她独守空山,轻怜蜜爱之余,总是情话喁喁,不时问长问短,这次情形实在反常。说是看破私情,此人性如烈火,绝难相容;要说不是,又觉种种不对。心中猜疑,干自着急,说又说不出口。

过了十几天,实在忍耐不住,便朝血儿撒娇,怪血儿对她不似先前恩爱,自己为他一年总守十个月的活寡,回得家来也不问问自己别后情怀,太实狠心。血儿先任她说闹,只是笑而不答。后来龙姑絮聒烦了,血儿倏地将两道剑眉一竖,虎目含威,似要发怒神气。才说得一个"你"字,倏又面色平和,仍然带笑说道:"往常因你是一个人独居在此,我怜你别后寂寞,问长问短。如今我志在学道,新炼一种法术,要有三数年耽搁。又奉师命去办一件要事,打此经过,蒙师父恩准,提前回来与你聚首。我原有一腔心事,但见你已有了好的伴侣,此后不愁孤寂。你我夫妻多年要好,心中有数,何须乎将有作无,多这些虚情假意则甚?"

这些话句句都带双关,越使龙姑听了嘀咕。细看血儿说时,还是一脸笑容,虽然不敢断定怎样,略微放心,仍是轻嗔薄怒,纠缠不已。血儿只拿定主意,含笑温存,毫不答辩,只说日后自见分晓。龙姑又问师父命他炼什么法术,办什么要事,这数年中可能回来。血儿不是说现在还不知道,便说不一定。龙姑拿他无法,只有心中疑虑而已。血儿回来时,原说是经过此地,前来看望,但住未一月,便说要代师父去办那要事。龙姑知他每次说走,绝难挽留,虽然不舍,只得由他。便问回去时可能再来团聚,目下已离每年假期不远,是否仍和往年一样,到日回来住上两月。血儿说今年不比往年,凡事不能预言,假期中也许回来,也许不来,一切都得听命师父。至于回云南时,只要经过此间,必定下来探望。龙姑虽然淫贱,到底爱血儿还是真心,别人虽爱,不过是供一时淫乐罢了。一闻此言,不禁难受得哭了起来。血儿望着她,叹口气道:"果然师父对我说,你对我情分仍是重的。"龙姑闻言,刚要问时,血儿已抱她在怀里,温存了一阵,道声:"珍重!"径自破空而去。

龙姑细想他前后所说之言,越想越不是味,连那姓韩的情人都顾不得想,一人在洞中盘算了好几天,才想起找孙、韩二人商量商量。又想起血儿临走曾说不定何时回来,天气不久交秋,假期还有三月,他不动疑便罢,如自己的马脚露了些在他眼里,难保他不暗中回来查看,岂不大糟?还是过些时再说。

龙姑这些年快活惯了的,血儿走后的几天因有心事,还不觉怎样,日子一多，欲火又中烧起来，不是顾虑太多，几乎又去将孙、韩二人找回。这日正在举棋不定，恰遇见孙凌波从天空飞过，立刻追了去，将她邀入洞中，互道经过。听说姓韩的情人因调戏英男被杀，孙凌波又受了别人欺负，不由大怒，便问孙凌波作何打算。孙凌波便说主要是将那逃人寻回，省得师父见怪。末后再同往峨眉飞雷洞将那少年弄了来取乐。龙姑受孙凌波蛊惑惯了的，加上丈夫已走多日不见回转，孙凌波又再三力说血儿决不会看破，是她疑心生暗鬼。如果为防万一，这次弄了人来，索性安藏在枣花崖去，好在师父已走，余英男逃亡，唐采珍是自己心腹，别无妨碍。即使血儿回来看她不在，只说去枣花崖探友，难道有什么错处不成？这一来把龙姑又说活了心，将丈夫忘记在九霄云外。只缘一念之差，图了暂时欢娱，落得日后元胎初孕，便遭万蚁分尸，三魂被斩，七魄沉沦，永世不得超生，好不可怜。此节乃本书后集一大节目，不得不略表一番，这且不言。

话说龙姑、孙凌波二人商量停当，便驾剑光往枣花崖飞去，准备再问一回唐采珍，好去追寻英男的下落。刚刚飞到枣花崖不远，孙凌波一眼先看见自己洞门前站定两个女子，便知有异。忙和龙姑招呼一声，催动剑光，流星下泻般赶了下去。两下相离才十丈以外，早认出是在飞雷洞前破去自己飞剑、法宝，赶走自己的冤家对头。暗骂："好两个贱丫头，得了便宜卖乖。我还未曾去寻你们算账，你们倒寻上门来晦气。"当时怒火上升，仗着身边多带了两样法宝，又有龙姑这样的好帮手相助，竟忘了敌人那道紫色剑光的厉害，不问青红皂白，首先将飞剑放将出去。龙姑先听孙凌波招呼，已有准备，见孙凌波飞起剑光，也跟着将剑光飞将出去。两道剑光如流星赶月，一前一后，还未到达敌人头上，就在这疾如闪电的当儿，忽见对方年幼的一个女子，只将手一拍一扬之间，立刻便有一道紫色长虹神龙出海般飞卷上来。

龙姑虽然学了一身惊人本领，以前在金针圣母卵翼之下，从来隐居姑婆岭，除了和孙凌波两人闲着无事比试着玩外，下山掳掠面首，俱是无能之辈，略施些法宝，便可得手，用不着施展本领。这次还是头一次和敌人正式交手，先前未免存了轻敌之心。即见敌人剑光来得厉害，猛想起母亲在时，曾说各派剑光中，除以金光为最厉害，遇见不可轻敌外，余者俱可应付。惟独有一种紫色剑光，乃峨眉开山祖师长眉真人当初炼魔之物，其厉害不在金光以下。而且这剑经长眉真人历劫三世，从未离身，有数百年修炼苦功，业已变化通灵，神妙莫测。长眉真人成道以前，连传衣钵的教祖都没有赐，反将它藏在一个深山之中，用法术封锁，留有偈语，说若干年后此剑出世，峨眉

343

门户必然光大,同时各异派也将遭受空前浩劫,而得剑的人也是得天独厚极有仙缘的人。紫色剑光放将出来,寒光耀眼,百步以内,冷气侵人肌骨。举世数百年,只有这么一道剑光是紫色的。余外还有一对鸳鸯霹雳剑,发出来的光色也是一红一紫,但是带着风雷之声,与此剑不同,虽然也非凡品,要比此剑就差多了。今日一见敌人出手是道紫光,已经惊异。及至两下剑光才一接触,越觉不是对手。同时对阵上年纪稍长的女子又是一道青光直飞上来。才暗喊得一声:"不妙!"孙凌波的一道剑光已首先被那道紫光卷住。才想起头一次丧剑失宝,自己两口飞剑仅剩这一口,如何这般大意?又气又急,收又收不回来,无可奈何,只得运用真气,指挥剑光拼命支持。龙姑的一道剑光,总算英琼小孩心性而幸免于难。因为恨孙凌波淫贱,上次被她逃走,这次既知英男受她的害,决放她不过,一心一意先破去她的飞剑,然后取她性命。还有一个敌人无关轻重,特地留给若兰去收拾,自己好专心一意代英男报仇。因为这种原因,龙姑的剑光才未被紫光卷住。

要论龙姑的本领,差不多尽得金针圣母之长。见紫光固然厉害,这道青光也甚不弱。最奇怪的是,这道青光竟和自己剑光的路数有好些相同。暗忖:"与母亲剑光同一派别的,除了桂花山福仙潭红花姥姥,并无第二个。但是那用紫光的女孩分明是峨眉门下无疑,这两个绝对相反的门户怎会合到一起?"想到这里,不由喝问道:"对面女子何人门下?快说出来,免得伤了和气。"若兰笑骂道:"蠢丫头,不用打听,我早知你的来路,可惜你家姑娘如今不和你认一家了。我名申若兰,那是我师妹李英琼,俱是峨眉乾坤正气妙一真人门下。你两人叫什么名字,什么来历,何不也说出来,看我适才猜得对不对呢?"龙姑闻言,暗自吃惊。当下先还骂了两句,道了自己和孙凌波的名姓,仍旧迎敌。情知再勉强支持下去,不施展别的法宝决难讨好,头一个孙凌波剑光先保不住,那时敌人两下夹攻,自己也吃亏。但又想起母亲之言,无论如何不要生事。尤其是峨眉派,两下相隔咫尺,招惹不得,一不留神,便步母亲后尘,身败名裂。到底初学为恶,顾虑还多。她只顾迟疑不决,猛往旁边一看,孙凌波的青光受紫光压迫,光芒大减,急得脸涨通红。

孙凌波有两口飞剑:一口剑是自己采五金之精多年修炼而成,便是初次和英琼在飞雷洞前交手失去之物;这一口是阴素棠早年在昆仑门下防身之宝,因宠爱孙凌波,便赐给了她,比她本人所炼当然要强得多。起初和英琼是仇人相见,分外眼红。一则仗着此剑轻易遇不上敌手,又有龙姑相助,不假思索,先放了出去。及至被紫光圈住,才知厉害。此剑再失,漫说新炼不易,炼出来也是平常,如何肯舍,只顾运用真气支持,连别的法宝也无暇使用。英琼本是恨透了她,一见青光锐减,心中大喜,用峨眉心法,暗运一口太乙先天真气,指着紫光,喝一声:"疾!"那紫光顿时平添出无限光芒,将敌人青光包围了个密密层层。先前还似一条小青蛇在紫雾彩焰中闪动,转眼之间,青光越来越淡。孙凌波知道万分不妙,仍存万一之想,忙咬定牙关,把丹田五穴十二道真气集中运用出去,想拼命将剑收回。不料运气运得太猛,猛觉身子随着自己那股真气,竟好似被什么东西吸住,往前带了就走,不由吓得出了一身冷汗。耳听紫光氛层中铮铮两声过处,两点残余青光一长一短,从空坠落在山石上面,轰的一声,把阴素棠百年苦功炼成的一口飞剑化成顽铁。若非孙凌波见机得快,身子再被紫光吸住,血肉之身怕不变成齑粉。

就在这疾若闪电的当儿,孙凌波连愤怒痛惜的工夫都没有,那道紫光早如闪电一般穿到,孙凌波纵然带有法宝也不及施展。幸而施龙姑早就料到此着,还未等孙凌波剑光被毁,早端正好了玄女针准备万一。眼看危机一发,这时龙姑因记着母亲遗命,不到万分紧急,玄女针不肯轻易使用。暗怪孙凌波既知飞剑难保,不如索性丢开,能敌另想别法,不能敌也好准备脱身之计。岂不知那紫光如此厉害,只要青光一破,必定接着飞来,万难抵御。正想之间,忽见紫光影里,青光益发暗淡。猛想:"今天不得罪人决难脱身,反正得用玄女针伤人,何不早用,还可保全孙凌波一口飞剑。"灵机一动,更不迟疑,随手取出两套玄女针,喝一声:"对面丫头看宝!"那针九根一套,如一串寒星,直朝若兰飞去。

若兰适才听敌人说是金针圣母的女儿,已经心惊,知道她法宝甚多。最厉害可怕的是她母亲用的玄女针,放出来不见人血决不飞回。除非你的本领将它破了,如若不然,无论你用什么遁光逃走,它也能跟定了你。金针圣母在日,也不知用此针伤害了多少生命,因此作孽太多,才遭惨劫。去年奉师父红花姥姥之命,往武当山向半边老尼借紫烟锄和于潜琉璃,与石明珠闲谈,听说玄女针已被半边老尼收了去。只要此针不在她手,别的法宝,都经师父在日说过来历破法。自己不先出手,便可占一点便宜,看她来路,相机抵御。因此只用剑光迎敌,留神静以观变。偶尔一眼看见英琼剑光非常得势,正在高兴,猛听对面一声断喝,接着便有九点五色彩星飞来。知道不能抵御,躲也躲不脱,一面忙喊:"琼妹留神,敌人妖针厉害!"一面咬紧牙关,将左臂气脉用真气封住,不但不躲,反将一条欺霜赛雪一般的粉臂迎了上去。接着喊一声:"琼妹留神,快飞身过来!"同时早一把将头上青丝抖散开来,口中念动真言,正待想法也狠狠回敬敌人一下。猛觉左臂奇痛异常,真气差一点封不住穴道,眼看支持不住。

那旁李英琼破了敌人飞剑,高高兴兴,正指着紫光去取敌人性命,忽听若兰一声惊呼,回头一看,业已中了敌人法宝,已是惊心。龙姑第二套玄女针又朝英琼飞来,英琼不知法宝来历,又听若兰警告,不敢再用剑光去追敌人。紫郢剑原与英琼心灵相通,只一动念,便即飞回,龙姑飞针来得快,紫郢剑也回得快,恰好两下迎个正着。龙姑心想:"紫郢剑虽厉害,却奈何我玄女针不得。"眼看二宝相遇,口诵真言,将收回来的第一套玄女针也打出去,朝着彩星一指。原打算将十八根玄女针分散开来,使英琼前后不能相顾,无论怎样会躲也得受伤。谁知那道紫光见了玄女针,竟化成一面紫障围将上去,将玄女针挡住。只见九点彩星在紫光中飞舞,如五色天灯,上下流转,休想近前一步。龙姑大吃一惊,这才知道紫郢剑果然名不虚传,恐怕步孙凌波的后尘。敌人的剑光已如此厉害,必是峨眉门下上等人物。同时又见申若兰的剑光和自己的剑光正在纠结,敌人虽然受伤,并未跌倒。又将头发披散,取出三个金环正待施放,认得此宝是红花姥姥镇山之宝三才火云环,越发不敢大意。又见孙凌波也在那里取宝要放。一面用玄女针和飞剑独战李、申二人,一面忙着飞近孙凌波面前,悄喊道:"敌人厉害,还不快走!"说罢,不俟孙凌波答言,一手取出一面手帕一晃,化阵青烟,破空而去,那玄女针和飞剑也随着飞走,转眼不知去向。若兰的火云环刚刚飞出,敌人业已遁走,只得收回法宝、飞剑,坐于就地。

英琼顾不得追赶敌人,连忙过去看视。若兰便对英琼道:"我已中了那贱人的玄女针。那针好不厉害,放将出来,不见敌人的血,决不飞回,被她打中要害,性命难保。亏我知机,拼一条左臂受点微伤,才得免除大难。这贱人名叫施龙姑,乃是金针圣母的女儿。昔日听师父说,她母女二人近年隐居姑婆岭,离峨眉甚近,已是多年不问外事。想是她母亲遭了天劫,无人管束,所以又出来为恶。如今我左臂气穴已经被我封闭,转动不得,一过七日,便成残废。只盼大师姊她们回来,看看有无解救了。"英琼因为强拖若兰出来寻找英男,害她受这般重伤,好不惭愧惶急。反是若兰知道自己应有许多劫难,虽然痛恨敌人,并不在意。只是一条左臂血脉逐渐凝滞,痛如火焚,实在忍受不住。对英琼道:"敌人走时并非真败,这里是她们的巢穴,她们却往别处败退,叫人好生不解,恐怕其中有文章,不可不防。我已受伤,妹子一人势孤,还是急速离开的好。"

一句话将英琼提醒，忙答道："妹子害姊姊受这样灾难，心中难过已极，竟忘了将姊姊护送回山，等调养好了再想法报仇，反倒呆在这里，更是该死！"说罢，便要扶着若兰起身。若兰道："英男妹子虽然逃出龙潭，并未脱离险地，我二人就此回去，万一她重陷敌人手内，如何是好？此地又不可久呆。依我之见，好在我还可勉强支持，莫如我二人仍是顺她去路，迎着神雕往前寻去。如能相遇，便同了回去；不能相遇，神雕都找不到，我们也是徒然，想必是她灾难未满，且等大师姊回来，再商量个主意，一同前往。好在阴素棠器重英男，即使被她们寻回，也得等阴素棠回来处治，不过多受折磨，不至于死。"正说之间，忽听远空一声雕鸣，二人知是神雕回来，转眼神雕排云盘空而下。英琼见神雕并未将英男背回，好生失望，便问神雕是否见着英男。神雕摇摇头。二人无法，只得由英琼扶着若兰同上雕背，回转峨眉。

第一〇〇回

吮雪肤　灵物示仙藏
窥碧岑　虎儿遭愚弄

　　英琼和若兰进了太元洞，二人商量，仍命神雕再去寻找英男下落，如再找寻不见，可在枣花崖周围上空盘旋查看，只要见着英男被敌人寻回，能下去仍将她背回，不能下去，急速回来送信。说完之后，满以为神雕领命即行，谁知神雕却不住摇头，并不飞走。英琼着了慌，忙问："你不肯去，莫非英男已陷别人罗网？再不就是敌人厉害，无法近身？"神雕仍是摇头长鸣。英琼无法。又见若兰回洞以后，说完几句话，便盘坐用功，脸上青一阵，紫一阵，知她虽然不说，定是痛苦异常，越加焦急。还要和神雕说，神雕忽然往外走去，只得回转来慰问若兰。说不上两句，只见芝仙笑嘻嘻地跑了进来。英琼心中一动，还未及张口，那芝仙已纵到若兰身上，不住在掀她左手襟袖，口中呀呀不已。英琼道："兰姊姊受了伤，手快残废了，芝仙能救她么？"芝仙摇了摇头，只用小手往若兰袖子里伸去。若兰因左手肿胀，衣袖解脱不开，正觉束紧难受。见芝仙如此，知有用意，便请英琼代她将袖子割开撕去。英琼代她将衣袖扯断，贴身的一件，差一点与血肉粘成一片。平日玉骨冰肌，藕也似的一条粉臂，如今肿有尺许粗细，胀得皮肉亮晶晶地又红又紫。九个针眼业已胀得茶杯大小，直流黑血。好不心疼，不由流下泪来。再看芝仙，已经站在若兰膝上，抱着她受伤的臂膀，不住用小嘴去舐。若兰受伤以后，时久越觉热胀酸麻，疼痛难禁。知道此针并无解药，灵云等回来，未必能够解救。满拟再强撑些时，如真忍受不住，想是自己命中注定，长痛不如短痛，索性将左臂斩去，免受许多痛苦。只碍着英琼在旁，必要阻挡，难于下手，只好暂时忍痛苦挨。这时被芝仙一舐，竟觉伤口一阵清凉，虽然并未消肿，痛却减了许多。

　　正和芝仙说感谢的话，忽见袁星、芷仙一同走来慰问。问起芷仙，先是袁星得了神雕传信，由神雕代它守门，袁星又告知芷仙，才知道。袁星与二

348

人见礼之后,便说它平日本就懂得神雕的话,适才神雕因见主人着急,今日的事又非示意所能明白,所以才去寻找袁星,托它代说等语。英琼闻言大喜,忙问究竟。袁星道:"钢羽说它奉命寻找余仙姑,知道余仙姑所行不远,便在余仙姑去路周围数百里内往返低飞,穷找细寻,并未见着一点踪迹。末后第三次飞过枣花崖不远一个黑谷之内,仗着一双神目,飞入谷内探看,遇见一个道人。那道人竟精通各种鸟语,将钢羽招了下去,说他名叫百禽道人公冶黄。说余仙姑为往莽苍山寻觅主人,误陷浮沙,坠入黑谷。百禽道人算出余仙姑和他有缘,是助他将来脱劫之人,便指引余仙姑由黑谷去莽苍山一条密路,不但近得多,还可避免敌人追赶。又对钢羽说,峨眉不久光大门户,三英行即相见。他本知道主人们在峨眉修道,因为余仙姑到莽苍还有许多仙缘奇遇,所以单是指引余仙姑的道路,未说主人们在哪里。叫钢羽此时不可前去寻她,如要去寻,须同生人前去,就在丑日动身。此时前去,彼此无益有损。钢羽大概知道那道人来历,所以回转。"神雕素通灵性,袁星转述之言自无差错,英琼略放宽心。一会南姑姊弟与于建、杨成志也要进来慰问。若兰因赤臂不便,只叫南姑一人进来,看了出去,说与三人。英琼因有髯仙事前警告,便命袁星、神雕同往后洞轮流看守,留芝仙在洞中一同陪伴若兰。若兰经芝仙一舐,伤口肿虽未消,疼痛却止了许多,便去了断臂之想。

因为若兰这一受伤,大家都不甚高兴。其实英琼本非看不上新来的四人,偏那四人一来,先赶上英琼、若兰二人中毒初愈,兴致不佳;接着便是误惊芝仙,招英琼不快;后来李、申二人又忙着去寻英男回来,始终顾不得和四人长谈。那四人初来乍到,除芝仙渐熟外,经英琼上次排揎之后,不知不觉心中畏惧,都不敢和李、申二人亲近。南姑聪明本分,一味约束兄弟虎儿兢兢业业,漫说学道修剑,但能长居仙府,于愿已足。于建性情豪放,胸无城府,自幼饱经忧患,知道这次是旷世仙缘,一心一意只盼青螺诸人回来,拜师学道。因为杨成志闯了祸,不奉芝仙的命令,一步也不敢乱走动。

只有杨成志自幼丧了父母,向无管束,虽然天分过人,却是性情忌刻,私心最重,又爱多事。初来凝碧崖,一见这样洞天福地,本抱着莫大的愿望。又见英琼、若兰等人不但本领法术超群,而且还一个比一个生得美赛天仙,容光绝世,比南姑又要胜强好几倍,越加心喜,恨不能常和她们亲近。谁知李、申二人连正眼都未对他看过,到了不久,就因为惊走芝仙,吃英琼当众数说一顿,心中好不觉得难堪。尤其害怕英琼日后告诉未来的师长,说自己心躁气浮,不是大器,又后悔,又气愤。因见本山的人对芝仙如此重视,猛想起以前曾听人说,深山大泽之中,往往有灵芝、何首乌之类的灵药修炼成形,化为小人小马出游,如能得着生吃,便可成仙,想必便是此物。自己正奇怪,自从在妖道洞中出险以后,所遇见的男女剑仙,除了那花子打扮的凌真人,连送四人到凝碧崖的刘真人外,哪一个年纪都不大,最年长的也不过二十来岁,尤其是名字有一个蝉字的小仙童和这姓李的小仙姑,更显得比自己还要年轻,偏又有那种惊人本领,想必定与芝仙有关。正想遇见机会打听个仔细。第二日南姑因和芷仙同居一室,听芷仙讲起芝仙的来历和芝仙血液的宝贵,所以全山的人都爱护它,便对虎儿说了。南姑原是嘱咐虎儿,叫他不要见了芝仙,妄自惊动的意思。虎儿与于、杨二人同居一室,便在闲谈中说了出来。说者无心,听者有意,杨成志愈觉自己所料不差。又自作聪明,以为此中必定还有密情,外人决难知道,且待机会再说。再听见若兰受伤,芝仙一舐便好,愈加起了机心。

也是芝仙该遭磨难。它给若兰舐了一阵,渐渐疼止,便住了嘴,仍坐在若兰身上,和英琼、芷仙逗弄着玩耍。英琼道:"那日你原是领我们去寻仙草,被新来的人将你惊走,以后连着有事,没有顾到寻你,如今那仙草还有么?"芝仙闻言,将小手指着天摇了摇头。一会便挣下地来,就往外走。英琼不明它用意,便请芷仙跑去看,是不是指引仙草的地方。芷仙闻言追了出去。芝仙回望芷仙追来,索性停步,似在等她同行。芷仙便请它在前引路。刚出太元洞口,遇见杨成志在前,于建、南姑姊弟在后,正迎头走来。芝仙一见杨成志,呀的一声惊呼,回头纵向芷仙怀内。芷仙连忙抱紧了它,说道:"芝仙不要害怕,他们日后都是本门中人,日前初来无知,误惊了你,不会伤害你的。"芝仙仍是一个劲往芷仙怀里躲。杨成志等四人见了这般景象,自是一齐停步,不敢上前。芷仙觉着日后四人长住此地,芝仙每日出游,难保不无心相遇,岂不又吓了它?不住用话开导,又叫四人分别上前相见,请芝仙不要疑虑。四人见那芝仙长才尺许,生得又白又嫩,近身便闻见一股清香,个个都爱到极处,恨不能抱上一抱才好。那芝仙经芷仙再四解释之后,才睁着一双澄碧欲活的大眼,望着四人呀呀两声,笑了一笑。虎儿小孩子心性,仗着芷仙好说话,竟涎着脸凑近前去,抚弄芝仙温腴如玉的小手。南姑一见大惊,正要呵斥,那芝仙偏和他投缘,不但不躲,竟伸出小手向虎儿招弄。喜得虎儿心花怒放,连芷仙都觉出奇怪。南姑见芝仙并无不愿神气,到底不敢大意,不住朝虎儿使眼色,叫他退下。于、杨二人觉着好玩,也想学样时,那芝仙已挣脱芷仙怀抱,跳下地来,便往前走。芷仙连忙跟去。杨成志

350

一见，心中大喜，却故意说道："我们跟裘仙姑看看去。"说罢，头一个跟在芷仙身后面走。于建、虎儿、南姑均都童心未退，也都跟去。芷仙为人素无机心，并未禁止。

那芝仙跳跳纵纵，一路穿山越涧走着。不时纵向高崖，采取一种红蒂青皮，形如金橘的果子，整个咬吃。杨成志见芝仙爱吃这种野果，也想采取一个，偏偏满山奇花异果甚多，惟独这种果子非常稀少。芷仙见南姑等跟来，便喊南姑上前说道："芝仙吃的这种果子，名叫翠实，吃了可以明目，乃是一种仙草。一株五叶，叶如野桑，每株顶上生着一粒翠实。此地四时皆春，每隔单月开花，双月结果。每一结果，芝仙便满山满崖地搜寻来吃。大家因芝仙喜爱，都舍不得吃，留给它独个享受了。"说到这里，正走过一个崖凹之下，满崖壁紫草朱藤，奇花欲笑，迎风飘落，清馨四溢。崖下面又是一道宽大溪涧，碧波透明，清澈见底，绿水潺潺，与仙籁顶泉声遥遥相应。明波若镜，山光倒影而下，白云片片，不时在水底花影中穿过。这地方名叫紫花崖绣云涧，是凝碧仙景中最清丽文秀之所。众人虽是来过数次，也不禁流连赞美，边说边走。忽见芝仙往悬崖上纵去，离地有数丈，一手攀着朱藤翻了上去。芷仙方要跟踪上去，芝仙已经纵下，手中采了六七个翠实，递了五个与芷仙，指了指四人，意思是叫芷仙分给四人吃。芷仙笑着分与四人吃，入口苦涩非常，食后回甘，觉得满口清香，凉沁心脾。大家都向芝仙道了谢，又随着往前走。

转过崖去，便是一个小山坡，坡上修藤翠竹，黛色参天，风动琅玕，声如鸣玉。奇石小峰掩映其间，块块都是玲珑透瘦，孔窍甚多，若有音乐鼓吹自石中出，又与竹声泉声互相交奏，成为繁响。新来四人，这里却未来过，个个称奇。芝仙道："这里名叫仙音坂，是芝仙玩月之地。虽不在此生根，可是它每晚均来此参拜星斗。"说着，走入竹林深处，现出一个天然石台，周围有亩许方圆大小。台上有两座玉石丹炉，炉前有四个石墩。合台石色墨绿，莹洁如玉。这时芝仙业已走到台后，正面一块翠玉，高足有三十丈，大可十丈，上丰下锐，生得如巧工堆成的假山峰一般，体态灵秀，洞穴甚多，大小不一。芝仙走到峰前停了步，用小手拉着芷仙，指着峰前一个较大的洞，教芷仙去看。新来四人也随着芷仙，往那翠石中间洞穴中看去。脸才凑上去，便闻见一股清香直透鼻端，头脑心神为之一爽。芷仙所见的洞口大些，看见几丛又红又绿的花草在那里摆动。余人只闻异香，并看不见什么。

芷仙便问芝仙道："那仙草就生长在这灵翠峰石腹里面么？两月前大师

姊曾说,前面丹台是大祖师炼丹之所。灵翠峰并非此地原生之石,是从他处移来,峰下面必定藏有至宝。后来大家费了多少事,只差没去将这小峰移开,查看多日,了无他异。你日前仙草是怎么取出来的呢?"芝仙闻言,便将小手伸入洞内掏了一会,取出一块形如莲花的翠玉来,先往洞口比了一比,按上去好似天衣无缝。若非预先知道,简直不知这块翠莲花就是这灵峰的锁钥。无怪灵云等当初虽然想到灵峰下面必有宝物,竟会察看不出。芝仙再将那块形似莲花的翠玉取下来一看,背面还有几行朱书篆文,正是长眉真人留谕。细绎文意,才知当初长眉真人开辟凝碧十八仙景之后,曾在前面墨玉台炼有两炉丹药。后来参透玄天秘奥,不久白日飞升,两炉丹药用它不着。欲待传赐门下弟子,又因为诸弟子个个爱好,道行浅深虽然不一,炼丹一门已得真传,不愿他们贪师之功,不劳而获。算计光大本门,须待三英、二云出世。彼时正值正邪各派遭受空前浩劫,这次一代弟子们俱都入门未久,全仗根骨优厚,与邪魔争胜负存亡,所受险阻艰难,过于前代弟子百倍。这灵翠峰下是峨眉全山灵脉发源之所,便将两炉丹药埋藏下面,用仙法共炼百零八日。日久年深,丹药化去,借洞天福地灵气,化成一种仙草。那仙草名叫丹珠草,碧梗朱叶,其红如火,遍体明如晶玉,一叶二歧,当中歧尖结着一粒朱实。不但吃了延年益寿,无论被什么邪魔外道法宝毒害,将此草连叶取一片服了下去,立刻起死回生。因此草成熟须经多年,恐为外人发现,特从星宿海底取来一座万年碧珊瑚结成的灵翠峰,外用灵符镇压。经过多年,此草借天地灵气成熟结实。同时除了里面保护仙草的灵符还在外,外面灵符也已放去。那仙草共是九株,每株各生阴阳两叶。采叶之后,须隔三十六年,始能二次生叶结实。此中自有奥妙,非有仙缘,不能妄取,取必有灾。到时掌教弟子齐漱溟自有安排等语。

芝仙一见,心中大喜。因为素来持重,凡事不敢妄来,连忙招呼众人回转,去报与李、申二人商量,怎样取了这仙草,与若兰治伤。那芝仙也好似非常高兴,却不肯跟芝仙回去。芝仙回到太元洞前,嘱咐四人随意在附近游玩,自己便往洞内报信。

英琼一见翠莲花上长眉真人所留的法谕,心中非常高兴。只是有听候掌教师尊安排的话,不敢擅取。若兰疼痛虽然稍止,伤处未痊,如果要等灵云回来,禀明掌教师尊,又恐缓不济急,好生踌躇。若兰本是行事持重,又随红花姥姥多年,有了阅历,宁愿多受些罪,也不敢有违祖师法谕。英琼又跑到灵翠峰去看了一会,见那仙草生在峰内,可望而不可即,就是冒着不是,想去采摘,也办不到。重又回来与芷仙、若兰商量,除了灵云回来想法外,别无善策,只索暂时作罢。

仙府昼夜通明,新来四人饮食起居均由芷仙招呼。这时英琼、若兰已能辟谷,吃不吃均可随意。只芷仙还未能完全禁绝烟火。平时是由袁星去将应用的火食蔬菜洗涤干净,拿到凝碧崖前昔时白眉禅师喂养两只神雕一个藏谷的石洞,由芷仙自去调制。芷仙无事时,又将仙府各种奇花仙果制成药酒,以备众同门高兴时,前去随喜饮上两杯。那洞本来洁净,经芷仙多日布置,石几、石凳、石灶、酒窖以及应用物品色色俱全。众人又给那洞起了个名字,叫作仙厨。新来四人也随芷仙在仙厨进食。

这日芷仙同了四人从灵翠峰回转,与英琼、若兰谈了一阵,又去安排好了四人食宿,仍回若兰房内。因芷仙说南姑如何聪明本分,怪可怜的。英琼素爱热闹,又想起连日因为有事,竟顾不得同新来的人多谈,便请芷仙去叫了南姑来到房内,陪若兰谈天。芷仙依言去将南姑唤来,大家谈得颇为投机。过了好一会,英琼见南姑有了倦意,自己和芷仙也该是用功时候,好在石床甚大,石室如春,索性叫南姑就睡在若兰床上,连芷仙都不要回去,省得南姑有时一个人在室内寂寞。南姑见英琼只是率真,并非有心骄人,越发心喜。先还不肯就睡,及至见李、申、裘三人相继入定,一合上眼,不觉沉沉地睡去。

睡梦中忽听英琼、芷仙说话,惊醒转来一看,英琼首先对她说道:"你兄弟和杨成志闯了祸了。"南姑闻言大惊。又听英琼对芷仙道:"这姓杨的那日一拦芷仙,我也说不出什么缘故,总觉他不是个安分的东西,果然闯出这样的祸来。如今他二人吉凶莫卜,算是他们咎由自取。只是翠莲花上太师祖法谕分明说那仙草须待掌教师尊安排,妄取有灾,连我们都不敢妄动,他们倒有这大胆子。大师姊又不在家,倘仙草被毁,掌教师尊怪罪,怎生是好?"若兰道:"这事据我看,须怪不得章虎儿,他年纪幼小,知道什么?只是杨成志一人之过。最可怕的是现在芝仙也不知去向,万一同时被困在内,受了损害,那才糟呢!"南姑听三人语气,猜是虎儿受了杨成志引诱,在灵翠峰闯了大祸,又不知虎儿生死存亡。因见三人都是愁眉怒脸,不敢动问,急得眼泪汪汪,望着三人直转。若兰见她可怜,便对她道:"你不要急,一人做事一人当,我们并不怪你。令弟今早起来,大约是受了杨成志的引诱,去盗取仙草,不知怎的陷入灵翠峰内。如今丹台附近都被云烟笼罩,他二人想必被困在内。适才我勉强负痛到了丹台,尽我平生所学,竟不能近前一步。须等大师姊回来才能解围了。"

南姑忍不住试问事情经过，英琼抢着说了大概。原来杨成志居心叵测，先前已曾提过。昨日芷仙发现丹珠仙草之后，因有长眉真人法谕，大家都不敢擅动。杨成志暗想："虽然吃了芝仙的血可以得道延年，但是这里众人爱护甚严，擅自下手，一旦发觉，必定不肯甘休。那仙草既有这等妙用，难得众人都要等青螺的人回来，禀明了掌教师尊，才敢采取。何不趁此时机下手，偷几叶服了下去，先博个长生不老，岂不是好？只是这事须得找个帮手。"因和于建处得日久，看他平日言行性情，决不敢随自己干这种冒险的事。这几日想从虎儿口中，由南姑那里得到本山实况，同虎儿颇为亲密。还怕虎儿常受南姑告诫，不敢明言，特意想了一套说词。背着于建怂恿虎儿，说古往今来成仙得道的，全靠仙缘。往往有时师父得到灵药仙草，未及服用，被徒弟偷去服了，立刻成仙，师父反而不能飞升，皆是他本人没有仙缘之故。如今他们发现仙草，不去采来服用，想是注定留给别人。要虎儿帮他前去盗取。虎儿也甚聪明，先记着姊姊的话不肯同去。

杨成志心术甚坏，原想利用他涉险，自己却捡便宜；见他不去，又恐他转去告了南姑，事情败露。便道："你真是傻子。你想那座灵翠峰的洞口，连你都钻不进去，仙草在内如何采取？我要你同去，是因为申仙姑说你根骨不错。那翠莲花背面不明明写着无缘的人不能妄取吗？无缘人不能取，有缘的人当然可取了。我们要是无缘的话，我们去了，也不过隔着洞口看看，闻闻香气而已；要是有缘，必然有法可想，怕着何来？假使有缘不取，错过机会，将来还得像平常修道人，一步一步地受尽千辛万苦，才能成道；岂如食了仙草，立地成仙的好呢！再说现在谁也不能断定里面准有多少株仙草，一株不缺。我们盗到手，吃到肚里，即使将来他们知道短了几株，因为事前有芝仙采过，定说是芝仙吃了，也决不会疑心到我们。现在我们去见机行事，看我们仙缘如何，并不强为。成固可喜，不成亦无甚紧要，你道如何？"说罢，又将凭空学道如何受苦，能够在修道以前得着灵丹仙草，便能立地成仙，学他们往空中飞来飞去，如何好法，说得个天花乱坠。虎儿极有义气，感情心又重，虽然有些将信将疑，禁不住杨成志几番哄骗和强求，便答应下来。

杨成志得寸进尺，又商量下手之法。他因洞口甚小，芝仙却能入内去取仙草，算计别有入路。知道芝仙常在那里盘桓，决定先去察探芝仙的行径，趁青螺的人未回来，李、裴二人定要照应若兰伤势的这两天内下手。

当日杨成志故意和于建启衅口角，以便不和他做一路，装着往太元洞附近游玩,同虎儿携手偕游。等到去离于建甚远,便和虎儿改道,顺着洞里路径,先到仙音坂丹台附近去看了看。才到丹台,便见芝仙独个儿在灵翠峰前,等到走近却没了踪迹,越猜那峰定有入口。他知芝仙最灵,恐怕惊动了它无法下手,与虎儿使个眼色,若无其事地在峰前略看一看,便回到丹台,择了一个挨近灵翠峰的地点坐定。虎儿几番要说话,都被他止住,只拿眼觑定峰前,静观芝仙从何处出来。待了一会,没有动静。因快到安歇时候,恐怕芷仙、南姑寻他们,只得先回来,到明早再说。刚下丹台要往回路走时,忽听灵翠峰旁极轻微的珫琪两声。杨成志本是五官并用,时时留神,急忙回首一看,仿佛见灵翠峰东北角下一块翠石稍微动了一动。心中虽默记着那个地方,表面却仍作毫不经意地往回路走。虎儿问是哪里响,杨成志故意大声说道:"想必是芝仙出来吧,我们快走,莫惊了它,让诸位仙姑见怪。"说罢,拉了虎儿便走。

回到太元洞住的室内一看,于建一人盘膝坐在室内,按照芷仙说的峨眉初步入门功夫,在那里试习。杨成志冷笑了笑,也不去理他。于建试坐了一会,下榻散息,仍是含笑和二人说话,并没有把适才口角记在心里。杨成志始终冷着脸,爱理不理的神气。虎儿倒没什么,依然说笑。于建问虎儿:"适才同杨兄到何处游逛? 可是没去过的所在?"虎儿未及答言,杨成志突然站起道:"这里规矩严,我们岂敢随便乱走,不过只在仙籁顶看看飞泉罢了。"于建闻言,因二人走时自己正站在高处,明明看他们绕道往绣云涧那边走去,知他瞎说,也不再问,当时并没料到二人有何异举。三人貌合神离的,随即安歇。

杨成志躺在石榻上,心中盘算明早如何下手,哪里能够安眠。算计时光,到了第二日丑末寅初,知道众人都不会出来。听了听于建、虎儿睡得正酣,悄悄将虎儿唤醒,一同轻手轻脚走出洞外。也是合该有事。袁星一向露宿在太元洞口,又深通灵性,外人一举一动须瞒不了它。还有神雕,更是目光如电,敏锐非凡,要被它看破行藏,杨成志和虎儿怕不被它钢爪撕成两片。偏偏这几日奉命把守后洞,一个也不在跟前。杨成志带了虎儿,神不知鬼不觉地溜出洞去。因要暗窥芝仙动静,到了仙音坂,便即放轻了脚步。按照预定主意,叫虎儿预先从仙音坂竹林外面,绕到灵翠峰前东北角下潜伏。自己鹭伏鹤行,轻悄悄由正路抄了过去,慢慢爬上了丹台一看,并不见芝仙踪影。再看虎儿业已到了峰前僻静之处埋伏,二人遥遥相对。

等了一会,不见芝仙动静。正觉有些失望,猛然间闻着一股子清香。仔

355

细往旁边一看，丹台侧面崖壁上有一盘紫藤，结着十来个昨日所见的翠实，生得非常肥大，猛然心中一动。且喜相隔不远，轻轻下了丹台，将这十几个翠实全都摘在手中，先吃了两个，将余下的藏在怀中。刚要重往丹台上走去，忽见来路上草丛闪动，有一个白东西在草中乱晃。定睛一看，正是芝仙如小孩一般，从绣云洞那边跳跳纵纵地往丹台走来。走了几步，又低头往地下看看，好似发现什么似的迟疑了一会，又欢跳着往前行走。杨成志恐将它惊跑，连大气都不敢出。一会芝仙上了丹台，先望空长嘘了两声，声虽不大，其音清越，非常悦耳。然后面向东方，跪拜了一阵，起来朝天吐出一团白气，如数十道游丝在空中飘摆，一会又吸了进去。约有半个时辰，更不迟疑，跳下丹台，径往峰前走去。走到峰东北角下，好似预知有人埋伏在侧，不住东寻西找。杨成志不敢怠慢，早已提气凝神，掩了过去。那芝仙自从移植洞天福地，日受众仙侠爱护，虽然忘了机心，到底耳目灵敏。它走到峰前，闻着生人气息，心中惊异，便去寻找。一眼看见虎儿埋伏在旁，惊得"呀"了一声，便往回跑。一回头，又见日前所见恶人伸开两手扑了上来。灵峰附近经长眉真人符咒祭炼，不比别的地方见土就能钻入。一着急没了主意，慌不择地偏身奔向东北峰角，揭起一块尺半大的翠石，往里便钻。虎儿哪知利害，早扑上前去，一把抓着芝仙一条又嫩又白的小腿，拖了出来。那芝仙挣了两下未挣脱，反被虎儿一把抱紧，知道已遭毒手，将口一张，喷出一团白气，打在虎儿脸上，如同刀割一般疼痛难忍。虎儿害怕，直喊："芝仙厉害，快来帮一帮，我捉它不住了！"杨成志忙喊："虎兄弟千万不可撒手！"说时，一面取下丝绦，将芝仙捆了个结实。然后说道："你再想吐气和逃跑，我便生吃了你。"那芝仙以为要遭大难，呀呀直哭。

虎儿先前倒不觉怎样，及至将芝仙捉到手中，想起姊姊之言，又见芝仙不住哀鸣，不由又害怕，又心中不忍，劝杨成志道："现在已经知道翠峰洞口，把它放了吧。"杨成志瞪了虎儿一眼，说道："好容易才得到手，你知道些什么！"说罢，一手夹紧芝仙，取出那十几个翠实，说道："你只要指引我怎样采那仙草，不但不伤你，还请你吃仙果。"那芝仙被逼无奈，指一指适才逃进的洞口。杨成志见那洞口足可容虎儿出入，连自己也勉强爬得进去，不禁狞笑道："只要进洞，便可取到仙草么？"芝仙含泪点了点头，不住拿眼望着虎儿，大有请他哀怜神气。虎儿看它可怜，劝杨成志道："我们原说是只要从芝仙身上知道采仙草的洞口，现在既然知道，它又不会说话，怪可怜的，把它放了吧。"杨成志也不理他，复对芝仙道；"久闻学道的人能遇见你，便是仙缘，你又惜血如金。今日天赐仙缘，既落我手，便饶不得你。"说罢，张口便要往芝仙手臂上咬去。吓得芝仙胆落魂飞，不住在杨成志手上乱挣乱跳。虎儿才知上了杨成志的大当，此时和他善说业已不行，纵起身一个冷不防，朝杨成志劈面一拳打去。随手一把抢过芝仙，不问青红皂白，随手扔出。芝仙本是灵物，一脱人手，虽有丝绦捆住，借虎儿一扔之劲，早甩出去有十来丈远近。不知怎的，滚转之间，一路挣脱绑索，呀呀连声，如飞逃走。

杨成志吃虎儿冷不防这一拳，打得两太阳穴金星直冒。虎儿怕他去追芝仙，早趁势纵了上去，两人同时扑倒，扭作一团，在地上打滚。直到芝仙跑得没影，虎儿才松了手。杨成志挣脱起来，他万没料到虎儿天生这一把蛮力，芝血未吃到口，还吃了这大暗亏，把虎儿恨入骨髓。只是他为人奸诈，知道若真个翻脸，不但羊肉吃不成，还得闹一身腥膻。心中一动，又生奸计，反倒敛了怒容，笑对虎儿道："好兄弟，你这是怎么？我怎敢把芝仙怎样？无非是见那洞口太小，不知内里虚实，想逼出它的实况罢咧。你看你把我打成这个样子。如今芝仙已走，再没法想，只得进洞试试，如果得不着那仙草，也只好算我两个福薄命浅罢了。好在这事已做到这般地步，芝仙不会人言，虽不怕它告状，须防它去引了人来，还不下手，等待何时？"虎儿到底年幼，见杨成志被自己打了个鼻青眼肿，他反朝自己赔话，好生过意不去。便答道："杨兄休得怪我，既然是我误会了意，请你原谅我年纪轻。盗草之事，昨日既然答应你，自然是有福同享，有祸同当。只要不伤芝仙，我听你招呼就是。"

杨成志朝洞口看了看，便叫虎儿先进去看看里面虚实。虎儿依言，将身子钻了进去，只见黑暗中红绿光影乱闪，鼻中闻见奇香，一摸总是个空，心中害怕，不敢深入，便对杨成志说了。杨成志暗骂蠢才。恐芝仙报信，迟则生变，自己在洞口试了试，居然挨挤得进，便也蛇行而入。一到了里面，既不愿虎儿在先得手，又怕自己查看不到有所遗漏，叫虎儿在他身后帮同寻找。杨成志心急，独自先行，已经走到西南角上。虎儿在他身后，正用手随着红绿光影乱扑，猛觉脑后被小泥块打了一下。回头一看，芝仙正站在洞口朝他招手。觉着奇怪，要喊杨成志看时，见芝仙朝他直摇手。虎儿心中一动，暗想："莫非杨成志没有仙缘，芝仙感恩，前来指点仙草所在么？"正在寻思，猛见芝仙先是连连招手叫他出去，后来又拿手指着虎儿北面。虎儿以为芝仙所指的地方有仙草，便照它所指之处走去。刚刚走到，又听芝仙呀呀连声，现出满面惊惶之色，在洞口一闪便即不见。虎儿方在纳闷，猛听杨成志惊呼了一声。虎儿连忙回头看时，只见一道金光闪处，满洞起了五色烟云，金光影里，杨成志如同中了魔一般，手脚并用，乱挥乱舞，转眼没入烟云，不见踪影。虎儿年幼心热，胆子又大，并不知道厉害，还想上前去看时，身子已被烟云绕住，眼花撩乱，也分不出东西南北，撞到哪里都是软绵绵的，休想移动分毫，进既不可，退亦不能。这才着急害怕起来，喊了两声杨成志，未见答应。顷刻之间，烟云越聚越密，竟将虎儿紧紧包裹，立刻奇冷透骨，五官四肢完全失了效用，一阵头昏眼花，透气不出，倒于就地。

于建睡眠本来警醒，因日里和杨成志口角，晚上又吃他冷笑，想起自己少孤命苦，好容易承凌真人讲情，暂时得住在这种洞天福地。只是尚未正式拜师，此地仙侠又多是女子，未必能够收归门下，前途茫茫，殊难逆料。一向认为杨成志是患难生死之交，却不料他为人如此忌刻，自己若和他一般见识，恐怕越遭诸仙侠轻视，凡事只可逆来顺受。满腹愁肠，好久未曾睡着。后来一想："凡事俱有数在，既能身入仙府，决非偶然。休管别人怎样，只要自己遇事谨慎，努力潜修，不畏苦难，皇天不负苦心人，终有成就，想这些闲事则甚？"心气一平，便即合眼睡去。睡梦中仿佛听见有脚步声响动，微微睁眼一看，见是杨成志领了虎儿，轻脚轻手地正往室外走去。知他二人回避自己，先是装作不知。二人走后，才想起杨成志平素和自己感情颇好，又叙过生死口盟，昨日忽然借故寻事与自己翻脸，虽说彼此失和，不愿同在一起，何须乎这样鬼鬼祟祟？虎儿一个小孩子，他却格外和他要好，中间许多全是做作。越想越觉他们行动可疑。猛想起南姑曾说，听裴仙姑说这里不但是洞天福地，还到处都生有奇花异卉，仙药仙草。各位仙侠虽在此住了多时，因掌教真人未来指示以前，大家都还不能完全指出名来。除了有几种异果尚可采食外，许多不知名的仙草，谁都不敢乱动，恐防无心中损坏天材地宝。所以再三嘱咐新来四人，如不奉命，只可随意观赏，不可擅自攀折。莫非杨、章二人见了仙草灵药之类，特地生事撇开自己，偷来受用？他二人有了奇遇，自己并不眼红。只是他们这种行为有如窃盗，要被李、申两位仙姑知道，岂能轻恕？不由为他二人担起心来，不肯坐视，决计前去寻着他们，如无异举便罢，如有出轨行为，无论如何也须婉言劝阻，以免闯出祸事，大家遭殃。

当下走出太元洞，因昨日曾见二人绕道往绣云涧，便朝绣云涧追去。经这一番仔细寻思，已经延迟个把时辰。到了绣云涧找了个遍，哪里有二人的踪影。知道全崖仙景甚多，地方又大，不易寻找，只得上崖，想从高处瞭望。才到崖顶，便见仙音坂丹台那边白云弥漫，彩烟笼罩，如同百十丈圆的一个五彩锦堆，云蒸霞蔚，瑞气千条，真个是天府奇景。不由喜欢得手舞足蹈起来。心想这般重的彩雾,连那灵翠峰都隐藏不见,虽不信二人会藏在彩霞之中,到底这般奇景举世难逢。又疑心是有宝物放光,好在相隔不远,便跑近前去,想看个究竟。才离彩云十丈以外,便觉祥光耀目,照眼生辉,不可逼视。再往前走了几步,不但金光彩霞射得眼疼,还觉奇冷透骨,浑身打战,不敢造次,退了回来。估量二人决然不会在这里,心中总惦记着怕出事,不敢多作流连,便择高处往回路走。

渐渐走到通飞雷洞的广崖之下,又猛想起初来不久,裘仙姑同袁星无心中在崖上发现后洞,各得了一口仙剑,彼时杨成志甚为眼热,莫非他也有非分之想?那悬崖壁立千丈,险峻非常,杨成志幼时练过武功,纵然勉强能上,虎儿也决上不去。还有神雕、袁星把守洞内,不能容他二人胡为,又觉不对。因为到处找寻不见他二人,业已过了两个时辰,不多一会,便是芊仙招呼众人进餐之时,只得姑且上去试试。谁知那峭壁虽然满生藤萝仙草,可以攀援,脚底下却是其滑如油,万难着足。还未上到山腰洞口,才只上了十来丈,已觉力尽神疲。越猜他二人决上不去,打算下去。略一疏神,一手抓了个空,失足滚了下来。满以为死虽不至于死,必然要带点伤。看看滚到离地还有两三丈远近,忽然被一堆山石将腰背搁了一下。于建一负痛,不由把腰一挺,变成头朝上脚朝下往下溜去。正在心中暗喜,两脚着地,或者可以不致受伤。就在这一转眼间,猛觉两脚又撞在一块大石上面,撞得脚跟生疼。那山石有四五尺见方,好似浮搁着的,并未生根在崖壁上面,被于建一撞竟撞脱了本体,骨碌碌直往下滚。于建一惊,立时两脚护体,往起一拳,昏迷中竟觉两脚落实。

起初以为到了地面,惊魂乍定,低头一看,那山石坠处,竟是一个小洞穴,自己恰好站在洞内,离下面还有一丈七八尺远呢。从上到下虽不过高,可是将才第一次被山石将身子搁向偏处,不是上来时路径。这小洞下面的岩壁凭空缩了进去,形成上凸下凹,除了站在洞口,由一丈七八尺高处往下跳外,连想滚转而下都办不到,不由焦急起来。待了一会无法,惶急中无心低头一看,那洞竟有三尺见方,洞口四面俱是青石,莹洁如玉。脚底下站的也不是泥土,而是一块青石板,上面满刻蝌蚪篆文。正中心一道细缝,一边一个凹进去的月牙,月牙里面各伏着一个盘螭纽环。

第一〇一回

天惊石破　宝剑龙飞
雾散烟消　淫娃鼠遁

　　于建暗自惊异，蹲下身去，顺手拿起左边纽环往上一提，觉着并不吃力。刚刚揭起，便见里面金蛇乱窜，吓得于建连忙将石板盖好，一个惊慌疏神，差点没跌出穴外滚下崖去。侧耳一听，洞穴中铮铮乱响，好似金刃相触之声。于建不敢再看，又没法下来。正在着急，忽见半崖腰洞口飞下一条黑影，定睛一看，见是袁星。方喊得一声："袁星救我下去！"袁星已经纵到面前，一见那洞穴，便问于建怎得到此。于建不便说自己疑心二人行动，只说寻找二人，从崖上滚下，被这洞穴挡住，无法下去，请袁仙援手。袁星侧耳往穴中一听，正待答话，猛一抬头往前面一看，忽然面现惊疑，急匆匆抱了于建，纵下崖去。说道："如今丹台那边出了事，你只在此看定上面洞穴，先不要对旁人说起，我去报信就来。"说罢，正要拔步飞跑，正遇芝仙走来，一眼看见于建，便问可曾看见虎儿和杨成志。于建道："弟子今早起来，不见他两人在室内，出来寻找，如今还未及见呢。"芝仙未及答言，袁星已抢着说道："裴姑娘可知丹台灵翠峰宝物出现么？"芝仙闻言大惊，忙问就里。袁星道："我也才知道。如今事不宜迟，同去见了我主人再说吧。"同芝仙急忙飞回到太元洞内。

　　若兰自经芝仙舔后肿虽未消，疼痛已止，除了手臂麻木失了知觉外，已无什么苦痛，和英琼正在闲话。见芝仙面带惊慌匆匆跑来，后面还跟着袁星。到了室内，袁星先自越步上前说道："袁星素常留心凝碧崖前飞瀑仙源，知道本山一定藏有许多奇珍至宝，也曾和裴仙姑说过，虽知那仙源定通别的所在，总未寻着真实地方，未敢妄报。适才同钢羽把守后洞，对崖飞雷洞李真人门下石、赵两位大仙因听袁星说申仙姑在枣花崖受伤，意欲前来探望，命袁星回禀。在洞侧崖上，只见丹台那边仙云大起，灵翠峰已隐没不见，想是宝物出现，再不就是发生了什么事故。请主人和二位仙姑速去探视要紧。"若兰见多识广，红花姥姥在日，曾说凝碧崖藏有长眉真人的法宝甚多；

到了以后，又听灵云也是如此说法。一则知道这些法宝俱有仙符封锁，二则无有教祖法谕，谁也不敢乱动。一闻此言，知道教祖不久就要回山，灵云等尚未归来，法宝决不会无故出现，好生惊疑。便问芷仙新来诸人可在室内。芷仙道："我因还有半个时辰便是他们进餐之时，连日见南姑满腹心事，从未好好安眠，难得安睡一刻，意欲先叫他们三人前去安排，回来再唤南姑。见他们三人均不在室内，寻到崖前，只看见于建一人，就回来了。"若兰闻言，心中一动，忙对芷仙道："芷仙姊快去寻找杨、章二人，如果找到，不许他们乱走动。袁星仍回后洞把守，回复石、赵二位道友，说我伤势业渐痊可，不敢劳动。明日便是端阳，等青螺诸位师姊回来，再去奉请。今天但盼不要出事才好。"说罢，匆匆拉了英琼，驾遁光往丹台飞去。袁星忙喊主人慢走，还有话说时，二人业已飞出洞去。

芷仙见咫尺之间，还驾遁光飞走，知道事关重要，忙着出洞寻人。袁星追上前去说道："仙姑且慢，还有事呢。"芷仙便问何事。袁星道："我因见这里许多地方每交午夜，必有宝光上腾，时常留心。刚才我从崖上飞下，又被于建无心中撞落山石，发现一个洞穴，里面金铁交鸣，响声甚大，定有宝物在内。那洞穴外有门户符箓，我不敢妄自开看，正要回来报信，便见丹台仙云大起，知道事关紧要，连忙走来先说。偏偏我主人同申仙姑那般性急，不俟把话听完便走。我也知丹台是全山最要紧的所在，主人们定来不及先顾别处。不过洞穴既现，法宝又在里面作响，万一发生事故，岂不怪我知而不报？我看那新来四人中，姓杨的最是有些鬼头鬼脑。于建曾说寻他不见，万一闯了祸，现在也无法挽救。不如我去后洞把守，姑娘亲去洞穴前守护，等主人与申仙姑回来，再作计较。"

芷仙见一波未平，一波又起，估量新来诸人自受申斥，每日颇为恭谨，不敢闹事，便依了袁星。回到崖前，见于建一人两眼望着崖壁洞穴，正在惊慌。见芷仙走来，连忙跑上来说道："仙姑、袁仙快看上面洞穴！"芷仙忙问何故。于建道："二位走后不久，我在下面听见哧的一声，从洞中飞出一道青色彩虹，疾如闪电，光华耀眼，冷气逼人，往天上飞去了。"芷仙闻言大惊，忙和袁星拔出宝剑，飞身上崖。走到穴前一看，那穴纹丝不动，两扇洞门仍然关得严严密密的。袁星侧耳一听，里面响声龙吟虎啸，如奏仙乐，只是声音却比先前小了许多。芷仙、袁星商量了一阵，因听于建说业已飞走一道青色彩虹，不敢大意开看。芷仙又问于建怎会发现这洞穴。于建又把上项事情说了。再往丹台那面一看，只见仙云笼罩，彩雾霏霏，也看不见李、申二人动静。问起袁星，知道比先时还要浓厚。袁星恐后洞再要出事，忙着要走。芷仙一时也拿不定主意，只好一人在穴旁把守，且喜响声越来越低，别无动静。

过了半个时辰，远远望见李、申二人回到太元洞前。芷仙急忙招呼二人过来，先说明发现洞穴之事，不及细问灵翠峰如何，便要去寻杨成志和虎儿。英琼气愤愤地说道："这两个业障！也许死在灵翠峰了，寻他则甚？"芷仙闻言大惊，刚要问时，若兰道："我已丢了一件法宝，那边未了，这边又有了事，怎么偏在大师姊回来前一日同时发生？如今先顾不得说闲话，先把这洞封住再说。"说罢，口诵真言，用符咒先将洞穴封住。施法以后，立刻穴上起了一阵烟云。若兰大喜道："这里不妨事了。听穴中响声，定然藏有仙剑之类的法宝不在少数。只可惜我知道迟了，适才飞走那道彩虹，不知是什么法宝。大师姊和诸同门不在家，连出许多事，真是气人。我们下去细谈吧。"若兰又盘问于建。于建不敢再为隐瞒，便将二人连日行动可疑及前事说了。三人因于建发现洞穴事出无心，并未怪他，只嘱咐以后诸事留意，分别回洞。

芷仙忍不住问虎儿怎么遭难，真的可曾身死？若兰道："我一到丹台，便看出那仙云不是偶然发出，定是师祖设下的仙阵，如无人私入阵内，决不会发动。我又看出灵翠峰已经飞去，自不量力，想从生门入内，看看有无法宝遗存。谁知师祖仙法妙用无穷，如非当初偶听先恩师说，和师祖在福仙潭斗法，恩师用身外化身得免于难之事，彼时无意中跟着先恩师学了点，差点我也陷身在内。就这样还将我一件护身法宝失落阵内，才得脱身。我当时并未深入阵里，只在生门前观望，隐约见虎儿伏倒在地上。归来驾遁光到处寻找，不见杨成志，定然也陷在阵内。虎儿所入恰好生门，或者不至于死。杨成志那厮就难说了。适才听于建之言，定是他两个业障垂涎仙草，前去偷盗，咎由自取，不去管他。只是芝仙常在那里盘桓游息，它又识得仙草所在，如将它也陷入阵内，那才糟呢！虎儿根骨甚好，虽不似夭折之相，但是仙阵厉害，如有不幸，岂不可惜？"

正说之间，南姑惊醒转来，一听众人说起经过，痛不欲生，眼泪汪汪跪在三人跟前，请求搭救，并求众人领她到灵翠峰去。若兰道："事已至此，我等道力浅薄，有何法想？现在丹台附近仙云笼罩，我等俱不敢上前，你去有什么用处？除等大师姊她们回山，新入门的秦家姊妹法术精深，或者能够挽救；否则只有请大师姊赶往东海，向掌教师尊求救了。"南姑闻言，不敢勉强，只急得饮泣吞声，哽咽不止。英琼见她可怜，便和若兰说了，姑且领她到丹台走走。若兰因为适才冒险撞入仙阵，又驾遁光遍山寻找芝仙与杨成志踪迹，运气时疮口受了震动，渐渐觉得伤处又有些胀痛，起初并未十分在意，仍同了南姑再往丹台。南姑走至丹台左近，便跪在地下，求师祖长眉真人怜救虎儿一命。枉自呼号了好一会，只哭得力竭声嘶，仙云毫不减退。若兰、英琼也是代她难过，再三劝慰，才将南姑扶起。

刚往回走，英琼一眼看见若兰袖口有紫血流出，忙喊："兰姊，你看你的手臂又怎么了？"若兰也觉着臂上一阵阵刺骨生疼，捋起衣袖一看，那伤口重又迸裂，虽不似先前那般奇痛，渐渐有些禁受不住。芝仙又不知去向，无可奈何，只得一同回转太元洞，再作计较。回洞落座不久，又觉伤处一阵奇痒，肉已溃烂，更不能下手抓挠，惟有咬牙忍受。英琼、芷仙虽没有身受痛苦，也是心中难受万分。四人都是愁眉泪眼，好容易挨到第二日。英琼自若兰受伤，早就想派神雕去青螺送信，请灵云先想救治之法。若兰再三不肯，说守山责任甚重，如无髯仙警告，后洞未辟，还可借崖顶上祖师的仙符封锁，不畏敌人侵犯。髯仙警告定要应验，自己又受了重伤，一旦后洞有事，神雕是个有力的帮手，万万遣去不得。英琼只好作罢。

且喜当日便是端午，从寅初盼起，直盼到午后，仍未见众人回来。英琼只记着破青螺是在午前，有秦家姊姊的弥尘幡，顷刻千里，不难即回。哪知灵云等破完青螺，还要转救邓八姑，有些耽搁。又疑心灵云等破完青螺不就回来，或者又往别处去，好生后悔日前不遣神雕送信的失策。又见若兰浑身火热，伤处苦痛难忍；南姑关心同气，不住悲泣。越加焦急得如热锅上的蚂蚁一般，一会在室中宽慰若兰、南姑，一会又跑出洞去向空凝盼。正在望眼将穿，忽见袁星如飞跑来说道："主人快去，飞雷洞出了事了！"英琼闻言大惊，不及细问，知道若兰不宜劳顿，得知警耗必定焦急，只悄悄嘱咐芷仙在洞中护慰，自己只说到崖顶上去迎接灵云。一出太元洞，速往后洞赶去。

这时石奇、赵燕儿因见来人厉害，早将若兰的法宝祭起护着洞门。英琼原知道阵法生克，便和袁星掐诀行法，穿阵而出。到了外面一看，侧面高峰上站定一个道姑和日前对敌逃走的孙凌波与施龙姑三人，正和神雕、石奇、赵燕儿斗在一起。英琼更不怠慢，忙将紫郢剑放将出去。袁星见主人上去，也望空一声长啸。神雕听得袁星啸声，倏地由剑光影里一个转侧，疾如投矢般飞下地来。等袁星纵上雕背，二次凌云又起。袁星手舞两柄长剑，发出十余丈寒光，杀将上去。

原来石、赵二人因那日英琼、若兰驾雕飞去，又是歆羡，又是佩服，只盼二人得胜回来，好去瞻谒凝碧仙府。及至等了半天，不见动静。芷仙被英琼喊回洞去，并不知若兰受伤之事，回了太元洞，便被英琼留住陪伴若兰，所以二人先不知音信。后来见芷仙不再出来，却换了神雕和袁星把守对面洞口。一雕一猿，互用鸟语兽言对答，有时袁星又进洞去取些腌腊、果子出来，与神雕互相对吃，非常有趣。知这神雕既回，李、申二人也必回来，只不知胜负如何，不通兽语，难为问讯。第二日早起，燕儿忍耐不住，心想："一雕一猿俱是深通灵性，话虽不通，叫它送信示意，总还可以。"便从对崖飞到后洞，对袁星道："我和石师兄因惦记着李、申二位的胜负，意欲入洞探望，请你回去禀报一声如何？"袁星便用人言将若兰受伤之事说了。石奇刚跟踪过来，闻言大惊，便和燕儿商量要进洞慰问，请袁星前去通禀。袁星知是主人好友，不敢怠慢，立刻遵命回报。及至袁星回来，说是灵云等未归，若兰病体未痊，要缓日才能待客，二人只好作罢。因见袁星佩有两柄长剑，问它可会剑法。袁星把得剑之事说了。并说只在平时看主人和各位仙姑练习，默记一点，新得此剑尚无传授，要等齐仙姑回来禀明之后，才能练习。二人将剑取出看了，知是两口奇珍。又问神雕可通人言，神雕摇了摇头。袁星道："我们猿猴猩猩本与人类同种分化，横骨一化，便通人言。有两种猩猩，更是生来一教就会。鸟类中除了鹦鹉、八哥尚能学舌外，余者不脱胎换骨，终难人语。我这位钢羽大哥，本领道行比我要强百倍，只这一样还不知得修多少年呢。"神雕闻言，长啸了两声，好似表示受屈的神气。石、赵二人见雕、猿都这样精灵，有时问到神雕，便由袁星做通译，谈谈说说，颇为有趣。

直到天晚，石、赵二人在飞雷崖前比剑练习了一阵，又叫袁星也练。袁星先说一声："二位大仙指教。"便将两柄长剑舞动起来。剑一离剑匣，便是两道二十来丈的青白光华，在微月繁星之下舞将起来，越显得晶莹耀眼，瘆人毛发，比以前看时大不相同。袁星虽然不能运动剑光飞出手去，舞剑本领竟比石、赵二人还强，喜得石、赵二人连连拍手称赞不置。袁星一得夸赞，越发起劲，将平时所偷记的峨眉剑法舞成了一团寒光雪影，疾如电闪，在平崖上下翻滚。石、赵二人好生惊奇。正舞到酣处，神雕想是也有些技痒，一声长啸，舒展健翮，冲霄飞起，睁开两只火眼金睛，野鹰攫兔般觑定崖上那团寒光，盘空下视，倏地两翼一收，水鸟啄鱼般疾若飞星，穿入剑光丛中。只听袁星一声怪啸过处，一团黑影，两点金星，早带了那两道寒光腾空飞起。那神雕好不促狭，从空飞泻，用钢爪从袁星手上夺去那两柄长剑，兀自在空中盘桓飞舞，也不远去，不时低飞，离袁星头上丈许高下，等到袁星纵身欲抢，它又冲霄飞去。只急得袁星在崖上连连顿足怪叫了好一阵，直露出哀求的神气,才敛翼飞将下来。袁星连忙纵过去,将剑抢到手中,归入鞘内,才用人言说道:"我想请石、赵二位大仙指点剑法,并非特意卖弄。你不怪你错投了胎,既没有长两手,又不会人言。谁还不知你从白眉禅师听经学道多年,能抓取人的飞剑?何苦气不服我则甚?"言还未了,神雕延颈顾盼之间,一声长鸣,又要飞起。吓得袁星往石、赵二人身后直躲,满口告饶才罢。引逗得石、赵二人哈哈大笑不止。袁星虽是畜类,心极向上,自得此剑,爱逾性命,神雕和它玩笑也怕得要死,又和神雕说了一阵好话。神雕延颈瞑目,偏着一个头,大有不屑神气。又引逗得石、赵二人一阵大笑。

末后神雕叫了几声,袁星面带喜色,对石、赵二人道:"我们钢羽大哥要带我到空中去舞剑呢。"说罢,二次拔出双剑,将身一纵,上了雕背,神雕凌云便起。石、赵二人仰头一看,只见那袁星骑在雕背上,舞动两道剑光,穿云掣电,上下青冥。舞到疾处,好似千百条青白神龙围裹着一团黑影,在星光之下乱窜,时而高出云霄,时而低翔岩谷,光华盘空,腾挪变幻。霎时间风声四起,草木萧萧作响,连那个崖上洪波巨瀑都听不见响声。石、赵二人看得兴起,也将剑光放出,迎上前去。三人一雕,驾驭着四道青白剑光,满空飞舞,出没云际,约有个把时辰。神雕倏地束紧双翼,流星飞泻般直往侧崖万丈洪瀑之中穿了下去。猛听袁星一声怪叫过处,神雕微一腾扑,便已翻身上崖。等到石、赵二人收剑赶过来一看,袁星已经下了雕背,正在收剑入匣。再看神雕,仍和刚才一样,钢爪抓地,稳如泰山般站在那里,慢条斯理地剔毛梳翎,黑羽上亮晶晶直泛乌光,金睛四射,顾盼威猛。燕儿见一雕一猿如此神异,好生代英琼欣幸。石奇心想:"凝碧仙府禽兽已经如此本领,余人可想。"二人俱都不舍回洞,直玩到午夜做功课时,才回飞雷洞去。

第二日一早,便到崖前仍和袁星说笑玩耍,袁星又回洞去取了许多储藏桃杏之类出来,大家同吃。石奇问起袁星,知道今日端阳,灵云等破完青螺便要回来,越发高兴。一会工夫,便到中午,石、赵二人俱未能断绝火食,回洞用完了素食,刚刚走出洞来,迎头遇见袁星说道:"适才钢羽飞翔空中,去捕生鹿回来腌腊,在姑婆岭上空看见两个异派女子和一个道姑驾了剑光,正往我们这里飞来,半途又遇见一个异派中的道士,便落下去。我问那些人的形象,有一个颇与那日与二位大仙交手的女贼相似,也许这个女贼又约人来此寻衅,二位大仙须要留意。"

正说之间,忽听神雕连声长啸,袁星连忙舍了石、赵二人,纵过崖去。就在这一转顾之间,忽见两道青黄色的剑光从侧面孤峰顶上飞将下来。石、赵二人不敢怠慢,忙将剑光飞出迎敌。抬头一看,孤峰顶上站定一个道姑和两个女子。内中一个正是那日逃走的桃花仙子孙凌波,却未动手,只在一旁高声喝道:"那两个业障还不束手投降,随仙姑们回去,少时便要死无葬身之地了!"言还未了,这边袁星早骑在神雕背上,舞动双剑,冲霄而起,杀上前去。孙凌波一见神雕来势甚急,雕背上坐着一个似人非人的东西,舞动两道青白长虹,风驰电掣般飞来,摸不着深浅,不敢怠慢。自己两柄飞剑俱被敌人破去,便将阴素棠给她的一柄白骨飞叉祭起,化一道青灰光华迎上前去。那道姑识货,知道神雕来历,大吃一惊,忙喊:"二位道友去擒那两个小厮,待我来对付这个孽畜!"说罢,口中念念有词,先喷出一团轻烟,笼罩着三人全身。由孙凌波与另一女子迎敌石、赵二人,自己准备单独迎敌袁星。神雕毕竟见多识广,一见道姑身旁起了一股黑烟,口中连连鸣啸,倏地拨头飞下地去。袁星正待上前立功,忽见神雕不战而退,口中连连叫唤,知它用意。下了雕背,忙跑近石、赵二人面前,说道:"神雕说来的妖人厉害,二位大仙不可轻敌,可将申仙姑法宝祭起护着洞府。我回去请主人去。"说罢,拨头往洞中便跑。神雕放落袁星,二次仍又飞上前去。石、赵二人本觉迎敌吃力,因为年少气盛,不肯示怯,其势又不能弃了洞府逃走,只得将若兰法宝护住两边洞府,以备缓急,奋力与敌人决一胜负。

那三个敌人当中,孙凌波首先不愿伤害石奇。还有一个正是施龙姑,一则有了孙凌波先入之言,再见燕儿也是一身仙骨,恨不得将这两个道童生擒回去,与孙凌波各分一个受用,两不相扰。两人俱是一般心思,俱都不肯轻下毒手。

那道姑本是为寻峨眉门下报仇而来,谁知一到此地,便见崖下飞起一只火眼金睛的黑雕,认得是白眉和尚座下神禽,不由大吃一惊。以为神雕既然在此,白眉和尚也必定驻锡此间,如果遇上,决非敌手。当着孙、施二人,又不便知难而退。暗怪自己不该轻信人言,说是峨眉主要人物俱在东海炼宝,只剩几个初入门的仇人在此,不难手到成功,谁知上了大当。知道神雕厉害灵巧,两只钢爪善攫法宝,不畏飞剑;何况雕背上还坐着一个似人非人的东西,手中两道剑光发出十余丈青白光华,竟看不出是何家数。不敢怠慢,先将黑眚砂放出一团黑烟,将三人身体护住,以免遭那神雕暗算。然后独自上前迎敌。就在这略一寻思之间,眼看那雕才一照面,便即飞了下去,雕背上似人非人的东西竟是一个猿猴。适才因为飞行太疾,又有剑光围绕,不曾看清。又见猿猴　下雕背,和那两个道童匆匆说了两句,便纵身跳进对崖一个山洞中去了。那猿猴如此灵异，定然又是白眉和尚豢养的灵兽，想是看出来人厉害，入内送信。正猜疑今日之事有些凶多吉少，忽见下面起了一阵彩烟，敌人剑光并未退去，两边山崖洞府连那两个道童俱都失了踪迹；同时那只神雕重又冲霄飞起，直往剑光丛中扑去。

那道姑一面嘱咐孙、施二人留神，一面运用全神，将一道青灰的剑光迎敌。那神雕何等灵巧，早看出来人剑光不弱，不能得手，身上仗着白眉禅师用不坏金光护身法炼过全身，敌人剑光伤不了自己，只往剑光丛里虚张声势，扑了一下，便即破空直上，隐入青冥。道姑见神雕飞走，以为它害怕剑光，正暗忖白眉和尚座下神雕有名无实，想要帮助孙、施二人先将敌人剑光破去，再作计较。谁知那神雕并未远走，忽从云层里直扑下来，往三人头上抓去。那道姑见日影里弹丸飞坠般落下一点黑影，直往头顶上罩来，暗骂："不知死的孽畜！竟敢暗算伤人。"将手一扬，黑眚砂化成一团黑烟，往上冲起。神雕见难下手，一个转侧，舍了三人，又往剑光丛中飞去。一任它鹰飞鹘落，上下翻腾，想尽出奇制胜之法，那道姑俱有防备，不能占得丝毫便宜。石奇、燕儿本非来人敌手，仅仗神雕相助，勉强支持个平手。道姑明知敌人用的是隐形阵法，几番想用黑眚砂从敌人剑光起来之处打将下去，俱被孙、施二人拦住。

正在相持不下，忽听一声娇叱，下面岩石上现出一个幼女，手扬处飞上一道紫虹般剑光。施龙姑识得厉害，忙喊："这丫头用的是紫郢剑，二位留意。"道姑已将那道青灰色剑光迎上前去，与紫光相遇，只绞得一绞，便觉支持不住，心中大惊。同时神雕飞将下去，又背了袁星舞动两道青黄色长虹飞将上来。孙凌波知道今日不下毒手决难取胜，对施龙姑道："姊姊还不下手，等待何时？"施龙姑此来，原是受孙凌波和道姑的鼓动，目的只想觑便生擒石、赵二人回山，并不想用玄女针伤人。先见石、赵二人用阵法隐去两边洞府，易了山谷位置，便知不易得手。及见神雕飞跃，日前在枣花崖相遇的那个使紫郢剑的小女孩子又出来助阵，情知这里离峨眉派根本之地太近，更不知有多少厉害敌人还未出来。孙凌波只管催促，龙姑只管迟疑不决。那道姑见飞剑光芒锐减，情势不妙，想要用力收回，哪里能够，被英琼紫郢剑一夹，便成了两截，余光青荧，似两截断了的火柴飞坠。

那紫光更不饶人，破了剑光，便直往道姑头上飞去。孙凌波见势不佳，舍了石、赵二人，忙将飞叉迎上前去，想抵挡一阵，好让道姑行法。谁知又被紫光迎着一绞，化成无数断光流萤四散。施龙姑先迎敌石、赵二人还不怎样,及至袁星舞动玉虎剑二次飞了上来,虽不能飞剑出手,可是骑在雕背上来往盘旋,竟不亚于飞剑活跃。那两道剑光又大又长,舞起来如黄龙离海,长虹贯日,用尽元神,休想克动分毫,本就难于应付。及至孙凌波见道姑危急,分出飞叉前去接应,只剩龙姑一人独敌这四道剑光,如何能是对手。偏偏孙凌波白骨飞叉迎着紫光便成数截,龙姑心惊,微一疏神,便被袁星两道剑光绞住,指挥不灵。石、赵二人见英琼带着一雕一猿连连得胜,又喜又愧。一见龙姑飞剑已被袁星两道剑光绞住,石奇暗运真元,指着剑光,直往龙姑身上飞去。

那道姑虽然满身妖术邪法,除了一柄飞剑,用起来大半仗着符咒。起初全神贯注飞剑,不舍得把它失去,难于分心。及至飞剑被敌人破去,又惊又怒。她还不知紫郢剑何等厉害,以为黑眚砂满可以护住三人身体,剑光一挨,便受邪污坠落。放放心心地一手取一把黑眚砂,一手拿着一个泥犁落魂幡,正在念咒施为,英琼紫郢剑已经绞断孙凌波白骨飞叉,往三人站立的孤峰飞来。孙凌波飞剑、飞叉全都毁在英琼剑下,虽然万分痛惜愤恨,也不敢再用法宝出手。眼看紫光飞来,见那道姑仍若无其事一般,也以为黑眚砂可以御敌破剑,一时疏忽,只一味催促施龙姑快放玄女针。言还未了,英琼、石奇的飞剑双双飞到,英琼与孙凌波仇人相见,分外眼红。也是那道姑命不该绝,英琼将手一指,紫郢剑舍了道姑,直取孙凌波。只听一声惨呼,紫光过处,一道白光直从峰顶坠落。那道姑和施龙姑各驾遁光分头蹿开。山峰阴风大作,愁云惨雾中夹杂亩许方圆一团黑影,鬼声啾啾,直往下面英琼立足崖前罩下,同时更有八九道红光射将下来。那神雕连连叫唤,展开双翼,将身向前。雕背上袁星也舞动剑光,护着全身迎了上去。英琼经了几次大难,已知慎重,自己仅这一口紫郢剑,见敌人连施妖法,无力兼顾,只得舍了敌人,将剑收回,待要护住全身。

就在这一转眼间,先是一道金光从天而降,接着便是一团五彩云幢滚入黑氛浓雾之中,同时又见七八道各色剑光直往对面峰头飞去,立时烟消雾散,满眼清明。灵云姊弟率了紫玲姊妹、朱文、文琪、轻云等飞身落地。英琼心中大喜,连忙收了乾坤转变潜形旗,与诸人相见,又将石、赵二人请来见了。石奇因为飞剑受污,好生难过,同众人见礼之后,先飞到崖下寻着那柄落下的飞剑。再上那孤峰去一看,除了孙凌波尸横就地外,道姑和施龙姑业已在妖法被破时逃走。

原来施龙姑被孙凌波催放飞针时,忽见紫光、白光同时飞到,正要抵御,那白光近身数尺,忽然落下。正想赞美黑眚砂厉害,却未料紫郢剑不怕邪污,竟然冲烟而入。只听孙凌波狂叫一声,连肩带首断为两截,倒于就地,把龙姑吓了一跳。所幸见机甚速,还被剑光微微扫了头顶一下,将青丝齐根寸许削落。吓得龙姑胆落魂飞,忙驾遁光避开。惊魂乍定,不由急怒攻心。再看那道姑已将泥犁落魂幡展动,黑眚砂放出去,把心一横,索性也将玄女针放出,准备报仇雪恨。没料到灵云等从青螺回来,行近峨眉后山,紫玲忽闻着一股腥风,连说有异。便将遁法升高,看见不远处黑烟笼罩,连忙赶了过去。朱文首先将天遁镜放出。紫玲一见那八九道红光,认得是金针圣母的玄女针,大吃一惊,恐怕下面的人受伤,知道此针只有弥尘幡能破,连忙飞了下去。龙姑也颇识货,一见敌人声势大盛,连孙凌波尸首俱顾不得携带,连忙收了飞针逃走。那道姑自知邪不敌正,妖法被天遁镜一破,早化黑烟逃走。孙凌波仇未报成,枉送了自己性命。这且不言。

灵云等担心凝碧崖,又不见若兰、芷仙等在侧,只剩英琼同一雕一猿在飞雷洞崖上与敌人争斗,忙问凝碧崖可曾出事。英琼道:"话长呢,后洞现已打通,我们回家再说吧。"当下仍将乾坤转变潜形旗交与石奇,吩咐神雕、袁星把守后洞,匆匆别了石、赵二人,一同由后洞回去。众人剑光迅速,俱都惦记凝碧崖发生变故,无心观赏沿途景致,转眼便将飞雷捷径走完,收了剑光。英琼忙将若兰受伤经过说了个大概。灵云、朱文一听若兰受伤,先不顾别的,便率众往太元洞走去。才走近若兰门首,便见芷仙满面惶急,在室前探头凝望。一见众人回来,心中大喜,高声喊道:"兰姊,大师姊回来了!"说着,便迎了众人进去。

原来若兰在英琼出去这一会,伤势越发沉重,渐渐元气隔不断要穴,毒气要往肩胛一带窜了上去。不是因为灵云等今日就要回来,几乎想将一只臂膀断去。南姑心念虎儿,也是哭得如泪人儿一般。芷仙看护二人,本就代她们忧急,因等英琼独自御敌,好一会不见回来,越发担惊害怕。正在无计可施,正好众人回来。灵云先进室中,见若兰袒臂在床,忙回身喊金蝉止步,自己同了紫玲姊妹,走近石床前看视。若兰因为运气阻遏毒血流行,不能行动说话,只微微用目示意。灵云未及开言,紫玲一见若兰疮口,便知是中了金针圣母的玄女针。忙问若兰受伤时间,已经两日,好生惊异。说道:"这玄女针若中的不是要害,如不将伤处残废,至多一个时辰,毒气攻心而死。申师妹能延长这么多时候,足见道力高强了。"灵云因紫玲知道来历,便请她从速施治。

紫玲先要过凌浑所赠丹药,与若兰敷了半粒,又用半粒服了下去。然后道:"这种飞针,是取五金之精与百虫百鸟之毒,千锤百炼而成,再加多年修炼,再也狠毒不过。当初先母也会炼此种飞针,因为嫌它太毒,不曾修炼,仅炼了红云针与白眉针两种。除白眉针万不得已时作防身之用外,红云针中了并不要紧,仅仅使敌人受伤而已。闻金针圣母已遭天劫兵解,如此毒针随便传人,恐怕她末劫不易超拔呢! 适才神雕想是知道此针厉害,救主心切,竟横展双翼迎上前去。我们若来迟一步,李师妹虽仗剑光护体不致妨事,那神雕必定受伤无疑。因为此针之毒,各家妙用不同。愚姊妹虽知破针之法,医治伤处却无解药。若非凌真人赐的仙丹,申师姊道力高深,能以维持数日,虽不丧命,也残废了。"说时,若兰自敷了神丹,紫血不流,疼痒立止,臂上一阵白烟过去,虽未立刻还原,浮肿渐消,皮肤也由紫黑转成红润,屈伸自如。便要下床和众人见礼。灵云、紫玲连忙拦住。大家落座,细说前事,才知有芝仙舐臂之事。

第一〇二回

两界等微尘　幻灭死生同泡影
灵岳多异宝　金精霞彩耀云衢

　　且说南姑先见众人前来,都忙着与若兰治伤,不敢请求,心中却是焦急非常。一见众人坐定说话,再也忍耐不住,逡巡含泪,上前朝着灵云等跪下,方要开口,英琼已抢着将前事说了。灵云一面招呼南姑起来,听完英琼之言,说道:"不但灵翠峰下师祖藏有仙药,凝碧全崖共有五峰九泉十八洞,到处皆藏有剑仙宝笈、灵药、奇珍。只为蝉弟等年少喜事,掌教师尊未来,恐他无知妄动,所以未对众同门详说。如今错已铸成,芝仙通灵,既能平时出入峰内,料无妨碍。只索先去救人要紧。"南姑闻言,略放宽心,忙又叩头称谢不置。当下除了芷仙仍陪着若兰外,连南姑都随着众人同去。

　　灵云等到了丹台附近一看,只见仙云弥漫,彩光耀目,变幻不定,俱都赞叹仙家妙用。灵云先将身纵起高空细看仙阵门户,下来对众人说道:"这是师祖先天一气仙符化成的两仪微尘阵。听家母说此阵共分生、死、晦、明、幻、灭六门,入阵的人只要不落幻、灭两门,生死系于一念。要入此阵,非从死门入内不可。若要破去此阵,恐非我等浅薄道力所能及了。"寒萼素来好大喜功,方要开口,紫玲时刻留神,忙对她使了个眼色。灵云已经觉察,便问:"何人愿随愚姊同往,去将被陷的人救出?"寒萼闻言,首先答应:"妹子愿随大师姊入阵瞻仰。"紫玲好生不以寒萼为然,但是话已出口,又不好叫她不去,好生不悦。余人大半明白灵云用意,同声答道:"既有二位师姊入阵,料无妨碍。我等入门日浅,道力微末,如用不着时,不去也罢。"灵云又问紫玲可愿同去。紫玲自是谦逊不遑。金蝉方要开口,被朱文止住。灵云也不勉强,便向朱文借过宝镜,对寒萼道:"师祖仙法深参造化,恐非旁门法宝所能应付,可将此镜带在身旁,以备防身之用吧。"寒萼暗想:"弥尘幡乃母亲修炼多年的至宝,大师姊竟说是旁门法宝难于应付。不信这驱遣云雾的阵法,倒有如此厉害。我不免入阵相机行事,倘能破去,岂不人前显耀?"心中虽如此想,面上毫未显出,含笑将镜接过藏在怀里,又向紫玲要了弥尘幡。紫玲微瞪她一眼,再三嘱咐诸事小心,一切听大师姊指挥。

寒萼也不理会,只笑着点了点头,便走过去问灵云从何方入阵。灵云道:"此阵死门在东北,生门在西南,幻门在中央,灭门在极东,晦门在极南,明门在西北。被陷两人尚不知在哪一门上。死门难入,易于求生;生门易入,容易被困;灭门是破阵的枢纽,此时尚谈不到;幻门变化无穷,容易迷途,陷室真灵;晦门黑暗如漆,恐非寻常所能应付;只有西北明门可以开通。妹子初来,不知峨眉玄妙,不如你我分道而行。你由西北明门入阵,我去打通东北死门,一齐往中央会合,便可从幻景中用我的元阳尺,你的天遁镜,观察被陷的人所在了。"寒萼闻言,虽然不甚心服,反正自己并不知此阵就里,正好由容易之处下手,便即领命,与灵云各道了一声"请",各用法宝护身,双双飞入仙云彩雾之中。

寒萼因灵云说极东灭门是全阵的枢纽,此门一破,全阵冰消,打算先将西北门打通,不赴中央,直往灭门相机行事。倘能仗身带法宝破了全阵,岂不大有光彩?即或不能,便推说自己法力浅微,入阵之后迷了方向,有弥尘幡护身,也不愁无法脱身。主意打定,便往西北明门飞去,艺高人胆大,想要看看此阵到底有何玄妙。初入阵时,竟连弥尘幡也不用,驾着剑光,穿入云雾之中。只觉彩云弥漫,围绕周身,并无什么异处,暗自好笑。英琼说若兰此次探阵百般小心,仅在阵门前略微观望,并未深入,还遗失了一件法宝,才得脱身,实在张大其词。她却不知此阵各门变化不同,若兰入的是生门,根本便错了步数。灵云因连日见寒萼质佳气锐,非修道人所宜,想借故折服她。又因师祖阵法奥妙,恐她过分闪失,特地让她由明门进去,又将天遁镜与她护身,使她到时知难而退。

寒萼既不知就里,一味在云雾中恃强前进,并不觉有什么阻碍,逐步留神,毫无变故发生。只觉云层厚密,除彩光眩眼难睁外,什么也看不见。想起自己已经走了有好一会,要按外面所见形势,这一堆彩云至多不过数十亩方圆,剑光何等迅速,再按时间计算,这一会工夫至少也飞行了百十多里,何以还未将阵走完?也看不出一丝迹兆?想到这里,一面将弥尘幡取出,一面又将宝相夫人的金丹放起。要照平时,这两样法宝一经放起,一个是化成一个五色云幢护住全身,一个是一团栲栳大的红光,无论敌人法宝、阵法如何厉害,有此二宝护身,身隐彩色红光之中,不但进退自如,还可破去敌人的法术、法宝。谁知不用这两样法宝还不怎样,刚将二宝取出才一施展,便见红光照处,身旁彩云倏地流波滚滚一般,往四外退去,霎时云散雾消,面前只剩一片白地。误以为法宝生效,正好笑灵云虚言,这彩云也不过平常驱遣云雾法儿罢了。自觉明门已破,待要往正东方灭门飞去,四外一看,不由惊疑起来。原来彩云退后,四外已通没一丝云影,只见一片平地,白茫茫四外无涯。再仰头一看,天离头顶甚低,也是白茫茫的上下一色。前面既看不见灵云同被陷的人所在,后顾来路也看不见同门诸人。山谷林木俱都不是适才景色,仿佛又到了一个天地。先还以为自己飞了好一会,也许剑光迅速,穿出阵去,飞离凝碧仙府。后来又想:"凭自己目力,无论剑光如何迅速,飞到何处,也没有四望无涯,看不见一丝边际的道理。"再一想:"自己原是由西北直扑正东,眼前景象不似真的天地,莫非已经到了灭门?莫要被阵中幻景瞒过?"想到这里,重又振作起来,不问青红皂白,反正有弥尘幡在手,且往东去,相机行事,不行再回来也不迟。

当下仍用弥尘幡往前飞行,只见大地如雪,闪电般往脚下身后退去。走了又是好一会,前途依然望不见边际,天却眼看低将下来。寒萼毕竟是一时神志昏迷,渐渐有些警觉,越走越觉情形不对,只是心中还未服输。暗想:"弥尘幡能藏须弥于芥子,动念之间顷刻千里,何不飞身回到原处,看看是否仍在阵内?如果已飞出阵外,可见此阵并无多大玄妙;如果仍在阵内,再看情势以定行止。"想到这里,便回身飞驰,以为不难顷刻回到适才的所在。谁知一转身,便见头上的天越发低将下来。猛见手上弥尘幡与那粒金丹俱都还原,彩云红光全都消逝,才知不妙,又恨又急。这才想起灵云之言,刚把天遁镜从怀中取出,那头上的天已如一张无垠广幕一般罩将下来。霎时间天地混沌,一阵大旋大转,七窍闭塞,头晕脚软,晕死过去。

等到醒来一看,已睡在太元洞若兰室内石床上面。紫玲站在自己面前,面带惊喜之容。一边南姑手上抱着虎儿,也好似沉睡方醒,两眼半睁半闭。金蝉手上却抱定一个赤体的婴儿,口中只管唠叨。那婴儿浑身白如凝脂,两只肥胖胖欺霜赛雪的小手环抱着金蝉头颈,与身后朱文牙牙学语。余人俱在室内或坐或立。寒萼似梦方醒,正待起立,觉得身子有些软绵绵的,重又睡倒。这才想起前事,暗想:"不好,莫非失陷阵内,被人救出?失闪师祖阵中并不算出丑,只是母亲的弥尘幡和那金丹如有损坏,自己百死不能蔽其辜。"也不顾紫玲说她,忙问道:"姊姊见我们的弥尘幡么?"

紫玲忍不住说道:"你有多大道行,竟敢妄窥师祖仙阵?大师姊见你狂妄无知,不好不准你去,特意借了朱师妹的天遁镜与你,原是想你稍微瞻仰师祖道法，知难而退。你竟私下逞能，不肯先行取出应用。若非大师姊怜惜，诸事小心，特意命你从明门入阵，你再妄入晦、灭两门，母亲数百年辛苦、历尽千灾百难炼就的金丹至宝，岂不断送你手？那杨成志误入生门，看见仙草，妄动先天一气灵符，困入阵内三日，虽被大师姊救出，有仙丹搭救，现在还是奄奄待毙。虎儿一念仁慈，得芝仙指点，避入明门，因不似你逞能深入，只是饿了三日，服了仙丹即可复原。芝仙因想救虎儿出险，灵符发动，也同时被陷在内。幸而它通灵，识得奥妙，见势不佳，虽然不及遁走，只是被陷晦门附近，为云层所困，总算万幸，没被伤害。不然，新来四人虽被我等所救，杨成志已经闯了大祸，再伤芝仙，罪更大了。大师姊仗着九天元阳尺，先救出芝仙、杨成志、虎儿。阵中变化无穷，九天元阳尺只能护着大师姊全身，发出来的光华也不过照见离身数丈以内，往返数次，并未见你的踪迹。末次出阵，另由明门入阵，看见天遁镜金光闪动，追踪过去，才见你横卧在一面神旗之下，一手拿着宝镜和母亲的金丹，一手却拿着我的弥尘幡，业已人事不知。仍用九天元阳尺将你连人带宝一齐救出阵来。总算侥天之幸，二宝在阵中虽然失了效用，出阵试验并无损坏。除杨成志昏迷最甚外，只你一人连用丹药和九天元阳尺救治，才得醒转。以后休再以微末道行妄自尝试了。"

寒萼吃紫玲训斥了一顿，不禁满面惭愧，不发一言。轻云、文琪等见寒萼不好意思，各用言语又劝勉了一番。寒萼虽得醒转，还是四肢无力。灵云嘱咐她与若兰、虎儿俱须养息些时。知道长眉真人的法术无人能解，只得等掌教师尊回山再作计较。

因为连发事故，又有髯仙李元化先期警告，俱都不敢大意，当下又派金蝉、朱文、周轻云、吴文琪四人分班带了神雕、袁星去守护后洞。等过了当日，再约飞雷洞石奇、赵燕儿来凝碧崖观赏风景。分派以后，灵云同了紫玲、英琼、芝仙四人便往太元洞侧崖上去，查看若兰用法术封闭的洞穴。到了穴旁一听，里面依旧金铁交鸣。英琼、芝仙俱说适才若兰封洞时，洞中响声业已渐小，这回声音比前时要响亮得多。灵云闻言，猜想穴中定然藏有飞剑之类的法宝，起初不及预防，业已飞去了一口。恐再有差错，重用符咒封锁，才行回转太元洞去。这才分配众人的住室：轻云与文琪同居；紫玲与寒萼同居；南姑仍和若兰、英琼同居一室；因恐新到之人再去生事，由金蝉带着虎儿、于建、杨成志同居一室。议定之后，灵云、紫玲又去看了杨成志的病状，见他业已醒转，只周身疲惫到了极处，便又给他吃了粒丹药，吩咐静养。便同紫玲回到若兰屋内探视，见虎儿已能起立，南姑两眼含泪正在劝说，神气非常友爱。见灵云、紫玲进来，忙又上前跪下谢罪。灵云吩咐事已做错，以后诸事小心，无须多礼。南姑姊弟称谢起来，站过一旁。

这时除吴文琪在后洞防守、金蝉去采摘仙果准备款待新来同门外，余人俱在室内。寒萼连服丹药，业已复原。若兰伤口也渐收合，毫不妨事。大家相见，分别就座。灵云招呼南姑姊弟也随便坐谈。芷仙便将开辟飞雷捷径与袁星合得三口宝剑之事说了，又将宝剑取出请灵云做主。灵云道："凝碧同门以芷妹根基较差，遭逢最苦，用功最勤，人最和善本分，因为未得教祖夫人传授，仅随我等练习，造诣不深，远非诸同门之比。我们各有飞剑法宝，皆出师长所赐，漫说无命不便擅赠，即便赠了，芷妹也不能使用。难得仙缘凑合，又有袁仙留谕，自然归芷妹佩用才是。惟独袁星不比神雕钢羽有数千年道行，又经白眉禅师佛法点化，异日帮助我等光大本门，出力之处甚多。它仅只是莽苍山一个老猿猩，遭逢异数，得遇仙缘，蒙琼妹将它带到这种洞天福地，享受莫大清福，已觉非分。现又凭空得了这两口玉虎剑，遇合太觉容易。适才在飞雷洞上空见它在雕背上舞动双剑，虽不能脱手飞行，已有峨眉嫡派家数，足见它平日留心我等练习，藏有深心。用之于正，不但是琼妹一条臂膀，同时令教外人看了，也觉峨眉门下，禽兽都有几分仙气，岂不光彩？只恐它野心未退，得意忘形，出外为恶，就像杨成志那般无知妄为闯出祸来，莫说琼妹，连我也担待不起。剑是它得的，自然归它，从此不但我等要多留一分心，连琼妹也须时刻告诫，导入正轨才是。"英琼闻言，忙代袁星领谢遵命。芷仙听了这一席话，心中暗自一惊，哪敢把众人未回时，袁星带了自己去探仙籁顶仙源之事说出。

英琼又去将袁星从后洞唤来，向灵云拜谢，将剑呈与众人观看，俱都代它欣羡不置。只有灵云正色训道："这两口玉虎剑，乃你祖先袁仙在东汉飞升时遗留之宝，非比寻常。你一个异类遭逢绝世仙缘，须要忠诚小心，时刻留意，谨守教规，努力潜修。异日教祖回来，我等自会代你恳求，使你脱胎换骨，得一正果。如敢得意忘形，犯了大过，你须知峨眉教规最严，不但追去飞剑，并将你斩首消形，万劫不复，那时悔之晚矣！此剑仍归你佩用，由你主人李仙姑暇日传你身剑合一练法。仍回后洞，小心防守去吧。"袁星闻言，吓得战兢兢叩头山响，将剑接过，捧在头上，又向英琼和室中诸人分别跪叩，才倒退了出去。紫玲姊妹同南姑姊弟见灵云宽严合宜，语言得体，无不暗中佩服。

袁星去后，灵云又道："现在该商量新来四人的处置待遇了。起初我因我等既不能收徒,又未奉师尊法谕,不敢将他等妄行带回。偏偏凌真人见他等可怜,现身说情,尊长之命,不敢违拗,就是掌教师尊也未便不给情面,才由凌真人送他四人到此。按说凌真人用青螺旧址新创天师派,正需门人,他等四人资质大半中人以上,为何不自收留,却要他等归入峨眉门下?我等此时决不敢妄自接受,僭收弟子。况他四人来了不多日,已经闯出祸来,虽说无知,终系大错。据我听虎儿之言,杨成志心术最不堪问,掌教师尊回山,决不收留。现因凌真人之介绍,如要遣去,凌真人性情古怪,不无介介。若是仍留在此,漫说凝碧崖仙迹与宝藏甚多,恐他日久故态复萌,又出差错。要等掌教师尊回来再行处置,诸多碍难。当初凌真人原说异日掌教师尊如不肯收归门下,他愿收留。依我之见,此时对他四人暂以同等道友相待,暂时且不传授剑法。如见四人中真有不堪造就之处,省得掌教师尊回山,关系凌真人情面为难,由我抽空借送还九天元阳尺为由,将他等一同送往青螺,向凌真人说明苦况经过,听他处置。好在凌真人夫妇道术高深,别创一派,如蒙收归门下,与在此间学剑仅止门户不同,一样可以深造。诸位以为如何?”众人自然惟灵云之马首是瞻。

只苦了南姑姊弟,不知怎的,一到此地,便觉有了归宿似的。起初因虎儿受杨成志利用犯了过错,南姑早就提心吊胆。此时一听灵云之言,不禁惶急起来,见室中诸人,连日前再三恳托过的若兰、芷仙、英琼三人俱无异词,猜是灵云领袖群英,言出法随,请求决然无用。心中埋怨虎儿,若非他做错了事,尚可有词求情。连日见三人对自己情意,如单为自己请求或能生效,但是又不舍与同胞幼弟分别。低头沉思了一阵,除了从此约束虎儿处处小心谨慎,暗中再分别求众人说情之外,别无良法。她只顾思虑呆想,众人俱看出南姑心意。英琼看她可怜,才要张口,灵云忙使了个眼色,英琼只得用言语岔开。

大家商议了一阵,紫玲便请教灵云如何下手用功。灵云略微谦逊,便将峨眉要诀尽心传授,详释正邪不同之点,把紫玲姊妹听了个心悦诚服。

灵云料有神雕在后洞防守,一时也未必有事,便叫轻云去喊来吴文琪、金蝉参加练习,吩咐雕、猿格外小心,有警即报。到了午夜以前,除该班守洞的人外,俱都回室用功。

到了丑初,是众人在洞外互相练习击刺的时候。灵云率领众同门来到凝碧崖前,有的分据几个峰头和树梢,有的站立当地,各人任意择好了地方。只听灵云一声吩咐,便分别将剑光朝中央灵云站立的地方飞去。先彼此互相击刺了一阵,然后乘虚蹈隙,三五错综,十余道金光、紫光、青光、白光、红光,在离崖十丈高下满空飞舞,夭矫腾挪,变化无穷,舞到酣处,如数百条龙蛇乱闪乱窜。

内中只英琼一人站立在飞雷径洞口,居高临下,正指挥着一道紫色长虹,与灵云、金蝉二人的剑光,似四条神龙一般,在空中纠结。忽听一阵金铁交鸣之声起自脚底,留神一听,竟从下面洞穴中发出。暗忖:"这洞穴已经若兰、灵云二人先后用法术封闭,怎么会响得连相隔数十丈以外都听得这般大声?"想到这里,觉得奇怪,将手一招,将紫光先行收回,想到那洞穴前看个究竟。

灵云姊弟看英琼剑光退出,以为英琼又要玩什么花样,把手一指,姊弟二人三道剑光,随后追去。若兰、朱文二人的剑光本是作对儿相敌,一见英琼剑光收退,灵云姊弟的剑光追上前去,双双不约而同地将剑光一指,迎上去敌个正着。五道剑光在空中纠结,相隔英琼立处甚近。若兰剑光较弱,加以重创新愈,堪堪有点不支。金蝉倏地将手一指,一红一紫两道剑光,一个迎敌若兰,一个竟反友为敌,帮助朱文向灵云反攻起来。灵云微微一笑,运一口气喷将上去,光华大盛,力敌二人飞剑,毫无怯色。朱文觉得有趣,朝若兰打了个招呼,喊一声:"蝉弟休要逞能!"说罢,抛下灵云,会合若兰的飞剑,反转来朝金蝉夹攻。灵云本是劲敌,再加上朱文、若兰俱非弱者,金蝉堪堪不支,忍不住口中高叫道:"文姊太没道理,我好心好意帮你,你们倒以多为胜起来。"

紫玲、寒萼见他们几人斗得十分有趣,舍了轻云、文琪,刚想上前代金蝉解围,轻云、文琪也抱着同样心思。四人剑光才刚飞到,忽听英琼在崖壁上一声娇叱。随见英琼站立之处,飞起一道青光,长约七尺,有碗口粗细,正往当空飞去。灵云一见,喊声:"不好!众姊妹休放这道青光飞走。"言还未了,将足一顿,身剑合一,先自往空便起。众人一见,不假思索,也忙着驾剑光分头堵截。那道青光本是朝南飞走,迎头被灵云剑光拦住。灵云刚要迎敌,觑便擒收,那道青光倏地盘空一个回旋,青龙游海,拨回头如电闪星驰般飞逃。灵云用峨眉秘授捉光掠影之法,一把未抓着光尾。同时众人剑光分中左右三面随后追拦上去,只有飞雷径洞口那一面无人迎挡。那道青光识得退路,径往这面飞去,疾如闪电般,转眼便穿洞而入。众人虽然剑光不比寻常,叵耐那道青光并不迎敌,只是逃遁,所以不易追上。灵云猛喝道:"紫妹还不用弥尘幡,等待何时?"紫玲闻言,刚将幡取出,未及施用,忽见飞雷径洞口一条黑影一闪，眨眼现出个赤足小和尚，只一伸手，便将那道青光接住，拿在手里。那青光先还似青蛇般乱闪乱跳，似要脱手飞去，被那小和尚两手一搓，便变成尺许长一口小剑。同时袁星也从洞内飞身出来，手舞两道青黄剑光，往那小和尚头上刺去。那小和尚只一闪身，不知怎的一来，袁星早着了一掌，直跌下崖去。

英琼原是听见穴内响声，赶去看视，才到穴前，便听出那响声有异。先以为既有灵云封锁，决无妨碍。正想喊众人去看，忽见穴上闪出一片金光，接着一阵云烟过处，便见烟中飞起一条青蛇般的光华，出穴便飞。英琼因听说洞内藏有飞剑，自己不会收剑之法，事起仓猝，一时慌了手脚，只顾惊呼，没有用剑去拦。及见众人纷纷上前一堵，正待相助，恰好那青光又往头上飞回。英琼相隔最近，自然不肯放过，忙将紫光放出追去，两下相去仅有数丈远近。猛见飞雷径洞口闪出个小和尚，将青光接去。英琼记着髯仙留谕，后洞不久有人前来寻衅，这小和尚既未见过，又从后洞现身，不经把守的人通报，已猜是敌人无疑。又见袁星追去，被小和尚一掌，便跌下崖来，更难容忍，娇叱一声："贼和尚休得无礼！"早将紫郢剑飞去。众人中倒有一半不认得来人的，又在追拦青光忙乱之际，遇见这般突如其来的怪事，眼看袁星吃了大亏，更未留意听灵云呼唤。在前面追赶的，除了灵云、紫玲姊妹飞行最快，若兰离得较近，同时呼叱连声，纷纷将剑光法宝放起，飞上前去。金蝉追来，大声喊嚷："这是笑师兄，自己人，诸位师姊休得无礼！"那小和尚见神龙般的剑光连同彩云红光，似疾雷骤雨般飞到，早已自知不敌，一声"失陪"，秃脑袋一晃，登时无影无踪。等到四人听明金蝉之言，轻云、文琪、朱文也同时赶到，来人已不知去向。

第一〇三回

长笑落飞禽　恶岭无端逢壮士
还乡联美眷　倚闾幸可慰慈亲

袁星从崖下狼狼狈狈地爬了上来，走到众人面前，躬身禀道："吴仙姑因要回来比剑，原说去去就来，命袁星和钢羽把守后洞。这小贼和尚从空中一个斤斗坠将下来……"袁星被来人打下崖去，本未听明来人来历，先在后洞又吃了来人一些亏苦，未免有些气愤，"贼和尚"三字冲口而出。金蝉见它出言无状，正要呵责，忽听叭的一声，袁星左颊上早着了一巴掌，疼得用一只毛手摸着脸直跳。金蝉笑道："打得好！谁叫你出口伤人？"英琼见它连连吃亏，于心不忍，一面喝住袁星："休得出言无状，好好地说。"金蝉不住口地喊："笑师兄快现身出来，我想得你要死哩！"连喊数声，未见答应。

袁星见金蝉这等称呼，才明白来人竟是一家，自己白挨了许多冤打。众人又在催问，只得忍气答道："袁星见和尚从空跌下，以为是什么人把他从空中打下的，好意怕他跌伤，叫钢羽来接。钢羽却说那和尚怕是奸细，且等他下来再说。袁星素来信服钢羽，却忘了前一时候和它口角，它借此报复，给袁星上当，不但未去接救，反拔出剑来，准备厮杀。果然那和尚是存心捉弄人，眼看他快要落地，不知怎的一来，便没有了影子。回身一看，他正往洞内跑，嘴里头还唠唠叨叨地说：'峨眉根本重地，眼看不久一群男女杂毛要来大举侵犯，却用这么一个无用的秃尾巴大马猴守门，真是笑话。'因他不经通报，不说来历，旁若无人地往里就走，又口口声声揭袁星的短处，又忘了钢羽也在洞前一块山石上面站着，却并未阻拦，一时气愤不过，便追上前去。先因看不清是敌是友，只用剑将他拦住，问他是哪里来的。他也不发一言，先站定将袁星从头到脚看了个仔细，然后说道：'我看你虽然做了正教门下家养之兽，可惜还有一脸火气，须得多几个高明人管教才好。'弟子又忍气再问他的来历。他便退出洞去，说道：'你问我的来历，想必是有人叫你在此做看家狗。你既有本事看家，来的敌人必定也对付得了。要是敌不住来人，你就想问明人家来历，也是白饶。莫如我和你打一架玩玩，看看你到底可能胜任，再说来历不迟。'袁星原是恨他骂人，又恐错得罪了主人的朋友，巴不得和他交交手，便问他怎样打法。他说他用空手，叫袁星用剑去砍他。袁星以为哪有这样便宜的事，先怕错杀了人，还是用手。是他连声催促，袁星又吃他打了几下很重。他人虽小，巴掌却比铁还硬。被打不过，好在是他逼袁星用剑。谁知不用剑还好，一用剑，任袁星将剑光舞得多急，只见他滴溜溜直转，休想挨着一点。被他连骂带打，跌了十几次斤斗，周身都发痛。他竟说我是无用的废物，不和我打了。说罢，往里便走。钢羽始终旁观，不来帮忙。和尚一走，直催弟子快追。追到此地，看出主人仙姑们和他并不认识，才想在他身后乘机下手。只觉得他一转身，手上两口剑好似被什么东西挡住。接着便被他打了一下，踢了一脚，便跌到崖下去了。"

英琼闻言，觉得其错不在袁星，来人又是在暗中打人，未免有些不悦。这时，凡与来人认识的，俱都齐声请笑师兄现出身来，与大家相见。金蝉正喊得起劲，猛觉手上有人塞了一样东西。金蝉在成都与来人初见时，常被来人用隐形法作弄，早已留心到此。也顾不得接东西，早趁势一把抓了个结实。心中一高兴，正要出声，忽听耳边有人说道："你先放手，我专为找你来的，决不会走。只是这里女同门太多。我来时又见那猴子心狂气傲，仗势逞强，特意挫挫它的锐气。不想无心得罪了人，所以更不愿露面。我还奉师命有不少事要办，你同我到别处去面谈如何？"金蝉知他性情，只得依他。再看手上之物，竟是两个朱果。无暇再问来历，便对众人说道："笑师兄不愿见女同门，你们只管练习。我和他去去就来。"说罢，独自往绣云涧那边走去。英琼一眼看见金蝉手上拿着两个朱果，猜是莽苍山之物，不由想起若兰，心中一动，正要问时，金蝉业已如飞跑去。灵云因法术竟封闭不住那洞穴，恐怕里面还有宝物再出差错，约了众人同去查看，想法善后。不提。

金蝉过了绣云涧无人之处，笑和尚才现出身来，手中拿着一口寒光射眼的小剑和一封书信。彼此重新见礼，互谈了一些经历。

原来慈云寺事完之后，众弟子奉派分赴各处，积修外功。笑和尚因与金蝉莫逆，便请求和黑孩儿尉迟火做一路，往云南全省游行，以便与往桂花山福仙潭去取乌风草的金蝉等相遇。先并不知金蝉等中途连遇髯仙、妙一夫人，不回九华，径赴峨眉开辟凝碧崖仙府。后来计算金蝉等途程，该到桂花山，便和尉迟火商量，仗着隐形剑法，也不怕红花姥姥看破，索性赶往桂花山福仙潭看个动静。如红花姥姥讲理，答应给草便罢，否则还可助金蝉等一臂之力。

二人赶往福仙潭一看，那潭已成了火海劫灰，许多山石都被烧成焦土，找遍全山，不见一人。猜是金蝉等业已回山，只不知可曾得手，只得过些时日，再往九华相晤。他二人便决定深入民间，积修善行。他和尉迟火各人生就一副异相：一个是大头圆脸，颜如温玉，见人张口先笑，看似滑稽，带着一团憨气。一个是从头到脚周身漆黑如铁，声如洪钟，说话愣头愣脑，毫无通融，带着一团戆气。又俱在年轻，看上去不过十四五岁，装束又是一僧一道，不伦不类，结伴同行，遇见的人都以为他们是那寺观中相约同逃的小和尚和小道童。笑和尚见别人见他二人奇怪，越发疯疯癫癫，游戏三昧，所到之处，也不知闹过多少笑话。笑和尚心最仁慈，不到迫不得已，不妄杀人。惟独黑孩儿尉迟火心刚性直，疾恶如仇。无论异派淫凶、恶人、土豪遇见他，十有九难逃性命。笑和尚觉他太不给人以自新之路，恐造恶因，劝他多次，当时总改不了，只落得事后方悔。

这一日走至昆明附近万山之中，眼看夕阳已薄暮景，时交暮春三月，山光凝紫，柳叶摇金，景物十分绚丽。尉迟火忽对笑和尚道："笑师弟，常闻人说，你一声长笑，不但声震林樾，百鸟惊飞，还可惊虎豹而慑猿猩。我比不得你幼入佛门，素食惯了的，又会辟谷之法，吃不吃都不打紧。我虽在玄门，师父从未禁我肉食。腰中只剩师父给的五七两银子，业已沿途食用精光。这几日化些斋饭，难得一饱。满想在山里打只虎豹之类，烤肉来吃，既为世人除害，又可解馋。这里尽是些深山大壑，形势险恶，四外并无人烟，必有猛兽潜藏。你何不笑上一回，惊出些虎豹之类的猛兽来，请我受用？"笑和尚虽然本领高强，但是才脱娘胎，便被苦行头陀度化。因他生具佛根，极受钟爱。苦行头陀戒律最严，笑和尚奉持清规，潜移默化了十五六个年头。初次出世，积修外功，虽也有不免见猎心喜之时，闹着玩还可，总不愿无故随便杀生。便答道："虎豹虽是吃人猛兽，但是它潜伏深山之中，并未亲见它的恶迹，我等用法儿引它出来杀死，岂不上干天和？恕难从命。"尉迟火道："你真是呆子！天底下哪有不吃人的虎豹？现今不除，等到人已受害，再去除它，岂不晚了？你如不信，你只管笑它出来，我们迎上前去。如果它见我们不想侵犯，可见是个好老虎，我们就不杀它。你看如何？"

笑和尚强他不过，只得答应。两人先寻了一个避风之处，又搬了几块大石，支好野灶，然后同往高处。四下看了一看，果然到处都是丛林密莽，危崖峻岭，绝好的猛兽窟宅。猛回头，远望山东北一个深谷里面，雾气沉沉，谷口受着斜日余照,现出一片昏暗暗的赤氛。笑和尚心中一动,暗想:"这时候天气清明,虽说是山高峰险,林菁茂密,可是这里有不少嘉木高林,杂花盛开,被这斜阳一照,到处都是雄奇明艳的景致。怎么向阳的一面,却是这般赤暗昏黄的晦色?凭自己目力,竟会看不到底。自入云南以来,沿途也遇见过许多毒风恶瘴,又与今日所见不类。那个地方,决不是什么好所在。"正想到这里,黑孩儿连声催促。笑和尚笑道:"黑师兄,听仔细,莫要震聋了耳朵。"说罢,大脑袋一晃,延颈呼吸,调匀了丹田之气,微张开口,先发出的是一种尖音,声如笙簧,非常悦耳。发声不过刹那,便听侧面树林之中,扑腾扑腾,起了一阵骚动。天边晚鸦,闻得长吟,俱都飞翔过来,就在二人头上展翅飞翔,盘旋不去。末后连别种雀鸟也闻声飞来,越聚越多,把二人所在之处,直遮成了一片黑影。尉迟火笑得打跌道:"笑师弟,原来学会的是女人腔。似这般引逗乌鸦耍子,几时才饱得了我的肚子?还教我留神耳朵,算了吧。"

言还未了,就在这余音未歇之际,笑和尚倏地引吭长笑,轰轰连声,如同晴天霹雳当头压下,山岳崩颓,风云变色。只吓得空中飞鸟登时一阵大乱,乱飞乱窜,扰作一团。有的吓得将头埋入翅间,不能自持,纷纷坠地。有那闯出重围的拨转了头,束紧双翼,如穿梭般纷纷失群,四下飞散。尉迟火也觉禁受不住,直喊:"笑师弟,快些住口,这不是玩的,再笑,我耳朵都要聋了!"笑和尚也急忙住口顿足道:"糟了!糟了!我只顾一时高兴,和你打赌,却不料误伤了许多鸟雀,师父知道,如何是好?"说着,又连声称怪道:"我用师父所传,运化先天一气,练为长笑。每一发声,的确可以惊百兽而慑飞鸟。怎么连用刚柔之音,不但虎豹,连猴子也不见一个?我不信这里百里方圆之内,连一只虎豹都没有。"

正说之间,忽听声如洪钟般一声大喝,从山脚下跑上一个满头长发,身披豹皮,手执一根铁锏的矮短汉子,近前大喝道:"哪里来的小杂毛小秃驴,在这里怪叫,将我哥哥吓死!"说罢,对准笑和尚,当头就是一锏。笑和尚先见那人装束,形如野人,以为这一带多族杂处,定是苗民之类,本想拿他开开玩笑。及听他说话口音,竟是汉人,想必自己适才狂笑,惊动人家,错在自己,便不和他计较,身微一闪,才待避开。尉迟火早一手将那人持锏的手抓住,喝道:"哪里来的野人,出口伤人,动手就打,待我管教管教你。"那人原因笑和尚怪笑,将他一个病中的好友吓晕过去,特地前来拼命寻仇。却没料到一锏打下去,眼前人影一晃,便没有踪迹,同时身子却被一个黑面的小道士将持锏的手捉住。彼此一较劲,谁也没有将锏夺了去。那人一着急,起左手乌龙探爪,劈面便抓。他原不会什么武术,尉迟火只微一偏身,又将他左手擒住。尉迟火因见那人太凶横,不问青红皂白,就用重兵器伤人。这一铜要换了别人,怕不打得脑浆迸裂,死于非命。存心想将他跌倒,打服了再问他来意。他却不知那人有一肚皮的气苦和天生就的神力。虽然将他两手擒住,用力一抖,并未抖动。尉迟火心中一动,大喝一声,拉紧来人双手,用力先往怀中一带。猛地左臂一歪,右脚一上步,紧跟着用擒拿法,右臂乌蛇盘肘,盖向来人左腕。右脚膝照来人腿弯,往前一靠。同时左肘横起来,点向那人右胁。满拟那人决难禁受,必定倒地无疑。谁知那人看去愚蠢,心却灵巧。未等尉迟火上步,也是一声大喝,两臂同时往上一振,差点被那人将双手挣脱。那人不只是一股子蛮劲,尉迟火连用许多巧招,都被那人随机应变避开,心中好生惊异。

笑和尚早从旁看出那人外愚内秀,骨格非凡,已有几分爱惜。见尉迟火跌他不倒,上前笑说道:"我等在这里笑着玩,怎生便会将人吓死?你先别和我师兄打,何不把事情说出来,看看谁是谁非?如果真是我吓死的,我给你救他回生如何?"那人被尉迟火擒住双手,拼了一阵,心中惦记山穴内吓晕过去的好友,情知斗这小黑道士不过,已不想打,急于想回去看视,偏又脱不得身,急得颈红脸涨。一闻此言,一面仍和尉迟火厮拼,口中骂道:"都是你们这两个小贼!我妈在时,说我力大,怕打死人,从来也没和人动过手。适才天未黑时,我哥哥正在生病,听见你这秃贼鬼叫,他偏说是飞来了凤凰。我扶他出来一看,才知是你这个秃贼叫唤。先时还不甚难听,招来了一群黑呱呱,我哥哥也很喜欢。他不认得你,却知道你姓孙。正说你好,你却号起丧来。我哥哥大病才好一些,被你几声鬼嗥,当时吓死过去。我将哥哥抱回洞去,拿了打老虎的铜,打死你,给我哥哥抵命。你却不敢动手,却让这黑鬼用鬼手抓人。是好的,你叫他放了手,同我回去,看我哥哥跟那日一样,死了半天,又活回来没有?要是活了,我听我妈死时的话,不要你这两个小贼的命。要是不死不活,我便和你们对打三铜。你先动手,打完我,我再打你同这黑鬼。谁打死谁,都不许哭一声,哭的不是好汉。"说到这里,尉迟火已听出原因,微一疏神,两手松得一松,早被那人挣脱了手,拨转头,捷如飞鸟般,往侧面数十丈高崖纵了下去。接连几个跳蹿,早蹿入崖后,没了影儿。

尉迟火未去追,回望笑和尚,也不知去向,知是用隐形法追去,便也跟踪前往。才到崖后,便听山石旁一个低穴内有人说话。一看里面,地方不大,光线甚是黑暗。近门处一块大青石上,乱置许多衣被,上面躺着一个少年,业已死去。那人喊了两声，不见答应，大喝一声，持铜往洞外冲出。刚一出穴，便见面前人影一闪，笑和尚现身出来。那人先是吃了一惊，及至看清面目，分外眼红，举铜当头便打。笑和尚微闪身形，便到了他的身后。那人头一次学了乖，铜未到头，先准备收劲。一铜打空，未等铜头落地，早收铜回身，寻找敌人。一见笑和尚态度安详，满面含笑，站在身后，第二铜当头又到，二次又被笑和尚如法避开。那人将一柄铜，只管挥舞得和泼风一般。笑和尚也不还手，只围住那人身躯，在月光之下，滴溜溜直转，休想得沾分毫。尉迟火袖手旁观，不由哈哈大笑，引得那人越发急得暴跳如雷。末后知道再打下去，也不能奈何人家，气得将铜往地下一丢道："我不打死你，不能解恨。这么办，照刚才的话，你先打我三铜，我决不躲。打完，我再打你。要不这样办，你躲到天边，我也得追着将你打死，岂不麻烦？"笑和尚笑道："我同你无冤无仇，何必打死你则甚？"那人急怒道："实对你说，我自幼就挨打惯了的。我的头，常和山撞，你决打不死我。我因为你太滑溜，比那黑鬼还不是好人，才想出这个主意。你打我不死，我却一下就打死你，岂不报了仇？"笑和尚道："你把心事都对我说了，我岂肯还上你的当？我不打你，你也不好意思打我，多好。"那人越发急怒道："你这话对。我为什么要对你说我的主意？如今你不打我，我也打不了你。你也出个主意，让我打你，怎么样？"笑和尚道："这多新鲜。我为什么那样贱，活得不耐烦了，出主意让你打我？"

那人眼看仇人在侧，奈何不得，瞪着两只大眼睛，目光炯炯，恨不能把笑和尚生吃下去。又怕笑和尚觑便逃跑，笑和尚微一转动，便拦了上去，一拦总是一个空，急得满头大汗。尉迟火却只是含笑旁观，不发一言，笑和尚估量已将那人火气磨了个够，才笑说道："你不但奈何我不得，连拦我也拦不住。我要想走，你连影子都休想追上。你只依得我一件事，我便将你哥哥救活，如何？"那人闻言，半信半疑地说道："人要是没了气，那就叫死。我妈死时，我找了多少人，请过多少医生来，都没有救活。末后还是把她葬了。适才我已听你说过，我只不信，我哥哥已经没了气，你会救活？只要他真能活，上天入地，我都听你。"笑和尚道："既然如此，且不说别的，先救人给你看，如何？"那人闻言，大喜道："那敢情好。不过我不哄你，我现时抓你不着，是这里四无遮拦。那洞口可没出路，你要和从前那些医生一样，人救不活时，我只把洞口一拦，你休想出来。我现在把话对你说明，省得你后悔。"笑和尚也不理他，径自走进洞去。那人果然把门一拦，注目看笑和尚施为，等人救不活时，下手报仇。

其实笑和尚适才早已随他隐形入洞，一眼便看出那青石上死去的少年骨格清奇，连那矮汉都是生有异禀，暗中惊异。心想："荒山野谷之间，怎会有这么两块未经雕琢的美玉？此番出外积修外功，师父曾说，积千功不如度化一人。师父门下，只自己一个，如有闪失，师父衣钵，便无人承继。这两人资质，俱不在中人以下。这少年仅是病后气虚，受惊晕倒，并未真死，何不如此如此？"当下打定主意，先暗中和尉迟火使了一个眼色，叫他不要多事。自己把那矮汉捉弄了一阵，进洞再看少年，经了许多时间，已有微息。便将师父给的丹药取出一粒，塞进口内，对着嘴，一口元气渡了进去。丹药化成元津，随气运行，直入腹内。不到片刻，便听那人喊一声："震杀我也！"立时缓醒过来。他要挣扎坐起，笑和尚连忙按住，说道："你大病新愈，须要将养，先闭目养神吧。"说时，又给他服了一粒丹药。那少年觉得丹药入口清香，一到口中，便顺津而下，一股暖气，直达涌泉。他生病已有二月，醒来觉着浑身舒畅，知是异人搭救。待要唤人时，那矮汉一见少年果然起死回生，早掷了手中铜，扑了上去，抱头欢笑道："哥哥，你真活了！这小和尚真是好人。"少年道："二弟休得胡言。愚兄病入膏肓，虽蒙二弟扶持，已难望好。这时觉得周身轻快自如，似没病一样，定是仙佛真人搭救。愚兄遵命，不敢下床，可代我上前拜谢恩人。"

　　那人闻言，慌不迭地答应，立刻击石取火，点燃了一束松燎。是时尉迟火也走了进来。他便走过去，朝着笑和尚、尉迟火二人，纳头便拜。笑和尚也不再打趣，忙将他扶了起来。那人道："你真是活神仙，将我哥哥救醒。适才我得罪你，请你不要见怪。你要办什么事，你说吧，我哥哥已活，只要不离开他，全都听你的。"笑和尚道："那事现在先谈不到，你且说你弟兄二人来历名姓。"那人道："我妈姓商，我也跟着姓商，小名叫风子。我哥哥姓周。这是你，别人我不说真话。"笑和尚这才知道他和那少年并非同胞兄弟，见他对友如此血诚，愈发惊异。那人又要说他和姓周少年结交经过，那少年已在石上插言道："我这兄弟天真烂熳，二位恩公，由我说吧。"笑和尚同尉迟火闻言，便走了过去。那少年又要起身，笑和尚拦住道："你虽服了丹药，元气亏伤太过，须待三个时辰以后，方能复原。你此时说话还可，且不要动。明朝起床，便不妨事。最好能吃点什么粥食才好。"那少年也觉着腹中饥饿，便问商风子，可有什么吃的。商风子答道："哥哥要吃东西，真是好了，快活死人。还是前日你叫我将你的衣服卖了一两五钱银子，买得些米，熬了一锅菜粥。你吞吃不下，我心中难过，也没有吃，留在那里，我给你生火煮去。"

说罢，便去生火煮粥，嘴里却唠叨道："我哥哥好了，又来了两个好人朋友。偏偏这一月多天气，这天蚕岭野兽都死绝了，连鹿儿也捞不着一个。我再几天不吃，倒不要紧。这两个好人朋友，一定还未吃东西，又救了我哥哥，拿什么给人家吃？真正难死我了。"笑和尚一听说近日山中猛兽绝迹，可见以前是有，想起适才长笑之事，好生奇怪。那少年因商风子一说，也想起因商风子食量洪大，他先还打野兽来吃，自从野兽绝迹，自己和他一月多工夫，已将所带银钱衣物吃尽卖光，没法款待来人，不由着急起来。笑和尚看出他意思，说道："你先不要着急。我吃素，吃不吃，没关系。我这位师兄倒吃荤。我们出家人都能饿个十天八天，你不用管我们。我看你言行服饰，面容手掌，定然出身富贵之家，怎生到此？你且说个详细。如有为难，我二人或许能助你一臂，也未可知。"少年闻言，也实无法想，只得在枕上颔首，说明经过。笑和尚一听，原来那少年不是外人，竟是醉道人新收不久的弟子周云从，便也说了经过，愈加高兴起来。

　　原来第一集上的周云从，自从在慈云寺被陷，大风雷雨的夜里，身经百险，逃出龙潭虎穴，多蒙张老四父女二人搭救，弃家逃出。行至神眼邱林家中，遇见峨眉派醉道人收归门下。因张氏父女对云从有救命之恩，由醉道人作伐，命云从与张女玉珍联了婚眷，又赐他一口霜镡剑，算是与玉珍的聘礼。醉道人要往碧筠庵会合众仙侠商议破慈云寺，匆匆只传了云从一部剑法入门，便即别去。云从与张氏父女拜送醉道人走后，到了次日，云从主仆与张氏父女一行四人往家乡进发。一路上有张氏父女护持，且喜没有出事。及至到了贵阳，张老四本想先寻一店房住下。后来因为云从十六个同年惨死，他又是半途回家，虽说事先并没结伴同行，到底有许多不便，盘算了一阵，还是同去的好。当下云从便叫小三儿骑着快马，先去向父母密禀，将内室整顿出一间来，以备玉珍居住。

　　云从的父亲子敬，自从云从走后，不多几日，未知因何便觉心惊肉跳，坐立不安。他们老弟兄九人原极友爱，且九房只此一子，均为云从入京之事着急。俱都后悔有如许家财，又是书香之裔，云从已有功名，比不得是个白丁，只顾一时高兴，由他跋涉山川，求取功名。这般万里辽隔，倘有闪失，如何是好？老弟兄九人，只一见面，都是谈的云从进京之事。子敬又说了自己近来夜梦不祥，常有警兆。云从小孩子不说，老家人王福偌大年纪，原教他不要心疼银钱，路上一遇便人，就捎信回家。初上路还不断有平安信回，这多日来，简直音信全无，好叫人放心不下。众人闻言，焦急了一阵。子敬说："今

　　386

日已不早，如明日没有音信，准定派人多带银钱，兼程赶路，追上前去，如能将云从追回，再好不过。如云从定不肯回，便叫那人跟随照应。沿路打听往来客商，不惜花费，托他随时捎信回来。如无便人，至迟不过半月期限，哪怕专人往返，也不能让信息中断。"大家多以子敬之言为然。周氏弟兄虽未分家，却都住在邻近，分灶度日，每月也有几次轮流会食。这日大家心绪不佳，各自分别回去。

子敬正在焦愁烦恼，忽见小三儿满脸灰尘，一手提着一根马鞭子，急匆匆跑了进来。子敬夫妻一见小三儿半途回转，想起前日许多警兆，俱都大吃一惊。偏小三儿跑得太急，口中又直喊旁立的人出去，益发叫子敬夫妻心慌意乱，谁都不敢先开口，问公子安否。还算小三儿机灵，看出主人着急，头一句叫人出去，第二句紧接着说："老爷、夫人万安！公子回来了。"子敬夫妻本来恬淡，原不计较功名，一闻云从回家，好似天上掉下一颗明珠，喜出望外，忙问公子现在何处。小三儿见从人业已退尽，上前低声道："公子身经百难，出生入死，多蒙一位姓张的老英雄相救，现在护送公子平安回家，已离家不远，着小的回来报信。张老英雄有一位姑娘，请老爷命人先行收拾两间住室。等公子回来，再详说一切。"子敬闻言，又惊又喜，一面叫人去收拾屋子，又叫人与八位兄弟送信，又不住口问小三儿详情。小三儿慌道："这里面有多少事，公子说暂时先不要声张，等公子见面再说，先收拾屋子要紧。"

子敬闻言无奈，便叫他妻子杨氏先去命人收拾屋子，自己带了小三儿，忙到门外去观望。望到黄昏过去，天色渐黑，才见云从同了一个老者、一个少女骑马走来。小三儿赶忙迎上前去，拉住马嚼环。云从一见父亲倚闾凝望，想起前事，不禁一阵心酸，抢步上前，便要行礼。子敬在这个把时辰，已从小三儿口中得知一些大概，连忙唤住，身子往旁一偏，揖客入内。自有小三儿和旁立诸人，去帮同拿了三人行李，开发把式。子敬父子引了张氏父女直入内厅。云从的母亲也得信赶了出来，一见面，不顾别的，先把云从抱在怀里，把好儿子连叫。子敬已知张氏父女是风尘中英雄，还未引见，有多少正经话要说。一面唤住妻子，一面招呼张老四父女落座。云从过来，拜见了父亲，起来先朝子敬使了个眼色。然后躬身给张氏父女引见，说道："孩儿不孝，因不耐长途风霜跋涉劳顿，又想起父母伯叔无人侍奉，行至半途，便赶了回家。船在江中遇险，多蒙张家岳父与玉珍姊姊奋不顾身，从百丈洪涛中，救了孩儿出险。因为玉珍姊姊救孩儿时救人情急，忘了男女之嫌，事后思量，打算终身不嫁。经一位仙长作伐，聘了玉珍姊姊为妻，一路护送回转，还望爹爹、母亲恕孩儿从权订婚之罪。所有经过情形,等过些时再行详禀吧。"

子敬也甚机警,见云从所言与小三儿之话不大相符,知有缘故,便不再问。云从的母亲放了云从,一眼看见一个面容美秀、丰神英爽的女子,已在赞许。及经听出是云从的聘妻,是救命恩人,又见她随侍在她父亲身旁,几番让座,都只谦辞答谢,越爱她知道礼教。未及云从把话说完,便过去强拉了来,坐在身旁,问她是怎生救的云从,不住地问长问短。玉珍因云从未来时嘱咐,知道有许多地方要避人耳目;未过门媳妇,初见婆婆的面,又不便说诳,答否皆非,正在为难。恰好云从把话说完,子敬招呼他妻子道:"聘媳初来,有话少时你怕问不完,还不随我拜谢救命恩人张亲家,只顾唠叨些什么?"一句话将云从母亲提醒,还忘了拜谢恩人,连忙舍了玉珍,随着子敬过去,夫妇双双下拜。张老四也连忙跪下还拜。云从朝玉珍看了一眼,小两口也各跟父母跪在一旁。子敬口中说道:"寒门德薄,弟兄九人,只此一子。此次不该由他小孩子心性,急于功名,跋涉长路。若非亲家、令爱搭救,险些葬身鱼鳖之口,寒门祖宗血食,亦将因之中断。又蒙亲家不弃,订以婚姻,亲自护送到此,越发令人感恩不尽。"张老四早年也是江湖豪侠,长于应对,一见子敬为人伉爽知礼,不以富贵骄人,越觉女儿终身有靠,欢喜非凡,随口谦逊了几句。大家拜罢,起身落座。

云从母亲总是想问出个详细,见子敬连使眼色,心中又忍耐不住,便对子敬道:"媳妇远来,适才小三儿话又没说明白,也不知她住的房,对她心意不?年轻人莫要委屈了她。你且陪亲家说话,我领她一看去。"说罢,和张老四客套两句,拉了玉珍,便往里走。玉珍万想不到自己配着这般如意郎君,偏偏公婆又是这般慈爱,早已心花怒放。明白婆婆言中之意,当即含笑起立,用手扶着云从母亲,往后面走去。云从母亲见她如此大方伶俐,也是喜爱得说不出口。婆媳二人,喜喜欢欢入内。不提。

子敬、云从又陪着张老四看好了房子,择好住所,遣退从人。云从早忍不住泪如泉涌,重又上前跪下,打慈云寺遇险逃出,多蒙玉珍搭救,二次遇见醉道人点化作伐,赠剑脱险之事,详说一遍。子敬虽有涵养,也不禁舐犊情深,心如刀割,泪流不止。当下重又谢了张老四几句。因为同行诸人俱都废命,各有从人留在重庆,异日难免不发生极大纠葛,觉得明说与隐瞒,两俱不妥。商量了一阵,还是暂时隐瞒为是,大家想好了同一的言词。下人早将酒饭备好,静候主人吩咐。子敬知道天已不早,别人都用了饭。云从本应亲往各房叔伯处叩见,因人数太多,云从又是历遭颠沛之余,好在大家友爱,视云从如亲生,可以不拘礼节,索性吃完了饭,再命人去请来团聚。计议已定,云从母亲命小三儿来说,酒饭已摆在内堂,请老爷、少爷陪着张亲家老爷入内用饭。子敬闻言,略一沉思,便邀张老四入内。云从跟随在后,一眼看见自己母亲两眼哭得又红又肿,知道玉珍已然禀明了实情,不禁伤心到了极点,早越步上前,母子二人又是一场抱头大哭。张氏父女再三劝慰才罢。

虽然大家都是想起前情,十分痛心,只是事已过去,云从依旧无恙回来,还得了一个美貌侠女为妻,悲后生喜,俱都破涕为笑。云从、玉珍是共过患难夫妻,子敬夫妻又是洒脱的人,不拘束什么形迹,边谈边吃。玉珍更是应对从容,有问必答。这一顿酒饭,倒是吃得十分欢畅。等到吃完,业已将近午夜。子敬才想起只顾大家谈笑,还忘了给各位弟兄送一喜信。若是这时去请,大家就是睡了,也许得信赶来,漫说人数太多,云从长途劳乏,不胜应对之繁。并且这般夜深,惊动老辈,也于理不合。决定还是明朝着云从亲自登门禀安为是。主意想定,便和云从母亲说了。云从母亲闻言,不由"哎呀"一声道:"我们只顾说话,竟会忘了此事。别位兄嫂不要紧,惟独她有个小性儿,平时就爱说些闲话,近来又有了喜,越发气大,岂不招她见怪?"子敬道:"二嫂虽然糊涂,二哥倒还明白。我弟兄九人,都读书明理。今已天晚,其势又不能命云儿单去她家一处。明日对大家说了详情,纵然二嫂见怪,二哥也未必如此,随他去吧。"夫妇二人便将此事搁过不提。

子敬又和张老四联坐密谈,商量云从夫妻合卺之事,直到三更过去,才行就寝。云从的母亲又拨了两名丫头服侍玉珍,当晚就叫玉珍和自己同睡,叫子敬父子到外面书房去睡。父子婆媳,难免在床上还有许多话说。

第二日早起,云从起身,正准备去拜见各房尊长,洗漱刚完,便见仆人入报,各位老爷太太驾到。子敬夫妻也得着信,父子夫妻四人慌忙迎了出去,众弟兄姒娌已满脸堆欢走了进来。子敬见来的是大、三、五、六等八位兄嫂,二、四、八、九等四房夫妻还未来到。一面命云从上前叩见,便要着人分头送信。子敬的大哥子修笑道:"老七,你不要张罗,我们先并不知云儿回来,还是昨晚二更左右,你二哥着人挨家问询,说有人见云儿回来,老七可曾着人送信不曾?我猜定是云儿回来太晚,你怕他一人走不过来,所以没叫云儿过去。我想云儿长途劳乏,此次不考而归,必有缘故,若叫他一家一家去问安回禀,未免太劳。所以我得了信息,忙着叫人分头说与大家,吩咐今日一早,到你这边吃饭团聚,又热闹,又省云儿慌张,话反听不完全。我来时顺路喊了三弟、五弟、六弟,又叫人去催老二他们,想必一会就到了。"子修是个长

389

兄，人极正直，最为弟兄们敬服，平素钟爱云从，不啻亲生。云从听完了这一番话，忙上前谢过大爹的疼爱。刚刚起立，子敬的二哥子华、四哥子范、八弟子执、九弟子中等也陆续来到，只子华是单身一人，余者俱是夫妇同来。大家见礼已毕，子敬夫妇问二嫂何不同来？子华脸上一红，说道："你二嫂昨晚动了胎气，今日有点不舒服，所以未来。"云从母亲闻言，朝子敬看了一眼，说道："少时快叫云儿看看他二娘是怎么了？"又问子华："可请医生看了没有？"子华只是含糊其词答应。云从原是一子承祧九房香火，诸尊长俱都来到，忙着问安禀话，当时并未上子华家中去。全家团聚，自是十分欢乐。由云从照昨晚商就词句，当着诸尊长面前禀过。末后才由云从母亲陪了诸姒娌入内，引了玉珍上前拜见。外面也引见了这位新亲家张四老爷。男女做两起饮宴。

席后，云从要往子华家中探病，又被子华再三拦住，说："云从初回，你二娘又没有什么大病，改日再去不晚。"云从连请几次，俱被子华拦住。一阵谈说，不觉天晚。接连又是夜宴，席间大家商定，准在最近期中，择吉与云从夫妻合卺。直到夜深，才分别回去。

第二日一早，云从便到子华家中探病，只见着子华一人，子华妻子崔氏并未见着。临出门时，看见外面厢房门口站定一人，生得猿背蜂腰，面如傅粉，两目神光闪烁不定，并不是子华家人。见云从出来，便闪进房内去了。云从当时也未作理会，顺路又往各位伯叔家禀安。这些伯叔们都是老年无子，除子华外，云从每到一家，便要留住盘桓些时，直到夜深，才回家。云从知道诸位伯母中，只二娘崔氏是续弦新娶，出身不高，与姒娌不合，恐父母不快，回去并未提起不见之事。末后又连去了两次，也未见着。赶到云从喜期，崔氏正在分娩期近，更不能来。这时老家人王福，业已着人唤回。云从自经大难，早已灰心世事。因是师命，玉珍又有救命之恩，所以才遵命完姻。夫妻二人虽是感情深厚，闺房之内却是淡薄。每日也不再读书，不是从着乃岳学习武艺，便是与玉珍两人按照醉道人传的剑诀练习。云从的父母伯叔鉴于前次出门之险，他既无意功名，一切也自由他。

过了不到一月，崔氏居然生下一子。这一来，周氏门中又添了一条新芽，不但大家欢喜，尤其云从更为遂心。子华大张筵宴，做了三朝，又做满月。亲友得信来贺者，比较云从完婚，还要来得热闹。玉珍完婚三日，曾随云从往各房拜见尊长，只崔氏临月，推托百天之内忌见生人，连子华也不让入内，只许两个贴身丫鬟同一个乳母进去。玉珍先未在意，及至满月这天，诸妯娌仍未能与崔氏相见。到了晚间回家，临行之时，玉珍刚要上轿，一眼瞥见云从前日所见的那个猿背蜂腰的少年，不禁心中一动。回家问云从，云从说道："白天入席之前，也曾见那人一面，大家都以为是不常见面的亲友，均未在意。自己却因回家时曾见过那人住在二伯家内，觉着稀奇。席散时节，趁二伯一人送客回转，便迎上前去，想问问那人是何亲友，为何不与大家引见。说未两句，便见二伯脸涨通红，欲言又止。猛一回头，看见那人正站离身旁不远，用目斜视，望着自己，脸上神气不大好看。同时二伯也搭讪着走去，没顾得问。"玉珍闻言，忙着云从去请她父亲进来，将前事说了。张老四闻言，大惊道："照女儿所说，那人正是慈云寺的党羽。府上书香官宦人家，怎会招惹上这种歹人？"云从闻言，也吓了一大跳，忙问究竟。

张老四道："我当初隐居成都，先还以为智通是个有戒行的高僧。直到两年以后，才看出他等无法无天，便想避开他们。一则多年洗手，积蓄无多，安土重迁，着实不易。且喜暂时两无侵犯，也就迁延下去。有一天，我同女儿去武担山打猎回来，遇见一伙强人，在近黄昏时往庙内走进，正有此人在内。彼此对面走过，独他很注视我父女。第二日智通便着人来探我口气，邀我入伙。来人一见面，就是开门见山的话，将行藏道破，使我无法抵赖。经我再三谢绝，说我年老气衰，武艺生疏，此时只求自食其力，绝无他志。我指天誓日，决不坏他庙中之事，走漏丝毫风声，才将来人打发走去。后来我越想越觉奇怪。我青年时，虽然名满江湖，但是只凭武艺取胜，并非剑侠一流。智通本人不是说门下党羽多精通剑术之人，要我何用？若说怕我知道隐密，不但似我这种饱受忧患、有了阅历之人，决不敢冒险去轻捋虎须；即使为防备万一，杀人灭口，也不费吹灰之力。只猜不透他们用意。我彼时虽未入伙，却同那知客僧了一谈得很投机，时常往来，慢慢打听出他们用意，才知是那人泄的机密。那人名叫碧眼香狒闵小棠，是智通的养子。我和他师父南川大盗游威，曾有几面之识。我初见他时，才只十四五岁，所以没认出来。他却深知我的底细，并非要我入伙相助，乃是他在庙门看见珍儿，起了不良之心，去与智通说了，打算做了同伙，再行出智通主持说媒。被我拒绝，虽不甘服，当时因他还有事出门，智通又因善名在外，不肯在成都附近生事，料我不敢妨他的事，闵贼已走，也就放过一边。我知道了实情，深忧那里万难久居，骤然就走，又难保全，只得隐忍，到时再说。一面暗中积蓄银两，打点弃家避开；又向菜园借了些钱，在附近买了十来亩地，竭力经营，故作长久之计，以免他们疑心。不久便随你逃到此地。起初只知闵贼出门作案，不想冤家路窄,下手之处,却在你家。这厮生就一双怪眼,认人最真。只要是他,早晚必有祸变。他当初师父就很了得,如再从智通学了剑术,连我父女也非敌手。为今之计,只有装作不理会,一面暗中禀明令尊,请他觑便问令伯,这厮怎生得与府上亲近,便可知他来历用意。我再暗中前往,认他一认。如果是他,说不得还要去请像令师这一流的人物来,才能发付呢。”

第一〇四回

张老四三更探盗窟
周云从千里走荒山

云从恐父母听了着急,还不敢实话实说,只说见那人面生可疑,想知道他的来历,和二伯有何瓜葛。子敬闻言,叹了口气道:"这事实在难说。当你中举那年,不知怎的一句话,你二伯多了我的心,正赶你二伯母去世,心中无聊,到长沙去看朋友,回来便带回了一个姓谢的女子。我们书香门第,娶亲竟会不知女家来历,岂非笑话? 所以当时说是讨的二房。过了半年多,才行扶正。由此你二伯家中,便常有生人来往。家人只知是你二伯的内亲。我因你二伯对我存有芥蒂,自不便问。你大伯他们问过几次,你二伯只含糊答应,推说你二伯母出身小户小家,因她德行好,有了身孕,才扶的正。那些新亲不善应酬,恐错了礼节,不便与众弟兄引见。你诸位伯叔因你二伯也是五十开外的人了,宠爱少妻,人之恒情。每次问他,神气很窘,必有难言之隐。老年弟兄不便使他为难,伤了情感。至多你二伯母出身卑下,妻以夫贵,入门为正,也就不闻不问。及至你这次出门,你二伯母将她家中用了多年的女仆遣去。那女仆本是我们一个远房本家寡妇,十分孤苦,无所依归,我便将她留了下来。被你二伯母知道,特地赶上门来不依,说那女仆如何不好,不准收留,当时差点吵闹起来。你母亲顾全体面,只得给那女仆一些银子,着她买几亩田度日,打发去了。据那女仆说,你这二伯母初进门时,曾带来两个丫头,随身只有一口箱子,分量很重。有一天,无意中发现那箱子中竟有许多小弓小箭和一些兵器。不久她连前房用的旧人,一起遣去,内宅只留下那两个丫头。二伯问她,她只说想节俭度日,用不着许多人伺候。她娘家虽有人来,倒不和她时常见面。除此便是性情乖谬,看不起人,与妯娌们不投缘罢了。"

云从闻言,便去告知张老四。张老四沉思了一会,嘱咐玉珍:"云从虽然早晚用功,颇有进境,但是日子太浅,和人动手,简直还谈不到。醉仙师赐的那口宝剑,不但吹毛断钢,要会使用,连普通飞剑全能抵御,务须随时留心,早晚将护才好。"到了第二日晚间,张老四特意扮作夜行人,戴了面具,亲身往子华家中探看。去时正交午夜,只上房还有灯光。张老四暗想:"产妇现已满月;无须彻夜服侍。这般深夜,如何还未熄灯?"大敌当前,不敢疏忽,使出当年轻身绝技,一连几纵,到了上房屋顶。耳听室内有人笑语。用一个风飘落叶身法,轻轻纵落下去。从窗缝中往室内一看,只有子华的妻子崔氏一人坐在床上,打扮得十分妖艳。床前摆有一个半桌,摆着两副杯筷,酒肴还有热气。张老四心中一动,暗喊不好,正要撤步回身,猛听脑后一阵金刃劈风的声音。张老四久经大敌,知道行踪被人察觉,不敢迎敌,将头一低,脚底下一垫劲,凤凰展翅,横纵出去三五丈远近。接着更不怠慢,黄鹄冲天,脚一点,便纵出墙外。耳听飕飕两声,知是敌人放的暗器,不敢再为逗留,急忙施展陆地飞腾功夫,往前逃去。

且喜后面的人只是一味穷追,并不声张。张老四恐怕引鬼入宅,知道自己来历,贻祸云从,只往僻静之处逃去。起初因为敌人脚程太快,连回头缓气的工夫都没有。及至穿过一条岔道,跑到城根纵上城去,觉得后面没有声息。回头一看,城根附近一片草坪上,有两条黑影,正打得不可开交。定睛一看,不由叫声惭愧,那两人当中,竟有一个和自己同一打扮,一样也戴着面具,穿着夜行衣服。那一个虽纵跃如飞,看不清面目身材,竟和前年所见的那个碧眼香狒闵小棠相似,使的刀法,也正是他师父游威的独门家数。本想上前去助那穿夜行衣服的人一臂之力,后来一想不妥,自己原恐连累女婿,才不敢往家中逃去。难得凑巧,有这样好的替身,他胜了不必说,省去自己一分心思;败了,敌人认出那人面目,也决不知自己想和他为难。权衡轻重,英雄肝胆,到底敌不了儿女心肠。正待择路行走,忽见适才来路上,飞也似的跑来一条黑影,加入闵小棠一边,双战黑衣人。这一来,张老四不好意思再走,好生为难。终觉不便露面,想由城墙上绕下去,暗中相助。

刚刚行近草坪,未及上前,便听那黑衣人喝道:"无知狗男女!你也不打听打听俺夜游太岁齐登是怕人的么?"一言未了,闵小棠早跳出了圈子去,高喊双方住手,是自己人。那夜行人又喝问道:"俺已道了名姓,我却不认得你二人是谁。休想和刚才一般,用暗器伤人,不是好汉。"闵小棠道:"愚下闵小棠,和贵友小方朔神偷吴霄、威镇乾坤一枝花王玉儿,俱是八拜之交。这位女英雄也非外人,乃是王玉兄的令妹、白娘子王珊珊。若非齐兄道出大名,险些伤了江湖义气。我和珊妹因近年流浪江湖,委实乏了。现在峨眉、昆仑这一班假仁假义的妖僧妖道，又专一和江湖中人为难，连小弟养父智通大师，都没奈何他们。公然作案，他们必来惹厌。恰好珊妹在长沙遇见一个老不死心的户头，着实有很大的家财，便随了户头回来。本想当时下手，又偏巧珊妹怀了身孕。那户头是个富绅，九房只有一个儿子，还不是他本人亲生。前月珊妹分娩，生了个男孩，乐得给他来个文做，缓个三二年下手。一则可避风头，二则借那户头是个世家大户，遇事可以来此隐匿。不料近日又起变化，遇见一个与我们作对的熟人，只不知被他看出没有，主意还未拿定，须要看些时再说。好在那厮虽是父女两人，却非我等敌手。如果发动得快，一样可以做一桩好买卖。到底田地房产还是别人的，扛它不动。不如文做，趁着他们九房人聚会之时，暗中点他的死穴，不消两年，便都了账，可以不动声色，整个独吞。今晚看齐兄行径，想是短些零花钱，珊妹颇有资财，齐兄用多少，只说一句话便了。"

齐登人极沉着，等闵小棠一口气将话说完，才行答道："原来是闵兄和王玉兄的令妹，小弟闻名已久，果然话不虚传。适才不知，多有得罪。恭喜二位做得这样好买卖。峨眉派非常猖獗，小弟纵横江湖，从来独来独往，未曾遇见对手，近来也颇吃两个小辈的亏苦，心中气愤不过。现在有人引进到华山去，投在烈火祖师门下，学习剑术，寻找他们报仇。路上误遭瘴毒，病了两月。行到此地，盘川用尽。此去倒并不须多钱，只够路上用费足矣。"闵小棠与王珊珊同声说道："此乃小事一端。本当邀齐兄到家一叙，因耳目不便，我等出来时已不少，恐人觉察，请齐兄原谅。待我等回去，将川资送来如何？"齐登道："我们俱是义气之交，又非外人，无须拘礼，二位只管回去。川资就请闵兄交来，小弟愧领就是。"说罢，闵、王二人便向齐登道歉走去。一会，闵小棠单身送来了一个包裹，交与齐登，大概送的金银不少。齐登谦谢，便行收下。闵小棠又要亲送一程，齐登执意不肯，才行分别走去。

齐登原是在安顺、铜仁一带作案，路遇诸葛警我从关索岭采药回山，吃了大亏，幸得见机，没有废命。齐登立誓此仇不报，决不再做偷盗之事。谁知路上生了一场大病，行至贵阳，待要往前再走，钱已所余无几，重为冯妇，又背誓言。心中烦闷，进城寻了一家酒铺，买了些酒肉，独个儿往黔灵山麓无人之处，痛饮吃饱。想了想，这般长路，无银钱还是不行。借着酒兴，换了夜行衣，恐万一遇见熟人，异日传成笑柄，便将面具也戴上，趁着月黑天阴，越城而入。一看前面是一片草坪，尽头处有一条很弯曲的小巷，正要前进，因为饮酒过量，贵州的黄曲后劲甚烈，起初不甚觉得，被那冷风一吹，酒涌上来，两眼迷糊，觉着要吐，打算呕吐完了，再去寻那大户人家下手。刚刚吐完，猛觉身后一阵微风，恍惚见一条黑影一闪。未及定睛注视，巷内蹿出一人，举刀就砍。这时齐登心中已渐明白，见来人剌法甚快，不及凑手，先将身往前一纵，再拔出刀来迎敌。两人便在草坪上争斗起来。闵小棠本从智通学会一点剑术，虽不能飞行自如，也甚了得。因为昨日遇见熟人，晚间便来了刺客。张氏父女和周家关系，早从子华口中探明，便疑心来人定与张氏父女有关。所以紧追不舍，仗着脚程如飞，想追上生擒，辨认面目，问明来因，再行处死。偏巧一出小巷，便见敌人停了脚步。先后两人，俱是一般身材打扮，所以他并不知道这人并非先前奸细。及至打了半天，各道名姓，竟是闻名已久的好友。彼此忙中有错，忘了提起因何追赶动手之事，自己还以为无心结纳了一个好同党。万不料适才刺客，已经隐秘而去。

张老四等他二人走后，才敢出面。暗想："幸亏自己存了一点私见，如果冒昧上前，一人独敌三个能手，准死无疑。如今详情已悉，自己越装作不知，敌人下手越慢。"因为出来已久，恐女儿担心，耳听柝声，已交四鼓，便绕道回来。果然玉珍已将父亲夜探敌人之事对云从说知，正准备跟踪前往接应。一见张老四回来，夫妻二人才放了心，忙问如何。张老四连称好险，把当时的事和自己主意，对云从夫妻说了。命云从暂时装作不知，最好借一个题目，少往诸伯叔家去。又说："听敌人口气，对我们尚在疑似之间，此时我就出门，容易招疑。你可暗禀令尊，说我在江湖仇人太多，怕连累府上，可从明日起，逐渐装作你父母夫妻对我不好，故意找错冷淡我。过个一月半月，装作与你们争吵，责骂珍儿女生外向，负气出走。对方自昨晚闹了刺客，必然每晚留心，说不定还要来此窥探。不到真正侵犯，千万不可迎敌。他见我等既不去探他动静，又不防备，定以为珍儿没有认清。最近期内，他要避峨眉派追寻，必不下手。我却径往成都去寻令师，寻不见便寻邱四叔，转约能人，来此除他，最妙不过。"大家商议已定，分别就寝。

闵小棠、王珊珊两个淫恶等了三天，不见动静，竟把刺客着落在齐登身上。但还不甚放心，第四日夜间，到云从家中探了一次，见全家通没作理会，便自放心走去。子敬并不知个中真相，一则因张老四是全家恩人，加上相处这些日来，看出张老四虽是江湖上人，其言行举止，却一点都不粗鄙，两人谈得非常投机。故由亲家又变成了莫逆至好，哪里肯放他走。说是纵有仇家，你只要不常出门，也是一样隐避，何必远走，再三不肯。经张老四父女和云从再三陈说利害，云从母亲只此一子，毕竟胆小怕事，才依了他们。子敬终是怕人笑话忘恩负义，做不了假。结果先是过了半月，由张老四借故挑眼，和玉珍先争吵了两句。云从偏向妻子，也和乃岳顶嘴。双方都装出赌气神态，接连闹了好几回假意气。周家虽是分炊，等于聚族而居，弟兄们又常有聚会，家中下人又多，渐渐传扬出去。各房都知他翁婿不和，前来劝解。张老四更是人来疯，逢人说女生外向，珍儿如何不对，闹得一个好女婿，都不孝敬他了。自己虽然年迈，凭这把力气，出门去挑葱卖菜，好歹也挣一个温饱，谁稀罕他家这碗怄气饭吃。有时更是使酒骂座，说些无情理的话。

闹不多日，连这一班帮他压服云从夫妇的各房伯叔都说是当老辈的太过，并非小辈的错。内中更有一两个稍持门第之见的，认为自己这等世家，竟与种菜园子的结了亲，还不是因为救了云从一场。如今他有福不会享，却成天和女儿女婿吵闹，想是他命中只合种菜吃苦，没福享受这等丰衣足食。先还对他敷衍，后来人都觉他讨厌，谁爱理他。张老四依旧不知趣似的，照样脾气发得更凶。子敬知道一半用意，几次要劝他不如此，都被云从拦住。张老四终于负气，携了来时一担行李，将周家所赠全行留下，声称女儿不孝，看破世情，要去落发出家。闹到这步田地，子敬不必说，就连平日不满意张老四的人，也觉传出去是个笑话，各房兄弟齐来劝解，张老四暂时被众人拦住，只冷笑两声，不发一言，也不说走。等到众人晚饭后散去，第二日一早，张老四竟是携了昨日行囊，不辞而别。玉珍这才哭着要云从派人往各处庙宇寻找，直闹了好几天才罢。

这一番假闹气，做得很像，果然将敌人瞒过。云从夫妇照醉道人所传口诀，日夜用功。云从虽是出身膏粱富厚之家，娇生惯养，但却天生异禀，一点便透。自经大难，感觉人生脆弱，志向非常坚定。闺中有高明人指点，又得峨眉真传，连前带后，不过三数月光景，已是练得肌肉结实，骨体坚凝。别的武艺虽还不会，轻身功夫已有了根柢。一柄霜镡剑，更是用峨眉初步剑法，练得非常纯熟。就连玉珍，也进步不少。夫妻二人每日除了练剑之外，眼巴巴盼着张老四到成都去，将醉道人请来，除去祸害，还可学习飞剑。谁知一去月余，毫无音信。倒是玉珍自从洞房花烛那天，便有了身孕，渐渐觉着身子不快，时常呕吐，经医生看出喜脉，全家自是欢喜。玉珍受妊，子敬夫妻恐动了胎气，不准习武。只云从一人，早晚用功。云从因听下人传说，二老爷那里现时常有不三不四的生人来往；张老四久无音信，也不知寻着醉道人没有？好生着急烦恼。

有一天晚上，夫妻二人正在房中夜话，忽然一阵微风过处，一团红影穿窗而入。云从大吃一惊,正待拔出剑来,玉珍已看清来人,忙喊休要妄动,是自己人。云从一看,来人是个女子,年约三十多岁,容体健硕,穿着一身红衣。手里拿着一个面具,腰悬两柄短剑,背上斜插着一个革囊,微露出许多三棱钢尖,大约是暗器之类。举动轻捷,顾盼威猛。玉珍给来人引见道:"这位是我姑姑,江湖上有名的老处女无情火张三姑姑。"说罢,便叫云从一同上前叩见。张三姑道:"侄婿侄女不要多礼,快快起来说话。"

三人落座之后,玉珍道:"八年不见,闻得姑姑已拜了一位女剑仙为师,怎生知道侄女嫁人在此?"三姑道:"说起来话长,我且不走呢。侄婿是官宦人家,我今晚行径,不成体统。且说完了要紧话,我先走去,明日再雇轿登门探亲,以免启人惊疑。"玉珍心中一动,忙问有何要事。三姑道:"侄女休要惊慌。我八年前在武当山附近和你父女分手后,仍还无法无天,做那单人营生。一天行在湘江口岸,要劫一个告老官员,遇见衡山金姥姥,将我制服。因见我虽然横行无忌,人却正直,经我一阵哀恳,便收归门下。同门原有两位师姊。后来师父又收了一个姓崔的师妹,人极聪明,资质也好,只是爱闹个小巧捉弄人。我不该犯了脾气,用重手法将她点伤。师父怪我以大欺小,将我逐出门墙,要在五年之内,立下八百外功,没有过错,才准回去。只得重又流荡江湖,管人闲事。因为我虽在剑仙门下,师父嫌我性情不好,剑法未传,不能身剑合一。如今各派互成仇敌,门人众多,不比昔日。所以和江湖上人交手,十分留心。

"上月在贵州入川边界上,荒野之中,遇见你父亲,中了别人毒箭,倒卧在地,堪堪待死。是我将他背到早年一个老朋友家中,用药救了,有一月光景,才将命保住。他对我说起此间之事,我一听就说他办得不对。侄婿是富贵人家,娇生惯养。醉师叔是峨眉有名剑仙,既肯自动收侄婿为徒,他必看出将来有很好造就,岂是中道夭折之人?遇见家中发生这种事,就应该自己亲身前往成都,拜求师尊到来除害才是,岂可畏惧艰险?你父亲早年仇人甚多,却叫他去跋涉长路。侄婿虽然本领不济,按着普通人由官道舟车上路,并不妨事。反是你父亲却到处都是危险。就算寻到醉师叔,也必定怪侄婿畏难苟安,缺少诚敬,不肯前来。怎么这种过节都看不到?你父亲再三分辩,说侄婿父母九房,只此一子,决不容许单身上路,又恐敌人伺机下手,一套强词敷衍。我也懒得答理。因多年未见侄女,又配的是书香之后,峨眉名剑仙的门下,极欲前来探望。又因你父亲再三恳托,请我无论如何都得帮忙,最好先去成都寻见醉师叔,婉陈详情,请他前来。又说醉师叔如何钟爱佞婿，决不至于见怪等语。我看他可怜，因他还受了掌伤，须得将养半年，才免残废。我将他托付了我的好友，便往成都碧筠庵去，见着醉师叔门下松、鹤二道童，才知慈云寺已破，醉师叔云游在外。那里原来是别院，说不定何时回来，回来便要带了松、鹤二童同往峨眉。我将来意说了。一想慈云寺瓦解，这里只有闵小棠、王珊珊两淫贼，估量我能力还能发付。等了两三天，又去问过几次，果不出我之所料。这后一次，醉师叔竟然回来又走去。听松、鹤二道童说，醉师叔听了这里的事，只笑了笑道：'你周师弟毕竟是富贵人家子弟，连门都懒得出，还学什么道？你传话给张三姑，叫她回去，说你师弟虽然今生尚有凶险，只是若做富贵中人，寿数却大着呢。凡事有数，穷极则通，久而自了。'松、鹤二童关心同门，把详情对我说了。

"我一闻此言，只路遇熟人，给你父亲带了个口信，便赶到此地。日里住在黔灵山水帘洞内，夜里连去你二伯父家探了数次。本想能下手时，便给你家除去大害，再来看望你夫妇。谁知到了那里一看，闵、王两淫恶还可对付，因为慈云寺一破，一些奉派在外的余党连明带暗，竟有十三四个能手在这里。你二伯父迷恋王珊珊，任凭摆布，做人傀儡，对外还替他们隐瞒，只说是他妻子娘家乡下来了两三个亲戚，其实连他自己也不知来了多少人。如今闹得以前下人全都打发，用的不是闵贼同党，便是手下伙计。所幸他们至今还不知佞婿这面有了觉察，因避峨眉耳目，准备先将家中现有金银运往云南大竹子山一个强盗的山寨中存放，然后再借着你二伯家隐身，分赴外县偷盗。末了再借公宴为由，用慢功暗算你全家死穴，你全家主要数十人，便于神不知鬼不觉中，陆续无疾而终。最后才除去你的二伯，王珊珊母子当然承袭你家这过百万的家业，逐渐变卖现钱，再同往大竹子山去盘踞。你道狠也不狠？我见众寡不敌，只得避去。想了想，非由佞婿亲去将醉师叔请来，余人不是对手。他们虽说预备缓做，但是事有变化，不可不防。我一人要顾全你全家，当然不成。若单顾你父母妻子，尚可勉为其难。意欲由佞婿亲去，我明日便登门探亲，搬到你家居住，以便照护。至于佞婿上路，只要不铺张，异派剑仙虽然为恶，无故绝不愿伤一无能之人。普通盗贼，我自能打发。天已不早，我去了。明早再来，助佞婿起程。"

说罢，将脚一顿，依旧一条红影，穿窗而去。云从夫妇慌忙拜送，已然不知去向。因听张老四中途受伤，夫妻二人越加焦急，玉珍尤其伤心。因为三姑性情古怪，话不说完，不许人问，等到说完，已然走去，不曾问得详细，好不悬念。知道事在紧急，云从不去不行，又不敢将详情告知父母，商量了一夜。

第二日天一亮,便叫进心腹书童小三儿,吩咐他如有女客前来探望少太太,不必详问,可直接请了进来。一面着玉珍暗中收拾一间卧室。自己还不放心,请完父母早安,便去门口迎候。不多一会,老处女无情火张三姑扮成一个中等人家妇女,携了许多礼物,坐轿来到。云从慌忙迎接进去,禀知父母。那轿夫早经开发嘱咐,到了地头,自去不提。子敬夫妻钟爱儿媳,听说到了远亲,非常看重,由云从母亲和玉珍婆媳二人招待。

云从请罢了安,硬着头皮,背人和子敬商量,说是在慈云寺遭难时许下心愿,如能逃活命,必往峨眉山进香。回来侍奉父母,不敢远离,没有提起。连日得梦,神佛见怪,如再不去,必有灾祸。子敬虽是儒生,夫妻都虔诚信佛。无巧不巧,因为日间筹思云从朝山之事,用心太过,晚间便做了一个怪梦。醒来对妻子说了,商量商量,神佛示兆,必能保佑云从路上平安,还是准他前去。

云从闻知父母答应,便说自家担个富名,这次出门,不宜铺张,最好孤身上路,既表诚心,又免路上匪人觊觎。子敬夫妻自是不肯。云从又说自己练习剑术,据媳妇说,十来个通常人已到不了跟前。这些家人,不会武艺,要他随去何用?当时禀明父母,悄悄唤了七八个家丁,在后院中各持木棍,和云从交手。子敬夫妻见云从拿着一根木棍当剑,纵跃如飞,将众家人一一打倒,自是欢喜。云从又各赏了一些银子,吩咐对外不许张扬出去,说主人会武。子敬夫妻终嫌路上无人扶持,云从力说无须,只带了小三儿一人。又重重托了张三姑照看父母妻子,然后拜别父母起身,循着贵蜀驿道上路。因为想历练江湖,走到傍晚入店,便打发了轿子,步行前进。

走了有四五天,俱不曾有事。最后一日,行至川滇桂交界,走迷了路,误入万山丛里。想往回走,应往西北,又误入东南,越走越错。眼看落日衔山,四围乱山杂沓,到处都是丛林密莽。蔽日参天,薄暮时分,猿啼虎啸,怪声时起。休说小三儿胆战心惊,云从虽然学了一些武艺,这种地恶山险的局面,也是从未见过,也未免有些胆怯。主仆二人一个拔剑在手,一个削了一根树枝,拿着壮胆,在乱山丛里,像冻蝇钻窗般乱撞,走不出去。头上天色,却越发黑了起来。又是月初头上,没有月色,四外阴森森的,风吹草动,也自心惊。又走了一会,云从还不怎么,小三儿已坐倒在地,直喊周身疼痛,没法再走。幸得路上小三儿贪着一个打尖之处,腊肉比别处好吃,买了有一大块,又买了许多锅盔(川贵间一种面食),当晚吃食,还不致发生问题。云从觉着腹饿,便拿出来,与小三儿分吃。小三儿直喊口渴心烦,不能下咽,想喝一点山泉，自己行走不动，又不便请主人去寻找，痛苦万分。云从摸他头上发热，周身也是滚烫，知已劳累成病，好不焦急。自己又因吃些干咸之物，也十分口渴。便和小三儿商量，要去寻水来喝。小三儿道："小人也是口渴得要死，一则不敢劳动少老爷，二则又不放心一人前去，同去又走不动，正为难呢。"云从道："说起来都是太老爷给我添你这一个累赘。我这几个月练武学剑，着实不似从先。起初还不觉得，这几日一上路，才觉出要没有你，我每日要多走不少的路。走这半天，我并不累。今天凭我脚程，就往错路走，也不怕出不了山去。你如是不害怕，你只在这里不要乱走，我自到前面去寻溪涧，与你解渴。"这时小三儿已烧得口中发火，支持不住，也不暇再计别的，把头点了一点。

云从一手提剑，由包裹中取了取水的瓶儿，又嘱咐了小三儿两句，借着稀微星光，试探着朝前走去。且喜走出去没有多远，便听泉声聒耳。转过一个崖角，见前面峭壁上挂下一条白光。行离峭壁还有丈许，便觉雨丝微漾，直扑脸上，凉气逼人，知是一条小瀑。正恐近前接水，会弄湿衣履，猛看脚下不远，光彩闪动，潺湲之声，响成一片。定睛一看，细瀑降落之处，正是一个小潭。幸得适才不曾冒昧前进，这黑暗中，如不留神，岂不跌入潭里？水泉既得，好不欣喜，便将剑尖拄地，沿着剑上照出来的亮光，辨路下潭。自己先喝了几口，果然入口甘凉震齿。灌满一瓶，忙即回身，照着来路转去。这条路尚不甚难走，转过崖角，便是平路，适才走过，更为放心大胆。如飞跑到原处一看，行囊都在，小三儿却不知去向。云从先恐他口渴太甚，又往别处寻水，他身体困乏，莫非倒在哪里？接连喊了两声，不见答应，心中大惊。只得放下水瓶，边走边喊，把四外附近找了个遍，依然不见踪影。天又要变，黑得怕人，连星光通没一点。一会又刮起风来，树声如同潮涌，大有山雨欲来之势。云从恐怕包裹被风吹去，取来背在身上，在黑暗狂风中，高一脚低一脚地乱喊乱走。风力甚劲，迎着风，张口便透不过气来。背风喊时，又被风声扰乱。且喜那柄霜镡剑，天色越暗，剑上光芒也越加明亮。云从喊了一阵，知是徒劳，只得凭借剑上二三尺来长一条光华，在风中挣扎寻找。不知怎的一来，又把路径迷失，越走越不对。

因在春天，西南天气暖和，云从虽只一个不大的随身包裹，但是里面有二三百两散碎银子，外加主仆二人一个装被褥和杂件的大行囊，也着实有些分量。似这般险峻山路，走了一夜，就算云从学了剑诀，神力大增，在这忧急惊恐的当儿，带着这些累赘的东西，一夜不曾休息，末后走到一个避风之所，已劳累得四肢疲软,不能再走。暗想:"黄昏时分,曾听许多怪声,又刮那样大风,小三儿有病之身,就不被怪物猛兽拖去,也必坠落山涧,身为异物。"只是不知一个实际,还不死心,准备挨到天明,再去寻他踪迹。此时迷了路径,剑光所指,数尺以外,不能辨物,且歇息歇息,再作计较。便放下行囊,坐在上面,又累又急,环境又那么可怕,哪敢丝毫合眼。只一手执紧霜镡剑柄,随时留神,观察动静。山深夜黑,风狂路险,黑影中时时觉有怪物扑来。似这样草木皆兵的,把一个奇险的后半夜度去。

渐渐东方微明,有鱼肚色现出,风势也略小了些,才觉得身上奇冷。用手一摸,业已被云雾之气浸湿,冷得直打寒噤。云从先不顾别的,起立定睛辨认四外景物。这一看,差一点吓得亡魂皆冒。原来他立身之处,是块丈许方圆的平石,孤伸出万丈深潭之上,上倚危崖,下临绝壑。一面是峭壁,那三面都是如朵云凌空,不着边际。只右方有一尖角,宽才尺许,近尖处与右崖相隔甚近。两面中断处,也有不到二尺空际,似续若断。因有峭壁拦住风势,所以那里无风。除这尺许突尖外,与环峰相隔最近的也有丈许,远的数十百丈之遥。往下一看,潭上白云瀚莽,被风一吹,如同波涛起伏,看不见底,只听泉声奔腾澎湃。云从立脚之处最高,见低处峰峦仅露出一些峰尖,如同许多岛屿,在云海中出没。有时风势略大,便觉这块大石摇摇欲坠,似欲离峰飞去,不由目眩心摇,神昏胆战。哪敢久停,忙着携了行囊包裹,走近石的左侧。一夜忧劳,初经绝险,平时在家习武,一纵便是两三丈的本领,竟会被这不到两尺宽,跬步可即的鸿沟吓住,一丝也不敢大意。离对崖边还有两三尺,便即止步,将剑还匣,先将行囊用力抛了过去,然后又将小包裹丢过,这才试探着往前又走了两三步,然后纵身而过,脱离危境。

第一○五回

举步失深渊　暮夜冥冥惊异啸
挥金全孝子　风尘莽莽感知音

云从惊魂乍定，才往崖边又看了一看。暗想："昨晚拿剑触地，一路乱走，都是实地。曾记有一空隙，剑光照见是一条尺多宽的沟，只顾随便跨了过去，恰好走的正是离对面大石极近之处。当时若非劳累已极，不能再走时，稍一多走两步，便坠入万丈深潭，怕不粉身碎骨？"想到这里，又急出了一身冷汗，觉出有点头晕，不敢再看。待去寻小三儿时，不知路径应如何走法。高喊了几声，不见答应。默想昨晚来路，以为再往前越走越远，便回头觅路。且喜这条来路，倒甚平坦，只是路甚曲折，树木也不甚多，还是且走且喊。走来走去，忽见前面两边危崖壁立，出口路分左右，时闻一股幽香，随风袭人。站定想了想，想出该往右崖转走。这崖左半伸出路侧，右半却是凹缩进去。

云从刚刚往崖右转过，便见满山满崖，俱是奇花老松，红紫芳菲，苍翠欲流。对崖一片大平坡，万千株梅花，杂生于广原丰草之间。花城如雪，锦障霏香，时有鸣禽翠羽啁啾飞翔。崖上飞瀑流泉，汇成小溪，白石如瑛，清可见底。溪水潺湲，与泉响松涛交应，顿觉悦耳爽心，精神一振。若非关心小三儿忧危，几乎流连不忍遽去。沿溪行完崖径，转入一个山环，走到一个峭壁底下。这山谷里面，陂陀起伏，丰草没胫，山势非常险恶。有松梅之属，杂生崖隙，比起来路景物，清华幽丽，相去何止天渊。

云从一路喊一路走，还不时回望梅林景致。正行之间，猛听头上面鼻息咻咻。抬头一看，离头三四尺高处盘石上面，正趴伏一个吊睛白额大虎，浑身黄绣，彩色斑斓，瞪着一双金光四射黄眼，看看云从，张开大嘴发威。云从几曾见过这个，吓得哪敢再看第二眼，拔步便跑。逃出有半箭之地，忽听那虎在后面一声狂啸，登时山鸣谷应，腥风大作，四外丰草如波浪一般，滚滚起伏。定睛一看，怕没有百十条大虎，由草丛中跑了出来。云从匆忙逃走，包裹行囊，竟会忘了卸下，跑起来十分累赘。等到想起卸下，那些大虎已分四方八面包围上来。云从心胆皆裂，眼看无路可逃，猛地灵机一动，暗想："死生有命，自己虽不比剑侠一流，据妻子玉珍说，因为师父剑诀是峨眉真传，数月工夫，通常数十人休想近前。尤其这一口霜镡剑，吹毛过铁。枉自学了本领，何不拼他一拼？"想到这里，不等那虎近前，先将宝剑舞起。那剑映着日光，分外显得青光闪闪，晶莹生辉。那些虎群本已近前，作势待扑，见了这般景象，想是知道厉害，那头一条大虎吼了两声，首先旋转身躯退去。其余众虎，也都分别蹿入丰草之中，转眼没有踪影。

云从知是师父宝剑之力，胆气为之一壮。这时才觉腹中饥饿，因为所剩食物不多，不知今日能否出山上路，又怕寻着小三儿没有吃的，忍着腹饥，背了行囊前进。满想小三儿如果未死，只需寻着昨晚瀑布之所，便可跟踪寻觅。谁知直走到午牌时分，云从心急如焚，施展轻身功夫，且跑且喊，也不知翻了多少崇山峻岭，登高四望，漫说小三儿，连那昨日黄昏时分所见的景致，都看不到。被他四路乱跑，越走越远。走到午后，周身疲乏，饥火中烧。没奈何，将昨日所剩的吃食取出一看，还剩有七个锅盔，斤许腊肉，各吃了一小半，略解肚饥。喝了一些山泉，歇息了一会，太阳业已衔山。知道不特小三儿寻找不着，今晚恐怕也难走出山去，不得不预为准备，只好挣扎上路。这次两俱绝望，且先寻了落脚住处再说。

走不多远，便见山崖旁有一石洞，入内一看，洞里倒甚干净，便将被褥打开铺好。进洞时已近黄昏，往附近高处观望，还作那万一之想。观望了一会，仍是毫无征兆。下山时节，猛见道旁树林内一条黑影一闪。云从惊弓之鸟，连忙举剑准备。定睛看时，一只苍背金发、似猿非猿的东西，如飞从林中蹿出，疾若飘风，转眼间纵到对面峰后去了。云从因它不来侵犯，只受了点虚惊，准备回洞安歇。猛觉脚底下踏着一样软绵绵的东西，低头一看，正是小三儿穿的一件外衣，不知被什么东西撕破，上面留有血迹爪印，腥气扑鼻。适才又见那许多大虎，知他准死无疑。想起自幼相随，这次跋涉长路，辛苦服侍，何等忠心。悔不该不由官道坐轿马走，害他葬身虎口，不禁痛哭起来。读书人毕竟有些酸气，他见小三儿死去，只剩一件血衣，没有尸骨，便想用剑掘土埋了，当作坟墓。那剑何等锋锐，触石如粉，不消一会，便埋了血衣。云从又用剑在山石上划了"义仆小三衣冢"六个大字。一切做完，已是夕阳落山，暝色向暮，不敢再像昨日莽撞夜行，独个儿空山吊影，踽踽凉凉，回到洞中坐定。才想起这里野兽甚多，此洞焉知不是它们巢穴，少时睡着，前来侵害，如何是好？再走势又不能，而且哪里都不是安乐之地。筹算了一会，又往洞外去搬了许多大小石块,当洞门堆了两个石堆,摆放一前一后,特意做得不牢固,一碰便倒,以便夜中闻声惊觉。将石堆好,委实力尽精疲,再也不能动转。因为连日连夜辛劳,身一落地,便睡得如死了过去一般。

一觉非常酣适,忽觉有东西刺眼,醒来一看,早晨阳光,正斜射到脸上,洞门口石堆还是好好的。暗想:"自己昨晚竟睡得这样香法,且喜没有出事。"觉着腹中饥饿,且先不管它。略揉了揉眼睛,伸了伸懒腰,手提着剑走出洞去一看,洞门挨近处,竟伏了一地的斑斓大虎。这一惊非同小可,连忙举剑纵身时,见那些虎都不怎动弹。留神一看,满地都是血迹,心肝五脏洒了一地,那些虎个个脑裂肠流,伤处都在脑背两处。虽然死去,却都是趴伏在地,没有倒卧的,虎目圆睁,威猛如生。那虎何等凶恶,尚且死了这些,那杀虎东西,必定比虎还要厉害十倍。昨晚迭经猛虎怪兽之险,自己竟丝毫不觉,安然度过,不由越想越怕。知道这里不是善地,连东西都不顾得吃,回洞取了随身包裹,算计小三儿决无生理,择那轻便得用之物带了,余者连行囊都不要,省得上路累赘。

二次出洞,忽见洞口遗有一个提篮,篮里尽是些松榛杏子同许多不知名的山果,好似采摘未久,有的还带着绿叶。算计是贩卖果子的小贩,山行至此,为虎所伤,遗留在此。昨晚自己入洞时天色向晚,不曾发现。自己正愁食物只够一顿,心中焦急,这满满一提篮,也可敷三四日之用。左右无主之物,便用手提了,绕过那群死虎,死心塌地,专打出山主意。先以为此地既有小贩来往,必离山外不远。谁知一路攀藤附葛,缒涧穿壑,也不知受了多少辛苦颠连,行到日落,依然只见冈岭起伏,绵亘不断,不知哪里是出山捷径。想起家中之事,着急也是无法。没奈何,只得又去寻找山洞住宿。连遭惊险,长了阅历,不敢再为大意,老早就筹备起来。

寻到山洞之后,相看好了地势,先运两块大石到洞里去,将地铺打好。再出洞去搬运石块,将洞口堆塞,只留一个尺许宽、三尺来长的孔隙,作为出入口。然后将余剩的腊肉、锅盔和那拾来的松榛山果,胡乱饱餐一顿。天将近黑,便即入洞,将两块大石叠作一起,连那仅可容人的孔隙,一并填没。因时光还早,事到如今,惟有一切听天由命,不再忧急。睡了一会睡不着,便起来做了阵功课,才行就卧。

第二日倒没什么异处,仍旧认定一条准方向往前走,不管是什么地方,出山就有了办法。就这样在万山之中辛苦跋涉了十多日。最后一天,登高四望,才见远处好似有了村落,还隔有好几个山岭。知道自练剑诀以来,连日山行经验，目力大增，至少还得走一两天，才能走到那所在去。总算有了指望，心里稍微安慰一些。自己离家日久，决计一到有人烟地方，问明路径，便雇车船，兼程往成都进发，以便早日请了师父同回，免得父母妻子悬念。一看提篮中山果，还足敷三数日之用，不由想起自打那日拾这提篮，第二日便断了粮，这十多日山行，全仗它充饥，怎么老不见少，还是这么多？若说命不该绝，神灵默佑，怎又不见形迹？这晚因见路旁有适宜的地方，老早便歇了下来。

闲中无事，将那些山果一一数过，再行饱吃了一顿，看看明日还有那么多没有。第二日早起一看，篮中山果竟少去十分之二。走到下午，又吃了一顿，简直去了一少半。并不似往日，天天吃，天天都是那么多。好生后悔，不该数它，破了玄机，行粮再有二日，便要断绝。一路上虽然见有不少野生果树，彼时因携带不便，篮中之果又甚多，赶路心急，不曾留意摘取。末后这两日，夹道松篁，并无果树，须要早些赶出山去才好。想到这里，越发不敢怠慢，努力前行。

且喜行到第二日午牌时分，已望见远处山脚附近人家水田，有了村落，心中大喜。决计趁今日傍晚时分，赶出山去。沿途又经了许多艰险难行之路，直到日色偏西，才走到尽头一看，是一座大峭壁，离下面还有百十丈高下。绕行了许多路，有的还隔着深潭大壑，壁立耸拔，四无攀援。眼看下面就是村落，只是无法下去，干着了一会子急。末后看到一处离地较低，长着许多藤蔓，上面丛刺横生。云从情急无奈，拣那粗的拉起，用剑将刺削去，以便把握，用力试试，倒还坚韧。将十来丈的大藤接好了两三大盘，先寻大石挂住，放下崖去，将剑插在背后包裹上面系牢，然后两手攥藤，倒换手往下缒落。

崖底附近人家，先见这亘古无人的高崖上面有人来往，非常诧异。村人闻声惊动，群出围观。云从一时心急，竟有一盘刺未削尽，下到半崖，手上已被藤刺扎伤了好多处，觉得非常麻痛，其势欲罢不能，只得奋勇咬牙下落。眼看离地还有两丈多高，两手一阵肿痛酸麻，再也支持不住，手一松，坠落下去。幸得练过轻身功夫，连日山行，长了不少勇气阅历，又在生死关头，疼痛迷惘中，将气一提，一个蜻蜓点水架势，两脚着地。那些村人见云从从两丈多高失手坠落，都代他心惊，以为即使不死，必带重伤。见落地无恙，不由轰雷也似的喝了一个大彩，纷纷上前相问。这时云从两手已肿起一两寸高，疼胀得连话都说不出来。

众人中有一个姓姚的老年人，在本村算是首富，早年也曾进过学，因为性子倔强，革了衣领，隐居在此，已有三十多年，人极好善。见云从穿着虽不甚华贵，形容举止都是衣冠中人，便排众上前，对云从道："这北斗岩是此间天生屏障，从没有生人来往，尊兄怎得到此？"说时，见云从牙关紧咬，面色难看，一眼又看到云从的手上，说道："这位尊兄中了毒刺，难怪不能言语。快着两人来扶他到我家去想法医治吧。"说罢，便有两个壮汉，一人一边，将云从架住。云从几次想要说话，都觉口噤难开，周身发冷，手痛又到了极处，连谦谢都不能谦谢，只苦笑着，点了点头，任那两人扶起就走。到了姚姓老者家中，已是面如金纸，失了知觉。幸得主人好善，村中又有解毒藤刺伤的药，先与他将毒刺一一用针挑出，敷上解药，日夕灌饮米汤。不消二日，毒是解了，只是一连十多日在山中饱受的惊险劳乏，风寒湿热，一齐发作，重又病倒。医了两日，问起地名，叫作万松山，有数百里的绝缘岭，尽头已入云南腹地。四周山峦杂沓，仅有一条八百里山径小道，可通昆明省城。如要入川，须由此路到昆明附近大板桥，再雇舟车上路。

云从心忧祸患，惦记着父母妻子，便将自己迷路事向主人说了。只隐瞒了家中现有隐患一节，说自己有大事在身，出门已有多日，急于入川寻人，决计带病上路，请主人设法，觅一代步。姚老者因他病势沉重，时发时愈，疾发时便不知人事，勉强又留住两日。云从病中也勉强用功，连出过两回透汗，觉着好些，再三谢别要走。姚老者劝他不住，只得好人做到底，派了两个老成可靠佃户，用山兜抬着他走。姚老者是个富家，救命之恩无法答谢，只得口头上谢了又谢，问明了姚老者住址，同他两个儿子名字，记在心里，准备将来得便报恩。姚老者又带了儿子亲送了一程，才行作别回去。那两个佃户极为诚实，久惯山居，行走甚速。云从有时昏迷，全仗他二人照料。不时把些银钱与他，愈加感激卖力，虽是病中行路，却比山行还觉舒适。一路无话。

这日走离大板桥还有二十里路，离省城也只有二十八里，地名叫作二十八沟。云从一行三人到了店中打尖，觉着病已好了十分之四，心中甚喜。刚刚摆好酒饭未及食用，忽听人声鼎沸，闹成一片。云从喜事，走到店门前一看，隔壁也是一家饮食铺子，门前有一株黄桷树，树上绑着一个黑矮汉子，相貌奇丑。两个店伙嘴里乱骂，拿着藤鞭、木棍，雨点般没头没脸地朝那丑汉打去。那丑汉低着头任人打，通没作理会，也不告一声饶。云从看着奇怪，忙喊跟来佃户前去打听。店小二从旁插口道："客官不要多事。这是本镇上有名赖铁牛，前年才到此，也不知哪里来的。想是爹娘没德，生下他，一无所能，有气力又不去卖，只住在山里打野兽吃。打不着没有吃的，就满处惹厌，抢人东西。如今官府太恶，事情小，不值得和他经官。他每次来搅闹一次，人家就将他痛打一顿。他生就牛皮，也不怕打。每次抢东西吃了，自知理短，也不还手，只吃他的，吃完了任人绑在树上毒打。打够了，甩手一走，谁也追他不上。他曾到小店中抢过几次，我们老掌柜不叫打他；别人打他，还劝说。后来他也就不来抢了。隔壁这家，原本也小气一些，一见必打。他也专门抢他，抢时总是跳进店堂，或抢一个腊猪腿，再不就整块熟肉，边吃边走。你打他，虽不还手，如果想夺回他抢去的东西，二三十人也近不了前。隔壁这家恨他入骨，可是除了臭打一顿，有什么法子？打够了的时候，他自会走的。客官外方人，不犯招惹这种滥人，由他去吧。"

说到这里，忽见隔壁出来一个面生横肉的大胖子，手中拿着一个烧得通红的大火钳，连跑带骂道："你这不知死的赖铁牛！平常十天半月专门搅我，今天也会中了老子的圈套，且教你尝尝厉害。"那丑汉见火钳到来，也自着急，想要挣脱绑绳，不料这次竟然不灵，把一株黄桷树摇晃得树叶纷飞，呼呼作声，眼看那火钳要烙到那丑汉臂上。云从早就想上前解劝，一看不好，一着急，一个旱地拔葱，纵将过去，喊声："且慢！"已将那胖子的手托住。那胖子忽见空中纵下一个佩剑少年，吓了一跳，凶横之气，不由减去大半，口中仍自喝问道："客人休要管我闲账！这赖铁牛不知搅了我多少生意，他又不怕打。今番好容易用了麻渍和牛筋绞了绳子，用水浸透，将他捆住，才未跑脱，好歹须给他一些苦吃才罢。"云从道："青天白日，断没有见死不救，任人行凶之理。你且放了他，他吃你多少钱，由我奉还如何？"那胖子闻言，上下打量云从两眼，狞笑一声道："我们都不是三岁两岁，说话要算数，莫待他跑了，你却不认账。"说罢，便吩咐两个店伙停打解绑。那绑绳本来结实，又经水泡过，发了胀，被矮汉用力一挣，扣子全都结紧，休想解开。那丑汉仍挣他的，口中骂不绝口，直喊："好人休要多事，我不怕他。"那胖子见他骂人，抢了鞭子，又上去打。

云从方要解劝，说时迟，那时快，耳听咔嚓咔嚓连声大响，尘土飞扬，观众纷纷逃窜，一株尺许粗细的黄桷树，被那丑汉连根拔断，连人带树朝胖子扑去。一个用得力猛，手又倒绑树身，树根断处，还有尺许，带着许多根株，焉能行走。还未抢走两步，早已连树带人，扑倒在地。那胖子早知不好，三脚两步跑进店去，抢了一把厨刀，奔将出来。云从一见，想起身佩宝剑，未容胖子近前，拔剑出匣，日影下青光闪处，绑绳迎刃而解。丑汉将身一摇，背上断树连枝带叶,倒在一边。同时胖子也提刀赶到,口中大喊:"我这条命与你们拼了!"说时,提刀便砍。云从见势不佳,迎上去将剑轻轻一撩,厨刀连柄削断。胖子见云从的剑晶光耀眼,寒气逼人,高喊:"强盗杀人了,地方快来!"说着,掉头就跑。那丑汉也要追去,却被云从横身上前拦住。丑汉急得直跳道:"好人放手,我力气大,休跌了你。因他上月骂我死去的娘,我想起原是怪我不该强拿他东西,这两回都只寻别人要,并没寻他。今天我到村里讨些盐回来煮菜吃,已走过他的门口,是他着人追上我,说他店里新煮肥腊肉,问我要不要? 我说你只要不骂我娘就要,他满口答应。给肉我吃了,才说要打我,看看到底我有多大本领。一来事前没有讲吃了不打,二来这些日身上痒酥酥的,只得凭他。他却使巧法,用他水泡过的牢瘟绳子捆我,使打够了,挣不脱,才用火来烧,我岂能饶他?"说着,便想绕道追过去。他虽然天生神力,怎耐云从身法灵活,他又不愿将云从撞跌,只是着急。

云从暗想:"小三儿已死,这人如此诚厚多力,我不久便是世外之人,讲什么身份? 何不与他结交,也好做暂时一条膀臂。"便诳他道:"你休得倔强,不听我劝,打死人要偿命的。你死了,何人管你死去的娘? 阴灵也不得安。若就此丢手,我情愿与你交朋友,管你一世吃喝穿用。你看如何?"那丑汉闻言,低头想了想,说道:"你说得对。我娘在时,原说我手重,如打死人,她没得靠的,便要寻死。如今她死了,人还在土窟窿里睡着。山上野兔野猪多,岂不闹得没人管? 还是信我娘的话,吃了点亏,算了吧。只是我还从没遇过你这样的好人。话可说在前头,你管我吃,我可吃得多。你要嫌我时,打我行,一不许你骂我娘,二不许如那胖猪一般,用火烧我。"

云从见他一片天真,言不忘母,好生喜欢。因为那胖子已去喊了地方和一伙持棍棒的人来到,猛想起昆明还有两个亲友世家,心中一宽。忙对丑汉道:"你说的话,我件件依从,连打都不打你。你现在可不许动,由我分派。"说罢将剑还匣,迎了上去。这两个跟来的佃农见云从亮剑,以为要出人命,吓得躲在一边,这时听明云从意思,才放心走拢。未及说话,一眼看见那两个地方竟是熟人,心中大喜,不等云从吩咐,早抢先迎了上去。那正地保早先本是那佃农同乡,受过姚老者大恩。一听佃农说起经过,云从又是位举人老爷,姚老者的上宾,心下有了偏向,早派了那胖子一顿不是。那胖子不服道:"我虽然用巧打他,也是他祸害得我太厉害。就拿今天这株黄桷树说,还是我爷爷在时所种,少说也值五六钱银子,如今被他折断,难道凭你一说,就算完了?"云从笑道:"你先不用急,树已折了,没法复活。连他吃你的腊肉一

409

起,算一两银子给你,准可完了吧?"胖子还待不依,地方发话道:"你这人也太不知足。这位老爷不和你计较,只说好的,给你银子,世上哪里去找这样劝架的人? 赖铁牛谁不知他浑身不值三个钱,莫非你咬他两口? 再不依,经官问你擅用私刑打人,教你招架不起。"胖子见地方着恼,又经旁人说好说歹,才接了银子要走。地方又拉住道:"你可记住,银子是举人老爷买价,那黄桷树须不是你的,当面讲好,省得人走了,又赖。"胖子见地方想要那树,又不服起来。还是云从劝解,树仍旧归他,另赏了地方一两银子,才行了账。地方谢了又谢。众人都说:"毕竟当老爷的大方,一出手,就讲银子。那赖铁牛不知交了什么好运,免了火烧,还跟老爷走,正不知有多少享受呢。"纷纷议论,不提。

云从再寻丑汉,他独自一个人坐在断树身上,瞪着眼正望着前面呢。云从唤他近前,同进店中。病后用了些力,觉着有些头晕,当时也未在意。先命丑汉饱餐一顿。问起他的姓名家乡,才知姓商,并不姓赖,乳名风子,本是乌龙山中山村的人。他母亲做闺女时,入山采野菜,一去三年,回来竟有了身孕。家中本有一个老母,想女身死。邻舍见她无夫而孕,全不理她。好容易受尽熬煎,又隔了一年零八个月,生下风子。三四岁上,便长得十来岁人一般。加以力大无穷,未满十岁,便能追擒虎豹,手掠飞鸟。人若惹翻了他,挨着就是半死。幸是天生至孝,只要是母命,什么亏都吃,什么气都受。众人畏他力大,不敢再欺凌他母子。及见他娘并不护短,又见他力大无穷,想法子支使磨折,不当人待。他原是块浑金璞玉;心中何尝不知众人可恶,碍着母命,仍是埋头任人作践。有时问他母亲:"怎么人都说我无父,是个畜生,什么缘故?"他母亲一听就哭,吓得他也不敢再问,自始至终只从母姓。后来他母亲实受众人欺负不了,才由他背了,到天蚕岭东山脚下居住。母子二人,都不懂交易。先时他打来的野兽皮肉,都被众人诓要了去,所以自始至终,不知拿野兽换钱。那村的人虽不似先时村人可恶,也利用他不肯明说,众人给他打了一条铁铜,叫他去打野兽。打了来,拿点破衣、粗盐、日用不值钱的东西和他换。有时他母子也留些自用。他母终究受苦不过,得病将死,急得他到处求人。他又没钱,打听是医生,就强背回去医治,始终也未治好。死时说:"你爷是熊……"一句话未完,便即咽了气。因死前说过那村也没好人,娘死了,可将娘葬在远处,也休和他们住在一处等语,自己用斧子砍了几根大木,削成尺许厚的木板,照往时所见棺材的样,做了一口大材。盛殓好了尸首,将铁铜及一切应用的东西绑在材上,也不找人相助,两手托着材底,便往山里跑。由岭东直到岭西,走了两天,好容易才寻着一个野兽窟穴,将野兽一齐打死,就穴将材埋葬。每日三餐,边吃边哭,边喊着娘。因为先时披着兽皮打猎吓伤过人,守着死母的诫,一到没有吃的,出山强讨,总是穿着那件旧衣,不围兽皮。他也能吃,也能饿,知人嫌他,不到万般无奈,从不出山。近两月天蚕岭野兽稀少,所以才时时出山强讨,不想遇见云从。吃完之后,见云从仍和先时一样,只和他温言问答,喜得不知如何是好。

云从问完他话,那两个佃户也和地方叙了阔别进来,乡下人老实,也没管闲事。一行四人,同着起身,到了大板桥,又给商风子买了衣服。因为适才耽搁,天已不早,须得明早上路。那两个佃户又说家中有事,要告辞回去。云从给每人二两银子,打发走了。不时觉着身上不舒服。商风子也说要走,云从问他为何,他说要回去看娘。云从才把人死不能复生,人生需要做一番事业,你纵守庐墓一生,济得甚事,种种道理,婉言告诉。商风子恍然大悟,只是执意还要回去跟娘说声,请云从先走,只要说了去路,自会追上。云从不便再拦他孝思,又恐他憨憨呆呆,明日追迷了路。心想:"反正今日不能起身,即或回不来,明早打他那里动身,再雇车马,也不妨事。自己又不是没有在山中宿过,何不随他同去看看?"当下便问路的远近。风子道:"并没多远,我一天走过十来个来回,还有耽搁呢。"云从便说要和他同去。风子闻言大喜。云从存心和他结交,命他不要满口好人,要以兄弟相称。当下算完店账,由风子买了些吃食,拿了云从包裹,一同前走。走到无人之处,云从想试试他脚程,吩咐快走。风子道:"哥哥你赶得上吗?"云从说是无妨。风子笑了笑,如飞往前跑去。云从到底练习轻身法不久,又在病后,哪当他生具异禀,穿山如飞,勉强走了一二十里路,休说追上,还觉有些支持不住。风子也跑了回来道:"我说哥哥追不上呢!"云从称赞了他两句,一同将脚步放慢。

又走了二十多里,云从见山势越发险恶,夕阳照在山背后,天暗暗的,十分难看,便问还有多远。风子道:"再转一个山环就到了。"二人边走边说,快要到达。行过一个谷口,风子因洞中黑暗,想抢在前面,去把火点起来。刚前走没多远,忽听云从在后喊道:"你看这是什么?"风子闻声,回头见赤暗暗一条彩雾,正往谷里似飞云一般卷退回去。云从晃了两晃,直喊头晕,等到风子近前,业已晕倒。风子连问:"哥哥是怎么了?"云从只用手指着心口同前边,不能出声。风子大惊,便把云从捧起,跑回山洞,放在铺上。第二天还能言语,说是昨天走过谷口,看见谷里飞也似的卷出一条彩雾,还未近前,便闻见一股子奇腥,晕倒在地,如今四肢绵软,心头作恶等语。说到这里,便不省人事。由此云从镇日昏迷，风子又不知延医，直到遇见笑和尚、尉迟火，才行救转。

笑和尚一听云从是醉道人新收弟子，便将自己来历说了。云从闻言，越发心喜，忙即改了师兄称谓。又说起家中隐患及自己出来日久之事，不觉泣下。笑和尚道："师弟休要伤心，既遇我和尉迟师弟，便不妨事。你病后还得将养数日，由我传你运气化行之法，才能完全复原。醉师叔终日在外云游，你行路迟缓，去了还不一定便能相遇。他既知你家中有这种隐患，慢说是自己得意门人，就是外人，异派余孽如此猖狂，也决不袖手。他原见你资质虽好，却出身膏粱富厚之家，恐你入门不惯辛苦，特地示意，命你亲去受些磨折，试试你心地专诚与否。现在已然连遭大难奇险，终未变却初志，即此一桩，已蒙鉴许，恐怕不俟你赶到成都，你家之事已了。为万全计，我二人俱能御剑飞行，往返成都也不过一日。可由一人先去，如见醉师叔未去你家，可代你呈明中途迷路遭险，养病荒山之事，必蒙怜悯垂援。你这事看似重大，其实倒无关紧要。反是适才见那谷口妖气笼罩，你又在那附近中过毒，里面必有成形的妖魔之类潜伏，看神气离成气候已是不远。我二人奉命出外积修外功，难得遇见这种无形大害，万不能不管，正好趁它将发未发之际除去，以免后患。不然它一出世，左近数百里内生灵无噍类了。"云从自然是惟笑和尚之马首是瞻，不住伏枕叩谢。

当时议定，由尉迟火去成都，就便寻同门师兄，要些银子路上使用，由笑和尚看护云从。吃粥之后，互谈了些往事。商风子先见尉迟火一道光华，破空飞行，又听笑和尚说了许多异迹，忽然福至心灵，恳求笑和尚教他本领。笑和尚道："我哪配收徒弟，你如有心，且待事完之后，以你这种天性资质，不患无人收录。且待明日尉迟师弟回来，除妖之后再说。"

当晚三更时分，笑和尚跑到洞外先观看那妖物的动静。商风子也要跟了前去。笑和尚又给云从服了一粒丹药，吩咐睡下，才同风子出洞。到了高处，商风子见谷里黑沉沉没有什么迹象，便对笑和尚道："笑师兄隔这么远，哪里看得见，何不往前看去？"笑和尚道："你是肉眼，哪里看得透？待到天色将明，便有把戏你看。这妖物我也断不透它的来历，我在这里都闻见腥味，定然其毒无比，漫说近前，无论什么飞禽走兽，离它二三丈以内，休想活命。怪不得白日里，我笑不出野兽来。我本可遥祭飞剑将它除去，只是还想趁它未成气候以前，看清是个什么东西，长长见识。你且噤声，少时自见分晓。如有举动，你千万不可上前，一切俱要听我吩咐。"说罢，便寻了一块石头

412

坐下。

又待了一会，不觉斗转参横，天将见曙。风子见仍无动静，正想开口，笑和尚连忙用手点了他一下，风子便觉周身麻木，不能出声。正在惊异，忽然听远远传来一种尖锐的怪声，好似云从在那里唤他一般。再看笑和尚，踪迹不见。心疑云从出了什么变故，想奔回洞中看视，怎奈手脚都不得转动，空自着急。忽见谷内冒起拳头大小两串绿火，像正月里耍流星似的，朝空交舞了一阵，倏地火龙归洞似的依次收了回去。觉着有人摸了自己一下，不禁失口说了一声："这是什么玩意？"同时手脚也能动转。惦记云从，正想奔回洞去，猛觉有人将自己拉住，回头一看，正是笑和尚。商风子刚想问笑和尚，使什么法儿将自己制得不能动转？笑和尚道："真险，真险！我稍疏虞一步，差点误了你和周师弟的性命。现在天色已明，我们回洞再说吧。"风子满腹茫然，待要问时，笑和尚已迈步前行。

第一〇六回

雾涌烟围　共看千年邪火
香霏玉屑　喜得万载空青

商风子回到洞中一看,云从睡梦方酣,还未醒来,便问笑和尚道:"适才你往哪里去了? 我听见我哥哥喊我,可有什么事?"笑和尚道:"那是妖怪的叫声,哪里是你哥哥喊你? 日里我见那谷中妖气弥漫,与寻常妖气不同,便疑心可有特别凶毒怪物潜伏。我自幼从师,常听师父说,在深山大泽之中行走,如闻异声呼唤名字,千万不可答应,否则气机相感,必被它寻声追上,遭了毒手。又教给我许多鉴别妖物之法,因此知道厉害不过。我随恩师到处斩妖除害,像谷里那般狠毒的东西,连恩师也只知道来历,没有见过。这东西乃千百年老蝎与一种形体极大的火蜘蛛交合而生,名文蛛,卵子共有四百九十一颗。一落地,便钻入土中。每闻一次雷声,便入土一寸。约经三百六十五年,蛰伏之地还要穷幽极暗,天地淫毒湿热之气所聚,才能成形,身长一寸二分。先在地底互残同类,每逢吃一个同类,也长一寸。并不限定身上何处,吃脚长脚,吃头长头。直到吃剩最后一个,气候已成。再听一回雷声,往上升起一尺,直到出世为止,那时已能大能小。这东西虽是蛛蝎合种,形状却大同小异。体如蟾蜍,腹下满生短足,并无尾巴。前后各有两条长钳,每条长钳上,各排列着许多尺许长的倒钩刺,上面发出绿光。尖嘴尖头,眼射红光,口中能喷火和五色彩雾。成了气候以后,口中所喷彩雾,逐渐凝结,到处乱吐,散在地面,无论什么人物鸟兽,沾上便死。它只要将雾网一收,便吸进肚内。尤其是没有尾窍,有进无出,吃一回人,便长大一些。腹内藏有一粒火灵珠,更是厉害。日久年深,等被它炼成以后,仙佛都难制服。还会因声呼人。起初离它五六里之内,听见它的叫声,无论谁人听了,都好似自己亲人在喊自己名字,只一答应,便气感交应,中毒不救,由它寻来,自在吞吃。以后它的叫声越叫越远,直到它炼形飞去为止,所到之处,人物都要死绝了。因它形体平伸开来宛似篆写文字,所以名叫文蛛。秉天地穷恶极戾之气而生,任什么怪物,也没它狠毒。

"先前我用定力慧眼远看,见暗雾中有两条长臂带着一串绿星,隐约闪动,便疑心是这怪物。及至听见叫声,又稍看清了上半截形象,与当年恩师所说一般无二,更知是它。此时见你站在旁边,恐你一答应,虽然它全体尚未出土,不致追来吃你。一则初见这种怪物,不敢拿准;二则气机相感,中的毒也非同小可。事在紧急,又恐周师弟醒转,闻声答应,连忙将你点了哑穴,才回来用法术封了这洞。再赶去时,它已隐入土中。这东西要等全身现出,才可下手;一入土中,便无法除它。从今日起,如无我话,千万不可离开此洞。周师弟新愈,你二人尚无吃的,待天大明之后,我飞身入城,与你二人化点饭食度过一顿。待尉迟师弟回来,带有银钱,你二人便不愁用度了。"

说罢,略待片时,云从醒转。笑和尚恐风子无知莽撞,又再三嘱咐云从。将云从霜镡剑要来,暗悬洞口之内,又用法术封了洞口。然后取了饭钵,别了二人,笑嘻嘻将大脑袋一晃,转眼间不知去向。约有个把时辰,端了一钵熟饭,还买了许多荤菜、锅盔回来。风子一见大喜,上前便接过去,首先端与云从食用。笑和尚笑道:"我因见你能吃酒肉,服侍周师弟这几日,必定馋得可以,适才还为你破了戒,平白拿人家十两银子,又拿银子去偷换了许多荤菜与你。恩师知道,说不定还怪我呢。"说罢,又从身上取出几两散碎银子,交与风子。

云从好生过意不去,忙问究竟。笑和尚道:"我每日代尉迟师弟向人化斋,从未遇见这等刻薄人家,不给我饭是他本分,硬说我是他逃走的雇用小厮,要叫人捆我。是我气他不过,隐身形打了他两个嘴巴,顺手掏了他十两银子。和尚不便买荤,我又隐形到了铺中,取了荤菜。我见那施主甚是本分,留了一半银子与他。自从出家,做贼还是第一次呢。"风子听笑和尚戏耍那刻薄人家,不由哈哈大笑。笑和尚本能辟谷,斋饭有时还吃,却不动荤。云从病后腹饥,风子更是连饿数日,狼吞虎咽,各吃了一个大饱。饭后云从精神大振,觉着腹痛作响,由笑和尚扶着,出外行动了一次,才向笑和尚重新跪谢。笑和尚无法,还礼起来,便在洞外闲眺,也无甚动静。

下午过去,谷中赤氛又起。尉迟火也从成都赶回,得知醉道人自打发了张三姑娘,不多几日,留话给松、鹤二童,说有要事往衡山一行,归途还往云从家去代他除害。又代他起了一卦,本人凶险甚多,且喜吉人天相。如有人来,可着原人护送云从回家,待他妻子生产,安排好了家务,不必再往成都,径往峨眉飞雷洞李师叔处相见等语。云从闻言,自是大放宽心。

尉迟火又问笑和尚，可知这里妖物来历。笑和尚道："看你神气，必然遇见前辈师伯叔指教，何妨先说给我听听？"尉迟火道："我倒未遇见别位尊长，只因周师弟等要用钱，知道辟邪村玉清师太存有不少施主善资，前去讨些。说起我和你在此，玉清师太便问可曾发现什么妖气？我对她说了。她说她昔日打此经过，知道这天蚕岭潜伏着一个极厉害的妖物，名叫文蛛，只因时刻未到，无法下手。非等今年五月端午，大雷雨后，不能出世。现时各位师尊为准备三次峨眉斗剑，均有要务在身，她又在端午前后要连往青螺魔宫两次，去救她当年一个同门生死患难之友，不能建此大功。如有人将它除去，不下立十万外功，还得妖物的腹内一颗乾天火灵珠，助将来成道之用。嘱咐你我须要小心从事，莫放妖物跑了。据她算计，妖物还不应该遭劫，如今只两条前钳出土，不到端午，白费辛劳。最好叫你我先行送周师弟回去，不要打草惊蛇，等端午前一日赶到，便可下手。你看的又是怎样？"笑和尚道："与玉清大师所说一些不差。她既如此说法，幸喜不曾冒昧下手。为今之计，只好先送周师弟回去再说。只是那妖物虽然还不能现身害人，但毒气太重，又能发声叫人，生物挨近一些，便难活命。倘如我们走后，有人误来此地，我等知而不备，岂不有罪？"

尉迟火道："据我看，这山势崎岖危险，二三十里方圆，连樵径都没有，常人决难到此。有几个似这位呆兄弟，到这种好地方来住？这层倒也过虑。"风子也说，终年并无人迹，只有野兽来往。如今才想起，自从谷里每日下午有了红雾，连野兽都逐渐稀少绝迹。随大家去极好，但是他娘还葬在这里，恐尸首被妖物所害，要笑和尚想个法儿。笑和尚说："已死的人，相隔又远，绝无妨碍。不过就此一走，终难放心，恐怕有人误蹈险地。"当下先飞身上空，相好地势。然后下来，在二三十里周围要口山石上面，口诵真言，画了许多灵符。若有人到此，自会被许多法术妙用化成的怪兽大蟒吓退。笑和尚先没想到最厉害的妖物文蛛，自己又不愿往世俗人家跑。原打算叫云从在这里养病，传他运气化行之法，日夕打坐，就便自己除妖。今见妖物毒气如此重法，又有玉清大师传语，不敢怠慢，只好先送云从回家之后再来。

布置完竣，便要动身。风子又去他母亲葬处，将身伏在土堆上，不住数说。三人见他虽未出声大哭，泪落不止，知是伤心到了极处，用好些譬解，才行劝住。将云从交给尉迟火，笑和尚带了风子，吩咐紧闭二目，喊一声："起！"破空便飞，觉着风子并不骨重，越发爱他资质。剑光迅速，飞到贵阳云从家中，天不过二更向尽。

这时敌人方面因为接着一个受了重伤的同党送信，说是由川入贵途中，在野外遇见张老四和一个峨眉门下小辈，名叫孙南的，打听醉道人踪迹，露出一些口风，虽未听得详细，已知与周家之事有关。那人又打听到醉道人要往衡山一行，趁张老四与孙南分手走单时节，将他用暗器打倒。自己往回走时，不知怎的，竟会被那小辈孙南追上。正在危急受伤之际，幸遇一人相救，才得活命，一路将养到来，请大家留心在意。敌人一听这信，才知踪迹果被张氏父女看破，喜得张老四已中毒药暗器身死，还不妨事。只恐夜长梦多，便提前由云从父子先下手。及至一打听，云从业已走了数日，猜知必是张老四不回，亲往成都、峨眉两处求救。当天即派同党分两路去追，追上便行杀死。这里也同时发动，数日之内，连用重手法，暗中点伤了好几个周氏老兄弟。张三姑因自家势孤，玉珍又有身孕，如要解救，反启敌人注意，祸发更速，惟有权且隐忍，等醉道人来了施治。事已至此，云从的父母又因子远出，思念太切，还不如说明的好，便命玉珍便中婉言略说真相。云从的父母因家中新出变故愁烦，一听媳妇张玉珍说了经过，心中大惊。想起云从一去多日，尚未出贵州境内，托便人捎过两封书信，以后连亲家张老四都杳无音信。虽然媳妇和张三姑俱说无碍，到底不放心。而云从夫妻又是恐吓着老人，一番孝心，不得不从权行事，势难怪他们。仇敌如此狠毒，事若经官闹明了，反而愈加猖獗，全家俱有性命之忧。张三姑和媳妇只能保住自己全家，不能兼顾别人，眼前同胞骨肉，命在旦夕，焦急如焚。他却不知敌人势大，正因为云从不在家中，恐怕打草惊蛇，想等人将云从追上杀死，再行下手，否则头一个就是他全家遭殃。张三姑和玉珍岂有不知之理，不过恐二老忧惊过甚，不得不拿话壮胆罢了。

谁知天不绝人。在大、三、四、五、六房相继出事，无故病倒，除了云从父母知道祸变，他人俱还蒙在鼓里之际，有一晚云从父母在中堂以内，正和张三姑、玉珍愁颜相对，忽然一阵微风穿帘而入。张三姑疑是敌人行刺，大喝一声，便飞身迎上前去。烛影闪动处，现出一个背红葫芦的道人。玉珍认得是醉道人，喜从天降，首先伏地下拜。三姑也收剑上前，招呼云从父母一同见礼，又叩谢了救子之恩。坐定以后，一见云从并未跟来，心下好生不定。醉道人看出了心意，说道："令郎虽然近时灾晦很多，但处处因祸得福，绝无妨碍。贫道先从卦象上看出敌人发动还早，想往衡山会一位老友，随后再来。路遇同门师侄孙南中了妖法，我将他安顿好，即到此地，每日在尊府各房巡视，都由贫道暗中向受伤的人说了经过。恐妨打草惊蛇，令这一干妖孽又逃往别处，为祸世间，将贤昆仲一一救转之后，仍请他们装病不起，静等贫道所约的两个同伴到来，一齐下手，省得敌人漏网。适才同伴已到，事完之后，便要远行。令郎已收归贫道门下，将来前途甚佳。因承桃九房，不能不勉徇世俗之见，令他略尽人事，娶妻生子，即此已误他许多功行了。不久双喜临门，尊府积善之家，日后子孙必能昌达。只是令郎非功名中人，如生子之后强留在家，反倒于他有损无益。知贤夫妇爱子情深，恐难割舍，特在事前面告。再约半月，自有高人送他回转。生子周年，他必入山学道。又过三年，他仍可时常回家省亲，并非从此便弃家不返。那时，贤夫妇望勿拦阻。"

说罢，玉珍、三姑还想叩问自己前途时，醉道人袍袖展处，一道光华，破空而去。云从父母吓得慌忙下拜，起来思量，几曾见过这样飞行绝迹的仙人？不由信心大增。知道爱子不久便从他去，成仙虽是好事，到底难于割舍，既是命中注定，想留也未必能够。且喜弟兄无恙，云从再有半月即回，仙人之言，决不会差，才放了心，一切俱等到时再说。

第二日，家人偷偷报信，说是昨晚三更后，二老爷上房院中光华乱闪。今日午前，二老爷亲自开门，喊近邻三老爷家去几个人，帮他打扫。入内一看，上房院内有好几摊黄水，只丢下二老爷和他跟前的少爷、奶妈。其余从二太太起，连那些亲友下人，俱都不在。二老爷说昨晚和二太太拌嘴，天没亮就吵着回娘家。那些下人，原都是那些亲戚荐用，夫妻一赌气，所以二太太连闲住的亲戚和那些下人都带走了。二老爷没人使唤，所以唤去几个服侍，一面招呼旧日用人回来等语。子敬一听，吩咐下人，二老爷性情不好，你们休要乱说。一面入内，去喊媳妇和张三姑来问。只玉珍一人到来，问起此事，玉珍说："昨晚张三姑曾随后追了醉仙师去，天明前回来，说醉仙师约有两位剑仙，共同将敌人用飞剑杀死，一个也未曾漏网。末后，又用化骨丹将尸首化去。二伯父已于前晚看破敌人奸谋，所以并不难过，只向醉仙师恳求，留下那小孩。醉仙师因小孩无知，本不想杀戮，便即走了。三姑因有他事，又要去看望媳妇父亲，托媳妇代为辞行，回家去了。"子敬夫妻听了，好不骇然。一会，九房弟兄齐来，背人互说了经过，分别嘱咐家人，不准传扬。好在周氏是积善之家，那些人俱非本乡本土，一去不归，先还有人诧异，事不关己，久亦淡忘。

这晚正在计算日期，忽见一道金光直坠庭心，现出四人，竟有云从在内。以为同来的人，又是剑仙一流，忙着便要下拜。笑和尚早料到此，先就拦住。云从也忙着略说了一些来历。问起家中之事，果然已了，好不欣慰。因为不是外人，一面着人去唤玉珍与笑和尚等见礼。然后才分别落座，细说详情。云从父母和玉珍见云从面容消瘦许多，本已担心他路途受苦，及听说完经过，才知又是出死入生。小三儿还不知存亡下落，俱都伤心不止。感激笑和尚等相救之德，免不了朝三人又有一番称谢。云从因自己行踪奇特，恐启人疑，悄悄传来心腹家人，嘱咐了一套说辞。一面安排来宾住处。笑和尚、尉迟火二人，除教云从、风子二人一些初入门的口诀功夫外，所有外人一概不见。常时依旧出门积修外功，有云从财力相助，救助孤寒的事，着实做了不少。

光阴迅速，转眼还有五日，便到端阳。笑和尚因此去除妖，不便携带风子同行，命风子与云从做伴，等玉珍分娩，尽完人事，同往峨眉寻师，再图相见。自己同了尉迟火，二人告辞上路。云从又备了不少黄金白银，请二人带在身旁行善。二人离了周家，驾剑光直飞天蚕岭。行至云贵交界，遇见矮叟朱梅，在空中将二人唤住，一同收了剑光，落地叙话。笑和尚拜见之后，请示机宜。朱梅道："你出世未久，便去建立这样大功，休说斩除恶妖，功德无量，文蛛腹内那粒乾天火灵珠，如能得到，加以修炼，与身相合，将来成道时，也可抵千年功行，真是旷世难逢的机遇。不过那妖物护这粒火灵珠甚于性命，先斩了它，珠便自行飞去。先得珠时，斩妖又恐生变化。此事关系重大，非同小可。那妖物未出土以前，必将珠吐出离它头顶三丈以内，照着妖物出来，同时往上升起。妖物全身脱壳出土，便即与珠合为一体，成形飞去。不到正午，不可下手。可是妖物出土，也只一刹那工夫，稍纵即逝。等到妖物身与珠合，就非你的能力所能胜任。所以下手的时节，须要一人在前，去抢那珠。珠到手后，妖物必不甘休，定然放出满腹毒气追来。那珠本是它的内丹，相生相应，无论你怎样隐形潜迹，也能跟踪而至。纵用法力将它斩掉，但是业已中了它的毒气，难于解救。这时全仗在后之人，从后面用飞剑斩它，才能完全成功。那乾天火灵珠乃天材地宝，正邪各派俱都重视，非有积世福德根基，不配享受。适才袖占一卦，若论斩妖，还不怎么，只恐有阴人从旁暗算。你二人又面带晦色，主有灾难，我和诸位道友俱有要事在身，无暇及此。如为万全之计，最好你二人趁这还有数日余暇，寻找剑术较深的同门师兄弟相助，以防其他妖人暗算。事不宜迟，必须慎重小心从事。切记：专顾得珠，便不能建除妖之功；想建功，便不易得那珠。二者轻重差不多，只能各居其一，不存贪念，当无妨碍。"说罢，先行飞去。

二人拜送之后，尉迟火自知能力有限，一切全凭笑和尚主持，无所希冀。

笑和尚起初以为妖物纵然厉害,到底初次成形,凭自己能力,还不手到擒来?及至听了矮叟朱梅嘱咐,先时也未敢怠慢。计算小辈同门,自己素常不惯和师姊妹交往,不便相烦。这投契相熟的,只有玄真子门下诸葛警我,还有金蝉、尉迟火三人。金蝉道行虽浅,两口宝剑却是至宝,不畏邪污。已听尉迟火在成都得来消息,说金蝉端阳节前要往青螺。其他同门虽多,不是不熟,便是本领不济。想了想,还是找诸葛警我去。到了东海三仙洞府中一打听,只遇见玄真子一个道童,说三仙俱在丹炉旁祭炼宝剑,诸葛警我奉命往雁荡采药未归。笑和尚闻言,也没惊动三仙,径直离了东海。一则艺高人胆大,一则贪功心甚,不由改了念头。暗想:"自己本领,隐形潜踪,出神入化,纵有异派妖人作梗,难道还胜似慈云寺那一干妖孽不成?再说各位前辈俱知那妖物出世,为祸不小,岂有不去剪除,放在一边之理?明明怜爱小辈,将这般大功留给自己,自己还不领受,只管找人相助则甚?那火灵珠只得一颗,又不便分润,只需自己事前多加留神便了。"他这一念之差,才惹出失剑百蛮山,再遇绿袍老祖,智劈辛辰子,三探阴风洞,再斩文蛛,风雷洞面壁十九年,几乎丧了道行之事,这且不提。

笑和尚自把主意决定后,心想:"矮叟朱梅曾说有妖人在侧暗算,何不早去两日,仔细搜索,作一个预防之法,以备万一,省得临时出错。"当下同了尉迟火,径飞天蚕岭,仍往风子所居的土穴潜身。到时天色尚早,见谷里虽无甚动静,妖氛已浓。飞身四外查看自己前时行法之处,知道无人来过,略觉放心。便叫尉迟火去到村里,备办他自己的食粮,等他回来,再设法封山,遮掩异派中人耳目。还恐妖人早在山内潜伏,尉迟火走后,独自又往周围数十里内加意搜查,稍觉形迹可疑之处,丝毫也不肯放过。

到了下午,除谷内妖气较前更浓外,一无所获。自信一双慧眼,决不至于看漏,想是妖人要到时才来。这时尉迟火业已回转,二人又商量了一阵,到时由笑和尚在前面去抢珠子,尉迟火由后面下手斩妖,只要引得那妖物回首,笑和尚再由前面回身,两下夹攻,合力将它除去。这种算计,笑和尚虽然略存私心,但是要换了尉迟火在前,委实也有些能力不够。计议定后,笑和尚才向天默祝,朝着东海下拜,叩求师父法力遥助自己成功。祝罢起身,走到山崖上面,叫尉迟火站在身后,暗运飞剑护法,相机保卫。自己盘膝入定,按照苦行头陀所传两界十方金刚大藏真言,施展开来,用佛法改变山川,潜移异派视线,到时纵有妖人想来,也无门可入。由戌初直到第二日辰初,才行完了大法。起身问尉迟火,昨晚在这密迹妖穴的高岩上面冒险行法,可曾见什么异象？尉迟火道："自你入定，一会便隐去身形。我知你还坐在我前面，不敢大意，四外留神，先倒没有什么异兆。一交子时，远远看见谷内一点红光，比火还亮，引起两串绿星，离谷底十丈高下，如同双龙戏珠一般，满空飞舞。那红光先时甚小，后来连那两串绿星，都是越长越大。直到月落参横，东方有了明意，仿佛见红光左近不远，冒起一阵黄烟，那红光引着两串绿火，倏地飞入黄烟之中，只一个转折，疾若流星赶月一般，便飞入谷里，连那黄烟都不见了。你难道一丝也不曾看见？"笑和尚道："我炼这两界十方金刚大藏非同小可，炼时心神内敛，不能起丝毫杂念。恐妖物知道不容，前来扰害，所以才请你护法，为备万一，还将身形隐去。这还是妖物不曾出土，敢于轻试，否则岂敢轻易冒险？此法一经施展，别的妖人休想到此，我们可以安心从事了。你所说情形，大约还是妖物独自作怪，且等晚来亲见再说吧。"

因隔端阳还有两夜，闲着也是无事，仍和尉迟火遍山搜寻。因昨日时间已晚，一恐打草惊蛇，二因下午毒气太重，全山俱都查遍，只谷内妖穴没有轻易深入，便着尉迟火在离谷不远的高坡上瞭望。自己趁着正日照中天，阳光最盛之际，飞身入谷，查看妖穴。到了谷中一看，那谷竟是个死的，恰如瓶口一般。谷底四面危崖掩护，终古不见阳光。地气本就卑湿，再加崖上野生桃杏之属，成年坠落谷中，烂成一片沮洳，臭气潮蒸，中人欲呕。靠近妖穴处，有一个丈许方圆的地穴，背倚危崖，拔地千丈，慧眼观去，深不见底，骨嘟嘟直冒黑气。时见五色烟雾，耳中闻得呼噜呼噜之声，响成一片。笑和尚内服灵丹，还是凌空下视，已觉气味奇腥，头目昏眩，估量这般奇毒险恶之区，除了妖物，异派中纵有能人，也决难潜伏。不愿再作流连，便往回飞走。

出谷之际，一眼瞥见谷口内有一块凸出的岩石，上面安排着八堆石块，成一个八卦形势，门户分得非常奇特。石旁野生着许多丛草矮树。猜是前人镇压之物。因为看了谷里形势，甚合下手心意，急于要和尉迟火商量，没有十分在意，匆匆飞回。见尉迟火正在那里呆望，近前一看，觉着尉迟火脸上颜色发青。笑和尚到底细心，问尉迟火可觉身体有些异样？尉迟火说："想是昨晚在山头露立了一夜，适才又往谷口看了一看，顺风闻着腥味，便即退回，也许稍中了一些妖毒。现时只觉头有些晕，并不怎样。"笑和尚嘱咐小心，不要妄入，一切由自己安排。当下给他吃了一粒丹药，也就放过一边。他却不想尉迟火纵然剑术造就不及他深，但是从师多年，已能飞行绝迹，身剑相合，岂是一夜风露和那些毒气所能侵袭？这一大意，几乎害了尉迟火性命，这且留为后叙。

尉迟火服药之后，头晕稍好，两人商量下手之策。因听苦行头陀说，妖物天生异禀，全身只要一见风，便变成了钢鳞铁骨。只当胸前有一白团，是它心窍，连那初出土时两只后爪，比较柔嫩。别处纵用飞剑斩断，也不能将它除去。且这东西最灵，一受伤，自知不敌，便要化风逃走，无法跟寻。算计妖物从地穴中一出土，必往谷口方面冲出，到时着尉迟火在谷底危崖顶上，居高临下，运用元神，指挥飞剑，静等笑和尚抢珠到手，先用飞剑斩去那两只后爪，妖物必然负痛回身。笑和尚再驾无形遁光，从前面远处动用飞剑，乘它后爪斩断、前爪登起之时，直刺它的心窍。双管齐下，前后夹攻，以防它弃珠不要，入土遁走，异日又为祸人世。计议停妥，不觉到了下午。这次不比往日，夕阳衔山，异声便起，谷内外宛似百十亩晴云笼罩，邪彩氤氲。二人看了，暗自心惊。待了一会，异声渐厉，仿佛是唤二人名字。二人虽是预知厉害，屏息凝神，不去理它，笑和尚还可，尉迟火已觉闻声心颤，烦躁不宁。

　　子夜过去，一粒鲜红如火的明星，倏地从彩雾浓烟中疾如星飞，往上升起，红光闪耀，照得妖穴左近的毒氛妖雾，如蒸云蔚霞，层绡笼彩，五色变幻，绚丽无俦。耳边又听轧轧两声，接着飞起两串绿星，都有碗大，每串约有二十多个，绿闪精莹，光波欲活，随着先前红星，互相辉映，在五色烟雾中，上下飞翔。舞到极处，恰似两条绿色蛟龙，同戏火珠。忽而上出重霄，映得满山都是红绿彩影，忽而下落氛围，变成无数星灯。氤氲明灭，若隐若现。尉迟火看到奇处，不由目定神移，几番出声呼怪，俱被笑和尚止住。等到天将见曙，红绿火星渐渐由高而低，由疾而缓，倏地冲霄三次，瞥然下落，没入妖穴，不见踪影。阳光升起，妖云犹未散去，仍如五色轻纱雾縠，笼罩崖穴。只尉迟火昨早所见妖穴附近的黄烟，始终没有出现，未免又疏忽过去。

　　算计过了今晚，明日正午端阳，便该是妖物出土之期。二人恐惊动妖物，一同飞到远处，各将飞剑放出，互相演了一阵。尉迟火不知怎的，总觉人不对劲，气机不能自如，吃力勉强。向笑和尚要了一粒丹药服下，又运用了两个时辰内功，一同回至天蚕岭。此番不往妖穴查看，只在附近周围巡视，以防万一有异派妖人潜伏。这连日查看结果，只到处都是些零乱鸟毛，鸟身却不见一个，野兽自然早已绝迹。知道这些飞禽俱为妖物吞食，吃剩羽毛，随风飞散。

　　且喜别的尚无异兆，当下回到风子土穴。尉迟火独自坐在石床上进食，忽然失声道："笑师兄，我们先后在这土穴来了多少次，你觉着有些和别处异样么？"笑和尚问是为何？尉迟火道："先我并不觉得，这些年蒙恩师指教，已能寒热不侵。自从前晚到谷口转了一下，便觉身上烦热，连服两次丹药，也未全好。我只一坐在这石头上，心里便凉爽起来。起初还认为是偶然，今早听了那妖物怪声，又同你练了一回剑，老是心烦发热，神志不宁。适才进来，又坐在这石头上，一会便宁贴了许多。莫不这石头还有些异处？"笑和尚日来一心只在除妖搜敌，百事俱未在心，一闻此言，不禁起了好奇之想，叫尉迟火起来，仔细端详这土穴和那块大石形势，看出那土穴附在崖脚，泥石夹杂，并无别的异处。五月天气，穴内自较外面凉爽，原不足奇。那块大石是风子昔日睡处，虽然是一块方形青石，却是通体整齐，有六尺见方，四面端正，出土约有三尺，下截埋在地里。穴口太小，风子纵有天生神力，决难运进。石身又是那般四周平滑光洁，穴内清凉，抚石却有温意。据风子说，本是狐獾之类扒掘的巢穴，何以洞里面却藏着一块方石？越看越觉稀奇，左右暂时无事，想查个水落石出。

略一寻思，先不动石，二人合力将石旁乱石泥沙用剑拨开。然后用穴中风子留下的锹铲，不一会工夫，便将那石扒见了底。细一端详，竟是上下四方，高下如一，毫厘不差。凭二人神力，毫不费事将石抬开，往下一看，粗如人臂的黄精，似无数黑蟒般，纠缠盘结作一堆，也不知有多少。笑和尚折了一截来尝，入口甘芳，胜似先前所食十倍。猛然心中一动，大喜道："斩妖之后，师弟将乾天火灵珠让我独享，受之有愧。今见这石形如此奇异，起初以为别的宝物藏在下面，今见这好而又多的黄精附生石底，先前你又有清心感觉，定是石中宝物灵气感应。再说石中如无宝物，外形决不会如此整齐，如人工磨就一般。说不定还能帮助明日除妖之事，也未可知。不过我虽常听师父说，莽苍山万年美玉晶英结成温玉莲花，与将来光大峨眉门户有关，只是还不到出世之期，也只听说，没有见过。这石头摸上去倒也温热，可不知里面是否也藏有温玉之类的宝物？既经发现，又有这半日余闲，其势不能放过，凭我二人飞剑，不难削石如泥，但是不知此石来历，要在无心中损毁了，岂不可惜？石形四方，宝物必定蕴藏石中。我较你略微细心，还是由我一人动手，如能侥幸得着宝物，仍赠你如何？"

尉迟火还要推谢，笑和尚已叫他站过一旁，手指处，一道金光绕石旋转，四周如同霰迸雪飞，霜花四洒。顷刻之间，剥茧碾玉一般，早去了三分之一。先时毫无异状，只石质越往后越觉细腻，金光闪闪，玉雪纷飞。不多一会，六尺见方一块大青石，变成尺多方圆，六尺高的一根石柱，仍是一无所获。笑和尚一面动手，正在后悔自己不该贪心，将天然生就一块光滑成形的大石，削得一无所用。眼看越削越小,已只剩八九寸粗细,忽见金光影里,似有银霞。连忙住手,近前一看,这石上下皆形如常玉,只中心处有银色从石里透出,隐约可辨,估量大小,也不过六七寸之间。知道所料不虚,宝物行即发现。金光过处,先将上半截青石切去,移开一边,再将下半截同样削断。笑和尚刚将石心捧起,准备拿过一旁细看,尉迟火无心中低头往下半截石根上一看,只见哧的一股清泉,细如人指,从下半截石根心处直喷起来。

第一〇七回

积虑深仇　劫妖天蚕岭
伤心前路　求友钓鳌矶

尉迟火猝不及防,溅了一脸。猛觉口里沾了一点,觉着甘芳凉滑,沁人心脾,知是灵泉。自己正在烦渴之际,恐怕洒落可惜,也顾不得喊笑和尚,张开一张大口,堵着泉眼便接,骨嘟嘟连饮两口。立刻觉着身心清爽,头脑空灵,烦渴一祛,如释重负。不舍住口喊人,便将两脚直顿,反手招摇。等到笑和尚过来问他,尉迟火才住口喊他去饮时,口才一住,同时泉也涓滴无存。尉迟火说了泉的好处,笑和尚恍然大悟道:"你饮的分明是灵石仙乳,万载空青。我只注意怎样取出石中宝物,未及分润一口。幸而你平素迟钝,这次却有灵机,否则灵泉无多,转瞬流尽,大家都吃不成了。可见一饮一啄,莫非前定,仙缘际合,各有来因。我这样用心,竟会一时大意,忘了上下两头,若照先前削法,岂不可以分润一些? 适才我将石心捧过,觉着手上温润,连忙回身,见你头伏石根,回手招我,已是不及。恭喜师弟,饮了这空青仙乳之后,不但可抵多年功行,目力还大异寻常,虽未必视彻九幽,比我练就的慧眼,就强多了。"尉迟火笑道:"师兄且慢,可惜这石下半截既有,上半截难道便无? 何不将那上半截石根细细探寻,如有时,岂不是你我又可多得一点仙气?"

笑和尚闻言,也觉有理。果然取过上半截断石,仍用剑光细削,直到连下半截石根都削完,哪有涓滴。且喜石心有宝,业已断定,两人坐到一起,重用剑光细细磋磨,对于石里的银色,一丝也不敢伤损。不多一会,银色愈显,仿佛在石中跳动,益发兢兢业业,不敢大意。忽见一丝白气,从石眼里哧的一声喷出,转瞬即灭。再看石面上,现出七个小孔。二人业已看透石层里面,竟是空的,中间好似盘着一个东西。剑光削处,七个小孔越显越大,见石中之物乃是一条银色小牛,在里面转动不停。二人都不知是什么宝物,恐怕取出遁走,便停了手。谁知石里银牛透了外面空气,渐渐行动由急而缓,一会工夫,伏在石上,不再动转。尉迟火主张取出,笑和尚还不甚放心,先使了禁制之法。然后再用金光将石面削去一看，石心圆平，形如盘盂。那牛非石非玉，通体银光灿烂，碧眼白牙，四蹄朱红，余下连角都是银色，形态如生，全是天然生就，看不出一丝制作之痕。明知天生灵物，只不知用处来历。二人俱都大喜，尤其尉迟火爱不忍释。笑和尚抽了几根僧衣上麻缕将银牛系好，挂在尉迟火贴胸之处，另用符咒禁制，以免真形飞去。

宝物得到，时已黄昏。尉迟火服了石乳空青，身心益发通畅。高高兴兴一同走出穴外一看，对面妖谷业已妖云弥漫，毒雾蒸腾，映着落日余霞，满山都是暗赤色彩，比昨晚还要浓厚许多。二人看了一会，日落西山，夜色已浓，满天繁星，一点微风都没有。四外静悄悄的，只见谷中妖气，蓬蓬勃勃涌个不住，时而现出点红绿光影。因为相隔明日端午还有不少时辰，此时也无法下手，便同飞到远处，盘膝用功。三更过去，以前所见的红绿火星相继出现。这次星光愈大，更显光华，已能看出妖物两条长爪，一个尖头，在烟雾中飞舞隐现。一交子夜，愈更猖獗。红星长有栲栳大小，引着两串碗大绿火，在妖穴上空乱飞，映得妖云毒雾，如同蜃光叠彩，五色迷离，分外好看，不时闻得奇腥之气。妖物身形，也越来越显，似要现出全身，出土飞去。二人若非玉清师太与矮叟朱梅谆嘱，几乎就想上前动手。因恐妖物觉察，笑和尚早已隐去身形，尉迟火也在僻静之处潜伏。细看那妖物，浑身碧色，头尖口锐，阔腮密鳞，身形颇似蟾蜍。腹下生着两排短脚，形如鸟爪。两条前爪长有三丈，色黑如漆，尽头处形如蟹钳；中节排列着许多尺许长的倒钩，形如花瓣，发绿光的便是此物。只剩两条后爪，尚有半截没有出土。近身半截，与前爪大同小异，只颜色却是白的。玉清师太曾说妖物腿射红光，此时并未看出。那鸣声却异常凄厉，听了叫人心神难安。正在观察之际，忽见前面妖物不远，另有几点绿火，夹着一阵黄烟，直扑妖物头上火星。就这一转眼的工夫，时光离天明还早，倏地妖云乱卷，毒火齐收，如流星坠雨般纷纷落下，连妖物全身都没入土内，不见踪迹。只剩一堆毒氛彩雾，如五色锦堆般笼罩岩谷。

直至天明，也不见再有动静。二人俱都诧异，与往日不同，先疑是妖物自己弄的狡狯，并未想到别的。等到交了巳正，日丽天中，碧空万里，又是端阳盛夏，风和日暖，休说雷风暴雨，连一丝云彩影子都无。尉迟火道："玉清师太曾说，今日午时大雷雨后，妖物才得出土。你看天气这般好法，哪有雨来？"正说之间，笑和尚抬头一看，只见西北天际，似有几缕轻云飞动，果然没有雨意。因昨晚情形不似往日，也觉有些疑虑。时已不早，且不管天气怎样，仍照以前商定下手。

当下同了尉迟火，由高空飞行，越过妖谷，到了那千丈危崖之上，下面便是妖物出土的巢穴。一切俱经预先商定，毋庸再为谆嘱。又恐惊动下面妖物，俱都用手略微示意。笑和尚安置好了尉迟火，往回飞走，打算飞到前面谷口内平崖之上，等妖物出土，上前抢那乾天火灵珠。仗着隐去身形，静等尉迟火将妖物两条后爪斩断，护痛回身之际，再行飞回，两下夹攻。身刚飞落平崖，忽然一阵狂风吹过，抬头一看，时光刚交午初。就在这一会工夫，西北乌云已如潮涌卷至，转眼阳乌匿影，四方八面的云雾疾如奔马，齐往天中聚拢。满天黑云弥漫，仿佛昼晦，天阴已极。倏地黑云层的电光，如金蛇乱窜，只闪得一闪，震天价一个大霹雳打将下来。那些笼罩岩谷的毒气妖雾，经这大雷一震，全都变成彩丝轻缕，随风四散。接着妖谷上空电光闪闪，雷声大作。那大霹雳紧一阵，慢一阵，轰隆轰隆之声，衬着空谷回音，恰似山崩地陷，入耳惊心。只震得山石乱飞，暴风四起，同时酒杯大的雨点也如冰雹打下。那大雷虽然响个不停，却只在妖穴上空三四丈高下发火震散，并不下击。妖谷中先时一任雷声震动天地，毫无动静。那雷声直打了一个半时辰，渐渐雷声愈大，雷火也愈形降低，雷火去离妖穴只有丈许远近。忽然一道红光疾如星飞，直往天空冲起，照得山谷通明，比电光还要明亮。这时正有一个霹雳朝那穴打下，经这红光一冲，竟在天空冲散。随后雷声越响越高，那道红光仍往妖穴落下。红光才收，雷火也随着降低。二次红光再起，又将雷火冲高。似这般几起几落，眼看午时将近，妖穴不远冒起一阵黄烟，忽然雷声停息，云散雨收。妖穴中先是红光闪了两闪，那毒雾妖云腾腾勃勃由穴中涌出，将妖穴附近笼罩，恰似一个彩堆锦障，映着阳光，越显奇丽。

待了不多一会，又见彩烟中冲起一粒红星，离地约有三丈多高，停在空中，不住滚动。远看好似浑圆一个火球，没有前几次所见的大，光辉也凝而不散，不似先前虽然光焰较大，却带阴晦之色。知道妖物经了这次雷劫，气候已成，那粒乾天火灵珠也凝炼精纯，可大可小。因妖物身躯还未出土，不敢贸然去抢。正在盘算之际，倏地妖穴里又冒出千百条五色匹练般的毒气，荡漾空中。紧接着两条三四丈长的前爪先行出土，爪上绿星在阳光下倒不显怎样光明，只是那发出来的毒气却异常腥臭，闻着头脑昏眩。知道妖物快要出土，益发不敢大意，聚精会神，真气内敛一处，准备相机下手。眼看妖物两条前爪直伸向天，舞了几下，那空中停留的乾天火灵珠也由近而远往前移动。长爪尽头，先现出妖物身躯，裹着一身腥涎毒雾，好似非常疲倦，缓缓由穴内升了上来。大白日里，分外看得真切，有时两爪交叉，果似一个古写的半截"文"字。尖头上生着一双三角眼睛,半睁半闭,射出红光。嘴里的烟雾,一喷便似十来丈长的匹练,喷一回,往上升起一些。看它神气,颇觉吃力。笑和尚见妖物转瞬出土,这般厚重的毒雾,如何近身?那粒乾天火灵珠照在妖物顶上,四周俱有毒雾妖云环绕,不拼冒着大险,决难抢到手中。这时那妖物两条后爪又上来了半截,前爪交叉,直撑空际,后爪着地,全身毕现。加上那样生相凶恶,奇形怪状,又知妖物毒气非常厉害,纵然口中含了灵丹,也未必能保无恙。又知时机稍纵即逝。正在为难,忽见妖物后爪只出来了一半多,倏地停止不动,伏地怪啸起来。鸣声异常尖锐凄厉,叫得人目眩心摇,不能自主,比较前时还要格外难听。叫约有四五十声,倏又昂头将身竖起,两眼闭拢,将尖嘴阔腮一张,白牙森森,吐出来的火信疾如电闪,燐燐吞吐,肚腹一阵起伏,似往里吸收什么。先前所喷出来的毒雾妖云似五色匹练,如众流归壑一般,纷纷向妖物口中吸涌而进,顷刻间只剩妖物口前有两三尺火焰,所有妖氛一齐被它收去。同时它又人立起来,两条后爪快要出完,空中乾天火灵珠也似在那里往前移动。

笑和尚一看,还不下手,等待何时?说时迟,那时快,当下驾起无形剑遁,直朝那粒乾天火灵珠飞去,口诵避毒真言,伸手便抢。方喜容容易易将珠得到手中,及至抢了珠子,回身飞遁,才觉那珠似有一种东西在下面牵引,拿着飞走,甚是吃力。百忙中往下一看,那妖物已有了觉察,一双三角眼全都睁将开来,尖嘴中火信直吐,待要喷出毒雾。笑和尚大吃一惊,在这千钧一发之际,急中生智,一手提定那珠,往回飞走,手指处将飞剑放出,往那粒乾天火灵珠下面一绕,果然无心中将妖物真气斩断。那珠失了依附,入手轻灵,与先前重滞宛不相同。笑和尚用飞剑时不能隐形,已被妖物觉察。还算妖物初经雷劫之后,正在出土吐纳养神之际,气体不充,飞行不远,只怒得怪啸连声,口中一二十丈长的毒气又似匹练般直朝空中喷去,同时两条后爪也一齐出土,待要全身飞起。笑和尚见已得手,哪敢怠慢,早已收回剑光,隐形飞遁。

尉迟火在危崖上潜伏注视妖物动静,见大雷雨后,妖物果然现身,火灵珠停在空际,左右毒气甚重,先时也代笑和尚着急。及见金光闪了一闪,火灵珠不见,知已得手,心中一喜欢,略微慢了一慢,那妖物业已全身出土。先时动作尚慢,突然刮起一阵腥风,妖物口中乱喷五色匹练,周身有彩雾烟云环绕,张开四爪,恰似一个七八丈长的四脚蜘蛛,往前便飞。尉迟火才大喝一声,将剑飞出去斩妖物两条后爪。这时妖物离地也不过才两三丈高,还待向上去追仇敌。忽见谷口一个伸出的危崖上面，先是一溜绿火，直敌尉迟火的飞剑。接着起了一阵绿烟黄雾，恰似一面百数十丈方圆的烟网。烟雾中一个断臂长人，面貌狰狞，披头散发，手持一面纸幡，连人带烟，直朝妖物扑去。这时先前那一溜火，已迎着尉迟火的飞剑两下一碰，同时一绿一白两道光华，双双坠地消灭。

笑和尚原意，是遁出毒雾氛围，再回身运用飞剑，与尉迟火前后夹攻。刚飞出去里许地面，猛一回身，正见那断臂妖人破了尉迟火飞剑，用一团黄绿烟雾，网一般围住妖物全身，连人带烟，抱住妖物，破空飞去。不由大吃一惊，忙喝道："大胆妖孽休走！"手指处，一道金光疾如闪电，往前便追。那断臂妖人想是知道厉害，也不回身迎敌，怪啸一声，疾如飘风，直从尉迟火潜伏的危崖上面飞越过去。笑和尚剑光何等神速，连忙追去时，刚刚飞至危崖上面，忽然闻着一股奇腥，立刻觉着天旋地转，目眩头晕，若非素常修养精纯，几乎倒地。就在这略一停顿之际，妖人逃走已远。再看尉迟火，业已倒地不省人事。

笑和尚大吃一惊，不顾再追敌人，因崖上毒气太浓，不敢停留，百忙中屏着一口真气，就地上抱起尉迟火，先飞离了险地再说。知道一时疏忽，闯了大祸。到了土穴左近，将尉迟火放在地上一看，尉迟火两目紧闭，浑身绵软，只前胸以下肉色未变，其余自颈以上，俱是色如乌漆。连忙塞了两粒丹药下去，在旁守护。等了两个时辰，丝毫不见醒转，知他受毒已深，灵丹无效，越发忧急。这时妖物虽然逃走，余氛犹自笼罩岩谷，在晴空中随风飘荡。倘若随风吹散，必要贻祸于人，也是将来隐患，只苦无法消除，干看着急。准备尉迟火到晚上不醒，只好自己抱着他，驾剑光回转东海，拼着一身不是，求师尊们搭救，别的暂时也顾不得了。

渐渐日色偏西，正在无法可施之际，猛见一道匹练般金光，电闪星驰般地飞来，宛似神龙夭矫，围着妖穴附近绕去。接着便是震天价一个大霹雳，那道金光往岩谷上面只绕了一转，便掉转头长虹泻地般直往妖穴射去。笑和尚一见金光，便认出是三仙一派，来了救星，只不知是三仙中哪一位，不由又惊又喜。不等来人现身，早合掌跪在当地，不敢抬头。耳旁又听霹雳两声，悄悄拿眼偷觑，金光敛处，现出一位慈眉善目的清瘦法师，缓缓从空中往二人存身之处行来。笑和尚见是师父，目前妖氛已尽，尉迟火也不致丧生，固然欣幸。但是想起自己许多措置失当之处，虽然师父平日钟爱，定难免去责罚。吓得跪在地下，不敢出声，只不时拿眼偷看动静。苦行头陀也似不曾看见笑和尚跪在地下一般，径走近尉迟火身前，将他扶起，手指处一道金光，细如人指，直往尉迟火口中钻去。一会工夫，那金光穿口出鼻，就在尉迟火七窍中钻进钻出，不住游走。约有顿饭光景，苦行头陀才收回金光，双手合掌，口诵真言，搓了两搓，手上放出光华，往尉迟火上半身摸了一遍。然后取了两粒光彩晶莹、绿豆大小的丹药，塞进尉迟火口内。又过了顿饭时候，才听尉迟火长长地咳了一声，缓醒过来，见是苦行头陀，连忙起身下拜。

苦行头陀道："这次很难为你。如非事先疏虞，未看出妖人潜伏之处，妖物定然授首。我同玄真子道友在东海炼丹，正是火候吃紧，那丹关系三次峨眉斗剑及几辈峨眉道友生死存亡，我三人采药多年，才得齐备，一毫大意不得。所以来迟了一步，致你失去飞剑，身受妖毒，几乎堕劫沉沦。那妖物毒气本就厉害，这是它的救命毒烟，休说你等小小功行，连正邪各派中主要人物，也未必全能禁受。幸而你事前无心中服了万载空青灵石仙乳，又有东方太乙元精所化的石犀护着前心，仅仅七窍中了毒气，不然纵有灵丹，也难复原了。更幸妖物毒烟，终身只放一次。它因没生后窍，食物有人无出，腹中淤积天地间淫毒污浊之气，不到生死关头，不会发泄。这次因失去它的元阳，变成纯阴之质，又被妖人在急中一抢，那妖人又完全知它克化禁忌的来历，无法脱身，情急无奈，才将这万分恶毒之气，震开腋缝，发将出来。妖气已泄去大半，此后除它，比凭空遁去，容易多了。只是你飞剑既失，元气又伤，事情为助我的孽徒成功而起，你始终不存一毫贪念，即此已很难得。现时你也不能再去积修外功，可随我回转东海，由我炼一口飞剑，赐还与你，以奖你这一番苦劳之功便了。"

这时尉迟火已听出苦行头陀有怪罪笑和尚之意。笑和尚更是早已听出语气不佳，吓得心头乱跳，战兢兢膝行挨近前去，想等师父把话说完，再行苦告乞恕。谁知苦行头陀始终不曾理他，把话一完，不候他二人张口，僧袍展处，单携了尉迟火，一道金光，直往东方飞去。笑和尚一见不好，忙驾无形剑遁，从后追随。到了东海一看，洞门紧闭，知道师父剑光迅速，业已早到。若像往日，已经叩户径入。因为负罪之身，又猜不透师父究竟要怎样责罚，彷徨无计，只得跪在洞门外面，低声默祝。直跪到第三日清晨，毫无动静，越发焦急起来。暗想："自己一出世，便由师父抚育教诲，甚得钟爱，说是将来还要传授衣钵，平素从无过错，连重话都未责罚过一句。今番斩妖无成，只是一时疏虞，没有看出妖人藏匿在旁，也是无心之过，何以情形这般严重，大有摒诸门墙之外的意思？自己长跪哀求了两天，竟不能丝毫挽回。"

越想越伤心，不由哀哀痛哭起来。悲泣了一阵，先于求恕之中，还有些怨望师父薄情，处罚太过。后来一想："以这次而论，要专为除妖不成，那只是自己法力经验不够，并非自己不尽心力，纵然有罪，何至于此，其中必然还有缘故。"又仔细想了一想，才想起自从参加破慈云寺后，因为出马得意，又见众同门能如自己者甚少，未免狂妄自大。一路上虽然也积了不少外功，回想许多处置事情，都有点不得其平，一任自己喜怒。尤其那日听说妖物身上藏有宝珠，不该心心念念只在珠上盘算，斩妖除害之事反倒不甚注意。如与尉迟火异地而处，或者得珠之时，不再狂喜远遁，也许纵有妖人潜伏，不致使妖物遁去。又想起师教规素严，那日代云从、风子化斋，土豪固然可恶，惩治尚可，岂能犯戒，盗人银两，以供自己快意？虽然银子并非自用，终是犯了清规。更想起路遇矮叟朱梅那般谆谆嘱咐，不该因为宝珠存下私念，找寻诸葛警我不着，便逞能不再找人。照那日形势，如再得一人相助，得珠之后，将珠交与助手，自去对付妖物、妖人，何能让它逃走？岂非一念之私，误了全局？越想越觉错误太多，事情全坏在自己身上，责无旁贷，怎能怪师父薄情？不禁心寒胆战，愧悔万分。

正在惶急，忽见玄真子与乾坤正气妙一真人双双缓步走来。笑和尚一见，仿佛是得了救星，连忙膝行着迎上前去，恳求代为缓颊。妙一真人道："你师父性情，平素看去，较我等还要和易，但是戒律却异常精严。你不应连犯贪、嗔、妄三行戒条。据我看，你师父心中甚是难过，大有将你逐出门墙之意。所幸你尚能忏悔，觉悟前非。我又念你能为峨眉宣劳，因此约了你玄真师叔，向你师父求情，纵能免却追还飞剑，逐出门墙，责罚也不在小。你可小心在此谨候，万勿任意行动，少时自有回音。"笑和尚哪敢答言，不住含泪叩谢，眼看妙一真人与玄真子走到洞府门前，石门自开，双双走了进去。一会诸葛警我走来，向笑和尚略一点首，匆匆入内。又待有两个时辰，才见诸葛警我面带忧色，走了出来，唤笑和尚起立道："师弟，恭喜恭喜，已蒙师伯怜宥了。"笑和尚大喜，忙问："师父可准小弟进去拜谒请罪？"诸葛警我道："此时谈何容易。这事都怪我晚回了两三日，累得师弟你遭此无心之过。适才师父和妙一师叔向苦行师伯再三求情，只免逐出门墙，尚有许多下文，暂时无暇谈此，可随我到钓鳌矶新辟的洞府中细谈吧。"

笑和尚闻言，不由忧喜交集，先向着洞府跪谢师父宽恕之恩。然后随着诸葛警我下了仙山，驾起剑光，直飞海滨钓鳌矶神吼洞坐定，听诸葛警我详说经过。才知苦行头陀果然怪他不该狂妄贪嗔，盗人银子，一心看重宝珠，精神不属,以致未看出妖人潜伏,遗留莫大后患。对他甚是灰心,不但不肯传授将来衣钵,还要追去飞剑,逐出师门。幸而念在他资禀不差,又是初次犯过,事后跪在洞前,尚能自觉前非。又经玄真子、妙一真人再三说情,才免逐出之罪,给予自新之路。

　　那妖人乃是百蛮山阴风洞妖孽绿袍老祖门下叛师恶徒辛辰子。自从绿袍老祖在慈云寺被极乐真人李静虚腰斩,恰巧辛辰子赶到,趁着顽石大师失利的当儿,冒险将绿袍老祖上半身抢了逃走。他拼命救师,心里并非怀有好意。他因早已知道绿袍老祖尚有第二元神炼成的玄牝珠,乃是邪教中的至宝,存心不良,并不将绿袍老祖上半身送回百蛮山,寻找替身还原。而是径将他带至滇西大雪山极隐秘的玉影峰风穴寒泉之内,用妖术、法宝将峰封锁,每日毒钉邪火禁制,要逼绿袍老祖将玄牝珠献出。绿袍老祖知他性情歹毒,与自己不相上下,宁受折磨,至死不肯将珠交出。辛辰子才知弄巧成拙,凭自己法力,只能给他受尽痛苦,要弄死却非容易。又加上百蛮山尚有三十几个两辈同门,时常查问绿袍老祖上半截尸身下落,俱疑辛辰子捣鬼,绿袍老祖未死,渐渐追问甚急。玄牝珠如能到手,便不愁他这些同门余孽不服;如果珠不能得,迟必生变。再要走漏机密,被人救去,绿袍老祖残忍非常,报复起来,定比自己施之于人者,不知还要惨上多少倍。越想越害怕,擒虎容易放虎难,情急无奈,只得费尽心力手脚,盗了红发老祖一把天魔化血神刀。这原是绿袍老祖的克星,交珠便罢,否则便用神刀将绿袍老祖连残身带元神全部斩化。

　　谁知迟了一步,绿袍老祖径被妖人西方野魔雅各达救走,狠心毒意,乘人之危,在青螺魔宫中,双双活割了天师派教祖藏灵子得意门徒师文恭的身躯,接复后,遁回百蛮山去。发下大誓,二次再炼百毒金蚕蛊,捉到辛辰子,将他折磨三十年,身受十万毒口,然后斩去元神,化骨扬灰,用法术咒成蛊蚁,轮回生死,日受毒蚕咬食,永世不完苦孽。辛辰子当时被绿袍老祖用拔毛代体、化神替身瞒过,未得追上,已知上了大当。后来一闻此信,吓得胆落魂飞,哪敢再回百蛮山去,到处潜伏匿影,以避绿袍老祖搜寻。知道尽自藏躲,终非了局。又听别的妖人说起,要破金蚕蛊,只有生擒到云南天蚕岭的千年文蛛,用自己心血祭炼,与妖物分神化体,用此才可将金蚕一网打尽。否则这次绿袍老祖下了狠心,不久便将身与金蚕合而为一,蚕存与存,蚕亡与亡,就未必能制了。他得了那妖人指教,又传了妖物文蛛禁制之法,用千年毒蝎腥涎和蛟丝结的毒网,去擒妖物,预先在妖谷内用妖法隐去身形。笑和尚同尉迟火去时，他已察觉，本想下手暗算。又因妖物有乾天火灵珠护体，非毒网所能克制，指教他的妖人，也算出他非因人成事不可，因此才隐忍未动，决计借别人抢珠之时下手。但他生性太恶，就这么打算，还趁尉迟火往谷口探头之际，暗打了他一阴魂毒火弹。那弹中上，不出七天，便要烦渴而死。偏偏尉迟火无意中又服了万载空青灵石仙乳，才保无恙。及至笑和尚得珠到手，辛辰子趁他回身，用毒网抱了文蛛，污坏了尉迟火的飞剑，行法遁走。笑和尚追他时，他因乾天火灵珠已与妖物元气脱离，不但没有顾忌，反起觊觎，原想暗使妖法一网打尽。一则恐人觉察，传扬出去，做贼心虚；二则笑和尚剑光非比寻常，同时文蛛又放出那救命毒气，他虽满身妖法，又知禁忌，也觉禁受不住，连已经倒地的尉迟火都未及下手，径自逃走。

谁想冤家路窄，指点他盗取文蛛的妖人走漏了消息，那绿袍老祖门下一个名叫唐石的听了去，密告了绿袍老祖，自是容他不得，早派了十几个门下妖孽跟踪窥探。一则怕他那柄化血神刀，又兼想连那妖物文蛛一起得去，当时并未下手。直等辛辰子得手之后，暗地跟随，到他潜伏的玉屏岩地穴以下，用妖法隐形化身入内。趁他和一个妖妇饮庆功血酒之时，暗下销魂散，将辛辰子和那妖妇醉得昏迷过去，再用柔骨丝缚好，连鲛网中的文蛛一起带回百蛮山阴风洞去。行至中途，正遇红发老祖寻来，向辛辰子要还化血神刀。这一伙妖人不知厉害，言语不逊，恼了红发老祖，施展妖法，困住众妖，斩断柔骨丝，震醒辛辰子，索还化血神刀。辛辰子醒转一看，才知中了仇敌道儿，如非红发老祖索刀起衅，要被这些同门妖孽捉了回去，其身受的惨毒，哪堪设想。当下便向红发老祖跪下谢罪，将刀献还，历说绿袍老祖怎样狠毒，他盗刀自卫，情出不得已，再四苦苦哀求搭救。红发老祖也未理他，将刀取回，竟自飞回山去。辛辰子趁众人畏惧红发老祖不敢动手之际，见红发老祖一走，连那妖物文蛛和心爱的妖妇都顾全不得，也乘机同时行法遁走。这伙妖孽欲待追赶，已是不及，只得带了那妖妇和妖物文蛛，回山复命。

绿袍老祖闻得辛辰子中途逃走，暴跳如雷，不但恨红发老祖切骨，怒到急处，竟怪唐石不加谨慎，一口咬断唐石臂膀，又要将这些妖人生吃雪恨。还算雅各达再三求情，说他等俱非红发老祖之敌，文蛛既已得到，除了后患，可以将功折罪。辛辰子失了文蛛和化血神刀，无异于釜底游魂，早晚定可擒来报仇雪愤，何必急在一时？这些妖孽才免葬身老妖之口。那绿袍老祖自从续体回山，性情大变，越发暴戾狠毒，每日俱要门下妖人出去抓来人畜，供他生吃。人血一喝就醉，醉了以后，更是黑白不分，不论亲疏，一齐伤害。不似从前对门下,暴虐之中,还有几分爱惜。总以为自经辛辰子这一来,其他余孽难保不有人学样。传授法术,学成以后,去为将来叛师害己之用,简直休想。他从前虽然狠毒,女色却不贪恋。自得妖妇,忽然大动淫心,每日除了刺血行法,养蚕炼蛊之外,便是饮血行淫。偏那妖妇又不安分,时常与门下妖孽勾搭,偶然觉察,他却不究妖妇,只将门人惨杀生吃。门下三十几个妖人,已被他生嚼吃了好几个。在他淫威恶法禁制之下,跑又跑不脱,如逃出被他擒回,所受更是惨毒。不逃走,在他身旁,法术既不曾再传,又是喜怒难测,时时刻刻都有惨死之虞。他回山没有多日,闹得这些门下妖人个个提心吊胆,如坐针毡。及至这次唐石领了多人盗回文蛛,除去他的隐患,有功不奖,反将唐石咬断一只臂膀,又要生吃众人。虽经人解劝得免,可是一见唐石断臂,便想起昔日咬断辛辰子臂膀,结怨复仇之事,不时朝唐石狞笑,话言话语,总拿辛辰子作比。唐石平时虽是恶毒,甚得众心。向辛辰子追究绿袍老祖下落,也是他一力主持,却闹得这般结果,朝不保夕。越发众心解体,反觉不如当初与辛辰子一气,同谋将他除去,倒不致受今日荼毒。真是众叛亲离。

那辛辰子也自知早晚没有活路,探知绿袍老祖也想利用文蛛炼成妖法,与峨眉寻仇,得到以后,并未弄死。只因金蚕蛊尚未炼成,不能分心,将文蛛仍用鲛网网好,关在阴风洞底风穴之内。自己既与恶师势不两立,除了将文蛛再行盗回,觅地藏炼,将来还可拼个强存弱亡之外,更无善策。处心积虑,想去冒险一试。半月之内,必要前去。

苦行头陀用佛法坐禅,神仪内莹,智珠远照,算出许多因果。又看玄真子与妙一真人情面,将斩除妖物之事,责成笑和尚前去办完。命诸葛警我传语,指示了绿袍老祖藏匿妖物之所。给了三个密柬,外面标明日期,到时危急,才许开看。斩妖回来,不但将功赎罪,那时苦行头陀也值功德圆满,仍可令笑和尚继承衣钵。

笑和尚备悉经过,好生忧急,忙对诸葛警我道:"斩妖赎罪,责无旁贷。只是那绿袍老祖何等厉害,门下许多妖人,俱非弱者,我人单势孤,本领有限,如何能够深入妖穴?师兄念在往昔情分,好歹救我一救。"诸葛警我道:"你真遇事则迷,枉自平日那样聪明。你想师伯既将全责交你,如非预算成功,岂有叫你前去送死之理?不过怪你这次狂妄自私,犯了教规,特意借此磨折你一番罢了。绿袍老祖厉害,我等自不是他对手,其间当然免不了许多惊险魔难。所幸师伯虽命你一人负责,并未禁止你约请帮手。前辈师伯叔自不便请去相助。连我也因三次峨眉之事,师父和这两位师伯师叔时有差遣,不能离开一步。但是别的同门尚多,尤其是破完青螺以后,新入门的几位同门,不但本领高强,还有许多异宝。师伯第一封柬帖外面,写有你起身日期,计算离今天还有半个来月,你何不趁此时期,请好助手,再往百蛮山去,相机行事,岂不是好?"笑和尚道:"我平日不善和师姊妹们应酬,除你之外,只和小师弟金蝉交好,但他的能力,还不如我。余者同门虽多,我俱不熟,又不知何人身有异宝,也不好意思事急请人相助,这便如何是好?"

435

第一〇八回

藏珍无分　寒萼怨偏私
敌忾同心　金蝉急友难

诸葛警我道："你又呆了,斩妖除害,乃是我等应为之事,虽说助你,也是为公,不过你身任其难罢了。只一对他们说,除非另奉师命,有事在身,都是义不容辞。峨眉与我等一家手足,俱是同门,分什么男女和交情深浅? 我代你打算,这些同门当中,别看小师弟金蝉本领不如你,还就数他是第一福人,毕生永无凶险,又最得妙一夫人和诸同门爱护,难得他又和你交好,约他相助,最为妥当。你如不好意思请师姊妹们相助,一约他去,师姊妹们也决不袖手,纵然自己不去,必借法宝助你成功。我听说他们所有法宝,除朱文有朱师伯的天遁镜,专破妖氛毒气外,如李英琼的紫郢剑,秦家姊妹的弥尘幡,还有申若兰借用半边老尼的紫烟锄也未送还。他们现时俱聚集在峨眉山凝碧崖洞天福地之内,前门法术封锁,初去不易找寻。你可往髯仙李师叔飞雷洞对过后洞入内,只需约去小师弟,再借得两件法宝,悄悄偷上百蛮山,用隐身法入洞,去斩文蛛,金蝉与你接应,纵不手到成功,也不致失陷妖人手内。事要缜密,不可再似前时大意。我将师父给我的九转真元再造神丹给你两粒,以防不测,少赎我力不从心,不能分身相助之罪如何?"

笑和尚知那仙丹经三仙多年道法炼成,因念诸葛警我频年采药劳苦功高,戒律谨严,从无过犯,同门中只他一个得蒙恩遇,赐了七粒,有此在身,不啻多得一条生命,连忙跪谢,又谢了指教之情。因为事不宜迟,大功未成,师父不许见面,诸葛警我又忙着检配新采灵药,事已商量停妥,无可留恋,将那火灵珠与诸葛警我看了,又商谈了一些别的事,便别了诸葛警我,径往峨眉飞去。

虽听说飞雷洞在峨眉后山,有危峰峭壁围绕,人迹罕到,但是从未去过。照诸葛警我所指的路径,在空中飞行,寻了好一会,才看见山阴峰峦耸聚之下,有一片平崖,上面有一座洞府,背倚崇冈。一面孤峰拔云,一面广崖上洪波浩浩,急流汹涌。到崖尽处,直落千寻,飞沫喷雪,银涛幻彩,声如雷轰,震动山谷。洞府对面,又是一座洞府,洞门似较稍小,白石如玉,映日生光。洞前有亩许方圆平石,突伸出去,左右各有一根白玉石柱对列。两崖中断,下有百丈深潭,寒波澎湃。两洞相去并没多远,到处都是奇花异卉,古木灵石,允称仙境。笑和尚算计这两座洞府,必有一处通着凝碧仙府。正待收剑下落,忽听一声雕鸣。定睛一看,从洞内高视阔步地走出一个金眼大黑雕,出洞便纵向洞旁石柱上面,铁羽神骏,顾盼威猛。紧接着洞中又纵出一个比人还高的大猩猿,手中拿着两柄长剑,出洞便在平崖上舞将起来,光华闪闪,纵跃如飞,虽不能与身合一,已宛然峨眉家数。笑和尚看着稀奇,暗想:"前日闻得凝碧崖有一个仙缘极深的女同门,名叫李英琼,得了白眉禅师的神雕佛奴,甚是通灵。却不想还有这么一只大猩猿,居然也得了峨眉传授。诸葛师兄说不久有许多妖人来此侵犯,有这两个灵物守洞,寻常异教还难擅入雷池一步呢。"

正想看那猩猿舞完了剑再行下去,忽见空中飞过一群大山鸠,那时猩猿正舞到疾处,倏地将足一点,连人带剑,直突高空。那群大山鸠飞逃不及,早被冲入鸠群,剑光过处,穿杀了好几个。纵下地去,收了双剑,便作人言,叫那黑雕去吃。那黑雕偏着头看了它两眼,嘴里叫了两声,想是不肯领情。那猩猿一赌气,提起几只死鸠,便往崖溪中丢去,零毛碎羽,落了一地。笑和尚心最仁慈,暗骂:"扁毛畜生!才学了多少本领。既会人言,必已通灵,如何行事还这般残忍?前辈师伯叔从不收异类为徒,金蝉比较淘气,说不定就是他所豢养。这东西已学会峨眉剑法,又有这两口好剑,现时见它为恶,不加惩治,异日多事杀生,再要野心不退,归入旁门,岂不贻羞峨眉门户,害它主人为它受过?何不下去惩治它一番,就是它主人知道此事,也难怪我。"

想到这里,故意闹个玄虚,收了无形剑遁,从空中似断线风筝般,飘飘荡荡往下坠落。神雕得自白眉和尚佛法点化,笑和尚无形剑遁须瞒不过去,早看出来人是峨眉一家,存心给袁星一点苦吃,才有袁星吃亏挨打之事。笑和尚连打带闹,戏耍了袁星一阵,已断定这里定是凝碧仙府的后洞无疑。正待迈步往前行走,忽然鼻孔闻着一股子异香,见洞口里石头上放着三个朱红如火的果子。拿起一看,清香扑鼻,以为是洞中仙果,被袁星盗来。尝了一个,非常香甜好吃,顺手揣起,往里便走。

原来袁星委实心高志大,自见主人为余英男逃走莽苍山之事每日焦急,想与神雕同立奇功,将英男寻回,以搏主人欢心。背着众人,和神雕商议。

神雕也因日前寻英男无着,觉着有负使命。先因奉命看守后洞,不敢擅离。禁不起袁星一再怂恿,说它自幼生长莽苍山,洞穴甚熟,又有许多子孙,可以相助找寻,除非英男不在那里,否则没有寻不着之理。你飞行又快,哪有这么巧,就会出事?何况对门还有两位大仙相助,决无妨碍。倘如寻着,其功非小,也省得主人着急。又从脑后拔下几根长毛,交与神雕。说莽苍山同类中,凡年代深远一点的都通鸟语,可将此毛带去,用鸟语说了英男相貌。你如当时寻不见英男,只管回来,明日再去,它们自会帮你找寻,随到随回,不过几个时辰。我再故意绊着对面两位大仙,在此说话学剑,即使有警,由二位大仙抵敌,我回去送信,也不至于误事。如此既可立功,又可不废职守,岂不两全其美?神雕被它说动,又因深通灵性,能预知警兆,预料目前不会有事,便由袁星先将石、赵二人请出,借学剑为由,帮助防守,径往莽苍山飞去。

　　那里千山万壑,大小洞穴不计其数,自不能一一遍寻,仅在空中盘旋下视,全山寻遍,倒见了不少大马熊。除此之外,虽遇见几个小猩猿,俱是年龄尚轻,灵气毫无,一见神雕飞来,吓得乱抖乱叫。一一抓住,问了问,哪里通什么鸟语。将袁星长毛与它们看,倒似乎有些认得,也没有什么特别表示。神雕便舍了这些小的,再去空中寻找,休说英男,连大点猩猿一个都无。记挂后洞,不敢久停,只得回飞。飞过一处山崖,见地下有几个朱果,神雕自然识货,飞身下去抓起。四外细看,只有几十匹马熊,在那里吃草,余无朕兆,便飞回来。到家先埋怨袁星所言不实,颇为嗔怪。袁星不住指天发誓,表明心迹。更担心同类子孙又被什么木魅之类的妖物所害,苦于不能分身前去,好生难受。那朱果共是五个,因未禀命而行,人未寻回,不敢向主人们呈奉,和神雕商量分吃。神雕昔日承主人赐过好几个,只吃了两个,多分一个给袁星。袁星想自己吃一个,偷偷送两个给芷仙,报她得剑之恩。因那仙果清香扑鼻,闻一会,看一会,放在石上,不舍就吃。却被笑和尚跑来拿去,如何肯舍,大叫一声,拔出剑来,拼命就追。

　　笑和尚何等迅速,身又隐去,顺着洞中路径,到了凝碧崖,见着金蝉,同往无人之处,把来意告知,问金蝉可肯帮忙。金蝉自是一口应允。又说起责罚袁星经过,金蝉听了大笑。笑和尚问出袁星也是女同门李英琼豢养的神猿,深悔适才不该处治过分。虽说同门一家,自己初来,到底是客,只顾一时高兴,举动太以放肆,不好意思去见众人,好生踌躇。金蝉笑道:"笑师兄,你又太迂了。我们年轻道浅,本不应收门徒,何况异类。无非李师妹仙缘太好,又是在未入门以前收下,得了掌教夫人默许。大师姊早就虑它野性难测,异日在外生事。偏它当了我们,又非常恭谨,不能无过相责。不料背地却敢放肆,得你警戒一番,再好不过。就拿这两个朱果说,闻得李师妹说,只莽苍山才有,并且不是年年结实,叫它把守后洞,它却不知偷往哪里弄来,也不禀报,多么可恶。适才我们来时,听李师妹在后呼唤,想必有事。我们且先回去,和大家见了面。好在时间还早,索性留你盘桓些日,到时她们即使不去,好歹也借几件法宝。日前髯仙李师叔曾派仙禽传书,说不久凝碧崖还有妖人侵犯呢。"笑和尚强不过金蝉,只得随他同往太元洞内,与新旧诸同门一一见礼,红着一张脸,又向英琼道了歉。金蝉便说袁星任意妄杀,咎由自取,责它乃是为好,并不过分。

说还未了,英琼记着英男,也未暇计及别的,抢着问道:"袁星一个畜生,做错了事,本应责罚,岂能介意?倒是笑师兄所持朱果,乃莽苍山之物,笑师兄必从莽苍山来,可曾见着一个孤身女子?"笑和尚自来不善和女同门应对,未及开言,金蝉早将朱果取自袁星说出。英琼一听,忙要去喊袁星来问。袁星适才听英琼和灵云等谈说朱果,早恐少时事要泄露,满腹鬼胎,等在外面,不等呼唤,入内跪下,战兢兢说了经过。它这种行为,正合英琼的心意,拿眼望着灵云,并不作声。芷仙、朱文也先代它说情。灵云道:"妄戮飞禽,已有笑师弟责罚过了。把守后洞,何等重要,岂可远离? 连神雕佛奴俱有放弃职守之罪。姑念为主心切,从宽免罚。下次再若故犯,轻则追回宝剑,逐回莽苍,重则飞剑斩首,决不宽容。速往后洞,小心防守去吧。"袁星闻言,喜出望外,连忙叩头谢了众人,起身出去。

金蝉为友心切,便将笑和尚现奉师命,要往百蛮山阴风洞斩妖除害,将功折罪,只因绿袍老妖厉害,人单势孤,来请同门相助之事说了。这一班小辈同门,除了灵云、秦紫玲、吴文琪几个素来持重外,余下都是急功喜事,好几个都愿前往。笑和尚当然满口称谢,金蝉更是兴高采烈,不住的商量怎样去法。灵云看了,甚是好笑,插口说道:"蝉弟你就是这火爆性子,也不知乱些什么。你先不要打岔,听我来说。"金蝉见灵云脸色似不赞同,心中大为不快,鼓着一张嘴,抢着说道:"姊姊,这还有什么说? 我们既然以剑仙自命,斩妖除害,乃是天职。何况笑师兄受了苦行师伯重责,独肩千斤重担,我和他情同骨肉,你们不肯帮他,也得帮我。莫非这义不容辞的事,也要禀命而行么? 我不管你们,谁要怕事,只管不去。适才文姊姊和李师妹、申师妹、秦二师姊都说去的,想必不会说了不算,再连我一同……"还要往下说时,灵云见他一面激将,一面挟制,又好气,又好笑,不等说完,喝道:"蝉弟住口,休得胡言！这凝碧仙府，乃本派发扬光大之基。我以微末道行，奉师父前辈之命，暂行主持。以后同门日多，都似你这样放肆狂妄，言行任性，如何能行？昔在九华，念你年幼无知，处处宽容。如今年龄与学识俱应竿头日进才是，一言一动，都似这般浮躁，岂是修道人的体统？外人为妖孽侵害，我等遇见，尚难袖手，何况同门至契。只是凡事须有个条理章法，大敌当前，尤须慎重，岂是随便张皇，便能了事的？"

金蝉原有些畏惧灵云，只因激于一时义愤，疑心灵云不肯相助，才说了那一番话。被灵云义正词严地数说了一顿，早羞了个面红过耳。英琼、朱文一知来意，就首告奋勇。寒萼、若兰也相继说是要去。英琼素来天真，最得全体同门钟爱，谁说她也不计较。朱文与灵云姊弟又是生死患难之交，更不在意，反看着金蝉受屈好笑。若兰得依峨眉，引为深幸，平素本极敬重灵云，反认为自己冒昧，不该也抢着说去。其余自紫玲起，没一个不佩服灵云的。笑和尚自不便有何表示。只寒萼一人生来不曾受过拘束，自负甚高，又系初来，闻言好生无趣。

灵云心中明白，转向笑和尚道："前者成都众同门分手，掌教师尊原有飞剑传谕，命我等分头建立外功。彼时正值护送朱师妹往福仙潭求取仙草，归来开辟仙府，接着又破青螺，未能下山历练。如今遇见这种事，不但相助师兄，如能侥幸成功，将绿袍老妖除去，正是我等积修外功机会，为公为私，俱无坐视之理。偏偏仙府正值多事之秋，灵峰飞走，灵药恐生变化。日前藏珍出现，也不知是何宝物，化成一道光华，破空飞遁。适才第二口飞剑又要遁走，多亏师兄赶来，用分光摄影之法，才得收住。现在不知穴中宝物还有多少。算计这两日宝物飞化，都有一定时间，我等法力有限，封锁无效，要到明日，才能分晓。封既不能，只有事先预防，通力合作，等它一出便收。要是宝物还多，须留两位本领较大、能收宝物之人在此防守，以收尽为止，免致化形飞去，落于异派之手。时日甚难预料。最重要的，还有李师叔仙鹤传警，说不久有异派来滋扰。此间根本重地，师祖昔年贮藏的灵药异宝甚多，芝仙也移植在此，稍有失陷，非同小可。李师叔只说为期不远，并未指明时日。全数在此，尚恐抵敌不过，再如分开，其力更微。李师妹有一姓余姊妹，异日也是本门中人，如今孤身独走莽苍山，虽知她决无凶险，总在磨难之中，李师妹几番要约人前去寻访，我也在为难，尚未决定。百蛮山除妖，为期尚有半月，如在此期中妖人来犯，正好借师兄大力相助御敌。事完之后，酌留数人守护仙府，余者随着师兄同建奇功，岂不是好？只恐妖人迟迟不来，我等难以兼顾。蝉弟福厚,毕生无甚凶险,诚如诸葛师兄所言,令他一人同去还可,其余同门只好到时再定行止了。"

这一席话,自是解释尽情。笑和尚早知师父以重责相委,必有磨难,决无容易之理,原在意料,倒也泰然,能得金蝉相助,于愿已足。金蝉虽不甚乐意,想起目前仙府中实多碍难,只有盼望妖人早来侵犯,决一胜负罢了。

商议停妥,笑和尚便将适才接的那口飞剑交还灵云。又将束封外面注明赴百蛮山日期,与众人看了。灵云见那口飞剑形式特别,连柄长只尺许,剑身三棱,青芒耀眼,寒气瘆人毛发。众人正在传观,笑和尚猛地心中一动,对金蝉道:"藏剑宝穴现在何处?发现以后,既然未能封锁,各位师姊师兄可曾入内观察?"一句话将灵云提醒,忙答道:"这几日,一则仙府多故,二则初回时因未看见飞走的法宝形象,恐能力有限,不敢妄入。今日见这第二柄宝剑化成青蛇飞去,才猜宝物是按时飞行。又因师兄新来,忙于接谈,竟未及想到入穴窥探。现被笑师兄一提,才想起若论我等本领功行,本不该冒昧擅窥师祖的宝藏。但是穴中宝物既要次第飞遁,先已失去一件,再不先事防范,如有遗失,后悔无穷,自以冒险入内试探为是。不过穴中宝物深浅难知,时听里面金铁交鸣,我等是否能收尚不可料。稍一失措,便有杀身之危,此事不能大意。所幸笑师兄无形剑遁,妙术通玄,更有朱、李、秦三位师妹各有至宝。我等不求有功,先求无过。入内人不须多,只由我与笑师兄二人,借了三位师妹的紫郢剑、天遁镜、弥尘幡,连那九天元阳尺四样宝物,入内观察,以作防身之用,得便将穴中法宝收住。余人各驾剑光,在穴外防守,以防宝物遁走,最为稳妥。"

当下便向三人要过三样宝物,将新得飞剑带在自己法宝囊内,布置好了众人,将弥尘幡交与笑和尚,元阳尺藏在袖内,一手持着天遁镜,一手拿着紫郢剑,领了众同门,走到宝穴前面峭壁之下。先和笑和尚飞剑上去,在穴口侧耳一听,里面金铁交鸣之声又起,只不如先前响亮。灵云道:"先时每值宝物飞去以前片时,响声甚大,宝物一经飞出,便即停息。据这两次闻声观察,这穴必甚深广。现在就要进去,笑师兄可有什么高见?"笑和尚道:"师姊道法通玄,为同门表率,无须太谦,就请下手吧。"

灵云便将手一挥,峭壁下除了英琼已将紫郢剑借与灵云,芷仙不能身剑合一,只在下面旁观外,余人各将剑光放起,连人带剑,十来道光华,冲霄而上,似五彩匹练起在半空,神龙夭矫,略一游转,齐往宝穴上空会合。寒光宝气,耀目生辉,杂以雷电之音,穿织成一盘光网,笼罩穴顶。

灵云料无疏虞,对笑和尚道得一声:"有僭!"揭开石穴盖,用手中天遁镜往下一照。见里面是一个井一般的深穴,从上到下,约有二十余丈,比穴口约宽三倍。内壁上面有一个石门,余外三面俱是平滑如玉的石壁,一无所有。才知宝穴原是两层,宝物正藏在石壁以内。略一端详,看出穴中并无异兆。回头招呼笑和尚,一前一后,飞身下去。到了穴底,走向石门前一听,果然金铁之声出自门里,空穴传音,分外清晰,铿锵悦耳。见那石门竟似天然生就,仅略看出一丝轮廓,无法进去。二人商量了一会,先用笑和尚的飞剑,往缝隙里试了试,竟不能削动分毫,也不知以前宝物怎能破壁飞去。猜这石门定有仙法妙用,不然何致笑和尚的飞剑都破它不开。又用弥尘幡试了试,以为弥尘幡能随心所至,穿金入石,必能连身入内。谁知彩云起处,仍不能飞入雷池一步,只在石门之上回旋。才知仙法厉害,越发不敢大意。忙收了弥尘幡,取出英琼紫郢剑,向门缝里刺去。先以为飞剑、宝幡失效,紫郢剑也未必成功,姑且试试。谁知紫光到处,立刻一道白烟一闪,石门不见,石门以内金光耀眼,夹着一团彩气,疾若闪电一般盘旋,阻住去路。二人不禁吃了一惊,先以为这是宝物。猛听出金铁交鸣之声,出自光层里面,才悟出这是仙法封锁宝物的妙用。

灵云将天遁镜交与笑和尚,要过弥尘幡,叫笑和尚持镜远照,相机进退,自己决意冒险入内一探。一手持着紫郢剑,用弥尘幡护体,再与自己飞剑将身合一,试探着往光层里穿去。笑和尚在光层外面瞭望,眼看一道紫光,会合一幢彩云,穿入光层以内。顷刻之间,便见灵云带着一条青光,重又穿光而出,落地收了法宝、飞剑,口中连称好险。笑和尚忙问究竟,灵云道:"我用法宝、飞剑护身,侥幸入了宝穴,里面地方甚是深广,玉柱瑶阶,如同仙阙。尽头处见有五道光华,互相纠结盘绕,其形不一,色彩各异,光华照眼,也辨别不出是什么宝物。我正寻思一人决难下手收取,脚才着地,便觉适才师兄所收那形如青蛇的三棱飞剑,在百宝囊中跳动,未及检看,便化成一条青蛇,破囊而出,亏我手快,才得将它收回。百宝囊已破,无法收藏,只得连弥尘幡拿在手内。这青蛇才一照面,五道光华之中,倏地一道形如蜈蚣的红光,往我手上扑来,这青蛇也好似要在我手上挣脱,同时那余外四道光华也纷纷飞到。我恐措手不及,仍用前法遁出,才保无恙。那五道光华,好不厉害。那头一道红光飞到时,若非紫郢剑敌住,险遭不测。就这样,还将百宝囊损伤,连玉清师太所赠的乌云神鲛网,以及我自己炼的两样小法宝,俱都失落在内,还不知能保原壁与否。幸喜九天元阳尺藏在袖内,不曾失落。那尺不用真言，不能发挥妙用。要是失陷损伤，不但见了凌师伯无法交代，日后还有不少用它之处呢。不过我已看出一些下手之法，至少还得三位有本领的同门，才能前去收宝。若只你我二人，决难胜任。"

正说之间，忽见一道光华从空飞降。来人正是轻云，手中拿着两封柬帖，标明拆看次序。那柬帖正是妙一夫人的飞剑传书，先是金蝉接到。因金蝉霹雳剑仅比紫郢剑稍次，胜过众人，可以帮助防守。又因有一封柬帖标有取宝之法，才请轻云下来，交与灵云。灵云先朝柬帖跪拜，打开第一封一看，不由心中大喜。顾不得先说别的，忙请轻云将那青蛇形飞剑带了上去，交与寒萼代收。再约秦紫玲与朱文，连她本人一同下来，相助收宝。余人仍在上面防守。不一会，轻云将朱、秦二人约到，灵云才将收宝之法说出。

原来那宝物乃是长眉真人采五行精英，用九九玄功，按七真形相，炼就的七口飞剑。深藏在凝碧崖旁天波壁中腰青井穴中元洞内壁上七个玉石剑囊之内，总名七修，分龙、蛇、蟾、龟、金鸡、玉兔、蜈蚣七种，各有象形，专破异派五毒，乃是峨眉至宝。长眉真人飞升之时，因火候尚未纯青，未传门下。用法术将洞穴一齐封闭，由七口飞剑各依生克，昼夜三次，在洞中自相击刺磨炼。仅留了一封柬帖，交与妙一真人。昨日妙一真人算计时日已到，打开柬帖，才知这七口飞剑来历和收用之法。柬帖上并说因为那日母猿袁星身上来了周甲天癸，五灵脂污了青井穴的法术封锁，也正值宝物该是出世之期。穴外法术虽然被污，内洞还有两层封锁：头一层便是那石门，第二层是一面六阳玦。这六阳玦如遇午年午月，每日午时阳盛阴衰，物极必反，转致失了效用。同时那七口宝剑在洞内互相击刺，因有生克关系，较弱的一口，必乘此时被迫穿出，石门阻隔不住，自然随它本身灵性飞遁。内中有一口玄龟剑，首先化形飞去。第二口蛇形的青灵剑，也在次日相继飞出。虽然当时收住，如不会运用，仍要飞逃。头一口玄龟剑飞出之后，落在一个未入门的弟子手内，不久自会珠还。其余六口，务要早日下手，以免失落异派之手。妙一真人因为与玄真子、苦行头陀轮流合炼一样纯阳至宝，不能分神，恰好妙一夫人到东海看望，也因有事他去，才用飞剑传书，命灵云率领轻云、朱文等，照长眉真人所传收剑之法，即时下手。收剑之后，由灵云收藏，等真人回山，再行分派。

灵云吩咐好了众人，传了咒语，手举九天元阳尺，念动真言，朝洞门内旋转的光华一指，金光闪处，光华全敛，一面玉玦，随着飞入灵云手内。众人入内一看，洞中五道光华仍在闪转腾挪，互相纠结，斗个不息。正待往里进步，门外六阳玦一收,宝物好似有了觉察,倏地相次分散,向外便飞。灵云早有防备,手中九天元阳尺往上一起,先化成一道金虹,往那五道光华围去。余人早各按分派,念动收宝真言,照预说的方位,往左右四壁一指,那五道光华也各依众人指处,掉转头,疾如闪电往壁上飞去,晃眼钻入壁中不见。灵云收了元阳尺,见适才遗失的乌云神鲛网等宝物仍在地上,因未使用与剑相敌,并未损伤,便取来收好。同了众人近前一看,果然有大小七个玉囊嵌在壁上,色如羊脂,与壁相平,仅看出周围细缝。囊形也与剑形相类,注有古篆剑名:龙名金鼍,蟾名水母,鸡名天啸,兔名阳魄,蜈蚣名赤苏。除去玄龟、青灵二剑外,俱在囊内。众人各用真气将七个剑囊一齐吸出,忽见金光闪处,壁上空穴全都生长还原,并无缝隙,俱都惊叹仙法妙用不置。再看手上玉囊,竟是透明如晶,囊中剑形,俱与名称相符。

各人高高兴兴捧了出洞,驾剑光上升穴顶,招呼洞外诸人,同往太元洞内。又向寒萼要过青灵剑,藏入囊中。众人见那七个剑囊,只龙、蛇二剑最大,约有尺许,小的只三四寸大小。听灵云说起收剑经过,才知竟有若干妙用,互相称贺了一阵。灵云便将这天啸剑取来带在身上;其余五剑,金鼍交与紫玲,水母交与轻云,阳魄交与英琼,赤苏交与朱文,青灵交与若兰;玄龟剑空囊交与芷仙暂时佩带。静等教祖回来定夺。

灵云原意,七修剑乃是灵物,三次峨眉斗剑破异教五毒囊的至宝,剑数太多,既不能全数随身携带,供在室内又恐疏虞,不如分给众人佩带,较为稳妥,既非私情赠授,又未传用法,不过是暂时分着保存,并非有所厚薄。不料随意一分,引起寒萼许多不快,心中好生怏怏。紫玲从旁看出,知道灵云事出无心,寒萼尘孽本重,深恐她倚强任性,入门未久,得罪同门,大是不便,觑着众人不注意时,偷偷用目示意。寒萼明白乃姊用心,只微微笑了一笑,面容转趋和蔼,仍和往常一样,寻着若兰说笑,好似依了紫玲暗示一般。紫玲才放了心。这时灵云已将妙一夫人的第二封柬帖打开,与众人传观。

原来妙一夫人未到东海以前,路遇诸葛警我。诸葛警我知道妙一夫人道行高超,性情尤其宽厚,同门仙侠无不尊崇,若求她向苦行头陀缓颊,必蒙允准。上前参谒之后,便禀明笑和尚获罪之事。并说绿袍老妖何等厉害,笑和尚独入虎穴,决无幸理,务求夫人援手说情。妙一夫人道:"笑师侄九世苦修,厚根独具。苦行道友不久功行圆满,要用他承继法统,纵然稍犯清规,不过借此惩戒,使他早完三劫,磨炼身心,以备异日付托衣钵之重。此去虽然凶险,定能因祸得福。你既关心同门,且待我到了东海,见了诸位道友,问明前后因由,再作区处。"说罢,别了诸葛警我。

到了东海,见三仙正在丹房内轮流交替,用自身三昧真火炼一件纯阳之宝,只在便中与妙一真人晤谈,除命灵云照长眉真人遗柬收取七修剑外,顺便谈起笑和尚之事。妙一真人道:"你来了正好。我同玄真、苦行两道友因炼这件纯阳之宝,大干许多邪教禁忌,虽不畏妖人破坏抢夺,总恐他们得信准备,一切都不可不防。又因此宝炼时颇耗元气,宁愿多延时日,凡事谨慎。自炼宝之日起,我等三人以二人对着丹炉,运用玄功,发动真火;一人休息,化身照护,隐蔽宝光,以免妖人发觉。似这样每隔三日轮流接替,还有八九之期,便可炼成。现时不但斩除文蛛,消灭妖人未炼成的恶蛊,事关紧要,峨眉也在多事之秋。灵峰飞去,有恩师遗留仙阵封锁,尚可等我回山,再取灵药。只是三英行即同归门下,内中英男为往莽苍山寻找李英琼,现受黑霜阴霾之厄,冻僵在莽苍山阴寒晶之内,已有数日。幸得她未遭难时,因腹中饥饿,从几个大猩猿手中夺了几个以前英琼采遗的朱果吃了,借着仙果之力,周身气血虽已冻凝,惟独心头方寸尚是温热,苟延残息。那莽苍山冰冻万丈,如此高寒之所,只为山阳藏有万年温玉精英,亘古不凝冰雪,四时皆春;所有阴寒之气,萃于山阴。英男年幼无知,被一妖道利用,想借她一身仙骨,几世纯阴,去盗取寒穴玄晶之内的冰蚕。他又本领不济,未算准日时生克化用。英男去时,正值寒风归穴之际,入穴数步,便被寒风吹倒。妖道眼看别人为他僵死洞内,他却袖手而去。如今英男骨髓皆化成寒冰,纵有我等灵药,救活之后,非得到万年温玉,不能回温复原。峨眉不久又有许多妖人来盗芝仙精血,众弟子不能远离。英琼仙缘最厚,多服灵药仙草,元阳充沛,又有神雕、灵猿为她辅助,神雕顷刻千里,灵猿莽苍原是故里,众弟子中,只她一人可以前去。趁寒风出穴之际,入内将人救转峨眉,再敌守玉五妖尸,盗取万年温玉。笑和尚百蛮山除妖之日,也正是妖人侵犯峨眉之时。若论力敌,众弟子皆非对手,此事全仗临机应变,举动缜密,人多反不相宜。可着金蝉借了朱文天遁镜,助他前往便了。"妙一夫人便照妙一真人意思及应如何行事,写了两封柬帖,用飞剑传书,命灵云等依次行事。

大家看完了妙一夫人柬帖,头一个英琼悲喜交集,当下便要带了一雕一猿,赶往莽苍山去,将英男救回。灵云道:"琼妹先不必如此急躁。既有掌教夫人之命,去是一定由你前去,不过你初次独身远行,虽有神雕相助,也须慎重。按说,救人只需寻到了地头,并非难事。只是那冰蚕和温玉两样宝物,一个有妖道觊觎,一个有妖尸守护。那妖道处心积虑,想得冰蚕,他见英男妹子失事,决不就此甘休,必要另想法儿。你救人时,难保不会遇上。若论你的剑术,虽然入门未久,仗你资禀颖异,苦功练习,造诣已非常人。加以紫郢剑又是师祖炼魔之宝,如会运用,无论正邪各派飞剑,俱非敌手。可惜你应敌阅历稍差,青螺两次遇险,皆由于临事疏忽,并非此剑能力不济。此去如遇妖人阻拦,切忌贪功轻敌,务须记住守多攻少。若用剑光护身,无论对方如何厉害,至多不能取胜,万无一失的。还有柬上所说寒风出穴,约在丑末寅初,现在时辰已过,去也无益。神雕顷刻千里,何必如此亟亟?为防万一起见,可将紫玲师妹弥尘幡借去一用,在今晚课完时起身,将人救回以后,再商盗玉之策便了。"

英琼答道:"师姊之言极是,只是妹子与英男姊姊情同骨肉。昔日她在解脱庵失陷,彼时妹子能力太差,各位师姊有事在身,又断定她借此可学昆仑剑术,并无凶险,延搁至今,累她受了多少气苦,可怜她盼望妹子接她回来,犹如望岁。现在又为寻找妹子,奔走逃亡,受尽艰辛,冻僵在寒穴之内。虽说吃了朱果,苟延残息,但是身已冻僵,不能转动。每日尖风刺骨,其苦更甚于死。妹子读完恩师柬帖,心如刀割。不知踪迹,还打算明日禀明师姊,拼着命不要,上天入地,也要寻她回来。今既知道她受苦之处,哪能再作迟延?即使时辰已过,寒风厉害,此乃有形之物,不比妖法难于防范,如见不能前进,自会知难而退,但求早早见着她的本人,寸心才安。而况袁星虽是畜类,自随妹子,业已离乡甚久,适才听它说起莽苍情形,它的子孙多半失踪,想有妖物侵害,情甚可悯。提前赶去,既可代它除害,又可观察情形,先事准备。妹子定遵师姊吩咐,倘遇妖人,决不冒昧从事便了。"灵云起初原恐英琼早去不能救人,遇见妖人怪物,又去贪功吃亏,才命她算好往返时辰前往。及见英琼秀目红润,慷慨陈词,眷言伦好,诚挚悲壮,不禁为之动容。又因莽苍山面积甚大,柬帖只说风穴在山之阴,并未说明地址,纵然神雕飞行迅速,目光锐利,早去探寻,也不为无理。只得请轻云、文琪二人暂代神雕守洞。再三嘱咐小心,不可大意。紫玲将弥尘幡递过,英琼道谢收下,别了众人,连袁星同跨神雕,直飞莽苍山而去。轻云、文琪二人径往后洞守护。